김우창 金禹昌

1936년 전라남도 함평 출생. 서울대학교 문리과대학 정치학과에 입학해 영문학과로 전과했다. 미국 오하이오 웨슬리언대학교를 거쳐 코넬대학교에서 영문학 석사 학위를, 하버드대학교에서 미국 문명사 박사 학위를 취득했다. 서울대학교 영문학과 전임강사, 고려대학교 영문학과 교수와 이화여자대학교 학술원 석좌교수를 지냈으며《세계의 문학》편집위원,《비평》편집인이었다. 현재 고려대학교 명예교수, 대한민국예술원 회원으로 있다.

저서로『궁핍한 시대의 시인』(1977),『지상의 척도』(1981),『심미적 이성의 탐구』(1992),『풍경과 마음』(2002),『자유와 인간적인 삶』(2007),『정의와 정의의 조건』(2008),『깊은 마음의 생태학』(2014) 등이 있으며, 역서『가을에 부쳐』(1976),『미메시스』(공역, 1987),『나, 후안 데 파레하』(2008) 등과 대담집『세 개의 동그라미』(2008) 등이 있다. 서울문화예술평론상, 팔봉비평문학상, 대산문학상, 금호학술상, 고려대학술상, 한국백상출판문화상 저작상, 인촌상, 경암학술상을 수상했고, 2003년 녹조근정훈장을 받았다.

궁핍한 시대의 시인

궁핍한 시대의 시인

현대 문학과
사회에 관한
에세이

김우창 전집

I

민음사

간행의 말

　　1960년대부터 글을 발표하기 시작한 김우창은 문학 평론가이자 영문 학자로 글쓰기를 시작하여 2015년 현재까지 50년에 걸쳐 활동해 온 한국의 인문학자이다. 서양 문학과 서구 이론에 대한 광범위한 천착을 한국 문학에 대한 깊은 관심과 현실 진단으로 연결시킨 김우창의 평론은 한국 현대 문학사의 고전으로 읽히고 있다. 우리 사회의 대표적 지성으로서 세계의 석학들과 소통해 온 그의 이력은 개인의 실존적 체험을 사상하지 않은 채, 개인과 사회 정치적 현실을 매개할 지평을 찾아 나간 곤핍한 역정이었다. 전통의 원형은 역사의 파란 속에 흩어지고, 사회는 크고 작은 이념 논쟁으로 흔들리며, 개인은 정보 과잉 속에서 자신을 잃고 부유하는 오늘날, 전체적 비전을 잃지 않으면서 오늘의 구체로부터 삶의 더 넓고 깊은 가능성을 모색하는 김우창의 학문은 우리가 믿고 의지할 수 있는 소중한 자산의 하나가 아닌가 한다. 그리하여 간행 위원들은 그 모든 고민이 담긴 글을 잠정적이나마 하나의 완결된 형태로 묶어 선보여야 할 필요성을 절감했다. 이것이 바로 이번 김우창 전집이 기획된 이유이다.

김우창의 원고는 그 분량에 있어 실로 방대하고, 그 주제에 있어 가히 전면적(全面的)이다. 글의 전체 분량은 새로 선보이는 전집 19권을 기준으로 약 원고지 5만 5000매에 이른다. 새 전집의 각 권은 평균 700~800쪽 가량인데, 300쪽 내외로 책을 내는 요즘 기준으로 보면 실제로는 40권에 달한다고 봐야 할 것이다. 이 막대한 분량은 그 자체로 일제 시대와 해방 전후, 6·25 전쟁과 군부 독재기 그리고 세계화 시대에 이르기까지 한국 현대사를 따라온 흔적이다. 김우창의 저작은, 그의 책 제목을 빗대어 말하면, '정치와 삶의 세계'를 성찰하고 '정의와 정의의 조건'을 탐색하면서 '이성적 사회를 향하여' 나아가고자 애쓰는 가운데 '자유와 인간적인 삶'을 갈구해 온 어떤 정신의 행로를 보여 준다. 그것은 '궁핍한 시대'에 한 인간이 '기이한 생각의 바다'를 항해하면서 '보편 이념과 나날의 삶'이 조화되는 '지상의 척도'를 모색한 자취로 요약해도 좋을 것이다.

2014년 1월에 민음사와 전집을 내기로 결정한 후 5월부터 실무진이 구성되어 본격적인 활동을 시작했다. 방대한 원고에 대한 책임 있는 편집 작업은 일관된 원칙 아래 서너 분야, 곧 자료 조사와 기록 그리고 입력, 원문대조와 교정 교열, 재검토와 확인 등으로 세분화되었고, 각 분야의 성과는 편집 회의에서 끊임없이 확인, 보충을 거쳐 재통합되었다.

편집 회의는 대개 2주마다 한 번씩 열렸고, 2015년 12월 현재까지 35차례 진행되었다. 이 회의에는 김우창 선생을 비롯하여 문광훈 간행 위원, 류한형 간사, 민음사 박향우 차장, 신새벽 사원이 거의 빠짐없이 참석했고, 박향우 차장이 지난 10월 퇴사한 뒤로 신동해 부장이 같이했다. 이 회의에서는 그간의 작업에서 진척된 내용과 보충되어야 할 사항에 대해 서로 의견을 교환했고, 다음 회의까지 무엇을 해야 할지를 결정했다. 일관된 원칙과 유기적인 협업 아래 진행된 편집 회의는 매번 많은 물음과 제안을 낳았고, 이것들은 그때그때 상호 확인 속에서 계속 보완되었다. 그것은 개별 사안에 대한 고도의 집중과 전체 지형에 대한 포괄적 조감 그리고 짜임새 있는 편성력을 요구하는 일이었다. 이렇게 19권의 전체 목록은 점차 뚜렷한 윤곽을 잡아 갔다.

자료의 수집과 입력 그리고 원문 대조는 류한형 간사를 중심으로 서울대학교 국어국문학과 대학원의 천춘화 박사, 김경은, 허선애, 허윤, 노민혜, 김은하 선생이 해 주셨다. 최근 자료는 스캔했지만, 세로쓰기로 된 1970년대 이전 자료는 직접 타자해야 했다. 원문 대조가 끝난 원고의 1차 교정은 조판 후 민음사 편집부의 박향우 차장과 신새벽 사원이 맡았다. 문광훈 위원은 1차로 교정된 이 원고를 그동안 단행본으로 묶이지 않은 글과 함께 모두 검토했다. 단어나 문장의 뜻이 불분명한 경우에는 하나도 남김 없이 김우창 선생의 확인을 받고 고쳤다. 이 원고는 다시 편집부로 전해져 박향우 차장의 책임 아래 신새벽 사원과 파주 편집팀의 남선영 차장, 이남숙 과장, 김남희 과장, 박상미 대리, 김정미 대리가 교정 교열을 보았다.

최선을 다했으나 여러 미비가 있을 것이다. 독자 여러분들의 관심과 질정을 기대한다.

2015년 12월
김우창 전집 간행 위원회

일러두기

편집상의 큰 원칙은 아래와 같다.

1 민음사판 『김우창 전집』은 1964년부터 2014년까지 한국어로 발표된 김우창의 모든 글을 모은 것이다. 외국어 원고는 제외하였다.

2 이미 출간된 단행본인 경우에는 원래의 형태를 존중하였다. 그에 따라 기존 『김우창 전집』(전 5권, 민음사)이 이번 전집의 1~5권을 이룬다. 그 외의 단행본은 분량과 주제를 고려하여 서로 관련되는 것끼리 묶었다.(12~16권)

3 단행본으로 나온 적이 없는 새로운 원고는 6~11권, 17~19권으로 묶었다.

4 각 권은 모두 발표 연도를 기준으로 배열하였고, 이렇게 배열한 한 권의 분량 안에서 다시 주제별로 묶었다. 훗날 수정, 보충한 글은 마지막 고친 연도에 작성된 것으로 간주하여 실었다. 한 가지 예외는 10권 5장 '추억 몇 가지'인데, 자전적인 글을 따로 묶은 것이다.

5 각 권은 대부분 시, 소설에 대한 비평 등 문학에 대한 논의 이외에 사회, 정치 분석과 철학, 인문 과학론 그리고 문화론을 포함한다.(6~7권, 10~11권) 주제적으로 아주 다른 글들, 예를 들어 도시론과 건축론 그리고 미학은 『도시, 주거, 예술』(8권)에 따로 모았고, 미술론은 『사물의 상상력』(9권)으로 묶었다. 여기에는 대담/인터뷰(18~19권)도 포함된다.

6 기존의 원고는 발표된 상태 그대로 싣는 것을 원칙으로 삼아 탈오자나 인명, 지명이 오래된 표기일 때만 고쳤다. 단어나 문장의 의미가 불분명한 경우에는 저자의 확인을 받은 후 수정하였다. 단락 구분이 잘못되어 있거나 문장이 너무 긴 경우에는 가독성을 위해 행 조절을 했다.

7 각주는 원문의 저자 주이다. 출전에 관해 설명을 덧붙인 경우에는 '편집자 주'로 표시하였다.

8 맞춤법과 외래어 표기는 국립국어원 규정에 따르되, 띄어쓰기는 민음사 자체 규정을 따랐다. 한자어는 처음 1회 병기하는 것을 원칙으로 하고, 문맥상 필요하다고 판단되는 경우 여러 번 병기하였다.

본문에서 쓰인 기호는 다음과 같다.

책명, 전집, 단행본, 총서(문고) 이름: 『　』

개별 작품, 논문, 기사: 「　」

신문, 잡지: 《　》

전집 출간에 즈음하여
나의 글쓰기를 위한 변호

1

전집 출간을 처음에 기획하고 시작한 것은 전집 간행 위원회였고, 이것을 계속 추진하는 중심이 된 것은 문광훈 교수였다. 그리고 민음사와 그 편집진이 이를 적극적으로 도왔다. 처음의 단행본 그리고 그 후 '전집'이라는 이름의 글 모음을 출간한 것도 민음사였다. 이러한 발상과 도움이 없었더라면, 이번 전집은 꿈에라도 성사될 수가 없었을 것이다.

전집의 출간은, 어떤 사정으로 시작되었든지 간에, 나의 글쓰기의 삶이 일단 마감에 이르고 정리된다는 것을 의미한다. 이것은 또한 나의 삶이 마감된다는 것을 말한다. 전집을 준비하면서 만들어지는 목록들을 보니, 당황할 정도로 글의 수가 많다. 그리고 그것들이 단편적이고 잡다하다는 인상을 받지 않을 수 없다. 나 스스로를 위해서나 독자들을 위해서 필요한 것은 그것을 하나로, 또 몇 가지의 큰 제목하에 종합하는 일이다. 반드시 체계화되었다고 할 수는 없겠지만, 이 정도로라도 글들을 수합하고 정리한 것은 오로지 편집에 참여한 여러 분의 헌신적인 노력으로 가능해졌다. 2년 전 『체념의 조형』이 나왔을 때 문광훈 교수가 그 편집을 담당하였는데, 그 때 나는 그 책의 저자는 사실 문광훈 교수라고 하는 것이 마땅할 것이라고 말한 일이 있다. 이번의 전집에도 그 말은 그대로 해당될 것이다. 전집을 위하여 글을 찾아내고 그것을 정리하여 분리하는 데 문광훈 교수 외에 민음사의 편집자들과 수없이 모임을 가졌는데, 이 회의에서 나는 이 모든 일을 움직이는 것이 '집체 지성(集體知性)'이라고 말한 일이 있다. 참으로 여러 사람이 함께 모여 작고 큰 사항들을 논의하니, 문제점들과 해야 할 일들에 대한 판단이 날카로워짐을 실감할 수 있었다. 개인의 끈질긴 사고를 떠나서 사고가 존재할 수 없다는 것이 나의 생각이지만, 집체 지성을 실감하게 하는 일이 전집 구성의 작업이었다.

그런데 나에게 전집에 필요한 조직력 또는 체계화의 능력이 충분치 않다는 것은 인정할 필요가 있고, 왜 그런가에 대하여 일단 생각해 보는 것은 무의미한 일이 아닐 것이다. 거기에는 여러 외적인 사정도 있고, 방금 말한 바와 같이, 지적인 일관성을 위한 정신력과 끈질김이 부족한 점도 있다. 또 그것은 나의 글쓰기를 움직이는 심리적 바탕으로 인한 것이라고 할 수도 있다. 다른 데서도 말한 바 있지만, 그 바탕을 캐어 보면, 그것은 우리 세대에 절박하게 다가왔던바 인생에 대한 실존주의적 허무 의식 또는 시간 의식과도 관계가 있는 것으로 말할 수 있지 않나 한다. 전광석화로 지나가는 삶의 시간의 진실성과 허무함이 너무나 의식을 사로잡고 있었기 때문이라는 말이다. 이것은 외면적인 완성을 포기하는 심리를 만들어 낸다. 이러한 심리는 퇴고에 대한 혐오, 더구나 시간이 지난 다음에 전에 쓴 글을 다시 읽어 보기 등을 기피하고자 하는 마음으로도 나타나는 것 같다. 글쓰기는 나에게 그때그때의 사건적 성격을 가지고 있다. 물론 그 사건은 그 전의 사고나 체험의 연속선상에서 일어나는 것이기 때문에 이 사건의 시간은 지속을 의미한다고 할 수도 있다.

이러한 것도 더 자세한 반성적 성찰을 요구한다. 가장 간단한 차원에서 글쓰기는 대체로 밖에서 오는 청탁으로 쓰는 것이면서도, 그때그때 나의 생각 자체를 밝혀 보는 것으로 끝나는 일이다. 말과는 달리, 생각을 정리하는 데에는, 수학의 알고리듬으로 어떤 수학적 상황을 정리하는 경우나 비슷하게, 글로 써 보는 것이 필요하다. 이 관점에서, 말이 표현이라고 한다면 글은 검증의 절차라고 할 수 있다. 여기에서 검증이라고 하는 것은 논리나 이론의 관점에서의 검증을 말하는 것이지만, 더 복잡한 의미를 가진 것일 수도 있다.

얼마 전에 이러한 글쓰기에 대하여 조금 생각을 정리해 보아야 할 기회가 있었다. 요청받은 것은 글쓰기에 대한 자전적 회고였지만, 그것은, 나의 글이 대체로 그렇게 되듯이, 이 문제에 대한 보다 일반적인 반성이 되었다. 그 글은 인쇄되어 발표된 것은 아니기 때문에 그것을 초고(草稿)로 삼아 여기에 편입해 보기로 한다. 그것은 왜 글들이 단편적인가를 생각하는 데에서 시작하여, 결국은 자기변호로서, 그것이 결점이면서 이점이 될 수도 있다는 명제로 나아간다. 그러면서 시사하고자 한 것은 장편화, 체계화의 가능성과 필요였다. 이 체계화는 한편으로 인간 의식에 들어 있는 근본적인 직관의 가능성을 바탕으로 하고, 다른 한편으로 직관으로부터 풀어내는 개념의 전개를 가리킨다. 이 후자는 문화적 상징체계를 이루고, 전자는 상징과 상징체계를 만들어 내는 상징 행위에 있어서 창조적 중심 그리고 동력이 된다. 그러나 앞에 말한 반성문에서 반성에 추가되는 이론 부분은 충분히 개진하지 못하였다. 여기에서도 그렇게 하지는 못할 것이다. 그러면서도 그러한 전개의 가능성을 이야기하는 것은 전집에 모아 놓은 글들에 그러한 보다 넓은 열림이 있을 수 있다는 것을 넌지시 시사해 보는 일이 될 것이다. 그러나 이것은, 흔히 보는 바, 잘못의 인정이면서 변호로 돌아가는 전략일 수도 있다.

2

1960년대 초 서울 대학에 재직하고 있을 때, 내 연구실 곁에 송욱 교수 연구실이 있었다. 하루는 김광주 선생께서 거기에 들르셨는데, 나도 우연히 합류하는 행운을 가졌다. 선생께서는 작가로서의 일들에 대하여 이런저런 말씀을 하시다가, 자신의 작품 활동을 당시의 동네 양복점의 일에 비교하여, 주문이 있는 대로, 주문자의 몸의 치수에 따라 양복을 만들듯이, 작품을 써 올 수밖에 없었다고 하셨다. 그런데 그때 나는 그 말씀이 나의 저술 활동에도 그대로 해당된다는 느낌을 받았다. 행동의 세계에서는 그야말로 언행일치, 지행합일이 가능할 수도 있지만, 예술 활동이나 학문적 저술의 경우는 조금 다르다고 할 것이다. 그것은 그 나름의 사고의 공간이나 상상의 공간을 가지고 현실 구성의 작업이 되는 것이 마땅하다. 김광주 선생의 말씀은 이러한 여유를 가질 수 없었던 작가의 어려운 처지, 그리고 시대적 상황을 호소한 것으로 생각된다. 나의 저술 활동을 되돌아볼 때 생각하게 되는 것은 그러한 상황에서 불가피한, 단편적이고 산만한 성격이다. 그것이 반드시 김광주 선생의 경우와 같은 어려움 때문이라고 할 수는 없지만, 그런대로 우리의 시대적 상황에도 관계가 없는 것은 아닐 것이라고 생각하게 된다.

독자적인 저술의 공간을 말하였지만, 저술이란 저술가와 사회적 요구와의 교환 관계 속에서 이루어진다. 글쓰기의 수단이 되는 언어는 그 자체로 이미 사회적인 산물이다. 그리고 언어 속에 들어 있는 사실 정보와 논리와 담론의 규범은 저절로 우리의 사고와 표현을 규정하는 테두리가 될 수밖에 없다. 그리고 이에 더하여 우리의 생각은 여러 가지 사회적 요인—사회를 움직이는 힘의 직접적인 작용만이 아니라, 그것을 규정하는 인식론적 틀에 의하여 형성되고 제한된다.

자연 과학의 학문적 진전과 관련하여 패러다임이라는 말이 있고, 또 그것의 변화에 대한 관찰들이 있다. 모든 과학 연구의 이론과 사실 탐구는 그 테두리를 이루고 있는 틀—패러다임 속에서 이루어진다. 그러면서 완전히 규명할 수 없는 원인으로 하여 때때로 패러다임 전환이 일어난다고 한다. 사회적 문화적 사고에도 그와 비슷한 패러다임이 있고, 그 전환이 있다고 하겠다. "견해의 시대적 분위기(climate of opinion)"나 "시대정신(der Zeitgeist)," "문화의 양식", "인식의 체제(에피스테메)" 또는 개념이나 이념의 전달자로서의 "밈(meme, 생각의 인자(因子))"이 우리의 사고와 그 표현에 있다는 것—이런 생각은 그와 유사한 생각이라고 하겠다.

그리고 글을 쓰는 일에 있어서, 또는 특정한 형식의 언어적 실천 (performance)에 있어서 중요한 것은 그때그때 성립하는 시장의 성격이다. 시장의 수요가 글쓰기의 형식과 내용의 많은 것을 규정하는 것임은 말할 필요도 없다. 어떤 미술 이론가는 미술의 창조적 절차를 강을 가로지르는 다리 건설의 작업에 비교하여 설명한 일이 있다.(마이클 백샌덜(Michael Baxandall)) 다리 건설의 발상은 다리를 놓으라는 어떤 사명을 부여받음으로써 시작된다. 그것을 수락한 다음에는 그것을 짓는 데 필요한 여러 조건—강에 부는 강풍의 종류, 교각을 세울 바닥의 성질, 여러 기술적인 문제, 쓸 수 있는 자료 등을 조사하여야 한다. 그런 다음에야 교량 건설을 착공하고 마지막으로 완성된 작품으로서의 다리가 출현할 수 있게 된다. 사명, 사실 보고, 그리고 완성된 작품—이 세 요소는 예술 작품에도 그대로 해당된다고 이 미술 이론가는 말한다. 다만 완성된 물건이 그렇게 실용적인 것은 아니기 때문에, 세 가지로 구성된 요령은 문화 속으로 흡수되어 시장에서 보는바, 수요 공급의 관계를 분명하게 드러내지는 아니한다. 어쨌든 소설 또는 시를 쓰고 읽고 하는 행위가 문화적으로 형성된 관습에 따라서 이루어지는 행위임은 틀림없다. 시장의 주고받음이 문화의 가치 — 일정한 높고 낮은 질서를 가진 가치의 관점으로 변형됐을 뿐이다. 그리하여 극히 자율적 판단에 의하여 글쓰기가 진행된다고 하더라도 그것은 이 가치 체계의 요구에 따라 — 자신의 자율적 사고 속에서 변형된 문화의 요구에 따라 진행된다고 할 수 있다.

그런데 이렇게 말하고 보면, 다시 우리의 생각 그리고 글쓰기가 시대적 상대성 속에서 이루어진다는 말이 된다. 즉 우리의 생각이 학문적 객관성을 겨냥하는 것이라고 하더라도 시대적 사고의 모형 속에 있지 않을 수 없는 것이라면, 그것으로써 절대적인 진리, 진실 또는 정당성에 이르기는 불가능할 것이라는 말이다. 그렇다고 이 사실이 진리를 완전히 부정하는 것이 되지는 않는다. 인식 행위에 주관적 양식의 개재가 불가피하다고 하여도, 인식 행위 그리고 그것의 표현 행위가 지향하는 진리가 존재하지 않는다고 할 수는 없다. 다만 이것은 추구하는 진리가, 의도에 관계없이, 절대적인 것이라기보다는 상대적이라는 것을 말한다. 그러나 물자체는 알 수 없다고 하여도, 그것은 궁극적인 지시 대상으로 전제된다고 해야 한다.

사물의 진상에 일치하든 아니하든, 사람은 인간적 요소가 개입될 수밖에 없는 언어로써 세계의 현상을 말하고자 한다. 또는 상징 형식의 철학자들이 말하듯이, 사람은 상징을 매개로 하여서만 현실에 접근하고 그것을 구성한다. 이것은 개별 인식이나 인지에서 일어나는 것이면서, 동시에 집단적으로 또는 집단적 유산으로서의 상징 체계 안에서 일어나는 사건이다. 즉 개인적으로 사회적으로 인식과 그 표현은 문화적 패턴이나 에피스테메 속에서 일어나고, 또 그 구성에 기여하는 행위이다. 중요한 것은 이러한 상징 행위가 체계를 이룬다는 사실이다. 체계는 집단적으로 역사적으로 형성된다. 이 체계는 의식 이전에 벌써 주어진 것이면서 조금 더 의도적이고 의식적인 노력의 대상이 된다. 문화의 여러 분야에서 시도되는 것은 문화에 내재하는 의미 체계를 조금 더 합리화하고, 또는 엄격한 실험적 절차를 통하여 명증하게 하고 포괄적인 것이 되게 하려는 작업이다. 그런데 이러한 상징체계는 끊임없는 갱신의 노력이 없이는 곧 이데올로기적 경화 (硬化) 상태에 들어간다. 즉 이데올로기는 이렇게 경화된 또는 그것을 초래하는 전체성의 체계이다. 물론 그것은 그 나름으로 현실 이해의 중요한 도구가 될 수 있다. 문제는 그것의 가설적(假說的) 성격이 잊힌다는 것이다.

그러나 조금 전에 말한 바와 같이, 이러한 사물과 인간 이해의 전체적인 틀이 없는 작은 의식화의 시도는 좋은 성과를 가져오지 못한다. 문제는 그러한 틀이 어떤 성격의 것이냐 하는 것이다. 상징 형식으로서의 문화—일정한 패턴을 가지고 있고, 또 창조의 원리를 가지고 있는 문화에도, 과학에서 패러다임의 전환처럼 전환이 있고, 더 나아가 그것이 완전히 파괴되는 경우도 있다고 할 수 있다. 나는 근대화 시기의 우리의 경험은 문화적 폐허 속에 사는 경험이었다는 말을 한 일이 있다. 조금 과장된 표현이어서 매체에서 많이 인용되었다. 매체는 과장을 좋아할 뿐만 아니라 그 전달의 방식으로 하여 저절로 사실을 단순화한다. 폐허라고 할 때도 폐허는 남아 있고, 그것은 그 나름의 의미를 갖는다. 또 주어진 기능을 수행한다. 그리고 상징 형식을 건축물에 비유한다면, 그것은 새로운 구조의 가능성을 암시한다. 그러면서도 그러한 상태에 사는 사람은 삶에 대한 온전한 비전이 보이지 않는다는 허전한 마음을 어떻게 할 수 없다.

어떤 경우에도 상징 형식으로서의 문화가 완전한 것일 수는 없다. 완전하다는 것은 끝이 났다는 것, 문화가 하나의 '무쇠의 우리'가 되었다는 것을 말한다. 참으로 의미 있는 문화는 창조적 동력에 의하여 스스로의 온전함을 유지하고, 동시에 변화해 가는 것이라고 할 수 있다. 이 변화는 현실을 구성하는 다양한 요인들의 복합적 결합으로 일어난다. 그런데 그 핵심은 주어진 대로의 삶을 사는 개인의 삶에 있다. 세계적 우주적 관점에서 볼 때, 개인은 한없이 작고 하찮은 존재이다. 그러면서도 그것은 적어도 사람에게 중요하게 받아들여질 수 있는 세계 질서의 중심을 이룬다.

중요한 것은 인간 전체이고 생명체 전체라고 할 수 있다. 그러나 개인 또는 개체는 극히 제한된 존재이고 약한 힘의 소유자이면서도, 스스로를 초월하는 창조적 힘의 담지자 또는 그 매개자이다. 또는 적어도 실존적 절실함에 있어서 개인은 삶이 일어나는 시점(時點)이고 지점(支點, 받침점)이다. 그러면서 넓은 세계로 열려 있고, 그 열림은 더 나아가 경험적 세계 너머 초월적인 세계의 신비에까지 이를 수 있다. 그리하여 사람과 세계와의 관계가 아무리 상징과 상징체계를 통하여 맺어지는 것이라고 하더라도, 그러한 관계의 지주가 되는 것은 개인의 삶 — 극단적으로는 감각적인 삶이다. 여러 가지 일어나는 일을 검증하려고 할 때, 모든 체계는 일단 이 개체라는 지점을 통하여 검증된다. 개인의 삶의 기쁨과 고통 그리고 평온을 들여다보지 않고, 전체적 질서에 대한 동의를 어디에서 시험할 수 있겠는가? 그것은 단순히 외면적 관점에서 검증하는 경우에도 그렇다. 그 검증은 어떤 사람의 검증일 수밖에 없기 때문이다.

3

예술 작품은 이러한 검증에 관계된다. 그것은 예술 작품 구성의 요인들로서도 저절로 그렇게 될 수밖에 없다. 나는 농담으로 더러 소설가는 '사회학의 현장 조사원'이라고 말한 일이 있다. 등장인물이나 주인공이 없는 소설을 생각할 수는 없다. 소설은 그들의 삶의 이야기를 펼쳐 보여 준다. 이 삶은 이야기 속에서 일정한 구성체가 된다. 사회 과학이 하는 것은 이 구성체를 이루는 보다 큰 구성체 또는 외부적인 구성체의 틀을 설명하는 일이다. 이러한 구성체에 대한 예비지식이 없이 삶의 이야기를 펼쳐 나가는 일은 심히 어려운 것이 된다. 물론 이 예비지식이 반드시 학문적인 성격을 갖는다는 말은 아니다.

시의 경우로 눈을 돌려, 시는 감각과 지각 체험을 표현하는 일을 떠나서 있기 어려운 예술 표현이다. 그러나 감각과 지각은 그것을 넘어가는 상징적 의미 체계를 떠나서 언어적 표현에 이를 수가 없다. 시적 표현에 관여하는 상징 의미 체계는 지적인 것만을 가리키는 것이 아니다. 시가 표현하는 감정도 일정한 의미 체계를 가지고 있다. 감정적으로 긍정적인 것으로 또는 부정적인 것으로 판단되는 일들이 문화와 사회에 따라서 다르다는 것은 우리가 다 아는 일이다. 감정을 유발하고 아니하고 하는 일 자체가 문화적인 일이라고 할 수도 있다. 시 또는 음악에는 그 나름으로 정형화된 감정들이 들어간다. 그리움, 사랑, 슬픔, 분노(당장에 행동으로 나가는 것은 아닌 종류의 분노) — 이러한 감정, 그리고 일정하게 변형되고 유형화된 감정은 시적 의미를 가진 것으로 생각된다. '시름'은 부정적인 마음의 상태를 말한다. 그러나 이것은 시에서는 현실적인 의미를 가진 것이라기보다는 어떤 승화된 마음의 상태를 유도하는 정서로 파악된다. 한문으로 옮겨서 '수(愁)'라고 하면, 그것은 애매한 함의를 가진 말이다. 그것은 부정의 마음 상태를 말하는 것이면서도, 향수(鄕愁), 애수(哀愁), 여수(旅愁) 등은 시의 소재가 되고, 시가 환기하고자 하는 감정이 된다. 수(愁) 자는 풀어 보면 가을의 마음인데, 그것은 특별한 시적 감정이다. 이스라엘의 어떤 문학 교수가 '가을'이란 말을 학생들에게 제시하고, 이것이 어떤 시적인 연상을 불러일으키는가를 조사한 일이 있다. 이스라엘이나 유럽의 학생에게 그것은 아무런 특별한 의미를 갖는 것이 아니었는데 중국인, 일본인 학생의 경우 특별한 시적인 계절이라는 반응을 보였다. (그러나 이 학자는 텔아비브 대학의 지바 벤포라트(Ziva Ben-Porat)인데, 그의 조사에 대해서는 구두 발표만을 들었기 때문에 정확한 평가를 할 수는 없으나, 기억되는 바로는 이 조사 결과가 정당한 지는 확실치 않다. 가을의 소재를 가진 시만으로 얼른 연상할 수 있는 것에는, 가령 존 키츠의 「가을에 부쳐서」, 릴케의 「가을날」, 「가을」 또는 베를렌의 「가을의 노래」와 같은 것을 생각할 수 있다. 가을이 특별한 감정을 일으키고 시적 소재가 되는 것은 어느 나라나 공통된 것이라고 할 수 있다. 다만 위에 든 시들 가운데서, 가을의 우수를 이야기한 것은, "바이올린의 긴 흐느낌이/ 내 마음을 상하게 한다"라는 베를렌의 시 정도라고 할 수 있다. 그러나 이 시에 들어 있는 가을의 느낌은, 시적인 감정으로는, 지나치게 비관적이기는 하다.)

　그런데 시는 감각과 감정에 밀접하게 관계되어 있고, 적어도 그 섬세한 뉘앙스에 있어 심성의 표현이라는 점에서, 관습화에도 불구하고 가장 개인적인 것이다. 그러나 다시 한 번 그 관습성을 말할 필요가 있다. 그렇다는 것은 시의 음악성 자체가 시를 개인의 영역으로부터 구출해 내는 작용을 하기 때문이다. 그 근원이 어디에 있는가는 쉽게 답할 수 없는 것이면서도, 적어도 음악의 리듬이나 선율은 환기되는 감정을 정형화한다. 그리하여 그것은 하나의 구성체 속으로 거두어들여진다. '자유시'라는 것도 있지만, 현대시의 어려움의 많은 부분은 리듬의 정형성이 없이 시적 효과를 거두어들이기가 어렵다는 데에 있다고 할 수 있다. 언어와 감정 그리고 리듬 — 반드시 동질적이라고 할 수 없는 이 세 항목이 어떻게 하나가 될 수 있는지는 분명하지 않지만, 적어도 시의 감정이 이미 언어와 언어의 전통 속에 존재하는 리듬의 양식화로 하여 보다 미적인 호소력을 갖게 되는 것은 사실이다.

4

이야기를 조금 개인적인 차원에서 되풀이해 보겠다. 내가 학문적 전문 영역을 벗어나 글쓰기를 시작한 것은 주로 문학 평론의 분야, 그것도 대체로는 시에 대한 비평에서다. 평론은 어떤 관점에서 보면 작품에 기식(寄食)하는 글쓰기이다. 내 경우가 특히 그렇다고 할지 모르지만, 나의 비평문은 대체로 잡지사의 요청으로 쓰였다. 그 점에서 그 글쓰기는 다시 한 번 김광주 선생의 옛 동네 양복공의 작업과 비슷하다고 할 수 있다. 위에 말한 글들의 단편적 성격은 이런 사정에 관계된다.

그런데 작품을 두고 쓰게 되는 평문은, 시든지 이야기이든지, 그것을 산문으로, 그것도 논리적 논설로 펼쳐 나가야 한다. 시는 위에서 비친 바와 같이 그 나름의 감정의 체제를 가지고 있고, 또 비교적 중립적이라고 할 수 있는 형식과 리듬의 관습을 가지고 있다. 시의 이러한 면은 직접적인 분석의 대상이 되지는 않는 것으로 보인다. 문제가 되는 것은 그것에 의존하여 이루어진 표현의 정형성이다. 이것을 분석하는 것은 시의 의미를 내실화(內實化)하는 것이 된다. 이야기는 이야기대로 시작과 전개와 종결, 또는 시의 구성을 말하는 용어로 말하건대, 기승전결의 구조를 가지고 있다. 그리고 그 구조 안에서 이야기를 전개한다. 평론이 하는 일의 하나는 이 구조를 밝혀내는 것이다. 그러나 그것은 텍스트를 구조로 환원하는 일이 아니다. 그것은 음악 평론이 음악의 형식에 대한 분석에 그칠 수 없는 것과 같다. 음악도 그렇지만, 문학 작품의 구조는 상당히 제한된 것이라고 할 수 있다. 그렇게 환원되면, 모든 텍스트는 극히 단순해진다. 그러나 평론이 분석하는 구조는 그것을 자세히 추적하는 일이다. 그 추적에서 드러나는 것은 비슷한 자취에도 우여곡절이 있고, 뉘앙스의 차이가 있다는 사실이다. 사람의 삶의 궤적도 하나로 환원하여 보면 얼마나 단순한가? 나고 늙고 병들고 죽는 것, 생로병사(生老病死)가 그 큰 궤적이다. 그러나 동시에 개체적인 삶은 또한 얼마나 서로 다른가? 모든 개체는, 19세기 독일의 철학자 슈티르너의 말을 빌려, 일단 "유일자(唯一者)"라고 할 수 있다. 이야기를 읽고도 또 다른 이야기를 읽는 것은 개체의 독특한 이야기를 기대하기 때문이다. 그러면서도 독특한 이야기를 구성하는 인자들은, 위에서 비친 대로, 간단하다면 간단하다고 할 수 있다. 그러나 이 구조를 살아 움직이게 하는 것은, 무엇보다도 구조를 시험하는 유일자의 개체성이다.

서사의 구조는, 이미 비친 바와 같이, 극히 한정되어 있다. 러시아의 민담 연구가 블라디미르 프로프(Vladimir Propp)는 『민담 형태론』이라는 책에서 민담을 구성하는 여러 요소들을 열거한다. 이야기를 구성하는 데에는 5가지의 요소 — 가령 주요 인물이 있고, 일이 일어나고, 거기에 동기가 있고 등등이 있고, 사건의 전개에는 31가지의 기능적 요소 — 있어야 할 사람이 없고, 그 사람을 찾는다고 하여도 하지 말아야 할 일이 있는데 그 경고를 무시하는 행위가 일어나고 하는 등등이 있다는 것을 밝혔다. 프로프 자신이 분명하게 말한 것은 아니지만, 그의 연구와 관련하여, 이러한 이야기 전개의 줄거리, 플롯도 사실 일고여덟 개밖에 없다는 지적도 있다. 가령 신데렐라의 이야기에서 보는바 인정을 받지 못하다가 결국은 인정되는 덕성(德性)의 이야기는 그 하나다. 이러한 연구는 민속적인 서사에 해당하지만, 서사적 작품에 두루 해당한다고 할 수 있다.

그런데 이러한 분석에 대하여, 그것은 구조와 그 요소는 밝히지만, 내용과 의미 또는 보다 큰 교훈과는 무관하다는 비판적 관점이 있다. 그리하여 서사(敍事)의 구성을 이념적 유형으로 분석하여 의미 내용을 확인하려는 시도가 있다. 작품의 의의는 많은 경우 사회적인 데서 찾아진다. 그리고 이 사회적인 의의는 사회와 역사에 대한 이데올로기적 설명으로 환원된다. 민족, 민주, 계급 불평등, 사회 정의, 발전 등등의 집단적 움직임을 말하는 단어들이 이러한 이데올로기의 중심 개념이다. 또는 제국주의, 인종주의, 자본주의, 사회주의, 성 차별 등도 그러한 개념의 역할을 맡는다.

그러나 문학 작품의 의의가 이러한 이데올로기적인 설명으로 환원된다면, 단순한 구조적 환원의 경우나 마찬가지로, 작품의 재미는 증발해 없어지기 쉽다고 할 것이다. 이에 대하여 소위 신비평에서 볼 수 있는 텍스트 자세히 읽기는 그런대로 작품 자체의 구체적 현실을 밝히려는 독법이라고 할 수 있다. 이에 대하여 이념적 독해는 작품에 표현된 개인의 실존적 진실을 포착하지 못한다. 그리고 그것은 다분히 사람들이 사는 삶의 진실로부터도 벗어져 나가는 것이 된다. 그렇다고 전체를 구조 속에서 보는 것, 또는 이념적 구도 속에서 보는 것이 도움이 되지 않는다는 것은 아니다. 다시 한 번 강조하여야 할 것은, 낱낱의 사실은 추상적 체계 속에 위치하게 하지 않고는 제대로 파악할 수가 없다는 것이다. 그것은 작품의 이해에도 필요한 일이지만, 사회적인 실천에 있어서 중요한 의미를 갖는다. 그러면서도, 되풀이하는 말이지만, 그것의 지나친 강조는 사실을 단순화하고 실천적 계획을 폭력화할 수 있다. 문학 비평은 이러한 삶의 크고 작은 관점과 사실의 중간에서 매개 작용을 하는 기능을 가지고 있다고 할 수 있다. 그러면서 그것은 보다 섬세하면서 또 포괄적인 인간 이해에 기여하여야 한다.

이렇게 말하고 보면, 문학 작품과 그 비평이 할 수 있는 일의 하나는 체계화된 삶의 구도를 삶의 구체적 사실로 시험하는 일이다. 한발 더 나아가, 이 구체적인 사실로부터 큰 전체를 구성할 수는 없을까? 결국 구체적인 삶이란 작은 지각 현상 — 감정과 사고 또는 그러한 것이 섞여 들어간 역사 속에서 일어나는 지각으로부터 시작하는 것이라고 할 수 있다. 그 경우 이러한 구체적 사실들이 구성하는 전체는, 메를로퐁티의 저서의 이름을 빌려, '지각현상학'이 될 수 있을 것이다. 그러나 지각 경험을 직접적으로 삶의 전체로 파악하는 것은 지난한 일이라 할 것이다. 삶의 전체 — 특히 그것의 테두리로서의 사회는 아무래도 그 자체로 파악될 수밖에 없다. 이러한 노력에서 이데올로기적 전체성, 상징 형식의 전체성, 문화의 전체성이 우리의 현실 인식의 비계(飛階, scaffolding)가 된다. 전체에 대한 직관은 이런 비계를 발판으로 하여 그 너머에 비치는 전체를 본다. 보다 완전한 문화의 전체성에서는 이러한 이념적 발판이 다수 존재하고, 또 그것을 넘어가는 창조적 충동이 존재한다고 할 수 있다. 조금 앞에서 말한 지각적 체험, 개인적 삶의 일상적 체험에서 시작하여 전체를 구성하는 것이 가능할 것인가를 문제 삼아 보았는데, 그러한 전체성의 구성은 이데올로기를 포함하여 사회와 인간에 대한 상징적 이해 구도를 지각적 실존적 체험에 의하여 시험하는 것으로써 열리는 가능성이다. 그것은 지각 현상이 되면서 동시에 지각 현상과 실존과 사회 구조를 아우르는 '지각과 실존의 사회학'이 될 것이다. 이 글의 처음에 문제 삼은 글의 단편성 그리고 그것을 넘어가는 과제로서의 인간 이해의 통합 ─ 지각 체험에 기초하면서 실존적 유일성을 보유하는 종합은 이러한 학문적 종합을 지향하여야 한다는 것을 말한다고 할 수 있다.

5

이제 이러한 문제 그리고 과제와 관련하여 조금 현실적인 이야기를 하나 하고, 다시 보다 추상적인 ─ 추상적이라기보다는 환상적인 이야기를 하나 함으로써 위에 말한 종합적 인간학의 의의를 조명하기로 한다.

문학 작품에 관한 이야기는 아니지만, 지난 5월에 미국의 여권 운동가 글로리아 스타이넘(Gloria Steinem)이 다른 여성 30여 명과 함께 한반도의 평화 체제의 수립을 촉진하기 위하여 북한에 갔다가, 휴전선을 경유하여 남으로 내려온 사건이 있었다. 그 후 미국의 《뉴요커》에 스타이넘에 대한 글 한 편이 실렸다. 그것은 그의 북한 방문을 말하는 것이 아니라, 곧 나오게 될 자서전이 계기가 되어 쓰인 글이다. 이 글에 언급된 스타이넘 생애의 여러 이야기 가운데 재미있는 일화가 하나 있다. 대학 1학년 봄 지질학 시간에 그의 반 학생들이 어느 주변의 계곡으로 현지답사를 갔다. 스타이넘은 길에서 아스팔트로 올라온 거북을 보았다. 그는 한 자 길이나 되는 이 거북을 들어 강물에다 밀어 넣었다. 구해 주려는 의도였다. 그때 인솔하던 교수가 마침 이것을 보고 말하였다. "이제 막 뭍에 올라와서 알을 낳으려는 것을 물에 밀어 넣었으니, 몇 달이 더 있어야 알을 낳게 되겠군."

그 후 스타이넘에게는 "거북에게 물어보라."라는 말은 삶의 한 모토가 되었다. 그는 여러 가지 사회 운동을 하면서 문제에 부딪친 사람들을 만나면, "그 일을 살아 본 당신이 이야기하세요. 당신이 전문갑니다."라고 말한다는 것이다. 물론 본인의 일이라도 본인이 모르고 전문가의 설명을 들어야 하는 것이 많지만, 본인의 이야기가 없는 전문가의 진단만으로는 참으로 진실에 이를 수 없다는 것은 틀림이 없다. 이것은 여러 가지 인간사에서 경험하는 것이지만, 의사를 찾은 사람은 늘 직접적으로 경험하는 일이다. 병에 걸렸다면, 환자 이상으로 증상의 여러 가지를 알고 있는 사람은 없다고 할 수 있다. 그러나 물론 환자가 아는 사실을 바르게 설명할 수 있는 사람은 의사이다. 다만 의사가 미리 내린 판단에 따라서, 교과서에서 이야기된 것만을 따라서, 또는 요즘 같아서는, 컴퓨터나 진료 기기에 나오는 대로만 진단하고 치료하려 한다면, 오진의 가능성은 크게 늘어나게 될 것이다.

중요한 것은 둘 사이의 원활한 소통이다. 이것은 문학의 경우에도 해당된다. 위에서 문학이 사회 과학의 현지답사 연구라고 말하였다. 문학은 사회 과학적 분석에 비하여 길을 잃은 거북, 병을 앓고 있는 환자, 부당한 억압에 시달리는 사람의 사정을 참조하면서 인간의 이야기를 해내고자 한다. 이것을 구조적, 사회적, 그리고 그것을 넘어가는 큰 테두리 안에서 파악하려는 것이 문학 비평이다. 그러나 신비평의 많은 독해에서 볼 수 있듯이, 큰 테두리와 관계 없이도 세부 읽기를 해 갈 수 있다. 이에 비하여, 이데올로기적 문학 해석은 문학 자체의 창조성을 말살할 수 있다. 그리고 이것은 유일자로서의 개체의 말살로 이어질 수 있다.

그런데 문학이 큰 구조 해석이나 사회 이론에 비하여 개인의 구체적 사정을 더 잘 재현할 수 있다고 한다면, 어떻게 하여 그것이 가능해지는가? 더 나아가 우리는 어떻게 하여 개인의 사연을 듣고 그 진실을 알게 되는가? 여기에 관계되는 것이 공감이다. 간단히 말하면, 공감은 다른 사람과 함께 웃고 함께 울 수 있는 감정적 일치가 일어나는 것이라고 할 수 있다. 그러나 감정의 일치라는 것을 넘어 이해를 가능하게 하는 공감이라면, 거기에는 감정의 직접성으로부터의 거리도 있어야 한다. 공감에 필요한 것은 사물에 섬세한 주의를 기울이고, 자신의 시각을 다른 사람의 시각으로 회전하게 할 수 있는 능력이다. 그리고 이것은 어떤 의무감으로 향상되고 지속될 수 있어야 한다. 그러면서 거기에 감정적 일치가 수반되어야 한다. 그것이 주의와 의무에 인간적 부드러움을 더하게 한다. 인간적 부드러움은 다른 한편으로 지적 능력에 섬세한 식별의 기능을 보강한다.

이러한 공감의 능력은 적절한 자기 수련을 통하여 성장한다. 그러나 공감의 능력은 조금 더 직접적인 근거를 가지고 있다고도 할 수 있다. 근년의 생리학에서는 공감을 직접적으로 매개하는 '거울 뉴런(mirror neuron)'이 있다는 주장이 대두하였다. 다른 사람의 행동을 직접 자신의 것처럼 되풀이하는 신경 작용이 있어서, 다른 사람을 이해하고 또 사태를 파악하고 새로운 것을 배우게 되는 데 이 신경 인자가 중요한 역할을 한다는 것이다. 여기에 작용하는 지능 또는 심성은 단순히 감정적인 일치 또는 섬세한 지적인 주의를 넘어가는 것으로 말할 수 있다. 이것을 조금 더 확대한다면, 사람의 지능에는 모든 사물 존재에 직접적으로 일치할 수 있는 능력이 있다는 이야기가 된다. 그 경우, 우리가 사고를 통해서 일반화하고 보편화하여 얻는 지적 소득도 단순한 연역과 추리의 결과가 아니고, 마음과 존재가 일치하는 데서 직접적으로 직관되는 것이라 말할 수 있지 않을까 한다. 그것은 사람의 심성에 있는 추상화의 능력에서 나오는 것이면서, 동시에 그 추상화 속에 포괄되는 세부를 보여 준다. 그러니까 추상화는 직관적 전체를 포함한다. 간단하게 생각하면, 추상화와 공간화가 일치하는 것이다. 시각적 대상은 흔히 하나의 큰 게슈탈트로 파악되고, 이렇게 파악된 게슈탈트를 자세히 관찰할 때 그 안에 포함되어 있던 세부를 드러낸다. 수학의 집합 이론에서 수를 상자에 넣는 일이 없이 이론을 전개하기는 쉽지 않을 것이다. 상자와 숫자들은 함께 존재한다. 수학자 로저 펜로즈(Roser Penrose)가 자신의 수학적 체험을 말하면서, 수학적 직관이 대체로 시각적으로 오고, 그래프가 이것을 제일 직접적으로 표현하는 것인데, 이것을 수식으로 풀어 나가는 것은 지겨운 일이 되는 경우가 많다고 쓴 것을 본 일이 있다.(『황제의 새 마음』) 이와 비슷하게 시적 직관에서 일어나는 것은 구체적 사물 지각과 보편적 존재 직관이 부분적으로나마 일치하는 사건이라고 할 수 있다. 다만 문학 또는 더 구체적으로 시적 직관이 드러내는 것은 구체와 추상, 세부와 전체의 우연한 일치가 아니라, 그것의 존재론적 일치라는 것이다. 이것은 너무나 거창한 가설이기 때문에, 여기에서 다 설명할 수는 없는 사안이다.

그것을 논리적으로 설명하는 대신에, 이제 환상적인 이야기로 임시변통을 할까 한다. 최근 나는 김종영 선생의 조각을 이리저리 검토한 일이 있다. 선생은 시서화 셋을 다 해내시는 삼절(三絶)의 예술가였다. 선생의 서예는 물론 글씨로서도 뛰어나지만, 그 텍스트의 뛰어난 내용으로도 우리에게 경외심을 불러일으킨다. 그 서예에는 『삼국유사』에 나오는 다음의 이야기가 있다. 옛날 당나라 황제가 연못을 하나 팠다. 그런데 매월 보름 전 달빛이 밝아지면 연못 가운데 산이 하나 비쳤는데, 사자처럼 생긴 바윗돌이 꽃 사이로 은은하게 비쳐 나타났다. 황제는 화공에게 그 모습을 그리도록 하고는 사신을 보내어 그림과 같은 곳을 찾게 하였다. 이곳저곳을 헤매던 사신은 우리나라의 창원 백월산(白月山)에 이르러 그림에 그려져 있는 것과 같은 산을 보았다. 사신은 확인을 위하여 자신의 신발을 바위 위에 걸어놓고 당나라로 돌아갔는데, 황제를 비롯한 사람들은 사신의 신발이 걸려 있는 바위를 포함해서 백월산의 광경이 그대로 연못에 비치는 것을 확인할 수 있었다. 이 이야기는 서정주 선생의 시에도 나오는데, 이 환상에는 사람의 마음을 사로잡는 무엇이 있는 것으로 보인다. 그 이유가 무엇인지는 분명히 알 수 없지만, 그 매력은 그것이 어떻게 사람의 마음이 자연의 넓은 지면(地面)에 일치할 수 있는가를 이야기하기 때문 아닌가 한다. 다시 말하여, 이 우화가 시사하는 것은 사람의 시각 또는 의식과 자연의 전체 사이를 연결하는 존재론적 일체성이 있다는 것이다.

6

좋고 나쁜 일이 폭발적으로 일어나고 있는 것이 오늘날 우리 현실이다. 거기에 따른 문제점들도 많지만, 지금 시도되고 있는 여러 문화 건축의 실험이 대체로 하나의 통일된 조화를 이루게 될 가능성이 있다는 느낌도 부정할 수 없다. 이제 앞으로는 보다 큰 조화와 창조적 도약이 있는 문화와 학문이 이루어질 것을 희망한다. 그때 단편적 인상을 기술한 나와 같은 저술가를 넘어선 커다란 창조적 저작물이 나오게 될 것이다.

한 가지 요체가 되리라고 생각되는 점을 말한다면, 이러한 실험들에서 핵심은 마음과 현실이 맞부딪는 창조적 접합점에 주의하는 것이다. 위에서 마지막으로 비쳐 보고자 한 것은 이 접합의 근본적 가능성이다. 그러나 현실을 구성해 낸 상징 체계는 이미 많이 있다고 하겠다. 앞에서 오늘의 시대가 우리의 문화적 건축이 폐허에 이른 상태라고 말하였지만, 폐허에도 재건을 위한 많은 시사가 있다. 삶을 생각 없이 살아온 것이 아닌 우리 선대들은 많은 저작물을 남겼다. 그것을 무력화한 것은 외부, 주로 서구로부터 침입해 온 외래 사상이다. 이것을 하나로 ─ 그러나 경직된 이데올로기를 넘어서는 하나의 문화로 재구성해 내는 것이 우리가 하여야 할 문화의 작업이다. 또 그것은 지금 진행되고 있다고 할 수 있다. 필요한 것은 그것을 살아 있는 일체가 되게 하는 것이다. 이 작업에서 핵심적인 것은 여러 이념적 실험들을 경험적 현실로써 시험해 가는 것이다. 그러면서 주의할 것은 이 시험이 우리의 마음의 공간에서 이루어져야 한다는 것이다. 마음은 지각적 사건, 실존적 진실 그리고 보편적 전체를 구성하는 데 있어 바탕이 되는 공간이다. 이 점에서 마음은 통합의 능력이기도 하고, 세부적으로 생물학 실험에 사용하는 페트리 접시이기도 하다.

그간 써 온 글들의 단편성에도 불구하고, 그 단편성을 그대로 벗어나지 못하면서 문학, 미술, 도덕, 철학, 정치, 문화 등의 영역을 잡다하게 드나들었던 것은 주어진 현실을 그대로 접하고자 하면서, 동시에 일체적인 비전에 대한 갈망이 무의식 속에 잠겨 있었기 때문이 아닌가 한다. 그리하여 글들의 단편성에도 불구하고 희망하는 것은 작은 사실적 관찰, 지각과 실존에 대한 구체적인 주의 그리고 그와 함께 사회와 자연과 우주에 대한 일체적인 비전의 필요성을 독자가 느꼈으면 하는 것이다.

전체적 비전에 대한 바람은 이루어 내지 못한 일이 되었지만, 이제 출간되는 전집은 흩어져 있던 글들을 모아 하나로 묶고 최소한의 분류를 하는 작업이 되었다. 이것으로써 적어도 자료의 물리적 종합은 이루어진 것이라고 하겠다. 그런데 이것은, 앞에서 말한 바와 같이, 문광훈 선생의 헌신적 노력과 민음사 편집부의 지원으로 가능하게 된 일이다. 당초 계획은 문광훈, 박성창, 서동욱, 이남호, 조규형 등 여러 선생으로 구성된 전집 간행 위원회에서 발의되었다. 문광훈 교수는 발의 당시부터 발간까지 내내, 전집에 실리는 모든 글을 낱낱이 검토하고 분류하는 작업을 계속하였다. 문자 그대로 감수(監修)의 작업을 수행한 것이다. 서울대학교 국문과 박사 과정의 류한형 선생은 자료를 캐어내고 타자해 내는 일을 조금도 싫어하는 기색이 없이 맡아 진행하였다. 민음사 측에서는 편집부 박향우 차장, 신새벽 사원, 그리고 박향우 차장이 그만두게 된 다음에는, 신동해 부장이 정리하고 분류하는 일들을 도왔다. 이 여러 분들이 2년에 걸쳐 매월 편집 회의에 참석하였다. 이 모든 것은 박맹호 회장 그리고 박근섭 사장의 동의와 지원으로 가능하였다. 참여한 분들의 호의와 작업을 지켜보면서 느끼지 않을 수 없었던 감사의 마음을 어떻게 표현하여야 할지를 모르겠다. 깊이 감사드린다.

2015년 11월

김우창 지(識)

머리말

여러 기회에 썼던 글들을 이 책에 모으면서 느끼는 것 중의 하나는 이 글들의 부족과 제약을 그대로 남겨 둘 수밖에 없다는 데에서 오는 중압감이다. 무책임한 일이면서도, 이제 나로서는 독자의 관용에 호소하는 길밖에 없다. 다만 이것이 단순한 개인적인 호소가 아니라 사람의 언어와 행동에 대한 일반적인 관용을 호소하는 한 계기라도 되었으면 하고 바랄 뿐이다.

일의 시작은 결단을 요구한다. 이 결단은 시작의 의지를 하나로 굳히는 것을 뜻하기도 하지만, 다른 한편으로는 스스로의 역량의 부족함과 제약을 받아들이는 것을 뜻하기도 한다. 사람이 행동을 통하여 현실에 개입하려고 할 때, 상황은 늘 사람의 힘보다 크다. 사람의 현실에의 개입은 사람과 물리적 환경 사이에 존재하는 불균형과 사회적 현실의 가장 중요한 부분을 이루는 다른 사람들의 의지의 예측 불가능 속으로 스스로를 던지는 일이다. 이 던짐의 위험이 크다고 해서 책임이 면제되는 것은 아니다. 오히려 사람은 이 던짐을 통하여 이러한 불균형과 예측 불가능까지도 자신의 책임 속으로 끌어올리는 것이다. 행동의 엄청남과 영광은 본질적으로 책임질 수 없는 것에 대하여 책임진다는 비장한 용기로부터 온다.

그러나 현실에의 행동적 개입은 절대적인 불균형과 예측 불능 속에 자폭(自爆)하는 행위가 아니다. 물리적 환경은 기술적(技術的) 통제의 정밀함에 의하여 조금 더 다룰 만한 것이 될 수 있다. 또 다른 사람들의 의지의 불확실에도 불구하고 사람이 스스로를 현실 속에 던지는 것은 그들의 공존적(共存的) 유대(紐帶)에 신뢰를 걸어 보기 때문이다. 사람의 사회적인 행동은 불가능에의 도전이 아니다. 행동에 있어서 동료 인간에 대한 신뢰는 행동의 책임을 조금은 가볍게 해 준다. 그의 잠월한 오만에도 불구하고 행동인의 겸손은 이 신뢰에 있다.

말도 행동이나 마찬가지로 스스로를 다른 사람들의 세계에 던짐으로써 완성된다. 말은 그것을 내면에서 외면으로 밀어낼 수 있는 의지로 하여 시작된다. 그러나 그것이 완성되는 것은 다른 사람의 이해 속에서이다. 말하는 사람 자신이 스스로의 의미에 대하여 완전한 보증을 가지고 있지 않다. 그는 그의 의미에 대한 보증 없이 다른 사람 사이에서 그것이 완성되어 돌아오기를 기대한다. 말하는 자에게 스스로와 상황의 제한을 받아들이는 결단이 필요하고 스스로의 언어와 그 언어를 초월하는 의미에 대하여 책임질 것이 요구된다. 말에 있어서도 신뢰는 책임을 가볍게 한다.

그러나 말에 있어서의 책임은 교정의 가능성에 의하여 더욱 가벼워질 수 있다. 언어도 상황에 따라서는 굉장히 긴박한 것이 될 수 있지만, 대체로 언어의 책임은 행동의 일회적(一回的) 강박성(強迫性)에 따르는 실존적(實存的) 책임의 무게에는 도저히 비교할 수 없는 것이다. 또 그러니만치 그것은 행동의 심각성과 진지함을 갖지 못한다. 그러나 다른 한편으로 그 교정 가능성으로 하여 말은 사실의 전체성에 조금 더 쉽게 접근할 수 있는 도구가 된다.

그러나 언어의 교정 가능성에서 오는 가장 큰 교훈은 관용성의 교훈이다. 언어로써 저질러진 잘못이나 거기에서 발견되는 시계(視界)의 협소(狹小)함은 단순히 잘못 파악된 사실이나 빗나간 논리를 나타내는 것이 아니다. 대부분의 오류에는 실존적인 차원이 대응한다. 오류치고 아마 어떤 구체적인 삶의 핵심으로서 채택되지 않은 것은 거의 없다고 할 수 있을지도 모른다. 잘못과 부분적인 관점의 교정을 통하여 우리의 말이 조금 더 넓은 전체성에로 나아갈 수 있는 것이라면, 부분적 실존도 보편적 조화 속으로 지양(止揚)될 수 있는 것이라고 하여야 한다. 물론 행동과 실존의 시간성이 그것의 되풀이를 불가능하게 한다는 것도 사실이다. 그러나 우리가 아무리 언어의 무력함에 절망한다고 하여도, 대화와 설득에 의한 삶의 확대가 불가능한 것이라면 말은 무엇에 쓸 것인가?

이 책의 글들은 대개 발표되었던 대로 재수록한 글들이다. 언어가 아무리 개인적인 진실이 아니라 보편적인 진실을 향하는 것이고, 또 그러니만치 그것에의 접근을 위하여 끊임없이 수정되어야 하는 것이라고 하더라도 위에서도 말한 바와 같이, 거기에 실존적 차원이 있는 것은 부정할 수 없다. 언어의 부분성은 그것이 개인적인 실존에 뿌리를 내리고 있는 데에서 온다. 또 이것이 불가피한 것이라면 언어의 보편성도 단순히 논리적인 과정을 통하여 이르게 되는 보편성이 아니다. 그것은 개체적인 실존의 복수성(複數性)의 이상적 수렴에 불과하다. 한 개인의 언어에 있어서도 그때그때의 언어적 표현은 그가 역사적으로 점유하였던 구체적인 시점에 결부되어 있다. 그런 까닭에 그의 보편성에의 지향도 오로지 변증법적 진전의 종합으로서만 표현될 수 있다고 말할 수 있을지 모른다. 우리가 언어를 통하여 보편성에 이르고, 또 사람 사이의 조화를 가져오는 데 기여할 수 있다면, 그것도 어떤 추상적이고 절대적인 진실의 정립에 의해서라기보다 개체적 실존이 보편에로 나아가는 역사적 진로를 보여 줌으로써일 것이다. 이렇게 볼 때, 우리의 오류는 단순히 말소되어야 할 것이 아니라 새로운 발전에로 지양되어야 할 어떤 것이다.

그렇다고 하여 오류에 대한 나태한 태도가 정당화될 수 있다고 말하는 것은 아니다. 여기에서 나는 개인적인 나태를 통하여 공존적 관용성의 방식을 생각해 본 것에 불과하다. 여기에 모은 글들을 다시 읽어 보면서 나 자신이 더 발전시켰어야 할 생각들, 바로잡았어야 할 논리의 혼란, 좀 더 분명했어야 할 의미, 불필요한 되풀이, 이런 것들을 많이 발견하였다. 그러나 그중에도 가장 근본적인 결함은 사실의 부족과 가설적(假說的) 이론의 과다(過多)로 생각된다. 사실의 부족은 더욱 철저한 실증적인 착반(鑿盤)이 부족하였다는 말이기도 하고, 또 조금 더 넓게 생존 자체의 사실적 구조를 밝히고 이것을 통하여 문학과 사회의 자기 이해(自己理解)와 역사의 실천적 기초에 기여하려는 노력이 부족하였다는 말이기도 하다.

이러한 것은 개인적인 결함이지만, 다른 한편으로는(특히 어떤 경우에 있어서 그리고 또 일반적으로) 우리 상황 그것에도 연결되어 있는 것이다. 이렇다는 것은 나 자신을 위해서보다 우리의 일반적 문화의 사정을 위해서 사실의 사실로서의 존중이 중요하다는 것을 상기하자는 뜻에서이다. 세상이 무너져도 사실은 사실이어야 한다는 태도가 그대로 성립할 수 없는 것이 인간 조건의 일부라고 하겠지만, 이것은 인간이 인간답기 위한 조건의 일부이고 인간이 인간 이하로 떨어지는 조건이 되는 것은 아니다. 사실을 떠나서 사람이 세상의 어디에 발을 붙이고 산다고 할 수 있는가?

이 글의 상당 부분이 난해한 인상을 줄 것이라는 것을 나는 알고 있다. 이것도 개인적인 역량의 미급에 기인하는 것이지만, 나 스스로 다른 한편으로는 밖으로부터만이 아니라 우리의 안으로부터도 작용하는 사실의 은폐 작용, 사고의 자기 제한(自己制限)에 관계된 것이 아닌가 하는 의심을 가져 본다.

이 책이 성립하는 데에는 말할 것도 없이 여러 사람의 도움이 있었다. 우리의 사고와 언어를 형성하고 그것에 연습의 공간을 베풀어 준 우리의 은인들을 어떻게 다 헤아릴 것인가? 그러나 조금 더 직접적으로 도움을 준 이들은 비교적 쉽게 헤아릴 수 있다. 이들은 격려의 말을 던져 줌으로써 말의 용기를 준 이들로부터 물질과 정신과 시간과 노동의 희생을 감수한 이들까지를 포함한다. 그중에도 박맹호(朴孟浩) 사장과 유종호(柳宗鎬) 형(兄)이 이 책을 만들어 낼 구체적인 계기를 마련해 주셨다. 책의 실제적인 제작의 번거로운 일을 맡아 주신 것은 심우백(沈雨白) 여사, 노경애(盧京愛) 양, 정병규(鄭丙圭) 씨 등이었다. 다른 보이지 않지만 중요한 수고를 한 분들의 이름을 다 적지 못하는 것을 유감스럽게 생각한다. 이름을 든 분이나 다른 분이나 두루 감사의 뜻을 전하고 싶다.

1977년 4월

김우창(金禹昌)

1부

궁핍한
시대의
시인

일제하의 작가의 상황

사람은 그의 현실의 부분과 전체를 보고 산다. 그러나 이 현실을 살아가는 데 있어서나 이를 의식 속에 투영하여 파악함에 있어서 전체와 부분의 균형을 바르게 유지하는 것은 극히 어려운 일이다. 이 균형을 유지하려면, 긴장과 갈등과 투쟁을 무릅쓸 각오를 해야 하는 것이기 때문이다. 긴장이 커짐에 따라 많은 경우 우리는 현실의 한쪽을 선택해 버리고 만다. 그러나 한쪽만의 선택은 우리에게 현실의 전모를 돌려주지 않는다. 우리가 현실의 부분에 눈길을 모으고 그것을 틀림없이 포착하려고 하면, 이 부분은 그것을 포함하는 전체에 의하여 뒤틀리고 제약되었음이 드러나게 되고, 따라서 우리가 보는 부분은 현실의 참된 모습이 아닌 것이 된다. 그러나 현실의 전체를 보는 눈은 사람이 세계와 생리적으로 감각적으로 교섭하며 살아가는 과정에서 유일하게 명백한 사실인 구체적인 현실을 잃어버리고 만다. 언제나 전체가 부분의 총화보다 크다고 하더라도 전체라는 부분은 집합에 기초해 있다고 할 수밖에 없다. 구체적인 생존에 의하여 매개되지 않은 어떠한 전체적인 현실도 참다운 의미의 전체일 수 없고, 단지 퇴화된 전체의 겉껍질에 불과할 뿐이다.

사람의 현실을 의식의 대상으로 또는 의식적인 의도의 대상으로 삼고자 할 때, 우리는 언제나 이러한 부분과 전체의 변증법에 부딪치게 된다. 그러나 이것은 현실을 이해하고 창조하는 문학적인 방법에 있어서 특히 핵심적인 사실을 이룬다. 소설이나 시에 나타나는 현실은 무엇보다도 개체적인 삶 또는 개개의 순간의 구체적인 직접성 속에 체험되는 현실이다. 구체성과 직접성에 대한 문학의 집착이야말로 문학적 작업에, 그것이 인간 현실을 인간적으로 이해하고 창조하는 거의 유일한 방법이라는 특별한 지위를 부여하는 것이다. 문학 작품은, 아무리 사람이 그를 에워싼 커다란 상황을 헤어나지 못하는 것이 사실이라고 하더라도, 인간을 구체적인 것으로서 묘사함으로써 문학에 고유한 영광을(또는 그 수모까지도) 차지한다.

그렇다고 하나 구체적이고 직접적이라는 것이 우리의 개체적인 삶의 외로운 감옥 속에 남아 있다는 것과 같은 뜻이라면 문학의 현실이 유독 나날의 삶을 있는 그대로 기록한 사실의 보고보다 한 단 높은 위치에 있는 것으로 평가되어야 할 이유가 없다. 문학이 단순한 사실의 보고와 다른 것은 그것이 전체성을 향한 — 구체적이고 직접적인 것이 의미 속으로 전체화되고 삶의 부분과 전체 사이의 균열이 하나로 이어져서 인간의 영웅적 가능성이 실현될 수 있는 차원을 향한 발돋움이기 때문이다. 모든 문학이 이 전체성을 얻는다는 것은 아니다. 보다 실제적으로는 개개의 문학 작품이 겨냥하는 것은 그것이 다루는 한정된 경험의 전체성에 불과하고, 또 이것은 단지 이 특정한 작품의 구조적 원리 또는 형식에 불과할 수도 있다. 그러나 따지고 보면 하나의 작품의 전체성은 하나의 삶의 전체성, 서로 한데 어울려 살고 있는 여러 사람의 다양하면서도 통일되어 있는 전체성, 또 삶 전체의 전체성에 이어진다. 하나의 작품은 이 복합적인 차원의 전체성에 다양하게 이어져 있으면 이어져 있을수록 그만큼 위대한 작품이 된다. 그러한 작품만이 개체로서, 사회적 존재로서의 인간, 인간의 가장 구체적이고 전형적인 모습을 보여 줄 수 있다. 그러나 이 전체를 향한 발돋움은 작가가 추구하는 이상에 그치는 것이 아니다. 앞에서도 말했듯이, 그것은 현실을 바르게 이해하는 데 있어서 필연적인 조건이다. 어떤 현실에 대한 부분적인 이해가 아무리 정확한 것이라 할지라도 이 부분적인 현실을 규정하는 큰 테두리에 비추어 볼 때, 우리의 이해는 하나의 망상에 불과할 수 있다.

현대 한국 문학의 발생과 전개를 이야기할 때, 삶의 가장 큰 테두리가 되는 것은 식민지라는 상황이다. 우리는 이 테두리를, 일제하에 쓰인 문학을 평가하는 데 있어서 늘 기억해야 한다. 식민지적 상황에 언급하지 않는 평가는 거의 틀림없이 부정확하거나 잘못된 것이 될 것이다. 식민지라는 전체적인 테두리에 미치지 못하는 작품은 식민지의 삶에 대한 진실을 있는 그대로 이야기하지 못한다. 이렇게 말하는 것은 모든 문학이 반드시 정치성을 띠어야 한다는 말이 아니라, 식민지의 문학은 불가피하게 정치적이 될 수밖에 없다는 말이다. 식민지 지배는 사회생활의 전체를 철저하게 규정하는 체제인 까닭에 식민지에서의 삶의 어느 부분도, 제국주의가 식민지의 현상과 미래에 내리 씌우는 철쇄에서 제외되지 않는다고 해야 한다.

그런데 일제 시대의 문학에 있어서 또는 이 시대의 문학을 이야기함에 있어서 식민지 지배라는 사실은 쉽게 잊힐 수도 있는 것이기도 하다. 우리는(정치적인 상황으로 인한 제약이 전혀 없었다고 말하는 경우는 없겠으나) 현대 한국 문학이 마치 제 스스로의 역학 속에 성장한 것처럼 토의되는 것을 종종 보는 것이다.

삶의 총체적인 테두리로서의 식민주의가 눈에 늘 보이는 것이 아닐 수 있다면, 그것은 또 그렇게 안 보일 수 있는 원인이 있었다고 말할 수는 있다. 식민 지배의 탄압과 착취는 외부적인 면에서는 비교적 쉽게 알아볼 수 있는 것이지만, 식민지인의 삶의 모든 면에 작용하는 보다 미묘한 영향력으로서는 쉽게 보이지 않을 수 있는 것이다. 이러한 미묘한 영향은 어디에나 있으면서 또 어디라고 꼭 꼬집어서 잡아내기는 어렵다. 이것은 문화나 정신의 면에서 특히 그러하지만, 사회나 경제의 미묘한 면들에 있어서도 그러하다. 가령 직접적 행동으로 표현된 탄압과 착취가 아니라, 지배자에 유리하고 피지배자에게 불리하게 이루어지는 식민지 사회 구조의 전반적인 변화를 가려낸다는 것은 매우 어려운 일이다. 문화와 같은 보다 무형적인 분야에서, 식민주의는 지배 문화의 점진적인 침투와 피지배 문화의 내적인 붕괴와 부패라는 형태를 띤다. 그것은 외부적인 강압보다는 내적인 괴멸을 통하여 작용한다. 극단적인 경우, 피지배인이 스스로 그러한 점을 의식하기도 전에 식민주의는 그의 마음 깊이에 자리 잡고, 정복된 문화에 대한 은밀한 경멸과 지배자들의 승리한 문화에 대한 은근한 부러움과 찬양의 심리를 조성해 놓는다. 그러나 내면으로부터의 괴멸을 단순한 배신이라고만 처리해 버리기는 어렵다. 식민지인이 자신의 문화를 버리는 것 자체가 그의 사회와 문화의 상태에 대한 심각한 우려와 관심의 표현일 수 있는 것이다. 그의 사회와 문화가 식민 지배하에 들어가게 되었다면, 그것은 바로 그 사회와 문화가 개혁과 변화를 필요로 한다는 증거가 아닌가? 생존의 현실에서 살아남는 것만이 값이 있는 일이라는 교훈은 사회의 존립에 있어서 비극적 진실인 것이다. 한국에서 식민주의의 문제를 한결 복잡하게 하는 또 하나의 요인은 여러 가지의 개혁 운동이 일본인의 도래 이전에 이미 활발했었다는 사실이다. 외관상의 변화의 계속은 안으로부터의 파괴 공작과 개혁의 움직임을 쉽게 혼동할 수 있게 했다. 그리하여 선의의 배신은 양심의 먼 구석에 이는 거의 느껴질 수 없는 파문에 불과할 수도 있었다. 사실상 희망적인 방향을 가리키는 듯한 변화의 움직임이 있었다. 삶의 외적인 도구의 영역에서 새로운 건축, 새로운 복장, 새로운 교통수단 등이 들어서고 하는 것은 사람의 눈을 현혹할 수 있었을 것이다. 문학에서도 많은 변화가 일어났다. 합방 이전에 이미, 오랜 외국어의 지배하에서 벗어나 새로운 문학적 표현의 수단으로 등장한 우리말은 합방 후에도 계속 활발한 문학적 실험의 매체가 되었다. 새로운 문학 형식, 새로운 장르들이 점점 광범위하게 시험되었다. 이런 것들이 식민주의를 보이지 않는 것이 되게 하는 데 도움을 주었다.

다시 한 번 말하여 전체에 이어지지 않는 부분적 현실은 비현실이 되고 만다. 식민주의하의 사건들을 고찰할 때면, 우리는 식민지적 상황으로 하여 작용했을 왜곡 효과를 상기해야 한다. 이러한 부분과 전체의 변증법은, 예를 들어, 현대 한국 문학의 가장 중요한 주제의 하나인 개인의 문제에서 분명하게 볼 수 있다. 사회와 정치에 단절이 일어나는 때에, 개인의식은 고조되게 마련이다. 이런 때 개인과 사회의 관계가 매우 불확실한 것이 된다. 따라서 개인의식은 구질서로부터의 개인의 해방이라는 형태를 취하기 쉽다. 그러나 그것은 새로이 나타날 질서의 관점에서도 중요한 문제가 된다. 왜냐하면 새로운 질서도 구질서에서 떨어져 나온 개체들의 공동 노력을 통해서 성립되기 때문이다. 개인의식의 문제가 한국 문학에서 주제가 되는 것은 당연하다. 그런데 여기서 주목해야 하는 것은 이것도 식민 지배라는 전체 상황의 테두리 속에서 보아야 한다는 것이다.

이광수(李光洙)가 최초의 중요한 현대 작가로, 또는 더 크게 보아 한국 역사상 처음으로 한국어를 유일하게 중요한 표현과 전달의 매체로 사용하는 작가가 되었을 때, 그가 내세운 것 가운데 가장 중요한 테마의 하나는 전통 사회의 속박으로부터의 개인의 해방이었다. 유교의 억압적인 기율과 의무 규정에 대항하여 그는 개인이 그 신체에 있어서 또 영혼에 있어서 저 자신일 수 있는 권리를 가져야 한다고 주장하였다. 아이들의 행복과 복지가 어른의 이익을 위해서 희생되어서는 안 된다고 그는 말하고, 또 개인은 자유스러운 사람의 관계를 통하여 배우자를 선택할 수 있어야 하고, 또 교육은 묵은 미신과 도덕률을 가르칠 것이 아니라 인간과 세계에 대한 과학적인 이해를 촉진시켜야 한다고 했다. 이광수가 내건 개혁안들이 당대의 식자들이 느끼고 있던 필요를 표현했다는 것은 이광수가 신문화의 교사로서 크게 각광을 받게 되었다는 사실로써 알 수 있다. 그러나 앞에서 말한 대로, 이러한 개혁안들이 식민지적 상황에서 제출된 것이라는 것을 상기하면, 이광수의 개인주의적 계몽론은 조금 다른 의미를 띠게 된다. 사회가 노예화되어 있을 때 개인이 자유로울 수 있는가? 시대의 과제는 개인의 해방이 아니라 민족의 해방이었다. 물론 이광수의 의도에는 개인의 깨우침 없이는——개인이 자유와 책임의 의미를 깨우치지 않고는 해방된 민족이 있을 수 없다는 뜻도 포함되어 있었을 것이다. 그러나 그의 개인 옹호가 무엇보다 집단의식의 쇠퇴를 원했을 일본 통치자들에게는 매우 편리한 것이었음에는 틀림없었을 것이다.

여기서 문제가 되는 것은 어느 개인이 잘하고 못하고의 문제가 아니다. 이광수 이후의 대부분의 현대 작가들도 역점(力點)을 달리하여 개인의 해방을 주제의 하나로 삼았다. 그것은 사회 사정에서 저절로 우러나오는 일이었다. 또 근본적으로 개인적인 관점과 반성적(反省的) 자아의식을 그 방법으로 하는 서구 문학은 여기에 모범을 제공해 주었다. 뿐만 아니라 이광수의 개인주의는 이익의 합리주의가 아니라 깨우친 자아(自我)의 철학, 사회 전체를 위한 정신적 자각의 철학이었다. 그러나 역설적으로 정신적 자각의 철학은 참의식을 이룩하는 데 오히려 장애가 될 가능성을 가지고 있다. 단순히 개인의 자유를 부르짖는 경우 그것은 종국에는 식민 체제 전체에 이르는 충격을 불러일으킬 수도 있었지만, 정신적 자각은 마음을 바꾸어 현대 문화의 세례를 받으라거나 현대 문화의 싸구려 외관을 장만하라는 호소로서 이해될 수도 있었다. 다시 말하여, 이것은 현대 문화의 문제를 외래 문화 도입의 문제와 동일시하게 하는 까닭에, 궁극적으로는 '신'문화가 없는 식민지인의 열등의식을 북돋워 주고, '신'문화를 가진 자와 안 가진 자 사이의 간격을 넓히며, 정치적인 문제점들을 흐리게 할 가능성을 가지고 있는 것이었다. 이러한 문화주의의 향방은 나중의 이광수의 이상주의와 종국적인 친일 개종(改宗)에서 대표적으로 볼 수 있는 것이다. 문화주의는 문화라는 것을 서양 사람의 습관과 책과 음악과 스포츠 등을 도입하는 것으로 인식하였다.(소위 신문화 운동이라는 것의 상당 부분이 이러한 것이었다.)[1] 본래의 의도가 어떤 것이었든지 간에, 개인주의적 문화의 현실적인 귀착점은 마찬가지였다. 결국 그것이 이르는 곳은 개인주의의 부식 효과로 인한 전통 사회의 공동체 의식의 퇴화였던 것이다.(식민지 시대의 알제리에서도 비슷한 상황이 있었다는 것은 흥미로운 일이다. 사르트르의 분석에 따르면, 프랑스 사람들은 알제리에서, "어찌 됐든지 봉건 제도로 하여금 사람이 사는 사회의 제도이게 하였던 제도와 관습을 파괴하고" 그 자리에 자유주의적 개인 윤리를 들여놓았다. 이것은 물론 정치에 있어서 자유 민주 제도를 수립하자는 의도에서가 아니라 구질서의 굳어진 잔재들을 손쉽게 조정하자는 의도에서였다.)[2]

이광수나 그와 비슷한 문화주의자들과는 달리, 염상섭(廉想涉)은 개인의 문제를 보다 현실적으로 사회 제도와의 뗄 수 없는 얼크러짐 속에서 이해했다. 그는 『만세전(萬歲前)』에서 이 얼크러짐을 사실적으로 묘사했다. 이 소설은 식민지 통치의 압력하에 안으로 터지며 타락하는 한국 사회의

---

1   조용만(趙容萬), 『일제하(日帝下) 한국신문화운동사(韓國新文化運動史)』(정음사, 1983)에서 받는 인상은 이렇다.

2   「식민주의는 체계이다」, 『상황』; Jean-Paul Sartre, "Le Colonialisme est un systeme", *Situations*, V (Paris: Gallimard, 1964), pp. 39~40 참조.

실상을 그리고 있다. 어떻게 옛 질서의 핵심이 되었던 가족 집단주의가 공공 권력의 책임에서 유리되어 완맹한 보수와 이기주의의 가면에 불과하게 되고, 어떻게 이 전통적 질서의 질곡으로부터 해방되지 않고는 개인이나 사회의 혁신이 있을 수 없는가를 이 소설은 이야기하였다. 식민지의 막힌 상황에서 벗어나는 방법으로 일본이나 서양으로 정신적으로 또는 실제로 이민해 가는 수도 있겠으나, 이것은 환상에 불과하다. 자기의 사회에 뿌리 내리지 않은 어떠한 삶도 바른 삶일 수 없는 것이다. 염상섭의 결론은 이러 했다. 『삼대(三代)』에서 염상섭은 서양에서 온 개인적 문화를 통하여 전통 사회를 부정하는 길과 죽어 버린 제도의 보수주의 사이에 중도적인 입장을 발견하고자 했다. 그는 이 중도적인 길이 추상적으로 서양을 택하는 데에 있는 것이 아니라(이 소설은 서양에의 길에는 기독교적인 것과 마르크시즘이 있다고 말한다.), 전통적인 가족 집단주의의 도덕적 혁신에 있다고 보았다. 이 소설의 지적(知的)인 구도(構圖)만을 따라 보면, 사회적으로 혜택받은 지위에 있는 가문의 개인이 자기 해방을 이루어야 하는 것은 분명하지만, 이 해방은 도피를 위해서가 아니라 책임을 위한 것이라야 한다는 것이다. 다시 말하여 개인의 자유의 효용은 묵은 믿음과 제도에 대한 완맹한 집착을 넘어서 사회의 현실을 바로 살피고 가족 내에 한정되었던 관심의 테두리를 사회 전체에 확대하는 책임을 떠맡는 데에 있다는 것이다. 그러나 염상섭이 그의 사회적 상상력에도 불구하고 전통적 가족 제도의 의미에 대하여 충분한 검토를 가했다고 말할 수는 없다. 귀족 가문의 이기주의는 전통적으로 그들의 정치권력과 대중 사이를 갈라놓고 있던 간격의 한 표현에 불과하고, 또 이 간격은 가족 제도 자체의 구조에도 내재하는 것이라고 할 수 있는 것이다. 어떤 선택된 개인의 사회적 책임에 대한 자각이 이러한 역사적인 간격을 넘어설 수 있다고 하더라도 그것은 그다지 믿을 만한 것이 되지 못하는 것일 것이다.

염상섭의 사실주의가 어떤 것이었든 간에, 한국 사회의 질적인 붕괴는 보다 강화되는 개인주의의 방향으로 — 그것도 이광수의 도덕적 자아주의(自我主義)가 아니라 소외와 아노미의 방향으로 계속되었다. 이상(李箱)은 현대 문화의 습득과 거기에 따르는 사인주의(私人主義)에 의하여, 개인적인 독립을 얻은 식민지인의 상황을 전형적으로 나타내고 있는 작가라고 할 수 있다. 그의 작품은 그가 날카로운 자의식을 가진, 사회로부터 완전히 소외된 인간임을 드러내 준다. 그의 자의식은 서양과 일본의 심리주의적 작품에서 배워 온 것일 수 있고, 그의 소외는 속물(俗物)의 세상에 고립되어 있는 서양 예술가의 자기 투영(投影)을 모방한 것이라고 할 수 있다. 그러나 그의 자의식과 소외가 식민주의하의 진상 — 식민주의가 어떤 개인을 그의 사회 집단들로부터 떼어 내어, 과거의 공동체나 미래의 공동체에 똑같이 정당한 자리를 가지고 있지 못하는 개인적인 문화의 회색 지대에 거주하게 할 때 발생할 수 있는, 생존 형태의 진상을 나타내고 있는 것도 사실이다.

작가와 사회의 관계는 동서양을 막론하고 평탄하지 못한 예가 많았다. 작가가 기존 사회의 가치를 대변하는 사람이 되어 공적인 숭배와 보상의 대상이 되는 경우도 있었으나, 보다 더 많은 경우 전형적인 현대 예술가는 반항아 내지 소외된 인간이었다. 그가 박해와 망명이라는 극단적인 운명을 피한다 해도, 국외자의 오랜 고난의 기간이 지난 후 물질적·사회적 보상을 조금이라도 얻으면 다행한 것이었다. 그러나 그의 소외가 완전한 것이 아닌 것이 보통이다. 왜냐하면 그의 소외는 그 혼자만의 것이 아니라 사회 자체에 있는 균열을 대표하는 것이기 때문이다. 이 사회의 균열은 기존 사회와 새로 태어나는 사회의 대결에서 일어나는 하나의 사회 과정의 양면이다. 사회 세력의 움직임은 하나의 권력을 생성하고 이를 뒷받침하지만, 또 그것은 스스로를 넘어갈 수 있다. 그리하여 자기 초월(自己超越)의 과정에서 사회 세력의 움직임은 그 스스로 만든 체제를 스스로 폐기할 수 있게 된다. 작가의 소외는 이 사회 과정의 틈바구니에서 발생하며 그런 만큼 그것이 결코 사회로부터 완전한 소외일 수는 없는 것이다. 그러나 식민 체제하에서, 권력은 사회 내 세력의 움직임에 대하여 아무런 관계를 갖지 못한다. 다른 사회의 동력학(動力學)에서 나오는 폭력인 식민지 권력은 식민지 본래의 사회 세력의 움직임을 저해하고 왜곡시킨다. 모든 절대 권력의 체제에서 그렇듯이 식민 체제에는 사회 세력의 이중 운동이 존재하지 못한다. 이러한 상황 속에서 작가는 자기 스스로 이방의 문화, 정복자의 문화 속에 편입되어 들어간다. 그러나 식민지를 지배하는 사회는 어떠한 적극적인 의미에서도 그를 필요로 하지 않는다. 식민지 사회는 더구나 그를 필요로 하지 않는다. 먼 문화에로 외롭게 팔을 뻗는 이 이방인은 자기 사회의 동력학 속에서 전통적인 질서도 새로 태어나는 질서도 대표하지 않는다. 말하자면, 그는 선거구민을 갖지 않는 자선(自選) 선량이 되는 것이다. 그러면서 그는 두 문화 사이의 회색 지대에 서식하는 기생충과 같은 존재가 된다. 한국 현대 문학의 대표적인 단편들, 가령 김동인(金東仁)의 「배따라기」, 「광화사(狂畵師)」, 「광염(狂炎) 소나타」나 염상섭의 「표본실(標本室)의 청개구리」, 또는 현진건(玄鎭健)의 「술 권하는 사회」 등에 미친 사람이나 술꾼과 같은 일탈 성격자(逸脫性格者)가 많은 것은 식민지 문화인의 반드시 이러한 고민에 연유하는 것이 아니라 할지라도 적어도 새 문화의 압력에서 오는 정신적 고통의 어려움을 나타내는 것이라고 할 수 있다. 그러나 식민지 사회에 있어서의 현대 예술가의 소외를 집중적으로 드러내 주는 것은 이상(李箱)이다.

이것은 그의 단편과 시에 잘 나타나 있지만, 그의 생애 자체도 증후적인 것이라 할 수 있다. 그의 이름까지도 미묘한 방식으로 그의 소외를 표현하고 있다. 알다시피, 이상이란 이름은 공사장 노동자가 잘못 부른 이름을 그대로 자기의 필명으로 삼았다는 것인데, 이러한 경위는 인간의 자아(自我)라는 것이 극히 우연적인 사정에 의해서 규정될 수 있다는 냉소적인 인식을 드러내 준다. 그런데 이름의 내용도 그의 소외 의식에서 어떤 의미를 갖는다고 할 수 있다. 전통적으로 문인들이 필명을 갖는 것은 흔한 일이나 성씨를 가는 것은 조금 드문 일이다.(그만큼 가문과 조상에 대한 의식은 강하게 우리 의식적·무의식적 행동을 규정하고 있다.) 김해경(金海卿)이 이상이 된 것은 바로 이러한 드문 사건인 것이다. 전통적인 한국에서 말할 것도 없이 가장 중요한 사회 집단은 가족이다. 그러나 이것은 많은 현대 작가들에게는 맨 먼저 대항하여 싸워야 할 사회적 범주가 되는 경우가 많았다. 사회 변화의 시기에 변화의 부조화는 으레 가족 관계에 나타나게 마련이지만, 한국과 같은 유교 사회에 있어서 이것은 특히 그럴 수밖에 없었다. 식민 지배의 새 문화와 더불어 전통적인 가족이 담당하던 사회화 과정은 새 정치 질서, 새 식민지 문화에 이어질 수 없는 것이 되었다. 가족 내의 사회화는 새로운 가족 구성원을 외부 세계로 진출하게 하는 데에 적절한 준비가 되지 못하고 오히려 장애가 되었다. 따라서 밖으로 뻗고자 하는 젊은 세대는 새 세계에서 무엇인가를 하기 위해서는 가족의 속박을 끊어야 했다. 이것은 작가의 경우에도 마찬가지였다. 이광수·김소월(金素月)·염상섭·심훈(沈熏) 등에서 우리는 이러한 갈등을 볼 수 있다. 이상이 본래의 성을 버리고 아무렇게나 주운 성을 자기 성으로 한 것은 성씨(姓氏)로 표현되는 가통 의식(家統意識)의 무의미함을 표현하려 한 것으로 해석될 수 있는 것이다. 한국 사람의 성은 의미를 상실했고 그들은 이제 일본의 '상'이 되어 가고 있는 것이다. 이것이 이상의 미묘한 자기 인식이 아니었을까?

　이상이 가족을 거부하고 또 가족에 따르는 가치를 거부한 것은 보다 넓은 면에서 전통적인 가치와 윤리를 부정하는 태도의 일부에 불과했다. 가족에 추가하여 그는 직업의 세계를 부정했다. 고등공업을 나오고 난 다음에 이상이 총독부 건축 기사로 일하다가 그만두었다는 것은 잘 알려진 사실이다. 그가 계속 그 자리를 가지고 있었더라면 그는 식민지 정부의 일원으로 적어도 지배 민족 집단의 준회원의 자격은 얻을 수 있었을 것이다. 그러나 그는 총독부의 직업에 매달리는 대신 이국적인 이름의 다방을 경영했다. 새 문화의 추종자들이 바라는 우아한 소비 생활을 상징했다고 볼 수 있는 다방을 경영함으로써 이상은 식민 자본주의 문화의 최고의 소비 이상을 실현하고자 하면서 결과적으로는 바로 그러한 이상으로 말미암아 쓸모없는 것이 되어 버린, 자신의 쓸모없는 삶, 잉여 인간(剩餘人間)으로서의 조건을 표현한 것이 아닐까?

이상의 다방처럼 그의 단편들은, 봉건적 기반에서 풀려난 사람의 추상적인 자유와 이 자유를 조장하면서 그것을 무의미한 것이 되게 하는 식민지의 테두리 사이에 끼인, 식민지 문화인의 자기모순을 표현하고 있다. 이상 소설의 주인공은 모든 삶의 얽힘에서 풀려난, 따라서 철학적으로 절대로 자유로우면서 실제에 있어서는 무력한 잉여 인간이다. 이 잉여 인간의 상황은 그의 가장 유명한 단편 「날개」로 요약하여 이야기될 수 있다. 이 단편의, 아내의 매춘 행위에 의지하여 먹고사는 주인공은 완전히 할 일이 없는 나태한 인간이다. 그러나 그는 그의 형편을 적어도 표면적으로는 별로 괴롭게 생각하지 않는다. 그렇다고 그가 도덕적인 의미에서 부패했다고 말할 수는 없다. 사실 그는 어린아이처럼 순진한 사람이어서 그의 경우 선악(善惡)의 문제는 도대체 일어날 수가 없다는 인상을 준다.(물론 따지고 보면 자기와 아내의 생활 방식으로 하여 일어날 수 있는 도덕적 문제에 대하여 천치같이 순진한 태도를 취하는 것은 그의 자기 방어를 위한 한 방법이라고 해야 한다.) 그의 순진함의 원인이 무엇이었든 간에, 하여튼, 일과 양심에서 풀려난 그는 세상에 가장 자유로운 사람으로 묘사되어 있다. 정해진 시간에 따라 움직일 필요도 없는 그는 자고 싶을 때 자고, 먹고 싶을 때 먹고, 가끔 마음이 내키는 대로 외출도 한다. 그의 이러한 생활에서 중요한 일은 확대경을 가지고 노는 일과 아내의 화장품 냄새를 맡으며, 그것을 그녀의 몸에서 나는 냄새에 관련시켜 보는 일이다. 그의 또 한 가지 면에서의 자유는 얇은 칸막이로 나누어 있는 바로 옆방에서 아내가 사업을 하건만, 그러한 아내에 대해서 아무런 시기심도 또 사랑도 느끼지 않는다는 감정의 초연함으로 하여 가능해진다. 그러나 그의 자유는 세계와의 감정적·실존적 절연에 말미암은 것이기 때문에, 그의 인생은 완전히 메마르고 위축된 것이 되어 그의 생활 공간은 조그마한 자기 방에만 한정된다. 이 줄어든 삶에서 그에게 문제되는 것은 오직 권태를 어떻게 할 것인가 하는 것이다.

이상의 단편과 수필에 나오는 권태는 프랑스의 '저주받은 시인(poètes maudits)'과 세기말 퇴폐주의 전통에서 빌려 온 것으로 생각되지만, 식민지 문화인으로서 그가 처했던 상황에서 저절로 나올 수 있는 것이기도 했다. 권태란 정신의 에너지, 특히 세계의 성적(性的) 향수(享受)에 관계되는 에너지가 세계의 장으로부터 후퇴하여, 우리로 하여금 세계에 대하여 극히 가냘픈 끄나풀만으로 연결된 상태에 놓이게 할 때 일어나는 심리라고 할 수 있다. 이렇게 권태의 의미를 정의하고 보면 「날개」의 주인공의 아내가 성적 쾌락을 팔고 사는 창부라는 것은 그럴 만한 사정에서 나오는 것으로 생각된다. 구체적으로 주인공의 권태의 핵심에 놓여 있는 것은 쾌락의 여인인 아내에게서 쾌락을 얻을 수 없다는 사실인 것이다. 이 이야기에서 주인공과 아내의 관계는 외면적으로나 내면적으로 지극히 정상적이다. 이야기의 어디에도 두 사람 사이에 성적으로 감정적으로 성인(成人)의 관계를 암시하는 사건이나 말은 발견할 수 없다. 주인공의 아내에 대한 관계는 아이가 어머니에 대해서 갖는 것과 같은 의존심이고, 아내의 그에 대한 감정도 어머니가 아이를 걱정하는 것과 같은 요소를 강하게 가지고 있다. 그러나 두 사람의 관계는 단순히 심리적으로 설명되어 버릴 수 있는 것이 아니다. 주인공이 감정적으로 아내에 의존하고 있는 것은 그 근본에 있어서 그가 아내에게 경제적으로 매달려 있다는 사실과 한 덩어리를 이룬다. 이 경제적 의존 관계가 감정적인 의존 관계를 만들어 내고 또 그것이 두 사람 사이의 관계를 왜곡시킨다. 이러한 연관들의 의미는 자명하다. 「날개」의 세계에서 남자와 여자의 관계는 쾌락에 의해서 규정된다. 쾌락은 돈에 의하여 매개된다. 그러나 경제 능력이 없이 쾌락의 대가는 지불될 수 없는 것이다. 이것이 「날개」의 주인공과 아내의 관계를 설명해 주는 근본 구도이다.

실제 이 이야기에서 돈은 매우 중요한 역할을 한다. 의도적으로 혼란되어 있는 이야기에서 돈의 의미를 완전히 추출해 내기는 쉽지 않지만, 대강의 맥락은 짐작해 볼 수 있다. 아내가 손님을 받을 때면, 물론 대가로 돈을 받는다. 그러면 아내는 주인공의 방으로 건너와 그에게 돈을 준다. 그러나 주인공은 이 돈을 어떻게 해야 할지를 알지 못한다. 그러나 아내는 돈 주는 일을 계속한다. 그녀에게 이것은 중요한 일이다. 왜냐하면 그에게 돈을 줌으로써 그녀는(반드시 성적인 의미에서는 아닐망정) 쾌락을 얻으며, 또 그것을 통하여 그의 그녀에 대한 의존 관계를 굳히고, 이것을 통하여 자신의 생존의 의미를 확인한다. 이야기의 나중 부분에 가면서 주인공도 돈을 지불하는 기쁨을 깨닫기 시작한다. 그는 아내에게 돈을 돌려주는 방법을 발견하고 거기에서 이상한 쾌감을 느끼게 되는 것이다. 주인공이 이 소설에서 깨닫게 되는 교훈의 하나는 사람들이 쾌락과 금전의 교환 관계를 통해서 맺어진다는 사실이다.(기지에 찬 도입부의, "육신(肉身)이 흐느적흐느적하도록 피로(疲勞)했을 때만 정신(精神)이 은화(銀貨)처럼 맑소."에는 사람이 육체의 한계점에 이르렀을 때 사물을 제대로 인식하며, 이때 인식의 한복판에 선명하게 떠오르는 것은 금전 문제라는 뜻도 함축되어 있는 것으로 볼 수 있다.)

「날개」에서 이상은 식민지 화폐 경제하에 사는 식민지인의 상황을 선명하게 묘사하였다. 삶이 의미의 공적인 공간에의 참여를 거부당할 때, 그

의미는 오직 개인적으로 추구되는 쾌락에서만 찾아진다. 그러나 쾌락은 돈의 상관 변수(相關變數)이다. 그러면 돈을 어디에서 얻을 것인가? 사회의 생산 조직에서 떨어져 나간 사람에게 돈을 구할 수 있는 유일한 수단으로는 매춘 행위나 기생충적인 생활 방식의 채택이나 —— 이러한 자신의 바른 모습을 희생하는 수단만이 있을 뿐이다. 그러나 이 타락한 생존 방식에서는 쾌락도 그 의미를 잃게 된다. 이것이 이상의 권태의 의미가 아닐까?

결국 쓸모없는 것이 될 정도로 사인화(私人化)되어 버린 인생을 그린 이상의 단편에 두드러진 것은 주로 절망과 냉소이지만, 그가 말하고자 했던 것은 단지 인생이 도저히 불가능한 것이라는 사실만은 아니었다. 그는 그의 주인공의 삶, 곧 그의 삶이 타락의 구렁텅이를 넘어서야 마땅하다는 것을 강하게 느끼고 있었던 것으로 생각된다. 앞에서 살펴본 이야기의 제목 「날개」는 천치와 기생충의 생활에서 벗어나 천사처럼 날아가고 싶다는 그의 욕망의 상징이다.

이 타락의 현상을 벗어나고자 하는 욕망은 이상의 다른 단편들에 더욱 구체적으로 나타난다. 「날개」에서와 마찬가지로 타락한 삶의 고통은 남녀 관계, 특히 매춘부와의 생활이나 불충실한 애인 관계의 불운을 통하여 이야기되어 있다. 이야기의 내용은 대개 여자의 배신에 관한 것인데, 주인공＝이상은 이러한 배신을 될 수 있으면 관대하고 평온한 태도로써 대하려고 한다. 그의 주인공이 되풀이하여 보여 주는 것은 그가 매춘 행위라든지 애인의 배신에 대해서 하등의 통상적인 편견을 가지고 있지 않다는 것이다. 그러나 이러한 초연한 태도를 유지하는 것이 그에게 괴롭지 않은 것은 아니다. 그렇다는 것은 애인의 불충실함이 그의 윤리 감각에 배치되는 때문이 아니라 그가 원하는 것이 완전한 믿음과 사랑의 관계이기 때문이다. 그러나 그는 이러한 관계가 폭력이나 윤리나 돈에 근거하여 이루어질 수 없다는 것을 잘 알고 있다. 그것은 다만 자유로운 사람과 자유로운 사람 사이의 무상(無償)의 증여로써만 성립할 수 있다. 그의 얼른 보기에 냉소적인 자포자기 아래에는 이러한 이해가 들어 있는 것이다. 그가 그를 배신하거나 떠나는 여자들을 그대로 버려 두는 것은 그들이 완전히 자유 의사로써 돌아오는 것을 기다리고 있기 때문이다. 그러나 사랑의 자유롭고 대가 없는 교환—이것은 있을 수 없는 일이었다. 식민지 사회의 삶은 너무나 단단히 돈과 쾌락의 올가미 속에 죄어져 있었던 것이다.

얼른 보기에 오로지 퇴폐와 절망만을 이야기하는 이상의 이야기들이 말하고 있는 사연은 다시 말하여, 인간의 자유—인간관계의 기초로서의 자유의 의미에 대한 것이다. 사람과 사람을 묶어 놓는 것은 돈도 아니고 윤리나 도덕도 아니며, 오직 그것은 자유와 사랑이다.—그의 단편들은 한쪽으로 이러한 사연을 담고 있다. 이러한 사연은 개인의 자유에 대한 그의 극렬한 실험에서 얻어졌다. 이상의 자유를 위한 실험은 어쩌면 그의 식민지인으로서의 주변적 지위로 하여 더욱 극렬하고 철저한 것일 수 있었다고 할 수 있다. 그러나 주변적 생존의 무의미는 그의 자유로 하여금 현실 속에 구현될 수 없는 자유의 약속에 불과한 것이 되게 하고 말았다. 앞에서 살펴본 대로 자유의 진상은 현실에 있어서, 퇴폐와 쾌락과 고통이었다. 이상 자신이 동시에 자유와 부자유를 함께 베풀어 주는 그의 생존적 주변성을 잘 알고 있었다. 그는 문화와 권력의 중심지인 동경에 감으로써 그의 주변성을 벗어날 수 있다고 생각하였다. 후회와 폐결핵에 괴로워하며 그래도 새 출발을 해 보겠다는 희망으로 그는 동경으로 갔다. 그러나 그를 기다리고 있었던 것은 체포와 석방과 죽음이었다. 죄목은 사상이 불온하다는 것이었는데, 식민지라는 주변 지대의 자유는 중심지에 옮겨 놓을 때 곧 불온한 것으로 보일 수밖에 없고 그것은 아무리 작은 것에 불과하더라도 용서될 수 없는 것이었다.

그 분위기와 방향은 전혀 다르지만, 윤동주(尹東柱)의 생애에서도 우리는 비슷한 식민지인의 운명을 볼 수 있다. 이상의 생애에 비하여 윤동주의 생애는 보다 의도적이고 조화된 궤적을 그리는 것이었다. 이상만큼은 자기 내면에 자리 잡은 사회와 의식의 파괴적인 힘들에 의하여 시달리지 아니한 윤동주의 생애의 주제는, 괴테의 자기완성의 이상에 비슷한 정신적 성장이었다. 이상의 개인주의가 세기말의 퇴폐주의 또는 소비문화 쪽으로 향해 간 데 대하여 기독교 교육을 받은 윤동주는 삶의 미적(美的)·윤리적 완성에 더 관심을 가졌었다. 그러나 그는 내면의 완성을 추구해 가는 도정에 내면과 외면의 조화된 교환이 없는 곳에 내면만의 완성이란 있을 수 없다는 것을 깨달았다. 문제는 식민지 사회라는 외면이었다. 식민지의 조건하에서 내면은 어디까지나 내면으로 남아 있어서 외면으로 바뀔 가능성이 없었다. 그가 그의 시집의 출간마저도 생전에 보지 못한 것은 내면의 외면화가 불가능한 식민지적 생존의 극적인 상징으로 생각된다. 그러면 이 내면적 인간의 내면은 어디에서 오는가? 그것은, 그의 유기적인 영혼의 개화(開花)를 저해하는 요소로 느껴졌던 토착 전통의 내면에서 오는 것이 아니었다. 그것은 멀리 괴테, 쇠렌 키르케고르, 앙드레 지드, 발레리 등 서양의 내면적 작가에서 온 것이었다. 그리고 일본은 한국보다는 이러한 영혼의 고향인 서양에 가까운 곳이었다. 그 자신, 자기완성의 이상과 다른 한쪽으로는 그러한 이상이 현실화될 수 있는 공간으로서 필요한 독립되고 자유로운 사회(이 사회의 성립을 누르고 있는 것이 바로 그 성립을 요구하고 있는 이상의 고향이었다.) 이 두 가지 것을 한번에 선택한다는 것의 모순을 알고 있었다. 그러나 그는 결국 영문학을 공부하기 위하여, 즉 자기완성의 길을 택하여, 일본으로 갔고 그곳에서 옥사하였다.

　　모든 작가의 문학적 모험이 개인주의적 문화를 위한 것은 아니었다. 식민지 한국의 현실, 특히 농민을 비롯한 민중의 현실에 보다 단호하게 눈을 돌린 작가들도 있었다. 그렇긴 하나 이러한 작가가 사회 현실을 다루는 경우에도 개인의 문제는 완전히 배제될 수 없는 것이었다. 가령 민촌(民村)의 『고향(故郷)』의, 대체로는 낮은 열도의 감정으로 일관된 삽화들 가운데 그래도 가장 감격적인 순간은 여주인공 갑숙이가 서울에서 고향으로 내려온 다음 연애의 자유를 포함한 자유의 불가능을 깨닫게 되는 순간이다. 이때 여주인공은 생각한다.

누구나 똑바로 눈을 뜨고 쳐다볼 때 이 세상에서 진실한 자유를 가진 자가 누구더냐. 어느 곳에 진실한 자유가 있더냐? 참으로 어디에 인간의 남녀가 참 마음으로써 결합할 자유가 있든가. 이것은 비단 가난한 사람들의 남녀에게만 한정한 말이 아니다.

비록 루거만의 부자라 할지라도 그들은 돈을 쓰는 자유는 있을는지 모르나 진정한 자유는 없다. 다만 그들은 금전으로 속이 빈 자유를 사는 것뿐이었다.

우선 갑숙이 자신을 두고 보더라도 그는 물질적 생활에는 그다지 부자유가 없는 이상 남 보기에는 자유롭고 행복할 것 같지만 실상은 그렇지 못하다.

그는 처녀의 순진한 마음으로 무지개와 같은 좋은 행복을 손짓해 불러 보았다. 그러나 그에게 부딪친 현실은 봉건적 사상과 낡은 습관과 타락한 금수 철학이 그의 몸을 싸늘하게 결박하고 있지 않은가?

그렇다면 이 시대는 자유를 누리랴 할 것이 아니라 먼저 부자유와 싸워야 할 것이다. ……그렇다면 연애니 가정이니 하는 것은 도대체 문제 이외가 아닌가?

이런 다음 여주인공은 주인공 희준이에 대한 그의 은밀한 사랑을 다음과 같이 청산하기로 한다.

갑숙이가 이렇게 생각하니 비로소 희준이의 마음을 짐작할 수가 있었다. 그렇다면 그는 누가 설사 연애를 걸더라도 한 말로 거절하고 말 것이다.

그의 이런 생각은 지금까지 자기의 먹고 있던 마음이 얼마나 어리석었음을 깨닫는 동시에 스스로 얼굴을 붉히지 않을 수 없었다.[3]

이렇게 『고향』의 등장인물의 경우에서 볼 수 있듯이, 눌려 있는 사회에 있어서 개인적인 행복의 추구가 불가능한 것이라고 한다고 하더라도, 개인의 문제가 반드시 사라지는 것은 아니다. 새로운 변화는 개인의 의식 내의 변화를 통하지 않고는 올 수 없다.(물론 그렇다고 해서 지속적인 사회 변화가 개인의 의식 하나만으로 일어날 수 있다는 것은 아니다. 그리고 여기에서 우리는 의식의 변화가 어떤 조건하에서 일어나느냐 하는 문제에도 언급하고 있지 않다.) 『고향』에 그려진 모순된 지주 제도와 식민지 통치의 이중고 속의 농민 생활은 너무나 침체되어 있다. 농민을 겨우 연명이나 가능한 빈곤 상태로 몰아넣고 동시에 자신들의 상황에 대한 집단의식을 불러일으킬 만한 일체의 활동을 맹아에서부터 삼제해 버리는 체제하에서, 삶은 생존을 위한 끊임없는 안간힘의 노동이 될 뿐만 아니라, 공동체 내의 싸움질과 모략 중상의 신경전이 된다. 이런 상황에서 새로운 출발이 이루어질 수 있는 것은 좁은 마을의 한계와 그 안에 얽힌 억압의 굴레를 넘어설 수 있는 외부인에 의해서이다. 『고향』의 마을을 빈곤과 절망의 수렁에서 건져 내려고 노력하는 사람이 서울과 동경에서 공부한 지식인이라는 것은 이러한 관점에서 이해될 수 있다. 그의 경우 개인적인 자각은 다시 한 번 개인적인 문화에로 나아가지 않고 공동체에 대한 책임에로 나아간다. 그렇다고 해서, 가령 『상록수(常綠樹)』와 같은 작품에 있어서처럼 이 소설의 주인공이 그런 과업을, 농민을 계몽

---

3 이기영, 『고향(故鄕)』 상(上)(서울, 1947), 409~410쪽.

하여 자기의 개화된 생각에로 이끌어 간다는 식으로 생각한다는 것은 아니다. 그는 주로 농민들 자신이 가지고 있던 옛 풍습과 제도, 가령 두레라든지 부락제라든지 하는 것들을 부활시키는 것을 방편으로 삼고자 한다.

그러나 소설 전체로 볼 때, 주인공의 의도에도 불구하고 크게 중요한 사건은 일어나지 아니한다. 이야기는 전반적으로 낮은 열도(熱度)의 행동 차원에 머물러 있으면서 봉건 제도와 식민지 통치하의 농촌의 문제를 극적으로 다루지 못한다. 그리고 다른 많은 작품의 경우와 마찬가지로 이 소설이 그리고 있는 농촌의 삶을 규정하고 있는 큰 테두리의 상황을 식민주의보다는 봉건적 농촌 경제로 보고 있는 것도 완전히 충분한 고찰이라고 할 수는 없다. 물론 우리는 이 소설이 작가의 투옥으로 하여 중단되고 다시 계속되지 않았다는 사실을 요량하여야 한다. 그렇긴 하나 이 소설이 계속되었더라도 보다 넓은 무대의, 보다 극적인 사건의 전개를 통하여 본격적인 상황 판단을 소설적으로 제시해 주었을 가능성은 적다. 사회 전반이 침체되어 있는 마당에 작가 혼자서 극적인 행동과 무대를 조작해 낼 수는 없는 일이다. 어떤 의미에서 농민의 삶의 진상에 충실하다는 것은 모든 개혁 운동을 억제하고 있는 정치적인 금제(禁制) 안에 남아 있다는 것을 의미한다. 『고향』의 주인공이 개인적 걱정의 영역에서 공적인 문제의 광장으로 나가려고 시도할 때마다 부딪치는 좌절과 장해는 이것을 분명하게 보여 준다.

『고향』의 주인공이, 식민지가 일본을 향하여서 열림으로써 가능해진 현대 교육을 받은 지식인이라는 것은 경시될 수 없는 사실이다. 사회 현실을 바르게 검토하고자 한 다른 작가들의 경우에도 우리는 이러한 사정을 볼 수 있다. 이들 작가는 문학 기법과 비판적 관점을 서양 문학, 특히 러시아 문학이나 일본 문학을 통하여 배웠다. 그들이 '리얼리즘', '자연주의' 또는 여러 가지의 대중적인 정치 이데올로기를 배운 것도 서양과 일본을 통해서였다. 사실상 이 무렵에 서양 문학을 의식함이 없이 작가 수업을 한 사람은 없다고 해도 좋을는지 모른다. 토착적인 이야기의 전통이 없지 않았지만, 이 전통에 의지하여 작품을 쓴 사람은 없었던 것 같다. 그러니까 작가들의 근본 방향에 있어서의 차이는 그들이 밖으로부터 배워 온 것을 어떻게 사용했느냐에 의하여 정해졌다고 할 수 있다. 그들의 교육은 그들로 하여금 도피를 택할 수 있게도 하고 책임을 택할 수 있게도 했다. 어느 쪽도 쉬운 선택은 아니었다.

그런데 현대 문화 또는 개인주의적인 문화가 문제 밖이었던 작가들도 있었다. 이러한 작가들은 대개 전통적인 교양에 의하여 인격을 형성한 사람들로서, 이들의 경우 현대 문화는 적어도 영혼 내부에서의 자기 분열을 가져오지는 아니하였다. 그들의 고민은 자아(自我)의 내부 분열에서 오는 것이 아니라, 그들을 길러 낸 사회와 그 사회의 존립을 위협하는 세력 사이에 끼여 어떻게 해야 할 것인가 하는 결단의 어려움에서 오는 문제였다. 따라서 이들은 그만큼 쉽게 절망에 빠지지도 않았고 암중모색(暗中摸索)에 헤매지도 않았다. 이런 종류의 대표적 작가들은 시인들이었는데, 이들의 의식이 시로써 표현되는 데에는 그럴 만한 이유가 있었던 것 같다. 시는 대체로 현실에 지나치게 얽매임 없이 소망의 세계를 이야기할 수 있는 장르이고, 또 소설이 외국 모형의 흡수와 더불어 서서히 토착화되어야 했던 문학 형식인 데 대하여, 시는 한국 전통에서도 분명한 모습을 갖추고 있었던 형식이었기 때문에 외국에서 특히 배워 올 바가 적었다. 이런 사정으로 말미암아, 이들이 전통적인 교육을 받고도 시를 쉽게 쓸 수 있지 않았나 생각된다.

현대 시의 대가이고 독립운동의 지도자인 한용운(韓龍雲)은 불교에서 그 기본적인 교양을 얻었다. 그는 불교에 있어서의 무(無)의 변증법을 통하여 식민지 현실의 진상을 이해할 수 있었다. 불교의 구극적인 실재는 공(空)인데 이것은 그 자체로서 그저 비어 있는 어떤 것이 아니라, 부정(否定)

의 끊임없는 움직임 속에 확인되는 것이다. 같은 방식으로 식민지의 상황은 부재(不在)에 의하여, 있는 대로의 상태를 가차 없이 부정함으로써 넘겨다볼 수 있는 정의와 진리의 세계에 비추어서만 그 뜻을 이해할 수 있는 것이었다. 그의 시집의 제목에 암시되어 있듯이, 식민주의 시대는 님이 침묵하고 부재하는 때다. 그러면 님은 어디에 있는가? 님은 어둠과 고통의 이 세계에는 존재할 수 없다. 그렇다고 해서 님은 피안(彼岸)의 존재일 수도 없다. 그런 경우 님은 우리의 고통에 아무런 관계가 없을 것이기 때문이다. 어쨌든, 님은 경배의 대상으로 받들어 올려질 수도 없다. 그것은 님의 무한한 완전함을 제한하는 것이기 때문이다. 님은 부정(否定), 비진리의 세계에 굽히지 않으려는 투쟁 속에만 있다. 한용운의 이러한 형이상학은 식민지 현실에 대한 하나의 해석을 주었다. 그러나 그 폭넓은 형이상학은 개인과 전체의 관계에 대한 비유도 포함하고 있었다. 한용운의 부정은 사회의 초개인적인 제약이 개인을 속박하는 것을 거부하였다. 그리하여 이것은 다른 반계율주의(反戒律主義)처럼 개인에게 완전한 자유를 인정했다. 그러나 이 개인적 자유는 결코 개인적 탐닉으로 흘러갈 수는 없는 것이었다. 한용운은 사회의 제도적인 규약들에게 대상적인 의미를 거부한 바와 같이, 그의 개인적인 자유를 대상적인 것, 어떤 물질적·정신적 내용으로 파악하는 것을 거부하였다. 그의 자아는 어떤 적극적인 내용보다도 불의에 대한 저항, 잡히지 않는 진리에 대한 갈구에 의하여 정의되는 것이었다. 이러한 사회와 자아에 대한 이해는 한용운을 가장 철저한 개인 인격의 옹호자이면서 가장 강인한 독립운동자이게 했다.

이육사(李陸史)는 전통에서, 이번에는 이조(李朝)의 유교 사회의 정치적·도덕적 질서의 수호자였던 선비의 전통에서 정신적인 힘을 얻은 시인이었다. 그의 감수성이나 인품에 있어서 그는 전통적인 사람이었던 것 같지만,

그는 동부 아시아 전역에 벌어지고 있는 정치 투쟁의 상황을 잘 알고 있었다. 전해지는 말로는 북경대학에서 공부한 일이 있다고 하지만 그의 정치 평론에 의하면, 중국 대륙에서 벌어지고 있는 복잡한 군사적·정치적 투쟁을 잘 알고 있는 중국 문제 전문가였다. 그의 시를 보면 그는 서구 시의 영향을 받은 한국 현대 시들의 경향을 잘 의식하고 있었다. 이러한 국제적인 맥락에도 불구하고 그의 인격의 핵심은 매우 전통적인 것이었던 것으로 보인다. 그에게는 내면의 인간과 사회 사이에 갈등은 있었지만 그 사이에 일어나는 본질적인 고민은 없었다. 그가 불행했던 것은 사실이나 그의 불행은 자신의 능력과 현실 사이의 불균형에서 오는 것이다. 그의 내적인 요구는 침략자에 대항하여 싸워야 한다는 것이었으나 그가 북경의 감옥에서 죽을 때까지 투쟁을 계속했음에도 불구하고 그의 저항이 효과적인 것이 될 만큼 자신의 힘이나 민족의 힘을 집약할 수 없음을 안타깝게 생각했던 것 같다.

이육사는 식민지 시대를 살았던 작가가 갈 수 있는 여러 갈래 길 가운데서 가장 흥미 있는 길 하나를 대표하고 있다. 그러나 그의 시적 업적은 한용운이나 다른 시인들의 그것만큼 뛰어난 것이 되지는 못한다. 그의 시는 분량에 있어서 얼마 되지 않을 뿐만 아니라 그의 상상력은 경직(硬直)한 무엇을 가지고 있는 것 같다. 이것은 시적 기교의 부족에 기인하는 것이 아니라 전통적인 선비의 윤리에 내재하는 어떤 추상성에 기인한 것이 아닌가 한다.

이 점은 여기에서 할 수 있는 것 이상으로 엄격한 분석을 필요로 한다. 사실 이 추상성은 한용운에게서도 발견되는 것으로서, 그의 시로 하여금 한 민족의 시적인 소망과 정신적 욕구의 완전한 표현이 되지 못하게 하는 요소이다.(물론 불교는 그의 전통적인 태도를 크게 다른 것이 되게 한다.) 이 추상성이란 유교 윤리 속에 있는 외면적인 것, 남성적인 것, 말하자면 도덕적 남성주의에 관계되는 것으로 생각된다. 인류학자들이 말하듯, 많은 전통적 사회는 두뇌와 심장, 남자와 여자, 남자의 일과 여자의 일, 공적(公的)

인 영역과 사적(私的)인 영역 ── 달리 말하여 사람의 바깥과 안, 융의 말을 빌려서는, 사람의 인격에 있어서 아니무스(animus, 남성적 정신)와 아니마(anima, 여성적 영혼) 사이에 확연한 구분을 두는 것이 보통이다. 선비의 윤리는 위의 대조에서 전자(前者)만을 중시하고 후자(後者)를 경시한다. 이육사가 실의(失意)의 사람이었다면, 그것은 그의 도덕적인 성품이 그로 하여금 민족의 독립과 고통하는 동족에 대해서(그의 사회주의적인 경향도 여기에 관련이 있겠으나) 책임을 떠맡도록 요구했기 때문이었다. 이러한 요구에도 불구하고 이 책임을 충분히 효과적으로 수행할 수 없다는 것은 그의 좌절감의 한 원인이었던 것 같다. 그의 공적인 행동주의는 공적인 공간에서 큰일을 해내야 한다는 전통적인 남성의 야심과 별 차가 없는 것이었다. 유교에서 중요한 외적 인간에 대하여 ── 여기에서 내면은 늘 감추어져야 할 뿐만 아니라 외적인 윤리인의 요구에 따라서 훈련되어야 했다. ── 현대 시의 방향은 내적인 인간의 성적인 요구를 그 주제로 하는 것이었다. 이러한 현대 시의 방향이 틀렸다고 할 수는 없다. 그것은 인간의 전면적인 행복에 대한 요구라고 할 수도 있기 때문이다. 유교 윤리는 인간의 완전한 인간됨을 도덕적으로 추상화할 것을 요구하였다. 이것은 인간의 본능에 관해서 특히 엄격한 규제를 필요로 하였다. 현대 한국 문학이 서구의 개인주의 문학에서 풍기는 내면성의 유혹에 끌려간 것은 인간성의 억압된 요소들의 복원(復元)을 위한 호소에 그것이 일치했기 때문이었다. 이런 의미에서 현대 한국 문학에서 개인주의 문화의 고뇌는 인간성의 전면적인 완성을 향한 발돋움의 일부였다고 볼 수도 있다. 김윤식(金允植) 교수는 현대 한국 문학에 '피메일 콤플렉스(여성 편향)'란 것이 존재한다는 것을 지적한 바 있는데[4] 사실 현대 문학에 있어서 여성적인 것, 내면적인 것, 부드러운 것을 향한 움

---

4 김윤식, 『근대한국문학연구(近代韓國文學研究)』(서울: 일지사, 1973), 447~473쪽 참조.

직임은 문학을 움직이는 중요한 힘이었다고 말할 수 있다.(한용운이나 이육사에게도 여성적인 것은 강하게 나타나 있다. 한용운의 「님의 침묵」이 여인의 애가(哀歌)와 같은 형태를 취하고 있다거나 이육사의 많은 시에 섬세한 애수의 정서가 깃들어 있다거나 한 것이 그 증거라고 하겠다. 전통적인 교양 속에 자라난 시인들의 경우에도 그들의 시는 그들의 여성적인 것에 대한 요구를 표현하지 않을 수 없었던 것으로 보인다. 이러한 면은 그들의 전체적인 삶의 방향에 모순된 것으로서 그들의 시에 있어서 반드시 시의 강점을 이루는 요소라고 말할 수 없다.) 한국인의 정신에 있어서 내면과 외면의 균형이 어떠한 것이었든지 간에 식민주의 내에는 그의 내면화된 욕구를 위한 자리는 있을 수가 없었다. 내면적인 인간의 식민지적 한계를 넘어서고자 하는 고통스러운 노력은 허상과 타락과 배반으로 끝났다. 이것이 일제하의 한국 문학사의 곡절 많은 진로에서 발견할 수 있는 가장 중요한 교훈의 하나이다.

나는 인간의 현실을 이해함에 있어서 부분과 전체의 변증법을 의식하는 것이 얼마나 중요한가를 말하고 또 문학은 구체적인 부분을 전체에로 지양하는 방법이라고 풀이함으로써 이 글을 시작하였다. 이러한 지양의 필요가 있다고 할 때, 부분과 전체의 필연적인 함축에도 불구하고 그 관계가 늘 분명한 것은 아니다. 그러니까 문학은 그것이 전면적인 현실을 향하여 발돋움할 때, 그 결과가 이미 알려져 있는 놀이를 짐짓 모르는 체 벌여 보는 것이 아니다. 전면적인 현실은 끊임없이 발견되고 규정되어야 할 어떤 것이기 때문에 문학이 인간 노력의 경제 속에 중요한 자리를 차지하고 있는 것이다. 현대 소설의 특징을 규정하는 소설은, 한 비평가의 말을 빌리면, "삶의 감추어진 전체를 들추어내고 또 구성하기"위한 발견의 기법이다. 이러한 소설의 정의는 대체로 현대 문학의 일반적인 양상을 규정하는 말로 받아들여질 수 있을 것이다. 여러 가지 제도에 구현된 사회의 기성 질서는 이미 삶의 전체성의 한 표현이다. '감추어진 전체성'이 있다고 하는 것은 이 기성의 전체성이 사회 내의 사태의 진상을 나타내고 있는 것이 아니라는 뜻이다. 즉 기성 질서는 인간관계 내지 물질 관계의 실상 속에 작용하고 있는 전체성이 아니고 거기에 실제 움직이고 있는 것은 감추어진 전체성이라는 말이다. 이렇게 드러난 전체성과 감추어진 전체성 사이에 간격이 있다는 것은 사회 속에 옛것을 무너지게 하고 새것을 등장하게 하는 작용이 있다는 증거라고 하겠다. 그러니까 다시 말하여 감추어진 전체는 있는 대로의 진상만이 아니라 앞으로 있게 될 사물의 진상을 대표한다.

그런데 드러난 것과 감추어진 것의 전체성은 단일한 사회 과정 속에 있다. 그러니까 두 개의 전체성은 적대적인 관계에 있는 것만은 아니다. 감추어진 전체는 밖으로부터 와서 드러난 전체의 자리를 차지해 버리는 것이 아니라 후자에서부터 자라 나온다. 새것을 생성해 내는 것은 옛것인 것이다. 그것은 스스로의 구체적 내용에 작용하고 이렇게 작용된 구체는 옛 전체에로 되돌아가 부딪쳐 그것을 바꾸고 깨고 폐기해 버린다. 이렇게 볼 때, 두 전체성은 적대적인 것이면서 또 완성과 보완의 관계에 있다. 우리가 때로는 문학 작품을 현실의 모사라고 하고, 때로는 이상의 투사(投射)라고 하고 또 어떤 때는 그것이 이 두 개를 합친 것임으로 하여 기성 현실을 가능성의 관점에서 비판하는 것이라고 할 때, 문학의 그러한 면들은 감추어진 전체성이 드러난 전체로부터 나타나는 모습에 관계되는 것이라고 말할 수 있다. 즉 현실의 모사로서의 문학은 이미 이루어진 사회를 비추고 이상으로서의 문학은 감추어진 사회의 참모습을 그려 보이고, 비판으로서의 문학은 이 두 개의 상관관계에 관심을 기울인다고 할 수 있다는 말이다.

다시 한 번, 문학과 현실의 변증법을 서로 연결시킬 때 이것이 움직이고 있는 사회의 표현이라는 것을 잊지 말아야 한다. 이 움직임이 두 전체를 낳고 모사로서 또 비판으로서의 문학이 가지고 있는 현실 탐색의 방법에 존재 이유를 부여한다. 문학은, 말하자면 감추어진 전체와 드러난 전체의 사이에서 그 움직임을 매개하는 구체의 균열 가운데 존재하는 것이다.

식민지 지배와 더불어 이 전체의 변증법은 정지하고 만다. 전체성이 있어도 그것은 새로운 전체성에로 옮겨 갈 수가 없는 얼어붙은 전체성이다. 앞에서 말한 개별적인 것과 전체의 관계는, 정확히 말하면 개별적인 것과 드러나 있는 전체성과 감추어진 전체성, 셋 사이의 관계로 옮겨 볼 수 있다. 식민주의의 경우 개별자와 전체성의 관계는 얼어붙은 전체와 다른 한쪽으로 자신을 규정하고 제약하는 전체에 대하여 아무런 영향을 줄 수 없는 개별자와의 관계가 된다. 다시 말하여 식민주의는 식민지 삶의 전면적인 테두리가 되어 식민지 삶의 모든 구체적인 표현을 결정한다. 그러나 그것은 구체적인 인간관계의 동력학이 그 스스로에 반작용을 가할 것을 허용하지 않는다. 그러나 언제나 신비화(神秘化, mystification)는 존재한다. 식민지인의 삶이 조직적으로 마멸되어 간다는 이외에는 아무것도 꿈쩍하지 않는 정지 상태 속에서 이루어지는 일방적인 삶의 전체화는 눈에 보이지 않는 것이 될 수도 있고, 또 억압의 테두리 속에서도 삶이 변화하고 사태가 나아진다는 환각 ── 이미 이루어진 전체성 속에 새로운 전체성이 성숙해 간다는 환각을 만들어 낼 수도 있다. 이러한 환각은 식민주의의 이데올로기 조작으로 생성될 수도 있지만, 식민지인이 스스로의 문화적인 미래를 가정하고 지배 민족이 스스로의 문화적인 우월을 가정함으로써도 조성될 수 있다. 이 가정(假定)의 정립 과정에서 식민지화의 과정은 개화의 과정, 문명의 과정으로 의장(擬裝)된다. 작가는 특히 이런 심리적 조작에 약하다. 그런데 실제 외관상으로도, 그것이 누구를 위한 것이고 무엇을 위한 것이냐를 묻지 않는 경우 일단 경제적 발전도 식민지화 과정을 발전의 과정으로 착각하게 할 수도 있다. 이러한 발전이 진정한 의미에서의 발전이 아님은 말할 필요도 없다. 그러나 우리는 언제나 문화적인 환각에 대해서 구체적인 인간 생활의 사실들을 기억하고 대립시켜 볼 필요가 있다. 일제하의 외견적 발전과 수탈의 실상은 경제사나 사회사의 면을 통해서 검토되어야 한다.[5]

그러면 경제적으로나 문화적으로나 일본 식민지하의 참상하에서 작가는 어떤 입장을 취할 수 있었을까? 제일 쉬운 답변은 시기가 문학을 할 수 있는 그러한 시기가 아니었다고 말하는 것일 것이다. 그러나 비록 정도의 문제라고는 하지만, 참으로 문학이 번성할 수 있는 조건이 완전히 갖추어진 시대는 찾아보기 어려운 일인지도 모른다. 일제하가 아무리 문학이나 하고 있을 그런 때가 아니었다 하더라도 오늘날 돌이켜 보건대, 오늘의 문학이 그때의 문학적 발전의 토대 위에 성장해 나아가고 있음은 부인할 수 없는 사실이다. 하나의 시대는 하나의 덩어리요 전체이면서, 또 그 시대만으로 끝나는 전체는 아닌 것이고, 또 이 전체는 어느 때에나 그야말로 현실적으로 잠재적으로 인간의 모든 것을 포함하는 전체이다. 그러나 직접적인 정치 행동이라는 면에서 모든 사람이 같은 치열함을 유지할 수는 없었겠지만 적어도 식민주의에 대한 보다 철저한 의식은 작가로 하여금 눌리고 타락하는 식민 사회의 고통을 좀 더 폭넓게 증언할 수 있게 해 주었을 것이다. 그러나 이것이 완전히 내면적 갈등 없는 공적인 영역에서의 활동 또는 공적 의미의 저작으로 나타날 수는 없었을는지 모른다. 공적 영역이 어떤 것이든지, 개인적인 행복과 개인적인 자기완성에 대한 충동도 또한 이조(李朝)의 억압 이후 한국인의 정신을 휩쓴 어쩔 수 없는 역사적인 ─ 또 인간적인 ─ 충동이었다.

(1976년)

5　가령, 조기준(趙璣濬), 『한국자본주의성립사론(韓國資本主義成立史論)』(대왕사, 1977) 참조.

한국 시와 형이상形而上

하나의 관점: 최남선에서 서정주까지

메타피지카, 시(詩)의 형성 요소
— 월리스 스티븐스

1. 합리적 세계관과 새 출발

단일적(單一的)인 세계관의 붕괴와 이에 따른 전통적인 가치 체계의 상실이 현대 서구 지성사(知性史)의 핵심적인 사실을 이룬다는 관찰은 이제 진부한 이야기가 되었지만 현대 사회의 여러 양상을 하나의 관점에서 종합하는 데는 역시 편리한 중심이 된다 하겠다. 이 핵심적인 사실에 관련시켜 이야기할 때, 현대 시인이 직면했던 가장 중요한 문제의 하나는 어떻게 하여 가치의 폐허에서 가치를 건져 내느냐 하는 것이었다.

이러한 문제는 비단 의식적으로 가치의 몰락을 취급한 시인의 경우에만 일어나는 것이 아니다. 과거의 어느 시대에 있어서보다 현대에 와서 서구의 시인들이 그들의 문명에 의식적으로 무의식적으로 설정되어 있는 가치를 시 속에서 직접 다룬 것은 사실이다. 그러나 가치의 문제는 그것이 시의 내용으로 다루어지든 안 다루어지든 시의 가장 중요한 요소가 된다. 시란 불가시적(不可視的)인 원형적(原型的) 관계 속에 가시(可視)의 세계를 구성하려고 하는 정신 활동이며, 가치는 이러한 원형의 외부적인 표현이기 때문이다. 가시(可視)라는 말을 했지만, 시각(視覺)이란 일정한 원근법(遠近法)에 대한 관계 없이는 성립할 수 없는 것이다. 이 원근법은 바로 가치와 의미를 만드는 정신의 구조 활동에서 온다. 그러니까 가치의 지향성 없이는 시는 사물을 볼 수 없다고 할 수 있다. 가치의 문제는 최소한의 시적 시각을 위한 조건인 것이다. 이런 이유로 하여 의식적으로 그것을 문제 삼았든 안 삼았든 현대 서구 시는 이러한 가치의 문제를 가지지 않을 수가 없었다.

한국의 현대 시도 그것이 같은 인간성의 기초에 있으며 시각적으로 동일 시점을 차지한다는 사실 외에도 전통적이고 단일적인 세계관의 붕괴와 가치의 상실이라는, 어려운 상황을 서구 시와 공유하고 있다고 말할 수 있다. 그러나 서구의 상황이 시를 위하여 매우 벅차고 어려운 것이었다면 한국의 상황은 훨씬 벅차고 어려운 것이었다고 해야 할 것이다. 서구에서 붕괴는 하나의 점진적인 과정이었으나 한국에 있어서 그것은 급작스러운 혁명이었다. 한국의 시인은 변화하는 상황과 겨룰 수 있는 여러 가지 방법을 시험해 볼 시간적 여유를 갖지 못하였다. 뿐만 아니라 붕괴는 내적인 발전에서 자라 나온 결과가 아니라 외부로부터의 충격에 의한 것이었다. 중국과 일본에 있어서의 서구적 관점의 승리와 재빨리 서구 문물을 흡수한 일본의 한국 정복은 한국적인 생활, 사고방식을 뿌리째 흔들어 놓았고, 붕괴해 가는 문화에서 한국의 시인이 어떤 부분을 건져 내어 "나의 폐허에서 이 단편(斷片)들을 건졌노라." 하고 내놓을 수 있는 여유조차 빼앗아 버렸다. 그리고 외부 세력의 승리는 한국의 자존심을, 동양 전통에 대한 신뢰심을 송두리째 뽑아 버린 것이다.

그러나 어떠한 종류의 침략에 있어서도 침략은 두 편이 개입되는 사건이다. 어느 한쪽의 패배가 일어나는 것은 침략 세력의 힘에 의한 것이기도 하지만, 피침(被侵)된 세력의 취약성 때문이기도 하다. 한국의 전통적인 사고(思考)가 한국인의 눈으로 볼 때 그 타당성을 상실했다면, 그것은 그 전통에 어떤 내재적(內在的)인 결함이 있기 때문이며 또 그러한 전통에 입각한 반응 방식이 비효과적이기 때문이었다고 할 수 있을 것이다. 상황은 여러 가지로 불리하였다. 또 이 불리한 상황 속에서 한국의 현대 시는 별로 두드러진 성과를 내지 못하였다. 우리는 이 글에서 별로 두드러지지 못하였던 성과의 배경에 놓인 몇 가지 요인들을 살펴볼 것이다.

처음 구질서(舊秩序)의 붕괴는 한국의 새로운 문학자들에 의하여 불안과 걱정으로 보이지 않고 오히려 다행스러운 것으로 환영되었다. 그것은 삶의 보다 풍부한 가능성을 해방시켜 줄 새 시대의 약속으로 생각되었던 것이다. 사실 유교의 이데올로기는 벌써 오래전부터, 삶은 근원에서 유리되어 하나의 가사 상태(假死狀態) 속에 있었다. 최남선(崔南善)이나 이광수와 같은 첫 세대의 작가나 문인은 전통의 죽음을 축하하면서 자신들을 삶의 부활자(復活者), 새롭고 나은 시대의 창조자로 생각하였다. 가령 1910년에 이광수는 다음과 같이 헌 것의 폐지와 새 것의 필요성을 단호하게 선언하였던 것이다.

타국(他國)이나 타 시대(他時代)의 청년(靑年)으로 말하면 그 선조(先祖)와 부노(父老)에 의하여 놓은 것을 계승(繼承)하여, 보전(保全) 발달(發達)함이 그 직분이려니와, 우리들 청년(靑年)으로 말하면 놓은 것 없는 공막(空漠)한 곳에 각종(各種)을 창조(創造)함이 직분(職分)이다.

첫 세대 작가들의 과거의 배격은 유교적인 문화의 상황에 비추어 불가피한 것이었지만, 이것은 또한 한국의 작가들로 하여금 발밑의 현실을 떠나게 하고, 따라서 핵심적인 과제를 잃어버리고 지엽(枝葉)에 흐르게 한 첫 모범이 되었다. 그리고 이러한 과거의 문화 기반으로부터의 유리는 다음 세대의 작가에서 보다 현저한 경향이 되었다. 그러나 우선 필요한 것은 가사 상태를 초래하는 껍질을 깨뜨리는 것이었다. 이광수는 우리가 알다시피 소설이나 논설이나 유교적인 생활 양식을 신랄하게 공격하였다. 그의 시도 이러한 공격의 수단으로 사용되었다.

이광수의 시가 그의 과거에 대한 반항의 일부가 되었던 것은 사실이지만, 신문학(新文學) 60년의, 오늘의 관점에서 볼 때, 그의 교훈주의와 그의 추상성(抽象性) 등은 극히 과거적인 것이라는 느낌을 준다. 오늘에 돌이켜 볼 때, 그의 소재나 방법은 충분히 새로운 느낌을 주지 아니한다. 어떤 새로운 것이 대두되었을 때, 그것이 근본적으로 새로운 것이라고 하면, 많은 경우 내용의 새로움으로보다 방법의 새로움으로 나타난다. 그것은 새로운 사실로보다 사실에 대한 태도의 변혁으로 나타나는 것이다. 우리가 이광수가 과거적(過去的)이라고 하는 것은 방법이나 태도의 관점에서 그가 충분한 개혁자가 아니었다는 것이다.

앞에서도 말한 바와 같이 한 개의 단일적인 세계관이 그 신빙성을 상실할 때, 그것은 생(生)의 현실에 보다 접근해 있는 새로운 세계관이 있을 수 있다는 희망을 불러일으킨다. 구질서하의 삶은 갑자기 너무 협착했던 것으로 느껴지고, 보다 넓은 질서에 대한 탐구가 시작된다. 그러나 이 탐구는 어떤 경우에 있어서는 모든 질서에 대한 회의(懷疑)로 결론지어질 수도 있다. 한 체계에 대한 회의는 쉽게 모든 체계에 대한 회의가 될 수 있으니까. 그리하여 이제 탐구는 모든 세계관의 근저(根底)에 대한 탐구, 생에 대한 어떤 독단적인 이론이 아니라 세계를 그 스스로의 모습으로 창조하는 주관(主觀)의 어둠 속에로의 탐구가 된다. 우리는 서구의 정신사에서, 18세기의 합리주의 세계가 어떻게 계몽주의 작가들에서 그 첫 비판자를 얻게 되는가를 안다. 이성(理性)의 작가들은 그들의 시대의 소산인 이성으로써 당대의 사회적·지적(知的) 질서의 공격에 나섰다. 그러나 이성에 의한 특정한 이성적(理性的) 질서의 공격은 모든 이성적 질서에 대한 불신(不信)을 낳고 드디어 다음 세대의 낭만주의 운동의 감정적 주관주의를 준비하게 된다. 그리고 낭만적 주관주의의 불확실성은 바로 현대 정신의 장점과 단점을 동시에 이루고 있는 특성이 되었다. 유교주의는 본질적으로 분류와 도식적(圖式的)인 개념을 좋아하는 합리주의 체계라 할 수 있다.(18세기 서구에 있어서의 중국 기호(中國嗜好, chinoiserie)는 두 문화 사이에 존재한 정신적 유사성에 대한 증언이 된다.) 최남선이나 이광수와 같은 작가는 유교적인 세계에 대한 반항을 시도했지만, 여전히 추상적인 개념이나 도식을 통해서만 현실에 접근했다. 이것은 합리주의적 정신의 특징이라 할 수 있는데 정적(靜的)인 이성의 세계에서 실재화(實在化)된 개념은 살아 있는 현실의 자리를 대신하기 쉬운 것이다. 따라서 이들 두 계몽주의 작가들에 있어서 — 이들을 계몽주의 작가라고 한 것은 참으로 적절한 말이었다. — 그들의 저항은 충분히 철저한 것이었다고 할 수 없다. 그들은 삶의 근저에까지 하강해 갔다는 느낌을 주지 않고 그들의 시는 공허하게 들린다. 그리고 공허함은 생(生)의 구체적인 풍요함에서 유리된 추상의 공허함이다.

2. 감정주의(感情主義): 주요한의 슬픔

이 공허함을 채우기 위하여 추상적이고 개념적인 태도가 깨어져야 한다고 느껴졌을 때 비로소 한국 시는 현대적이 되기 시작했다고 할 수 있다. 필요한 것은 주관적 의식의 직접성(直接性) 속에 드러나는 감각적 경험의 다양성을 회복하는 것이었다. 시인의 눈은 이렇게 하여 내향적(內向的)이 되지 않을 수 없었지만 이 내향성은 물론 외부적인 사정에 의해서도 촉진되었다. 즉 3·1운동의 실패와 1919년경 한국까지 파급되어 온 프랑스 시의 영향이 시인의 눈을 더욱 안으로 향하게 했다.

최초의 주관주의 시인으로 우리는 주요한(朱耀翰)을 들 수 있다. 1919년의 「불놀이」는 전적으로 주관적인 감정을 분류하는 그대로 방출하고 있다.

아아 날이 저문다. 서편(西便) 하늘에 외로운 강(江)물 우에, 스러져 가는 분홍빛 놀…… 아아 해가 저물면, 날마다 살구나무 그늘에 혼자 우는 밤이 또 오건마는, 오늘은 사월이라 파일날, 큰길을 물밀어 가는 사람 소리……듣기만 하여도 흥성스러운 것을, 왜 나만 혼자 가슴에 눈물을 참을 수 없는고?

「불놀이」는 좋은 시라고 할 수는 없지만, 보다 공적인 계몽 작가들의 시와는 다른 낭만주의 시의 대두를 구획하는 시로서 역사적인 의의는 충분히 가지고 있다. 그 후의 한국 시에 있어서 형태를 조금씩 달리하기는 하지만, 이 시에 나타난 낭만적 감정주의는 한국 시인의 정신적 습성이 된다.

앞에서 말한 바 있지만, 너무나 엄격한 합리주의 체제 아래서 위축해 버린 지각(知覺) 능력을 되찾기 위해서는 생(生)의 감성적(感性的) 기저(基底)에 돌아가는 것이 필요하다. 그러나 이것은 감정의 사사로운 어둠 속에 아주 가라앉아 버리기 위한 것이 아니라 궁극적으로는 사적인 밝음의 세계에로 복귀를 기하기 위해서인 것이다. 그러나 이러한 복귀는 어려운 것이고, 하나의 문화의 몰락 속에서, 시인 한 사람의 힘 또는 여러 사람의 힘으로, 모든 사람의 앞을 밝혀 주는 공적인 빛을 되찾을 수는 없는 일이다. 그러나 적어도 시인은 그것을 시도할 수 있는, 시도의 제스처를 보여 줄 수는 있다. 그리고 시에 있어서 시도는 전부인지도 모르는 것이다. 많은 한국의 시인들은 사자(死者)의 지혜를 가져다가 생(生)을 풍부히 하기 위해서 지하로 갔다. 그러나 그들은 돌아오는 일에 있어서는 별로 성공적이지 못했던 것이다. 계몽주의 작가의 공공 정신은 아깝게도 돌이켜지지 못하고 만다.

난점의 원인이 될 만한 요소들을 몇 가지 찾아볼 수는 있다. 원래 감정의 세계는 자기 탐닉(自己耽溺)의 유혹을 많이 가지고 있는 세계이다. 자칫하면, 그곳에 빠진 시인은 헤어날 줄을 모르게 된다. 그러나 감정은 그것대로, 새로운 길을 찾아낼 수 있는 하나의 역학(力學)을 가지고 있을 수 있다. 대표적인 낭만적인 감정은 슬픔이다. 이것은 당연한 것이다. 예로부터의 길을 버리고 새로운 탐구에 나선, 더구나 무방비 상태의 감성에만 의지하여 탐구에 나선 시인의 눈에 맨 처음 비치는 것은 삶의 고통일 것이기 때문이다. 그러나 탐구라는 말 자체가 나타내고 있듯이 또 다른 하나의 지배적인 낭만적 감정은 새로운 가능성에 대한 희망과 신념이다. 낭만적 슬픔 그것까지도 사실이 희망과의 관련에서 발생하는 감정이라 할 수 있다. 이렇게 해서 우리는 많은 낭만주의 작품에서 슬픔과 환희의 양극을 동시에 보는 것이다. 사사로운 것에서 공적인 것에로의 변화는 이 희망의 감정으로 하여 가능하다 할 수 있다.

앞에 든 「불놀이」에서 지배적인 감정은 말할 것도 없이 슬픔이다. 그러나 우리는 이 시에서도 슬픔에 섞여 생의 잠재적 가능성에 대한 갈망이 강력하게 표현되었음을 본다. 앞에 인용한 서두부(序頭部)에 이어서 시인은 대동강(大同江)의 불놀이를 묘사하고,

아아 좀 더 강렬(强烈)한 정열(情熱)에 살고 싶다. 저기 저 횃불처럼 엉기는 연기(煙氣), 숨막히는 불꽃의 고통(苦痛) 속에서라도 더욱 뜨겁게 살고 싶다.

라고 선언한다. 「불놀이」의 슬픔은 바로 매어 있는 에너지가 출구를 찾아 들끓고 있기 때문에 오는 것이라 할 수 있다. 그러므로 시의 결미가 긍정적인 믿음의 선언으로 끝나는 것은 당연하다.

저어라 배를, 멀리서 잠자는 능라도(綾羅島)까지, 물살 빠른 대동강을 저어 오르라. 거기 너의 애인(愛人)이 맨발로 서서 기다리는 언덕으로 곧추 너의 뱃머리를 돌리라. 물결 끝에서 일어나는 추운 바람도 무엇이리오. 괴이(怪異)한 웃음소리도 무엇이리오. 사랑 잃은 청년(靑年)의 어두운 가슴속도 너에게 무엇이리오. 그림자 없이는 '밝음'도 있을 수 없는 것을 ── 오오 다만 네 확실(確實)한 오늘을 놓치지 말라…….

물론 믿음의 선언 그것만으로 충분한 것은 아니다. 중요한 것은 그 믿음의 질이다. 단지 여기서 우리가 지적하려고 하는 것은 잠재적인 가능성에 대한 긍정적인 믿음이 있다면, 독일 낭만파 작가들의 '멀리 있는 이상'에 대한 희망이 있다면, 시인은 넓은 세계로 나갈 보다 고무적인 전망을 가질 수 있다는 사실이다. 어둠과 빛의 양극 사이에서 시인의 생의 현실을 통일과 긴장 속에 거머쥘 수 있는, 어떤 새로운 질서를 발견할 수 있을지 모르기 때문이다. 한국 낭만주의에서 하나 특이한 것은 우리가 주요한의 시에서 본 바와 같은 어둠과 밝음의 대치가 얼마 안 있어 사라져 버리고 만다는 것이다. 슬픔은 여전히 한국 시의 지배적인 감정으로 남지만 이 남아 있는 슬픔은 실현되지 못한 가능성에서 오는 슬픔은 아니게 된다.

3. 감정주의: 김소월의 슬픔

김소월은 낭만적인 슬픔을 그 소박하고 서정적인 시구(詩句) 속에 가장 아름답게 노래한 시인이다. 그러나 김소월의 슬픔은 「불놀이」의 슬픔과 그 역학을 달리한다. 앞에서도 말한 바와 같이 주요한의 슬픔이 실현되지 아니한 가능성의 슬픔이라면 소월의 슬픔은 차단되어 버린 가능성을 깨달는 데서 오는 슬픔이다. 그는 쓰고 있다.

　살았대나 죽었대나 같은 말을 가지고 사람은 살아서 늙어서야 죽나니, 그
러하면
　그 역시 그럴듯도 한 일을, 하필코 내 몸이라 그 무엇이 어째서 오늘도 산
마루에 올라서서 우느냐.

김소월에 있어서 우리는 생에 대한 깊은 허무주의(虛無主義)를 발견한
다. 이 허무주의는 소월에 있어서 ─ 또 많은 다른 한국 시인들에 있어서
소월의 경우는 대표적인 경우에 불과하다. ─ 보다 큰 시적 발전을 이루는
데 커다란 장애물이 된다. 허무주의는 그로 하여금 보다 넓은 데로 향하는
생의 에너지를 상실하게 하고 그의 시로 하여금 한낱 자기 탐닉의 도구로
떨어지게 한다. 소월의 슬픔은 말하자면 자족적(自足的)인 것이다. 그것은
그것 자체의 해결이 된다. 슬픔의 표현은 그대로 슬픔으로부터의 해방이
되는 것이다. 시에 있어서의 부정적(否定的)인 감정의 표현은 대개 이러한
일면을 갖는다. 문제는 그것의 정도와 근본적인 지향에 있다. 그것은 자기
연민(自己憐憫)의 감미로움과 체념의 평화로서 우리를 위로해 준다. 그렇
다고 해서 모든 시가, 멜로드라마의 대단원처럼 분명한 긍정을 제시해야
한다는 말은 아니다. 우리는 소월의 경우보다 더 깊이 생이 어둠 속으로 내
려간 인간들을 안다. 횔덜린이나 릴케의 경우가 그렇다. 이들에 있어서 고
통은 깊은 절망이 된 다음 난폭하게 다시 세상으로 튕겨져 나온다. 그리하
여 절망은 절망을 만들어 내는 세계에 대한 맹렬한 반항이 된다. 이들이 밝
음을 긍정했다면, 어둠을 거부하는 또는 어둠을 들추어내는 행위 그 이상
의 것으로서 긍정한 것은 아니다. 앞에서 말한 바와 같이 소월의 부정적 감
정주의의 잘못은 그것이 부정적이라는 사실에보다 밖으로 향하는 에너지

를 가지고 있지 않다는 데에 있다.

안으로 꼬여든 감정주의의 결과는 시적인 몽롱함이다. 밖에 있는 세계나 정신적인 실체의 세계는 분명한 현상으로 파악되지 아니한다. 모든 것은 감정의 안개 속에 흐릿한 모습을 띠게 된다. 앞에서 우리는 부정적인 감정주의가 밖으로 향하는 에너지를 마비시킨다는 사실을 언급하였는데, 이밖으로 향하는 에너지란 '보려는' 에너지와 표리일체를 이룬다. 시에서 가장 중요한 것은 바르게 보는 것이며, 여기서 바르게 본다는 것은 가치의 질서 속에 본다는 것이다. 그러니까 시는 거죽으로 그렇게 안 나타날 경우에 있어서도 인간에 대한 신념을 전제로 가지고 있다. 따라서 완전히 수동적인 허무주의가 시적 인식을 몽롱한 것이 되게 하는 것은 있을 수 있는 일인 것이다. 가령 랭보에 있어서 어둠에로의 하강(下降)은 '보려는' 에너지와 불가분의 것이며, 이 에너지에 있어서 이미 수동적인 허무주의는 부정되어 있다고 할 수 있다.

소월의 경우를 좀 더 일반화하여 우리는 여기에서 한국 낭만주의의 매우 중요한 일면을 지적할 수 있다. 서구의 낭만 시인들이 감정으로 향해 갔을 때, 그들은 감정이 주는 위안을 찾고 있었다기보다는(그런 면이 없지 않아 있었지만), 리얼리티를 인식하는 새로운 수단을 찾고 있었던 것이다. 다시 말하여 이성이 아니라 감정과 직관이 진실을 아는 데 보다 적절한 수단으로 느껴졌던 것이다. 그러니까 서구 낭만주의의 가장 근원적인 충동의 하나는 영국의 영문학자 허버트 그리슨 경(卿)의 말을 빌려, '형이상학적 전율(形而上學的 戰慄, frisson metaphysique)'이었다. 이 전율은 감정의 침례(浸禮)를, 보다 다양하고 새로운 가능성에 관한 직관(直觀)으로 변용시킨다. 한국의 낭만주의가 결(缺)하고 있는 것은 이 전율, 사물의 핵심에까지 꿰뚫어 보고야 말겠다는 형이상학적 충동이었다. 이 결여가 성급한 허무주의와 불가분의 관계에 있다는 것은 앞에서 말한 바 있다.

그러면 소월의 허무주의의 밑바닥에 있는 것은 무엇인가? 시인의 개인적 기질이나 자전적(自傳的) 사실이 거기에 관여되었음을 생각할 수도 있다. 그러나 그 원인이 된 것은 무엇보다도, 한국인의 정신적 지평에 장기(瘴氣)처럼 서려 있어 그 모든 활동을 힘없고 병든 것이게 한 일제 점령의 중압감이었을 것이다. 소월은 산다는 것은 무엇을 위한 것인가 하고 되풀이하여 묻는다. 그러나 이 물음은 진정한 물음이 되지 못한다. 그는 이 물음을 진정한 탐구의 충동으로 변화시키지 못한다. 그는 이미 산다는 것은 죽는다는 것과 같다는 답을, "잘 살며 못 살며 할 일이 아니라 죽지 못해 산다는……"(어버이) 답을 가지고 있다. 그러나 그는 또 한 번 물을 수가 있었을 것이다. 무엇이 '죽지 못해 사는' 인생인가 하고. 앞에서도 말한 바와 같이 그에게는 '보려는' 에너지, '물어보는' 에너지가 결여되어 있다. 그는 너무나 수동적으로 허무주의적인 것이다. 그러나 질문의 포기는 이해할 만한 것이다. '죽지 못해 사는' 인생의 첫째 원인은 누구나 알면서 말로 표현할 수 없는 것이기 때문이다. 소월이 그의 절망의 배경에 있는 것을 분명하게 이야기할 수 있을 때, 그의 시는 조금 선명해진다. "바라건대는 우리에게 우리의 보습 댈 땅이 있었더면"은 그의 절망에 정치적인 답변을 준 드문 시 가운데 하나이다.

나는 꿈꾸었노라, 동무들과 내가 가지런히
벌 가의 하루 일을 다 마치고
석양에 마을로 돌아오는 꿈을
즐거이 꿈 가운데.

그러나 집 잃은 내 몸이여,
바라건대는 우리에게 우리의 보습 댈 땅이 있었더면

이처럼 떠돌으랴, 아침에 점을손에
새라새로운 탄식을 얻으면서.

그러나 소월의 탐구는 별로 오래 지속되지 못한다. 그리고 이러한 간헐
성은 일제하 한국 시의 일반적인 특징이 되고, 오늘날까지도 부분적으로
는 전통으로 계승되었다.

소월의 시에서 보는 바와 같은 허무주의, 간헐성, 무엇보다도 슬픔으로
써 슬픔을 초월하는 태도는 한국에 있어서 꽤 뿌리 깊은 일제 이전부터의
전통이라 할 수 있다. 이것은 '한(恨)'이라는 말로 가장 적절히 나타낼 수
있는 것으로서 우리의 민요에서는 직각적인 감정적 구제의 방식이 되어
있는 것이다. 한에 있어서 고통은 세계에 대한 반격이 되지 않고 감미로운
슬픔으로 해소되어 버린다. 전통적인 느낌의 방식은 필시 소월의 슬픔의
형식을 크게 규정하는 것이었을 것이다. 그러나 여기서 한 가지 지적해야
할 것은 소월이 의식적으로 전통적이 되었을 때, 보다 더 선명한 시적 형상
화(形象化)에 성공한다는 것이다. 의식적인 민요풍의 시에 있어서 뭉클대
는 개인적인 감정은 익명의 슬픔으로 흡수되고 그만치 그의 시는 선명해
진다. 가령 「팔벼개 노래」 같은 시도 슬픔을 그 주제로 하고 있지만, 보다
사사로운 시에서와는 달리, 그것은 조금 더 시각적인 선명함을 가진 것이
되어 있다.

조선(朝鮮)의 강산(江山)아
네가 그리 좁더냐
삼천리(三千里) 서도(西道)를
끝까지 왔노라

집 뒷산 솔밭에

버섯 따던 동무야

어느 뉘집 가문(家門)에

시집가서 사느냐

두루두루 살펴도

금강단발령(金剛斷髮嶺)

고갯길도 없는 몸

나는 어찌 하라우.

　위의 시에 있어서 슬픔은 상당히 객관적으로 성립(成立)되어 있다. 또 민요풍의 일견 수미가 맞지 않은 연(聯)과 연 사이에 전이(轉移)는 상당히 효과적인 것이라 할 수 있는데, 이런 비일관성(非一貫性)을 얻은 것만도 정신의 승리라 할 수 있다. 전통적인 형식은 이만한 정도의 객관성과 다양성을 확보해 준다. 그러나 이것이 제한된 것임은 앞에서도 말하였다.

　소월의 시가 예시하여 주는 것은 한국 시가 빠져들어 간 딜레마다. 한국 시는 감정의 주관적인 세계로 잠수(潛水)하여 들어갔다. 그러나 그것은 돌아오는 길이 막혀 있음을 알았다. 너무나 엄청난 외부적 요인으로 하여 그 감정의 에너지는 소진되어 버리고 그 주변을 돌아볼 시력마저 상실하였다. 기껏 할 수 있는 것은 전통적인 슬픔의 형식에 호소하여 최소한도의 시각적 선명을 유지하는 것이었다. 이 전통에서 슬픔은 비록 궁극적으로는 중요한 문제를 회피하는 데로 나가는 것이라고 하더라도, 현실을 다루는 하나의 인정된 방식이었고 그것은 일정한 모양을 가지고 있었던 것이다.

4. 외면적 방법(方法): 김기림과 정지용

슬픔의 시는 한국 시의 주류를 이룬다. 그러나 다른 길을 시험해 본 사람들이 없었던 것은 아니다. 소위 모더니스트라고 불린 시인들이 슬픔의 비주류의 큰 흐름을 이룬다. 이들은 감정의 내부에서 시작한 시가 나갈 곳이 없는 막힌 길에 든 것을 알고 밖으로부터 시작해 본 사람들이라 할 수 있다.

김기림(金起林)은 『태양(太陽)의 풍속(風俗)』의 서문에서 슬픔의 주류에 대한 반발을 다음과 같이 선언하고 있다.

……내가 권(勸)하고 싶은 것은 의연(依然)히 상봉(相逢)이나 귀의(歸依)나 원만(圓滿)이나 사사(師事)나 타협(妥協)의 미덕(美德)이 아니다. 차라리 결별(訣別)을 —저 동양적(東洋的) 적멸(寂滅)로부터 무절제(無節制)한 감상(感傷)의 배설(排泄)로부터 너는 즉각(卽刻)으로 떠나지 않아서는 아니 된다.

까닭 모르는 우름소리, 과거(過去)에의 구원할 수 없는 애착(愛着)과 정돈(停頓). 그것들 음침한 밤의 미혹(迷惑)과 현운(眩暈)에 너는 아직도 피로(疲勞)하지 않았느냐?

그런 다음 그는 말한다.

그러면 너는 나와 함께 어족(魚族)과 같이 신선(新鮮)하고 기(旗)빨과 같이 활발(活潑)하고 표범과 같이 대담(大膽)하고 바다와 같이 명랑(明朗)하고 선인장(仙人掌)과 같이 건강(健康)한 태양(太陽)의 풍속(風俗)을 배우자.

이렇게 김기림은 안으로 꼬여들고 감정에 매인 시에 대하여 외기(外

氣)의 시를 내세운다. 그의 시는 비로소 현대 생활의 여러 외부적 요소들 —— 기차, 차점(茶店), 백화점, 서반아 내란(西班牙內亂) 뉴스, 공원의 쓰레기통 등에 주목한다. 또 위트, 아이러니, 패러독스, 보다 복잡한 현대인의 지적 생활의 관습이 등장한다. 내면만을 응시했던 시와 달리 그는 생의 외면적 인상을 선명하게 포착하는 데 노력한다. 이러한 노력은 영미 시(英美詩)에 있어서의 이미지스트들의 수법에서 좋은 선례를 발견한다. 짧은 시 「개」에서 안개의 풍경을 매우 예리하고 간결한 몇 줄 속에 형상화하는데, 이것은 영미 시에 있어서 이미지즘을 이야기할 때 흔히 예로 드는, 에즈라 파운드의 「지하철역에서(In the Station of Metro)」와 유사하다.

컹……컹……컹……
안개의 해저에 침몰한 마을에서는 개가 즉흥시인처럼 혼자서 짖습니다.

우리는 김기림의 이미지의 지적인 성질을 놓쳐서는 안 된다. 그의 이미지들에 분명한 윤곽을 부여하는 것은 그의 지성(知性)이다. 그의 지성은 감각과의 긴밀한 협조 아래, 엉뚱하게 보이리만치 서로 떨어져 있는 아이디어와 사물을 한데 얽어 하나의 이미지를 만들어 낸다. 그리하여 이 이미지는 순간적으로 붙잡아진 감각적·심리적 인상을 고착시키기도 하고 재미있는 이미저리의 위티시즘(재담(才談))이 되기도 한다. 그러나 김기림에 있어서 시적 즐거움의 근원이 되는 것은 후자, 즉 선명한 감각적 인상의 포착보다는 이미저리의 재담이다. 가령, 그는 기관차를 "끝없는 여수(旅愁)를 감추기 위하여 붉은 정열의 가마우에 검은 강철의 조끼를 입은" 신사에 비유하기도 하고, 강둑에 선 포플러 나무들을 공장의 실업자들이 담배를 피우며 열 서 있는 것으로 보기도 한다. 또는 그는, 바다 안개가 커다란 냅킨으로 바다의 거울을 닦는다는 기상(綺想)을 생각해 내기도 한다. 여기에서 현저한 것은 시인의 기지(機知)이다.

김기림의 지적·시각적 명징성(明澄性)은 한국 시의 발전을 위해서 매우 고무적인 것이었다. 그러나 이 명징성은 깊이를 희생함으로써 이루어진다. 유감스럽게도 기림의 눈은 시각적인 효과 이상의 것을 보지 못하였고 그의 마음은 피상적인 기지 이상의 것에 미치지 못하였다. 시에 있어서 본다는 것은 무엇인가? 그것을 분명히 말하여 버릴 수는 없지만 우리는 적어도 '보는 것'에 질적인 차이가 있음을 인정할 수는 있다. 우리가 요구하는 것은 깊이 있게 보는 것이다. 그리고 이 깊이 있게 본다는 것은 사물의 커다란 정신적 구조 — 이런 말이 있을 수 있다면 — 가 보는 작용 속에 다양하게 투사될 수 있게끔 보는 것이다. 즉 그것은 정신적 의미 속에서 또 복잡하고 커다란 가치 질서를 전제로 하고 보는 것이다. 김기림은 그의 시각적인 단편(斷片)들을 커다란 것으로 생의 현실에 보다 더 직접적인 의미를 갖는 것으로 모아 줄 구조적(構造的)인 상상력을 갖지 못하였던 것이다.

김기림의 이러한 결점은 부분적으로는 한국의 현실에 정면으로 대결할 도덕적 성실성을 갖지 못한 데서 온다. 그는 주어진 상황에 생활하고 고민하지 아니하였다. 그의 이미지가 감각적인 선명함을 가진 것은 사실이나 그것은 평면적인 그림엽서의 선명함이다. 뿐만 아니라 이 엽서는 외국에서 온 것이다. 앞에서 우리는 그의 시에 현대 생활의 여러 요소들이 등장한다고 했지만 우리는 물을 수 있다. '어느 나라의 현대 생활인가?' 하고 말이다. 김기림의 시는 본질적으로 '여행의 시(la poésie de départ)'였다.(하나 아이러니한 것은 그가 시 수업(詩修業)을 한 것은 W. H. 오든이나 스티븐 스펜더와 같은 사회의식의 시를 썼던 1930년대 영국 시인의 작품에서라는 것이다.) 그의 테마는 언제나 여행이다. 이것은 보들레르의 경우와 유사하지만, 그는 보들레르의 도덕적 열의를 가지고 있지 않았다. 보들레르의 경우 적어도 그의 여행열은 현실의 불완전(不完全)에 대한 강한 의식과 결부되어 있다. 아마 가장 대표적으로 그의 근본 태도를 나타내고 있는 시는 「꿈꾸는 진주여 바다로 가자」와 같은 시일 것이다.

마네킹의 목에 걸려서 까물치는
진주(眞珠) 목도리의 새파란 눈동자는
남양(南洋)의 물결에 젖어 있고나.
바다의 안개에 흐려 있는 파란 향수(鄕愁)를 감추기 위하여 너는
일부러 벙어리를 꾸미는 줄 나는 안다나.

너의 말없는 눈동자 속에서는
열대(熱帶)의 태양 아래 과일은 붉을 게다.
키다리 야자수는
네 활개를 저으며 춤을 추겠지.

바다에는 달이 빠져 피를 흘려서
미쳐서 날뛰며 몸부림치는 물결 위에
오늘도 네가 듣고 싶어 하는 독목주(獨木舟)의 노 젓는 소리는
삐 ― 걱 빼 ― 걱
유랑할 게다.

영원(永遠)의 성장을 숨 쉬는 해초(海草)의 자줏빛 산림(山林) 속에서
너에게 키스하던 상조(鰺鳥)의 딸들이 그립다지.

탄식하는 벙어리의 눈동자여
너와 나 바다로 아니 가려니?

이 시는 영시(英詩)에서 예를 들자면 앤드루 마벌(Andrew Marvell)의 「버뮤다스」에 유사한 매끄러운 광택을 가지고 있다. 이것은 그런대로 읽을 만한 시다. 문제는 김기림의 대부분의 시가 현실적인 시를 가장한 '여행의 시'라는 데 있다.

경험의 혼돈 속으로 내려간 한국 시가 그 혼돈을 기록하기 위해서나 거기에 질서를 주기 위해서 필요로 했던 것은, 경험에 분명한 마디를 줄 수 있는 힘이었다. 김기림의 선명함은 분명 그러한 힘의 원초적인 형태였지만, 그것은 한국의 리얼리티에서 유리된 헛도는 힘에 지나지 아니하였다. 따라서 감정적인 인트로버전(introversion)이, 불분명하고 몽롱한 대로, 한국의 리얼리티와 함께 있는 유일한 방식이라는 사정에는 별 변화가 일어나지 않았다.

김기림 자신도 그의 시가 단편적이며 헛도는 것이라는 것을 모른 것은 아니었다. 그는 그의 시를 보다 큰 세계로 밀어내려고 했다. 「기상도(氣象圖)」는 세계를 보다 넓게 끌어들여 보려고 한 그의 노력의 결과였다고 할 수 있다. 그의 시는 현대 자본주의 문명의 기상도를 제시하려고 한다.(다시 한 번 우리는 한국의 입장에서 "무슨 자본주의 문명을 말하느냐?"라고 물어볼 수 있다.) 그러나 이 시에 시도된 자본주의 비판은 매우 피상적인 유행 관념을 모아 놓은 것 이상의 것이 되지 못한다. "넥타이를 한 흰 식인종(食人種)은/ 니그로의 요리(料理)가 칠면조보다도 좋답니다/ 살갗을 희게 하는 검은 고기의 위력(偉力)……", "공원은 수상(首相) '막도날드' 씨(氏)가 세계에 자랑하는/ 여전(如前)히 실업자(失業者)를 위한 국가적 시설(施設)이 되었읍니다." 이 시는 자본주의 문명의 도괴(倒壞)를 예언하지만 종말의 비전은 폭풍 후의 광경에서 느끼는 감미(甘味)＝우수(憂愁)의 기분을 별로 넘어서지 못한다. "비뚤어진 성벽(城壁) 위에/ 부러진 소나무 하나……", "요란스럽게 마시고 지껄이고 떠들고 돌아간 뒤에/ 테블 위에는 깨어진 잔(盞)

들과 함부로 지꾸어진 방명록(芳名錄)과……", "짓밟혀 느러진 백사장(白沙場) 위에/ 매 맞어 검푸른 빠나나 껍질 하나/ 부풀어 오른 구두 한 짝……." 이러한 우수의 이미지들이 주로 문명의 몰락을 이야기하는 비유로 사용되어 있다.

앞에서도 말한 바와 같이 비록 피상적이고 헛도는 감이 없지 않지만, 역시 우리는 「기상도」가 주목할 만한 시도라는 것은 인정해야 할 것이다. 그때까지 시도된 어떤 시보다도 크고 포괄적인 구조물이라는 점에서만도 이것은 주목할 만한 업적인 것이다. 김기림 자신 다시 한 번 이 엘리엇적(的)인 문명 비판의 시가 한국적인 현실에 비추어 무관계하고 겉도는 것이라는 것을 깨달았다. 그는 1948년의 「새노래」의 발문에서 다음과 같이 자기비판을 시도하였다.

우리는 일찌기 쎈티멘탈 로맨티씨즘의 홍수(洪水) 속에서 시(詩)를 건져 냈다. 저 야수적(野獸的)인 시대(時代)에 감상(感傷)에 살기가 싫었고 좀 더 투명(透明)하게 살고 싶었던 것이다. 속담(俗談)대로 죽어 가면서도 제정신(精神)만은 잃지 말고저 한 것이다. 그러나 건져내 놓고 보니 그것은 청결(淸潔)하기는 하나 피가 흐르지 않는 한낱 미이라였다. 시의 소생(蘇生)을 위하여는 역시 사람의 흘린 피와 더운 입김이 적당히 다시 섞여야 했다. 하지만 벌써 한낱 정신의 형이상학(形而上學)은 아니라 할지라도 또 단순한 육체(肉體)의 동성(動性)일 수도 없었다. 그러한 것을 실천(實踐)의 혜지(慧智)와 정열(情熱) 속에서 통일(統一)하는 한 전 인간(全人間)의 소리라야 했다. 생활(生活)의 현실(現實) 속에 우러나와야 했다……

그러나 '피와 입김'으로 전환한 후의 김기림의 시도 그렇게 만족할 만한 것이었다고 할 수는 없다. 그의 시는 정치적인 슬로건의 외침 소리 이상의 것이 되지 못했다. 그것이 발밑의 상황에 관계를 가진 것은 사실이었지만 지나치게 밖으로부터 부과된 관념들에 의지함으로써 그의 현실적 체험과의 대결을 단순화하는 결과를 가져왔다.

정지용(鄭芝溶)은 또 하나의 이미지스트＝모더니스트 계열의 시인이다. 감각적 경험을 선명하게 고착시키는 일에 있어서는 아마 김기림보다 조금 더 능숙한 시인일 것이다.

바다는 뿔뿔이
달어날려고 했다.

푸른 도마뱀 떼같이
재재발렀다.

꼬리가 이루
잡히지 않았다.

흰 발톱에 찢긴
산호(珊瑚)보다 붉고 슬픈 생채기!

위의 시구(詩句)에서 바다 물결의 움직임과 도마뱀의 미끄러운 동작을 비교한 데는 분명 일종의 형이상적인 위트가 작용하고 있다. 그러나 눈을 끄는 것은 비교의 교묘함보다 인상의 선명함이다. 이것은 김기림의 경우와 대조적이다. 정지용이 감각적 경험의 포착에 보다 능하다고 한다면, 다른 한편으로 그는 김기림만큼 기지를 보여 주지 못한다. 그의 마음은 현란한 정신의 곡예에 있어서 또 그 미치는 범위에 이어서 김기림에 뒤진다. 그러나 이것은 시인의 정신의 질적인 차이라기보다는 성향의 차이일 것이다. 정지용은 훨씬 더 주어진 사실에 충실하다. 이 충실함이 그의 세계를 좁은 것이 되게 한다. 앞의 시에서 도마뱀의 비유는, 가령 김기림의 조끼 입은 신사가 된 기관차에 비하여 훨씬 더 충실하게 주어진 감각적 경험에서 유기적(有機的)으로 자라나는 것임을 우리는 지적할 수 있다. 정지용의 이러한 충실성은 그의 세계를 좁히는 요인이면서 또 그의 강점이 되기도 한다. 결국 감각적 사실에 대한 충실만을 우리가 너무 높이 살 수는 없다고 하더라도, 역시 그것은 원초적인 형태로나마 생의 경험에 대한 충실인 것이다. 따라서 정지용의 시적 가방에서 외국 여행의 흔적을 별로 발견하지 못하는 것은 당연한 일이다. 그의 세계는 좁은 것이면서도 대부분의 경우 우리가 한국의 리얼리티에 기초한 세계라고 알아볼 수 있는 세계이다. 따라서 「백록담」에서 이미지스트의 수법이 진짜의 정신적 지혜를 기록하는 수법이 된 것은 어쩌면 꽤 자연스러운 발전이라 할 수 있는 일일 것이다.

시의 대부분은 조심스럽게 새긴 '호박과 에나멜(camées et emaux)'이지만, 이 자연의 시 「백록담」은 한라산 등반 기록이면서 동시에 정신적인 상승에 대한 상징을 내포하고 있다. 시인은 산꼭대기의 백록담을 다음과 같이 묘사한다.

가재도 긔지 않는 백록담 푸른 물에 하늘이 돈다. 불구(不具)에 가깝도록 고단한 나의 다리를 돌아 소가 갔다. 쫓겨 온 실구름 일말(一沫)에도 백록담은 흐리운다. 나의 얼굴에 한나잘 포긴 백록담은 쓸쓸하다. 나는 깨다 졸다 기도(祈禱)조차 잊었더니라.

이것은 간단한, 별로 우수하달 것도 없는 묘사다. 그러나 전 시의 테두리 안에서 그보다도 시집(詩集) 전체의 테두리 안에서 호수는 고요와 맑음의 심벌이 된다.(이러한 상징적인 호수로서의 백록담은 헨리 데이비드 소로의 월든 (Walden) 호(湖)를 연상케 한다. 월든 호는 소로에게 영혼의 맑음을 상징하는 것이었다. 그는 호수에 관련하여 "우리가 그것인바 수정 맑은 물을 깨끗이 전하기 위해 우리는 얼마나 조심해야 하는가. 그것이 세상과 접하여 혼탁해져 아무것도 비추지 못하게 되지 않도록"이라고 쓴 바 있다.) 백록담은 주관이 해소되고 객관적인 세계에 대한 투명한 인식만 있는 세계를 암시한다고 할 수 있다. 위에 인용한 「백록담」의 마지막 부분은 "백화(白樺) 옆에서 백화촉루(白樺髑髏)가 되기까지 산다. 내가 죽어 백화처럼 흴 것이 숭 없지 않다." 또는 "귀신(鬼神)도 쓸쓸하여 살지 않는 한 모롱이, 도채비꽃이 낮에도 혼자 무서워 파랗게 질린다."와 같은 구절과 함께 의식도 문제 되지 않는 명징(明澄)의 경지를 나타낸다고 해석될 수 있다. 이 경지에서는 깨어 있는 것과 조는 것이 하나가 되며, 기도(祈禱)조차도 잊힌다.

「백록담」 전체를 통하여 정지용은 객관적인 묘사와 암시에 그치고 있을 뿐 설명과 주석을 아끼고 있으나 마지막 부분의 몇 시(詩)에서는 파르나시앵의 엄격함을 버리고 직접 산문적 해설을 시도하고 있다. 그중에도 「노인과 꽃」은 이 시집 전체를 특징짓고 있는 정신적 태도를 가장 잘 설명해 준다. 이 시는 아무 욕심이 없는 상태에서 비를 맞으며 꽃을 심고 있는 한 노인에 대한 찬사이다. 욕심이 없다는 것은 그의 여러 잔손질과 배려에도 불구하고 노인은 꽃이 개화하는 것을 못 볼지도 모르기 때문이다. 시인은 슬픔과 기쁨의 결과를 초월한 사람이야말로 꽃을 즐길 수 있는 사람이라고 말한다.

해마다 꽃은 한 꽃이로되 사람은 해마다 다르도다. 만일 노인백세후(老人百歲後)에 기거(起居)하시던 창호(窓戶)가 닫히고 뜰 앞에 손수 심으신 꽃이 난만(爛漫)할 때 우리는 거기서 슬퍼하겠나이다. 그 꽃을 어찌 즐길 수가 있으리까. 꽃과 주검을 실로 슬퍼할 자는 청춘(靑春)이요 노년(老年)의 것이 아닐까 합니다. 분방(奔放)히 끓는 정염(情炎)이 식고 호화(豪華)롭고도 홧홧한 부끄럼과 건질 수 없는 괴롬으로 수(繡)놓은 청춘의 웃옷을 벗은 뒤에 오는 청수(淸秀)하고 고고(孤高)하고 유한(幽閑)하고 완강(頑强)하기 학(鶴)과 같은 노년의 덕(德)으로서 어찌 주검과 꽃을 슬퍼하겠읍니까. 그러기에 꽃의 아름다움을 실로 볼 수 있기는 노경(老境)에서일가 합니다.

원래 이미지즘은 단순한 시적 기술(技術)만을 의미하는 것은 아니다. 그것은 일종의 정신적인 훈련을 요구한다. 특히 이것은 정지용의 경우 그렇다. 그는 처음부터 감각과 언어를 거의 금욕주의의 엄격함을 가지고 단련하였다. 「백록담」에 이르러 그는 감각의 단련은 무욕(無慾)의 철학으로 발전시킨 것이다. 분명 정지용에 이르러 현대 한국인의 혼란된 경험은 하나의 질서를 부여받았다. 비록 이 특권을 가진 경험이 극히 좁은 범위의 것이기는 하지만 그가 가톨릭교회의 종교적인 영감 아래 쓴 시들로 보건대 그는 경험의 보다 복잡하고 얼크러진 부면을 시 속에 끌어들일 생각이 있었던 것으로 보인다. 그러나 현재 우리가 볼 수 있는 이런 계열의 시는 수에 있어서도 얼마 되지 않을뿐더러 기독교적인 수난과 초월의 형식이 너무 두드러지게 시의 표면에 나타나 있어 진정한 설득력을 갖고 있지 않다. 이러한 후기의 종교시들은 밝음뿐만 아니라 어둠도 존재하는 사실의 세계에서 도덕적 인간의 전형적인 운명을 드러내 줄 심오한 비전을 그가 발전시킬 수도 있었을지 모른다는 아쉬움만을 우리에게 남겨 준다.

5. 청록파: 고요와 슬픔

1947년의 『청록집(靑鹿集)』 이후 마치 동일인처럼 같이 이야기되는 박목월(朴木月), 조지훈(趙芝薰), 박두진(朴斗鎭) 세 시인은 독특한 방식으로 정지용의 정신 기술(精神記述)의 방법으로서의 이미지즘과 김소월의 감정주의를 결부시켰다. 정지용의 시적 발전을 객관적인 이미지의 세계에서 보다 폭넓은 도덕적인 비전으로 나아간 것이라 하고, 김소월의 시가 적어도 그 당위적(當爲的) 요청에 있어서 주관적인 감정주의로부터 보다 넓은 의미의, 객관적인 세계에로의 운동을 상징하는 것이라 하면 청록파 시인은 이 두 모색을 합쳐 그들 독자적인 정신의 세계를 창조하였다.(나중에 보겠지만, 그들의 해결은 진정한 해결이 아니었다.)

세 시인 가운데 가장 뛰어난 기술가(技術家)인 박목월은 정지용처럼 자연에서 테마를 취하여 정신적 가치를 시사한다.

심산(深山) 고사리 바람에 도르르
말리는 꽃 고사리

고사리 순에사 산짐승 내
음새 암숳것 다소곳이 밤
을 새운 꽃고사리

도롯이 숨이 죽은 고사리
밭에 바람에 말리는 구름
길 팔십리(八十里)

「고사리」라는 시에서 박목월은, 자연의 미세한 움직임을 기록함으로써 (이것은 이 시인이 늘 즐겨 사용하는 방법인데) 어떤 고요의 느낌을 — 정지용에 있어서의 고요의 느낌이나 동양 예술에 흔히 보는 묵화(墨畵)의 여백(餘白)이라든지 또는 어떤 종류의 일본 하이쿠(俳句)에서 암시되는 것 같은 고요의 느낌을 불러일으킨다. 그러나 우리는 정지용과 박목월과의 차이를 놓쳐서는 안 된다. 정지용은 객관적인 시인이다. 앞에서 말한 바와 같이 그의 이미지즘은 어떤 정신적 수련을 예상하는 것이고 그의 시각적 훈련은 다시 무욕(無慾)의 철학(哲學)이 된다. 이러한 정신적 자세는 모두 그의 객관성에 기여했다고 할 수 있다. 다시 말하여 견고한 명징성(明澄性)은 — 그 자신의 비유를 빌려, "물도 젖혀지지 않아/ 흰 돌 우에 따라 구르"는 명징성은 그의 시의 특징을 이룬다. 그러나 여기에 대조적으로 박목월은 주관적인 시인이다. 그의 자연은 일견 객관적인 것 같지만, 사실은 감정에 채색되어 있는 주관적 세계다. 위에 인용한 시의 경우에도 그렇다. 여기에 우리는 정지용의 단단한 명징성이나 전통적인 동양 예술의 엄격한 통제를 발견하지 못한다. 이 시의 자연을 채색하고 있는 것은 흐릿하게 확산되어 있는 성(性)이다. 그것은 이 시의 모든 것을 연화(軟化)한다. 박목월의 시가 보여 주는 것은 고요가 아니라 부드러움이라고 말하는 것이 적절할는지 모른다. 대부분의 그의 시의 이미지들은 산 그림자라든가 구름이라든가 아지랑이라든가, 청록(靑鹿)이라든가 달이라든가, 부드러움에 관계되는 것들이다. 그리하여 그의 시에 있어서의 선(禪)의 고요는 여성적인 부드러움에 대한 갈구와 별로 구분되지 않는다. 다시 말해 그의 고요는 정온(靜穩)의 상태보다는 감정적 만족의 상태를 의미한다. 앞에서 우리는 박목월 씨가 자연의 시인이라고 말한 바 있다. 그러나 그의 자연의 특성은 무엇인가? 선(禪)이나 노장(老莊)의 자연은 상식의 눈으로 우리 주변에 보는 자연과 같은 것으로 보아서는 안 될는지 모른다. 어느 정도까지는 그것은 상상된 자연이다. 그러나 완전히 상상해 낸 자연은 아니다. 강한 정신적 수련의 전통은 그것이 단순히 감정의, 자기 탐닉적인 투영이 되는 것을 방지해 준다. 이에 대하여 박목월의 자연은 훨씬 더 상상된 자연이라 할 수 있다. 결론적으로 말하여 그의 시의 풍경은 자연과 인간의 진정한 혼융(混融)의 소산이 아니라, 주관적인 욕구에 의하여 꾸며 낸 자기만족의 풍경이다.

조지훈은 어떠한 작품들에서는 박목월에 아주 흡사하다.

닫힌 사립에
꽃잎이 떨리노니

구름에 싸인 집이
물소리도 스미노라

단비 맞고 난초 잎은
새삼 치운데

볕바른 미닫이를
꿀벌이 스쳐 간다.

바위는 제자리에
옴쩍 않노니

푸른 이끼 입음이
자랑스러라.

아스럼 흔들리는
소소리 바람

고사리 새순이
도르르 말린다.

　외부적인 몇 가지 특징만 없다면, 「산방(山房)」은 그 근본적인 태도와 기술에 있어서 박목월의 시에 아주 가깝다.("고사리 새순이 도르르 말린다."와 같은 구절은 그대로 박목월의 시구라 해도 상관이 없겠다.) 물론 외부적인 특성이란 것이 그대로 떼었다 붙였다 할 수 없는 것이긴 하다. '떨리노니', '스미노라', '옴찍 않노니', '자랑스러라'와 같은 어미는 벌써 감수성에 자리해 있는 어떤 뻣뻣한 것을 나타내 준다. 사실 대체로 조지훈의 감수성은 좀 더 남성적인 것이다. 「산방」에서도 우리는 박목월의 경우에서보다 좀 더 굳은, 그리고 조금 더 분명하게 '보는' 눈을 발견한다. 그는 박목월이나 마찬가지로 이 시에서 자연의 고요를 포착하려고 한다. 그는 조금 더 표현의 경제에 능숙치 못하고 조금 더 상투적인 시적 사고의 형식에 의존하고 있다. 그러나 그는 자기 나름으로 만들어 낸 풍경이 아니라, 좀 더 현실적인 한국의 과거에서 온 물건이나 풍경을 그림으로써 선적(禪的)인 고요를 환기하려고 한다. 가령 위에 든 시에서,

볕바른 미닫이를
꿀벌이 스쳐 간다

이런 구절은 있을 수 있는 한국 풍경의 묘사이다. 그러면서도 이 풍경은 정신의 고요에 대한 속기적(速記的)인 기호가 된다. 그러나 조지훈의 고전적

인 풍물이 전체적으로 보아 인위적(人爲的)적이고 반드시 리얼하게 당대(當代)의 상황에 기초를 가진 것이 아님을 우리는 지적하지 않을 수 없다. 앞에서도 잠깐 말했듯이 그의 시는 관습적이고 상투적인 시적 사고의 방식에 많이 의존하고 있는데, 이것은 벌써 시대가 요구하는바, 새로워야 한다는 조건을 만족시키지 못하는 것이다. 우리는 맨 처음에 최남선이나 이광수의 시가 도식적인 사고에 의존하고 있다는 것을 언급했지만, 조지훈은 다분히 도식적인 감정에 의존하고 있는 것이다.

박목월이나 조지훈의 시는 동양의 정온(靜穩)과 조화의 전통에 깊은 뿌리를 박고 있는 것처럼 보인다. 그러나 이러한 전통이 그대로 건재한 것으로 이야기하는 것은 사실을 왜곡하는 것이다. 이것이 건재하고 있는 것이 아님은 이들의 일방적인 감정주의에 벌써 징표로서 나타나 있다. 이들의 시에 있어서 고요의 표현은 전문화의 고요를 표현하고 있는 것이 아니다. 그것은 김소월의 슬픔의 시를 낳은 사회적 배경에 비추어 고려되어야 한다. 고요의 시는 소월의 슬픔의 시나 마찬가지로 회피의 시이다. 한국 문화의 전체적인 붕괴 속에서 급한 대로 단편적인 피난처를 구한 결과가 청록파의 시라 할 수 있다. 김소월의 주관주의가 막힌 골목임을 안 정지용은, 밖으로부터 새로 길을 찾아 나섰다. 그의 탐구는 어느 정도 성공하는 듯했지만 그것은 자신과 경험에 대하여 지나치게 한정적인 태도를 취함으로서만 가능했던 것이다. 청록파 두 시인은 정지용의 정신적 이미지즘으로써 그들 나름의 정신세계를 창조하였으나, 그들의 정신세계는 감정적 만족을 위하여 만들어진 것으로서, 반드시 진짜의 정신세계는 아니었다.

이 점, 그들의 태도는 사실 김소월의 그것과 별로 다르지 않은 것이었다. 그들도 고요를 노래하는 한편, 김소월과 똑같이 슬픔을 현실 초월의 수단으로 사용한다. 단지 청록파 시인은 훨씬 뛰어난 기술가(技術家)로서 그것을 객관적인 표면 아래로 침잠하게 할 수 있었다는 것이 차이가 된다. 앞에서 우리는 김소월의 「팔벼개 노래」를 인용했는데, 이와 비슷한 방랑자를 주제로 한 박목월의 「나그네」를 보자.

　　강나루 건너서
　　밀밭길을

　　구름에 달 가듯이
　　가는 나그네

　　길은 외줄기
　　남도(南道) 삼백리(三百里)

　　술익는 마을마다
　　타는 저녁놀

　　구름에 달 가듯이
　　가는 나그네

소월의 시에 있어서의 위로할 길 없는 한(恨)은 이 시에서 고요와 합치어 감미로운 우수(憂愁)가 되어 있다. 보다 적절한 예로 조지훈의 「승무(僧舞)」를 보자. 지면의 절약을 위하여 후반만을 인용한다.

　　까만 눈동자 살포시 들어
　　먼 하늘 한 개 별빛에 모도우고

복사꽃 고운 뺨에 아롱질듯 두 방울이야
세사에 시달려도 번뇌(煩惱)는 별빛이라

휘어져 감기우고 다시 접어 뻗는 손이
깊은 마음속 거룩한 합장(合掌)인 양 하고

이밤사 귀또리도 지새우는 삼경(三更)인데
얇은 사(紗) 하얀 고깔은 고이 접어서 나빌네라.

이 시의 감정의 변증법은 김소월의 그것과 같다. 단지 그것은 보다 더 자각적으로 표현되어 있을 뿐이다. 즉 인간 욕구의 위로할 길 없는 슬픔은, 양식화된 표현을 통하여 직시적(直時的)인 초월(超越)을 얻는다는 것이다. 우리는 고요의 변증법도 슬픔의 변증법과 별로 다른 것이 아니라고 말할 수 있다. 즉 둘 다 감정의 일정한 조작에 의하여 직시적인 초월을 얻는 방법인 것이다. 그것은 압도해 오는 상황 속에서 쉽게 퇴장하는 단독 구화(單獨媾和)를 이루는 방법이었다.

청록파의 또 하나의 구성원인 박두진은 여러 가지로 앞의 두 시인과 다른 경향을 가진 시인이다. 그는 자연에서 그의 비유를 발견한다. 그러나 그의 자연에 대한 태도는 일단은 관조적(觀照的)이라기보다 감각적이다. 자연에서 느끼는 그의 감각적인 기쁨은 그의 자연으로 하여금 보다 진짜의 것이 되게 한다. 그러나 다른 한편으로 그는 이 자연에의 감각적인 열중을 곧 정신적인 경험으로 변형시킬 수 있는 힘을 가지고 있다. 가령 그의 가장 유명한 시 가운데 하나인 「해」는 감각과 정신을 불가분의 것으로 결합시키고 있다.

해야, 고운 해야, 뉘가 오면 뉘가사 오면,
나는 나는 청산이 좋아라.
훨훨훨 깃을 치는 청산이 좋아라.
청산이 있으면 홀로래도 좋아라.

사슴을 닮아, 사슴을 닮아, 양지로 양지로
사슴을 닮아 사슴을 만나면 사슴과 놀고,
칡범을 닮아 칡범을 닮아 칡범을 만나면 칡범과 놀고……

해야, 고운 해야, 해야 솟아라. 꿈이 아니래도 너를 만나면,
꽃도 새도 짐승도 한자리 앉아, 워어이 워어이 모두 불러
한자리 앉아 애고 고운 날을 누려도 보리라.

　　「해」는 감각의 기쁨으로 파악되는 피조물(被造物)의 세계에 대한 송가(頌歌)인 동시에 블레이크적(的)인 무구(無垢)의 세계에 대한 정신적 비전이다. 다시 한 번 여기에 우리가 보는 것은 순진 무구의 세계를 향한 동경이지만, 순진 무구란 상호 보완의 관계에 있는 두 개념의 한쪽이라는 사실을 간과해서는 안 된다. 순진을 생각한다는 것은 필연적으로, 그것의 대칭 개념인 경험의 세계를 상정하고 있다는 말이 된다. 박두진의 유니크한 점은 감각과 정신을 결부시켰다는 점 이외에 이 양면 세계를 인지(認知)한 데 있다. 이것은 곧 그가 정신적 가치의 세계, 도덕의 세계를 알고 있다는 것을 의미한다. 이에 대하여 많은 시인들은 우리가 정신적이라거나 도덕적이라고 형용할 수밖에 없는, 인간 경험의 핵심을 시 속에 흡수해 들이지 못했던 것이다. 그러나 박두진의 경우에 있어서도, 그가 선악(善惡)의 현실을 의식했다고 한다면, 그것은 단지 함축에 의해서 그렇다는 것이다. 그의 순

진의 시들은 보다 깊은 경험의 시들로 발전하지 못하고 만다.

6. 갈등과 구제: 서정주

서로 간에 날카로운 갈등을 일으키고 있는 경험의 여러 모순, 상반된 요소를 인정하지 않는, 직시(直時) 초월의 전통이 한국 시인으로 하여금 오랫동안 자기만족의 주관적인 세계에 가라앉아 있게 한 주요한 요인이 되었다고 한다면, 박두진은 그의 기독교에 의하여 이 전통에서 벗어날 수 있었다고 할 수 있다. 서구적 사고에 힘입기는 했으나 기독교도는 아닌 서정주는, 인간 상황의 분열된 현실을 인정하는 데서 출발한 또 하나의 시인이다. 그의 초기 시 특히 『화사집(花蛇集)』을 특징지은 것은 강렬한 관능이었다. 관능은 현대 한국 시에서 반드시 새로운 것은 아니다. 서구의 퇴폐 시인들에 영향을 받은 몇몇 시인들이 그 이전에 이미 관능(官能)의 나른한 기쁨을 시험한 바 있다. 그러나 그들의 시는 어디까지나 모방(模倣)에 지나지 아니하였다. 이것은 그들이 퇴폐의 피상(皮相)은 알았지만, 그 내면의 변증법을 이해하지 못하였기 때문이라 할 수 있다. 이에 대하여 서정주는 앞에 간 시인들에 배우면서 동시에 그들이 얻지 못한 진정성(眞正性)을 얻는다. 그는 경험에의 몰입에 또 이해를 위한 탐구에 그를 끌어 갈 수 있는 정열을 가졌었다. 이러한 정열의 도움으로 그는 관능의 표면을 스쳐 가는 데 만족하지 않고 그것을 도덕의 상태에까지 끌어올렸다. 그리하여 그의 도덕적인 의식은 그를 다른 퇴폐 시인으로부터 구분하여 주고 그의 시를 모방이 아닌 진짜가 되게 한다.

그러나 그의 도덕주의가 공공연하게 밖에 나오는 것은 아니다. 그것은 그의 인식 방법 안에 함축되어 있을 뿐이다. 그는 감각적 경험 속에 벌써 모순의 요소가 들어 있음을 본다. 그는 아름다움 안에 추한 것, 추한 것 안에 아름다운 것, 또는 선 안에 악, 악 안에 선을 본다. 그는 「입맞춤」에서 키스의 감미로움을 다음과 같이 말한다.

> 땅에 긴 긴 입맞춤은 오오 몸서리친 쑥니풀 질근 질근 이빨이 허허옇게 짐승스런 웃음은 달더라 달더라 울음같이 달더라.

여기에서 입맞춤의 단맛은, 두 남녀가 짐승의 평면으로 떨어지는 것과 병행하는 것으로 생각되어 있다. 그러나 앞에서도 말한 바와 같이 이 시에 도덕적인 의식이 있다면, 그것은 외부적인 주석으로서가 아니라 시의 감각적인 경험과 불가분의 것이 되어 있다. 서정주의 초기 시의 밑에 있는 정신으로부터 분리된 육체의 괴로움과 타락은 서양적인 경험의 방식을 방불케 한다. 사실 『화사집』의 무렵 그는 보들레르의 영향을 받았던 것 같고, 보들레르의 관능은 기독교적인 육체관 없이는 생각할 수 없는 것이다.(화사(花蛇)라는 시집의 제목 자체도 보들레르의 「악(惡)의 꽃」을 연상케 한다. 그것은 「악의 꽃」이나 마찬가지로 아름다운 것(꽃)과 추한 것(뱀)을 결합하고 있다.)

그에 있어서 서양의 영향이 어떤 것이든지 간에, 서정주의 시는 한국의 현실에 착실한 근거를 가지고 있는 것이다. 「자화상(自畵像)」의 강력한 리얼리즘을 보라.

> 애비는 종이었다. 밤이 깊어도 오지 않았다.
> 파뿌리같이 늙은 할머니와 대추 꽃이 한 주 서 있을 뿐이었다.
> 어매는 달을 두고 풋살구가 먹고 싶다 하였으나……흙으로 바람벽한 호롱불 밑에 손톱이 까만 에미의 아들.
> 갑오년(甲午年)이라든가 바다에 나가서는 돌아오지 않는다는 외할아버지

의 수많은 머리털과 그 커다란 눈이 나는 닮았다 한다.

이 시가 이룩한 강력한 리얼리즘의 기작(機作)을 잠깐 생각해 보자. 나는 서정주 자신이 이 시의 전기적 사실성을 부인하는 것을 들은 일이 있지만, 이 시가 이야기하는 것이 개인적인 진실이든 극적인 진실이든, 우리는 이 시에서 놀라운 솔직성을 느낀다. 또 한편으로 이 솔직성 속에 강한 자기주장을 발견한다. 사실 이러한 솔직성은 자기주장 없이는, 어느 정도는 도전적인 개인주의가 없이는 불가능한 것이다. "애비는 종이었다."라는 첫 구절의 강력한 인상은 모든 불리한 조건에 도전하여 자신의 진리에 이르고자 하는 강한 결의(決意)를 느끼게 하는 것이다. 그러면 이 시에 있어서의 리얼리즘의 원리를 우리는 불리한 사회적 여건에 대하여 자기를 대결(對決)시키는, 보다 정확히 말하여 자기 자신의 진실을 대결시키는 저항의 원리라고 할 수 있을 것 같다.

우리는 이 저항의 원리를 좀 더 일반화하여 시각이나 인식의 원리로 확대할 수 있다. 앞에서 우리는 정지용의 자연이 청록파 두 시인의 그것보다 사실적이고 객관적이라고 말한 바 있다. 이것을 다시 말하여 본다면, 정지용의 자연은 그것을 지각하는 주관에 대치시켜 파악된 객관적 대상이다. 그러나 청록(靑鹿)의 자연은 객관적인 리얼리티라기보다는 주관적인 감정의 상태이다. 정지용에서 자연과 인간이 보다 진정한 합일에 이른다고 한다면, 그것은 일단 둘 사이에 존재하는 대립이 인정된 다음에 이루어진 것이다. 외부의 세계가, 그것을 알아보는 자아의 저쪽에 존재한다는 것을 인정하고, 또는 자아가 외부의 세계로부터 차단되어 독자적으로 존재한다는 것을 인정하고야 비로소 외부 세계에 대해서나 자아에 대해서나 분명한 인식이 가능하게 되어 있는 것이 인간적 인식의 조건인 것이다. 이러한 차이와 분립이 분명히 인정된 다음에야 비로소 진정한 의미에서의 혼합 일치는 가능한 것이다. 이런 분립을 비판적으로 의식하면서 사람의 인식 작용을 다시 살펴볼 때, 본래부터 거기에는 둘이 있는 것이 아니라 하나가 있는 것이라는 것을 발견할는지도 모른다. 그러나 그것은 조금 다른 문제다. 서정주에 있어서, 육체와 정신의 갈등도 이런 대립의 원리에 포괄될 수 있다. 사회와 개인, 자아와 외부 조건의 대립도 여기에 포함된다.

그러나 그는 분열의 상태에 오래 머물러 있지 않는다. 그는 얼마 안 있어 동양의 일원적(一元的)인 평화에로 복귀한다. 두 번째 시집 『귀촉도(歸蜀途)』는 벌써 그 표제 시에 있어서 동양적인 귀의(歸依)를 시사해 주고 있다. 누구나 아는 이야기지만, 이 시는 왕위(王位)를 잃고 유찬(流竄)의 길에 올랐다가 죽어서 두견이 된 망제(望帝)의 전설에 기초해 있다. 이 전설은 슬픔으로써 슬픔을 초월하는 것에 대한 거의 원형적인 이야기라 할 수 있다. 서정주가 제2 시집을 대표하는 데 '귀촉도'라는 제목을 택한 것은 매우 뜻깊은 일이다. 갈등과 화해의 리듬은 심리의 기본적인 리듬이다. 서정주의 화해의 테마에로의 전환에는 이런 보편적인 심리의 리듬 외에 한국의 전통적 정신이 강하게 작용하였을 것이다. 이것은 지금껏 우리가 검토한 몇 사람의 시인의 경우에서도 충분히 보아 왔다. 어쨌든 이제 서정주의 주제는 분열이 아니라 화해가 된다. 이것은 『귀촉도』에서 그렇고 그 이후의 시들에서도 그렇다. 1956년 『서정주 시선(詩選)』에 실린 새 시 스무 편의 거의 전부가 이것을 주제로 삼고 있다. 가령, 사화집(詞華集)에 잘 채택되는 시 「국화(菊花) 옆에서」의 국화는 괴로움과 혼돈이 꽃피는 고요에로 거둬들여진, 화해의 순간을 상징하는 꽃으로 그려져 있다. 이 시는 여름의 기상의 혼란, 봄과 여름의 소쩍새의 슬픈 울음은 모두 가을의 국화를 위한 준비였다고 말한다. 그런 다음 국화는, 말하자면 '탕아(蕩兒)'의 귀향을 한 누님에게 비교된다.

그립고 아쉬움에 가슴 조이는
머언 먼 젊음의 뒤안길에서
인제는 돌아와 거울 앞에 선
내 누님같이 생긴 꽃이여.

서정주의 다음 단계의 시적 발전에 있어서 화해의 마음은 한결 더 깊은 것이 된다. 이제 「국화 옆에서」에 있어서, 화해에 이르기 위하여 전제되었던 심리적 갈등의 드라마도 사라져 버린다. 이제 시인이 지향하는 것은 여기 이 순간에 있어서의 직시적인 초월이다. 이 초월은 적어도 표면에 있어서도 조지훈이나 박목월의 경우에 있어서보다 더 종교적이고 철학적이다. 다시 말하여 그것은 불교(佛敎), 도교(道敎), 샤머니즘이 섞인 어떤 신화적인 신앙을 통하여 이루어진다. 물론 종교적이라거나 철학적이라 해서 그의 비전의 질(質)이 청록(靑鹿)의 선적(禪的) 세계보다 높다는 말은 아니다.

서정주의 초월적인 비전의 신화적인 거점(據點)은 신라(新羅)다. 이 신라는 말할 것도 없이 역사적인 신라 그것이라기보다도, 인간과 자연이 완전히 하나가 된, 어떤 정신적인 경지의 등가물(等價物)이다. 서정주의 신화적 신앙이 그의 시에 미친 영향은 대체로 좋은 것이었다고 할 수는 없다. 그로 인하여 그의 시는 비현실적이고 추상적인 것이 된다. 그렇긴 하나 얼마간의 시에 있어서는, 이상적인 정신의 경지에 관한 그의 비전은 발밑의 현실을 자신 있게 다룰 수 있는 지렛대를 제공하여 주기도 한다. 가령 「한국성사략(韓國星史略)」에서, 그의 신라의 이상은 현대까지의 한국인의 정신적 상황을 매우 간결하게 요약할 수 있게 한다.

천오백 년(千五百年) 내지(乃至) 일천 년 전(一千年前)에는
금강산(金剛山)에 오르는 젊은이들을 위해

별은, 그 발밑에 내려와서 길을 쓸고 있었다.

그러나 송학(宋學) 이후(以後) 그것은 다시 올라가서

추켜든 손보다 더 높은 데 자리하더니,

개화(開化) 일본인(日本人)들이 와서 이 손과 별 사이를

허무(虛無)로 도벽(塗壁)해 놓았다.

이러한 영감(靈感)이 사라진 상황에서 필요한 것은 무엇인가? 말하자면 '육체의 사고' 같은 것을 회복하는 일이다.

그것을 나는 단신(單身)으로 측근(側近)하여

내 육체(肉體)의 광맥(鑛脈)을 통(通)해, 십이장(十二腸)까지 이끌어 갔으나

거기 끊어진 곳이 있었던가?

오늘 새벽에도 별은 또 거기서 일탈(逸脫)한다. 일탈했다가는 또 내려와

관류(貫流)하고 관류하다간 또 거기 가서 일탈한다.

장(腸)을 또 꿰매야겠다.

여기서 서정주가 내놓고 있는 처방(處方)은 탄트라 불교(佛敎, Tantric Buddhism)의 성(性)에 관한 기술을 거꾸로 해 놓은 것 같은 괴상한 처방이지만, 근본적으로는 타당한 처방처럼 생각된다. 단지 거기에 장난기 같은 것이 들어 있음이 유감인데, 이것은 그의 후기 시에서 크게 활개를 치는 특징이 되어 있다.

「신라(新羅)의 상품(商品)」은, 시에 직접 언급되어 있지는 않지만 현대의 대량 생산의 조제품(粗製品)을 신라의 정교하고 장인(匠人)의 손이 뚜렷한 상품에 비교하고 있다.

이것은 언제나 매(鷹)가 그 밝은 눈으로써 되찾아낼 수 있는 것이다. 그것이 만일에 솜같이 가벼운 것이거나 하고, 매(鷹)의 눈에 잘 뜨이는 마당귀에다 놓여 있다면, 어느 사 간 사람의 집에서라도 언제나 매(鷹)가 되채어 올릴 수까지 있는 것이다. 이것들이 제 고장에 살고 있던 때의 일들을 우리의 길동무 매(鷹)는 그전부터 잘 안다. 동청송산(東靑松山)을, 북금강산(北金剛山)을, 남무지(南無知)를 서피전(西皮田)을 오르내리며 보아 잘 안다. 눈을 뜨고 봐라. 이 솜을. 이 솜은 목화(木花)밭에 네 딸의 목화(木花) 꽃이었던 것.

눈을 뜨고 봐라, 이 쌀을 이 쌀은 네 아들의 못자리에 모였던 것.
돌(乭)이! 돌(乭)이! 돌(乭)이! 삭은 재 다 되어 가는 돌(乭)이!
이것은 우리들의 노래였던 것이다.

이러한 시들에서 우리는 다시 한 번 인간의 이상적인 가능상과 세계의 현상과의 대립을 의식하는 것이 중요함을 알 수 있다. 서정주에 있어서 이상 세계에 대한 생각은 현실을 보다 더 착실하게 다룰 수 있게 한다. 그러나 비판적인 의식을 가지고 쓰인 시는 아주 드문 예외에 속한다. 그의 후기의 시들은 무녀(巫女)의 잘 알 수 없는 참언(讖言)이거나 여기 이 순간에 해탈과 평화를 얻은 사람의 자기만족의 말들이거나 한 게 보통이다. 「인연설화조(因緣說話調)」는 근자에 서정주 씨가 하고 있는 작업의 성질을 대표하는, 보다 알기 쉬운 작품으로 예거될 수 있을 것이다. 이 시는 어느 남녀의 전생(轉生)의 역사를 가장 따분한 방법으로 나열하고 있다.

언제든가 나는 한 송이의 모란꽃으로 되어 있었다.
한 예쁜 처녀가 옆에서 나와 마주 보고 살았다.

그 뒤 어느 날
모란꽃잎은 떨어져 누워
메말라서 재가 되었다가
곧 흙하고 한 세상이 되었다.
그게 이내 처녀도 죽어서
그 언저리의 흙 속에 묻혔다.

이렇게 심심하게 시작된 시는 계속하여 윤회의 과정을 똑같은 어조로 기록해 간다. 모란이었던 흙과 처녀였던 흙은 비에 씻겨 바다로 흘러들어 간다. 모란＝흙은 생선의 뱃속에 들어가 물고기의 살이 되고, 처녀＝흙은 고기 곁에 물결이 된다. 물고기는 물새의 먹이가 되고 물결은 증발하여 새 곁을 떠다니는 구름이 된다. 새는 포수의 총에 맞아 땅에 떨어지고 어느 부부에게 팔려 가고 구름은 비가 되어 이 부부의 마당에 내린다. 부부는 새고기를 먹고 딸을 낳고 비는 모란의 씨 속으로 들어간다. 그리하여 시의 마지막 부분의 윤회의 단계에 있어서는 원래의 모란은 원래의 처녀가 변한 새 모란을 보고 있는 새 처녀가 되어 있다. 이것은 아이들의 놀이로서는 흥미가 있을는지 몰라도 시로서는 전혀 아무런 의미도 가질 수 없다. 이 시는 심리적이든 물리적이든 어떠한 현실과도 의미 있는 관계를 가지고 있지 않다. 따라서 독자는 이 시를 어떻게 취하여야 할지를 알지 못한다.(아마, 시인이 조금만 더 자기의 주제를 진지하게 생각하였더라면, 주어진 테두리 안에서일망정, 윤회 속에서 무엇이 지속되는가, 적어도 자기(自己) 동일성(同一性)의 문제쯤은 취급될 수도 있었을 것이다.) 이 세상에서 일어나는 일은 전부 카르마의 결과이며, 따라서 세상의 일로서 걱정할 일은 아무것도 없다. 이런 이야기를 시인은 하고자 하는 것일까? 이 시에서는 상투 개념에 남아 있는 인과업보설(因果業報說)의 비극적 필연성의 느낌마저도 완전히 무너지고 있다.

7. 구조적 실패

서정주의 시적 발전은 한국의 현대 시 50년의 핵심적인 실패를 가장 전형적으로 보여 준다. 그의 초기 시는 한쪽으로는 강렬한 관능과 다른 한쪽으로는 대담한 리얼리즘을 그 특징으로 한다. 이것은 육체와 정신의 필연적인 갈등, 개인과 사회의 갈등을 솔직하게 인정함으로써 가능한 것이었다. 그러나 후기 시에 있어서의 종교적인 또는 무속적(巫俗的)인 입장은 그 직시적(直時的)인 구제의 약속으로 그의 현실 감각을 마비시켰다. 서정주는 매우 고무적인 출발을 했으나, 그 출발로부터 경험과 존재의 모순과 분열을 보다 넓은 테두리에 싸 쥘 수 있는 변증법적 구조를 발전시키는 방향으로 나아가는 대신, 그것들을 적당히 발라 맞추어 버리는 일원적(一元的) 감정주의(感情主義)로 후퇴하였다. 그 결과 그의 시는 한국의 대부분의 시처럼 자위적(自慰的)인 자기만족의 시가 되어 버린 것이다. 다시 한 번 말하여, 이러한 서정주의 실패는 한국 시 전체의 실패이며, 이것은 간단히 말하여 경험의 모순을 계산할 수 있는 구조를 이룩하는 데 있어서의 실패이다. 이러한 실패는 어쩌면 여러 가지 역사적인 여건으로 하여 어떻게 할 수 없는 것이었다고도 할 수 있다.

존재의 모순을 가장 강렬하게 의식하는 데서 나온, 서양의 비극적 세계관을 논하면서, 카를 야스퍼스는 이것을 중국의 보다 조화된 세계관과 대조시키고 있다. 그는 중국적인 세계관을 다음과 같이 설명한다.

인간이 세계에 대한 조화된 해석을 얻고 또 사실상 세계와 조화되어서 사는 데 성공할 때에, 비극적인 세계관은 생기지 않는다. 이것이 어느 정도까지는 고대의, 특히 불교가 들어오기 이전의 중국의 경우다. 그러한 문명에 있어서, 모든 불행, 고통 그리고 악은 도대체 일어날 필요가 없는 일시적인 혼란에 불과하다. 이 세상의 현상에 대한 몸서리치는 두려움도, 부정도 정당화도 없다. 여기에는 고발이 아니라 한탄이 있을 뿐이다.

인간은 절망에 찢기우지 않는다. 그는 평온한 태도로 고통을 견디고 죽는다. 희망이 끊긴 얼크러짐도 어두운 좌절도 없다. 본질적으로 모든 것은 맑고 아름답고 진실되다. 물론 몸서리쳐지는 일들과 엄청난 일들이 경험의 일부를 이룬다는 것은 비극을 깨우친 문명에 있어서나 마찬가지로 이러한 문명에서도 익숙히 알고 있는 일들이다. 그러나 정온감(靜穩感)은 생(生)의 지배적인 분위기로 남아 있다. 거기엔 투쟁도 없고 반발도 없다. 과거와의 유대 의식이 인간을 모든 사물의 오랜 근본에로 이어 준다. 여기에서 인간이 추구하는 것은 어떠한 역사적인 운동이 아니라 질서 있고 좋은 영원한 진실의 끊임없는 재정립이다. 비극적 깨우침이 생겨나는 곳에서는 무엇인가 좋은 것이 상실된다. 즉 비극의 그림자가 드리우지 않는 안전감, 자연스럽고 숭고한 인간성이 세상에 마음을 푹 놓고 있을 수 있다는 느낌, 풍부한 구체적인 혜지(慧智). 한때 중국인에게는 정말로 존재했던 이러한 점이 사라지는 것이다.

야스퍼스는 이런 조화의 세계관을 불교 이전의 시기로 한정하고 있지만, 사실상 이것은 대체로 동양적 관심 일반을 나타내는 것으로 보아도 괜찮을 것이다. 나아가 이것은 불교에도 해당시킬 수 있다. 특히 동양의 불교를 특징지은 선(禪)의 경우에 있어서 그렇다. 이렇게 말하는 것은 그것이 어디까지나 현세에 있어서 직접적인 방법으로 얻어질 수 있는, 조화와 평화를 강조하는 것이기 때문이다. 야스퍼스가 말하는 중국의 조화의 세계관은 이 세상의 사실로 받아들이기에는 너무나 좋은 것처럼 보인다. 야스퍼스도 이런 세계에서 모순, 분열, 갈등과 같은 부정적인 요소는 때때로 적당히 눈감아 넘길 수밖에 없었다는 것을 인정하고 있다. 그러나 과거에 있어서, 조화의 세계관은 부분적인 허위성에도 불구하고 대체로는 받아들여질 수 있는 것이었을 것이다. 그것이 비록 관제(官制)의 교리이지 현실의 진상이 아니었다고 할망정 오랫동안 교리가 부지할 수 있었다는 사실 그것이 벌써 교리와 현실이 거리가 그다지 먼 것이 아니었음을 증명해 주는 것이라 할 수 있다. 아마, 한국 현대 시의 실패는 교리와 현실의 간격이 분명해졌음에도 불구하고 그 사실을 정면으로 대결하지 못한 데에서 오는 것일 것이다.

서양적인 관점과, 재빨리 서양을 배운 일본의 압력하에 한국의 전통적인 문화가 무너지기 시작했을 때, 시인에게 부과된 일은 무너진 문화의 폐허를 헤치고 들어가 껍질의 단편들 아래 아직도 남아 있는 창조(創造)의 핵심을 되찾는 일이었을 것이다. 그러나 몇 가지 요인이 이러한 작업을 어렵게 하였다. 본고(本稿)의 처음에 이야기한 바와 같이, 너무나 큰 외부적인 충격은 전통적인 사고에서, 너무나 급히 또 너무나 송두리째 지적인 신빙성을 빼앗아 버렸다. 그리하여 시인은 그의 정신적인 지침을 외부에서 찾게 되고 결과적으로 그것은, 그로 하여금 가치와 질서 창조의 핵심에서 유리되게 하였다. 앞에서 시인은 전통적 문화의 창조적 핵심으로 돌아갔어야 했다고 말했지만, 사실 유교 문화는 쉽게 알아볼 만한 창조적 핵심을 갖지 않은, 이미 가사 상태에 있었다. 여기에 관련하여 우리는 이조(李朝) 500년 동안의 대표적인 시가 그때그때 외부적인 계기가 있어 씌어지는 '계기의 시(vers d'occasiom)'였다는 사실에 주목할 수 있다. 이러한 시의 우수성이 어디에 있든지 간에 그것이 정신 심부(深部) 탐색(探索)에 있지 않음은 말할 것도 없다. 이 사실은 시인의 과거에 심해 잠수(深海潛水)를 할 필요가 없었다는 것을 말해 준다. 유교 전통의 가사 상태에 대해서는 우리가 지난 반세기의 한국 시에서도 쉽게 그 징표를 발견할 수 있다. 중요한 시인으로서 유교에서 영감을 구한 시인은 찾아볼 수가 없는 것이다. 여기에 대하여 거의 모든 주요 시인들은 불교에서 그 영향을 얻고 있다. 한용운이 그 대표적인 예일 것이고, 이 글에서 취급한 시인들 거의 전부가 크게 작게 불교적인 경향을 드러내 주고 있는 것은 우리가 위에서 본 바와 같다. 이러한 현상은 오늘날의 시단에서도 쉽게 재확인할 수 있는 것이다.

주목하여야 할 것은, 한국의 현대 시에서 가장 현저하게 눈에 띄는 불교적 영향은 선(禪)이라는 사실이다. 선(禪)은 무엇보다도 '지금 여기에 있어서의' 개인적인 구제(救濟)를 이루고자 하는 영혼의 기술(技術)이라고 할 수 있다. 무너지는 문화의 집에서 시인이 할 수 있는 최선의 일은 단편적이고 개인적인 문화 속에 피신하는 것이었는지 모르며 선적(禪的)인 고요는 이러한 단편적인 문화의 하나였다. 단편적이라는 것은 한국의 상황 속에 이미 고요와 조화는 존재하지 않았기 때문이다. 따라서 선적(禪的)인 세계관은 현실의 어려움을 적당히 눈감아 넘기거나, 꾸며 댈 수밖에 없었다. 이러한 고요가 보여 주는 '구체적인 예지'는 어느 정도까지는 훌륭한 것이었으나 일반적인 혼란 속에서는 묘하게 어색한 것이 아닐 수 없었다.

이러한 개인적인 문화에의 도피는, 앞에서 말한 바와 같이 동양의 전통이 본질적으로 조화의 전통이었기 때문에 더욱 조장(助長)되었다고 할 수 있다. 그것은 조화를 깨뜨리는 부정적인 요소를 어떻게 다룰 것인가에 대하여는 별다른 대책을 가지고 있지 않는 전통이었다. 부정(否定)의 전통을 갖지 않는 곳에서 의지할 수 있는 전통이라고는 선적(禪的)인 것밖에 없었던 것이다. 아니면 시인은 '고발'이 아니라 '한탄' 속에서 혼란으로부터의 출구를 찾을 수밖에 없었다.

다시 말하여 필요한 것은 경험의 모순을 받아들이는 것이었다. 그러나 이것은 쉬운 것이 아니다. 쉽지 않다는 것은 시인이 그것을 인정할 의사나 용기가 없기 때문이 아니라, 시는 처음에 말한 것을 되풀이하여 불가시적(不可視的)인 원리적(原理的) 관계 속에 가시(可視)의 세계를 구성하고자 하는 정신 활동이며 '원형적(原型的) 관계'는 결국 하나의 근원적이고 전체적인 조화를 의미하는 것이기 때문이다. 근원적인 조화란 말로써 우리는 어떤 초월적인 믿음을 생각할 수도 있겠다. 그러나 보다 세간적인 평면에서 건전한 문화는 그러한 조화의 대용품 노릇을 하는 것으로 생각될 수 있다. 즉 문화의 이념은 사물의 전체에 전용되는 이상적 질서를 포함한다. 그리고 문화의 한 이점은 그것이 대부분의 경우 무의식적으로 작용한다는 것이다. 하나의 조화된 생활 방식으로서의 또 사고의 방식으로서의 유교 문화가 무너짐에 따라 시인은 전체적인 질서의 관점에서 사물을 파악하는 본능을 상실하게 되고 그것의 경험은 상호 간의 또 전체에 대한 관계를 상실한 조각조각이 되어 버렸다. 시인이 직면한 과업은 개인적인 노력으로 상실된 질서를 회복하되, 경험의 모순과 분열을 포함할 수 있는 질서를 발견하는 것이었다. 이것은 지난(至難)한 일일 뿐만 아니라 모순을 포함하는 요구처럼 보인다. 그러나 이것은 피할 수 없는 것이다.

그러면 한국의 현대 시인이 경험의 모순을 충분히 참작하지 못했다는 것을 뒤집어 말하면, 모순을 포함시킬 수 있는 질서의 구조를 발전시키지 못했다는 것이 된다. 환언(換言)하여 한국 시의 실패는 구조적인 실패로 정의된다. 여기서 구조란 현실 생활의 이런저런 조각들을 담을 수 있는 인위적이고 정적(靜的)인 공식일 수는 없다. 그것은 부단히 변화하며 부정하고 종합하는 움직이는 구조이어야 한다. 그것은 주로 그것의 손아귀를 벗어나려는 세계의 물리적·정신적 핵심을 움켜쥐려는 쉬지 않는 노력으로 특징지어진다. 이 노력은 쉽게 말하여 일상적인 세계의 지루하고 얼크러진 것들의 밑바닥을 꿰뚫어 보고자 하는 형이상적 정열이라 할 수도 있다. 사실 시에서 긍정되는 것은 이 노력이자 정열이다. 그러니까 사실 우리가 말하고자 하는 것은 구조가 아니라 구조를 만드는 활동이다. 다시 말하여, 필요한 것은 스스로의 창조력을 선언하는 정신의 자기 긍정인 것이다. 이 자기 긍정은 밝음과 조화의 확인에서와 똑같이 어둠과 모순 속에서도 이루어진다. 나아가 일단 어둠과 모순이 세계의 복판에 자리한 이상, 어둠과 모순을 통하지 않고는 이러한 긍정은 이루어지지 않는다고 하는 것이 옳다. 모순과 부정을 계산에 넣어야 한다는 것은 다른 의미에 있어서도 중요하다. 앞에서 우리는 경험의 전체를 담는 구조를 이야기하였지만, 이 전체란 반드시 물리적인 크기만을 의미하는 것은 아니다. 그것은 오히려 구조적인 핵심을 말한다. 이 핵심은 우리의 시대에 있어서는 모순과 대립을 아울러 걷어쥐는 어떤 일점에서 발견된다고 할 수 있다. 살아 움직이는 구조는 이 핵심점을 중심으로 어둠과 밝음이 현란하게 엇갈리는 변증법적 운동 속에서 발견된다. 이 운동을 지속하게 하는 것은 '보려는' 형이상적 정열, 형이상적 에너지이다. 시 속에 긍정되는 것은 곧 이 에너지 자체이며 이것이 시를 넘어서 의미를 갖는 것은 이것이 곧 생명과 창조의 시적인 모방이기 때문이다. 한국 시의 실패는 이러한 일에 있어서의 실패이다.

끝으로 우리는 이 글에서 눈에 띄게 빠져 있는 시인이 있음을 부기하지 않을 수 없다. 그것은 한용운이다. 그는 한국의 어느 시인보다도 전체적인 구조를 이루는 데 근접한 시인이었다. 이것은 그가 우리 시사(詩史)에서 드물게 보는 깊은 종교 시인이었고, 또 그가 직시적인 해탈보다는 깨우침의 세계와 현실의 건너뛸 수 없는 거리를 강조하는 보다 형이상학적인 접근법으로 종교를 대했다는 사실과도 관계있는 일일 것이다. 그는 이 거리감을 남녀 간의 사랑의 아픔과 기쁨에 얹어 표현하였다. 그러나 한용운이 진정으로 받들어 모시기만 하여 마땅한 시는 쓰지 못한 것도 사실이다. 그의 시에 대한 고찰은 이 글이 취하려고 했던 관점과는 조금 다른 관점에서 행해져야 할 것이다.

(1968년)

한국 현대 소설의 형성

한국 현대사의 주요 과제는 밖으로는 제국주의적 침략에 대한 자주권(自主權)의 보존이며, 안으로는 전근대적 사회 체제의 혁신이었다. 이 과제를 우리는 보다 적극적인 내용의 면에서 근대화라 부를 수 있다. 결국 반(反)제국주의, 반(反)봉건 투쟁의 구체적인 의미는 자주적인 토대 위에 근대적이고 민주적인 사회를 건설하자는 데 있기 때문이다. 우리 문학은 이러한 역사적 과제의 실현에 어떠한 관계를 갖는 것일까? 어떻게 보면, 한국 현대 문학의 형성과 전개는 주로 외국으로부터 도입된 원형의 토착화의 문제요, 한국 사회의 근대화와는 직접적인 관계를 가지고 있지 않은 듯한 인상을 줄 수 있다. 그러나 이것은 피상적인 인상에 불과하다. 문학의 근대화와 사회의 근대화는 서로 뗄 수 없는 관계에 있으며 다른 한쪽의 동시적(同時的)인 발전 없이는 어느 한쪽의 발전도 완전한 것일 수 없는 것이다. 이것은 한국 문학이 왕성하게 산출된 시기에 있어서나, 미미한 실험만이 되풀이되던 초창기에 있어서나 마찬가지이다. 그러나 외국 원형의 수입만이 문제인 듯한 초창기에 있어서 문학과 사회의 관계는 더욱 뚜렷이 보일 수 있는 것이 아닌가 한다.

이것은 역사의 초창기에 있어서 여러 역사적인 세력 간의 착잡한 관계가 더욱 뚜렷하게 나타나는 경우가 많기 때문이다. 이 글에서 나는 현대사와 현대 문학의 형성, 특히 소설의 형성 과정 간에 있을 수 있는 이러한 관계가 어떤 것인가를 생각해 보고자 한다. 그러나 다음의 글이 목표로 하는 것은 이 시기의 문학의 성립에 대한 완전한 역사적인 서술을 하자는 것이 아니고, 단지 우리의 생각을 정리하는 데 필요한 어떤 유형을 끌어내 보자는 것이다.

1. 현대사의 영웅적 시기: 두 근대화 운동

우리 문학을 한국 현대사와의 관련에서 볼 때, 두드러져 보이는 것은 현대적인 정치 운동이나 사상의 대두와 현대 문학의 성립 사이에 보이는 시간차이고, 또 늦게나마 어떤 형태로든지 대두했던 문학이 시대의 핵심적인 과제를 취급하지 않았다는 인상이다. 문학을 이야기하기 전에 우리는 이 사실부터 생각해 볼 필요가 있다. 이것은 우리에게 문학의 근대화 과정에 대한 중요한 통찰을 줄 수 있을 것이다.

현대 문학이 최남선의 「해(海)에게서 소년(少年)에게」가 나온 1908년, 또는 이광수의 『무정(無情)』이 나온 1917년, 또는 3·1운동 이후의 1920년대에 그 기원을 갖는다고 한다면, 정치 이념의 면에서 근대화의 이상은 훨씬 더 일찍부터 분명하게 표현되었다. 개항 이전부터, 가령 단순한 화이사상(華夷思想)에서 출발하여 위정척사(衛正斥邪)를 외쳤던 보수파도 그들의 주장이 반제국주의라는 시대적 요청에 부합되는 것이었다는 점에 있어서, 한국 역사의 전진적인 에너지로 작용하였다는 주장은 어느 정도 타당한 것일 수 있다. 그러나 역시 본격적인 의미에서 근대화의 이념을 천명한 것은 개화사상이었다. 개화가 피상적이고 경박부허한 양물(洋物)의 수입과 모방에 있듯이 여겨지기도 하고 또 나아가서는 매국적 암거래(暗去來)의 허울로 이용된 경우도 많았겠지만, 가령 독립협회와 같은 개화 집단이 내건 근대화 사상은 자못 심각한 것이었다. 신용하(愼鏞廈) 씨의 연구에 따르면 독립협회의 개혁안들은 오늘날에 있어서도 낡아 버렸다고 할 수 없는 근대 사회의 이상을 표현하고 있다. 독립협회의 인사들은 독립과 민권의 확보를 뚜렷한 목표로 천명했을 뿐만 아니라, 이러한 목표를 실천에 옮기는 일에도 유의하여 제도적인 방편들도 정교하게 생각해 냈던 것이다. 그러나 다른 한편으로 우리가 독립협회의 이상이 한국 현대사, 나아가 세계사의 큰 흐름에서 쉽게 낡아질 수 없는 현대성을 가진 것이라고 느끼면 느낄수록 우리는 동시에 이들의 자주 민권의 이상이 당대의 현실 속에 구현되지 못하였다는, 또 오늘날에 있어서도 구현되지 못하고 있다는 사실을 생각하게 된다. 어떻게 보면 이들의 이상의 현대성이라는 것 자체가 그것이 아직도 실현되어야 할 어떤 것으로 남아 있다는 사실에서 오는 것이다. 그렇다면 그것이 미실현의 상태로 남아 있는 원인은 어디에 있는가? 이 질문은 현대사에 대한 어떠한 역사적인 회고에도 암시적으로 내포되어 있다고 말할 수 있는 것으로서, 그렇게 쉽게 답하여질 수 없는 질문이다. 그러나 19세기 말에 이미 분명하게 표현되었던 근대 정치의 이상이, 당대의 현실에 비추어 매우 추상적인 것이었을 것이라는 것은 추측할 수 있다. 당시 말하여 독립협회에 의하여 가장 체계적으로 표현된 바 있는 개화사상이 아무리 한국 현대사의 주요 과제를 부각시킨 것이라 하더라도, 그것 그대로 당대 민중의 정치 이상의 자연스러운 일부를 이루었을 것으로 생각하기는 어렵다는 것이다. 그것이 '당시 새로운 생활력을 가지고 급속히 성장하고 있던 시민 계층, 농민층, 임금 노동자층, 해방된 천민층, 신지식층

등 신흥 사회 세력의 사상'이었고, '민중과 밀착되고 민중의 지지를 받는 민중의 사상'이었으며 또 그 원류의 한 가닥이 실학(實學)에 있다는 신용하 씨의 주장에도 불구하고, 제도의 면에서 대의 정치로 집약되는 독립협회의 사상은 일반 대중에게는 그들의 정신생활의 전통에 비추어 너무나 서구적이고 너무나 이질적인 것이었을 것이 아닌가 생각된다. 물론 독립협회의 근대 정치 이념이 주체적으로 의식되지 않은 채 민중의 근본적인 소망을 대표하고 있었다고 말할 수는 있다. 그렇다면, 그들의 이상은 국민 일반으로부터 반드시 오랫동안 따로 떨어져 있을 그런 이상은 아니었고, 그것이 받아들여지기까지는 단지 자유로운 설득의 과정만이 남아 있었다고 볼 수도 있다. 그러나 확보되지 못했던 것은 자유로운 설득의 과정이었고 이것은 정치권력의 획득으로만 얻어질 수 있었을 것이었다.

여하튼 독립협회가 표현했던 바와 같은 개화 세력의 정치 이념이 상당히 추상적일 수밖에 없었을 것이라는 추측은 옳은 것일 것이다. 그리고 이 추상성은 개화사상과 문학 사이에 성공적인 접합이 이루어지지 못하게 된 주요 원인이었을 것이다. 개화사상의 문학적 표현이 없었던 것은 아니다. 20세기 초의 안국선(安國善)의 『금수회의록』이나 이해조(李海朝)의 『자유종(自由鍾)』은 개화사상을 표현한 작품이고, 소설적으로 보다 성공한 이인직(李人稙)의 여러 작품에서도 개화의 문제가 제기되어 있지만, 말할 것도 없이 안국선이나 이해조의 상기(上記) 작품은 어설픈 논설 이상의 것이라 할 수는 없는 것이고, 여기에서 개화의 이념들은 소설적인 상황 속에 제대로 짜여 들어가지 못했다. 이것은 이들 작가의 기량의 미숙에 그 원인이 있다고 볼 수 없는 것도 아니나, 보다 근본적으로는 위에서 말했듯이 개화사상의 추상성에 관계되는 일일 것이다. 문학은 이것을 여러 가지로 정의할 수도 있겠지만, 가장 간단히 말하여 삶의 구체적인 경험을 가장 구체적인 언어로써 포착하려고 하는 의식 활동이라 말할 수 있고, 구체성이 중요한 것인 한에 있어서, 경험 자체가 추상적이거나 언어의 발달에 있어서 구체적인 언어의 마련이 없을 때에 경험의 문학화는 불가능한 것이다. 이러한 문학의 정의만으로 개화사상의 향방과 문학과의 관련을 전부 설명할 수는 없지만, 일단은 문학의 조건의 미성숙을 생각할 수는 있는 것이다. 그리고 한 가지 덧붙일 것은 이러한 관찰이 문학에 대해서만 의미를 갖는 것은 아니라는 것이다. 개화사상 자체만을 놓고 보더라도 그것이 한국의 현대사에 보다 적극적으로 개입해 들어가지 못한 것은 그것의 추상적인 위치에 관계된다고 생각할 수 있다. 그렇다면 문학의 성숙은 정치 운동의 성숙에 바로미터가 되고 또 거꾸로 어떤 사태의 의식화는 언제나 행동적인 전진의 밑거름이 되는 것인 만큼 문학적 성숙은 정치 운동의 성숙에 기여한다고 볼 수 있다.

이념의 추상성만이 전적으로 그것의 역사적 비(非)효율성이나 문학화의 실패에 대한 설명이 되는 것은 아니다. 동학(東學) 농민 봉기의 이념도 독립협회의 경우와는 다른 방식으로 표현되기는 하였지만, 그 근본에 있어서는 또 보다 본질적인 의미에서, 민주 사회를 지향하는 것이었다. 동학은 그 수사(修辭)에 있어서나 그 근본 동력에 있어서 직접적으로 민중적 충동에 의지하고 있는 움직임으로서, 거기에서 우리는 이념의 추상성과 현실적 경험의 구체를 가려낼 수 없다. 이 양면은 동학 운동에 있어서 완전히 일체가 되어 있는 것이다. 동학의 활력은 바로 이러한 구체적인 일체성에서 온다. 그것은 발생 자체에 있어서 폭정의 고통에 대한 피나는 깨우침에서 출발하지만, 이러한 사정은 동학 봉기의 영웅적인 고통과 저항의 드라마에 더욱 두드러지게 나타난다. 이념의 면에 있어서도 동학 운동의 경험적인 구체성은 가령, '천인합일(天人合一)'에서 '인내천(人乃天)'으로, 또다시 '사인여사천(事人如事天)'으로, 우주론적인 발언에서 실천 윤리로 구체성을 띠어 가는 교리의 전개에서도 볼 수 있다. "백성마다 얼마큼 하나님이 주신 권리가 있는데 그 권리는 아무라도 뺏지 못하는 권리"라고 한 독립협회의 천부 인권 사상의 표현에 비하여 「내수도문(內修道文)」의 "도가(道家)에 인(人)이 래(來)하거던 객(客)이 래(來)하였다. 언(言)치 물(勿)하고 천주래(天主來)하셨다 칭하라."든가 또는 "유아를 타(打)함은 시천주(是天主)의 의(意)를 상하는 것이다." 또는 "노예를 자식과 같이 애(愛)하며 우마육축(牛馬育畜)이라도 학대치 물(勿)하라."는 말을 본다면, 우리는 그 수사의 구체성을 통해서 동학 이념의 체험적·현실적 기원을 실감할 수 있다. 최수운(崔水雲)의 일화, 즉 그가 여종을 속량하여 자부를 삼았다는 이야기 같은 것도 쉽게 동학의 적서귀천(嫡庶貴賤)의 철폐를 위한 실천적 정열을 증거해 준다.

그러나 동학의 경우에 있어서도 우리가 상기하게 되는 것은, 그것이 일관성 있고 지속성 있는 정치 운동으로 한국 현대사 속에 정립되지 못했고, 또 사회와 정치에 대한 체계적인 분석의 수단으로도 발전하지 못하였다는 사실이다. 동학이 민중의 삶의 체험의 깊이에서 솟아나오는 자발적인 움직임이었다고는 하지만, 어떤 대중 운동이 일정한 실천적인 태도나 정치 의식으로 정착되는 데 필요한 것은 한두 가지의 자연 발생적인 사건 이상의 것이라고 생각된다. 우선 설득의 여유를 허가해 주는 정치적 보장이 전제 조건으로 요구된다고 할 수 있겠는데, 동학 운동은 이것을 얻어 낼 수 있는 정도의 힘이 되지 못하고 와해되지 않을 수 없었다. 더구나 그것은 하나의 정착된 삶의 방법으로 발전할 여유를 갖지 못했다. 또 생각되는 것은 어떤 정치 운동이나 그 이념이 성공하기 위해서는 그것이 당대 역사의 지배적인 세력에 완전히 대차적으로 맞설 수만은 없지 않은가 하는 것이다. 서양에서 발원한 제국주의적 팽창에 대하여 토착적인 반작용의 성격을 띠었던 동학 운동은 정치 세력으로나 이데올로기의 면에 있어서나 세계사의 지배 세력이 된 서양 세력에 부딪쳐 깨어지거나 타협할 수밖에 없었던 것인지도 모른다.(문제는 창조적인 타협의 가능성에까지 나아가지 못한 단계에서 동학 운동이 좌절되었다는 데 있다고 할 수도 있다. 현실의 비정한 논리는 성공한 정치만이 성공한 것이 되게 한다.) 하여튼 한국 사회의 근대적인 변모는 그것이 독립 협회가 생각하였던 바와 같은 대의 민주주의 지향의 것이든 아니면 다른 것이든 서양적인 것과의 일정한 타협 속에 이루어졌다. 그러니 만큼 그 과정은 한국민의 생활의 실제에 대하여 추상적인 성격을 띠지 않을 수 없게 되고, 이 과정이 불가피한 역사적 추세이며 과제로 받아들여지는 한에 있어서는 근대화가 어떻게 그 추상성을 극복하느냐 하는 것은 늘 중요한 문제로 존재하게 되었다.

그러나 문학의 관점에서 볼 때, 동학 운동의 경험적 구체성은 소재 자체로서는 문학적 처리를 훨씬 용이하게 할 것처럼 보인다. 그러나 결론적으로 되풀이하여 동학이 대표했던 민중의 체험이 위대한 문학을 산출하지는 못하였다. 그것은 하나의 문학을 산출할 수 있는 원동력이 되기에는 너무나 단기적인 현상이었다.(그러나 한국의 현대 문학에 있어서 내내 농촌 문학이 도시 문학에 비하여 월등한 현실감을 유지할 수 있었다는 것은 역사적 저류의 힘을 이야기해 준다.)

물론 문제가 되는 것은 동학이라는 특정한 민중 운동이 아니라 그것이 대표하는 국민의 생활이다. 동학이 불러일으켰던 정열은 그 이후 산발적으로 지속되었다. 의병 운동의 반제국주의, (나중에는) 반봉건주의 무력 저항이 그 하나의 표현이라고 할 수 있겠는데, 여기에 적지 않은 수의 사람이 참가하였으나 이 운동은 동학 운동의 규모에 이르지는 못하였다. 이것이 산발적이라는 것은 단순히 숫자상의 규모를 지칭하는 것이 아니고 그것이 중앙 권력에 대하여 대치 세력으로서의 위협을 가하지 못했고, 또 의식의 면에서 국민 생활 전반의 올과 결에 큰 삼투 작용을 일으키지 못했다는 것을 두고 하는 말이다.

　의병 운동이 문학적 발전에 결부되지 못했던 것은 그 산발적인 성격에 기인하기도 하지만, 여기에는 보다 근본적인 원인도 작용했을 것으로 생각된다. 의병 운동의 소산인 의병가(義兵歌)들은 근래 상당한 주의를 받은 바 있으나 이 노래들이 드러내 주고 있는 한결같은 특징은 그 구호적인 추상성이다. 이것은 우리로 하여금 의병 활동과 같은 극단적 행동주의와 언어의 추상성 사이에 존재하는 어떤 불가분한 연계 관계를 생각하게 하고, 이러한 연계 관계가 경험의 문학화에 특별한 난관이 되는 것이 아닌가 하는 의심을 갖게 한다. 그러나 보다 근본적인 요인은 오늘날 기대하는 바와 같은 문학적 표현은 근대정신의 성숙과 뗄 수 없는 관계에 있고, 이것이 한국 역사의 진전에 있어서 조금 더 기다려야 하는 일이었다는 데에 있지 않나 생각된다. 우선 매체(媒體)의 면에 있어서 한문이 전횡하던 한국 사회에 있어서 사회의 상징화 작용 — 이것은 주로 지배적인 권력의 손아귀 속에 들어 있게 마련인데 — 에서 변두리적인 위치밖에 차지하지 못하였던 한국어가 한국인의 상징 활동의 중심적 매체로 등장하는 데에는 개화의 충격이 있어야 했다. 이것은 전통적인 언어가 삶의 구체로부터 유리되었다는 이야기이고, 또 삶 자체가 연속적이고 통일적인 것으로서가 아니라 구획화(區劃化)되고 추상화되어 있었다는 증거일 것이다. 따라서 언어가 구체성을 회복하는 데에는 산발적인 봉기 이상의 민중적인 생활의 성장이 있어야 했을 것이다.

　이러한 사정은 의병 운동의 성격 자체에 대하여도 재검토를 요구한다. 어떤 의미에 있어서는 의병 운동을 동학 봉기의 후계자로 볼 수 있지만, 다른 한편으로 동학이 민중의 생활에서 나온 움직임인 데 대하여, 의병 운동이 반드시 동학의 경우만큼 경험의 구체에 연결되어 있었다고 말하기는 어렵다.(동학이 위정척사론자의 운동일 수 없었는 데 대하여, 의병 운동의 초기 지도

자들이 유학을 공부한 양반 계급이었다는 것도 이러한 차이를 이야기하여 준다.) 그러나 우리 문학의 역사적 전개를 생각할 때 의병 운동의 문제는 한번은 생각해 봄직한 일이다. 동학 이후의 여러 정세는 이미 그러한 형태의 민중 운동을 불가능하게 하고 단지 산발적인 유격전을 통한 무력 저항을 허용했고, 문학도 그 테두리 안에서 생각되어야 한다. 문학의 관점에서 볼 때, 의병 운동은 동학만치는 구체성을 갖지 못했고 개화사상보다는 덜 추상적이었다고 할 수 있을는지 모른다.

이러한 사정은 의병 활동의 소설적인 표현을 하나의 가설로서 구성해 보면 더 분명해진다. 의병의 무력 투쟁은 소설에서 영웅적인 것으로 다루어질 수밖에 없었을 것이다. 그러나 20세기 초의 한국 소설에 영웅적인 사실을 제대로 취급할 수 있었을지는 의문이다. 의병의 영웅들이 소설에 취급된다면, 아마 그것은 고대 소설의 군담류(軍談類)에서 보는 바와 같은 특출한 인간들의 특출한 사적들에 대한 전설적인 이야기가 되기 쉬웠을 것이다. 그러나 현대 소설이 영웅을 다룬다고 하더라도 거기에서 우리가 기대하는 것은 어떤 영웅호걸의 의협담(義俠談)이나 무용담(武勇談)이 아니라 주어진 상황, 그 자체가 가지고 있는(따라서 사실상 어떤 초인적으로 특출한 인간에게만이 아니라 모든 인간에게 보편적으로 열려 있는) 영웅적 가능성의 탐구이다. 이러한 가능성의 구현자로서의 영웅은 사회 세력의 총체적인 파악 속에서만 묘사될 수 있다. 그러나 사회의 총체적 파악은 근대 의식의 중요한 내용을 이루고, 또 이 의식은 사회 자체의 근대적인 성장과의 변증법적 얽힘 속에서 일어난다. 이렇게 볼 때 의병 운동은 반제국주의, 반봉건의 영웅적 투쟁이긴 하지만, 그리고 그런 의미에 있어서 한국 현대사의 주요한 발전적 에너지로 간주될 수 있지만, 그것이 그것 그대로 전면적인 근대화 과정에까지 밀어 올려질 수는 없는 것이었고, 또 현대 문학의 발생의 터가 되기에는 어려운 것이 아니었나 생각된다.

이렇게 개항 이후 20세기 초까지의 한국사를 문학의 가능성이라는 관점에서 돌이켜 볼 때, 한국 문학의 근대화가 드러내고 있는 역사적인 시차는 국민의 구체적인 삶이 근대적인 성장을 이룩하지 못한 데에 기인하는 것으로 생각될 수 있다. 이것은 문학이 정치 운동의 강령이나 사회생활의 전반에 유기적인 연결을 가지고 있지 못한 영웅 행위만을 기반으로 하여서는 성립할 수 없다는 것을 말하지만 그렇다고 해서 정치와 문학의 관계가 반드시 단절적인 것이기 때문이라는 말은 아니다. 처음에는 추상적인 프로그램이나 고립한 영웅적 행위로 시작되는 어떤 정치 운동도 우리 생활을 변화시킬 수 있다. 단지 그것은 시간의 문제이며 또 어떤 정치적 프로그램이 국민 생활에서 저절로 자라나온 것이냐 아니냐, 또는 적어도 그것을 대표하고 있는 것이냐 아니냐 하는 문제이다. 다만 한국 사회의 정치적인 여건은 동학이나 의병 운동이 생활 문화가 될 여유를 주지 않은 것이다. 이렇게 말하고 보면, 정치를 단순히 집권층의 권력 투쟁 이상의 것으로 생각하는 한, 문학의 성장은 정치에 관계가 없는 것이 아니라 오히려 밀착되어 있는 것이라고 할 수 있다. 또 그 관계가 단순히 종속적인 것만도 아니다. 문학도 이루어진 사태를 그대로 표출(表出)하는 것이라기보다는 그것을 표출한다는 행위 자체에 있어서 이미 그것을 앞서가는 것이며 정치의 사회 세력에 대한 관계도 그러한 것이다. 그러니까 다시 말하면 참다운 의미에 있어서의 정치나 문학은 다 같이 생활 현실이 스스로를 넘어서는 일이며, 이 넘어섬의 과정은 불가피하게 어떤 영웅적인 결단이나 추상화 과정을 필요로 하기가 쉽다. 단지 내가 이야기하려고 하는 것은 이러한 과정에서 보다 지속적인 것은 생활의 구체라는 것이다. 그러니까 다시 한 번 한국 현대사의 초기에서 문학의 성장이 늦어진 것은 그 기간 동안 생활의 구체의 성장이 주로 밖으로부터 오는 세력으로 하여 특히 고통스럽고 우원(迂遠)한 것으로만 이루어질 수 있다는 말이 되는 것이다.

이러한 고찰은 우리로 하여금 간단히나마 현대 문학의 조건에 대한 검토를 시도하지 않을 수 없게 한다. 이 조건이 간단한 것이 아님은 서양에 있어서의 현대 문학, 특히 현대 소설의 대두가 서양 사회에 있어서의 일반적인 근대화 과정과 병행한 것을 상기함으로써 미루어 짐작할 수 있다. 일률적으로 어느 하나가 다른 것에 대하여 원인이 되었다고 말할 수는 없지만 현대 과학의 성립, 부르주아 계급의 형성과 민주주의 이념의 대두, 개인 의식의 고양(高揚) ── 이러한 것들이 현대 문학의 발생적인 상황을 이루었던 것은 우리가 다 알고 있는 터이다. 그러니까 우리 문학의 근대화도 이러한 현상들의 발전에 관련되리라는 것은 짐작할 수 있다. 이렇게 말하는 것은 반드시 우리 문학이 서양 문학을 뒤쫓아 발전해야 한다는 것을 말하는 것은 아니다. 서양의 경우는 우리에게 하나의 유추를 제공해 줄 뿐이며, 우리 문학은 그것과는 다른 방향으로 발전할 수도 있었을 것이다. 그러나 우리가 일단 특정한 시기에 일어나는 특정한 종류의 문학에 대한 요구를 인정한다면 비슷한 경로의 발전을 보일 것이라는 것은 말할 수 있다.

인간성의 깊이에서 우러나오는, 따라서 모든 문학에 공통되면서 특히 근대적이라 할 수 있는 이 요구는, 문학이 삶의 구체적인 모습을 그 전체성에 있어서 가장 구체적으로 표현하라는 요구이다. 이것이 만족되는 데에는 여러 가지 조건이 선행하여야 한다. 우리는 여기에서 간단히나마 이러한 조건을(역사적인 선례를 마음에 두면서) 생각해 볼 수 있다. 우선 삶의 전체를 그리라는 요구는 반성적 의식, 즉 자기 자신의 삶을 돌아볼 수 있는 의식의 발달과 일정한 관계에 있다고 해야 한다. 이러한 의식이 강화됨으로써, 비로소 문학은 진기한 일들의 전달을 주된 기능으로 하는 원시적 전설의 범주를 벗어나, 당대의 삶의 현실을 다루는 현대적 소설로 진화할 수 있다. 반성적 의식의 성장은 한쪽으로 사물에 대한 과학적인 관심의 성장에 관계되고, 다른 한쪽으로 자아의식의 심화에 관계된다. 데카르트의 경우에서 알 수 있듯이 자기 성찰과 세계에 대한 과학적인 인식은 같은 과정의 양면을 이루는 것이다. 데카르트에서 자아(自我)의 의식은 합리성의 원리 또는 단순히 일종의 지속의 원리라고 할 수 있는데, 소설의 보다 경험적인 차원에서 자아는 추상적인 사고의 지속성의 원리보다는 개인적 삶의 지속성의 원리가 된다고 할 수 있다. 대부분의 현대 소설은 사람의 생애의 지속이 그어 놓은 운명의 곡선에 관심을 가지거니와 사람의 생애를 일관적인 것으로 이해하고, 또 이것을 일관적으로 살려고 하는 의식과 노력이 사회적으로 대두되기 전에는 현대적인 소설은 생각하기 어렵다.(인물의 원리를 의식적으로 배제하려고 하는 앙티로망과 같은 경우가 없는 것은 아니지만.) 그런데 한 사람의 생애는 어떤 진공 속에서의 지속이 아니라 행동과 업적을 통한 지속이다. 그리고 이 행동과 업적은 사회적인 공간을 필요로 한다. 따라서 소설적인 인식의 한 조건은 개인적 삶과 사회와의 복합적인 얽크러짐을 헤아릴 수 있는 어떤 마련이 있어야 한다는 것이다. 사회는 결국 나와 마찬가지의 지속적인 계획 속에 있는 개인들로 구성되기 때문에 개인과 사회의 얽크러짐은 윤리, 도덕의 관계로 파악될 수 있다. 또 사회는 개인의 집합을 초월하는 어떤 세력으로 나타날 수도 있다. 또 그것은 물질적 조건에 의하여 개인의 총화를 넘어서는 세력을 형성할 수도 있다. 따라서 소설가는 보다 초개인적(超個人的)인 세력의 관점에서 개인과 사회의 관계를 생각해 볼 수 있다. 그런데 우리가 소설가에게 끊임없이 삶의 전체적인 묘사를 요구한다고 할 때, 그러한 요구가 일어나는 것은 그것이 손쉽게 얻어질 수 없는 것이고, 또 한번 얻어진 것이라도 그것은 사회의 끊임없는 변화 속에서 새로운 시도에 의하여 다시 회복될 필요가 있기 때문이다. 다시 말해서 소설적 인식의 필요는 사회가 어느 정도 복잡해지고, 또 역사적인 변화를 겪을 때에 일어난다는 것이다.

앞에서 매우 도식적으로 생각해 본 말을 다시 요약해 보면, 소설의 성립에는 개인의식, 사회의식 및 역사의식이 조건이 된다는 것이다. 이것은 앞에서 말한 바와 같이 서양의 경우로 볼 때, 과학 정신의 대두, 개인주의의 성립, 사회 전체에 대한 의식의 강화 — 이러한 근대사 자체의 진화 과정에서 만족될 수 있는 것이었다. 그런데 한 가지 주의할 것은 이러한 조건 — 즉 과학 정신이나 근대적인 자아의식이나 이런 것이 추상적인 형태로서 일어나는 것이 아니며, 설사 그런다 하더라도 그 추상적인 형태 그대로 소설의 조건이 될 수는 없다는 점이다. 다시 말하면 이러한 조건이 역사적인 진화로서 나타나는 것이지, 인위적으로 조작될 수는 없다는 것이다. 그리고 이 역사는 어떤 부분적인 역사보다는 인간 생활 전체의 진화를 포괄하는 역사이다. 즉 과학 정신이나 근대적 자아의식 또는 사회의식이 소설적인 인식의 조건이 되려면 그것은 생활 자체에 배어들어 있는 것이 되어야 한다. 여기에 근대 소설에 있어서 일상생활의 묘사가 중요해지는 이유가 있는 것이다.

다른 어떤 전통적인 문학 장르들과도 다르게 현대 소설은 일상생활에 색다른 중요성을 부여했는데, 어떻게 보면 일상생활적 인식의 결정(結晶)이 곧 소설이라고 볼 수도 있다. 일상생활은 인간의 삶이 가장 직접적으로 영위되는 구체적인 시공간(時空間)의 구역이면서, 또 여러 가지 사회 세력에 의하여 제한되고 구성되는 인간의 삶의 통일의 장(場)이라고 말할 수 있다. 앞에 이야기한 현대 소설의 모든 조건은 사실 이 일상생활의 평면에 나타남으로써 비로소 현대 소설의 기본 조건이 되는 것이다. 그러므로 현대적 소설 인식의 역사는 일상적 인식의 역사라고 말할 수도 있다.

사람의 일상생활이라는 것은 언제나 있었던 것처럼 생각할 수도 있지만, 사실은 이것이 역사적으로 대두하는 것임을 우리는 잊지 말아야 한다. 적어도 주제화되고 하나의 단위로서 의식화된 일상생활이라는 것은 역사적인 진화의 결과이다. 서양의 부르주아 생활은 곧 일상생활을 중요시하는 생활이었다는 것을 우리는 생각해 보아야 한다. 어떤 의미에서는 부르주아적 정치 투쟁의 목표는 일상적 인간의 일상적 삶에 마땅한 무게와 위엄을 부여하려고 하는 노력이었다고 볼 수 있다.

그러나 일상성의 묘사가 그대로 삶의 전체를 그려야 한다는 요구에 맞는 것은 아니다. 알다시피 우리의 일생생활이란 것은 좁아지려는 경향을 가지고 있으며, 어떠한 좁은 범위에서도 그 나름의 평형(平衡)에 이르고 또 그대로 응고하려고 한다. 일상성의 묘사가 삶 전체에 대한 묘사가 되는 것은 그것이 삶의 전체를 투영하고 용해하는 매체가 될 때이다. 부르주아 리얼리즘에서 일상성이 중요한 것은 그것 자체가 이미 이루어져 있는 일상성을 넘어서려는 영웅적인 노력을 담아 가지고 있기 때문이었다. 그러한 노력을 포기했을 때, 그것이 미시적(微視的)인 번설주의(煩屑主義)에 떨어진다는 것은 우리가 다 알고 있는 사실이다. 이 경우 그것은 밖으로부터 오는 영웅적 행위에 의하여 분쇄되어야만 했다. 그러나 이 영웅적 개입이 일상생활에 대하여 너무 추상적인 관계에 있을 때, 결국은 일상성의 타성이 영웅주의를 패배시키고 만다. 현대 소설에 있어서의 현실 재현의 문제는 사람의 일상생활을 보다 이상적인 것이 되게 하고, 사람다운 것으로 확보하며 동시에 이것에 영웅적인 차원을 부여하여, 보다 큰 이성적이고 영웅적 삶을 일상적인 삶으로 가능케 하려는 근대사의 여러 움직임의 문제이다. 그리고 이 움직임은 곧 근대화의 움직임이라고 하겠다.

앞에서 보았듯이 19세기 말부터 20세기 초까지의 한국 역사에 있어서, 이런 의미에 있어서의 근대화(近代化)의 충동이 분명하게 존재했던 것은 사실이나 이것은 하나의 지속적인 움직임으로 정착되지 못하고 말았다. 이것을 다른 말로 하면, 이러한 움직임이 영웅적인 노력과 추상적인 수사(修辭)로만 표현되고 일상생활의 맥락 속에 수립되지 못했다는 말인데 이러한 양분 상태는 앞에서도 일부 살펴보았듯이 삶의 총체적인 현실을 그리려고 하는 문학에 있어서도 하나의 방법적인 갈등으로 존재해 왔다. 즉 신소설(新小說)이나 신시(新詩)의 초기로부터 3·1운동까지 또는 더 나아가 오늘날까지도 근대화의 이상은 주로 영웅적 삶이나 논설로서 표현될 뿐, 국민 일반의 구체적인 삶의 묘사에 접근하려고 하는 노력의 단계에 머물러 있는 것이다. 또는 거꾸로 이것은 우리의 일상적인 나날이 어떻게 역사의 영웅적 차원에 이를 수 있는가 하는 문제로 문학과 정치에 남아 있다고 할 수도 있다. 이렇게 분열된 삶을 통일하려는 노력은 어느 쪽에서도 시작될 수 있다. 인간성의 가소성(可塑性)에 비추어 처음에 아무리 억지처럼 보이는 계획도 우리의 가장 직접적인 삶의 공간을 바꿔 놓을 수 있으며, 또 그 반대로 우리의 나날의 삶에 있어서의 실천적 변화는 역사적 삶 전체를 바꿔 놓을 수 있다. 가장 바람직한 것은 역사적 변화의 양극(兩極)이 조화를 이루는 것이겠지만 반드시 그렇게만은 되지 않는다. 특히 한국의 현대사에서 보는 것처럼 사회적 성장과 정치적 성장이 병행하지 못하는 곳에서는 특히 그렇다. 그러니까 일률적으로 말할 수는 없지만, 문학의 관심은 역시 삶의 보다 구체적이고 직접적인 진실과 거기로부터 출발한 자연스러운 변화의 과정에 있는 것처럼 보인다. 그리고 이러한 관심은 정치적 노력의 영고성쇠에도 불구하고 일련의 발전을 보여 주는 것이 아닌가 한다. 이렇게 말하는 것은 한국 현대사에 있어서 근대화 노력이 부딪쳤던 좌절에도 불구하고 일상적인 삶의 문학적인 기술은 점차적인 근대 의식의 형성을 드러내 주기 때문이다. 이 글의 나머지 부분에서 우리는 정치적 패배에도 불구하고 이루어지는 문학적 성장의 내용을 간단히 검토해 보기로 한다.

2. 기구한 운명의 세계: 이인직의 소설

보수냐 개화냐, 자주냐 식민지냐의 문제가 아직도 미결정의 상태에 있던 시대에 있어서 생활의 구체적인 모습을 그린 작가로서 이인직(李人稙)의 위치는 결코 가볍게 평가할 수 없는 것이다. 이인직의 사상의 핵심은 갑신정변, 갑오경장, 독립협회, 그리고 19세기 말에서 20세기 초까지 놀라운 속도로 도입된 근대적인 제도들 속에 나타났던 개화사상이며, 그의 소설들도 전체적으로 보면 이 개화사상의 테두리에서 파악될 수 있는 것으로서, 말하자면 개화사상의 관점에서 시도된 사회 비판으로 읽혀질 수 있는 것이다.

그러나 그의 소설에서 중요한 것은(이러한 비판 의식으로 하여 가능해지는 일로서) 거기에 드러나 있는 20세기 초의 한국 사회의 모습이다. 그의 소설은 군소(郡小) 양반과 상민(常民)의 접합점에 성립하는 당대의 생활, 따라서 그 나름으로 당대 사회의 전형적인 삶의 모습을 그리고 있다. 물론 이 묘사가 우리가 현대 소설에서 기대하는 바와 같은 그득한 현실감을 가지고 있는 것은 아니다. 당대의 사회는 총체적인 현실감을 그에게 허락하지 아니하였다. 앞에서 말했듯이 그는 당대의 현실을 비판적으로 보았지만, 그리고 그 비판은 당대의 현실이 철저한 현실감 속에 영위되는 삶을 불가능하게 한다는 사실에 대한 것이기도 하였지만, 그 자신 이러한 현실감을 얻지는 못하였고, 또 철저한 비판에도 성공하지 못하였다. 이것은 우리로 하여금 한 시대의 현실 의식은 시대에 의하여 제약되며, 또 시대 현실에 대한 비판도 시대가 낳는 현실의 일부로서만 성립한다는 기묘한 현실과 의식의 변증법적 관계를 생각하게 한다.

이인직의 작품 가운데 소설로서 가장 괜찮은 것은 『치악산(雉岳山)』과 『귀(鬼)의 성(聲)』이라 하겠는데, 이것은 둘 다 전통적인 한국 가족 제도에 있어서 고질적인 갈등의 매듭이 되던 고부(姑婦)와 적첩(嫡妾)의 관계를 다룬 것이다. 그리고 동시에 이인직의 주제 처리는 이 소설의 특정한 갈등이 한국적 인간관계의 전체적인 특징의 일부임을 볼 수 있게 한다. 그의 소설의 묘사에 의하면, 갈등은 인간관계의 구석구석에 침투되어 있다. 사람이 사는 데에 마찰과 갈등이 완전히 없을 수는 없을 것이다. 그러나 많은 경우 사람 사이의 부조화는 윤리, 도덕, 예의 등의 문화 형식(文化形式)에 의하여 완화되게 마련이다. 이인직의 세계의 인간관계는 거의 도덕이나 예의에 의하여 매개되지 않는다. 그렇다고 해서 이 세계가 완전히 폭력과 야만의 상태에 있는 것은 아니다. 여기에 표면상으로 도덕규범의 문화적인 매개가 없는 것은 아닌 것이다. 그러나 도덕은 이기적인 목적에 봉사하는 이외에는 아무런 일관성도, 독자성도 갖지 못한다. 이인직의 세계는 윤리 부재(不在)의 원시 상태라기보다는 완전히 황폐화한 윤리의 세계이다.

이것은 인간관계의 난폭성에서 가장 잘 드러난다. 이렇다는 것은 단순히 그의 소설들이 살인, 납치, 유기, 폭력 등의 사건으로 가득 차 있다는 뜻에서만이 아니라 사람들의 일상적인 관계 자체에 계속적으로 폭력이 배어들어 있다는 뜻에서이다. 『귀의 성』에서만 몇 가지 예를 들어 보아도 이것은 분명해진다. 첫부분의, 표면상으로는 서로 갈등을 일으킬 이유가 없는 여주인공 길순의 부모의 부부 관계를 드러내 주는 대화를 들어 보자.

이 원수 같은 밤은 왜 밝지 아니하누. 내가 감기나 들어서 거꾸러지기만 기다리는 그까짓 영감을 바라고 살 빌어먹을 년이 있나. 날이나 밝거든 내 속으로 낳은 길순이까지 처죽여 버리고, 내가 영감 앞에서 간수나 마시고 눈깔을 뒤어쓰고 죽는 것을 뵈일 터이야.

이러한 길순 어머니의 말에 대하여, 그의 남편 강동지가 하는 말,

죽거나 말거나 누가 죽으랬나, 공연히 제 풀에 방정을 떨어. 죽거든 혼자나
죽지. 애꿎은 길순이는 왜 처죽인다 하난지…….

이러한 대화가 단순한 수사(修辭)가 아닌 것은 그것이 너무 빈번할 뿐
아니라(가령 두 부부가 딸의 죽음을 애통하다고 우는 마누라에 대하여 강동지가 하는
말, "……원수 갚은 후에 집에 가서 실컨 울게. 만일 그 전에 내 앞에서 쪽쪽 울다가는
홧김에 자네 먼저 맞아 죽으리."와 같은 것은 단적으로 부부 관계 아래 숨어 있는 폭력
의 기초를 드러내 주는 예가 될 것이다.) 나중의 강동지의 복수의 포학성과 전편
에 흐르는 폭력적 분위기의 일부를 이룬다는 데에서 분명하다.

반상(班常) 간의 계급적 폭력은 오히려 이해할 만하다. 그러나 사람이
사람인 한, 아무래도 계급 관계만으로는 설명할 수 없는 인간 대 인간의 관
계를 형성하게 마련인 주인과 하인 관계의 난폭함은 이인직의 세계의 두
드러진 특징이 된다. 여기에서 하인은 "대강이는 자로 얻어맞느라고 마치
돌같이 굳었고, 마음은 하루에 열두 번씩 핀잔과 꾸지람을 듣기에 졸업을
해서……." 완전히 소외된 인간이 된다. 주인과 가장 일상적인 접촉이 많
은 침모와 같은 사람도 그 주인마님에게 "김승지의 부인쯤 되면 우리 같은
상년을 생으로 회를 쳐서 먹어도 관계치 아니할 줄 안다."는 극단적인 의
심을 가지고 산다. 이것은 물론 전체적인 계급 간의 반목의 일부가 된다.
상인은 "양반을 보면 대포를 놓아서 무찔러 죽여 씨를 없애고 싶은 마음이
있으면서, 거죽으로 따르고, 돈을 보면 어미 애비보다 반갑고, 계집 자식
보다 저해하는 마음이 있어서 속으로 따른다." 여기에서 문제는 계급 간에
반목이 있다는 사실보다, 그것이 거의 사람의 바른 관계에 대한 보다 높은
이념에 의하여 매개될 여지를 남기지 않을 정도로 완전히 폭력주의와 냉
소적인 물질주의에 의하여 지배된다는 것이다.(물론 이인직 자신의 계급적 편
견도 참작해야 할 것이나, 적어도 계급 관계에 대한 그의 묘사가 그의 소설의 인간관계

의 전체적인 모형에 맞아 들어가는 것임은 인정해야 할 것이다.) 이 냉소주의는 인간관계의 구석마다 스며 있어서 양반 계급 자체 내에서나(이것은 『은세계(銀世界)』에 가장 잘 나타나 있다.) 상민 또는 하인 계급 자체 내에서까지 어떤 인간적 유대감도 찾아볼 수 없는 것이다.

일상생활에 질서를 주는 정상적인 관계가(그것이 좋은 질서이든, 나쁜 질서이든 일단의 질서란 의미에서 인간생활에 필요할 수밖에 없는) 이러하다면 원수나 시앗의 관계가 얼마나 난폭한 것일 수 있는가는 논할 필요도 없을 것이다. "그년들(시앗들)을 처죽여서 한 구덩이에 집어"넣고, 그들의 "대강이를 깨뜨려 놓고", 원수들은 "붙들어서 토막을 쳐서 죽이고, …… 잡아서 가랭이를 죽죽 찢어 죽이고……" 하여야 한다는 것이 원수나 시앗에 대한 태도인 것이다. 여기에서 복수의 잔인성은 저절로 따라 나온다. 가령 복수의 장면의 묘사로서 "강동지가 철장대 같은 팔을 쑥 내밀려 쇠스랑 같은 손가락을 딱 벌리더니 모로 드러누운 최가의 갈빗대를 누르니, 최가의 갈빗대 부스러지는 소리가 고목 삭정이 꺾는 소리처럼 난다." 또는 "강동지가 호령을 천둥같이 하면서 달려들더니, 점순의 쪽진 머리채를 움키어쥐고 넓적한 반석 우으로 끌고 가더니 번쩍 들어 메치는데, 푸른 이끼가 길길이 앉은 바위 우에 홍보를 펴놓은 듯이 피빛뿐이라."와 같은 구절들을 들어 볼 수 있다. 이러한 잔인성에 비추어 볼 때, 복수가 가지고 있는바, 깨어진 정의(正義)의 회복이라는 뜻은 많이 상실되고 만다.

앞에 몇 가지 들어 본 폭력은 다른 사람과의 관계에서 나타나는 것이지만, 여기에 추가하여 주목할 것은 이 폭력은 남에 못지않게 자기 자신을 향할 수도 있다는 것이다. 이인직의 소설에는 자살 사건이(대개는 미수에 그치지만) 많이 일어난다. 그리고 이 자살 사건들은 극히 박약한 동기에 의해서 촉발된다. 이것은 현대 독자의 감각으로는 이해하기 어려운 것으로 생각되지만, 이인직의 세계의 전체적인 폭력성에 비추어 볼 때, 반드시 이상한 일만은 아니라 할 것이다.

앞에서 말했듯이 인간관계의 폭력성은 인간관계의 윤리적 기초가 붕괴한 것과 깊은 관련을 이루고 있다. 한편으로 폭력적인 관계는 윤리를 왜곡하고 또 원천적으로 왜곡된 윤리는 폭력의 동기가 된다. 앞에서도 말했듯이 이인직의 소설들의 여러 사건들은 가족 제도의 모순에 의하여 촉발된 것이다. 물론 이 모순은 단순히 제도적인 것이라기보다 윤리의 전체적인 황폐의 한 예에 불과하다. 여기에 윤리가 전혀 없는 것은 아니다. 그러나 그것은 단지 억압의 수단일 뿐이다. 『치악산』의 첫 부분에서 시어머니 김씨 부인이 며느리를 비호하는 남편을 비난하는 대목을 보자.

애, 만만한 년은 며느리에게 욕을 먹고, 며느리 종년에게 악담을 들어도 하소연할 곳도 없고나. 오냐, 그만두어라. 우리 모녀 다 없어지면, 홍씨 댁이 잘 될 터이다. 팔자 오직 사나운 년이, 남의 후취댁이 되었겠느냐. 남순아, 너도 진작 뒤어지거라. 너도 여북 팔자가 사나와서 남의 후실의 딸이 되었겠느냐.

구식(舊式)의 수사에도 불구하고 이런 구절에서 작가가 분명하게 전달하고자 하는 것은 도덕적 의분(義憤)이 어떻게 공격과 억압의 수단으로 사용될 수 있는가 하는 점이다. 위장된 도덕적 수사에 대한 투시는 ── 이러한 투시는 나중에 염상섭에 이르러서야 본격적으로 나타난다. ── 이인직의 소설 전체에 걸쳐 발견된다. 그리하여 으레껏 갈등이 있을 것을 예상할 수 있는 고부간의 관계에 있어서뿐만 아니라 다른 관계에 있어서도 인간관계의 도덕적 기초는 이인직의 세계에 이어서 지극히 수상쩍은 것이다. 부부간의 관계도 피상적인 성 기능(性機能)상의 봉사 관계와 일시적인 인정의 관계에 불과하다. 도대체 축첩 제도 자체가 착취적인 인간관계에 기초해 있는 것이라 하겠으나, 이것은 이인직의 소설에 나오는 보다 '개화된' 부부 관계에 있어서도 큰 차이가 없다.『치악산』에서 시어머니의 학대로 산중에 유기되어 죽은 것으로 알려진 마누라의 죽음은 동경 유학을 한 남편 홍철식에게 상심의 근원이 되기는 하나, 그의 마음에 인간관계의 정의로움에 대한 아무런 근본적인 질문도 일으키지 못하고 또 실제적으로 그의 즉시적인 재혼을(이것은 연극으로 판명되지만) 방지하지도 못한다. 개화된 남녀 관계를 본격적으로 취급하고 있는『모란봉(牧丹峰)』에서도 남녀 관계는 끊임없이 성(性)과 부(富)를 향한 탐욕의 거래 관계로만 이해되는데, 이것은 가장 당연한 풍습이 되어 있다. 인간관계의 도덕적 기초가 타락해 있는 단적인 예는, 전통적인 윤리가 가장 기본적이며 중요한 것으로 강조해 온 부모 자식의 관계일 것이다.『귀의 성』에 있어서 시앗 싸움에 희생된 딸의 죽음을 복수하는 강동지는 악인들에게서 돈을 빼앗아 내기 위하여 복수를 연기하는 데 아무런 주저도 느끼지 아니한다. 물론 강동지가 그의 딸을 첩으로 들여보낸 것도 부귀의 세간적인 이점을 위하여 그랬던 것임은 말할 것도 없다. 부모가 자식을 이해타산의 계산 속에 사용하는 예는, 자유 결혼의 문제를 취급한『모란봉』에서, 보다 정면으로 등장하지만 여기서 흥미로운 것은 그것이 직접적으로 세간적인 탐욕에 연결되어 있는 것이 아니라 동양 윤리의 중요한 덕목에 드는 은혜의 관념과 결부되어 있다는 것이다. 즉 이 소설에서 여주인공은 강제 결혼의 압력을 받게 되는데, 강제의 논거가 되는 것은 그녀의 결혼 상대자가 어머니를 구해 준 은인이라는 것이고, 또 어머니는 자식에게 생명의 은혜를 베풀어 준 사람이라는 것이다. 물론 이러한 강제의 참다운 이유가 탐욕인 것은 말할 것도 없다.

다시 말하건대 이인직의 세계에 있어서 도덕이나 윤리는 개인적인 탐욕을 은폐하는 수단으로 존재한다. 그런데 이러한 왜곡은 어쩌면 전통적 도덕의 어떤 성질, 즉 그것의 특수주의적이고 덕목주의(德目主義)적인 성질로 하여 용이해지는 것인지도 모른다. 앞에서 우리는, 이인직이『모란봉』에서 은혜의 계산을 통하여 강제되는 결혼을 비판하는 것에 대해 언급하였다. 여기서 도덕은(이 경우 효도라는 것은) 전통적인 윤리에 의하여 규정된 특정한 덕목으로 생각되어 왔다.『모란봉』에서 어머니에 대한 효도가 다른 사람, 즉 딸이 자유롭게 사랑을 맹세한 애인에 대한 배신이 된다는 고려는 전혀 전통적으로 규정된 효도(孝道)의 내용에는 포함될 수 없는 것이다. 그러니까 외부적으로 규정되는 특수한 덕목의 세계가 일정한 수의 특별 계약의 세계가 되고, 이 계약이 타산 관계가 되기 쉬운 것은 자연스러운 것이다. 여기에 어떤 보편적인 선(善)이나 정의 개념은 직접적으로 일어나지 아니한다.

특수 덕목의 세계의 또 하나의 특징은 여기에 도덕이나 윤리가 내재적(內在的)인 규율로 존재하지 않는다는 것이다. 도덕은 사회의 전통에 의하여 수립된 특정한 규범일 뿐, 자유롭고 창조적인 행동의 원리로 작용하지 않는다. 그래서 일어나는 것은 내면(內面)과 행동의 분리이다. 여기에는 한 상황에서 행해진 행동이, 내면 속으로 흡수되고 다음에 부딪치게 되는 상황에서 행동의 원리로 작용하는 것과 같은 행동과 윤리의 변증법은 존재하지 아니한다. 보편적인 선(善)의 개념이 일어나지 않듯이, 주어진 상황이 전통적으로 정해진 상황이든 아니든 그 점에 상관하지 않고, 내면화된 일정한 도덕적 원칙으로 행동하는 사람은 존재하지 아니한다. 이것이 이인직의 소설에 나오는 인물들의 자가당착성과 변덕스러움을 설명해 주는 것이라고 볼 수 있다. 가령 그 단적인 예는『모란봉』에서 이미 다른 사람에게 사랑을 약속한 옥란을 갖은 수단으로 제 것을 삼고자 하는 서일순과 같은 인물의 행동이다. 이인직은 그의 동기를 설명하여, "서일순이가 옥련의 뜻이 개결한 것을 볼수록 옥련이를 사모하는 마음이 더욱 간절하고, 옥련의 절개가 높은 것을 알수록 옥련이와 부부 되려는 희망이 더욱 깊은지라."라고 설명하고 있지만, 서일순의 마음에는 그가 비열한 수단으로 그의 희망을 실현하는 것이 바로 그 희망의 근거가 되는 옥란의 개결함을 깨뜨리는 것이라는 도덕적 자기반성은 안 일어난다. 그에게 '개결'은 살아 있는 행동의 규칙이 아니라 하나의 물건처럼 귀한 것이고, 따라서 그것은 당연히 어떤 비열한 수단으로라도 만족되어야 할 욕망의 대상이 되는 것이다. 이러한 내면 생활의 결여는 이인직의 인물로 하여금 모순된 동기를 동시에 갖게 하는데, 이 모순이 시간적으로 나타날 때는 변덕스러움이 된다. 대체로 이인직의 소설에 있어서 우리는 일관성 있게 하나의 도덕적 의지를 밀고 나가고 그것에 의하여 특징지어지는 인물을 보지 못하지만, 『은세계』의 지사(志士)는 일단 예외라고 할 수 있다. 그러나 우리는 그 지사의 하나인 김정수의 타락이 하루아침에 일어나는 것을 본다. 이인직은 이 변화를 두 개의 문장으로 다음과 같이 이야기한다.

> 김씨가 며칠 밤을 잠을 못자고 헛 경륜(經綸)만 하다가 화가 어찌 몹시 나던지 조석 밥은 본 체도 아니하고 날마다 먹느니 술뿐이라, 술이 깨면 별 걱정이 다 생기다가 술은 잔뜩 먹고 혼몽 천치가 되면 아무 걱정 없이 팔자 좋게 세월을 보내는 터이라.
>
> 김씨가 집에 돌아온 지 몇 달 동안에 술 취하지 아니하는 날이 한 달 삼십일 동안에 몇 시가 못 되더니 필경에는 그 몇 시간 동안에 정신 있던 것도 없어지고 세상을 아주 모르게 되었다.

아마 무릇 모든 약하고 변덕스러운 인물들 가운데 가장 대표적인 것은 『귀의 성』의 김승지가 되겠는데, 그는 서로 사생결단하고 반목하는 두 여자를 두고 "춘천집을 보면 춘천집이 불쌍하고, 부인을 보면 부인이 불쌍하다."는 식의 인물이다. 내면화된 도덕적 행동률이 부재한 곳에서의 유일한 행동 지침은 충동적인 감정이다. 신소설에 잦은 눈물과 원한의 넋두리도 여기에 따라 나오는 결과일 것이다.

지금까지 우리는 도덕적 인간을 이야기하였지만, 여기서 도덕을 반드시 초월적인 규범으로 생각할 필요는 없다. 사회적인 관점에서 볼 때, 도덕은 단순히 우리가 사는 것을 보다 예측 가능한 곳으로 만드는 원리라고 생각하여도 좋다. 도덕이란 한편으로는 한 사람으로 하여금 자기 동일적인 인간이게 함으로써 사회적인 의미에 있어서 믿을 수 있는 인간이게 하고, 또 다른 한편으로는 그로 하여금 자기 동일의 원리의 연장선상에 사회 내지 세계 전체를 생각하게 함으로써 사회 전체에 대하여 책임지는 인간이게 하는 원리이다. 도덕적 인간의 부재(不在), 인간관계의 도덕적 기초의 붕괴는 사회 전체의 구조물을 단편적이고 비합리적이고 믿을 수 없는 것이 되게 한다. 우리가 이인직의 소설에서 보는 것은 바로 이러한 세계인 것이다.

우리는 앞에서 그의 인물들이 일관성이 없음을 이야기했지만, 그의 세계의 비합리성은 플롯에서 가장 잘 나타난다. 그의 플롯은 환상적인 우연, 기이한 해후(邂逅), 변장한 괴한들의 정체(正體) 혼동과 같은, 얼른 보기에 현실성도 필연성도 없는 멜로드라마의 전략을 많이 사용하고 있는데, 그것을 우리는 작가의 미숙 탓이라고만 할 수는 없다. 황폐한 세계에 있어서 환상은 현실이며 우연은 필연이고 모든 사람은 잠재적으로 정체불명의 괴한인 것이다.

이러한 세계에서도(적어도 플롯의 전체적인 구성에 따른다면) 악은 징벌을 받고 선은 승리한다는 권선징악(勸善懲惡)의 테두리만은 유일한 질서의 노릇을 하는 것처럼 보인다. 그러나 우리는 이것이 양의적(兩義的)인 것임을 알아야 한다. 나쁜 놈은 대개 복수의 형태로나 천리(天理)의 자연스러운 움직임에 의하여 벌을 받고 선한 사람은 어떤 형태로든지 보상을 받게 마련이라는 생각은, 사회에 효율적인 선(善)의 질서가 존재하지 않는다는 사실에 관계된 것이 아닐까? 우리는 이인직의 소설에 있어서 어떠한 살인에도 사회가 하나의 보편적인 질서의 옹호자로 개입해 오는 것을 보지 못한다. 살인은 개인적인 복수를 통해서만 징벌된다. 공동체의 자발적인 또는 제도화된 의지에 의하여 한 사회 내에서 기본적인 도덕 질서가 유지된다면, 복수에 의해서 악을 벌하고 초자연적 사필귀정(事必歸正)을 믿을 필요는 없는 것이다.

하여튼 이인직이 그리는 세계는 보편성도 합리성도 윤리성도 없는 세계다. 이인직이 생각한바 당대 사회의 황폐상은 『치악산』의 머리에 있는 치악산의 이미지로 잘 요약된다.

강원도 원주 경내에 제일 이름난 산은 치악산이다. 명랑한 빛도 없고 기이한 봉우리도 없고 시커먼 산이 너무 우중충하게 되었더라.

중중첩첩하고 외외암암하야 웅장하기는 대단히 웅장한 산이라, 그 산이 금강산 줄기로 내린 산이나 용두사미라 금강산은 문명한 산이요, 치악산은 야만의 산이라고 이름 지을 만한 터이러라.

그 산 깊은 깊은 곳에는 백주에 호랑이가 득시글득시글하여 남의 고기 먹으려는 사냥 포수가 제 고기로 호랑이의 밥을 삼는 일이 종종 있더라.

호랑이가 득실거리는 산에 둘러싸인 인간, 이것이 이인직이 보는 삶의 조건이다. 이 험악한 고장으로서의 치악산의 그림자는 소설의 도처에 드리워져 있다. 그러나 이인직이 단순히 일종의 우주적인 자연주의 같은 것을 이야기하는 것은 아니다. 앞에서 본 바와 같이 실제 그가 다루고 있는 것은 도덕적인 호식(虎食)의 상태다. 『치악산』과 『귀의 성』에 "그년의 자식을 생으로 부등부등 뜯어먹었으면 좋겠다."는 식의 대화가 많은 것은 우연이 아닐 것이다.

주목해야 할 것은 이인직이 이러한 험악한 삶의 조건을 단순히 자연 상태로 보지 않고 또 윤리의 문제로만도 보지 않는다는 사실이다. 그에게 이 것은 정치와 밀접한 관계에 있다. 이러한 관련성은 가령 『혈의 누』의 서두 묘사에 분명하게 드러나 있다.(이인직의 소설에서 서두의 경치 묘사는 언제나 이 야기 전체에 대한 상징적인 파악을 포함하고 있다.)

일청전쟁(日淸戰爭)의 총소리는 평양 일경이 떠나가는 듯하더니, 그 총소 리가 그치매 사람의 자취는 끊어지고 산과 들에 비린 티끌뿐이라.

평양성의 모란봉에 떨어지는 저녁 볕은 뉘엿뉘엿 넘어가는데, 저 햇빛을 붙들어 매고 싶은 마음에 붙들어 매지는 못하고 숨이 턱에 닿은 듯이 갈팡질 팡하는 한 부인이 나이 삼십이 될락말락하고, 얼굴은 분을 따고 넣은 듯이 흰 얼굴이나 인정없이 뜨겁게 내리쪼이는 가을볕에 얼굴이 익어서선 앵두 빛이 되고, 걸음걸이는 허둥지둥하는데 옷은 흘러내려서 젖가슴이 다 드러나고 치 맛자락은 땅에 질질 풀려서 걸음을 걷는 대로 치마가 밟히니, 그 부인은 아무 리 급한 걸음걸이를 하더라도 멀리 가지는 못하고 허둥거리기만 한다.

상징력에 있어서는 『치악산』의 첫 부분에 미치지 못하지만, 위의 서두 는 이인직의 사회 인식의 기본 조건을 단적으로 암시해 준다. 전쟁으로 인 한 사회 체제의 파괴, 그리하여 사회적·정치적 결사(結社)의 집약적인 표 현인 평양시로부터의 피난, 어둠 속에 잠기는 모란봉, 그 어두운 자연 속에 무방비 상태로 방황하는 연약한 여자 — 이것이 이인직의 눈으로 본 20세 기 초의 한국인의 모습인 것이다. 여기에서 제일 중요한 것은 외국 군대의 노략질에 아무 방비도 없이 국민을 버린 무능한 정부다. 정치의 비합리성 은 물론 국내적인 패정(悖政)에 연결되어 있다. 『귀의 성』과 『치악산』을 보 면, 이인직이 순전히 투기와 복수의 멜로드라마에 관심을 두고 있는 것 같 지만 그 자신 이것이, 위에서 우리도 지적한 바와 같이 정치의 비합리성으

로 인하여 일어나는 것임을 알고 있다. 가령『치악산』에서 '선인(善人)'들의 즉결 처분적인 복수에 대하여,

법률이 있는 시대 같으면 동리 백성은 고사하고 집안 하인배라도 치죄할 일이 있든지, 심문할 사건이 있으면 소관 법사에 고소를 하여 죄지경중을 따라 조율률을 할 터이나, 이때는 법률이 아직 발달이 못되어 다만 양반의 시대라.

라고 평을 하여 자의적(恣意的) 권력 아래에서 개인적인 복수가 유일한 정의의 형태임을 말하고 있는 것이다. 그러나 정치의 문제는 의도의 면에서본다면, 가장 야심적인 소설일 수도 있었을『은세계』에서 본격적으로 다루어져 있다. 이인직은 이 소설에서 관료의 부패, 토색질, 민중의 자위적인봉기의 당위성, 절대 권력의 전형 문제들을 두 의로운 인간의 운명과 그 가족의 궤멸을 통하여 보여 주려 했다. 그러나 이야기는 너무 개략적이고 또정치가 지나치게 정치로서만 취급되어 바른 인간관계의 내적 조건에 대한정교한 고찰에까지 발전되어 있지 않다. 그런가 하면, 이인직은『모란봉』에서 자유 결혼의 문제를 통하여 도덕적 내면성을 가진 인격의 성장이 보다 이성적인 사회의 필수 조건임을 이야기하려 했던 것 같지만, 이것은 충분히 정치와 사회 일반의 문제에 연결되지 못하였다.

그러나 이인직이 정치와 생활의 복합적인 관련에 대한 어떤 총체적인생각을 가졌던 것은 확실하다.『모란봉』의 첫 장면은 비록 상징적인 암시에 국한된 일이긴 하나 그의 이런 생각을 비쳐 주고 있다.

열요(熱鬧)하기로 유명한 샹푸란시쓰고(桑港)의 야소 교당 쇠 북소리는 세간진루(世間塵累)가 조금도 없이 맑고 한가하고 고요하고 그윽한데, 여음(餘音)이 바람을 따라 흩어져 나가다가 수천미돌(數千米突) 밖의 나지막한 산을

은은(隱隱)히 울리며 스러지고, 산 아래 공원(公園) 속에 가목무림(佳木茂林) 푸른빛만 보인다.

천기청명(天氣淸明)한 일요일에 공원에 산보(散步)하러 모여드는 신사(紳士)와 부인은 한가한 겨를을 타서 한가히 놀러 온 사람들이라……

이러한 공원의 풍경 묘사는 조금 더 계속되는데, 우리가 주의할 것은 치악산의 거친 자연에 대하여 무대 자체가 자연과 인위의 중간에 위치하는 공원이라는 점이다. 여기에서 그는 평화롭고 조화된 삶의 향수(享受)가 이루어질 수 있음을 암시하고 있다. 이 풍경이 물론 샌프란시스코의 실상(實相)만도 아닐 것이고 또 외국의 것인 것은 그것대로 비극적인 의미를 지닌 것이지만, 자연의 순치(馴致) 속에 마련된 시민적 공간에서 가능해지는 평화의 삶이 이인직의 생각에서 하나의 원형이 되었다는 점은 말할 수 있다. 이런 데서도 알 수 있듯이, 그의 여러 가지의 결점에도 불구하고 이인직은 개화의 이상을 구체적인 삶 속에 느끼고 또 이상의 시선으로 당대 사회의 모습을 저울질하려 하였던 것이다.

우리는 앞에서 이인직의 소설을 간단히 분석해 보았다. 이들은 당대의 사회의 모습을 그 나름으로 그리고 있다. 여기에서 이인직의 의도는 계몽적이고 비판적인 것이었다. 그가 그리는 세계는 정치적으로나 윤리적으로나 완전히 피폐하고 타락한 세계였다.(이인직의 개화사상이 단순히 한국 현실, 그것으로부터의 자기 초월로써 이루어진 것이 아니라 외국 문물에 대한 견문에 의하여 자극된 것이라는 것은 그의 현실 묘사에 좁은 편향을 주고 또 이것이 나중에 그의 친일 행위에 관계된다는 점은 참작해야 할 것이다.) 이인직의 작품 활동이 사회 전반에 대한 비판적인 이해에서 출발했다고는 할 수 있을지 모르지만 그의 묘사 자체도 그가 그리고 있는 세계를 초월하지 못했다. 그의 초월은 매우 개략적이고 추상적인 것에 불과하다. 따라서 삶의 문학적인 재현이라는 관점에서 볼 때, 그의 묘사는 충분하지는 못하고 또 그의 비판적 의도도 충분히 전달될 만한 것이 못 되었다. 여기에는 그의 소설가로서의 기량의 문제도 있고 또 서양의 소설 양식의 몰이해(沒理解)의 문제도 있으나, 우리가 문학을 단순히 개인적인 천재나 상품 수입하듯이 이루어질 수 있는 외국 양식의 수입의 성공 여부로서만 생각하지 않는다면, 그가 그리는 세계 자체가 그에게 삶의 총체적인 이해를 허락하지 않은 것이라고 해야 할 것이다. 앞에서도 이야기했듯이, 그의 급전직하(急轉直下)적 플롯이나 취약한 인물 구성 등은 인간의 운명이 기구할 도리밖에 없었던 불합리한 세계의 불가피한 결과인 것이다. 작가가 그득한 현실감으로 인간의 시간과 공간, 개인과 사회, 내면과 외면을 기술할 수 있게 되기까지는 보다 철저한 사회화와 과학화가 있어야 했다.

3. 거짓 이성의 세계: 이광수의 『무정』

한국 현대 문학의 발전에 있어서 다음 단계의 대표적인 작품은 1917년에 발표된 이광수의 『무정』으로 잡아 볼 수 있다. 그러나 『무정』이 현대적인 문학이 성립하는 과정에 있어서 하나의 중요한 이정표가 되는 것이 사실이라 하더라도 이것이 모든 것의 시작이라고 볼 수는 없다. 이렇게 보는 것은 역사를 지나치게 개인적인 노력이나 특수한 계기에 의존하는 도약의 연속으로 보는 것일 것이다. 보다 바른 해석은 이것이 이인직의 세계와 3·1운동 이후의 문학과의 중간 지점에 있는 것쯤으로 보는 것이다.

『무정』이 중간적 위치를 차지한다는 것은, 그것이 정도의 차가 크게 있다고는 하되, 구조와 주제의 면에서 근본적으로 이인직의 세계를 그렇게 크게 벗어나지 않는다는 뜻에서이다. 『무정』의 세계도 이인직에서와 마찬가지로 폭력, 납치, 자살 등의 멜로드라마의 모티프가 지배하는 비이성(非理性)의 세계이다. 여기서 사람의 운명은 은혜와 원수의(후자는 거의 나타나지 않으나) 가냘픈 의리 관계 이외의 면에서는 우연적인 만남과 헤어짐의 예측할 수 없는 기복만으로 엮어진다. 소설의 등장인물 이형식과 박영채는 한결같이 우연적인(그러니까 여러 세력 간의 역학 관계에 의해서 필연적으로 성립하는 것으로 이해되는 것이 아닌) 폭력에 의하여 점철된 어둡고 기구한 운명을 가졌고 소설 내의 사건도 다분히 우연의 힘에 의하여 펼쳐지는 것이다. 이 우연의 힘은 밖으로부터만 오는 것이 아니라 사람의 내부로부터도 온다. 이 소설의 등장인물들도 불확실한 동기로써 갑작스러운 행동을 하기도 하고, 상황에 대한 비이성적인 과도 반응을 흔한 눈물과 웃음으로 표현하기도 한다. 또 등장인물들의 감정적인 불안정은 구극적으로 전체적인 성격의 불안정으로도 연결된다.

작품에 우연의 요소가 두드러진다는 것은 사회 자체의 전근대성을 이야기하는 것이지만, 사회는 역시 변화하고 있었고, 그러니만큼 이인직의 경우와 마찬가지로 전근대적인 요소들은 새로 나타나는 요소들과 얼크러져 존재한다. 말할 것도 없이 『무정』은 그 전근대적인 측면에도 불구하고 전근대의 그늘을 벗어나고 있는 한국 사회를 그 주제로 가지고 있다. 세부적인 혼란에도 불구하고 이 소설에 주제적인 통일이 있다면 그것은 완전히 일관성 있는 인물은 아니면서 그러고자 노력하는, 소박한 대로의 현대적 인물들의 대두에 의하여 이루어진다고 할 수 있을 것이다.

이광수의 인물들은 이인직의 『모란봉』에서와 같이 자유연애의 문제를 중심으로 내면적인 인격에 대한 시험을 받는 것으로 되어 있다. 그러나 우리가 말할 수 있는 것은, 이것이 이인직의 경우에서보다는 조금 더 뚜렷하게 현대적 개인의 성장과, 보다 넓게 일정한 철학에 연결되어 있다는 점이다. 이 소설에서 조잡한 대로 강조되어 있는 주인공들의 순차적인 에로스의 자각은 단순히 그들이 억압 없이 성(性)의 쾌락을 즐기게 되었다는 뜻보다도, 그로 인하여 일반적인 삶의 태도가 변화를 일으키게 된다는 뜻을 갖는다. 가령 여주인공 영채의 자각은 성과 개인적인 자각의 얼크러짐을 단적으로 드러내고 있다. 그녀는 본래 "다만 남자의 모양이 생각에만 떠나와도 큰 죄로 여겨" 오던 터이나 나중에는 "남자의 살이 자기의 살에 닿던 감각이 자릿자릿하게 새로워진다."는 느낌을 가질 정도가 되거니와 이것은 그녀가 동경 유학생 병욱의 입으로부터 "사람은 제 목숨으로 삽니다. 제가 사랑하지 않는 지아비가 어디 있어요." 등의 말로서 자기 삶의 독자성과 따라서 성 상대자의 개인적 선택의 정당성에 대한 가르침을 듣는 것과 같은 때의 일이다. 말할 것도 없이 주인공 형식의 경우 성적 선택의 문제는 가장 중요한 관심거리가 되어 있다. 이 이야기의 뒷부분에, 형식은 그의 아내가 된 선형에게 "선형 씨는 나를 사랑합니까?"를 집요하게 물으면서 이 질문에 유다른 의미를 부여하는 장면이 있는데, 개인적인 자각과 선택을 요구하는 이 질문은 이 소설의 핵심적인 질문이라 할 수 있다. 말하자면, 이 소설에서 이광수가 문제 삼고 있는 것은 어떤 조건하에서 두 남녀가 서로 사랑한다고 할 수 있느냐 하는 것이다. 사랑이 자유로운 것이라야 한다는 것은 그 답변의 일부이지만, 이광수가 이러한 답변을 하게 되는 것은 앞에서도 지적했듯이, 단순히 성적 만족에 대한 요구에서 그런 것도 아니고, 또 단순한 개인의 분리주의만을 요구해서 그런 것도 아님에 주의하여야 한다. 이광수로서는 사랑의 자유를 인정한다는 것은 인간 본성의 인정이며 또 있는 그대로의 자연의 인정을 뜻했다. 영채가 성을 자각할 때, 음악의 중용성과 꽃의 아름다움이 이야기되는 것은 의미 있는 일이다. 또 영채가 구여성에서 신여성으로 변모하는 장면의 마지막 부분에서 대화가 자연 예찬으로 옮겨 가는 것도 우연이 아니다. 그의 교사 노릇을 해 온 병욱은 해방된 영채에게,

어때요, 즐겁지 않아요. 하늘은 말갛지, 햇빛은 따뜻하지, 산은 퍼렇지, 저렇게 시냇물은 흐르지, 저 풀은 아주 기운 있게 자라지, 그런데 우리들은 그 속에 앉았구려. 에그 좋아.

하고 자연 속에 열려 있는 인간의 기쁨을 이야기하는 것이다. 이것은 이형식의 경우도 마찬가지다. 그에게 있어서 처음부터 성적 자각은 삶의 새로운 확인과 우주적인 자연에의 공감과 연결되어 있다. 그가 처음으로 선형에게서 이성(異性)을 발견하였을 때 그는 "새 희망과 새 기쁨이 일어남"을 느끼고 "지금껏 보지 못하던 인생의 일방면이 벌어졌음"을 본다고 생각하고, 또 "명예와 재산과 법률과 도덕과 학문과 성공과 ── 이렇게 지금껏 인생의 가장 중요한 내용으로 알아 오던 것 외에 무슨 새로운 내용 하나가 더 생기는 듯"함을 느낀다. 이 소설에는 대체로 이형식의 어설픈 철학적 성찰의 형식으로 자연에 대한 예찬이 많지만, 이것은 대개 그의 주된 관심인 성의 개인주의에 연결되어 있다. 역정의 클라이맥스를 이루는 장면에서 이것은 가장 잘 나타나 있다. 이 부분은 조금 자세히 살필 필요가 있다.

그는 자살의 뜻을 표하고 집을 나간 영채를 찾아 평양에 간다. 그러나 평양에 가서는 영채를 찾는 대신 여러 다른 일들에 정신이 팔리게 된다. 그중 한 가지 일은 기생 계향과 만난 일이다. 그는 계향에게서 관능을 느낀 후에 영채를 찾을 생각을 까마득히 잊어버리고 서울로 돌아간다. 이형식의 평양에서의 행각은 얼핏 보아 이해할 수 없는 일이다. 이 난해성은 근본적으로 이광수의 작가적 미숙에 기인하지만, 일단 이 평양 사건을 통하여 이형식의 정신적인 방향 전환이 이루어진다는 것에 주의하면 그 취지를 이해할 수 있다. 즉 이형식이 영채를 찾는 것을 포기하고 돌아가는 것은 그가 보은(報恩)의 의리에서 해방되어 자신의 충동에 충실할 것을 결정했다는 것을 의미하는 것이다.(소설 제목 『무정』은 새로운 윤리가 보은의 정으로부터의 해방을 포함한, 무정한 결단을 통하여 성립된다는 것을 지칭하는 것으로 생각된다.) 그러므로 그는 평양을 떠나면서, "다만 계향을 떠나는 것이 서운할 뿐이요, 영채를 위하여서는 별로 생각도 아니하였다." 할 수 있고 또 차 속에서 "꿈이 깬 듯하다."면서 여러 번 웃을 수 있는 것이다. 그리고 이형식의 새로운 깨우침은 우주적인 해방감에까지 연결된다.

평양서 올라올 때에 형식은 무한한 기쁨을 얻었다. 차에 탄 사람들이 모두 다 자기의 사랑을 끌고 모두 다 자기에게 말할 수 없는 기쁨을 주는 듯하였다. 차바퀴가 궤도에 갈리는 소리조차 무슨 유쾌한 음악을 듣는 듯하고 차가 철교를 건너갈 때와 굴을 지나갈 때에 나는 소요한 소리도 형식의 귀에는 웅장한 군악과 같이 들린다.

이렇게 고양감(高揚感)에 들떠서 잠을 이루지 못하고 밖을 내다보는 형식은 자연 만물도 그와 더불어 어떤 고양감과 창조의 혼돈 속에 있음을 느낀다.

……형식의 귀에는 차의 가는 소리도 들리거니와 지구의 돌아가는 소리도 들리고 무한히 먼 공중에서 별과 별이 마주치는 소리와 무한히 적은 에텔의 분자의 흐르는 소리도 듣는다.
메와 들에 풀과 나무가 밤 동안에 자라느라고 바삭바삭하는 소리와 자기의 몸에 피 돌아가는 것과 그 피를 받아 즐거워하는 세포들의 소곤거리는 소리도 들린다. 그의 정신은 지금 천지가 창조되던 혼돈한 상태에 있고 또 천지가 노쇠하여서 없어지는 혼돈한 상태에 있다.

이러한 우주에 대한 공감은 형식에 있어서 자기 자신 속에 있는, 같은 창조의 원리에 눈뜨게 하고 또 그가 개성을 주장하는 원인이 되는 것이다.

성(性)과 개인에 대한 자각을 뒷받침하는 이광수의 자연주의는 단순히 자유연애론에 철학적인 깊이를 주는 것에 그치는 것이 아니다. 자연 전체에 대한 그의 성찰은 이인직의 경우에 비하여, 그에게 있어서 세계의 합법칙성(合法則性)과 통일성에 대한 의식이 등장하기 시작했다는 증거가 된다고 할 수 있다. 또 그 하나의 결과로서 사회적인 전체성에 대한 의식도 성장을 보였다는 증거로 생각할 수 있는 것이다. 이렇게 볼 때 이광수가 재래의 결혼 관계, 가족 제도 그리고 사회 일반에 대한 개혁을 요구한 것은 당연한 것이다. 그리고 주의할 것은 이러한 요구가 단지 개인의 무질서한 해방을 요구하는 것이 아니라는 점이다. 소설적으로 성공했다고 볼 수는 없지만(물론 민족 전체의 운명을 강하게 의식하는 것을 요구하는 시대적 압력도 작용하여), 이야기의 끝이 성과 개인과 자연을 자각한 주인공들이 새로운 사회 질서의 수립을 위한 준비로서 유학의 길에 오르고, 또 보다 직접적으로 홍수 지역의 구호 사업에 나서는 것도 이광수의 개인주의가 개인주의에 그치는 것이 아님을 말하는 것이라 하겠다. 서투른 대로 그가 소설의 끝 부분에서 보여 주고자 하였던 것은 해방된 개인들의 자유로운 연합을 통한 공동 작업의 가능성에 대한 어떤 이야기였다고 볼 수 있을 것이다.

그러나 『무정』이 근대적인 인간의 형상화에 성공했다고 할 수는 없다. 『무정』이 그것대로 근대적인 인간의 문제를 최선을 다해서 제기하고 있다고는 하지만, 이것이 대체로 추상적인 수준에 남아 있는 것은 간과할 수 없는 사실이다. 여기에서 사람이 사는 세계가 자연 의식의 매개로서 그 전체성 속에 파악되었다고 하더라도 그것은 이 소설의 구체적 현실을 초월하는 요구 조건에 불과하다. 앞에서도 말했듯이, 이 소설의 세계는 근본적으로 우연의 어둠 속에 존재하는 멜로드라마의 세계인 것이다. 이 세계의 전근대성은 이것이 이형식의 말과 표면적인 행동에도 불구하고 깊은 의미에 있어서의 윤리적인 선택을 허락하고 일관성 있는 인격의 형성을 가능하게 해 주지 않는다는 데에서 잘 나타난다. 말할 것도 없이 이야기의 줄거리로 보아 이형식의 사랑의 선택은 이 소설의 주요 과제이지만 이것은 진정한 의미에 있어서의 도덕적 선택이 되지는 못한다. 여기서 도덕적이라는 것은 이형식이 영채를 버리는 일이 무정하고 부도덕한 행위라는 뜻에서가 아니라 그의 선택에, 한편으로 자신의 삶에 대한 전체적이고 일관된 인식이 들어 있지 않으며, 다른 한편으로 똑같이 전체적이고 일관된 것일 다른 사람의 삶에 대한 조심스러운 인식도 들어 있지 않다는 뜻에서이다. 우리는 앞에서 이형식의 평양 방문을 언급하면서 이것이 관점을 바르게 취하는 데에 따라서는 이해할 수 있을 뿐만 아니라 의미 있는 삽화라고 해석하였다. 그러나 이것은 잠재되어 있는 의미를 밝혀 본 해석이고(이 해석이 맞는 것이라고 하더라도), 전체적으로 보아 형식의 평양 방문이 드러내 주는 것은 그의 성격의 변덕스러움이다. 영채의 죽음을 뒤쫓아 간 그가 금방 계향이라는 기생의 사소한 성적 매력에 의하여 원 목표로부터 벗어나 샛길로 드는 것은 그가 삶의 유목적적(有目的的)인 궤도를 그릴 수 있는 세계에서 살고 있지 않다는 단적인 예가 된다. 그는 도대체 그때그때의 사소한 성적 암시에 약한 사람으로서 앞에서 언급한 기차 속의 대각성도 그의 생애 전체의 한 전기(轉機)가 되는 사건이라기보다는 일시적인 성적 흥분에 따른 고양감에 불과하다는 혐의를 짙게 풍긴다. 그의 흥분은 기생 계향의 우연한 성적 자극에 의하여 야기된 것으로서 이것이 선형과 영채 사이에서 고민하던 그로 하여금 선형을 택하기로 결정하게 하는 계기가 되기는 하지만, 그의 선택이 선형이나 그 자신의 인생에 관한 깊은 고려 없이 이루어진 것임은 확실하다. 그의 선택의 이유가 선형의 성적 매력에 자극된 것이라 할 때, 형식의 성적 호불호(好不好)는 전혀 변덕스러운 것으로써, 그것은 그때그때 상황에 따라서 변하는 것이다. 그리하여 끝까지 그는 "영채를 대하면 영채를 사랑하는 것 같고, 선형을 대하면 선형을 사랑하는 것 같다."는 상태를 벗어나지 못한다. 사실 형식에게는 자기 삶에 대한 깊이 있는 의식(意識)이 있는 것이 아니라, 아직 삶의 결단으로 발전되지 아니한 성 충동이 있고, 또 구체적인 인간관계 속에 파악되지 아니하고 추상적인 관념의 상태에 있는 자연주의 철학이 있을 뿐이다. 여기서 주목할 수 있는 것은 자기 삶에 대한 오롯한 인식 없이는 다른 사람의 삶의 독자성에 대한 인정도 없다는 점이다. 추상적인 성 충동에 흔들리는 형식은 영채를 만나는 순간부터 그녀를 그의 아내의 역할에 집어넣어 생각해 보기 시작하고, 이 역할에 영채의 모습이 맞는가 안 맞는가가 드러날 때마다 일소일노(一笑一怒)를 금하지 못하는데, 대체로 이런 예로써 알 수 있듯이 그는 남의 생애의 오롯함에 대한 의식을 가지고 있지 못한 것이다. 이형식의 사랑에 대한 어설픈 인식, 그리고 인간관계의 동력학에 대한 무자각은 사실 이광수 자신도 알고 있는 것으로서 그는 이야기의 마지막 부분에서 형식의 입을 통하여 "자기는 아직 인생을 깨달을 때도 아니요, 따라서 사랑을 의논할 때도 아님을 깨달았다."고 고백케 하고, 또 『무정』에 표현된 이형식의 전 철학이 "조상적부터 전하여 오는 사상의 계통을 다 잃어버리고 혼돈한 외국 사상 속에서 아직 자기네에게 적당하다고 생각하는 바를 택할 줄 몰라서 어쩔 줄을 모르고 방황하는" "어린애"의 생각이라고 말하게 한다. 이것은 바른 고백이지만, 처음부터 끝까지 사랑의 문제를 다루고 바른 인생의 길을 토론한 소설의 맨 끝에 오는 고백으로는 심히 곤란한 고백이라 아니할 수 없다.

『무정』에 있어서 형식의 고민을 다시 생각해 볼 때, 그가 선형을 택하는 것이 순전히 그녀의 보다 뛰어난 성적 매력 때문이라고 말하는 것은 물론 잘못이다. 그의 선택은 전통적 여성보다는 개화 여성을 택하겠다는 결정이다. 물론 이것이 성(性)과 별개의 것은 아니다. 주지하다시피, 성적 매력은 많은 경우 문화의 암시에서 떼어 놓을 수 없는 것이다. 이형식에게 선형의 아름다움은 그녀의 신여성적인 특징, 그녀의 개화된 집안, 또 그녀와의 결합을 통하여 가능해지는 외국 유학 등 이런 이점이 어울려 발생하는 것이다. 그러나 이러한 여러 가지 것의 이점을 형식이 선형의 아름다움 속에서 보았다고 해서 그를 반드시 음흉한 실리주의자로 볼 필요는 없다. 앞에서 본 바와 같이 그의 선택은 단순한 성의 선택이 아니라, 보다 넓은 행복의 약속에 대한 선택, 하나의 삶의 방식, 즉 문화에 대한 선택이며 이것이 개화 문화에 대한 선택으로 표현되는 것은 있을 수 있는 일이다. 그러나 선택되는 새로운 문화의 실상은 어떠한가? 형식의 혼란된 마음에는 그의 새로운 성의 선택이 앞으로 건설되어야만 문화를 선택한 것이라고 여겨질 수도 있으나 실제 있어서, "새 문명을 건설하겠다고 장담"하고 나선 그가 선택한 것은, 이 땅에 이미 뿌리를 내리고 있던 문화이다. 그런데 적어도 그가 경험한 만큼의 이 새 문화는 극히 천박한 것이라 아니할 수 없다. 이것은 일본 문화를 통하여 여과된 서양 문화인데, 형식이 선택한 여성인 선형의 마음에 서양 문화는 영어를 배워 그것으로써 "학식이 매우 높아진 표인 듯한 일종 유쾌한 자랑"으로 삼으며 "좋은 양복을 입고 새깃 꽃은 서양 모자를 쓰고" 서양의 거리를 거닐고 미국에서 공부한 다음 미남의 남편을 만나 벽돌 이층집을 짓고 피아노를 타는 자기의 모습을 상상하는 것으로 집약된다. 이러한 그녀의 서양에 대한 상상은 그의 아버지 김 장로의 개화된 생활 양식에 의하여 뒷받침된다. 그는 미국 공사를 지냈다는 장로로서 "방을 서양식으로 꾸밀뿐더러 옷도 양복을 많이 입고, 잘 때도 서양식 침대에서 자는" 사람이다. 물론 이와 같은 것을 묘사하는 이광수는 김 장로의 서양 취미를 비판하고 있으나 그 비판의 입장도 비판의 대상과 크게 다른 것이 아니다. 작자 이광수의 비판은 김 장로의 서재에, 종교화 외에 서양의 명화가 없다는 것이고 "문명이라 하면 과학, 철학, 종교, 예술, 정치, 경제, 산업, 사회 제도를 총칭하는 것"으로서 "십 년 이십 년 책을 보고,

선생께 듣고, 제가 생각하여도 특별히 재주가 있고, 부지런하고, 눈이 밝은 사람이라야 처음 보는 남의 문명을 깨달을 둥 말 둥하거든" 김 장로 같은 사람은 책 한 권 본 일이 없는 사람이라는 것이다. 그러나 문명이 책을 한 권, 백 권, 천 권 보는 일과 직접적인 관계가 없는 일이라는 것은 이형식 자신의 기준으로 보아도 말할 수 있는 것이다. 그의 서양에 대한 동경이 개인의 독자성의 확인과 인간의 해방에 대한 열망에서 나오는 것이라면, 명화(名畵)를 알아보느냐, 책을 몇 권 읽었느냐, 또는 형식이 다른 곳에서 중요한 일인 것처럼 내세우는 예를 들건대, 나폴레옹이 코르시카 출신이라는 것을 알고 있느냐 하는 것은 극히 지엽적인 일일 뿐만 아니라 그런 종류의 지식이 물신(物神, fetish)으로서의 숭배를 받게 될 때 오히려 그것은 인간의 자유에 계박(繫縛)이 되는 것이라고 해야 할 것이다. 대체로 어떠한 문화가 그 본래의 형태에 있어서는 사람의 삶은 현양(顯揚)해 주는 것이라 하더라도, 그것이 밖으로부터 모방의 대상이 될 때, 그것은 곧 삶의 억제하는 것이 된다. 그런데 외부에서 받아 오는 모방 문화의 비문화성보다도 더 엄청난 사실은, 그 문화가 합방 이전까지는 반드시 그렇다고 할 수 없을는지 모르나 합방 이후에는 분명하게 제국주의 침략의 세뇌 작업(洗腦作業)의 전위대 노릇을 하는 것이라는 사실이다.

물론 당대의 인간에게 한 새 문화의 모순은 그렇게 분명하지 아니하였을 것이다. 우선 깊은 의미에 있어서 당대 사회의 개조를 생각하는 사람에게 정치가 아니라 전체 국민의 삶의 방식으로서의 문화가 문제로 등장한 것은 당연한 것이었다. 그리고 문화라면, 우선 고급문화만을 생각한 계몽가들이 유교 문화에 대치할 새로운 문화가 서양의 문화 또 그에 비슷한 것이 될 것이라고 생각한 것도 당연한 것이었을 것이다. 그리고 서양에서 배워 근대 국가가 된 일본의 예가 있지 아니한가? 또 일본과 한국 정부의 야합으로 연출된 평화적 국권 이양의 연극은 문화의 내용에만 집착했던 인

사들에게 서양 문화가 어느 사이 일본의 제국주의 문화가 되었고, 또 사실 서양 문화 자체가 제국주의적인 요소를 가지고 있는 것이라는 사실에 맹목(盲目)이 되게 하는 데 도움을 주었을 것이다. 뿐만 아니라 어떻게 보면, 계몽가들로 하여금 한국 사회를 문제적인 것으로 보게 한 것이 바로 알쏭달쏭한 근원을 가진 것일 수밖에 없는 근대 문화의 소산인 것이다. 『무정』이 제기하는 문제들도 서양 문화나 일본 문화의 충격 없이 꼭 그와 같은 방식으로는 제기되지 않았을 것이고, 자연의 철학을 포함하여 거기에 대한 해결의 암시도 그와 같은 방법을 취하지 않았을 것이고, 또 소설적 기술(記述)의 방식도 수입 문화 없이는 그렇게 쉽게 발전할 수 없었을 것이다. 또 이렇게 말하는 것은 직접적으로 『무정』의 내용과 수법이 일본 또는 서양에서 왔다는 뜻에서만이 아니라 서양과 일본의 충격하에 일어난 한국 사회의 근대적 변모 없이는 『무정』과 같은 소설이 성립될 수 없었으리라는 뜻에서이다. 즉 『무정』의 현실 묘사가 이인직의 우연과 기구한 운명의 세계에서보다 훨씬 균형 잡히고 촘촘한 느낌을 주는 것이라면, 이러한 발전은 한국 사회의 근대화 — 물론 식민지적 착취 체제의 일부로 이루어지는 — 에 관계된다는 말이다. 우리는 『무정』의 세계가, 소설 내용 자체에서 알 수 있듯이 『치악산』의 세계에 비하여 월등하게 안정된 세계란 점에 주의하여야 한다. 주인공 이형식이 경성학교 영어 교사라는 근대적인 직업을 가졌다는 것도 중요한 사실이지만, 무엇보다도 이 소설의 세계에 안정성을 부여하고 있는 것은 개화에 편승하여 사회적으로 문화적으로, 또 경제적으로 든든한 지위를 확보한 김 장로의 집안이 대표하는 어떤 세력이다. 사실 모든 것은 다소간의 반발과 야유에도 불구하고 이 집이 대표하는 개화 신흥 세력의 기준에 의하여 측정된다. 이러한 안정의 테두리에서 이형식은 직업인으로서 일정한 합리성을 가진 일상생활을 얻으며, 사회와 개인 생활의 안정 속에서 비로소 자유 선택의 문제에 부딪치게 되고, 선택의 자유에 따르게 마련인 내면 생활을 발전시키게 된다. 그리고 이러한 주인공의 조건은 곧 작가로 하여금 그러한 삶을 묘사할 수 있게 하는 현실의 조건이기도 하다. 한마디로 『무정』이 보여 주는 보다 심화된 현실 묘사는 여러 착잡한 이유가 있는 대로 한국 사회의 근대화의 산물이라고 할 수 있다. 물론 이 착잡한 이유라는 것이 문제이긴 하다. 근대화가 외부로부터 오는 것이기 때문에 『무정』의 주인공은 보다 믿을 수 있는 근대인이 되지 못하고, 『무정』 그것의 구조 자체도 엉성한 것일 수밖에 없게 된다. 그리고 이 사실이 무시되었기 때문에 소설의 끝에 나오는 이광수의 근대화의 이념 제시는 역사상 가장 기이한 현상의 하나가 된다. 그는 한국 사회의 발전을 다음과 같이 찬양하면서 이 소설을 끝맺고 있다.

나중에 말할 것은 형식 일행이 부산서 배를 탄 뒤 조선 전체가 많이 변한 것이다.

교육으로 보든지, 경제로 보든지, 문학 언론으로 보든지, 모든 문명 사상의 보급으로 보든지, 다 장족의 진보를 하였으며 더욱 하례(賀禮)할 것은 상공업의 발달이니, 경성을 머리로 하여 각 도회에 석탄 연기와 쇠망치 소리가 아니 나는 데가 없으며, 연래에 극도에 쇠하였던 우리의 상공업도 점차 진흥하게 됨이다. 아아, 우리 땅은 날로 아름다와 간다. 우리의 연약하던 팔뚝에는 날로 힘이 오르고, 우리의 어둡던 정신에는 날로 빛이 난다. 우리는 마침내 남과 같이 번쩍하게 된 것이로라.

여기에서 이광수는 조선이 식민지 통치하에 있다는 사실을 완전히 망각하고 있다. 이것은 그가 인간성의 해방의 문제를 모방 문화에의 예속으로 잘못 연결시킨 데서 오는 하나의 결과라 할 수 있다. 이광수가 도달한 어느 정도의 현실 묘사는 한국 사회의 어느 정도의 합리화에 맞먹는 것이다. 그러나 이 합리화는 결국 따져 보면 한국 현실의 근본 바탕을 멀리 넘어서는 것이고, 또 근본적으로 식민주의의 비이성에 봉사한 것이기 때문에 우리 사회에 있어서 거짓 이성의 전진을 나타내는 것이라고 하여야 할 것이다.

4. 식민지 지식인의 일상적 의식: 만세 전후

어떤 의미에서든지 한국의 근대화는 진행되었다. 물론 안병직(安秉直) 씨가 일제하의 근대화에 대하여 지적한 바대로 우리는 식민지하의 경제 지표의 성장을 "산술 평균함으로써 의식적이든 무의식적이든 식민지 지배의 의의를 평가하게 되는" 위험을 경계하고, 따라서 성장의 구조적 분석을 통하여 그것이 누구를 위한 성장이었던가를 밝혀야 된다는 점을 명심하여야 할 것이다. 그러나 여기에서 이야기하고 있는 것은 개인과 사회의 삶의 전체에 대한 의식이 성장하는 과정이며, 이 과정은 좋은 일을 통해서나 나쁜 일을 통해서나 일어날 수 있는 것이다. 이 근대화는 개항 이후의 어쩔 수 없는 추세였다. 개항 이후 줄곧 시험되어 온 근대 제도나 근대 사상은 대한제국의 수립과 더불어 적어도 외형적인 정치 제도에 있어서 일단 일정한 점을 넘어선 것으로 보인다. 1905년 이후(정치 활동이 난점에 부딪치게 되는 이유도 있고 해서) 여러 가지 문화 운동, 신생활 운동, 단체의 속출과 수많은 학교 수립은 근대 사상의 생활상의 정착에 대한 한 증표가 된다고 할 수 있다. 그러나 한국인의 삶의 전체적인 의식을 높이는 데 있어서의 가장 큰 작용을 한 것은 일제의 침략이었다.

국권 탈취 자체가 사회의식을 불러일으키는 데 중요한 역할을 하였지만, 실질적인 내용에 있어서는 일본 통치 체제의 확립이 진행됨에 따라 생활상의 충격은 점점 큰 것이 되었을 것이다. 식민 통치의 주된 수단이 된 경찰 및 헌병 제도는 수에 있어서, 지역적인 분포에 있어서 또 그 통제 대상의 종류에 있어서 그때까지 경험한 어떤 것보다도 철저한 행정 체제였다. 일본 총독부의 농지 조사, 임야 조사 등은 농업 사회 한국에 정치의 억센 손아귀를 느끼게 하는 데 가장 효과적인 요인이 되었을 것이다. 여기에 추가하여 일본 자본의 한국 진출은 근대 자본주의 경제 체제를 보다 분명하게 실체를 가진 것이 되게 하였다. 그리고 문화적으로 한일합방은 한국과 일본이 하나의 문화 상품 시장이 되게 하였다. 이러한 근대화 과정 또는 부정적인 근대화 과정은(다시 한 번 말하면 사회와 개인의 삶을 점점 더 긴밀한 단일 과정 속에 묶는다는 의미에서) 더러 이익을 가져오지 않은 것도 아니었지만 주로 고통의 과정이었다. 그러나 이 고통의 과정 중에서도 앞에서도 살핀 바와 같이 일제가 만들어 낸 그 나름의 합리의 테두리(물론 근본적으로 식민주의라는 비이성에 봉사하는)에서 보다 굳혀지는 삶의 터전을 발견한 계급이나 사람이 없지 않았다. 이것은 토지 사업 등의 과정에서 "조선인의 양반 귀족을 지주로 인정하고 종래의 소작 제도를 유지시킴으로써 총독 정치로 흡수하자는" 일제의 의도의 수익자 또는 각종 관료적·경제적 출세주의자를 포함한다. 그러나 분명한 의식이 없이도 새로이 성립하는 삶의 터전에 발을 디디고 선 사람들도 여기에 포함될 수 있을 것이고, 또 문화의 외면의 습득에 일종의 '유쾌한 자랑'을 느낀 문화주의자들도 여기에 엇비슷한 연계 관계를 가졌다고 볼 수 있다. 이 뒤쪽의 집단은——문화주의자를 포함하여——한국 사회에 일어나는 변화에 대하여 매우 알쏭달쏭한 태도를 가졌을 것이다. 한편으로는 그들의 생활하는 범위에 있어서 구체적으로 진행되는 합리화에 대하여 긍정적인 태도를 가지면서 다른 한편으로 이것이 근본적인 비이성에 입각한 부분적인 합리화이며 참다운 이성의 전체성에 이르지 못한다는 것을 죄의식처럼 느끼게 되었을 것으로 추측할 수 있다.

가령, 앞에 분석해 보았던『무정』에 있어서도 이형식이 그의 배우자로서 선형을 택하는 것은 영채의 기구한 운명의 세계에 대하여 어느 정도의 평정화(平定化)를 이룩한 세계를 택한다는 것을 말하여 준다. 그러나 그의 이러한 개화의 생활에 대한 선택은 결코 마음 편하게 이루어질 수 없는 것으로서 그것이 가능해지기 위해서는 적어도 그가 택한 삶의 한국 사회 전체가 마땅히 가야 할 방향이라는 것을 내세우는 문화적 사명감을 만들어 내야 했던 것이다. 이러한 '나쁜 신념(mauvaise foi)'의 문제는 한국 신문화의 발달에 있어서 가장 중요한 문제이다. 하여튼 여기서 주목할 점은, 일본 통치의 전체적이고 본질적인 의미를 구체적인 피착취와 탄압의 경험으로 파악하든지 또는 일상생활의 부분적인 평정화와 거기서 오는 삶의 합리적인 질서를 죄의식 서린 타협의 형태로 지니는 것이든지 삶 전체에 대한 각성이 성장하고 있었다는 사실이다. 이러한 전체적인 자각의 표현이 구체적인 정치 운동의 형태를 위한 것이 3·1운동이라고 할 수 있다.

3·1운동에 작용한 사회적·정신적 세력이 무엇이었던가를 내가 여기서 가려낼 수는 없다. 단지 여기에서 중요한 점은 그것이 거족적인 것이었으며 그 배후의 에너지가 결코 추상적인 것이 아니었다는 것이다. 이 운동이 구체적이라는 것은 여기에 참가한 사람들이 그들의 생활의 맥락을 통하여 자각된 민족의식으로 이 운동에 가담했다는 말인데, 이것은 보다 실증적인 증거를 통해서 확실해질 수 있는 일이지만, 적어도 그 대표적인 표현의 하나인「기미 독립 선언서」의 웅변을 통해서만 보더라도 거기에 표현된 강력한 삶의 충동은 분명한 것이다.「독립 선언서」는 이상주의의 문서인데, 이상주의가 많은 경우 공허한 추상론의 표현인 수가 많은 데 대하여「독립 선언서」의 이상주의가 삶의 깊이에서 우러나온 밝은 세계에 대한 열렬한 소망에서 나오는 것임은 의심할 여지가 없다. 물론 여기에서 구체적인 충동이란 것은 깊이 느껴진 소망의 면에서 구체적이란 것이고 이 소

망을 역사적 현실로 옮길 정치적 수단의 면에서 그것이 얼마나 구체적이었느냐는 조금 다른 문제라고 할 것이다.

우리 문학이 3·1운동을 계기로 하여 정작 근대적인 문학으로 성립한다고 할 수 있다는 것은 앞에서 이미 이야기한 바 있다. 이것은 근대정신의 성장이 일단의 성숙에 이르렀기 때문이다. 3·1운동은 긍정적인 또 아울러 부정적인 계기를 통하여 가속되어 온 사회화 과정, 그런 의미에서 근대화 과정의 한 소산(所産)이다. 또는 거꾸로 3·1운동과 같이 사회의 모든 성원을 동원하게 되는 대중 운동 자체가 사회의식을 높이고 삶 전체의 얼크러짐에 대한 일반적 의식을 높이는 역할을 한다고 할 수도 있을 것이다. 3·1운동 이후의 문학에서 볼 수 있는 보다 촘촘하고 정연한 현실 묘사는 이러한 의식의 한 표현인 것이다. 물론 이것은 여러 가지 형태를 취한다.

1919년 2월 《창조(創造)》 창간호에 발표된 김동인의 소설 「약(弱)한 자의 설움」은 아마 그때까지로서는 가장 근대적인 작품이라고 할 수 있을 것이다. 이 소설은 무엇보다도 적당한 진행 속도와 적당한 정도의 인물, 그리고 적당한 정도의 무대를 가지고 있다. 그리고 군데군데 어색한 곳이 없는 것은 아니지만 이야기의 줄거리와 장면들은 그럴싸한 동기적(動機的) 인과 관계 속에 묶여져 있다. 이와 같이 내면적 동기 관계 속에 용해된 시공간의 좌표는 삶에 대한 이해의 진전의 척도가 되는 것이라 할 수 있다. 그러나 이것은 물론 최소한도의 조건이라는 면에서 본 것이요, 보다 넓은 문학적 수평에서 볼 때 「약한 자의 설움」이 미숙한 작품임은 말할 것도 없다. 여기의 시공간이 스스로의 삶의 역사적으로 펼쳐 가는 인간 존재의 시간성에 이르지 못하는 것은 물론이다. 그리고 그 합리성은 삶 자체의 숨은 논리의 계시가 아니라 도식적 논리에 의하여 부과된 것이다.

그 세계 또한 극히 제한된 것으로서, 이야기의 테두리가 되어 있는 것은 서양적인 문화를 급속히 흡수한 개화 귀족의 가정이다. 이 소설의 악한은 남작의 칭호를 가진 사람인데, 그 칭호는 한국 사회에서 가질 수 있는 어떤 반역자적인 연상과는 관계없이 서양적인 분위기를 시사하는 것으로 사용되어 있고, 여주인공의 이름도 엘리자베드라는 서양 이름으로 되어 있는데 이것만으로도 이 소설의 분위기를 증후적으로 짐작할 수 있다. 몽고메리 회사의 벽지를 사용했다는 귀족 저택의 실내, 현대 의학과 법률을 자기편에 유리하게 부릴 줄 아는 냉혈 귀족의 엽색 행각 ── 모두가 서양 영화의 어설픈 모방이라는 인상을 준다. 이 소설의 상황은 한국 사회 현실의 전체적인 비이성 위에 인위적으로 만들어진 문화, 그것이 가능케 하는 일상성의 일부를 이루고 있는 상황이다. 그러나 그 상황 자체가 소설의 제재가 될 수 없다는 것은 아니다. 문제는 이 소설의 묘사의 관점이 이 문화의 인위성과 부분성을 인식하지 못하고 있다는 데 있다.

물론 김동인은 이 소설의 인물 K남작은 물론 여주인공 엘리자베드의 행상도 적이 풍자적인 눈으로 바라보고 있다. 이 풍자가 드러내어 주는 것은 김동인이 가지고 있는 어떤 경멸감 또는 자만감인데, 이것이 그로 하여금 보다 객관적인 초연성을 가지고 이 소설과 같은 상황을 묘사할 수 있게 해 주지만, 또 다른 한편으로는 그의 자만감은 그로 하여금 소설의 상황을 보다 깊게 파헤치지 못하게 한다. 즉 그는 엘리자베드와 같은 여자를 가벼운 경멸감으로 대하기 때문에 경멸에 값하는 것이면서도 인간적인 그녀의 상황에 깊이 개입하지도 못하고 또 그녀의 처지를 한국 사회의 병리와의 심층적 관련 속에서 보여 주지도 못한다. 또 이러한 깊이의 결여로 하여 그는 그녀의 이야기를 비극으로 만들지도 못하고 날카로운 풍자의 표적으로 만들지도 못함으로써 단지 호사적인 이야깃거리에 그치게 하는 것이다. 사실 김동인 자신 이야기의 상황 속에 깊이 빠져 있는 사람으로서 단지 그 거짓스러움에 대한 막연한 의식이 그로 하여금 야유적인 어조를 취하게 한 것이라 할 것이다. 김동인의 단편 중 가장 뛰어난 것이라 할 수 있는 「김연실전」에서도 우리는 똑같은 태도를 발견하지만 그에게 이러한 경멸과 기생(寄生)의 양면적인 태도는 일반적이었던 것으로 「감자」와 같은 작품에서 그가 하류 계급의 여성을 취급하는 경우에도 우리는 이와 같은 태도를 볼 수 있는 것이다.

다시 요약하여 말하면 위에서 말한 바와 같이 김동인의 자만감은 그에게 추상적인 개념으로 주장되는 민족주의나 계몽주의를 거부하는 리얼리스트가 되게 했고, 다른 한편으로는 그가 경멸을 가지고 거기에 기식(寄食)하고 있는 개화 계층의 생활을 넘어서는 사회 전체의 움직임을 파악할 수 없게 하였다. 「김연실전」에서 그는 개화 여성 김연실의 3·1운동에 대한 반응을 이야기하면서 무엇인가 떠들썩한 일이 있기는 있었으나 "그 일은 연실이의 생활이며 감정이며 와는 아무 관련이 없었다."는 식으로 말하고 있지만, 이것은 어느 정도 김동인 자신의 심정이었을 수 있고 또 다른 문화주의자의 태도였을 수도 있다. 하여튼 김동인 이외에도 신문화 계층의 일상적 생활은 3·1운동 이후의 한국 문학에의 중요한 소재가 된다.(김동인은 「태형(笞刑)」에서 3·1운동에 관련되어 투옥된 사람의 이야기를 다루고 있는데, 이야기의 초점이 3·1운동의 정치 사회 문제보다 복역수 사이의 인간 드라마에 있는 것은 흥미로운 일이다.)

3·1운동과 관련해서 이광수의 경우를 생각해 보는 것은 한국 문학의 근대 의식의 다른 면을 드러내는 것이 된다. 『무정』의 분석에서 우리는 주인공의 의식이 근대 문화의 외면적 장식에의 귀의와 문화적 사명감을 아울러 포함하고 있음을 지적하였다. 그러한 의식이 매우 애매한 것임도 이미 말하였지만, 그래도 역시 이광수는 민족 전체의 문제를 생각하는 입장에 있었다. 이광수는 3·1운동에 적극적으로 참여하였다. 그의 3·1의식은 작품에도 나타나는 것으로서 1923년의 『재생(再生)』은 3·1운동 직후의 우리 사회를 그 무대로 삼고 있다. 이 작품에서 이광수는 줄곧 3·1운동의 정

신이 망각되고 사회 윤리가 타락해 가는 것을 개탄하는 발언을 하고 있지만, 이러한 3·1정신의 환기는 이야기의 맥락에 크게 관계되지 아니한다. 『무정』이나 『개척자』 같은 작품에 비하여 이 소설에 있어서는 현대 생활의 외면적인 증표가 한결 불어나 있고 묘사나 스타일도 구체화되어 있지만, 이런 근대적 특징이 이야기의 현실감에 기여하는 정도는 김동인의 경우에 훨씬 미급한 것이라 할 수밖에 없다. 그러나 줄거리의 진전이라는 각도에서 보면, 『무정』에 비하여 『재생』은 많은 우발적이고 믿을 수 없는 삽화에도 불구하고 한결 정연한 형태를 보여 준다. 이것은 솜씨가 더욱 닦인 데도 관계가 있지만, 이광수의 입장이 보다 도덕주의적인 것이 된 데도 연유한다고 볼 수 있다. 『무정』에서와는 반대로 이번에는 그의 호의는 분명하게 부와 사치의 생활보다는 가난하나 성실한 쪽으로 향하고 있다. 이야기의 진전은 전자의 생활을 택한 여주인공이 그녀의 죄과를 후회하는 과정을 드러내는 식으로 되어 있다. 그러나 여기서 도덕의 문제는 삶의 내적인 통일성의 문제로 생각되어 있지 않고 외부적인 계율의 문제로 생각되어 있다. 3·1운동의 정신도 사회의 문화적·정신적 지도자를 지망하는 사람들이 지켜야 하는 것이나 지키지 않는 ― 이광수가 주장하는 바대로 지사적인 성격의 부족에서가 아니라 삶의 필수 불가결한 조건이 아님으로 하여 오히려 안 지키는 것이 당연한 것으로도 보이는, 그런 이상으로 제시되어 있다. 그리하여 3·1정신은 사건의 진전이나 등장인물의 정신생활에 비스듬한 관계밖에 갖지 못하는 것이다. 이 작품에서 도덕이나 사회의 문제를 내면적으로 파악하지 못하고 또 이러한 문제를 삶의 내면적 원리로서 가지고 있는 인물을 창조하지 못했다는 점에서 『재생』에 보이는 삶의 의식은 전체적으로 『무정』의 범위를 벗어나지 못하고 또 『무정』이 소박한 대로 지니고 있던 근본주의(radicalism)를 포기함으로써 어떤 의미에서 여기에서 근대 의식은 오히려 후퇴했다고 할 수도 있다.

1920년대에 있어서 김동인의 (상대적인 의미에서) 구체적이고 합리적인 감각과 이광수의 사회의 넓은 문제를 취급하려는 노력을, 뛰어난 전체적인 의식 속에 결합하고 있는 작가로서 우리는 염상섭을 들어야 한다. 이조 말의 정치적 혼란과 일본 제국주의의 충격 속에서 진행된 긍정적·부정적 근대화 과정 ── 이것은 가속적으로 식민화 과정이라는 근대화의 음화(陰畵)의 형태를 취하게 되었는데, 이 과정은 일부 계층의 새로운 생활의 안정과 새 수입 문화의 정착을 가능하게 했으나, 다른 면으로 보면 그것은 말할 것도 없이 민족적 고통과 사회적 피폐의 과정이었다. 염상섭은 이 양면 과정을(물론 지식인의 입장에서 내다본 원근법 속에서이지만)『만세전』에서 하나의 전체적인 의식으로 그려 냈다. 특히『만세전』이 한 시대의 시대 의식의 정점을 차지한다고 말할 수 있게 하는 것은, 그것이 표현하고 있는 당대의 삶의 총체에 대한 의식이 문화적 장식의 습득과도 관계가 없고 그러한 문화 습득의 유추적(類推的) 확대로서의 지도자적 사명감과도 관계가 없다는 사실이다. 다시 말하여 이 작품에서 개인과 사회의 삶의 복합적인 얼크러짐에 대한 의식은 외부적인 종합의 원리가 아니라 어디까지나 삶 자체의 깊이 속에 배어 있는 것으로 나타난다.『만세전』의 주인공에게 하나의 지속적인 계획으로 파악된 자신의 삶의 한복판에 서는 것은 바로 개체적인 삶과 사회의 전체 속에 있는 것이 되는 것이다.『만세전』이 별로 많지 않는 지면 안에 당대의 사회 실정을 놀라울 정도로 충실하게 묘사하고 있다는 것은 자주 지적되어 온 바이다. 그러나 이 소설이 단순히 단편적인 점묘(點描)의 집합이 아니라 점묘된 삽화들을 연결하여, 비록 사회 전체의 완전한 모습을 제시하지는 않는다 하더라도 적어도 하나의 삶 속에 작용하고 있는 여러 사회 세력의 모습을 유기적으로 보여 주고 있다는 점은 간과되기 쉽다. 이것을 간과하는 것은 이 소설로서의 형식적인 우수성을 놓치는 것이고 또 단순히 내용으로보다는 삶을 바라보는 방법 속에 드러나는 삶에 대한 의식의 발전을 잘못 짚는 것이다. 이 소설이 사회의 모습을 축도로서 제시한다고는 하지만, 물론 그것을 제대로 제시하는 데는 『만세전』보다 큰 캔버스와 다른 관점이 필요할 것이다. 즉 그러한 작업은 사회의 보다 많은 국면을 보다 면밀하게 보다 다각적으로 착반함으로써 가능할 것이다. 그러나 하나의 유기적인 관계 속에 사회 전체의 지도(地圖)를 파악하는 일은 한 사람의 의식을 통하여 작성됨으로써 오히려 쉽게 이루어진다.(이런 의미에서 염상섭은 한국 최초의 심리주의 작가라고 할 수 있다. 이 소설에서뿐만 아니라 그의 다른 작품에서도 그가 사용하고 있는 것과 같은, 인간의 내면과 외면을 하나의 긴장 관계 속에 묘사하는 수법은 달리 찾아보기 어렵다.) 그리고 이 소설에서 사회의 실상을 기록하는 한 사람의 의식은 단순히 르포르타주적인 의식이 아니다. 그것은 이 의식이 자기 삶 속의 여러 세력을 자기의 삶의 일부로서 파악하고자 하는 의식이기 때문이다.

그러니까 이렇게 말하는 것은, 『만세전』의 이해에는 거기에 담겨 있는 사회 관찰뿐만 아니라 그러한 관찰의 테두리가 되어 있는 주인공의 이야기에 주의하여야 한다는 말이다. 줄거리로 볼 때, 『만세전』은 한 동경 유학생이 아내가 위독하다는 전보를 받고 한국으로 돌아왔다가 아내의 죽음을 겪고 장례를 치른 다음 동경으로 돌아간다는 이야기이다. 그러나 알다시피 소설의 주요한 부분은 주인공이 동경에서 서울로 돌아오는 길에 보게 되는 식민지의 정경에 집중되어 있는데, 줄거리의 관점에서 볼 때, 이것이 주인공의 보다 개인적인 사정을 이해하는 데 하나의 보조 자료의 역할을 한다. 이 소설 이해의 급소는 바로 주인공의 여행의 계기가 되는 개인적인 사건과 사회 전체의 모습이 어떻게 연결되는가를 바르게 이해하는 일이다.

우선 간단히 눈에 띄는 대로 이야기하면 주인공에게 그의 개인 사정과 사회를 연결해 주고 있는 것은 그의 우울증이다. 그는 어느 쪽에 대해서나 암담한 느낌을 가지고 있을 뿐이다. 개인 사정의 면에서 그의 우울증은 그의 아내에 대한 불행한 관계에서 온다. 병들어 죽어 가는 아내에 대하여 그가 계속적으로 보여 주고 있는, 자책감과 연민이 섞여 있기는 하지만, 역시 극히 냉담한 그의 태도는 그가 아내에 대하여 아무런 사랑도 느끼지 못하고 있음을 드러내 준다. 그와 아내의 결합은 순전히 전통적인 조혼(早婚) 관습에 따른 것이었다. 그들은 그가 열 살 신부가 열다섯일 때, 본인의 의사에 관계없이 맺어지고 그 결과 아기까지 낳았다. 그러나 주인공은 나이 열다섯에 일본으로 도망가고, 그 자신의 말대로 그들은 이름만의 부부가 되고 말았다. 주인공은 이 불행한 개인 관계를 단순히 자기 개인의 사정으로가 아니라 한국 사회 제도의 억압적인 양상의 일부로 본다. 이것은 그가 귀국하여 부딪치게 되는 여러 일에서 확인된다. 사회 상황은 두 가지로 나누어 볼 수 있어서, 하나는 한국의 전통 사회에 내재적인 것이고 다른 하나는 일본의 수탈 정책에서 야기되는 것인데, 물론 양자는 밀접하게 연결되어 있어 상징 악화의 상승 작용을 일으킨다.

한국 사회에서는 이미 내재적인 권력 체계는 존재하지 않음으로써 그 병폐는 사회적인 것으로만 파악되는데, 그중에 핵심적인 위치에 놓여 있는 것은 가족 제도다. 작첩과 탐욕과 출세를 권위와 위선적 명분 속에 감추고 있는 형, 당자의 심정의 진실에는 관계없이, 의식(儀式)의 슬픔을 스스로와 남에게 강요하는 큰누이, 작은누이, 그리고 어머니, 한때는 의기(義氣)가 없지 않았으나 탐욕의 음모가로 전락한 김의관의 뒷받침을 받으며 환자 구환보다는 유아독존의 자기 고집을 내세우는 데 급급하고 친일파 모임 동우회에 다니며 '기생 연주회의 후원이나 소위 지명지사가 죽으면 호상(護喪)차지나 하는' 일에 참여하는 것을 사업으로 여기는 아버지, 조그만 세속적인 출세에 사로잡혀 있는 한때의 고학생 종형, 이러한 가족들 사이에 부단히 암류(暗流)로 흐르고 있는 갈등과 물욕(物慾)의 경쟁, 뻔질나게 들먹여지는 유교적 윤리에도 불구하고 근본적으로 생명과 삶에 대한 존중이 결여된 상태에서 죽어 가고 있는 아내 ― 이러한 것들이 주인공의 눈에 비친 한국 가족 관계의 양상이다. 이런 가족 제도에서 주인공이 발견하는 것은 윤리의 이름 아래 숨어 있는 이기적인 자기 추구와 다른 사람에 대한 압제와 생명의 권리에 대한 압살(壓殺)이다.

일본의 식민치 통치도 이러한 가족 관계의 타락의 연장선 위에서 파악된다. 즉 다른 면도 이에 못지않게 강조되어 있지만, 『만세전』의 주인공의 눈에는 일제 통치의 한 결과는 그것으로 하여 일어나는 구체적인 인간관계와 인간성의 타락이다. 일본 통치는 타락한 인간을 길러 내는 거대한 배양기(培養器)와 같이 작용한다. 그 안에서 사람들은 어리석은 맹추, 비열한 노예, 술꾼, 출세주의자, 실리 추구의 책략가가 된다. 물론 이러한 타락 현상은 단순히 일제의 압제로 인하여만 일어나는 것이 아니라 내적인 부패와 결합함으로써 일어나는 것이다. 이 부패의 한 이유는 가족 제도의 폐쇄성과 부패에서 온다. 가족 제도는 그 자체가 삶의 가능성을 억압하는 것이지만, 설사 그것 나름의 윤리 관계를 가지고 있다 하더라도 그것은 가족의 범위를 넘어서지 아니한다. 가족이 폐쇄적인 보수 의식의 체제이기를 그치고 어떻게 사회 전체에 대하여 책임지는 단위가 될 수 있는가 하는 문제는 『삼대』에서 보다 본격적으로 다루어져 있으나 『만세전』에서도 가족 안에서는 폭군이며, 밖으로는 친일 동우회의 회원인 아버지의 행각이나 시골 소학교 훈도로서 금테 모자에 환도 차고 다니는 형님의 모습은 단적으로 보수적 사회 제도와 정치의식의 결여와의 관계를 예증하는 것이라 할 수 있다. 또 이 소설의 주인공은 조상 전래의 땅을 버리고 유랑하는 사람들이 많아지는 형편에도 이것이 어떠한 세력에 밀리기 때문이거나 자기가 착실치 못하다거나 자제력과 인내력이 없어서 깝살리고 만 것이라는 생각이 없는 것을 개탄하지만, 이러한 사회의식이나 자기반성의 결여도, 한쪽으로는 근본적으로 반성을 통한 도덕의 내면화, 기성 규범의 비판적 검토,

창의적 시도 등을 막고 무조건적인 복종을 강요하며 다른 한쪽으로는 가족 너머의 세계에 대한 보다 적극적인 관계를 처방하지 않는 가족 제도의 정치적 제도적 폐쇄성의 다른 면을 이루는 것이다.

『만세전』이 한국의 사회 사정을 철저하게 분석하고 있기는 하지만, 주목할 만한 사실은 그것이 추상적으로 논술된 것이 아니라 구체적인 상황의 현실감 나는 묘사를 통하여 제시되어 있다는 것이다. 그럼으로써, 주인공의 비판은 단지 외래 사상에 들뜬 한 미숙한 청년의 무정견한 반발이 아니라 삶의 바른 마련에 대한 구체적인 갈구에서 나오는 것으로 받아들여질 수 있는 것이다. 또 한 가지 생각하여야 할 것은 이러한 극적 상황의 제시가 성공적인 전략이라고 해도 결코 소설가의 기량의 연마로서만은 연구해 내어질 수는 없다는 사실이다. 그러한 기량은 사람의 삶을 틀 지우는 윤리와 사회 세력의 영향이 얼마나 사람 행동의 낱낱의 면에 배어 있는가를 절실하게 의식하지 않고는 또 그것을 의식하게 하는 사회 사정 없이는 얻어질 수 없는 것이다.

삶의 올과 결의 전체에 대한 이러한 의식이 어떻게 구체적인 상황 속에 나타나는가를 살피고 또 염상섭의 가족 제도 중심의 보수주의의 매국성(賣國性)에 대한 구체적인 비판의 일면을 살핀다는 뜻에서, 소설의 한 장면을 검토해 보자. 『만세전』에서 주인공이 일본에서 돌아오다가, 마치 서울의 예고편이라도 되는 듯, 김천에서 겪게 되는 형님과의 대결은 이러한 목적을 위해서 편리한 부분이 된다. 주인공의 차고 날카로운 눈은 정거장에서 내리는 순간부터 모든 것을 본다.

형님은 짐을 들려가지고 가려고 심부름꾼 아이까지 데리고 나왔었다. 출구 앞에 섰던 아이놈에게 가방을 내어주고 우리들이 나가려니까 그 밑에 바짝 다가섰던 헌병 보조원이 내 뒤로 내린 양복장이와 수군수군하다가 형님을

보고,

"계씨가 오셨에요? 오늘 저녁에 떠나시나요?"

하며 묻는다. 형님은 웃는 낯으로,

"네, 대개 밤차로 올라갑니다!" 하고 거진 기계적으로 오른손이 모자의 챙에 올라가 붙었다.

부자연하고 서투른 그 모양이 나에게 우습게 보이면서도 가엾었다. 어떻든 형님 덕에 나는 별로 승강을 아니 당하고 무사히 빠져나왔다.

형님은 만또 밑으로 들여다보이는 도금을 물린 검정 환도 끝이 다리에 더덜거리며 부딪는 것을 왼손으로 꼭 붙들고 땅이 꺼질 듯이 살금살금 걸어나오다가……

형님의 옷차림, 헌병 보조원과의 어색한 인사 —— 이러한 별 주석 없이 기록되는 세부적인 사실은 한국 사회에 침입해 들어오는 일본 통치의 힘에 대한 무언의 증언이 된다. 주인공의 형이 적어도 보수적인 윤리의 관점에서 본다면 나무랄 데 없는 사람으로서 주인공 자신, 그의 좁으면서도 견실한 현실주의를 존경하고 있는 만치 일본 통치의 삼투 작용은 그 정도로 더 악성적인 것이다. 뿐만 아니라 주인공 자신이 형의 금테 모자와 환도의 덕을 보고 있는 것이 아닌가.(이것은, 집안의 재정적인 지주(支柱)인 형의 뒷받침으로 하여 주인공의 유학이 가능해지는 것과 마찬가지다. 찰스 라이트 밀스는 어떤 체제에나 부패 분자는 있지만, 부패한 체제 속의 사람들은 필연적으로 부패하게 마련이라는 말을 한 일이 있지만 일본 식민주의의 오염은 철저한 것이다. 『만세전』의 주인공 자신도 이것을 잘 알고 있다.)

이러한 도착에 이어 두 형제는 이야기를 시작하지만, 두 사람 사이의 관계가 긴장과 알력을 가진 것이라는 것은 그들의 대화에서 이내 분명해진다. 가령, 형은 그동안의 사정을 알려 주는 이야기를 하던 끝에 "나는 어제쯤 올 줄 알구 이틀이나 정거장에 나왔지!" 하고 덧붙이거니와, 그다음 형이 좀 더 형으로서의 위세를 보이며 나무라는 말을 하고 주인공이 "형님의 말소리는 차차 거칠어 갔다."는 주석을 붙이기 전에도 우리는 이 덧붙임에서 이미 높아 가는 형의 노여움을 느낄 수 있다.(말의 저면에 깔린 숨은 의도를 드러내 주는 점에 있어서 염상섭의 대화를 따를 만한 것은 드물다.) 두 사람 사이의 적의(敵意)는 가족 간의 관계가 대개는 조화보다 긴장 속에 있다는 것을 비쳐 주는 예이기도 하지만, 이 장면에서 염상섭의 의도는 조금 더 복잡하다. 그것은 간단히 말하면 형의 보수적인 교양과 동생의 신교육의 부조화에서 온다. 따라서 이야기는 자연스럽게 동생의 학문 방향에 대한 형의 비판적인 발언으로 번진다. 그러나 더 흥미로운 것은 형의 보수성이 옛것을 참다운 의미에서 보존하겠다는 보수가 아니요, 동생의 새로운 윤리가 무조건 새것으로 헌것을 대치하자는 것이 아니라는 것이다. 이러한 사정은 김천 도착 장면에서 형의 금테 모자와 환도에서 이미 암시되어 있지만 동생의 학문 이야기를 하면서 집으로 돌아가는 사이 잠간의 길거리 풍경의 관찰에서도 드러난다. 동생은 길거리에 일본 상점과 주택이 늘어난 것에 주의하며, 형에게 "그동안에 꽤 변하였군요?" 하고 사회 변화에 언급한다. 그런 다음 그들은 형의 집에 도착하게 된다.

나는 앞장을 선 형님을 따라 들어가며 작년보다도 한층 더 퇴락한 대문을 치어다보고,

"거진 쓰러지게 되었는데 문간이나 고치시지?" 하며, 혼잣말처럼 한마디 하였다.

"얼마나 살라고! 여기두 좀 있으면, 일본 사람 거리가 될 테니까 이대로 붙들고 있다가, 내년쯤 상당한 값에 팔아 버리련다. 이래 봬두 지금 시세루 여기가 제일 비싸단다."

이러한 삽화는 아무 중요성도 없이 던져져 있는 것 같지만, 그것은 일인의 침투를 기정사실로 받아들이고 그것을 이용하여 부동산 이윤을 추구하겠다는 형의 태도와 옛터를 수리하여 살 때까지 살아 보는 것이 마땅하다는 동생의 태도를 대조적으로 드러내 주고 있는 것이다. 나중에, 종형이 문서를 위조하여 팔아 버린 산소(山所)의 이야기를 할 때도 도덕적인 분개의 표현에도 불구하고 형이 관심을 가지고 있는 것은 재산 문제인데, 이에 대하여, 정작 산소 그 자체를 잃어버리는 것을 아끼는 것은 동생이다. 이렇게 형의 보수주의는 공허한 것인데, 이러한 공허한 입장을 더욱 지겨운 것이 되게 하는 것은 그것의 윤리적인 표면이다. 『삼대』에서도 그렇고 또 다른 단편에서도 그렇거니와(이인직의 경우에서나 마찬가지로) 염상섭의 세계에서 윤리는 이기적 추구의 가면이기 쉽다. 이것은 가족 윤리의 경우에도 마찬가지다.

그러면 이러한 타락의 윤리를 어떻게 할 것인가? 물론 그것은 새로운 토대 위에 정립되어야 한다. 그러나 염상섭의 경우 이 새로운 정립은 적어도 『만세전』에 있어서 거의 윤리 그 자체의 폐기를 말하는 것과 같다. 왜냐하면 그가 주장하는 것은 어떤 외부적인 계율의 강화가 아니라 개인의 삶의 개체성과 개인적 삶의 사회성에 대한 단순한 인정이기 때문이다.(이광수 이래 오늘날까지 떠들어지는 공허한 윤리주의에 대한 하나의 대안(代案)으로 이것은 오늘날도 들어봄 직한 주장이다.) 이러한 현실적 윤리의 주장은 『만세전』에서 다시 한 번 주인공과 김천의 형과의 대결에서 구체적으로 살펴볼 수 있다. 아까 본 장면에 이어서 동생과 형은 형의 집에 도착한다.

동생은 형이 첩을 얻었음을 알게 된다. 그는 첩으로 들어온 사람이 한때 잘살았으나 영락해 버린 최 참봉 집안 출신의 나이 열아홉밖에 되지 아니한 색시임을 발견한다. 형의 유처취첩(有妻娶妾)이 가능한 것은 최 참봉 집의 영락을 기화로 거의 인신매매(人身賣買) 형식으로 색시를 데려올 수 있었기 때문이다. 형은 변명 삼아 자식을 얻기 위해서 첩을 얻은 것이라 하지만 잠잠히 듣고 있는 동생의 마음에 이것은 자식을 보아 대를 잇는다는 집념의 허망함만을 드러내 주는 것으로 보인다. 그리고 형에게 대를 잇는 방법은 달리도 있다는 것을 비친다. 그러자 형은 이제는 각도를 달리하여 '사람 하나 구하는 셈치고' 첩을 들였다고 말한다. 여기서 주인공은 자기의 윤리관을 웅변으로 쏟아 놓는다. 그에 의하면 도대체 사람을 구하겠다는 생각 자체가 지나친 자긍(自矜)에서 나온 것이다. 진정한 윤리는 사람이 구극적으로 자기를 위해 산다는 것을 인정하고 그러한 인정에 입각해서 남을 구한다는 생각이 아니라 '공통한 처지에서 사는 것을 긍정'하고 이 긍정에 입각하여 상호 협조의 '의무'를 받아들이는 태도로서 나타난다는 것이다. 이렇게 하여 주인공은 사실 유교적인 윤리를 거부할 뿐만 아니라 일체의 이상주의적인 도덕의 설정을 거부한다. 그에게 가치 있는 것은 다만 사람의 삶의 존귀함이며 현실적인 윤리는 그 존귀함의 상호 인정에 불과한 것이다. 이에 비하여 유교적인 또는 다른 이상주의적인 윤리는 오히려 위선이 되고 억압의 수단이 된다. 이것은 주인공의 형의 취첩에서 가장 분명하게 드러난다. 그의 재래의 윤리 또는 초월적 윤리에 대한 비판은 이 소설의 모든 삽화에서 계속되지만, 그 비판의 핵심이 되는 것은 그의 형과의 대결에서 표현된바 진정한 윤리는 삶의 현실에 입각한 공동 운명의 자각 이외에 달리 없다는 확신에 있다. 윤리의 비윤리성은 나중에 모든 윤리 놀음에도 불구하고 그의 생명에 대한 참다운 존중을 받아 보지 못하고 죽어 가는 그의 아내의 경우에 가장 분명하게 드러난다. 한국인이 가족 제도에 있어서, 일본의 침략에 대결함에 있어서, 이러한 자각을 가지고 있지 않는 한 한국 사회의 현실은, 이 소설에 가장 빈번히 이야기되는 심벌대로, 묘지의 현실로 남아 있게 되는 것이다.

그러면 현실적으로 이러한 상황에서 탈출하는 방법은 없을까? 주인공에게 한국이 묘지라면 일본은 그 반대의 이미지를 제시해 주는 곳이다. 주인공에게 일본은 '자유의 세계'로 비치며, 그는 그곳에서 보다 자유로운 삶에 대한 갈구를 실현해 볼 수도 있는 것이다. 우리는 일본에서 주인공이 한국에서와 같은 구속 없이 보다 자유로운 남녀 교제를 하고 있는 것을 본다. 이것은 일본 요정의 여급들과의 관계에서 그렇고 또 고베(神戶)에 들렀을 때 한국 여학생들과의 관계에서 그렇다. 이러한 남녀 교섭은 단순히 그의 욕정의 발산 때문만은 아니고 '가식의 도덕적 관념에서 해방되는, 거기에서 참된 생명을 찾을' 수 있을 것이라는 그의 철학적 신념의 발로에 관계되는 것이다. 또 이것은 '자기의 내면에 깊게 파고들어 앉은 결박된 자기를 해방하려는 욕구', '유형 무형한 모든 기반, 모든 계루에서 자기를 구원하여 내지 않으면 질식하겠다는 자각'과 같은 보다 긴박한 삶의 충동에서도 나오는 것이다. 일본의 보다 자유로운 상태는 다른 인간관계에서도 나타나지만(여기에 대한 묘사가 많지 않으나), 일본 경찰의 태도가 한국의 경찰에 비하여 더 관대한 것과 같은 데에서도 나타난다.

그러나 『만세전』의 성숙함은, 보다 자유로운 세계에 대한 강렬한 그리움에도 불구하고 일본의 생활을 그대로 경모하고, 더구나 그것이 대표하는 것으로 생각되는 생활의 이념을, 이광수·김동인을 포함한 많은 문화주의자 개화 운동가들이 그랬던 것처럼, 신문화의 이념으로 받아들이는 것을 거부한다는 데에 있다. 주인공이 대체로 우울한 사람으로 그려져 있음은 이미 말한 바 있다. 그는 분방한 사랑을 그리워하고 '폭발탄 정사'와 같은 격정적인 사건에 흥미를 갖지만, "……여태껏 연애를 하여 본 일이 없으면서 청춘의 자랑이요, 왕일한 생명력인 정열이 말라 버린 것은, 웬 까닭인가?" 하고 자문하는 경우가 더 많다. 이러한 우울과 회의는 이론이나 동경만으로는 자기의 현실을 넘어설 수 없다는 그의 절실한 현실 감각에서 나오는 태도라 할 수 있다. 이것은 그가 현실의 무게를 너무나 절실하게 느끼고 있기 때문이거니와 그러면 현실에서의 도피가 아니라 현실에 뛰어듦으로써 상황을 타개할 수 있을까? 주인공은 분방한 정열의 생활을 택할 수 없는 것과 같이 정치 행동 속에 뛰어들 수도 없다고 느낀다. 스스로 말하듯, 그는 망국 백성이란 것을 잊지 않고 있으면서도 우국지사는 아니다. 또 그는 "덕의적 이론으로나 서적으로나 무산 계급이라는 것처럼 우리 친구가 되고 우리 편이 될 사람은 없다고 생각하면서도…… 감정상으로는 그들과 융합할 길이 없다는" 생각으로 사회주의 운동과 같은 데에 몸을 맡기지도 못한다. 이러한 주인공의 특징은 그를 우유부단한 지식인의 전형이 되게 하지만, 또 다른 한편으로는 자신의 생활의 진실에 입각하지 않은 관념적 선택이 사실을 단순화하고 허위화한다는 생각에서 결과하는 것이라고 할 수도 있다. 이것은 윤리의 문제에서 모든 이상주의적 허세를 배제하는 태도에 합치되는 것이다.

그러나 주인공의 입장에서 적어도 자기의 주어진 상황을 있는 그대로 받아들이고 또 어쩌면 그것을 사랑하는 방법을 배우고 또 어쩌면 그것을 개조하도록 노력하여야 한다는 것은 분명한 것이다. 이러한 신념을 굳혀 주는 것이 동경에서 서울로 돌아갈 때 그가 겪게 되는 한국 사회의 진상이다. 그가 귀국길에서 보는 것은 일본 통치하의 한국민의 고통의 참상이다. 그는 이 고통이 자신의 일부임을 깨닫는다. 이것을 깨닫는 데 일본 문화의 전부를 야만적인 것이라고 부정할 필요는 없다. 앞에서도 본 바와 같이 일본은 그에게 보다 나은 사회의 모범으로 비친다. 그러나 문제는 일본 사회의 본질이 어떻다는 데 있다는 것보다 일본의 식민지 정책하에서 황폐화하는 한국 사회에 있으며, 주인공의 깨우침은 이 사회를 자신의 일부로 받아들이고 그것을 사랑해야 한다는 자각이다.

이러한 관점에서 우리는 『만세전』의 사회 관찰이 주인공 자신의 심령(心靈)의 깊은 곳에 연결되어 있음에 주의하여야 한다. 그의 깨우침은 식민지 사회의 실상에 관한 것이기도 하지만 또한 그러한 실상을 기피하는 일의 부끄러움에 관한 것이다. 가령, 주인공은 시모노세키(下關)에서 배를 탄 후 배의 목욕탕에 들어갔다가 세 사람의 일인 욕객(浴客)이 경멸에 찬 말들로서 어떻게 한국의 농민이 자기들의 농간에 넘어가 싸구려 노동자로 일본의 광산 등지에 팔려 가는가 하는 이야기를 하는 것을 엿듣게 된다. 이때 그는 한국인 형사의 부름을 받아 밖으로 나가는데, 이때 두 사람이 주고받는 수작의 묘사는 식민지인으로 격하된 두 사람의 뒤틀린 인간관계를 예리하게 파헤치고 있다. 처음에 형사가 이름을 불러 주인공을 찾는다. 그런데 그의 일어(日語) 어조는 그가 조선 사람이라는 것을 금방 드러내 버린다. 그러면서도 그는 "짓궂이 일어를 사용하고 도리어 자기의 본색이 탄로될까 보아 염려하는 듯한 침착지 못한 형색"을 보여 준다. 주인공은 이 점을 못마땅하게 생각한다. 한국인 노동자를 등치는 이야기를 하고 있던 두 일인 욕객은 수상스러운 눈을 두 사람에게 돌린다. 주인공은 형사에게 불쾌한 어조로 나가서 기다리라고 외친다. 그러나 그도 역시 자신의 한국인의 본색이 드러남을 거북하게 느끼는 것이다.

여러 사람의 경멸하는 듯한 시선은 여전히 내 얼굴에 어리우는 것을 깨달았다. 더구나 아까 노동자를 모집할 의논을 하던 세 사람은, 힐끔힐끔 곁눈질을 하는 것이 분명하였으나 나는 도리어 그 시선을 피하였다. 불쾌한 생각이 목구멍 밑까지 치밀어 오는 것 같을 뿐 아니라 어쩐지 기운이 줄고 어깨가 처지는 것 같았다.

기묘한 환경에서 박해자와 피해자로 만난 두 사람이 똑같이 자기들의 본색에 대해서 갖는 거북한 느낌 — 바로 이 느낌으로 하여, 즉 두 사람 다 같이 한국 사람이라는 사실을 받아들이지 못하는 데에서 두 사람은 박해자와 피해자의 적대 관계 속에 맞서는 것이다. 이 거북함의 희극은 조금 더 계속되거니와, 이런 희극은 이 소설의 다른 곳에서도 되풀이되어 있다. 부산에 도착한 주인공은 거리를 헤매면서 일본 사람의 거리가 확대되어 가고, 이에 정비례하여 한국 사람이 점점 밀려 나가는 것을 확인하게 된다. 그의 생각에 이러한 사실에 못지않게 암담한 것은 한국 사람이 이런 밀려남의 비극을 운명으로 또는 개인의 운수로 알 뿐 집단적인 현상으로 파악하지 못하는 것이요, 더구나 일본 세력의 침투로 자기들을 희생시키며 소위 문명의 혜택이 퍼지는 것을 보면서, "우리 고을엔 전등도 달게 되고 전차도 개통되었네, 구경 오게, 얌전한 요릿집도 두서넛 생겼네. …… 자네 왜 갈보 구경했나?" 하고 자랑스러운 느낌을 갖는다는 것이다. 주인공이 보는 이러한 자기 상실의 현상은 일본 국수집에서 만난 한 혼혈아의 경우에 보다 직접적으로 드러나게 된다. 이 일본 아버지와 한국 어머니 사이에 태어난 혼혈아 여급은 가까이 있는 어머니보다는 멀리 있고 잘 알지도 못하는 아버지를 그리워하고 있는 것이었다. 그의 분석으로는 "조선 사람 어머니에게 길리워 자라면서도 조선말보다는 일본말을 하고 조선 옷보다는 일본 옷을 입고 딸자식으로 태어났으면서도 조선 사람인 어머니보다는 일본 사람인 아버지를 찾아가야겠다는 것은 부모에 대한 자식의 정리를 지나서 어떠한 이해관계나 일종의 추세라는 타산이 앞을 서기 때문"이라는 것이다. 한국인이라는 것을 잊어버리고 일본 사람이 되라는 유혹은 이런 혼혈아의 경우에 한한 것이 아니다. 이것은 모든 출세주의자가 느끼는 것이요, 일본이 대표하는 어떤 문화 이념에도 숨어 있는 것이지만, 또 이 소설의 주인공과 같은 교육 받은 사람에게는 늘 일상적으로 일어나는 것이다. 가령, 김천역에서 서울행 기차를 기다리면서 그는 일본 사람 사무원이 권하는 대로 사무실에서 불을 쪼이게 된다. 이때 주인공은 다시금 "일본 사람이 조선 사람보다 친절한 때가 있다고" 생각한다. 그러다가 한국인 역부가 들어오고 그가 일인 사무원에게 등불이 켜지지 않는다는 보고를 하자 일인 사무원은 그에게 욕을 하면서 주인공을 보고 "허는 수 없어!" 하고 웃는다. 주인공은 이러한 태도에 억지로 따라 웃기는 하면서도 적어도 감정적으로는 당신은 일본 사람이나 마찬가지이니까 한국인을 경멸하는 데 공범자가 되어 달라는 일본인의 유혹을 물리치고 한국인 역부에게 동정을 보낸다.

그가 서울에 오고 거기에서 죽은 제도와 윤리 속에 갇혀 있는 자기의 가족들을 대하고 죽어 가는 아내를 대면하고 하는 것은 이렇게 자기 현실을 피하려는 일체의 태도가 어리석은 것임을 충분히 경험하고 난 다음이다. 그가 서울의 가족 상황에 대해서 어떻게 느끼는가 하는가는 이미 이야기하였지만, 우리가 마지막으로 지적하여야 할 것은 비판과 혐오만이 그의 태도의 전부가 아니라는 것이다. 이것은 폐쇄적 윤리 속에 사로잡힌 몸으로 살다가 죽어 간 아내에 대한 그의 태도에서 가장 잘 나타난다. 앞에서 우리는 주인공의 아내에 대한 태도가 냉담한 것이라고 하였지만 이것은 정열적인 사랑의 관점에서 본 것이며 또 그가 동경에서 오던 때의 태도이지, 실제에 있어서 연민과 동정은 언제나 그의 냉담 속에 섞여 있는 것이고 마지막에 갈수록 이것은 보다 더 강렬한 느낌이 된다. 그리하여 아내가 죽고 난 다음에 그는 잠을 못 이루는 날들을 경험하게 되고 더 따뜻하게 대해 주지 못했던 자신의 일을 뉘우치기도 한다. 물론 감정적 과장을 싫어하는 그가 회한의 달콤한 양심(良心) 놀이에 탐닉할 것을 최대한도로 거부하는 것도 우리는 주목하여야 한다. 그러나 그가 아내의 비참한 사실을 생각하고 한국의 비참한 사실을 생각하고 아내의 죽음과 한국의 사실을 택하는 것은 분명하다.

그리고 이 사실이 소설의 마지막에서 주인공과 일본 여자와의 관계에 대한 새로운 고찰을 통하여 확인된다는 것은 중요한 일이다. 결국 주인공의 문제는 문화 전달자와 박해자 양면의 얼굴을 가지고 한국에 등장한 일본에 대한 적절한 관계 정립의 문제로도 볼 수 있기 때문이다. 주인공은 일본을 통하여 얻은 서양의 관점에 힘입어 한국 현실을 비판할 수 있게 되었다. 그러나 그가 서양 문화를 택하는 것은 자기 상실을 수반하는 추상적 선택에 떨어지는 일이 된다. 그는 한국을 택한다. 근본 문제는 사람이 좋든 싫든 자기 자신을 받아들이고 자기가 뿌리내린 사회의 고통을 나누어 가질 수 있는 위엄을 돌이키는 일이다. 이것이 자기비판을 버리는 것은 아니다. 또 다른 사회인 일본에 대하여 일체 오불관언의 태도를 취하는 것을 의미하지도 않는다. 일본의 한국 침략이 불의인 것은 말할 것도 없지만, 그것은 일본 자체 내의 불의에 연결되어 있는 것이다. 식민지인 이인화는 일본의 자기 개조의 노력 속에 일본과의 유대를 찾을 수 있다.(이러한 한일 관계에 대한 생각은 「기미 독립 선언서」의 생각 그대로이다.) 『만세전』의 주인공은 끝부분에서 일본 여자 정자(靜子)로부터 편지를 받는다. 그는 아내가 죽은 다음의 여러 가능성을 저울질하면서 생각한다. "……정자 같은 사람은 우리 집에 들어와서 살 수 없는 일이요. 장래를 생각하거나 민족적 감정으로나 문제도 아니 된다." 그러나 그는 정자를 일본인이라는 획일적인 범주에 싸잡아 넣어 적대시하지도 않는다. 정자는 여급의 생활을 버리고 새로운 학구의 길을 찾아 나선다고 한다. 또 그녀의 편지는 주인공 이인화가 식민지 지식인으로서 자신의 상황에 고민할 수 있는 진지한 사람인 까닭에 존경할 수 있는 사람이란 것을 말했었다. 정자의 말을 받아 『만세전』의 주인공은 정자의 신생(新生)에의 노력을 칭찬하고 자신의 삶에 대해서는 "생명력을 잃은 백의(白衣)의 백성과 백주에 횡행하는 이매망량(魑魅魍魎) 같은 존재가 뒤덮은 무덤 속"에서 쾌락을 기대할 수는 없고 오로지 이 무덤을 벗어나려는 노력이 있을 수 있을 뿐이라고 말하고, 그와 정자와의 관계에 대해서는 두 사람의 우정이 "이 나라 백성의, 그리고 당신의 동포의 진실된

생활을 찾아 나가는 자각과 발분을 위하여 싸우는 신념" 위에서만 성립할
수 있다는 것을 말한다.

되풀이하여 말하거니와 『만세전』은 근대 문학 의식의 발달에서 하나의
정점을 이룬다. 이 소설에서 염상섭은 신소설 이후의 주요한 주제를 하나
로 다져 복잡하면서도 통일된 예술적 구조를 만들어 냈다. 개인적 삶의 자
유로운 실현, 새로운 윤리 속에 정립되어야 할 남자와 여자의 관계, 이에
관련하여 불가피하게 재검토되어야 할 가족 제도, 거기에서 더 나아가 사
회 체제의 전반적인 개혁, 민족 문화의 개조, 신문화의 복합적인 의미, 정
치와 문화가 혼선을 일으키고 있는 일본에 대한 한국 지식인의 태도, 일본
제국주의의 수탈, 민족의 자주독립 ── 이러한 주제들을 이 소설은 취급하
고 있다. 더욱 놀라운 것은 이러한 주제들이 전체적인 연관 속에 파악되어
있다는 것이다. 이 연관은 주로 한 개인의 일상적인 생애, 보다 좁게는 그
생애의 한 위기에 복합적으로 작용하는 세력의 연관으로 제시되어 있다.
그러니까 다시 말하면, 『만세전』에서 일단의 성숙에 이른 한국 문학의 근
대 의식은 개체적인 인생의 일상적인 삶을 완전히 포용하고, 또 그 지평을
이루는 역사의 세계에 닿으면서 개체와 사회의 삶의 내면과 외면을 하나
로 거머쥘 수 있게 된 것이다. 다시 말하여 한국 문학의 의식은 『만세전』에
이르러 삶이 우연이 아니라 필연적인 연관 속에 있음을 알게 된 것이다. 이
러한 전체성의 의식이 3·1운동 후에 표현된 것은 우연이 아니다. 염상섭
자신 『만세전』을 3·1운동의 내면사로서 세상에 내놓은 것이지만, 삶에 대
한 전체적인 의식의 성장과 3·1운동과 같은 대중 운동과는 불가분의 관계
에 있는 것이다. 물론 염상섭이 3·1운동이 일어나고 3년이 되어서야 『만
세전』을 내놓을 수 있었듯이, 비록 정치적 교육의 과정은 계속적으로 진행
되었다고 하겠지만, 앞에서도 비쳤듯이 3·1운동과 같은 대대적인 정치 교

육을 통해서야 비로소 한국인은 삶에 대한 일단의 전체적인 의식에 이르게 되었다고 말할 수도 있을 것이다.

그러나 『만세전』의 성숙이 '일단의' 성숙이라는 것은 강조되어야 할 것이다. 우리는 『만세전』의 소설로서의 구조적 통일성이 한 사람의 의식을 통하여 이루어지는 통일성임을 다시 상기하여야 한다. 문학이 바라고 또 우리가 인생에서 기대하는 것은 단순히 의식상의 통일이 아니라 그것에 대응하는 삶 자체의 통일성이다. 전근대적인 사회 체제와 제국주의의 침탈, 이 이중의 모순에 지리멸렬이 된 사회에서 삶의 통일성은 생각할 수 없는 일이라고 말할 수 있다. 그러나 적어도 문학이 그러한 삶의 통일을 향한 실천적인 결단과 그 결단의 의미를 검토할 수는 있을 것이다. 여기에 관련하여 우리는 『만세전』의 주인공이 아직 정신적인 방황과 모색의 과정에 있는 학생이며 완전한 의미에 있어서 삶의 결정을 내릴 수 있는 사람이 아니라는 것에 주목하여야 한다. 『만세전』의 선택은 의식 속에서의 선택이지 정작 성년의 삶 속에서의 선택은 아니다. 더구나 그것은 한국 사회 내의 가능성 사이의 선택이 아니라 다분히 일본적인 것과 한국적인 것 사이의 선택이다. 이것은 사실 주로 지식인의 선택이지 일반 대중의 선택은 아닌 것이다. 이러한 사실들은 『만세전』의 마지막에 행해지는 선택이 마지막 선택이 아니라 맨 처음의 선택에 불과한 것이 되게 한다. 『삼대』에서 『만세전』의 결정은 보다 지속적인 삶의 실천이 된다. 그러나 『삼대』에서는 실천의 주된 내용은 구시대의 모순을 대표하는 할아버지가 저절로 죽어지기만을 기다리는 일에 불과하다. 식민지의 착취 속에 황폐해 가는 사회의 압력은 소설가로 하여금 사회 전체, 나아가서 삶의 착잡한 얼크러짐의 전체를 하나의 총체적 연관 속에 인식할 수 있게 한다. 물론 이것은 사회 전체가 느끼는 어떤 불행감을 비상한 의식의 노력으로, 자기 세계에 작용하는 구체적인 세력의 소산으로 파악한 것이다. 그러나 염상섭의 경우에처럼 그의 교육과 사회적 배경으로 하여 이미 식민지 현실의 거짓 합리화 과정 속에 깊이 빠져 있는 사람에게 이러한 전체 의식은 막연한 부정 의식이 될 뿐, 구체적인 실천의 가능성을 적극적으로 포착하는 것이 되지 못한다. 식민지의 너무나 심한 탄압은 긍정적인 계기로서의 일상생활의 성숙을 허용하지 않는다. 식민지의 일상생활은 한편으로 식민지 중산 계급의 세속주의, 또 식민지 지식인의 문화주의로 고정되고 다른 한편으로 염상섭과 같은 양심적인 리얼리스트의 부정 의식이 된다. 부정적 일상생활만이 존재할 때, 유일한 가능성은 아마 영웅적인 행동일 것이다. 그러니까 1920년대에 우리는 최서해(崔曙海)와 같이 한국 사회의 생존의 동력학을 체험으로 흡수한 작가에서 오히려 삶의 보편적 이성에 대한 보다 적극적인 추구를 볼 수 있다. 그에게는 염상섭이 보여 준 바와 같은 전체 의식은 없었으나 자신의 생존을 통하여 깨우친 인간 생존의 보편적 의미에 대한 보다 직접적인 자각이 있었다. 그러나 이것은 가능성으로서의 최서해를 집어서 말하는 것이지 그의 업적을 말하는 것은 아니다. 그는 「그믐밤」 정도에서 복합적 인식을 보여 준다.(실천적 의식도 그저 주어지는 것이 아니라 역사적으로 성장하는 것이다.) 또 다른 한편으로 스스로 영웅적 생애를 살았던 한용운과 같은 시인은 예외적으로 해방의 시대적 열망을 읊을 수 있었다. 그는 영웅적 생애를 자기 삶 속에 실현했고 또 시인이었다. 그 자신의 삶은 그에게 구체적인 체험의 바탕이 되었고 이 체험은 구체적이고 사회적인 실천의 탐구가 아니라 단순히 절실한 소망의 표현일 수 있는 시로서 표현될 수 있었다. 그러나 염상섭의 『만세전』과 같은 작품이 한국인의 근대 의식의 성장에 크게 기여한 것은 의문의 여지가 없다. 어떠한 이성적 삶의 질서에 대한 탐구도 실천을 한 발자국 앞으로 당기며 또 실천의 불가피한 폭력성을 완화한다.

(1976년)

궁핍한 시대의 시인

한용운의 시

프랑스의 철학자 뤼시앵 골드만은, 그의 저서 『숨어 있는 신(神)』에서, 어려운 시대에 사는 인간의 한 유형을 파스칼과 라신의 생애와 저작을 통해서 추출하여 보여 준다. 골드만에 의하면 파스칼이나 라신의 핵심은 '비극적 세계관'이라는 개념으로 요약될 수 있다. '비극적 세계관'은, 서로 모순되는 두 요구, 자아의 진실과 세상의 허위 속에 고뇌하는 인간이 생각할 수 있는 태도이다. 세상이 온통 거짓과 부패 속에 빠져 있을 때, 사람은 현실에 굽히고 들어가는 외에 세 가지 방법으로써 처세할 수 있다. 하나는 거짓말 세상을 버리고 세상의 저 너머에 존재하는 초월적인 진실 속에 은퇴하는 것이며 다른 하나는 세상을 진실된 것으로 뜯어고치도록 현실 속에 행동하는 것이다. 그러나 후자의 경우 현실과 진실의 거리가 도저히 건너뛸 수 없는 심연에 의하여 단절되었다면 어떻게 할 것인가? 이때에 있을 수 있는 제3의 태도가 비극적인 태도이다. 그것은 진실의 관점에서 세상을 완전히 거부한다. 그러나 현실의 관점에서 그것을 완전히 받아들인다. 비극적인 인간이 요구하는 절대적인 진실의 면에서 볼 때, 그는 있는 그대로의 세계의 진실성을 인정할 수 없다. 그러나 그는 또 세상 밖에 설 수 있는 자리가 없음을 안다. 사실 세상이 완전히 타락한 거라면 비극적인 인간 그 자신에게나마, 어떠한 진실이 가능할 것인가? 그의 절대적인 진실에의 요구조차 확실할 수 없는 것이다. 그는 어처구니없게도 진실에 이르는 길이 이 세상을 통하지 않고는 달리 없다는 사실에 부딪치게 된다. 그는 이 세상의 일에 전심할 수밖에 없다. 그러나 이것은 오로지 그 일을 부정하기 위해서이다. 비극적인 인간의 절대 선에 대한 요구가 크면 클수록 세상이 유일한 존재의 장이면서 타락해 있는 곳이라는 역설에 부딪치고 이 역설 속에서 그의 전심과 부정의 변증법은 계속된다. 사실 그의 입장에서 볼 때, 진실이란 도대체 부재로서만 확인되는 것이다. 기독교의 관점에서 이것은 신과 세상과의 관계로 옮겨질 수 있다. 타락한 세상에 신은 있지 아니한다. 그러나 인간에게는 세상 이외의 신에 이르는 길이 없기 때문에 신은 오로지 부정과 부재로서만 확인된다. '참으로 신은 숨어 계시는 것이다.'

『숨어 있는 신』에 있어서 흥미로운 것은 그것이 이러한 비극적인 세계관을 분명히 부각시켰다는 것에 못지않게, 이 세계관을 17세기 프랑스 사회에 연결시켰다는 것이다. 17세기는 프랑스의 정치 사회사에서 절대 왕권이 그 기반을 굳혀 간 과정으로 파악될 수 있다. 파리에 근거한 왕권은 처음 봉건 귀족과의 권력 투쟁에서 성장하기 시작하는데 제3계급은 이 투쟁에서 왕권의 주요한 지주였다. 특히 이 제3계급 가운데에서도 왕권에 의존하면서 반독립적인 이해관계를 발전시키고 있던 이속 계급(吏屬階級, officiers)은 중요한 위치를 차지했다. 이들은 지방의 세수원, 법정의 변호사로 활약하며 그 구전으로 치부하고 왕을 위하여는 행정 대리인 노릇을 하였다. 그러나 1630년대에 이르러 이제 충분한 성장을 본 왕권은 보다 직접적인 통치 기구로서 관료제를 발전시키게 되고 이에 따라 이속 계급은 —— 이들의 많은 수가 귀족(la noblesse de robe)이 되어 있었다. —— 정치권력의 중심에서 떨어져 나가게 되었다. 다른 계층들은 왕과의 대립 관계에서 독자적인 행동으로 사태의 변화에 대처할 수 있었으나 이들 신흥 귀족은 권력에서 멀어지면서 매우 거북한 입장에 놓이게 되었다. 그들은 이제 그들이 대항해야 할지도 모르는 왕에게 경제적으로 예속되어 있었던 것이다. 이렇게 하여 그들은, 이제 그들과 이해를 달리하게 된 세력에 저항할 수도 안 할 수도 없는 궁지에 몰린 것이었다. 골드만은 파스칼과 라신을 비롯한 장세니스트들이 이러한 궁지에 몰린 '노블레스 드 로브' 출신이거나 거기에 가까웠던 사람들이라고 장세니슴의 정수를 이루는 '비극적 세계관'과 장세니스트들의 사회적인 처지 사이에 상관관계를 수립한다.

위는『숨어 있는 신』의 주제의 요약이거니와 나는 파스칼과 같은 장세니스트의 경우가 이제 본고(本稿)에서 이야기하려 하는 한용운의 경우에 아주 근사한 것으로 생각한다.

한용운의 시대는, 파스칼의 시대처럼 모순적인 선택밖에 제시해 주지 않았던 시대였다. 파스칼의 '노블레스 드 로브'가 무력감에 사로잡힌 몰락하는 계급이었다면 한용운의 시대에 있어서 우리 민족은 민족 전체로서 몰락하는 계급이 되었다. 계급의 경제적인 기저에 가로놓인 자체 모순이 파스칼의 계급을 저항과 비저항 사이의 이상한 마비 상태에 놓이게 했다면, 이것은 한민족 전체에 해당시키기는 어렵다 하더라도 외세와 민족 역량의 엄청난 질량 차에 짓눌린 사람들이 프랑스의 몰락 계급에 비슷하게 은둔도 현실 개조도 할 수 없는 뼈아픈 무력감에 사로잡혔을 것이라는 것은 쉽게 생각할 수 있다. 세상은 걷잡을 수 없이 기울어져 이미 어둠의 세력에 내던져져 버린 것으로 보였을 것이나 그렇다고 현실 세계의 역학 균형이야 어찌 되었던 수수방관만 할 수는 없는 노릇이었을 것이다. 그러니까 절대적으로 요구되는 구국 운동과 절대적인 무력감 사이에 끼이게 된 한용운의 상황은 시대의 전체적인 테두리에 있어서 정히 파스칼적인 것이다.

파스칼적인 데에는 다른 요인들도 있었다. 그의 개인적인 상황은 그로 하여금 망국 민족(亡國民族)의 딜레마를 자기의 그것으로 떠맡게 하는 데 알맞은 것이었던 것 같다. 그의 집안은 본래 '토호급(土豪級)'에 속할 만치 부유하였다고 한다. 그러나 그가 자라는 사이에 가세가 기울어 집안은 곧 '일개(一個)의 빈가(貧家)'로 떨어져 버렸다.[1] 사람은 무엇보다도 계층 이동 (階層移動) 과정에서 자기를 형성 지배한 사회 세력을 의식하게 된다. 한용운의 경우도 예외는 아니었을 것이다. 그가 열여덟 살에 동학에 가담한 것은 몰락하는 집안의 후예로서의 자기의식과 불가분의 것이었을 것이다. 동학에 관련하여 주목할 것은 그것이 실패한 민족 운동이었다는 사실이다. 특히 한용운이 동학에 들어갔을 때는 동학 봉기가 일어난 지 2년이 지난 동학 대박해의 시기였다. 동학에의 참가는 행동으로 현실을 바로잡겠다는 적극적인 의지의 표현이라 하겠다. 그러나 박해기의 동학 운동에서 이러한 의지를 유지하기란 어려운 일이었을 것이다.

한용운은 결국 출세간(出世間)의 불문(佛門)으로 들어간다. 이것은 정치적 피신 행각 중의 우연한 해후에만 기인한 것은 아니었던 것 같다. 여기에는 피치 못할 논리가 있다. 파스칼의 장세니슴에서 골드만에 의하면 '비극적 세계관'은 그 핵심을 이루는 것이지만, 장세니슴 가운데 다른 조류가 없었던 것은 아니었다. 한쪽으로는 부분적 진실의 실현이 이 세상에서도 가능하다는 타협주의와, 다른 한쪽으로는 세상을 버리고 신의 진리 속에 숨어야 한다는 은세주의(隱世主義)가 그 양극단이 된다. 파스칼 자신 비극적 관념에 이르기 전까지 이 양 경향에 끌리기도 하였었다.

---

1 박노준(朴魯埻)·인권환(印權煥), 『한용운 연구(韓龍雲研究)』(통문관, 1960).

우리는 한용운에서 비슷한 역정(歷程)을 본다. 현실의 정치 속에서 진실의 실현이 불가능하다고 생각한 그는 세상과의 모든 인연을 끊기 위하여 불도(佛道)에 귀의(歸依)한다. 그러나 그가 이르게 되는 최종적인 입장은 완전한 출세간의 불도의 그것이 아니라 "세간(世間)을 버리고 세간(世間)에 나는 것이 아니라 세간(世間)에 들어서 세간(世間)에 나는"[2] 불도의 입장이다. 한용운에게 불타는 진리는 세상 밖에서가 아니라 세상 안에서 구해진다. 그러나 이것은 역설적으로 세상이 그러한 가능성을 가지고 있기 때문이 아니라 그러한 가능성에서 일탈(逸脫)했기 때문이었다. 그러니까 세상 안에서의 불타는 진리는 부재와 부정으로만 확인된다. 부정과 역설을 진리에 이르는 유일한 길로 보는 견해는 불교적인 전통의 주요한 부분이다. 그러나 하필이면 한용운의 불교 이해(佛敎理解)가 이러한 형태를 취한 것은 그의 삶에 있어서의 근본 동력(動力)이 이에 호응한 까닭이었기 때문이라 하겠다. 하여튼 '세간(世間)으로 들어서 세간(世間)에 나는' 불교는 민족적으로 사회적으로 걷잡을 수 없는 자세라는 것을 알면서 정의를 외치지 않을 수 없었던 그의 상황에 최고의 형이상학을 제공해 준 것이었다.

위에서 나는 한용운의 생애의 근본 형식을 추출해 보았다. 이것은 어디까지나 그의 생애를 하나의 총체적인 의미로서 파악하기 위한 가설이므로 이것은 전기적 자료에 의하여 검증되어야 할 것이다. 여기에서 주요한 보조 자료가 되는 것은 문학 작품이다.

그러나 이것은 문학 작품이 전기의 직접적 반영이란 뜻에서가 아니다. 우리는 역으로 그의 생애는 문학 작품 이해에 주요한 보조 자료라고 할 수도 있다. 한 사람의 생애와 성공적인 문학 작품은 말하자면 서로 독립하면

---

2 같은 책, 80쪽에서 재인용.

서 또 동시에 대응하는 기술(記述) 체계를 이룬다. 그리하여 둘 다 하나의 실존적 계획으로서의 생애와 작품에 움직이는바 여러 세력의 기본 구조를 드러낸다.

한용운의 「님의 침묵」은 그의 정치적·사회적·종교적 활동 전체에 관류하고 있는 어떤 근본적인 존재 방식에 대한 반성이며 증언이다. 이렇게 말하는 것은 「님의 침묵」이 우의적(寓意的)인 해석에 의하여서만 문제됨을 보기 때문이다. 가령 우리는 「님의 침묵」에 있어서의 '님'이 누구냐는 질문이 발해지는 것을 종종 듣는다. 그리고 그것은 부처일 수도 민족일 수도 있다고 말한다. 한용운 자신, 시집의 서언 「군말」에서 이러한 추측 놀이의 길을 터놓은 셈이지만 간단한 우의적인 해석은 그가 말하려는 의미의 긴장감을 제거해 버린다. 한용운의 '님'은 그의 삶이 그리는 존재의 변증법에서 절대적인 요구로서 또 부정의 원리로서 나타나는 한 한계 원리를 의미한다. 그것은 정적(靜的)으로 있는 민족이 아니라 억압된 민족에 대하여 자주적인 민족을, 사회적으로 억압된 민중에 대하여 자유로워진 민중을 실증적으로 파악하는 법에 대하여 보이지 않는 근원적인 진리를 말한다. 그것은 현실적인 민족이나 진리보다는 부재와 부정으로만 어림 가는 본연적인 모습의 민족, 진리 속에 있는 세상을 지칭한다. 그러니까 다시 말하여 '님'은 한자리에 놓여 있는 존재로서의 대상이 아니라, 움직이는 부정의 변증법에서 의미를 갖는 존재의 가능성이다. 그러나 '님'의 의의를 깨닫는 것은 「님의 침묵」 전부를 이해하는 것이고, 이 이해에 있어서 동적인 변증 과정을 마음에 두는 것은 중요한 일이다.

위에 거칠게나마 시험해 본, 생애의 도식화로서 우리는 이미 이 시집에 드러나는 기본적인 변증법에 대한 열쇠를 얻었다. 이 시집의 근본 양식은 존재와 부재의 역설적 상호 작용이다. 「님의 침묵」에 있어서 진리는 부재(不在)로서만 존재한다. 이 책에 실린 시편들은 이 근본 역설이 드러내는 여러 관계를 이야기한다. 그러나 이 점을 좀 더 살펴보기 전에 한 가지 문제를 언급하고 가자. 그것은 이 시집의 기초가 되어 있는 비유의 문제다. 존재와 부재의 변증법은 이 시집의 표면에서는 남녀의 애정 관계로 표시된다. 그러나 내가 지적하고 싶은 것은 남녀 관계는 여기에서 단순한 비유나 탁의(託意)가 아니라는 것이다. 욕정은 부재나 마찬가지로 인간 존재의 부정성——사르트르 식으로 말하여, 인간 존재의 본질이 '결여(manque)'라는 사실에 그 존재론적 근거를 갖는다. 욕정은 현존하지 않는 것, 부재 내지 무(無)를 유(有)로 설정한다. 그리고 부재가 존재로 채워질 때 그것은 사라지고 만다. 여기에서 우리는 존재와 부재의 기묘한 상관관계를 본다. 욕정과 부재는 그 존재론적 형식을 공유한다. 그러나 일보 더 나아가 이 공유는 형식에만 한정된 것이 아니다. 적어도 한용운에게는 존재의 기본 내용은 에로스이다. 그에게 사랑은 곧 그가 파악한 바의 정치적 형이상학적 진리의 움직임이며 진리는 곧 사랑의 움직임이다. 「님의 침묵」에 있어서의 관능적인 내용이 그대로 관능적인 호소력을 가지면서 동시에 초월적인 의미를 암시할 수 있는 것도 그것이 한용운의 세계 이해, 그것의 깊은 곳에서 우러나오기 때문일 것이다.

「님의 침묵」은 제목 그 자체가 말하듯이 님이 침묵하는 시절의 시들이다. 님은 떠났다. 그러나 표제(標題) 시(詩) 「님의 침묵」이 말하듯 님은 갔지마는 나는 님을 보내지 아니하였다. 따라서 님을 보내지 아니한 시인의 마음을 통해서 님은 여기에 있는 것이 아니겠는가? 이렇게 볼 때 보내지 아니한 마음이 강하면 강할수록 님의 존재는 뚜렷한 것이 되겠고 이것을 달리 말하면 님이 부재하면 부재하는 만치 그는 존재하는 것이다. 「사랑의 측량」이 말하듯, "사랑의 양을 알려면 당신과 나의 거리를 측량할 수밖에 없읍니다. 그래서 당신과 나의 거리가 멀면 사랑의 양이 많고 거리가 가까우면 사랑의 양이 적을 것입니다." 이러한 생각은 「님의 침묵」의 어느 곳에나 보이는 중심 개념이다. 다시 말하여 님은 부재로서 존재한다. 그러나 부재는 시인의 부정의 힘에 의해서만 이루어진다. 「님의 침묵」의 고통은, 이 부정의 세계에서 살아야 하는 인간의 고통이다.

님이 부재하게 되는 원인은 무엇인가? 거기에는 정치적인 형이상학적인 원인이 있다. 이 시집 전편에 걸쳐서 특히 후반 초쯤에 한데 몰려 있는 몇 편의 시들 「참말인가요」, 「논개(論介)의 애인(愛人)이 되어서 그의 묘(廟)에」, 「당신의 편지」, 「당신을 보았읍니다」, 「계월향(桂月香)」 등에서, 님 부재의 원인이 일제에 의한 주권 피탈에 있음이 시사된다.

그러나 대부분의 이런 시들이 대체로 다른 시들에 비하여 긴장감이 부족한 것은 유감이다. 단지 「당신을 보았읍니다」는 예외로서 이 시집의 어느 시보다도 뛰어나다. 이 시는 이미 송욱(宋稶) 씨가 그의 『시학 평전(詩學評傳)』에서 분석한 바 있지만 현실을 넓게 취급한 이러한 시에서 부재의 변증법이 어떻게 작용하는가를 보기 위하여 다시 한 번 분석해 보자.

당신이 가신 뒤로 나는 당신을 잊을 수가 없읍니다.
까닭은 당신을 위하느니보다 나를 위함이 많습니다.

나는 갈고 심을 땅이 없으므로 추수(秋收)가 없읍니다.
저녁거리가 없어서 조나 감자를 꾸러 이웃집에 갔더니 주인이 "거지는 인격(人格)이 없다.
인격이 없는 사람은 생명이 없다. 너를 도와주는 것은 죄악(罪惡)이다."고 말하였읍니다.
그 말을 듣고 돌아 나올 때에 쏟아지는 눈물 속에서 당신을 보았읍니다.

나는 집도 없고 다른 까닭을 겸하여 민적(民籍)이 없습니다.

"민적(民籍) 없는 자는 인권(人權)이 없다.

인권이 없는 너에게 무슨 정조(貞操)냐." 하고 능욕(凌辱)하려는 장군이 있었습니다.

그를 항거한 뒤에 남에게 대한 격분이 스스로의 슬픔으로 화(化)하는 찰나에 당신을 보았습니다.

아아! 온갖 윤리(倫理), 도덕(道德), 법률(法律)은 칼과 황금을 제사 지내는 연기인 줄을 알았습니다.

영원의 사랑을 받을까, 인간 역사(人間歷史)의 첫 페이지에 잉크 칠을 할까, 술을 마실까 망설일 때에 당신을 보았습니다.

이 시의 주인공은 재산상의 인격도 법률상의 인격도 없는 사회의 천민(賤民)이다. 인격이 말소(抹消)된 천민이 수모 속에서 '당신을 보았다'고 할 때, 그는 무엇을 보았는가? '당신'은 '항거'하는 마음이었을지 모른다. 그러나 그가 두 번째에 "……항거한 뒤에 남에게 대한 격분이 스스로의 슬픔으로 화하는 찰나에 보았다."고 하는 '당신'은 누구인가? 그것은 격분과 슬픔의 반대 명제 내지 이 두 감정을 지양하는 어떤 것일 것이다. 「님의 침묵」의 곳곳에서 우리는 슬픔이 희망과 의지로 전환된다는 다짐을 발견하는데, 여기에서도 비인격자가 본 것은, 재산과 법률에 관계없이 인격을 되찾아 줄 당위로서의 윤리 질서일 것이다. 이 시의 비인격자는 이것을 보장하는 근본 존재로서 당신을 보는 것이다. 여기에서 우리는 다시 한 번 없음의 입장이 전적인 있음의 입장으로 바뀜을 본다. 이러한 변증법적 전환은 마지막 두 줄에서 일반화된다. 이 시의 비인격자는 윤리와 도덕과 법률이 오로지 칼(폭력)과 황금(금력)의 제물임을 꿰뚫어 본다. 그리하여 그는 허무의 밑바닥에 이르게 된다.

영원(永遠)의 사랑을 받을까 인간 역사의 첫 페이지에 잉크 칠을 할까…….

'영원의 사랑', 이것은 출세간의 은둔을 말하는 것일 것이다.(우리는 이미 한용운이 시간 외의 자기 구제를 거부한다는 것을 시사했다.) "인간 역사의 첫 페이지에 잉크 칠"——이것은 인간 역사의 전적인 부정을 의미한다. 윤리와 도덕과 법률이 폭력과 금력의 가면이라면 인간 역사는 마땅히 첫 페이지로부터 허위의 역사일 것이고 그것은 말소되어 마땅할 것이다. "술을 마실까"——이 뜻은 자명하다. 초월의 세계로의 은퇴, 역사의 장(場)의 철저한 부정, 자포자기——이러한 절망적인 선택지(選擇肢) 사이에서 주인공은 '당신'을 보았다. 꼭 집어 알기는 어렵지만 이 당신은 절망과 허무를 부정하는 것, 절망과 허무의 반대 명제라 하겠다. 이 시의 마지막에서 시인이 요구하는 것은 초월적인 것이 아닌 사랑, 거짓이 아닌 역사, 자포자기가 아닌 인생을 보장하는 절대 선의 원리로서의 '당신'이다. 시인은 이 시에서 '당신'이 존립할 근거를 제시하지 않지만 우리는 이 시의 부정적 변증 과정을 통해서 '당신'의 당위성을 충분히 느끼게 된다.

「당신을 보았습니다」는 일제하의 정치 현실에 대한 고발이지만 거기에 작용하고 있는 것은 앞에서 본 바와 같이 부정의 변증법이다. 이것을 파악할 때에만 우리는 비로소 한용운의 민족주의의 윤리적 내용을 안다. 사실 그것은 깊은 윤리적 정의 의식에서 나오는 것이다.

한걸음 나아가 우리는 그것이 한용운의 인간 존재에 대한 깊은 형이상학적 이해에서 나온다 말해도 좋다. 어쩌면 이 이해에서 진정한 모습의 세상은 언제나 부재하는 것이었을 것이다. 그의 부재의 철학의 근본은 가장 원칙적으로 인간의 의식과 존재와의 관계에서부터 출발한다. 『님의 침묵』의 두 번째의 시인 「이별」은, 부재야말로 님이 세상에 임하는 방법이란 것을 근본적인 면에서 말하고 있다. 이 시는 "이별은 미(美)의 창조(創造)입니다."라는 구절로 시작하여 "미(美)는 이별의 창조(創造)입니다."라는 구절로 끝난다. 앞의 문장은 존재 속에 균열이 생기는 것이 미(美)라는 의식 작용의 계기가 된다는 뜻일 것이나, 뒤의 문장은 미(美)라는 의식 작용으로 하여 존재 속에 균열이 생긴다는 뜻일 것이다. 어느 경우에서나 특히 후자의 경우에 있어서 존재는 의식 작용을 통해서 불가피하게 부재를 잉태하게 된다는 뜻일 텐데 이러한 매우 사르트르적인 발상은 다른 시에서도 곳곳이 발견된다. 가령 「하나가 되셔요」에서 한용운은 님과의 합일(合一)의 상태에서는 의식이 있을 수 없고 의식이 있는 곳에는 오로지 이별의 고통을 통한 합일, 또는 오히려 합일의 음화(陰畵)가 있을 뿐이라고 말한다. 「최초의 님」에서는 "맨 첨에 만난 님과 님이 맨 첨으로 이별하였다."라고 말함으로써, 의식과 존재의 균열은 결국 원초적(原初的)인 창조 과정에 있어서의 세계의 자기 분열에서 유래한다는 '우주론'에까지 밀어 올려진다. 이 생각은 「사랑의 존재」에서 "사랑의 존재는 님의 눈과 님의 마음도 알지 못합니다. 사랑의 비밀은 다만 님의 수건에 수놓은 바늘과 님의 심으신 꽃나무와 님의 잠과 시인의 상상과 그들만이 압니다."라고 말할 때에도 밑바닥에 서려 있는 사상이다. 존재 자체는 욕정의 대상으로서 스스로의 모습을 알지 못한다. 그것은 창조된 '다자(多者)', 즉 '그들'에 의해서만 의식될 수 있는 것이다.

그러나 의식이 좌절의 연속이란 것은 보다 중요한 사실이다. 인식이 있기 위해서는 의식과 존재의 양분이 있어야 한다. 그러나 양분화된 골짜기의 저쪽에 있는 의식이 어떻게 존재의 진실에 이를 수 있을 것인가? 그것은 부재와 부정의 끊임없는 자기 운동에 의하여서만 수렴(收斂)될 수 있다. 그리하여 「님의 침묵」에 있어서 모든 것은 유무(有無)의 변증법 속에 움직인다. "타고 남은 재가 다시 기름이 되고", "한 밤을 지나면 포도주나 눈물이 되지마는, 또 한 밤을 지나면 나의 눈물이 다른 포도주가 되는" 것이다.

의식의 부정 작용이 어떻게 존재의 커다란 현존성에 합치할 수 있는가는 잘 알 수 없는 일이지만, 우리는 한 가지 하지 않아서는 아니 될 경계 사항을 가질 수 있다. 즉 부정의 움직임이 정지하는 순간 현존하는 것으로 정립되는 것은 곧 거짓으로 떨어져 버린다는 것이다. 한용운은 「군말」에서 "너에게도 님이 있느냐, 있다면 님이 아니라 너의 그림자니라." 하고 말한다. 또 「님의 침묵」에 있어서의 님은 사랑의 님이면서 우리를 기만하는 님인 것이다. "나는 향기로운 님의 말소리에 귀먹고 꽃다운 님의 얼굴에 눈멀었읍니다." 이것은 어떠한 방법으로 님에 이르든지 마찬가지다. 한용운은 자연에서 존재의 의연한 모습을 보는 경우가 많지만 그것도 현존으로 파악될 때 오히려 존재에의 길, 님에의 길을 막는 것이 되어 버린다. 그러니까 「심은 버들」에서 님을 매려던 버들가지는 님을 위해서는 달리는 말의 채찍이 되고 나에게는 나를 여기에 매어 놓은 '천만사(千萬絲)'가 된다.

님에 대한 부정적인 이해는 한용운으로 하여금 보다 세간적(世間的)인 면에 있어서도 현존적인 것, 고정된 것을 극도로 경계하게 한다. 이런 점에서 그는 형이상학적 근본주의자라고 할 수 있을 것이다. 『님의 침묵』의 여러 시편들에서 그는 언어에 대한 불신을 기록하고 있다. 「예술가」에서 한용운은 자기가 님의 모습을 그리기에는 너무나 서투른 예술가임을 말한다. 그는 그의 말대로 '소질'이 없기 때문이 아니다. 그는 '즐거움'이니 '슬픔'이니 '사랑'이니 그런 것을 쓰기 싫다고 한다. 그는 또 "당신이 가르쳐 주시던 노래를 부르려다가 조는 고양이가 부끄러워서 부르지 못하였다." 라고도 한다. 부끄럽다는 것은 주체(主體)의 객체화(客體化)를 징표해 주는 감정이다. 바로 부당한 객체화는 언어에 따르는 위험인 것이다. 「칠석(七夕)」에서 한용운은 견우직녀의 사랑은 표현이기 때문에 진정한 사랑이 아니라고 한다. 「의심하지 마셔요」에서는 언어에 대한 불신을 한 걸음 더 발전시켜 굳어지는 태도까지도 불신의 대상이 되게 한다. 시인은 여기에서 시인의 사랑이 변함없음을 맹세하지만 오히려 맹세 자체도 적절한 것이 아니라고 한다. 그는 말한다.

> 만일 인위(人爲)가 있다면 "어찌하여야 처음 마음을 변치 않고 끝끝내 거짓 없는 몸을 님에게 바칠고." 하는 마음뿐입니다.

부정의 존재론에 따르는 다른 하나의 보다 중요한 부론(副論)은 도덕적인 또는 형이상학적인 '반계율주의'이다. 파스칼은 "진정한 도덕가는 도덕을 싫어한다."고 했지만, 이 말은 한용운의 경우에도 해당된다. 존재가 언어에 담아질 수 없다면 도덕은 도덕률에 담아질 수 없는 것이다. 시조 「선경(禪境)」은 이런 입장을 간결하게 표현하고 있다.

> 가마귀 검다 말고
> 해오라기 희다 마라
> 검은들 모자라며
> 희다고 남을 소냐
> 일없는 사람들은
> 옳다 긇다 하더라

「비방(誹謗)」 같은 시에서 만해(萬海)가 외면적 사회 규범에 대하여 내면적 도덕을 옹호한 것은 오히려 진부한 감이 있다고 하겠으나 「가지 마셔요」에 나타난 '반현존주의(反現存主義)'는 보다 예리한 것이다. 이것은 부정의 세계에서 사는 사람이 '위안에 목마른' 까닭에 지나치게 성급히 긍정적인 도덕에 귀의(歸依)함으로써, 오히려 진실로부터 멀어져 가고, 거짓 의식에 떨어지는 것을 경고한다. 어린아이의 사랑, "자비의 백호광명(白毫光明)", 권력과 재물을 우습게 아는 사랑, "새 생명의 꽃", 처녀의 순결한 사랑, 헌신, 이 모든 것이 결국, "죽음의 방향(芳香)"이라고 이 시는 이야기한다. 이러한 '거짓 의식'에 대한 경고에서 한 걸음 더 나아가 깊은 절망의 절규처럼 들리는 어떤 시들에서 한용운은 그가 순간적으로 직관하는 듯한 진실재(眞實在)가 사실은 마(魔)의 유혹이 아닌가 하는 회의를 갖기도 한다. 가령 「?」에서, 그는 님이 오는 순간은 가치의 전도가 일어나는 때임을 말한다. 님의 발자국이 들릴 때 "인면(人面)의 악마"와 "수심(獸心)의 천사"가 나타난다. 시인은 이러한 가치 전도의 순간에 "불(佛)이냐 마(魔)냐." 하고 외치는 것이다.

님의 인식이 아무리 어려운 것이라 하더라도 님과 나의 관계에서 가장 중요한 것은 인식의 문제가 아니라 윤리의 문제이다. 결국 중요한 것은 삶의 의의이다. 님이 부재하는 세계에서 산다는 것은 괴로운 것이다. 「님의 침묵」은 이 괴로움에 대한 긴 하소라고 볼 수도 있지만 이렇게 괴로운 인생을 살아가야 할 이유가 어디에 있는가? 사실 한용운은 죽음과 삶을 늘 저울질한다. 결국 그는 삶을 받아들이지만 그 삶은 복잡한 변증법을 통하여서만 정당화된다. 우선 삶은 님을 위한 — 비록 그것이 부재의 님을 위한 것일지라도 — 삶이어야 살 만한 것이다. 그는 「나의 길」에서 말한다.

……나의 길은 이 세상에 둘밖에 없읍니다.
하나는 님의 품에 안기는 길입니다.
그렇지 아니하면 죽음의 품에 안기는 길입니다.
그것은 만일 님의 품에 안기지 못하면 다른 길은 죽음의 길보다 험하고 괴로운 까닭입니다.

그러나 여기서 주의할 것은, 님의 품에 안기는 길이 결국 님의 부재에 안기는 길이라 하더라도 그것을 택하는 것은 단순한 개인적인 필요에서가 아니라는 사실이다. 내가 그렇게 살아야 하는 것은 님이 그것을 필요로 하기 때문이다. 그러니까 한용운은 「이별」에서 "이별은 꽃 생명보다 사랑하는 애인을 사랑하기 위하여 죽을 수가 없는 것이다." 하고 또 "애인은 이별보다 애인의 죽음을 슬퍼하는 까닭"이라고 말하는 것이다. 이것을 한 걸음 더 밀고 나간다면, 내가 (부재로서의) 님을 그리워하는 것도 사실은 개인적인 인간으로서가 아니라 님의 필요로 인한 것이라는 생각이 된다. 그리하여 흔히 세상 사람들의 정신적 진실인 "만사가 다 저의 좋아하는 대로 말한 것이요, 행한 것"인 데 대하여, 참다운 님에 대한 사랑은 나 아닌 저쪽에서 온다. "내가 당신을 기다리고 있는 것은 기다리자 하는 것이 아니라 기다려지는 것"(자유 정조(自由貞操))이다. 이리하여 우리는 『님의 침묵』에서 강한 소명감(召命感)을 발견한다. 한용운은 "남들은 자유를 사랑한다지마는 나는 복종을 좋아하여요."라고 선언하고, 또 자유는 "알뜰한 구속"이라고도 하고 "나는 복종의 백과전서(百科全書)"라고도 한다.

그러나 님의 부재를 받아들이는 것이 하나의 지상 명령이라고 하더라도 어떻게 살아야 하는 문제가 저절로 해결되는 것은 아니다. 님의 지상 명령은 필연이면서 또 자유인 것이다. 앞에서 「나의 길」을 인용한 바 있는데 이 시의 난해한 끝 부분은 여기에 대한 가장 심각한 답변을 시도하고 있다. 앞서 인용한 부분에 이어서 시는 다음과 같이 계속된다.

아아! 나의 길은 누가 내었읍니까.
아아! 이 세상에는 님이 아니고는 나의 길을 낼 수가 없읍니다.
그런데 나의 길을 님이 내었으면 죽음의 길은 왜 내셨을까요.

한용운은 여기에서 내가 나의 삶을 위하여 택하는 길이 님의 길임을 말한다. 그러나 이것은 호소 이외의 어떠한 강제력도 띨 수 없는 것이다. 이 길 이외에도 죽음의 길이 있는 것은 우리에게 스스로의 삶을 선택하게 함으로써 인간의 자유를 보장하기 위한 것이다. 「나의 길」에서 우리는 사실상 도덕 철학에 있어서의 가장 핵심적인 문제에 부딪친다. 이것은 기독교에서 어찌하여 신이 전지전능한 필연의 존재이면서 에덴동산에 선악(善惡)의 나무를 심어 인간에게 선택의 자유를 주었는가 하는 문제만치 어려운 문제다. 「나의 길」의 주석만으로써 우리는 도덕 철학의 체계를 지을 수도 있을 것이다.

우리는 앞에서 사람이 사는 것은 자유로운 선택에 의하여 님의 길을 가기 위한 것이라고 하였는데, 그렇다면 님의 길은 어떻게 알 수 있는 것인가? 여기에 있어서의 실천적인 문제는 자유와 필연의, 유연성 있는 변증법적 관계에서 답변된다. 이러한 문제를 가장 잘 말하고 있는 시는, 시로서는 조금 미흡하지만 「잠 없는 꿈」이다.

나는 어느 날 밤에 잠 없는 꿈을 꾸었읍니다.
"나의 님은 어디 있어요. 나는 님을 보러 가겠읍니다. 님에게 가는 길을 가져다가 나에게 주셔요, 님이여."
"너의 가려는 길은 너의 님이 오려는 길이다. 그 길을 가져다 너에게 주면 너의 님은 올 수가 없다"
"내가 가기만 하면 님은 아니 와도 관계가 없읍니다."
"너의 님이 오려는 길을 너에게 갖다 주면 너의 님은 다른 길로 오게 된다. 네가 간 대도 너의 님을 만날 수가 없다."
"그러면 그 길을 가져다가 나의 님에게 주셔요."

"너의 님에게 주는 것이 너에게 주는 것과 같다. 사람마다 저의 길이 각각 있는 것이다."

"그러면 어찌하여 이별한 님을 만나 보겠읍니까."

"네가 너를 가져다가 너의 가려는 길에 주어라. 그리하고 쉬지 말고 가거라."

"그리할 마음은 있지마는 그 길에는 고개도 많고 물도 많습니다. 갈 수가 없습니다."

꿈은 "그러면 너의 님을 너의 가슴에 안겨 주마." 하고 나의 님을 나에게 안겨 주었읍니다.

나는 나의 님을 힘껏 껴안았읍니다.

나의 팔이 나의 가슴을 아프도록 다칠 때에 나의 두 팔에 비어진 허공은 나의 팔을 뒤에 두고 이어졌읍니다.

이 시에 몇 겹으로 사려 있는 정반(正反)의 논리를 일일이 풀어 내기는 쉽지 않으나, 중첩된 역설의 중심인 셋째 줄 "너의 가려는 길은 너의 님이 오려는 길이다." 운운을 생각해 보자. 이 줄의 전반부는 일단 너의 길과 님의 길이 하나라는 일원론적 명제로 해석할 수 있다. 그러나 후반은 이를 수정한다. 자의적인 해석으로 얻어지는 님의 길이 진정한 님의 길일 수는 없다. 뒤에서 말하듯이 구도자는 "너를 가져다가 너의 가려는 길에 주어"야 한다.

그러나 완전한 자기 초월, 타자에의 합일은 불가능한 것이다. 시의 뒷부분에서 구도자는 요구하기를 님의 길을 가져오지 못하는 경우 님에게 길을 가져다주라고 한다. 그러면 그 길을 내가 따라갈 수 있지 않겠는가? 하지만 대화자는 답하여, 그것은 길을 너에게 가져다주는 것과 같다고 말한다. 즉 완전한 초월적 입장은 개아적(個我的) 입장과 같은 것이다. 대화자는 계속하여 "사람마다 저의 길이 각각 있는 것이다."라고 말한다. 그리고 님을 구하려면 "네가 너를 가져다가 너의 가려는 길에 주어"야 한다고 한다. 즉 언뜻 보면 님과는 상관이 없는 것 같은 나의 길을 가야 하는 것이다. 여기에서 대화의 전반은 일단락이 되지만 여기까지 이르고 보면 처음의 역설은 다시 해석되어야 한다. 즉 "너의 가려는 길은 너의 님이 오려는 길이다."라는 것은, 네가 여는 길이야말로 님이 내려오는 길, 혼미 속에 방황하며 노력하는 너야말로 곧 진리의 일꾼이라는 입언(立言)이 된다.

시의 대화는 후반으로 계속되는데, 이것은 전반의 이야기를 뒤집어엎는다. 즉 앞에서는 구도(求道)가 어렵고 쉬운 합일의 길이 없다고 하였지만, 여기에서는 정진(精進) 가운데 있는 돈오(頓悟)를 말한다. 그러나 이것은 결론 부분에서 다시 뒤집어진다. 궁극적인 님은 '공(空)'이요 '무(無)'이다. 이것은 물론 불교의 색시공(色是空)에서 나온 것이지만, 보다 평범하게 인간의 길은, 한쪽으로는 허무의 길이요(사실 여기에 이야기되어 있는 것은 모두 꿈속의 일이다.), 다른 한쪽으로는 자유의 길임을 말하는 것으로 취하여질 수 있다.

앞에서 우리는 보편적 원리와 개아(個我)의 상관관계를 살펴보았지만, 다시 한 번 생각하여, 보편(普遍)이란 무엇인가? 이것은 종교적으로 또는 형이상학적으로 다자(多者)를 넘어서 있는 일자(一者)의 원리이다. 그러면 다(多)는 무엇인가? 그것은 세계 만상(萬象)을 의미한다고 하겠다. 그런데 여기에는 주관적인 의식(意識)의 소유자로서의 여러 개체(個體)도 포함된다. 그러나 여기에서 의식은 일(一)과 다(多)의 문제에서 매우 특수한 위치를 차지한다. 왜냐하면 개체적 의식은 비록 특수하고 다원적인 것에 속하는 것이면서 동시에 이러한 다원성을 넘어서는 보편성을 인식하는 바탕이 되는 것이기도 하기 때문이다. 그러면 어떻게 개개의 주관적인 의식이 보편을 의식할 수 있는가? 이것은 철학적으로도 중요한 문제이겠지만, 단지 그런 관점에서가 아니라 현실 생활에 있어서 매우 초급(焦急)한 의미를 갖는 문제이다. 어떻게 하여 개별 의식이 하나의 의식으로 또 개별 의지가 하나의 의지 '일반 의지(一般意志)'로 합쳐질 수 있느냐, 또는 어떤 개별 의식이나 의지가 보편적인 관점을 대표한다고 할 수 있느냐 하는 문제는 정치 생활에 있어서 또 우리의 일상적인 인간관계에 있어서 가장 핵심적인 문제가 되는 것이다. 한용운은 '님'의 문제에도 이러한 국면이 있다는 것을 생각은 했던 것 같다. 「잠 없는 꿈」은 사람마다 저의 길이 각각 있으며, 곧 이것이 님의 길이 될 수 있다고 한다. 비록 이러한 합일이, 이 시가 이야기하듯이 어려운 것이기는 하면서도 이루어지는 것이라 한다면 한 사람의 길과 다른 한 사람의 길은 어떻게 합치될 수 있을 것인가? 사회적 존재로서의 인간에게 중요한 것은 절대적인 진실과 개인의 진실 사이의 관계라기보다 각각 자신만이 절대적이고 보편적인 진실을 전유(專有)하고 있다고 주장하는 개체들을 어떻게 하나의 보편성의 광장으로 나아가게 할 것인가 하는 문제이다. 이런 관점에서 볼 때 어떤 진실의 사회적 가치는 그것이 개별적 의식의 갈등을 해소할 수 있는 유일한 터전이 된다는 데에 있다. 그러나 사람들이 서로 합치는 터전이 되는 진실은 어디에서 오는가? 일단 그것은 반드시 개체적인 것일 수밖에 없는 의식을 통해서 온다고 해야 한다. 그러나 이러한 진실은 그것이 공동체의 의식 속에 정립되어질 때까지는 평화의 수단이 아니라 싸움과 갈등의 수단이 될 수밖에 없다. 사실 진실을 본 사람 또는 보았다는 사람처럼 독단적인 사람도 찾기 어려운 것이다. 그리고 진실은 개인적으로나 집단적으로나 힘의 근원이 되는 까닭에 만인의 공유물로 제공되기보다 한 사람 또는 몇 사람의 독점물로 전단(專斷)되는 수도 많은 것이다. 「잠 없는 꿈」 같은 데서 한용운이 진실의 절대적인 인식이 어렵고 그것이 일종의 실존적 결단으로 생겨나는 것이라고 한 것은 사회적인 관점에서 독단적 진실의 관점을 강화할 수도 배제할 수도 있는 입장으로 나아갈 수 있다. 그러면 이것이 어떻게 싸움과 독단이 아니라 화해와 공존으로 나아가는 터전이 될 수 있을 것인가? 한용운이 여기에 대하여 분명한 답변을 제시하였다고 할 수는 없다. 그는 비록 포괄적이라고는 하지만, 그의 시적인 탐구에 있어서 주로 철학적 차원에 머물러 있었다. 그러나 앞에서도 말한 바와 같이, 님과의 합일의 경지에 갈등적인 요소가 있음을 그는 인식하고 있었다. 가령 「님의 침묵」을 직절적(直截的)으로 선(禪)이나 민족 운동의 관점에서 해석할 때 설명하기 어려운 질투의 테마 같은 것은 지금 이야기한바, 진실의 소유를 위한 의식과 의식의 갈등이라는 입장에서 이해할 수 있는 것이다. 이러한 테마가 한용운의 전체적인 관심의 지도(地圖)에서 그렇게 중대한 것이었다고는 할 수 없지만, 이러한 점에 대하여 고찰을 시도했다는 것은 그가 어떠한 문제에 있어서도 의미 내용의 단순화에 머물지 않았다는 점을 생각하게 해 준다.

가령 「진주(眞珠)」에서 한용운은 이 시의 화자가 드린 진주를 남에게 빌려 준 님을 원망하는 이야기를 하고 있지만, 이 시는 단순히 남녀 간의 사랑에 있을 수 있는 배타성 외에 사람의 진실과의 관계에 언급하고 있는 것으로 생각될 수 있다. 「착인(錯認)」은 보다 복잡한 관련 속에서 같은 문제를 다룬다. 시의 화자는 님이 자신에게만 속하는 님이기를 원한다. 그러나 높은 곳에 있는 달과 같은 님은 내려오기를 망설이며,

  네네, 내려가고 싶은 마음이 잠자거나 죽은 것은 아닙니다만은 나는 아시는 바와 같이 여러 사람의 님인 때문이어요. 향기로운 부르심은 거스르고자 하는 것은 아닙니다.

하고 화자의 소망을 거절한다. 이에 화자는 부끄러움을 느끼며 자리에 드는데, 그때에 님은 그에게 오히려 가까이 온다. 「행복」도 같은 테마를 취급

하고 있다. 님과의 관계에서 일어나는 갈등은 맨 처음에 분명히 제시되어 있다.

나는 당신을 사랑하고 당신의 행복을 사랑합니다. 나는 온 세상 사람이 당신을 사랑하고 당신의 행복을 사랑하기를 바랍니다.

그러나 정말로 당신을 사랑하는 사람이 있다면 나는 그 사람을 미워하겠습니다. 그 사람을 미워하는 것은 당신을 사랑하는 마음의 한 부분입니다.

이렇게 시인은 사랑에 질투가 따를 수 있음을 인정한다. 그러나 그는 이러한 님을 위한 갈등을 불가피한 것으로 시인할 뿐만 아니라 오히려 환영할 만한 것이라고까지 말한다. 그러한 갈등은 세상이 님을 미워하거나 미워하지도 사랑하지도 않는 상태보다는 나은 것이다. 그러므로 그는 말한다.

만일 온 세상 사람이 당신을 사랑하고자 하여 나를 미워한다면 나의 행복은 더 클 수가 없습니다.

이런 데에서, 비록 그 기분이 도전적이라기보다는 겸양과 화해를 향하는 것이기는 하지만, 어떠한 진실에 대한 개체들의 관계가 단순한 것이 아님을 한용운은 우리에게 상기해 주는 것이다.

우리는 지금까지 대가 한용운의 시에 있어서 부정(否定)의 여러 국면을 살펴본 셈인데, 그에게 긍정(肯定)이 전혀 없는 것은 아니다. 사실 부정적 사고는 언제나 전제 없는 과정의 연속이기를 원하지만 실제에 있어서 거기에 유토피아적 핵심이 없는 경우는 드물다. 다만 그것은 세상에 있어서 절대 선의 실현을 요구하는 까닭에 어떠한 차선이라도 그 지위를 찬탈하여 독단의 원리가 됨을 두려워할 뿐이다. 절대 선을 지향할 때, 비판의 여지가 없는 것이 있겠는가? 그러니까 한용운이 긍정적인 원리를 말할 때, 이것이 어떤 구체적인 것이라기보다 지극히 고양된 평면에 있는 형이상학적 시적 비전이 되는 것은 당연하다. 고도로 현실을 넘어서는 이상의 투사(投射)는 적어도 현실을 이상화하는 위험으로부터 우리를 구출해 주는 것이다.

「찬송」은 한용운의 시 가운데 가장 아름다운 긍정의 시이다.

님이여, 당신은 백 번이나 단련한 금(金)결입니다.
뽕나무 뿌리가 산호(珊瑚)가 되도록 천국의 사랑을 받읍소서.
님이여, 사랑이여, 아침 볕의 첫걸음이여!

님이여, 당신은 의(義)가 무겁고 황금이 가벼운 것을 잘 아십니다.
거지의 거친 밭에 복(福)의 씨를 뿌리옵소서.
님이여, 사랑이여, 옛 오동(悟桐)의 숨은 소리여!

님이여 당신은 봄과 광명(光明)과 평화(平和)를 좋아하십니까.
약자(弱者)의 가슴에 눈물을 뿌리는 자비의 보살(菩薩)이 되옵소서.
님이여, 사랑이여, 얼음 바다의 봄바람이여!

「찬송」은 한국 현대 시에서 빛에 대한 열망을 가장 강력하고 가장 단순하게 표현한 시 중의 하나이다. 한용운의 부재 의식의 강도에서 이러한 빛과 사랑과 평화에 대한 열망은 그 다른 면을 이루는 것이다. 또 그의 욕정(欲情)의 변증법이 낭만적이고 퇴폐적인 변태에 떨어지지 않은 것도(가령 이상화(李相和)의 시에서 우리는 이러한 변용을 볼 수 있다.) 이러한 광명 의식(光明

意識) 때문이라고 하겠다.

그러나 새삼스럽게 말할 것도 없이 그에게 가장 두드러졌던 것은 부재와 침묵의 현실이었다. 이것은 앞에서 설명한 바와 같이 어떤 때는, "천치가 되든지 미치광이가 되든지 산송장이 되든지 하여 버려라."라고 스스로에게 외치지 않을 수 없을 만치 삶 그 자체가 괴로운 것이었기 때문이기도 하였다. 그러나 한용운에게 부재와 침묵은 인간의 진실을 향한 갈구에 연결되어 있는 것이었다. 그리고 무엇보다도 그에게 이 진실은 단순히 형이상학적 요구가 아니라 현실적인 요구였다. 그가 초월적인 이상이 아니라 부정의 필요를 더 많이 이야기한 것은 현실 개조의 정열로 인한 것이었다. 주어진 시대 여건에서 이상은 오로지 시 속에서 넘어 볼 수 있을 뿐 현실에 있어서의 부재와 침묵은 그의 부정만을 기다리고 있었다.

앞에서 나는 「님의 침묵」에 있어서의 부정의 변증법을 주로 형이상학적·종교적 내용의 면에서 설명하였다. 그러나 이것이 끊임없이 종교나 도덕, 철학이나 시의 테두리를 넘쳐 나는 것임은 말할 필요도 없다. 한용운의 부정의 변증법은 사회·정치·철학의 관점에서도 깊은 의미를 가지고 있는 것임을 우리는 재삼 상기하여야 한다. 부정을 진실에 이르는 길로 보는 것이 도덕·사회·정치 문제에 있어서 혁명적인 의의를 가질 수 있다는 것은 쉽게 연역(演繹)될 수 있다. 또한 「잠 없는 꿈」에서 설파되는 보편과 특수의 변증법이 자유와 필연, 개인 의지와 '일반 의지(一般意志)'에 관한 주목할 만한 통찰을 내포하고 있음도 쉽게 알 수 있는 일이다. 우리는 다시 한 번 『님의 침묵』의 형이상학이 얼마나 근원적인 것이며 우리가 편의상 구분하는 여러 분야를 초월하며 또 거기에 자유로이 드나드는 것인가를 상기하게 된다.

『님의 침묵』의 발시(跋詩) 「독자(讀者)에게」에서 한용운은 우리가 잘 아는바, 시집 전체의 가치를 부정하는 말을 하였다.

　독자여, 나는 시인으로 여러분의 앞에 보이는 것을 부끄러워합니다.
　여러분이 나의 시를 읽을 때에 나를 슬퍼하고 스스로 슬퍼할 줄을 압니다.
　나는 나의 시를 독자의 자손(子孫)에게까지 읽히고 싶은 마음은 없습니다.
　그때에는 나의 시를 읽는 것이 늦은 봄의 꽃 수풀에 앉아서 마른 국화를 비
벼서 코에 대는 것과 같을는지 모르겠습니다.

　그러나 여기에 나타난 겸양이 단순한 겸양이 아닌 것을 우리는 놓치지
말아야 한다. 나는 한용운에게 도덕은 도덕률 속에 담아질 수 없는 것이었
다는 말을 하였다. 같은 논리로 진정한 시는 시의 언어에 담아질 수가 없다
고 할 수 있을 것이다. 그는 객체화된 부분이 아니라 창조의 주인인 주체이
기를 원했고 주체를 통하여 전체에 이르기를 원했다. 이것은 그에게 전인
적(全人的)인 이상을 추구하게 하였다. 한용운은 종교가며 혁명가며 시인
이었다. 어떤 때는 종교가, 어떤 때는 혁명가, 어떤 때는 시인이 아니라, 그
는 어느 때나 이 모든 것이기를 원했다. 우리는 앞에서 『님의 침묵』에 나타
난 부정의 형이상학이 여러 가지 문제로 파급될 수 있는 근원적인 통찰임
을 말하였다. 나아가 그의 시를 이야기하는 것은 불가피하게 우리를 그의
행동가로서의 생애에로 이끌어 간다. 우리는 지금 그의 정치, 사회 활동의
총체적인 의미를 고찰해 나갈 수는 없다. 그러나 여기에서 앞에 별견(瞥見)
한 부정의 변증법에 비추어 그의 행동의 가능성을 투시해 볼 수는 있겠다.
수년 전에 백낙청(白樂晴) 씨는 한용운이 우리의 현대사에 있어서 최초의
시민 시인이었다고 말한 바 있다. 이것은 옳은 말이다. 한용운만치 절실하
게 자유로워질 수 있는 사회의 원리를 생각한 시인도 달리 찾기 힘들다. 뿐
만 아니라 그는 이러한 관심과 자신의 문제를 커다란 윤리적인 정열로 용

접해 내는 데 성공하였다.

　그러면 그의 시민 정신은 어떤 것일까? 또 그것은 현대사의 흐름의 어디에 맞아 들어가는 것일까? 앞에서 우리는 한용운의 삶이 대체로 골드만이 규정하는바 '비극적 세계관'의 틀에 맞는 것이라고 추정하고, 그러한 전제하에서 부정의 변증법을 그의 시에서 가려 보았다. 그의 현실 활동도 이러한 테두리가 간직한 가능성과 제약 안에서 규정된다고 말할 수 있다.

　한용운의 이상은 전인적(全人的)인 것이었다. 그러나 이것은 균형 잡힌 인간의 전면적인 개화(開化)를 바라는 인본주의적(人本主義的)인 이상이 아니라(시대적으로 이러한 이상이 도대체 걸맞을 수 없는 것이었음은 물론이다.), 한번의 도약으로써 전체에 이르려고 하며 또 이러한 노력에 옥쇄(玉碎)하는 형이상학적인 요구였다. 다시 말하여 그에게 있어서 가장 근본이 되는 충동은 종교적인 것이었다. 우리가 한용운에게서 보는 것은 타락한 세계에 사는 종교가, 부정(不正)의 세계에 사는 의인의 모습이다. 그는 현실 부정의 철저한 귀정을 요구한다. 그의 완선(完善)에 대한 요구에서 볼 때 현실은 어디까지나 부정되어야 한다. 그리고 그의 정의와 진실은 어디까지나 부정의 원리로서 파악된다. 그러나 그는 또 부정의 계기에서마다 인간의 본래적인 모습이 철저히 윤리적인 것이며 세상 또한 광명에 찬 것임을 확신한다. 단지 이 본래의 모습은 숨어 있는 것이다. 불의의 사회에 있어서 의인이 하는 것은 이 숨어 버린 광명을 위하여 증인이 되는 것이다.

　우리는 한용운의 정치를 말할 때, 그것이 이러한 종교적인 충동에 의지해 있음에 주의하여야 한다. 의인의 문제는 어떻게 하여 어느 때 어느 곳에서나 선과 정의의 증언을 행할 수 있느냐 하는 것이다. 그러니까 이 증언은 가장 정의가 없는 곳에서도 바로 정의의 부재에 대한 증언을 통하여 정의를 작열하게 할 수 있다. 인간은 어느 때이고 본래적으로는 윤리적 존재라는 의인의 믿음 속에서, 마술에 의해서인 듯, 부재는 존재로 바뀔 수가 있다. 그러나 현실 정치에서 부재는 부정의 힘으로서도 존재로 바뀔 수 없다. 정치에 있어서 정의는 역사의 느린 또는 급한 진전(進展) 속에 현존적으로 실현된다. 그때까지 광명은 존재하지 아니한다. 부재는 한없이 부재로 있다. 그러나 다른 한편으로 종교적인 입장에서보다 정치가 낙관적인 점은, 시간 속에서 언젠가는 존재가 드러날 것을 믿는다는 것이다. 그러니까 님은 떠나 버린 것이 아니고 미래로부터 올 뿐인 것이며, 또 본래적인 영원은 가공에 불과하고 이 세상에는 시간이 있을 뿐이다.

한용운의 정치 활동이나 또는 어떠한 정치 활동이 앞서 대조시켜 본 어느 한 부류에 엄격히 들어간다는 것은 아니다. 현실 세계에서 의인의 현실 활동과 정치 개혁가의 정치 활동은 확연히 구분되지 아니한다. 또 구분되어서도 안 될 것이다. 궁극적으로 모든 정치적인 비전은 윤리적인 세계에 대한 비전을 내포하고 있다. 또 모든 의인의 증언이 현실적 결과에 관계없이 행해지는 것은 아니다. 한용운은 순수한 의인도 아니고 순수한 혁명가도 아니었다. 그가 현실적인 제도의 문제 같은 데에 얼마나 세심한 주의를 했는가는 《불교(佛敎)》지에 실린 불교 개혁집에 관한 글을 보면 잘 드러난다. 그가 3·1운동의 조직에 뛰어난 역할을 한 것도 우리는 안다. 그러나 그의 현실 활동의 유형을 따져 본다면 그것은 의인의 그것이었다고 하겠다. 그러나 의인의 정치가 현실성이 없다는 것은 아니다. 정치는 현실이 가지고 있는 새로운 역사의 가능성을 그 희망의 거점으로 한다. 그러나 이러한 가능성이 전혀 보이지 않을 때 의인의 정치는 유일한 현실의 정치일 것이다.

베르톨트 브레히트는, 어두운 시대에서 홀로 진리를 간직했던 갈릴레오의 생애를 그린 연극에서 "영웅을 필요로 하는 시대는 불행하다. 그러나 영웅을 낳지 못하는 시대는 더욱 불행하다."라고 말한다. 갈릴레오가 당시의 시대에서 얼마나 현실적인 세력일 수 있었는지 나는 잘 모르지만, 영웅을 현실의 세력에 현실적으로 작용할 수 있는 사람이라고 규정해 보자. 그러면 의사(義士)의 시대는 영웅의 시대보다 조금 더 불행한 시대일 것이다. 그러나 우리는 또 말할 수 있다. 의인을 낳지 못하는 시대는 더욱 불행하다고, 또 의인다운 시인일망정 시인만을 가진 시대는 그보다 더 불행하다고. 한용운은 이러한 것을 잘 알고 있었다. 그리하여 그는 발시(跋詩)에서 "여러분이 나의 시를 읽을 때에 나를 슬퍼하고 스스로 슬퍼할 줄을 압니다."라고 한 것이다. 그는 계속하여 말하기를, 그의 자손의 시대에 있어서 그의 "시를 읽는 것이 늦은 봄의 꽃 수풀에 앉아서 마른 국화를 비벼서 코에 대는 것과 같을는지 모르겠"다고 말한다. 그는 불행의 종말을 예상하고 그 종말과 더불어 그의 시가, 지난 계절의 꽃이 될 것을 바랐다. 그러나 우리는 늦은 봄의 꽃 수풀에 있는가? 한용운의 시는 우리 현대사의 초반뿐만 아니라 오늘의 시대까지를 포함한 '궁핍한 시대'에서 아직껏 가장 대표적인 국화꽃으로 남아 있다.

(1973년)

한용운의 소설

초월과 현실

『님의 침묵』이 뛰어난 시적 업적이라는 데 대해서는 많은 사람들이 의견의 일치를 보이고 있는 것 같다. 그러나 여기에 자극을 받아 소설을 읽으려고 하는 독자는 크게 실망하지 않을 수 없을 것이다. 사실 소설가로서의 자질과 시인으로서의 자질은 서로 다른 것으로서 아무리 폭넓은 사람이라 할지라도 두 개의 자질을 겸비한다는 것은 어려운 일이다. 그렇다면, 한용운의 소설들이 신통하지 못한 것은 그의 제한된 능력 때문이라고 설명될 것이다.

그러나 우리가 한용운을 한국 현대 문학사의 거인(巨人)으로 본다면 일은 그렇게 간단하지 않다. 우선 그가 시에 성공하고 소설에 실패했다는 것은 그의 재능의 유형(類型)에 대해서 무엇인가를 이야기해 주고 있는 것이 아닌가? 그의 재능이 시에 맞고 소설에 맞지 않는 것이었다면, 그것은 무엇을 뜻하는가? 또 이것은 개인적인 재능과 장르적 요건의 관계에 대한 어떤 것을 말하여 준다고 할 수 있을 텐데, 그것이 단순히 개인적인 문제에 한정될 수 있는 것일까? 사실 장르는 시대적인 상황을 떠나 생각할 수 없는 것이다. 그렇다면 한용운의 시적이며, 비소설적인 재능은 그가 살았던 시대에 대하여 어떤 관계를 갖는 것인가? 한용운의 소설들이 그 자체로서 중요하다고 하기는 어렵다. 그러나 그것들은 위와 같은 흥미 있는 문제들을 생각하는 데 중요한 자료가 된다. 한용운이 현대 한국 문학사에 있어서 뛰어난 문학인이고 현대사의 대표적인 인물이며 또 오늘날의 우리에게도 의미를 갖는 모범적인 생애의 구현자라면, 우리는 그의 생애와 업적의 의미를 정확히 파악할 필요가 있다. 이렇게 생각할 때, 우리는 그의 문학적 소산 전부를 검토하여야 하며, 거기에서 그의 소설은 중요한 일부를 이룬다. 그리고 내 생각으로는 그것은 그의 마음의 가장 중요한 차원(次元)의 하나를 밝혀 준다. 그 차원은 쉽게 가려내지지 않는 것이다.

『님의 침묵』에서 시적 사고의 원동력이 되어 있는 것은 강력한 도덕적 상상력이다. 거기에서 가장 뚜렷한 것은 쉬지 않고 진리를 향하여 나아가는 마음이다. 그런데 그러한 마음의 특징은 그것이 주로 부정(否定)의 의지로서 나타난다는 점이다. 즉 그의 상상력은 기성 질서의 비윤리성에 대한 거부, 정립(定立)된 계율(戒律)의 한계성에 대한 강한 의식, 또 나아가 진리 추구 자체가 가질 수 있는 자기기만성에 대한 끊임없는 경고에서 가장 치열한 힘을 느끼게 하는 것이다. 이러한 부정적 의지는 그로 하여금 가장 뚜렷이 근대정신의 시발(始發)을 구현한 시인이게 한다. 그러나 놀라운 것은 그가 어느 누구보다도 분명하게 전통적인 것에 뿌리를 내리고 있는 시인이기도 하다는 사실이다.

우리는 근대 한국 정신사에 있어서 한용운이 차지하고 있는 매우 특이한 위치를 이해하여야 한다. 19세기 말부터 가중되어 온 근대화에의 압력은 유교적 이데올로기에 입각한 구질서에 대한 비판을 불가피한 것이 되게 하였다. 스스로 근대화 압력의 원천이면서 또한 그러한 압력에 대한 대책으로서 등장한 것이 서구 지향적인 자유사상이었다. 그러나 주로 일본을 경유하여 들어온 서구 사상은 그것의 제국주의와의 관련성이라는 점만으로도 매우 알쏭달쏭할 수밖에 없는 것이었다.[1] 이 애매성은 결국 친일(親日)로 귀착한 몇몇 근대 문학인의 생애에서 단적으로 표현되었다. 여기에 비추어 한용운의 선택은 매우 흥미 있는 또 다른 가능성을 보여 준 것이었다. 그는 서구 지향적 근대화가 요구하는바 극단적인 전통 단절과 자기 비하(自己卑下)를 피하여, 민족의 과거 그 자체로부터 대체 전통(代替傳統) 또는 대체적(代替的)인 미래를 유도해 냈다. 뿐만 아니라 이 선택은 극히 근대적인 것이었다. 그가 선택한 것은 단순히 지배적인 이데올로기에 맞서는 어떤 다른 이데올로기가 아니라(한 이데올로기의 죽음은 모든 이데올로기의 죽음을 의미한다.) 넓고 긴 자기 혁신의 방법이었다. 이런 의미에서 그가 데카르트에 비교되는 것도 있을 수 있는 일이다. 데카르트의 업적이 중세의 철학 체계에 대신하여 하나의 다른 철학 체계를 세운 데에 있는 것이 아니라 사고와 연구의 새로운 방법, 따라서 편벽된 이데올로기에 의하여 묶인 세계가 아니라, 넓고 포괄적인 개방된 세계에의 기틀을 마련한 데 있다면, 한용운이 추구한 것도 그와 비슷한 것이었다고 할 수 있을는지 모른다. 그의 부정은 무엇보다도 비판의 도구이며 비판은 정지가 아니라 움직임의 방법이기 때문에.

그러나 정말 이렇게 말할 수 있을까? 이 글이 생각해 보자 하는 것은 바로 이 점이다. 방금 말한 바와 같이 우리는 한용운에 있어서 전통과 혁신이 기묘하게 얼크러져 있는 것을 본다. 이것은 그가 우리에게 대하여 갖는 견인력(牽引力)에 있어서 중요한 요소 중의 하나이다. 그는 과거를 새로운 가능성으로 지양(止揚)할 수 있었던 것처럼 보인다. 그러나 과거가 한용운에

---

1 조지프 레븐슨은 중국 근대사에서 중국인이 경험한 비슷한 난경을 「중국의 지식 혁명」이란 글에서 흥미 있게 분석하고 있다. Joseph R. Levenson, "The Intellectual Revolution in China", *Modern China*, ed. by Albert Feuerwerker(N. J.: Englewood Cliffs, 1964) 참조.

있어서 새로운 미래에로의 지향을 제한하고 그쪽으로 향하는 마음에 굴레를 씌우는 것이 되기도 한다는 것을 우리는 알아야 한다. 『님의 침묵』과 어떤 종류의 그의 사회적 실천에 있어서 감추어져 있던 이러한 면은 소설에 있어서 분명하게 확대되어 나타난다. 그렇다고 시와 소설에 있어서 그의 마음이 단절적으로 작용하고 있는 것은 아니다. 중요한 것은 해방하는 것과 구속하는 것이 같은 마음의 움직임, 같은 삶의 자세에서 온다는 것이다. 이 양면성을 이해하게 해 주는 것이 『흑풍(黑風)』, 『박명(薄命)』, 『죽음』과 같은 소설이다.

한용운의 소설과 시의 양면적 일체성(一體性)은 그 근본적인 양상에 있어서 밝혀져야 하지만 우선 이것은 문체 면에서만도 넘겨볼 수 있다. 『님의 침묵』의 설득력은 다분히 달변(達辯), 역설(逆說), 대구(對句)를 빠른 속도로 다루어 내는 언어 구사, 어쩌면 공허한 화려(華麗)에 떨어지는 듯하면서도 깊은 사상과 강력한 감정을 전달할 수 있는 수사(修辭)에 달려 있다 하겠다. 이것은 그의 시나 소설에서 다 같이 발견되는데, 흥미 있는 것은 소설에 있어서 비로소 한용운의 언어의 특징이 두드러지게 드러난다는 것이다. 즉 소설이 우리에게 느끼게 해 주는 것은 그의 수사력이 얼마나 전통적인 사설(辭說)에 유사한 것인가, 또 그것이 얼마나 현대적인 산문 문체의 요구 조건으로부터 원격에 있는 것인가 하는 사실이다.[2]

문체란 사실 꼭 꼬집어서 말하기가 가장 어려운 것 중의 하나이지만, 가령 다음과 같은 구절들을 대비해 보자.

---

2 그러한 전통적인 스타일이 그 자체로서 좋다든가 나쁘다든가 하는 말이 아니라. 그의 문체가 단순히 소설이 요구하는 현실적인 산문과는 다른 것이었다는 말이다. 윤오영(尹五榮) 씨는 「춘향전(春香傳)」을 논하며 그것의 문학적 가치는 소설적인 조건을 만족시키는 데서 오는 것이 아니라 전형화(典型化)된 운문의 율동에서 오는 것임을 말한 바 있다. 「춘향전(春香傳)의 문학적(文學的) 가치(價値)에 대한 재검토(再檢討)」, 《창작(創作)과비평(批評)》 8권 2호(1973년 여름호) 참조.

나는 향기로운 님의 말소리에 귀먹고 꽃다운 님의 얼굴에 눈멀었읍니다.

사랑도 사람의 일이라 만날 때에 미리 떠날 것을 염려하고 경계하지 아니한 것은 아니지만 이별은 뜻밖의 일이 되고 놀란 가슴은 새로운 슬픔에 터집니다.

그러나 이별을 쓸데없는 눈물의 원천(源泉)으로 만들고 마는 것은, 스스로 사랑을 깨치는 것인 줄 아는 까닭에 걷잡을 수 없는 슬픔의 힘을 옮겨서 새 희망의 정수배기에 들어부었읍니다.

이와 같은 것은 소설에 있어서 다음과 같은 수사에 상통한다.

밤이 된다고 태양이 죽는 것은 아닙니다. 장마가 진다고 푸른 하늘이 떠 가는 것은 아닙니다. 서에서 지던 해는 내일이 되면 동에서 다시 돋고, 구름에 가리었던 하늘을 구름이 걷히면 그 빛이 더욱 깨끗한 것입니다. 사람은 잘살기 위하여 스스로 힘쓸 뿐입니다. 깊은 바다에 들어가서 진주를 캐는 사람이 있다면 험한 산에 올라가서 옥을 캐는 사람도 있는 것입니다.[3]

또는 역설 어법은 『님의 침묵』의 가장 중요한 수사술(修辭術)이라고 하겠는데, 우리는 간단한 예(例)로 「사랑의 측량」과 같은 시를 인용해 볼 수 있다.

즐겁고 아름다운 일은 양(量)이 많을수록 좋은 것입니다.
그런데 당신의 사랑은 양이 적을수록 좋은가 봐요.
당신의 사랑은 당신과 나와 두 사람의 사이에 있는 것입니다.

---

3 『흑풍(黑風)』, 한용운전집(韓龍雲全集) 5(신구문화사, 1973), 86쪽.

사랑의 양을 알려면 당신과 나의 거리를 측량할 수밖에 없읍니다.

그래서 당신과 나의 거리가 멀면 사랑의 양이 많고 거리가 가까우면 사랑의 양이 적을 것입니다.

한용운은 이 시에서 지상 선(至上善)에 대한 절대적인 요구는 비록 그것이 대상적으로 존재하지 않더라도 그러한 요구만으로 사랑의 존재론적인 근거를 수립한다는 주장을 부재(不在)와 존재(存在)의 역설적인 관계로서 서술하고 있다. 비록 내용은 다를망정 이러한 역설적인 사상 파악은 그의 소설에서도 발견된다. 『박명』에서 이별을 앞두고 남녀가 주고받는 대화를 보자.

"순영 씨를 작별하고 떠날 수가 없다는 말씀입니다. 인제 아시겠어요?"

대철은 오히려 눈을 다른 데로 돌리지 않는다.

"에구 선생님두, 뭘 그러세요? 저 같을 것을 공연히 그러시지."

순영은 웃음투성이가 되어서 한손으로 입을 가리고 부드러운 눈으로 강하게 대철을 본다.

"그렇지요. 순영 씨의 마음을 미루어 본다면 그렇게도 말씀할는지 모르지요. 그러나 나로서는 이 세상에서 맛본 고통 중에서 가장 큰 고통입니다. 만일 내가 이 고통을 이길 수가 있다면 이 세상에서 나는 제일 강한 자가 될 것이요. 따라서 제일 약한 자가 될 것입니다."

"선생님이 저를 떠나 가시는 것이 이 세상에서 제일 큰 고통이 되신다면, 저에게는 그것이 이 세상에서 제일 큰 행복이 되겠읍니다……."[4]

---

4 『박명(薄命)』, 한용운전집 6(신구문화사, 1973), 189쪽.

위의 대비(對比)에서 우리는 한용운의 시와 소설이 서로 연결되어 있다는 것을 쉽게 알 수 있지만 이러한 대비의 의의는, 같은 수법도 시와 소설에서 그 기능과 가치를 달리한다는 사실을 보여 주는 데 있다. 「사랑의 측량」이 역설 수법을 가장 효과적으로 사용한 시라고 하기는 어려운 일이지만 거기에 들어 있는 사고(思考)의 깊이와 에너지는 의심할 수 없다. 그러나 앞에 인용한 대화의 경우, 그것이 대화로서 얼마나 효과적이고 실감나는 것인가 하는 것은 매우 의심스러운 일이다. 뿐만 아니라 대화 그 자체로 보면 그것은 인간관계에 거의 본유적(本有的)으로 따르게 마련인 갈등의 관계가 가장 순수한 사랑의 관계 속에도 있을 수 있다는 통찰을 담고 있는 듯도 하지만, 한용운이 이 장면을 전개시키고 있는 전체적인 수법이나 소설의 전체적인 구성으로 보아 이러한 통찰은 거의 수사(修辭)의 우연적인 부산물처럼 보인다.

사실 전통적인 사설(辭說)의 에너지를 이어받은 시적인 수사가 소설의 실제에서는 퍽 거북스러운 것일 수 있다는 사실은 다음과 같은 장면 묘사에서 특히 두드러지게 나타난다. 다음은 『흑풍』에서 미인(美人)이 해적에게 끌려가는 장면이다.

해적들은 승객들의 몸을 뒤지다가 그 속에 꽃다운 처녀가 있으므로 그것을 대장에게 알게 한 후에 겁박하여 가는 것인데, 그 여자는 끌려가지 아니하려고 힘을 다하여 반항하였으나 수양버들 같은 약한 허리, 베이비 같은 보드라운 손으로 아무리 반항한다 하여도 강철 같은 굳센 팔뚝으로 산돼지 같이 날뛰는 그들의 힘을 저항하기에는 너무도 힘이 부족하였다. 그리하여 폭풍우에 휩쓸려 가는 가엾은 꽃처럼 승객들의 아슬아슬한 동정을 받으면서 반항하면 반항할수록 빨리 끌려간다.

그 광경을 보는 모든 사람의 애처로운 동정은 배에 가득히 움직여서 바다 하늘에 떠돌았지만, 그 여자를 구해 줄 만한 용기는 화통에서 퍼내는 석탄재를 따라 물결 속에 잠겨 버렸다.[5]

위의 예가 보여 주는 것은 수사화된 추상적인 묘사가 사건의 구체성을 은폐해 버리는 경우다. 이런 문장은, 사물의 구체성보다 구변(口辯)의 힘에 의지하는 판소리나 고대 소설에서는 별 흠집이 안 되는 것이겠으나 구전(口傳)의 전통이 없어진 시대의 소설의 문장으로서는 설득력 있는 것이라 할 수 없는 것이다.

앞에서 우리는 몇 개의 대비를 통해서 한용운의 문체가 시에서 소설에서 일체(一體)를 이루고 있으며, 그 효과나 비효과나 주로 전통적인 사설의 힘에 의지하고 있음을 보았다. 그의 문체는 시에서는 그대로 깊은 형이상학적 시대적 탐구의 연장이 될 수 있었으나, 소설에 있어서 그것은 소설적 현실의 탐구에 별로 도움이 되지 못한다. 물론 이것은 단순히 문체상의 문제가 아니다. 문체의 양면성은 발상의 핵심 자체의 양면성에서 오는 것이다. 한용운의 소설은, 그의 발상 자체가 얼마나 전통적인 것에 근거해 있으며, 또 그 사실이 그의 근대성에 얼마나 큰 굴레를 씌워 주었는가 하는 것들을 보여 주고 있는 것이다.

앞서 우리는 한용운의 근대성이 부정 정신(否定精神)에서 오는 것으로 말하였다. 그러나 여기서 말하여야 할 것은 어쩌면 그것이 수구적(守舊的)인 정신 형식의 한 근대적 측면이라는 점이다. 사실 한용운의 부정은 불교 철학에서 오는 것으로서 불교 철학의 근본적인 보수성은 어떤 특정한 형

---

5 『흑풍』, 한용운전집 5(신구문화사, 1973), 108쪽.

태의 부정만을 허락하였던 것으로 생각된다.

　부정은 그 안에 모순된 계기를 가지고 있는 움직임이다. 우리가 어떤 거부와 비판의 태도를 취하는 것은 대개 보다 높은 원리의 이름을 빌려서이다. 즉 부정은 곧 긍정의 다른 한 면이라고도 볼 수 있는 것이다. 그러나 이 긍정적인 계기가 늘 분명한 것은 아니다. 오히려 가장 근본적인 의미에 있어서의 창조적인 긍정은 숨어 있는 가능성으로 있어서 쉽게 파악되지 아니한다. 긍정의 원리가 분명한 것이려면, 그것은 이미 정립되어 있는 것이어야 하며 그런 경우 그것은 미래 지향적이고 창조적이기 어렵다. 부정의 가치가 이미 굳어 있는 것의 억압을 풀고 발전적인 삶을 회복하는 데 있다면, 부정에 대치되는 새로운 긍정은 또 하나의 제약으로 고정될 수 있다. 우리는 중도에 끝나 버린 철학적 사고나 사회 혁명이, 대치된 구질서에 못지않게 억압적인 체제로 바뀌는 역사적 사례들을 알고 있다.

　이렇게 볼 때, 부정이 내포하는 긍정의 계기는 선험적(先驗的)인 것과 경험적(經驗的)인 것 두 가지를 생각할 수 있다. 전자는, 이미 분명한 것, 이미 판가름 나 있는 것으로서, 설사 이 세상에 완전히 구현되어 있지 않더라도, 현실에 있어서 또는 관념의 체계로서 이미 기성의 것이 되어 있는 것이다. 이것은 경험과 시간의 자연 발생적인 진화를 넘어서 있는 것으로서, 비록 신과 같은 구극적인 권위 부여자를 상정하지 않을지라도 대개는 초월적인 것에 거점(據點)을 가진 것이라 말할 수 있다. 경험적인 것은 아직 정해져 있지 않은 것이며 새로이 해방된 삶에 의해서만 긍정으로 확인되는 긍정의 약속이다. 물론 어떠한 과정의 변증법에 있어서도 미래는 완전히 고정될 수 없는 것이며, 또 다른 한편으로 어떠한 세계도 완전히 알 수 없는 미래의 자발성에서 그 근거를 찾을 수는 없다. 그러니까 전체적인 부정의 움직임 속에서, 부정과 긍정의 상호 교환을 분명히 갈라 말하기는 어려운 일이지만, 대체로 두 가지 형태의 부정, 즉 그 근본정신에서 보수적인 것과 혁명적인 개조를 지향하는 것을 생각해 볼 수 있는 것이다. 가령 전체적으로 유교적인 테두리에서 보다 높은 유교의 이상에 비추어 현실의 타락상을 부정하는 반정(反正)의 논리는 전자에 속한다고 하겠고, 새로운 이데올로기에 의한 구질서의 대체는 후자의 경우라고 하겠으나, 사실 가장 철저한 의미에 있어서 자기비판적인 내부 운동을 가지고 있는 부정의 움직임만이 여기에 해당된다. 참으로 열려 있는 긍정이란, 적어도 그 이상적인 한계 개념(限界槪念)으로서 끊임없는 삶의 움직임 속에 내재하는 논리이며, 전혀 초월적인 발판을 필요로 하지 않는 것일 것이다.

이렇게 부정과 긍정의 양식을 두 가지로 나누어 생각해 보면 한용운은 매우 역설적인 입장에 있다고 할 수 있다. 그의 부정은 선(禪)에서 온다. 선의 진리는 일체의 관습과 언어와 율법의 고정화를 넘어 세계의 진행적(進行的)인 실재에 이르고자 한다. 그리고 이것은 해석에 따라서는 끊임없는 부정 작용으로 얻어진다. 마명(馬鳴) 선사의 "유(有) 비유(非有) 비비유(非非有) 무(無) 비무(非無) 비비무(非非無)"라는 말은 이러한 부정의 연속을 잘 나타내고 있다. 물론 이러한 불교적 원리는 현실 세계의 원리라기보다는 정신적 조작에 속하는 것이지만, 그것이 현실에 대하여 가질 수 있는 영향도 무시할 수는 없는 것이다. 이것은 불교가 유교의 정통적인 세속 질서(世俗秩序)에 늘 위협으로 느껴졌었다는 역사적 사실에서도 드러나고 무엇보다도 한용운과 같은 사람의 행동주의에서도 볼 수 있는 것이다. 그러나 명심해야 할 것은 결국 따지고 보면 불교적 부정이 현실 세계를 초월하는 것이며 세속 질서에 구체적인 대안을 제시하는 것은 아니라는 것이다. 이것은 역사적으로 성립한 불교와 유교의 공생 관계에서도 그렇지만 한용운의 경우에도 그렇다. 불교적 부정의 초월성은 바로 한용운으로 하여금 전근대적인 세계에 남아 있게 한다. 그리고 이 전근대의 테두리는 그의 소설로 하여금 실패한 문학적 노력이 되게 하는 주된 요인이 되었던 것이다.

선(禪)의 부정은 초시간적인 진실의 이름 아래 행해지는 것으로서 그것은 부정 작용의 끝에 오는 것이 아니라 본래부터 거기에 있던 것이다. 그러니까 그것의 실현을 위한 준비로서의 부정의 고통스러운 과정은 불필요한 것이었다. 불교의 입장에서 볼 때 사바세계의 일로서 초월적인 진실을 가리는 장애물이 아닌 것, 거짓이 아닌 것은 아무것도 없다. 모든 것은 구극적으로 공(空)이요, 무(無)요, 미몽(迷夢)이다. 그러니까, 일체(一切)가 미몽인 곳에서 미몽의 부정은 아무래도 좋다. 이렇게 볼 때, 초월적인 입장은 한쪽으로는 현실 세계의 전면 부정을 가능하게 하고 다른 한쪽으로는 역설적으로 그러한 부정의 허망함을 드러낸다. 말하자면 그 부정에는 근본적인 성실이 결여되었다고 할 수 있는 것이다.

물론 이렇게 말하는 것은 극단적인 경우이고 불교에 있어서도 세계는 단순한 추상적인 전면 부정의 대상이 되지 아니한다. 이것은 특히 대승적(大乘的)인 입장에서 그렇다. 대승 불교(大乘佛敎)의 보살의 이상은 다분히 법계(法界)와 속계(俗界)의 이원적인 구분을 거부하고 속계의 실재성을 인정하는 데에 기초해 있다. 한용운이 산간(山間)으로 은퇴하지 않고 민족 운동에 적극 참여하였다든지 또는 시를 쓰고 소설에도 손을 댔다고 하는 사실은 이러한 대승적 입장으로 하여 가능한 것이었다.

또 이것은 그의 불교 이해에 있어서도 핵심적인 것이었다. 가령 그가 번역과 주석을 시도한 『유마힐소설(維摩詰所說)』의 가르침은 바로 부처의 세계와 속계가 서로 분리된 것이 아니라는 데 집중되어 있다. 시정(市町)의 사람으로서 이미 보살의 경지에 있는 『유마경(維摩經)』의 주인공 유마힐은 진정한 불교적 인간은 '사상(邪相)'으로서 '정법(正法)'에 들어가는 사람이라고 말한다. 보살은

음노치(淫怒痴)를 끊지 아니하고

또한 더불어 함께하지도 아니하며, 몸을 망가뜨리지도 아니하면서도 한 모습을 따르며, 치애(痴愛)를 없애지 아니하고서 해탈을 일으키며, 오역상(五逆相)으로써 해탈을 얻되 또한 풀지도 아니하고 묶지도 아니하며 사제(四諦)를 보는 것도 아니고 제를 보지 않는 것도 아니며, 도과(道果)를 얻음도 아니고 과(果)를 얻지 못함도 아니며, 범부(凡夫)도 아니고 범부가 아님도 아니며 성인도 아니고 성인이 아님도 아니며, 비록 일체법을 성취하나 모든 법상(法相)을 여읜,[6]

사람이다. 그는 그릇된 견해와 타락의 길을 일거에 거부해 버리지 아니한다. 오히려 외도(外道)에 든 사람들을 따랐다면, "그들이 떨어지는 곳에 너도 떨어져야만"[7] 하고 "다행히 출가하여 불법을 배울지라도…… 타락한 가(家)에 따라서 타락할"[8] 것이다. 결국 진여(眞如)의 세계와 타락한 세계는 따로 있는 것이 아니라 "번뇌 자체가 곧 보리"이며 "계박(繫縛) 그것이 곧 해탈"[9]인 것이다.

이렇게 대승 불교의 이상은 가장 깊이 세간사에 간여해 들어갈 것을 요구한다. 이것은 특히 그 실천적인 면에 있어서 감격적인 형태를 취한다. 보살이 고통하는 중생과 고통을 같이하려는 커다란 자비심으로 특징지어지는 것은 주지의 사실이다. 유마힐은 이 보살적 실천을 다음과 같이 비유를 들어 설명하고 있다.

장자가 오직 한 아들을 두매 그 아들이 병을 얻으면 아비와 어미가 또한 병

---

6 『유마힐소설경강의(維摩詰所說經講義)』, 한용운전집 3(신구문화사, 1973), 279~280쪽.
7 같은 책, 280쪽.
8 같은 책, 281쪽.
9 같은 곳.

들고 만약 아들의 병이 나으면 아비와 어미도 또한 나으리니 보살도 이같이 모든 중생을 사랑하기를 아들같이 하여 중생이 병들면 보살도 병들고, 중생이 병이 나으면, 보살도 또한 낫느니라.[10]

그러나 중생과 더불어 병들고 중생과 낫는 보살의 고통이 중생의 그것과 같을 수 있을까? 중생의 입장에서 볼 때, 그 자신의 고통과 고통의 현실은 유일한 현실이다. 그러나 보살의 입장에서 볼 때 일체(一切)는 무(無)이며 공(空)이다. 중생에게 고통으로부터의 해방은 고통 없는 현실의, 성공할 수도 실패할 수도 있는 창조에 의해서만 가능하다. 보살에게 고통은 미몽에서 오는 것이며 미몽의 해소로써 진실은 실현된다. 중생의 고통의 하나가 현실의 부조리에서 오는 것이라면, 보살에게는 혼탁한 세계 가운데도 진실의 모습은 뚜렷한 것이다. 따라서 중생에게 고통이 유일한 현실이라면 보살에게 그것은 구극적으로 중생의 제도(濟度)에 사용되는 소위 '방편(方便)'이 되는 것이다. 『유마경』의 서두는 유마힐이 병들어 누워 있는 사실로부터 시작하지만, 그의 병은 부처의 가르침을 설법하기 위한 방편인 것이다.

다시 말하건대, 불교적 진실은 이중(二重)으로 부정적인 측면을 가지고 있다. 그것은 연속적인 부정의 과정을 통하여 도달된다고 해석될 수 있다. 또 그렇게 하여 도달되는 진실은 어떤 적극적인 내용으로 정립될 수 있는 것이 아니다. 그럼에도 불구하고 구극적으로 그것이 초월적인 데 정주(定住)하고 있다는 사실은 현실에의 부정적인 개입을 허망한 것이 되게 한다. 그리하여 종교적인 태도 속에는 언제나 암흑(暗黑)의 유보(留保)가 있고 또 정신적인 자만이 있다. 이것이 불교적인 부정으로 하여금 불가피하게 보

---

10 같은 책, 304쪽.

수적인 테두리에 머물러 있게 하는 것이다. 불교적 부정이 원하는 것은 본래부터 있던 것, 본성을 돌이키고자 하는 것이다.

불교의 보수성(保守性)은 단순히 그 근본 원리의 구조에서만 오는 것이 아니다. 사실 원리 자체로서 그것은 어떠한 확연한 도덕 질서에 결부되어 있는 것이 아니다. 그것은 많은 종교적인 가르침이 그렇듯이 일반적으로 보편적인 사랑을 말하는 외에는 반계율주의적 요소를 가지고 있다. 그러나 그것은 또한 반계율의 근저가 되어 있는 반현세주의로 인하여 어떠한 현행적(現行的)인 도덕 질서에도 영합(迎合)할 수 있는 소지를 가지고 있다. 이것은 '세간(世間) 속의 출세간(出世間)', 집착 속의 무집착(無執着)의 논리 속에 들어 있는 것이다.

'세간(世間)에 들어서 세간(世間)에 나는' 것, 세간의 일에 정성을 다하면서 또 거기로부터 초연해 있는 것, 이것은 구체적으로 무엇을 의미하는가? 이미 살펴본 바와 같이 불교의 이상이 계박으로부터의 해방이지만, 이것이 단순한 무위(無爲)나 정지(靜止)를 의미하지는 않는다. 그러니까 그러한 이상을 받아들이는 자도 세상에 그대로 남아 있는 것이다. 그러면 그대로 세상에 남아서 무엇을 하는가? 그대로 하던 일을 계속하는 것이다. 따라서 선(禪)은 '평상심(平常心)'을 중요시 한다. 선승(禪僧)은 일상으로부터의 도피를 꾀하는 것이 아니라 그것의 존귀함을 깨우치고자 한다. 그러나 이 일상이란 무엇인가? 사회학적인 관점에서 볼 때 그것은 그것 자체로 독립해 있는 것이 아니라, 전체적인 사회 구조에 의하여 규정되게 마련이다. 그러니까 일상적인 것에 충실하다는 것은 곧 주어진 질서, 또는 적어도 그것이 함축하고 있는 이상 질서에 충실하는 것이다. 그리하여 일상성은 수구적인 경향을 띠기 쉽다.

해탈(解脫) 이상(理想)의 수구성은 불교의 발상지인 인도에 있어서 힌두교의 경우에 잘 드러난다. 힌두교에서도 속세의 속박으로부터의 해방은 중심적인 가치가 되어 있다. 그러나 이 해방이 어떤 일을 한다거나 안 한다거나 하는 데에서 얻어지는 것은 아니다. 『바가바드기타』가 말하듯이, "행위를 하지 않음으로써 무위(無爲)에 이르는 것은 아니며 버림에 의하여 완벽에 이르는 것도 아니다. 누구나 잠시도 하는 바 없는 찰나는 없는 법이므로."[11] 따라서 해탈의 방법은 행위를 계속하되 일체(一切)의 행위로부터 우리의 집착과 관심을 떼어 내도록 하는 데 있다. 이것은 행위의 과정에 개입하되, 목적이나 결과에 대하여는 초연함으로써 가능하다. "모든 행위의 열매를 버리는 것, 이것을 현인(賢人)은 체념이라 한다."[12] 행동으로부터 목적과 결과를 제거하는 것은 다분히 주어진 일에 충실하는 것을 의미한다. 그리고 모든 일은 주어진 테두리 안에서만 평가된다. 이러한 제한을 받아들이면 "빵을 굽는 사람에게 '밀가루에 효소를 넣는 까닭은 무엇입니까?' 하는 질문과 여기에 대한 답변으로서 '빵을 부풀리게 하기 위하여'란 말은 허용될 수 있지만, '당신은 왜 빵을 굽습니까?'라는 질문과 '그것은 공진회(共進會)에서 상을 타기 위해서지요.'라는 답변은 있을 수가 없는 것이다. 즉 『바가바드기타』는 빵 굽는 사람은 빵을 구울 뿐이며 공진회에서 상을 타든지 말든지 거기에 대해서는 괘념(掛念)하지 말아야 한다고 하는 것이다. 그러나 빵이 부풀어 오르든 말든 그 점에 상관하지 않고 빵을 구울 수는 없는 것이다. …… 그러니까 『바가바드기타』는 우리에게 동기 없이 행동하되 우리 본성에 주어진 것에 따라 행동하는 길이 바른길이라고 말한다."[13] 이와 같은 논법에서 왕은 왕답고 아내는 아내답고 승려는 승려답고 무사는 무사다

---

11 Arthur Danto, *Mysticism and Morality: Oriental Thought and Moral Philosophy*(New York, 1973), vol. 2, line 4~5, p. 89에서 재인용. 힌두교의 윤리적 의미에 대한 해설은 이 책에 주로 의존하였다.

12 Ibid., p. 90.

13 Ibid., p. 91.

위야 한다. 이렇게 하여 현세의 모든 것을 미몽으로 보는 『바가바드기타』의 초월주의는 인도 사회의 카스트 제도의 옹호로 연결된다.

한용운에 있어서 똑같은 연결 관계가 성립한다고 말하는 것은 진상을 왜곡하는 것이다. 그러나 그의 생각 속에 잠복해 있는 복고 성향을 간과할 수는 없는 것이다. 그러나 이 복고 성향은 다분히 유교적인 것이었다. 그가 원했던 것은 바로 인간관계의 재수립이었지만, 그는 무전제(無前提)의 상태에서 자유로운 인간 사이의 상호 작용에서 일어나는 인간관계를 생각할 수 없었고 어떤 선험적으로 규정된 도덕규범의 테두리에서만 그것을 생각하였던 것이다.

여기에서 우리가 조금 주의 깊게 생각해 보아야 할 것은 그와 평등 사상과의 관계이다. 왜냐하면 선험적인 도덕의 외부적 규제를 배제한다는 것은 평등의 전제에서 출발한다는 것을 뜻하기 때문이다. 인간 평등의 사실에서 출발하지 않은 정치학은 과학적일 수 없다고 한 정치학자가 있지만 적어도 새로운 인간관계의 탐구는 인간의 평등에서 출발한다. 설사 새로운 위계질서(位階秩序)가 성립한다 하더라도 일단 구질서의 평등적 기저(基底)에의 환원은 적어도 방법적인 의미에서만이라도 불가피한 것이다. 이렇게 볼 때 부정과 유신(維新)을 목표한 한용운이 인간 평등의 문제에 관심을 가진 것은 당연하다. 그는 『조선불교유신론(朝鮮佛敎維新論)』에서 이미 불교의 근본 원리로서 '구세주의(救世主義)'와 아울러 '평등주의(平等主義)'를 내세웠거니와 이것은 불교의 형이상학적 허무주의의 발현인 동시에 한용운의 개혁 의지를 나타내는 것이었다. 그러나 앞에서 말한 바와 같이 이 두 경향의 결합은 그로 하여금 구극적으로는 수구적인 윤리 세계 속에서 움직이게 한다. 한용운의 평등주의가 반드시 현실에 있어서의 인간관계의 재조정을 요구하는 것이 아니었던 것은 이미 『조선불교유신론』에서, "소위 평등이란 진리를 지적한 것이며, 현상을 말한 것이 아님을 알아야 한다."[14]라고 한 데에 이미 함축되어 있다. 결국 인간의 평등이란 허무·미몽·고뇌, 형이상적 진실 앞에서의 평등인 것이다. 그러니까 보살의 이상을 설법(說法)한 『유마경』에서 우리는 평등적 구세주의 외에 『바가바드기타』에서 발견하는바 일종의 직책성실주의(職責誠實主義)를 듣게 되는 것이다. 『유마경』이 말하는바, 보살은 다음과 같은 사람이다.

> 만약 장자와 있게 되면 장자 중의 어른이 되어 승법(勝法)을 설하며, 만약 거사(居士)와 있게 되면 거사 중의 어른이 되어 탐착(貪着)을 끊어 주며, 만약 찰리(利利)에 있게 되면 찰리의 어른이 되어 인욕(忍辱)으로써 가르치며 만약 바라문(婆羅門)에 있게 되면 바라문 중의 어른이 되어 아만(我慢)을 없애 주며 만약 대신(大臣)과 있게 되면 대신 중의 어른이 되어 정법(正法)으로써 가르치며, 만약 왕자와 있게 되면 왕자 중의 어른이 되어 충효로써 보여 주며 만약 내관(內官)과 있게 되면 내관 중의 어른이 되어 궁녀를 바로 교화하며 만약 서민과 있게 되면 서민 중의 어른이 되어 복력(福力)을 일으키며, 만약 범천(梵天)에 있게 되면 범천 중의 어른이 되어 수승(殊勝)한 지혜로써 가르치며, 만약 제석(帝釋)에 있게 되면 제석 중의 어른이 되어 무상함을 보여 주며, 만약 호세(護世)에 있게 되면 호세 중의 어른이 되어 모든 중생을 두호(斗護)하느니 장차 유마힐이 이같은 한량없는 방편으로 중생을 이익하게 하느니라.[15]

앞에서 인용한 구절에 나타난바 직책의 이상에 충실해야 한다는 사상은 힌두교의 카스트 제도에 연결되어 있는 것이지만, 쉽게 유교적인 위계

---

14 『조선불교유신론(朝鮮佛敎維新論)』, 한용운전집 2(신구문화사, 1973), 44쪽.

15 『유마힐소설경강의』, 한용운전집 3(신구문화사, 1973), 271쪽.

질서 또는 신분 질서(身分秩序)에도 맞아 들어갈 수 있다. 물론 유교적 세계에 있어서 수직적 인간관계를 바르게 유지하는 것이 곧 윤리적 실천의 내용이 되지만, 불교적인 관점에서 그것은 반드시 그러한 윤리적 목표가 된다고 할 수는 없다. 『유마경』에서도 보는 바와 같이 중요한 것은 신분이 가능하게 하는 어떤 덕목을 실현하는 것이되 이것의 구극적인 의미는 보편적인 자비(慈悲)의 개념에서 발견되는 것이다. 불교적인 사고에서 신분적인 구분이란 일종의 존재론적인 범주로서 세상과 더불어 주어진 것이며, 그 자체로서 윤리적인 뜻을 가진 것은 아니다. 그럼으로써 오히려 신분을 초월한 자비의 실천이 성립한다 할 수 있다.[16]

어쨌든 신분적 질서의 수락이 불교적 사고의 한쪽에 들어 있는 것은 틀림이 없는 것이라 하겠는데, 그렇다고 이러한 보수성이 무위주의(無爲主義)를 의미하는 것이 아님은 말할 것도 없다. 직책과 신분의 이상에 충실해야 한다는 것은 가장 엄격한 윤리적 요구로서 혁명적인 주장이 될 수도 있는 것이다. 이것은 유교의 '정명론(正名論)'이 혁명적인 의미를 내포하는 것과 같다. 왕이 왕다워야 한다는 주장은 쉽게 왕이 왕답지 않음으로써 '천명(天命)'을 잃은 것이라는 판단을 성립하게 하고 혁명을 정당화하게 될 수도 있는 것이다. 그러나 '혁명(革命)'이라는 말 자체가 어원적인 의미에서 그러하듯이 여기에서의 정치적인 변화란 근본적으로 기존 질서 속에 움직이는 것이다. 즉 여기서 혁명은(적어도 이념(理念)의 면에서) 기성 질서(旣成秩序)의 이상으로 기성 질서의 현실(現實)에 맞서는 행위인 것이다.[17]

---

16 인도에서 카스트를 존재론적인 구분으로 생각한 것과 인도 사회의 관용성과의 사이에 깊은 관계가 있다는 것은 많은 논자들이 지적한 바 있다. 이것은 아서 단토의 앞의 책에도 언급되어 있다. Arthur Danto, op. cit, pp. 34〜35.

17 Joseph R. Levenson, "The Suggestiveness of Vestiges: Confucianism and Monarchy at the Last", *Confucianism and Chinese Civilization*, ed. by Arthur F. Wright(New York, 1965) 참조. 레븐슨은 중국에 있어서 전통적인 혁명 이념의 보수성을 말하면서, "유생(儒生)들을 위하여 사회적 천동

우리는 앞에서, 한용운의 불교적 부정은 그 자체로서 수구적인 측면을 가지고 있는 데다가 또 당대(當代)의 현행적(現行的)인 도덕 질서에 맞아 들어갈 수 있는 소지(素地)를 가지고 있는 것이란 것을 이야기하였다. 이것은 그의 소설에 분명하게 드러난다.

한용운의 최초이며 가장 긴 소설 『흑풍』은 혁명을 주제로 다루고 있으나 그가 혁명이란 사실을 다루는 방법은 그가 근본적으로 그러한 사실을 이해할 수 있는 준비가 되어 있지 않았었다는 것을 잘 드러내 준다. 혁명이란 사실은 이 소설에서 구체적인 인간이 이루는 구체적인 사회 세력의 움직임으로도, 혁명가 집단 내의 인간적 역학 관계로도 또한 혁명적 인간의 개인적 체험으로도 형상화되지 못한다. 그것은 단순한 의협적(義俠的)인 행위의 연속으로 또는 기껏해야 중국에서 오랫동안 그랬던 것처럼 왕조 교체의 정권적(政權的) 사변(事變)으로 생각되어 있다. 이러한 재래적인 혁명 이해의 특징은 그것이 주로 도덕적인 테두리 안에서 파악된다는 것이다. 그 결과로 제도적인 재조정과 인간의 사회관계의 재정립을 목표로 하는 사회 혁명의 의의는 완전히 놓여져 버리고 만다. 미국의 중국 사상사가 조지프 R. 레븐슨은 중국에 있어서의 전통적인 개혁 원리를 설명하면서 그것은 "사회 제도의 움직임을 사회적이며 외부적인 것으로가 아니라 도덕적이며 내면적인 것으로 봄으로써, 체제 자체는 지적(知的)으로 신성불가침(神聖不可侵)이며, 불가촉(不可觸)의 것으로 남겨 두게 되었다."[18]라고 지적한 바 있는데, 한용운의 혁명이나 사회 일반에 대한 이해도 이 범위를 넘어서는 것이 아니었다. 한용운에게 있어서, 혁명 운동 또는 의협적인 행위는 기성 질서의 도덕적인 원형(原型)을 회복하는 행위였던 것이다. 이것

을 피하게 해 주는 피뢰침의 역할을 하던 왕조(王朝)는 혁명을 통하여 바뀌고 천명(天命)은 바뀌지만, 관료 제도 그것은 혁명과는 별도로 한없이 지속되었었다."라고 말하고 있다.
18 Ibid.

은 이야기의 단초(端初)에 있는 에피소드에 단적으로 드러난다.

이야기는 지주(地主)의 횡포(橫暴)에 대한 보복 행위, 또 부정 수단의 축재자에 대한 살인강도(殺人強盜)라는 이중의 폭력 행위로서 시작한다. 그러나 사회주의적인 설왕설래가 있기는 하지만 이러한 행위는 구조적으로 파악된 사회적인 행위가 아니라 개인적이고 윤리적인 교정 행위로 제시되어 있다. 그러니까 상해의 부자 장지성을 죽인 소설의 주인공 서왕한은 자기의 행동을 설명하여,

　　……사람으로도 돈 있는 사람이면 누구에게든지 강도질을 하자는 것이 아니라, 특별히 가혹하고 잔인한 행동을 많이 하여서 여러 사람을 괴롭게 하는 왕언석과 장지성 같은 놈에게만 한 것입니다.[19]

라고 말을 하고 또 그가 뺏은 돈을 빈민들에게 나누어 주면서,

　　……한때 빈민굴 생활을 한다고 사람의 일생을 비관할 것은 아닙니다. 부귀와 빈천은 언제까지든지 그대로 있는 것은 아닙니다. 어제의 부귀하던 사람이 오늘날의 빈천한 사람으로도 될 수는 있는 것이요, 오늘날의 빈천하던 사람이 내일의 부귀한 사람으로 될 수도 있는 것입니다. 세상일은 큰 수레바퀴와 같아서 쉬지 아니하고 돌아가는 것입니다.[20]

라고 빈부 수레바퀴의 정지가 아니라 그것의 계속적인 회전을 말한다. 빈부란 당연한 세상 이치의 일부이며 그것은 빈자가 부자의 사회적인 지위

---

19 『흑풍』, 한용운전집 5(신구문화사, 1973), 104쪽.
20 같은 책, 86쪽.

와 성격에 별다른 유기적인 관계를 가지고 있는 것이 아니다. 부도덕한 성격과 행위를 하는 나쁜 지주와 나쁜 부자가 있을 뿐이며, 이들을 응징하는 것이 서왕한과 같은 의협한(義俠漢)의 임무인 것이다. 따라서 빈민굴에 돈을 나누어 주는 서왕한 자신의 행위가 모범적인 장자풍을 띠고 빈민들 또한 그를 대하여 "우리 같은 사람들의 가치 없는 사정을 물어 주시니 너무도 감격"[21]할 수밖에 없는 것이다.

물론 이러한 삽화(揷話)는 이야기의 서두에 불과하고 『흑풍』은 계속된다. 그러나 그것은 염정 설화(艶情說話)를 곁들인 무협 군담류(武俠軍談類)의 삽화로 일관되어 있다. 주인공 서왕한은 해적의 손아귀에서 미인을 구출하기도 하고, 두 미인의 사랑에 행복한 난경을 겪기도 하고, 혁명 운동의 동지에게 배반당하기도 한다. 그러나 이런 사연들의 연속은 주인공 서왕한이나 소설 자체의 인식에 별다른 진전을 가져오지 못한다.

혁명이란 본래 정치적인 사회적인 현상임으로 하여 정치적·사회적인 관점에서 이해되어야 하는 것이겠지만, 사실 어떠한 소설이라도 사회적인 이해 없이 성공할 수는 없다. 이것은 한용운의 두 번째로 긴 소설 『박명』에서 여실히 볼 수 있다. 여기에서 한용운은 그의 고통하는 사람들에 대한 동정을 증명하여, 짓눌린 계급의 여인의 운명을 취급하고 있다. 그러나 이 소설의 여주인공 장순영이 산골에서 태어나 계모의 구박을 받고, 도시의 밑바닥에서 기생 연습생으로, 술집의 작부로, 무거운 생활의 짐을 지고 남편의 배신을 견디는 신혼녀(新婚女)로 또 걸인으로 전전하는 기구한 인생행로(人生行路)를 들으면서도, 우리는 별로 그러한 운명에 대하여 실감을 느끼지 못한다. 그것은 이 소설에 사회적인 차원이 결여되어 있기 때문이다. 작부면 작부라는 위치가 그대로 주어진 것으로 받아들여져 있기 때문에,

---

21 같은 책, 85쪽.

그것이 사회 여러 계층의 관계 속에서 이루어진 위치라는 느낌이나 그러한 것이 한 여인의 사는 방식과 감정에 대하여 갖는 영향 관계에 대하여 우리는 아무런 이해도 얻지 못하는 것이다.

이렇게 말하고 보면 한용운이 필요로 하였던 것은 그가 가졌던 것보다 더 진보적인 사회 철학이었던 것처럼 보인다. 그러나 그러한 진보적인 철학이 단순히 외부적으로 얻어진 관념의 체계라면, 그것은 별 도움을 주지 못했을 것이다. 그리고 사실 당대의 실정에 비추어 보아 그만큼 개혁적인 사상에 개방적인 마음가짐을 가지고 있던 사람도 드물다고 할 수 있다. 그가 가졌던바 유교적 보수 철학(保守哲學)에 대한 비판적인 태도,²² 여성의 사회적 위치에 대한 가장 혁신적인 견해,²³ 민족 운동과 사회 운동이 양립할 수 있는 것인가에 대한 논쟁에 있어서의 그의 완전한 개방성²⁴ 등은 그의 혁신적인 자세를 충분히 증거해 준다. 그가 필요로 했던 것은 외부적으로 채택된 사회주의가 아니라 인간 존재의 사회성에 대한 경험적인 이해였다. 사회 계급의 공식이 아니라 계급적인 관계에 의해 규제된 사회 속에서의 인간의 경험의 실체에 대한 개방된 감각이었다. 어쩌면 단순히 사람이 서로 만나고 사람과 물건이 만날 때에 발생하는 동적인 관계에 대한 감각이었는지도 모른다. 한용운의 소설이 결여하고 있는 것은 이러한 의미

---

22 한용운은 「유림계(儒林界)에 대한 희망(希望)」(1930)이라는 짧은 글에서 유교를 "그저 시대의 여하는 상관하지 않고 그전 것만 고수하는 것으로 생명을 삼아 세상은 모두 서로 가되 자기 혼자 동으로 가고, 세상은 모두 앞으로 향하되 자기 혼자 뒤로 물러가니 이것은 즉 육지에서 행주(行舟)하는 엉터리 없는 수작"이라고 보수 퇴영(保守退嬰)으로 규정하고 있다. 한용운전집 1, 382쪽.

23 유보(留保)가 없었던 것은 아니지만 한용운은 여성 해방에 대하여 적극적인 관심을 가지고 있었다. 「여성(女性)의 자각(自覺)」, 한용운전집 1;『흑풍』, 한용운전집 5, 205~214쪽;『박명』, 한용운전집 6, 207~210쪽.

24 「사회 운동(社會運動)과 민족 운동(民族運動)」에서 그는 일단 독립이 된 다음 바람직한 정치 체제는 어떤 것이든지 채택될 수 있는 문제라고 하고 있지만, 그가 사회주의적 색채를 가졌던 것은 사실인 것 같다. 한용운전집 1, 379쪽 참조.

에 있어서의 인간 존재의 사회성에 대한 이해였다. 이것은 그의 문학적·실천적 발상의 근원에 자리 잡고 있던 선험적 도덕주의로 인한 것이었다. 선험적 도덕주의의 세계에서 유일한 실체(實體)는 주어진 도덕뿐이다. 경험이란 다만 주어진 선험적 가치가 예시되는 곳에 불과하다. 경험 자체는 인간이 선험적 도덕 가치의 선택을 행하는 시험장이다. 여기서 경험과 그것의 의미가 되는 도덕과 인간은 서로 외면적 관계에 있다. 아무것도 경험의 내부로부터 자라 나오지 않고 경험의 모든 의미는 선험적으로 주어진다. 그러므로 인간의 사회적 체험이 그 자체로는 아무 의미도 가질 수 없는 것은 당연한 것이다.

여기서 주의해야 할 것은 소설의 기술이나 사건이 인간의 내면에 대해서 외면적인 관계를 가질 뿐이며, 또 다른 한편으로는 선험적 도덕 체계도 인간의 내면에 접촉하지 못하고 만다는 사실이다. 『박명』의 주인공은 가장 완전한 덕성의 소유자이다. 그녀는 정직(正直)·의리감(義理感)·정절(貞節)·희생정신(犧牲精神)·자비(慈悲) 등을 두루 갖추고 있다. 그러나 우리는 그러한 덕성(德性)이 사회의 밑바닥에 사는 신분적(身分的)·도덕적(道德的) 희생자의 삶에서 어떠한 의미를 갖는가를 알지 못한다. 우리는 그것들의 소설의 여러 사건이 드러내 줄 사회적인 연관 속에서의 의미를 알지 못하며 또 주인공의 내면생활에 있어서의 의미를 알지 못하는 것이다.

내면의 결여는 소설의 도처에서 드러나는데, 특히 중요한 것은 인간관계의 형식에 있어서의 내면 부재(內面不在)이다. 이야기란 어차피 사람과 사람이 만남으로써 전개되는 까닭에, 한용운의 소설에도 만남은 있지만 그러한 만남에 어떤 자생적(自生的)인 동력학이 성립한다고 하기는 어렵다. 사실 사람의 관계가 완전히 자생적이고 동적인 관계일 수는 없는 것이지만, 선험적 도덕의 세계에 있어서 그것은 주어진 가치 체계, 심리 공식(心理公式)에 의하여 너무나 철저하게 규정된다.

인간관계의 외면성을 가장 잘 나타내 주는 것은 한용운의 소설에 두드러지게 활용되어 있는 복수(復讐)·보은(報恩)·배신(背信) 등의 테마다.『흑풍』에서 주인공은 한때 그의 연인이었던 여인으로부터 자상(刺傷)을 입게 되는데 그 여인은 이야기의 처음에 주인공이 살해한 상해 갑부의 딸로서 그 아버지의 복수를 수행한 것이다. 이 소설에 있어서 중요한 전기의 하나가 되는 이 사건에서 놀라운 것은 이 여인이 복수를 위한 일편단심이다. 그녀가 오랜 세월과 다사다난한 인생행로에 있어서 복수의 일념을 내내 감추어 가지고 있는 것도 놀라운 일이지만, 주인공 서왕한이 아버지를 살해한 원수라고 알게 되었을 때, 사랑과 복수 사이에 거의 아무런 갈등을 느끼지 않고 일직선적으로 복수를 택하게 되는 사연도 더욱 그렇다. 이 복수의 테마는 다른 소설『죽음』에 있어서도 중심 주제가 되어 있는데, 이 소설은 전적으로 자동인형(自動人形)처럼 복수로 향해 매진해 가는 한 절개 높은 여인의 복수 예비 행위 내지 계략에 대한 이야기이다. 보은은 말하자면 복수의 그림자에 해당하는 것으로서 인간관계의 양대 규범(規範) 중의 하나이다. 역시 두드러진 것은 도덕 자동주의(自動主義)이다. 일단 은수(恩讐)의 관계가 발생하면 그것은 인생의 모든 문제를 뒤로 물러가게 하고 우리의 삶으로 하여금 보은이나 복수의 고정 관념과 완전히 일치된 것이 되게 한다. 이것이 얼마나 절대적이며 주체적인 개입이 필요 없는 자동 규범인가는 보은의 관계가 남녀 간에 발생하는 데서 가장 잘 드러난다. 앞에서도 『흑풍』의 주인공 서왕한이 선상(船上)에서 미인(美人)을 구출하는 삽화에 언급했지만 이것이 계기가 되어 두 남녀는 결국 부부로서 맺어지게 된다. 그들이 서로를 잘 모른다든지 다른 사정들이 있다든지 또는 은혜의 관계가 맺어진 후 몇 년이 지났다든지, 그러한 것은 전혀 상관이 없다. 남녀 사이의 은혜는 두 사람의 결합으로 종결되지 아니하면 안 된다.『박명』의 여주인공 장순영은 강원도 산골에서 서울로 돌아오는 도중 원산항(元山港)에서 배를 내리다가 실족(失足)하여 물에 빠지게 된다. 이때 한 쾌한(快漢)이 있어 그녀를 구출하게 되는데, 열네 살 때 있었던 이 일로 하여 장순영은 성년이 된 다음 얼굴도 잘 기억할 수 없는 그때의 쾌한을 다시 만나게 되자, 즉각 자기 몸을 바쳐 보은할 것을 제의하게 되고 두 사람의 결혼이 성립하게 된다. 배신의 테마도 비슷한 도덕주의에서 나오는 것이다. 『흑풍』에서는 혁명 동지(革命同志)의 배신이, 『박명』에서는 남편의 배신이, 또 『죽음』에서는 친구의 배신이 취급되어 있는데, 사실상 어느 소설에선 거죽과 속을 달리 쓰는 인간들이 무수히 등장하여 이야기의 줄거리를 진행시키는 역할을 맡고 있으므로 한용운의 소설에 의하면 배신은 가장 보편적인 인간사의 원리라고 볼 수 있다. 간단히 말하여 선험적 도덕의 세계에 있어서 인간이나 사물은 좋든 나쁘든 한 가지로 결정되어 있는 것이며 상황과의 상호 작용에 의해 어느 쪽으로도 발전할 수 있고 또 어느 쪽의 성질도 조금씩 나누어 가질 수 있는 것으로 생각되지 않는다. 따라서 좋은 것은 좋아진 것이 아니라 원래부터 좋았던 것이며, 나쁜 것은 나빠진 것이 아니라 원래부터 나쁜 것인데 혹시 좋은 것으로 잘못 보였던 것이다. 그러니까 이 관점에서 세상은 진실과 속임수가 끊임없이 숨바꼭질하는 곳으로서 파악되고 이러한 숨바꼭질의 인간적인 표현이 곧 배신 행위인 것이다. 메를로퐁티는 제2차 세계 대전 때 독일에 협력하여 프랑스에 괴뢰 정부를 세웠던 페탱 원수(元帥)를 이야기하면서 배반자란 흔히 잠에서 깨어난 사람의 모습을 하고 있다고 말하고, 인간이 자기 자신의 생각으로는 아무리 충절을 지키는 것으로 생각하더라도 객관적인 상황에 의해 배신자의 대열에 서 있는 자신을 발견할 수 있다는 점을 지적한 바 있는데, 도덕주의 세계에서 배신자는 이와는 전혀 반대로 으레껏 음험한 흉계를 가지고 있던 사람일 수밖에 없다. 여기에서는 인간과 상황의 내적인 동력학이란 존재하지 않는 것이다.

우리는 선험적인 세계관에서 출발하는 한용운의 소설이 사회적 현실의 이해에 있어서 또 인간관계의 설정에 있어서 도식적인 추상성(抽象性)을 면치 못한다는 것을 지적하였다. 이러한 추상성은 앞서 거론한 특정한 내용의 경우에만 해당되는 것이 아니라, 소설 전체의 발상법에 관련되어 있는 것이다. 내가 앞서 불교 철학의 내포적인 의미부터 말을 시작했던 것도 한용운의 소설이 그 부분적인 내용에 있어서 어떠하다는 것보다 그 발상의 근원에서 벌써 그러한 내용을 가질 수밖에 없다는 점을 밝히기 위해서였다. 이러한 한계는 경험을 형성하고 정리하는 소설의 구조에 반영되어 있다. 사실 앞서 말한바 한용운의 소설의 내용적 특징은 그대로보다 전체성을 띤 구조의 문제로써 다시 이야기될 수 있다. 즉 사회 혁명의 내용이 추상적으로 파악되었다거나 개인(個人)의 사회 내의 운명이 평면적으로만 이야기되었다거나 또는 인간관계가 도식적이라거나 하는 것은 다 소설의 구조적인 결함으로도 나타나는 것이다. 한마디로 말하면 이야기가 내면적인 구조 속에 전개되지 않은 것은 그러한 결함의 가장 큰 예이다. 앞서 여러 번 말한 것처럼 선험적 근거를 가진 소설에 있어서 모든 것은 서로 외면적인 관계만을 가지고 있다. 다시 말하여 한 사건, 한 인물은 다른 사건, 다른 인물에 직접적으로 영향을 주고 영향을 받으며 서로 유기적인 연계 관계 속에 있는 것이 아니라 외부적으로 부과된 체계에 의해서만 다른 것들과 전체 속에 연결되는 것이다. A는 B에 직접적으로 영향을 주지도 않으며 또 그에 영향을 받아 A′ 로 바뀌지도 않는다.[25] 그러니까 여기에는 진정한 의미에 있어서의 상관관계도 또 사건과 사건의 누증적(累增的)인 발전

---

25 화이트헤드는 '내면적 관계(Internal Relations)'를 사물의 상호 연관성이 이루는 전체가 어떤 '내재적인 법칙(Immanent Law)'을 드러내는 상태로서 설명하고 있는데, 이러한 생각은 우리가 소설의 구조를 이해하는 데도 빌려 쓸 수 있는 개념이다. Alfred North Whitehead, *Adventure of Ideas*(New York, 1955), pp. 115~117.

에 의해 생기는 역사의 전개도 있을 수 없다. 선험적인 도덕의 세계에 있어서 인간의 삶이나 인간의 상황은 어떠한 방향으로 향해 가는 것이 아니고 오로지 끊임없는 선악(善惡)의 테스트만으로 이루어진다. 여기에 방향이 있다면, 그것은 미리 정해진 체계에서 유도되어 나오는 것으로서, 추상적인 정의(正義)라든가 정절(貞節)이라든가 은수(恩讐)의 관계라든가 하는 것들이 규정하는 것들뿐이다.

이러한 소설이 삽화적인 것은 불가피하다. 이야기는 짧을 수도 있고 길 수도 있다. 물론 이야기의 줄거리가 있기는 하지만 그것은 발전적인 것이 아니라 하나의 규범 속에 연결된 것이 완성될 때까지 계속될 뿐이다. 이런 규범이 당장에 완성이 안 된다면, 그것은 어떤 내적인 필연성에 의해서가 아니라 그것을 방해하는 우발적인 사건이 연속적으로 일어남으로써이다. 그러니까 원칙적으로 이야기 줄거리의 멜로드라마적 내용은 전체적인 삽화성이 한 측면이라 할 수 있다. 또 여기에 추가하여 말할 것은, 이러한 이야기는 극히 외부적인 모험으로만 이어지면서, 또 역설적으로 내면적인 필연성을 가지고 있지 않으므로 하여 오히려 몽환성(夢幻性)을 띨 수도 있다는 것이다. 한용운의 소설이 모험담(冒險談)의 요소가 많은 것이면서도 부단히 불교적인 허무감을 드러내는 것도 이러한 소설의 논리에 연결되어 있는 것이다.

앞에서 우리는 한용운의 소설의 내용을 소설의 구조적인 양식에 결부시켜 보았지만, 여기까지 우리가 말해 온 것은 바로 한국의 고대 소설의 특징이라고 해도 좋다. 사실 간단히 말해서 한용운의 소설은 퍽 고대 소설적인 것이라고 말할 수 있다. 그것이 근본적으로 의존하고 있는 것은 유교와 불교의 교묘한 화합(化合)을 그 사상적(思想的) 기초로 하고 있는 권선징악적인 소설의 내용과 형식이다. 이것이 비단 고대 소설에만 멎지 않고 현대에 있어서도 오랫동안 한국 소설의 숨어 있는 논리로서 작용하였고 작용하고 있다는 사실을 생각해 볼 때, 한용운의 고대 소설적 측면은, 그 표면적인 근대성에도 불구하고 얼마나 그가 시대 속에 움직이는 '선택의 친화력'(막스 베버)에 의해 영향되었던가를 엿보게 한다.

어쨌든 한용운이 벗어나지 못했던 것은 고대 소설의 권선징악적인 전통이었다. 이것은 그의 가장 강력한 정신적인 지주가 되었던 불교의 선험적 입장에서 볼 때, 불가피한 것이었다. 이것은 생(生)의 소설적 탐구하고는 양립할 수 없는 입장이었다. 정도의 차이는 있을망정 본격적 소설의 발전은 현실 세계와 거기에서 펼쳐지는 경험의 개방적인 가능성에 대한 전적인 동의 없이는 기대할 수 없는 것이다. 루카치가 그의 『소설의 이론』에서 소설을 불러 "신(神)이 없는 세계에 있어서의 서사시(敍事詩)"[26]라고 한 것도 이런 의미에서일 것이다. 우리는 또 이언 와트가 그의 영국 소설의 기원에 대한 연구에서, 중세적 세계관의 의식적 또는 무의식적인 전제가 되었던 '보편 실재론(Realism)'의 붕괴와 근대 소설의 대두를 병치시킨 것을 생각할 수도 있다.[27]

그러니까 다시 말하여 소설은 경험의 세계가 독자적인 가치를 얻는 것과 동시에 가능해진다. 그러나 우리는 이 경험을 지리멸렬(支離滅裂)한 단편(斷片)의 연속으로 생각해서는 안 된다. 경험이 단편적인 것은 오히려 선험적으로 규정되는 세계에 있어서이다. 거기에서 경험의 세계는 몽환적인 삽화로써 이루어지고 바로 이러한 단편성으로 하여 질서(秩序)의 원리로서의 선험적 이데올로기가 요구되는 것이다. 경험의 세계를 발견한다는 것은 오히려 경험의 구체를 그것 자체로서 인정한다는 사실 외에 그것

---

26 György Lukács, *Die Theorie des Roman*(Berlin, 1920), p. 84; Ian Watt, *The Rise of the Novel* (Berkeley and Los Angeles, 1965), p. 93.

27 Ibid., pp. 11~12.

만을 우리에게 의미를 돌이켜 줄 수 있는 것으로 받아들인다는 것을 뜻한다. 이때 경험은 그것 나름으로의 논리나 구조를 가지고 있는 것이 되는 수밖에 없다. 소설의 이념이 정립하는 것은 경험 자체가 드러내는 전일적(全一的)인 구조이다. 루카치가 말하듯 소설은 "삶의 숨어 있는 전체성을 드러내고 구축하려 하는 것"[28]이다. 이 '삶의 숨어 있는 전체성'이란 무엇인가? 이상적으로 말하여 그것은 삶 그 자체와 일치한다. 물론 이것은 통계적으로 집계되는 삶을 말하기보다는 삶의 부분과 전체, 사실과 가치, 무의미와 의미가 조화와 자족(自足)을 이루고 있는 상태를 말한다고 보아도 좋다. 그런 의미에서 소설도 실러가 시의 원초적인 상태로서 내세운 '순진성(Das Naive)'을 그 구극적인 이념으로 한다고 할 수 있다. 이러한 이념은 시에 있어서 단순한 요구로서도 존재할 수 있으나 — 여기에서 한용운의 시(詩)의 성공의 요인을 찾을 수도 있다. — 소설에 있어서 이것은 경험의 구체로부터 고통스럽게 구축되어야 한다. 그리고 아마 참다운 삶의 전일성(全一性)은 소설의 허구 속에서가 아니라 현실 속에서 완전히 평정화(平定化)된 삶으로서만 구현될 수 있는 것일 것이다. 그때 행복한 소설과 행복한 삶은 완전히 일치한다.

이렇게 볼 때, 도덕주의와 소설의 이념은 기묘한 일치와 차이를 보여 준다. 도덕 또한 삶의 평정화를 추구한다. 그러나 그것은 외부적으로 강제된 체계에 의하여 삶에 질서를 부여하고자 하는 까닭에 자가당착적(自家撞着的)인 결과를 낳게 된다. 도덕적 평정화는 도덕적 폭력을 불가피하게 수반하는 것이다. 그러한 평정화는 온전한 것일 수 없다. 따라서 그것은 문학이 추구하는 인간 존재의 전체적(全體的)인 해방(解放), 전체적인 가치화(價値化)와 부단히 대치적인 상태에 들어가게 마련이다.

---

28 György Lukács, *The Theory of the Novel*(Cambridge, Mass. 1971), p. 60.

그러면 문학은 도덕과 모순되는 관계에만 있는가? 반드시 그런 것은 아니다. 오히려 문학은 독단적이고, 구극적으로는 폭력 의지(暴力意志)를 감추어 가진 부분적인 도덕에 대하여 전체적인 도덕을 주장한다. 그것은 경험의 세계에 던져진 인간 존재 총체의 평화를 목표로 한다. 여기서 인간 존재의 총체란 개별적·사회적·자연적 존재로서의 인간의 모든 면을 말하는 것이지만, 오늘날의 상황 속에서 인간의 사회적인 연관이 우위적인 것임은 말할 것도 없다. 조금 좁혀 말하면 문학의 원초적인 이념은 인간의 상호 유대(相互紐帶)로써 선험적인 도덕 체계를 대치하려고 하는 것이라 하여도 좋다. 그리하여 문학은 인간 존재에 도덕주의가 아니라 참다운 윤리성을 회복시키고자 하는 것이다. 그렇다고 이러한 비도덕주의적인 윤리가 반드시 비투쟁적인 것은 아니다. 그것은 도덕주의적인 태도에 못지않게 투쟁적일 수 있으나, 그 투쟁은 어떤 자의적(恣意的)인 질서를 위한 것이 아니라 인간 존재의 구극적이며 전체적인 평정화를 위한 것이다. 이 투쟁이 처참할 수도 있지만, 그것은 결국 다스려져야 할 것은(밖으로부터의 규범에 의하여 규제되는) 개개의 인간이 아니라(하나하나의 사람을 이루는) 인간 존재의 사회적 자연적 조건임을 아는 까닭에 구극적인 의미에서 가장 넓은 포용성에로 나아가는 투쟁인 것이다.

　다시 한용운으로 돌아가 볼 때, 그는 그 근본적인 사고에 있어서 도덕주의적인 테두리를 벗어나지 못함으로써 인간의 윤리적(倫理的)인 해방에 기여할 수 있는 소설을 쓰는 데 실패하였고, 또 완전한 의미에 있어서의 근대 정신의 출발점이 되지 못하였다. 이렇게 말하는 것은, 한용운보다 더 개방적인 출발을 한 사람이 있었다는 것도 아니고, 또 그렇게 할 수 있었다고 말하는 것도 아니다. 어쩌면 한용운의 길은 당대의 길로서는 가장 적절한 것의 하나였을지 모른다. 다만 내가 말하고자 하는 것은 그것이 단순히 찬탄의 대상이 될 수 있는 것만은 아니며 복합적인 양상을 띤 것이라는 것이다.

이러한 관찰은 한용운의 전체를 이해하는 데 여러 가지 의의를 갖는다. 지금까지 우리는 문제를 주로 문학적 관련 속에서 보았다. 그러나 한용운의 문제는 문학의 문제를 넘어서는 것이다. 사실 오늘날 그의 명가(名價)의 근저에 놓여 있는 것은 그의 문학인으로서의 업적에 못지않게 행동인으로서 그가 보여 준 모범이다. 무엇보다도 후인(後人)들의 숭앙의 대상이 되어 있는 것은 그의 행동적 의지라 할 수 있다. 우리가 그의 시나 소설에 대하여 무엇이라고 하든지 간에, 행동가(行動家)로서의 그의 행적과 모범은 일단은 높이 사서 마땅한 것일 것이다. 그의 사회적 행동은 그의 당대에 있어서도 유독 뛰어난 것이었고 또 요즈음에 와서 그에 대한 관심도가 높아 가는 이유 중의 하나는 그의 행동적 의지가 오늘날에도 필요하다는 절실한 느낌이 높아 가는 것과 일치하는 것이라고 할 수 있다. 그러나 우리의 숭배는 맹목적인 것이어서는 안 된다. 우리는 그의 행동적 의지를 높이 평가하면 할수록 그것의 여러 복합적인 관련을 이해하도록 노력하여야 한다.

다시 말하여 그의 소설이 그랬듯이, 그의 행동에의 의지가 선험적 도덕주의에서 나온다는 것을 안다는 것은 매우 중요한 일인 것이다. 이것은 그의 행동에서 의지가 본질적으로 비사회적(非社會的)·비정치적(非政治的)이라는 것을 의미한다. 왜냐하면 사회나 정치의 문제는 어떠한 의지를 행동에 옮기는 것에서가 아니라 어떻게 어떠한 통일적인 행동 의지가 사회적으로 성립할 수 있느냐 하는 데서 시작하기 때문이다. 한용운에 있어서 이러한 문제는 일어나지 아니한다. 그에게 있어서 행동에의 의지는 직관적으로 주어진다. 그것은 역사 속에 움직이는 다수 의지에 의하여 시험될 필요가 없다. 그것은 외로운 도덕적 인간의 실존적인 결단이거나 독재적인 의지의 강요이거나 둘 중의 하나일 수밖에 없다. 한용운의 경우, 일제에 대한 저항이라는 긴급한 상태는 그러한 도덕 의지의 정치적 의의의 애매성을 드러나지 않게 하였고, 오늘날 그의 행동 의지가 다시 필요하다는 것은 아직도 우리가 긴급한 사태를 벗어나지 못하고 있으며 역사의 형성이 시작된 시기가 아니라 역사 이전의 과도기에 산다는 것을 의미한다. 그러나 선험적 도덕 의지의 폭력성 — 그것이 자신의 전인적(全人的)인 가능성에 대한 것이든, 다른 사람에 향한 것이든 — 을 간과할 수는 없는 일이다. 진정한 정치 행동은 인간의 사회적인 관계에서 일어나고 사회적 관계의 최대 균형은 개개의 인간이 대표하는 인간적 가능성의 조화된 확인에서 온 것이다. 소설은 인간 존재의 가능성과 조화의 탐구에 기여한다. 이것은 도덕에 의한 선험적 결정이 아니라 인간의 사회적 생존(生存)에 대한 총체적인 탐구의 일부를 이룬다. 이렇게 하여 최선의 상황에서 소설과 정치는 일치하게 된다.

(1974년)

시대와 내면적 인간

윤동주의 시

    꼭 맞는 것이라고는 느끼지 않으면서도 많은 사람들이 받아들여 온 윤동주 상(像)은 저항 시인의 그것이다. 그의 옥사(獄死)는 여기에 대한 확실한 증거가 되는 것으로 보이지만, 잘 생각해 보면 그의 투옥과 옥사에 관한 경위가 실증적으로 밝혀진 일은 없는 것 같다. 이것은 손쉽게 휘둘러진 상투형 아래 감추어진 다른 많은 일제하의 체험들과 아울러 밝혀져야 할 일의 하나이지만, 윤동주 체포의 사유가 된 '사상 불온, 독립운동'이라는 일체의 죄목은 어떤 적극적인 저항을 가리키기보다는 "일제 경찰의 탄압적 수법에 쓰인 일반적 의미를" 갖는다고 보는 것이 옳지 않을까 하는 김흥규(金興圭) 씨의 견해는 그럴싸한 것으로 생각된다. 회고담을 쓴 문익환(文益煥) 씨도 윤동주가 저항 정신의 불멸의 전형이라고 하는 이야기는 수긍하기 어렵다고 말하고, 그가 적극적인 행동의 인간이라기보다는 "고요하고 내면적인 사람"이었음을 지적한 바 있다. 이러한 견해들은 우리가 그의 시에서 받는 일반적인 인상과 일치한다.

    그렇다고 윤동주를 이러한 각도에서 보는 것이 그의 생애의 비극성을 줄이는 것은 아니다. 행동적이라기보다는 내면적인 인간이었던 윤동주의 순사(殉死)는 오히려 일제하에 한국인의 삶이 처했던 상황의 가혹성을 더 절감하게 한다. 어쩌면 민족의 정신사에 큰 기여를 할 수도 있었을, 한 뛰어난 재능의 소유자가, 또는 그가 어떠한 사람이었던지 간에 한 사람의 젊은이가, 적극적인 투쟁의 결과로서가 아니라 거의 우연한 사고에 의해서처럼 죽어 없어질 수 있다는 것은 어느 시대에 있어서나 하나의 극한 상황을 이루는 일임에 틀림이 없다. 이렇게 말하는 것은 윤동주의 순사가 순전히 밖으로부터 오는 요인에 의해서 결정된 수동적인 사고라는 것은 아니다. 그의 내면성은 그의 죽음에 오히려 하나의 필연성을 부여한다. 시대의 어둠은 내면적 인간의 자기 성찰의 습관에, 시간이 지남에 따라, 억압의 무게를 더하게 되며 내면화의 고독과 침묵을 깊게 하고 조여 오는 이중의 압박에서 풀려나오고자 하는 충동은 그로 하여금 시대와의 비극적 대결에도 치달아 가게 한다. 그의 대결은 처음부터 비극적일 수밖에 없다. 내면적 필연의 소리에 귀 기울이는 그는, 그 나름의 필연성에 따라 움직이는 바깥세상을 능동적으로 타고 넘을 수 없다. 그의 대결을 통하여 그는 분명한 저항의 입장을 획득한다기보다는 그러한 입장에 끊임없이 가까이 가면서도 엄청난 상황의 선취(先取)로 인하여 그 희생이 되고 만다. 그의 희생은 실제의 면에서 비효과적인 것일는지도 모르지만, 시대의 증언으로서는 보다 더 감격적인 것일 수 있다. 그리고 양심의 증언도 궁극적으로는 삶의 실천적 효율성의 일부를 이룬다. 윤동주는 양심의 수난자로서 우리로 하여금 그가 살았던 시대의 암흑상을 실감하게 하고, 또 오늘날까지 뻗쳐 있는 어둠의 그림자를 느끼게 한다.

윤동주가 비상하게 순수하고 깨끗한 인간이었던 것은 그의 시에도 잘 나타나 있지만, 그의 순수하고, 깨끗한 골똘함을 양심이라고 할 때, 그의 양심은 얼핏 생각되는 그런 간단한 것은 아니었다. 그것은 『하늘과 바람과 별과 시』의 「서시(序詩)」에서 표현된바, "죽는 날까지 하늘을 우러러, 한점 부끄럼이 없기를" 다짐한, 적어도 표면적으로는 극히 소박한 선언으로도 나타나지만, 그것은 보다 복잡한 연관 속에서 이루어지는 자기 성찰과 자기 파악의 여러 내용으로도 전개된다. 사실, 그의 양심의 특징은 밖에서 받아 온 어떤 도덕률에서 유도되어 나오는 것이 아니라 자신의 삶에 대한 끊임없는 내적인 성찰에서 얻어지는 경우가 더 많은 것이다.

도식적으로 볼 때, 그의 출발점은 자기 응시이다. 대체로 윤동주의 시에는 자신에 관한 시가 많다고 하겠는데, 그것은 반드시 제 잘난 맛을 즐기는 사람들의 자기 객체화 또는 극화(劇化)의 결과로는 돌릴 수 없는 것이다. 물론 「사랑스런 추억」에서, "담배연기 그림자를 날리며" 정거장의 플랫폼에 서 있는 자신의 이미지를 이야기하고 있는 경우와 같은 데에, '포즈'에 대한 그의 관심이 나타나지 않았다고 할 수는 없지만, 그의 자아의식에는 그의 골똘함에도 불구하고, 어딘가 사심 없는 초연함이 있는 것을 우리는 느낄 수 있다. 그렇다고 그의 자아의식이 예를 들면 데카르트의 철학적 성찰에서처럼, 극단적으로 추상적인 것은 아니다. 한쪽으로 그것은 관조적인 거리를 유지하면서도 기묘한 자기감응과 몰두를 나타내는 나르시시즘이라고 할 수 있고 다른 한쪽으로는 실존적 자각이라고 할 수도 있는 것이다. 다시 이 실존적 자각은 회의와 절망 가운데서도 부인할 수 없는, 삶의 밑바탕으로서의 자기를 확인하는 행위일 수도 있고 또는 보다 동적으로 삶의 가능성을 개체적인 생애 속에 구체화하고자 하는 자기완성에 대한 적극적인 관심일 수도 있다. 「자화상」의, 물에 비친 나르시시즘으로서의 자아, 「흰 그림자」나 「사랑스런 추억」의, 스스로를 되돌아보는 의식 속에 비친 자아의 영상(影像)에는 적잖이 연연한 향수가 배어들어 있다. 그러나 「쉽게 쓰여진 시」의 자아는 실존적 자각에 관계된다. 이 시에서 윤동주는 몇 개의 일상적인 삽화의 요약을 통하여 스스로의 고독과 시대의 어둠을 이야기한 다음 모든 불리한 여건하에서도 흔들리지 않는 생존의 근거와 위안을 확인하듯, "나는 나에게 적은 손을 내밀어 / 눈물과 위안으로 잡는 최초의 악수"라고 말하는 것이다. 「참회록(懺悔錄)」에서 이 자아는 갈고 닦을 수 있는 거울에 비유되고 다시 닦여진 거울은 현재의 자아가 아니라 보다 큰 자아의 가능성을 비추는 것으로 이야기된다. 이러한 여러 가지 면에서의 자아 파악이 반드시 동일한 것은 아니다. 있는 대로 또는 있었던 대로의 자아에 대한 애착이 미래의 가능성으로서 자아의 발전적 전진과 알력을 일으킬 수도 있다. 그러나 다른 한편으로는 나르시시즘인 관조에 나타나는바 스스로의 삶에 대한 애착과 삶의 구체적인 바탕으로서의 자아의 확인 없이는 가능성의 구체적인 실천자로서의 보다 동적인 자아는 있을 수가 없는 것이다. 그러나 윤동주에 있어서 보다 중요한 것은 이 동적인 자아의 자기실현이었던 것으로 생각된다. 달리 말하여 윤동주의 근본적인 관심은 의식 작용을 통하여 드러나는 자신의 도덕적 형이상학적 가능성에 대한 관심이며, 또 이것을 구체적인 삶으로 구현하는 데 대한 관심이었다. 이러한 다면적이면서도 일관된 관심은 대체로 그가 애독하였다는 키르케고르의 자아 이해에 비슷한 것이다. 개체가 모든 것과 따로 제 스스로 사는 구체적인 삶이야말로 절대적인 현실이라고 생각한 키르케고르는 삶에 있어서 관조적이고 심미적인 요소와 지적인 요소의 중요성을 인정했지만, 무엇보다도 개체의 삶을 완성시켜 주는 것은 그 '윤리적 실재'라고 생각하였다. 여기서 윤리적 실재라 함은 —— 그에게 개체의 윤리적 실재는 '하늘과 땅, 그리고 그 안의 모든 것, 육천 년의 인간 역사……등등보다도 중요한 것'이었다. —— 삶의 세 가지 분야, 즉 지적인 것, 심미적인 것, 윤리적인 것에 하나의 통일을 부여하는 과정, 더 간단히 말하여, 인간의 내적 가능성의 전인적(全人的)인 발전을 이룩하는 과정을 일컫는 말이다. 키르케고르와의 병행 관계를 너무 강조해서는 안 되겠지만, 윤동주에게 있어서도 심미적 발전을 통하여 자신의 윤리적 완성을 기하려는 충동이 강하였다고 말할 수는 있다. 그리하여 심미적인 관심은 그의 내면화를 가져오고 윤리적인 관심은 그를 시대의 어두운 장벽에 대결하게 하였다. 이러한 두 관심은 그의 품성의 양면이면서 하나의 전체를 이룬다. 심미적 관심은 세계의 감각적 양상과 자아의 교섭에 대한 관심이며, 이것은 불가피하게 세계 자체가 이 교섭에 어울리는 것이기를 요구하게 된다. 그의 양심은 이 요구에서 태어난 것이다.

윤동주의 짧은 생애, 특히 시를 쓴 몇 년 안 되는 기간 안에 어떤 확연한 발전과 변모의 모양을 가려내는 것은 쉽지 않은 일이다. 우리가 기껏 할 수 있는 것은 그의 시가 어떻게 내면성과 실존적 자기실현 사이를 왔다 갔다 하고, 이 양극 사이에 동시에 펼쳐지는가를 이야기하는 것이다. 그러나 대략적으로 그의 시는, 그것이 정치적인 현실 인식에서 나왔든지 아니면 심미적인 발전의 자기 초월에서 나왔든지, 점점 급해지는 행동의 요구를 표현하게 된다고 말할 수는 있다. 그러나 어느 때에 있어서나 심미적이고 윤리적인 것에 대한 긴장된 의식이 없는 경우는 드물다.

1939년의 「자화상」은 산문시의 부드러운 수사 속에 비교적 행복한 자기 몰두를 보여 주고 있다. 그러나 우리는 행복의 이미지 아래에 다른 의식, 즉 관조의 정지와 고독을 고통으로 느끼며 보다 높은 윤리적 자기실현을 요구하는 의식이 숨어 있음을 느낄 수 있다. 시의 첫 부분은 고요와 상호 조응의 조화된 세계를 보여 준다.

산모퉁이를 돌아 논가 외딴 우물을 홀로 찾아가선

가만히 들여다봅니다.
우물 속에는 달이 밝고 구름이 흐르고 하늘이
펼치고 파아란 바람이 불고 가을이 있읍니다.

그러나 다음 연은 벌써 부조화의 요소를 끌어들인다.

그리고 한 사나이가 있읍니다.
어쩐지 그 사나이가 미워져 돌아갑니다.

앞에서 시인은 우물 속에 자연의 모습이 투영되는 것을 보았다. 이제 이 우물에는 시인 자신의 모습이 투영된다. 그런데 시인은 왜 물에 비친 자기의 모습을 미워하는 것일까? 이 시와 관련하여 물에 비친 스스로의 모습의 아름다움에 사로잡혔던 나르시스의 신화를 생각하고 또 발레리의 나르시스를 주제로 한 시들을 생각한다면 이러한 질문은 무의미한 것이 아닌 것으로 보인다. 시인의 자기혐오를 설명할 수 있는 이유를 지나치게 마음대로 시의 밖에서 가져오지 않는다면, 이 증오는 제일 간단히 말하여 물에 비친 자기의 모습이 이상적인 모습에 미치지 못하기 때문에 일어나는 것이라고 생각해 볼 수 있다. 그는 나르시스처럼 아름답지 못한 것이다. 그러면 어떤 점에서 그는 이상에 미치지 못하는 것일까? 여기에 대한 답은 간단히 생각할 수 없다. 그러나 우리는 그것은 다음 연과의 관련에서 추측해 볼 수는 있다.

돌아가다 생각하니 그 사나이가 가엾어집니다.
도로 가 들여다보니 사나이는 그대로 있읍니다.

여기에서 우물 안의 사나이가 가엾어지는 것은 그가 시인 자신에 의하여 버림받고 있기 때문이며, 이 버림받고 있다는 것이 특히 애절한 것은 그가 홀로 우물 안에 있기 때문이다. 우물 안은 우물 안 개구리와 같은 전통적 연상을 가진 말로서 좁은 공간을 의미한다. 그러니까, 다시 말하여 시인이 보는 시인 자신의 이미지는 좁은 테두리에 갇혀 있는 것으로 여겨지고, 이것이 그가 불쌍한 이유가 되며 또 그다음 연에서도 되풀이하여 이야기하듯이 미움의 대상이 되는 이유가 되기도 한다. 갇혀 있는 자아는 우물을 떠나려는 자아에 제약을 가하고 있기 때문에 그것은 미움의 대상이 되는 것이다. 그러나 시인은 다시 뒤집어 이 우물 안의 존재가 그리운 존재라고 말한다. 아마 이렇게 말하는 것은 그것이 시인 자신의 삶의 일관성을 위하여 빼어 놓을 수 없는 자아의 일부를 이루고 있기 때문일 것이다. 마지막 연은 이러한 사정을 다시 통틀어서 말하고 있다.

　　우물 속에는 달이 밝고 구름이 흐르고 하늘이
　　펼치고 파아란 바람이 불고 가을이 있고
　　추억(追憶)처럼 사나이가 있읍니다.

　이 우물 속의 비침을 통해서 공간적으로는 개체적 삶의 환경으로서의 자연은 그 갖가지 양상과 움직임 속에 파악되며, 시간적으로는 개체의 과거와의 관련 속에서 달리 말하여 역사적인 지속으로 파악된다. 이렇게 시인은 우물에 비치는 자아에 대하여 착잡한 관계를 가지고 있는데, 이러한 관계의 핵심에 놓여 있는 이미지, 우물은 무엇을 뜻하는가? 자연과 자아를 비추어 그것에 대한 인식을 가능하게 하는 매체로서의 우물을 의식의 상징으로 짐작하는 것은 어렵지 않은 일이다. 그러면 「자화상」에서 윤동주가 표현하고 있는 것은 의식 작용에 대한 양의적(兩義的)인 태도로 볼 수 있다. 의식은 그에게 자연을 알게 하고 또 자아의 비판적 의식을 가능하게 한다. 그리고 그것은 비판되는 자아가 무엇보다도 우리 자신에 깊은 자애(自愛)의 유대로서 묶여 있는 것을 알게 한다. 그러나 동시에 우리는 의식의 세계가 우리의 자아를 제약하며 의식의 세계가 포용하는 넓은 자연도 사실은 같은 제약 속에 있다는 것도 알게 된다.(이외에「자화상」에는 자전적 요소가 들어 있는 것으로 생각된다. 즉 우리는, 이 시의 자아가 '추억'처럼 있다는 사실에 주목하게 되는데, 이 시에서 윤동주는 자신의 과거를 이야기하고 있는 것으로 보인다. 이 과거의 자아는 용정(龍井), 용 우물의 좁은 세계 속에 있는 것으로 회상된다. 거기에서 소년 윤동주는 "달이 밝고 구름이 흐르고" 하는 자연에 보다 가까웠지만, 또 그러니만치 보다 순진하고 행복한 상태에 있었지만 동시에 그의 세계는 우물 안의 좁은 세계일 수밖에 없었다. 그러나 시의 문면(文面)에서 알 수 있듯이 시인이 이야기하고 있는 것은 현재의 의식과 현재의 자아이다. 다만 그것은 '추억처럼' 구성되는 것이다. 윤동주 자신이 그렇게 분명히 생각한 것은 아니겠지만, 관조적 자아의식이 본질적으로 반성적이며 따라서 과거 지향적이라는 것을 그는 알고 있던 것으로 볼 수 있다. 그러나 과거의 관점에서의 자아의 구성은 반드시 과거에로의 퇴행(退行)을 의미하는 것이 아니라, 현재의 자아에 안정감을 주는 실존적 근거를 구축하는 일로 생각할 수 있다. 1942년 동경 체재 중의 실의 상태를 그리고 있는 것으로 보이는「흰 그림자」에서도, 윤동주는 "오래 마음 깊은 속에/ 괴로워하던 수많은 나를" 돌려보내고 남는 가장 근원적인 자아의 이미지로서「흰 그림자」, 즉 그가 양복을 입고 신문화의 습득에 나서기 이전, 흰 조선옷을 입고 토착적인 삶을 누리던 때의 자기 모습을 환기함으로써 자기 위안의 근거로 삼고 있다. 앞에서도 이야기한 바 있는「쉽게 쓰여진 시」에서 '최후의 나'에게 눈물과 위안으로 잡는 최초의 악수의 대상이 되는 나도 같은 종류의 자아를 지칭하는 것인지 모른다.)

앞에서 본 바와 같이, 긴장이 없는 것은 아니지만, 우물 속의 상태일망정 의식의 관조를 통해 파악된 자아는 비교적 행복한 긍정으로 받아들여져 있다. 그러나 다른 많은 작품에 있어서 좁은 의식의 틀을 벗어나야 하겠다는 윤동주의 결심은 훨씬 더 강력하게 표현되어 있다. 이러한 결심의 밑바닥에 깔린 논리는, 가령 「자화상」에 1년을 앞서는 그의 산문, 「달을 쏜다」에서의, 비슷한 이미지를 사용하고 있는 부분에서 이미 엿볼 수 있다. 이 산문에서 윤동주는 가을과 같은 계절이 인간의 마음에 미치는 영향, 가령 가을의 우수에 영향 받은 친구가 단교를 선언해 오는 것과 같은 일에 대하여 생각하고 있다. 이런 문제를 생각하면서, 시인은 자신도 저절로 비감에 젖어드는 것을 느낀다. 이 느낌을 이기지 못하여 시인은 방 밖으로 걸어나오고 못가에 이르게 된다. 그는 거기에서 많은 것을 발견한다.

발걸음은 몸뚱이를 옮겨 못가에 세워 줄 때 못 속에도 역시 가을이 있고 삼경(三更)이 있고 나무가 있고 달이 있다.
그 찰나 가을이 원망스럽고 달이 미워진다. 더듬어 돌을 찾아 달을 향하여 죽어라고 팔매질을 하였다.

가을의 산책에서 시인이 이르게 된 못은 윤동주의 시에 많이 나타나는 우물이나 호수의 이미지들과 마찬가지로 의식의 상징으로 생각될 수 있다. 그런 가정하에 위의 구절을 해석해 본다면, 시인은 가을의 설레이는 우수(憂愁)를 가지고 마음속 깊은 곳의 정밀(靜謐)을 찾아나서 보지만 거기에도 가을의 우수의 요인이 되는 것들이 비추어 있는 것을 발견하고 이 가을의 영향을 깨뜨려 버리려고 호수의 수면으로 돌을 던진다. 그러나 그것은 불가능한 일이다. 못 속의 달은 잠시 깨어져 사라진 듯하나 이내 모든 것은 본래의 상태대로 돌아가고 만다. 그리하여 그는 모든 것의 근본은 못 속의 달이 아니라 바깥세상의 하늘에 있는 달이라는 것을 깨닫는다. 그리하여 이 산문은 다음과 같은 상징적 동작으로 끝난다.

나는 곳곳한 나무가지를 고나 띠를 째서 줄을 매어 훌륭한 활을 만들었다.
그리고 좀 탄탄한 갈래로 화살을 삼아 무사(武士)의 마음을 먹고 달을 쏘다.

여기에서 우리는 윤동주가 「자화상」에서와 비슷한 이미지군을 통하여 조금 더 분명하게 의식의 세계가 실제의 세계에 대하여 부차적인 위치에 있음을 이야기하고 있음을 본다. 그러나 「자화상」과 같은 발상은 다른 곳에서도 볼 수 있다. 가령, 「한난계(寒暖計)」의 마지막에서 윤동주는 자신의 들뜬 산책을 기술하면서 "하늘만 보이는 울타리 안을 뛰쳐/ 역사 같은 포지션을 지켜야" 한다는 것을 이야기하고 있는데, 여기의 "하늘만 보이는 울타리 안"은 놀랍게 「자화상」의 근본 이미지에 비슷한 것이다. 또 「길」에서 윤동주는 잃어버린 것을 찾아서 방황하는 이야기를 하고 있다. 그는 이 길이 담을 끼고 뻗어 있는 길이며 담 위의 푸른 하늘이 넓은 공간임을 암시하여 주지만 길을 막는 담으로 하여 잃은 물건은 찾을 수 없다고 말한다. 그러나 이것을 찾기 전에 시인은 완전한 사람이 될 수가 없는 것이다. 이 시의 마지막 부분에서 그는 말한다.

돌담을 더듬어 눈물짓다
쳐다보면 하늘은 부끄럽게 푸릅니다.
풀 한 포기 없는 이 길을 걷는 것은
담 저쪽에 내가 남어 있는 까닭이고,
내가 사는 것은, 다만,
잃은 것을 찾는 까닭입니다.

의식의 세계는 부차적인 세계이며 실제의 세계에 의하여 보충되기 전에는 완전할 수 없는 세계란 생각은 다른 시들에서는 더 적극적으로 강조되지만, 이러한 시들에서의 의식과 실제의 대조는 단순히 철학적인 명제로 파악되지 아니하고 당대의 시대 상황에 대한 비유가 된다. 즉 내면적 의식의 강화는 실천을 불가능하게 하는 시대 상황으로 하여 발생하며 그것은 단순히 좁아든 삶의 터에 비례하는 것이다.

「돌아와 보는 밤」은 밤이 되어 자기 방으로 돌아온 시인을 기술하고 있는데, 그는 좁은 방과 넓은 세상과 낮과 밤이 한결같이 어둡고 좁은 것이라고 한다. 이러한 때, 유일한 위안은 내면세계뿐이다. 그는 말한다.

하로의 울분을 씻을 바 없어 가만히 눈을 감으면 마음속으로 흐르는 소리, 이제 사상이 능금처럼 저절로 익어 가옵니다.

여기에서 내면과 외면의 역비례 관계는 비교적 조용하게 이야기되어 있다. 내면은 외면의 불리함에 따라 성장한다. 「자화상」에서와 마찬가지로 내면은 이러한 때에 유일한 정도의 평화와 행복의 근거가 된다.

그러나 최악의 상태는 내면도 침묵과 정지 속에 위축해 버리고 외면도 완전히 움직일 수 없는 공간 또는 공간의 부재(不在)로서 응고해 버리는 일이다. 「병원」과 같은 시는 개인의식이 침묵 속에 고립하고 의사소통의 노력이 단절된 상황을 묘사하고 있다. 그러나 이 뛰어난 우의적인 시는, 동시에 침묵 속에 이루어지는 이심전심(以心傳心)의 전달을 이야기한다. 즉 이시의 화자(話者)는 자신의 병 속에 완전히 고립되어 있으면서 다른 환자의 똑같은 상황을 이해하고 있는 것으로 이야기되어 있는 것이다. 「무서운 시간(時間)」도 의식이 메마르고 외부 공간도 극도로 좁아든 상황을 이야기하고 있으면서 동시에 이러한 극한적인 상황은 이 공간을 깨뜨리고 밖으로 나오라는 부름을 낳는다는 것을 시사한다.

거 나를 부르는 것이 누구요,

가랑잎 잎파리 푸르러 나오는 그늘인데,

나 아직 여기 호흡(呼吸)이 남아 있소.

한 번도 손들어 보지 못한 나를

손들어 표할 하늘도 없는 나를

어디에 내 한 몸 둘 하늘이 있어

나를 부르는 것이오.

일을 마치고 내 죽는 날 아침에는

서럽지도 않은 가랑잎이 떨어질 텐데……

나를 부르지 마오.

이 시의 화자가 처해 있는 공간은 '그늘'이다. 여기에서는 그것이 그늘이기 때문에 오히려 가랑잎까지도 푸르러 보인다. 그러나 이것은 환상 효과에 불과하다. 그렇다고 생명이 아주 없어진 것은 아니다. 그렇긴 하나 이 시의 화자는 '그늘'이 사실상 전혀 움직임을 허용하지 않는 공간임을 알며 스스로의 목숨이 이미 가랑잎과 같아서 죽음과 삶의 구분은 의미가 없다고 말한다. 그리하여 어디선지 들려오는 행동에의 초대는 그에게 아무 효력도 갖지 못한다고 말한다. 그러나 독자는 이러한 거부에도 불구하고 행동에의 초대가 상황 자체에서 저절로 울려 나오는 소리임을 느낀다.

실제의 세계에서 분리된 의식의 세계가 불완전한 것이라는 생각에서든지, 또는 주어진 시대의 상황이 너무 급박하고 외부 세계의 급한 사정하에서 내면적인 세계가 지탱되기 어렵다는 생각에서든지, 윤동주는 여러 시들에서 적극적인 행동에의 의지를 확인한다. 그러나 이 행동은 주어진 조건이 절대적으로 불리한 것인 것만치, 주로 고통스러운 투쟁으로 생각한다. 이 고통은 기독교의 테두리를 빌려 이야기되는 경우가 많은데, 이 테두리에도 불구하고 윤동주는, 이 세상에서 행동과 고통이 병행하는 것임을 강조하고 그것을 실존적 결단을 통해서 받아들여야 한다는 것을 이야기할 뿐 초월적 위안을 말하지는 않는다. 「팔복(八福)」은 산상수훈(山上垂訓)을 모방한 것이지만, 여기에서 고통의 수락이 이야기되었을 뿐, 거기에 따르는 위안이 생략되어 있음에 우리는 주의할 수 있다. 예수는 여덟 내지 아홉 가지의 고통을 갈라 이야기하고 여기에 일일이 위로의 말을 붙였거니와 윤동주는 이 모든 고통을 통틀어 슬픔에 환원되는 것이라 하고 위로 대신에 "저희가 영원(永遠)히 슬플 것이오."라는 결론을 내린 것이다. 「태초(太初)의 아침」은 또 다른 기독교 신화에 의거하고 있거니와, 그가 강조하고 있는 것은 악과 선을 같이 만든 섭리의 절대성이다. 에덴동산에는 이미 태초의 아침이 열리기도 전에 "사랑은 뱀과 함께/ 독(毒)은 어린 꽃과 함께" 마련되었다는 것이다. 이럼에도 불구하고, 「또 태초(太初)의 아침」에 의하면, 인간은 악까지도 포함하는 삶을 살 결심을 하여야 한다. 윤동주는 이 시에서 말하고 있다.

빨리
봄이 오면
죄를 짓고
눈이
밝어

이브가 해산하는 수고를 다하면

무화과(無花果) 잎사귀를 부끄런 데를 가리고

나는 이마에 땀을 흘려야겠다.

이러한 운명의 수락의 강조는 다시 어떤 때 강박적이기까지 한 행동의
의지로도 나타나고, 또 보다 흔히는 비극적이고 영웅적인 최후의 예감이
되기도 한다. 가령, 「눈감고 간다」에서 윤동주는 어두운 세상에서 분명한
정세 판단을 하고 행동하는 것은 불가능하다. 그러나 훗날을 예비하는 것
은 필요한 것임에 우리는 눈을 감고라도 행동해야 한다. 차질이 일어난 연
후에 전후좌우를 둘러보아도 괜찮다. ── 이러한 요지의 말을 하고 있다.

이러한 절박한 심정은 그로 하여금 부단히 비극적인 자기희생을 그리워
하는 마음을 가지게 한다. 사실 자기희생의 숭고함에 대한 윤동주의 집념은
그가 열일곱의 소년이던 때 쓴 「초 한 대」에 이미 나와 있다. 그러나 자기희
생의 이념을 표현한 대표적인 시는 「십자가(十字架)」이다. 이 시에서 그가

괴로웠던 사나이,

행복한 예수, 그리스도에게

처럼

십자가(十字架)가 허락된다면

목아지를 드리우고

꽃처럼 피어나는 피를

어두어 가는 하늘 밑에

조용히 흘리겠습니다.

라고 말한 것은 이미 자주 인용되어 온 바 있어 새삼스럽게 지적할 필요도
없다.(아마 지적되어야 할 점은 예수를 간단히 행복하다 하고 수난의 피가 꽃처럼 피

어난다고 한 묘사의 지나친 낭만 취미일 것이다.)

그러나 비장한 최후에 대한 생각은 다른 시들에도 나타난다. 가령, 「참회록」에서 윤동주는 자신의 운명을 홀로 별똥이 되어 떨어지는 것이라고 예언하고 있는데, 같은 생각은 「별똥 떨어진 데」에서도 반복되어 있다. 여기에서 그는 다시 한 번 그의 운명을 별똥의 그것에 비유하고 단지 문제가 되는 것은 떨어져야 할 자리를 찾는 일이라는 것을 시사하고 있다. 자신의 시인으로서의 운명을 이야기한 「별 헤는 밤」에서, 자신이 빛나는 별이 되지 못하고 "밤을 새워 우는 벌레"임을 부끄러이 여기면서, 다시 한 번 별이 될 것을 희망할 때, 그가 생각한 것도 별보다는 별똥의 비장함이었는지 모른다.

그것이 비극적인 결과만을 가져오는 것이라도 직각적인 행동에 돌입해야 한다는 생각이 윤동주의 시에서 중요한 테마가 되는 것은 분명한 것이지만, 이 행동은 보다 정확히 어떤 행동을 말하는가? 그의 시에 산견(散見)되는 '새벽', '아침', '시대', '역사', '진실한 세기의 계절', '빛', '어둠' 등의 어휘는 그의 행동도 이러한 어휘가 가리키는 사회적·정치적 테두리 속에서 취해져야 할 것임을 이야기해 준다.

그러나 우리는 윤동주의 행동이 반드시 직접적인 정치적 행동만을 의미하지 않을 수도 있다는 가능성을 배제하지 말아야 한다. 우리는 앞에서 그의 생애의 지배적인 모티프의 하나가 키르케고르에서처럼, 심미적(審美的)·윤리적 자기완성이고, 이러한 완성이 궁극적으로는 실천과 행동을 통하여 완성되는 것이라고 했거니와 이러한 의미에 있어서의 행동이 반드시 정치적 행동이어야 할 이유는 없다. 윤동주가 조선 독립이라는 특정한 정치적 목표를 달성하기 위한 행동을 원했다 하더라도, 그것은 그러한 정치 목표 그 자체를 위해서라기보다는 그것이 삶의 완성에 필수적인 전제 조건이 됨으로써였다고 할 수도 있는 것이다. 말하자면 윤동주에게 괴로웠던 것은 당대의 사회가 넓은 의미에서 자기완성의 추구를 허용하지 아니한다는 점이었고, 그 결과 그는 현상 타파를 요구하게 된 것이다. 그러므로 윤동주는 직접적인 의미의 애국심과 자신이 추구하는 이상 사이에 갈등을 느낀 경우도 적지 않았다.

내 생각으로는 「또 다른 고향」은, 극히 애매한 시이기는 하지만, 이러한 갈등에 대한 윤동주의 의식을 잘 드러내 주는 시이다. 여기에서 그는 그의 추구가 괴테적인 '아름다운 혼'의 완성이고, 이것은 당대 사회의 주조(主潮)에 반드시 일치하는 추구가 아니라고 말하고 있는 것으로 생각된다. 이 시는 시인 자신의 상황을 간략하게 요약하는 것으로 시작한다.

> 고향에 돌아온 날 밤에
> 내 백골(白骨)이 따라와 한방에 누웠다.

> 어둔 방은 우주로 통하고
> 하늘에선가 소리처럼 바람이 불어온다.

시인은 자기의 고향을 죽은 자신의 시신(屍身)을 만나는 음산한 곳이고 '어둔 방'으로 집약하여 표상할 수 있는 곳이라고 말한다. 그러나 또 역설적으로 이 좁고 어두운 곳은 넓은 움직임의 공간에로의 부름을 가지고 있다.(여기의 발상은 「자화상」의 그것에 비슷하다.)

> 어둠 속에서 곱게 풍화 작용(風化作用)하는
> 백골(白骨)을 들여다보며
> 눈물짓는 것이 내가 우는 것이냐

백골이 우는 것이냐
아름다운 혼(魂)이 우는 것이냐

　시인이 고향의 어두운 상황을 슬퍼하는 것은 어째서인가? 시인 자신의 어떤 면에 비추어 그러한 질문이 발해지는 것인가? 시인의 자기 성찰은 자신 가운데 세 분신을 발견한다. 하나는 삶의 가능성을 죽음의 세계 속에 묻어 버린 과거의 자기, 고향에 남아 있던 자기요, 다른 하나는 이것을 반성하고 있는 현재의 자기다. 셋째 번의 '아름다운 혼(魂)'을 유럽의 낭만주의 문학에서 중요한 개념이었던 아름다운 영혼(La belle âme; Die schöne Seele), 특히 괴테의 『빌헬름 마이스터』 중의 「아름다운 영혼의 고백」에 나오는 아름다운 영혼에 대한 언급이라고 본다면, 그것은 그때그때의 감각적 체험과 쾌락과 고통을 넘어서고 또 그것을 밑거름으로 하여 삶의 하나의 조화된 통일체로 완성해 가는 성장의 원리라고 생각할 수 있다. 시인은 이러한 세 개의 분신 중 우는 것이 누구냐고 묻고 있는데, 우는 것은 이 세 분신 모두라고 할 수도 있지만, 그중에도 다양하고 조화된 생의 통일성을 관장하는 영혼 — 좁은 방에 대하여 하늘에서 오는 바람 소리처럼, 현재를 초월하는 원리인 '아름다운 혼(魂)'이 희생된 삶의 가능성을 생각하여 운다고 하는 것이 적절할 것이다. 이 시의 다음 부분은 매우 모호하다.

지조 높은 개는
밤을 새워 어둠을 짖는다.

어둠을 짖는 개는
나를 쫓는 것일 게다.

흔히 여기의 '지조(志操) 높은 개'는 시인 자신이 우러르는 충의와 애국의 상징으로 해석되어 왔는데, 이것은 그다지 타당성이 높은 해석이 아닌 것으로 생각된다. 개가 충성스러운 짐승인 것은 사실이라 하겠지만, 개에 대한 일반적인 연상을 생각할 때, 윤동주가 하필이면 충의의 사표로서 개를 들었다는 것은 기이한 일이다. 사실 이런 구절의 의미는 붙이기 나름이고 붙이기 나름이라는 것은 시인으로서의 윤동주의 미숙함을 드러내는 것이라고 하겠는데, 내 생각으로는 '지조 높은 개'는 아이러니컬한 뜻을 가진 것으로 보는 것이 좋을 듯하다. 즉 한쪽으로 그것은 지사적(志士的)인 인물로서 어둠의 증인이 되는 사람을 가리키고, 다른 한쪽으로 그것은 지사는 지사이되 '어둠을 짖는', 즉 여기서는 어둠의 소리만을 낸다는 뜻에서 '어둠을 짖는' 일 이외에는 하늘의 소리도 아름다운 혼(魂)의 세계도 알지 못하는 우직(愚直)한 존재, 아직 사람의 경지에 이르지 못한 동물적 존재를 가리킨다. 윤동주는 「아우의 인상화(印象畵)」에서 무엇이 되겠느냐는 그의 질문에 아우가 "사람이 되지." 하고 대답하는 말을 듣고 그것이 얼마나 어려운 운명적 투쟁을 겪어서 이루어지는 소망인가를 예감한 바 있음을 기록했다. '지조 높은 개'의 세계는 시인 자신의 백골을 담아 가진 세계이다. 적어도 위의 인용의 후반부에서 분명하듯 이것이 현재 시인 자신에 속해 있는 세계가 아닌 것은 분명하다. 그는 이 개에 쫓겨 가고 있는 것이 아닌가? 장황해지는 폐를 무릅쓰고 여기에 대하여 이야기를 계속해 보면, '지조 높은 개'의 이중적 의미는 윤동주의 신상 사정에 직접적으로 관계되는 것으로 생각된다. 정음사 간(刊)의 시집에 의하면 「또 다른 고향(故鄕)」이 쓰인 것은 1941년 9월로 되어 있는데, 여기에 1942년까지 윤동주가 매년 겨울과 여름 방학에 고향에 내려왔었다는 윤일계(尹一桂) 씨의 증언을 합쳐 보면, 이 시는 여름 방학 직후에 쓰인 것이 되겠는데, 용정(龍井)을 떠나서 서울로 돌아온 시인은 자기의 여행과 궁극적으로는 서울 유학의 의미에 대하여 생각하게 되었던 것으로 짐작할 수 있다. 한편으로 그는 용정을 떠난 것을 지조를 꺾는 것으로 생각했을 것이다. 그것은 단순히 고향을 떠나는 것이 아니라, 반자치(半自治)의 특권을 누렸던 한국인 사회를 버리고 보다 개화는 되었을지 몰라도 적 치하(敵治下)에 있는 서울을 택하는 것이었다. 뿐만 아니라 졸업을 얼마 남겨 두지 않았던 1941년 9월에 그는 이미 일본에 갈 계획까지 짜고 있었는지 모를 일이다. 서울에 가고 일본에 가는 명목은 교육이고 자기완성이지만, 이것은 일본의 신문화에 혼을 파는 것이요, 고향에 대해서 이방인이 되는 것이다. 새로운 정신세계에 발돋움하고자 하는 윤동주는 자신의 선택의 뜻하는 바를 너무도 잘 알기 때문에, 이 시의 마지막 부분에서 이야기하듯이,

　　　가자 가자
　　　쫓기우는 사람처럼
　　　백골(白骨) 몰래
　　　아름다운 또 다른 고향으로 가자

라고 절규하며 황급히 고향을 떠나 새로운 정신적 고향을 찾아가는 것이다.

　「또 다른 고향」에서 보는 바와 같은, 윤동주의 주된 추구와 정치 행동과의 괴리를 드러내 주는 사례들은 다른 데에서도 찾을 수 있다. 아마 그 가장 적절한 예는 「별똥 떨어진 데」일 것이다. 여기에서 윤동주는 자기가 생각하는 이상과 정치와의 관련성을 분명히 하고 있다. 그는 정치를 부정하지는 않지만, 그의 추구가 반드시 정치를 필수적으로 하는 것이 아니라는 것도 밝히고 있다. 엇비슷한 상징의 수법으로 쓰인 이 산문의 서두에서 그는 우선 하늘과 별과 '자조(自嘲)하는 한 젊은이'라는 우리가 위에서 여러

번 본 바 있는 이미지군을 사용하여 자신의 상황을 상징적으로 그린 다음 보다 구체적으로 자신의 성장 환경과 상황에 언급하여 다음과 같이 이야기한다.

나는 이 어둠에서 배태(胚胎)되고 이 어둠에서 생장하여서 아직도 이 어둠 속에 그대로 생존하나 보다. 이제 내가 갈 곳이 어딘지 몰라 허우적거리는 것이다.

그러나 이것이 그 전부는 아니다. 어둠은 밝은 것에 대한 대칭으로 존재한다. 따라서 어둠 속의 그에게는 "이 점(點)의 대칭 위치(對稱位置)에 또 하나 다른 밝음(명(明))의 초점이 도사리고 있는 듯 생각된다." 그러면 이 밝음의 초점은 어디에 있는가? 급한 생각으로는 그것은 "덥석 움키었으면 잡힐 듯도 하다." 그러나 준비가 필요하다. 이 준비는 주로 '내 마음'의 준비인데 내가 "행복이란 별스런 손님"을 맞아들일 준비를 하는 데에는 "한가닥 구실"을 치르지 않으면 안 된다. 하여튼 윤동주에 의하면 우리는 어둠을 그대로, "공포의 장막"으로도 퇴폐적인 "향락의 도가니"로도 받아들일 수는 없는 것이다. 이 거부는 "다만 말 못하는 비극의 배경"이 될 뿐인 "어둠 속에 조을며 다닥다닥 나라니한 초가(草家)"들에도 향한다.(여기에 관련시켜 볼 때 그의 시 「슬픈 족속(族屬)」, 「장」과 같은 데 나타나는 한국의 삶의 묘사가 단순히 연민과 사랑을 나타낸 것이라고 볼 수는 없다.) 그러나 한국의 어둠의 극복은 일시적이고 외부적인 변화에 의하여 이루어질 수 없다. 그는 말한다.

이제 닭이 홰를 치면서 맵짠 울음을 뽑아 밤을 쫓고 어둠을 내몰아 동켠으로 휘 ― ㄴ히 새벽이란 새로운 손님을 불러온다고 하자. 하나 경망스럽게 그리 반가워할 것은 없다. 보아라 가령 새벽이 왔다 하더래도 이 마을은 그대로 암담(暗澹)하고 나도 그대로 암담하고 하여서 너나 나나 이 가랑지길에서 주저주저(躊躇躊躇) 아니치 못할 생존들이 아니냐.

그러면 어떻게 할 것인가? 윤동주는 위와 같이 자신과 사회의 상황을 논한 다음 돌연 "나무가 있다." 하고 나무 이야기를 끄집어낸다. 나무는 어떠한 곳에서나 자연의 다른 요소들과 어울려 삶을 구가한다.

……나무는 행동(行動)의 방향(方向)이란 거치장스런 과제(課題)에 봉착하지 않고 인위적으로든 우연으로서든 탄생시켜 준 자리를 지켜 무진무궁한 영양소를 흡취하고 영롱한 햇빛을 받아들여 손쉽게 생활을 영위하고 오로지 하늘만 바라고 뻗어질 수 있는 것이 무엇보다 행복스럽지 않으냐.

나무를 말하는 윤동주의 교훈은 분명하다. 필요한 것은 정치적 해결이 아니라 내적 충실, 유기적 성장이다. 이것은 안도산(安島山)류(流)의 민족적 실력을 기른다는 이야기로도 생각되지만, 아마 그것보다도 「또 다른 고향」에서 시사된 것처럼 자신의 내적 성장 —— 고향을 떠나서 서울로, 경도(京都)로 추구해 간 내적 성장을 가리키는 것일 것이다. 이러한 유기적 성장에 대한 관심은 또 하나의 산문 「화원(花園)에 꽃이 핀다」에도 나타나 있다. 윤동주는 이 글의 요지를 요약하는 마지막에서 " —— 이상이견빙지(履霜而堅氷至) —— 서리를 밟거든 얼음이 굳어질 것을 각오하라가 아니라 우리는 서릿발에 끼친 낙엽을 밟으면서 멀리 봄이 올 것을 믿습니다. 화로가에서 많은 일이 이루어질 것입니다."라고 정치 정세의 악화 속에서도 희망을 가질 수 있다는 선언을 하고 있다. 이것은 1940년대 말에 이태준(李泰俊)이 「패강랭(浿江冷)」에서 '이상이견빙지(履霜而堅氷至)'를 인용하면서 시대의 암흑화를 예언한 것에 답하는 선언으로 보이는데 윤동주의 의견으로는 외부의 계절이 어느 때가 되든지 그의 화원(花園)에는 "사철 내 봄이 청춘들과 함께 싱싱하게 등대하여 있고" 공적인 활동이 쉬고 있는 동안에 오히려 꽃의 유기적인 성장은 촉진된다는 것이다. 이 꽃들은 또 고독한 영혼 속에 자라는 것만은 아니라고 한다. 또 하나의 독일 시인 실러는 시대의 어려움으로부터의 피난처로 아름다운 영혼들의 모임을 생각했지만 윤동주도 친구들의 교감(交感)이 그의 화원을 빛나게 할 것임을 이야기한다. "고독, 정적도 확실히 아름다운 것임에 틀림없으나, 여기에 또 서로 마음을 주는 친구가 있다는 것도 다행한 일"이라는 것이다. 그리하여 그는 결론적으로 "세상은 거듭 포성(砲聲)에 떠들썩하건만 극히 조용한 가운데 우리들 동산에서 서로 융합할 수 있고 이해할 수 있고 종전의 X가 있는 것은 시세의 역효과일까요."라고 반문한다. 이 글에서 이야기되는 내적 충실은 당대의 정치 정세에 대한 하나의 대증(對症) 처방으로 제시된 것이라 해석될 수 있는 것이나 그의 근본적인 성향(性向)이 여기에 향했던 것은 부인할 수 없다. 이 글에서 그는 자신의 성향을 말하여,

　　나는 세계관, 인생관, 이런 좀 더 큰 문제보다 바람과 구름과 햇빛과 나무와 우정(友情), 이런 것들에 더 많이 괴로워해 왔는지 모른다.

라고 말하고 있거니와 괴테가 식물의 자연에서 인간의 영혼과 같은 본질을 보았듯이, 윤동주도 자신이 추상적인 이념보다는 식물과 자연 만물과 더불어 공유하고 있는 생명 충동에 의하여 움직이는 사람이었음을 선언하는 것이라고 생각된다. 그의 시집의 「서시」에서 "잎새에 이는 바람에도 나는 괴로워했다."라는 말도 바로 이런 선언인 것이다. 또는 어떻게 보면 전적으로 정치적으로 해석될 수 있는 시, 「병원(病院)」에서 여자 환자를 나비가 찾아오지 않는 꽃에 비유하고 또 시인 자신이 앓고 있는 병을 늙은 의사

는 알 수 없는 "젊은이의 병(病)"이라고 한 것을 보면 이 시의 '병원(病院)'은 ─ 여기서 '병원'은 사회 전체라고 생각해도 좋다. ─ 단순한 정치적 정세가 아니라 건강이 훼손된 상태, 달리 말하여 생명력이 손상된 상태를 지칭하는 것이라 하겠다.

이렇게 윤동주가 생명의 충일을 자족적인 식물의 비유로 이야기했다는 것은 그가 그러한 행복의 상태를 아주 정적(靜的)인 것으로 생각했다는 인상을 준다. 물론 이런 면이 있었던 것도 사실이겠지만 이것은 그의 실천적 행동의 강조와는 맞아 들어가지 않는 인상이라 하겠다. 그러나 그의 생명 충동은 자족적인 향수보다는 보다 능동적인 감각과 관능의 정열, 다시 말하여 기쁨과 젊음의 충동으로도 표현되었다. 그리고 이러한 표현은 그의 시적 사유와 전기(傳記)의 흐름에 더 맞아 들어가는 것으로 보인다. 이러한 기쁨의 충동을 잘 나타내고 있는 것은 그가 동경으로 가기 직전에 썼다는 「참회록」이다. 이 시는 당시의 윤동주의 상황을 매우 적절하게 드러내 준다. 이 시는 또 한 번 시인 자신의 상황의 간략한 제시로서 시작한다.

> 파란 녹이 낀 구리거울 속에
> 내 얼굴이 남아 있는 것은
> 어느 왕조(王朝)의 유물이기에
> 이다지도 욕될까.

첫 연의, 윤동주로서는 드물게 역사에 직접 언급하는 상황 판단에 의하면, 시인은 자신을 죽은 역사의 유물 가운데 있는 사람이라고 하고, 이를 욕된 일이라고 말한다. 그러고는 다음 연에서 이러한 역사에 눌려 있는 자신을 비판한다.

나는 나의 참회(懺悔)의 글을 한 줄에 줄이자

─ 만 24년(年) 1개월을

무슨 기쁨을 바라 살아왔든가.

시인은 이렇게 자신의 생애가 기쁨이 없는 것임을 참회한다.(후회라고 해도 될 것을 참회라고 한 것은 그것이 기쁨 없는 삶이 죄악이라는 강력한 주장을 함축하는 것이기 때문이다.) 이러한 자신의 삶에 대한 비판은 그 삶을 조건지우는 왕조의 전통을 비판하는 것이기도 하다.(우리는 유교가 삶의 기쁨에서는 가장 멀리 떨어져 있는 윤리임을 생각해 볼 수 있다.) 다음 연은 이러한 자기비판을 강력한 거부의 결의로 바꿀 것을 촉구한다.

내일이나 모레나 그 어느 즐거운 날에

나는 또 한 줄의 참회록을 써야 한다

─ 그때 그 젊은 나이에

왜 그런 부끄런 고백을 했든가.

여기에서 시인은 미래의 즐거움의 확실성을 기정사실로 만들어 버리고 그 관점에서 볼 때, 오늘날의 여건이 어떠한 것이든지, 젊음이 기쁨의 삶을 대담하게 살지 못했다는 것은 부끄러운 일이며 젊음의 삶에 대한 의무를 다한 일이 아니라고 말한다. 오늘의 삶을 기쁘게 살 결의가 가장 중요한 것이라면, 어떻게 해야 할 것인가?

밤이면 밤마다 나의 거울을

손바닥으로 닦어 보자.

시인은 어둠의 시간에도 자신의 이상적 가능성을 비출 수 있는 의식을 닦아야 한다. 그것도 전력을 다해서, 손과 발로, 즉 실제적인 행동을 통해서 닦아야 한다.

그러면 어느 운석(隕石) 밑으로 홀로 걸어가는
슬픈 사람의 뒷모양이
거울 속에 나타난다.

실천적 의식이 포착하는 것은, 영웅적이며 비극적인 행동인의 이상이다.("슬픈 사람의 뒷모양"이라는 표현에서 보듯이, 여기에 행동인은 영웅적인 운명을 스스로 창조하는 지도자보다는 비장한 수난자, 앞으로 나아오는 것보다는 뒤로 물러가고 사라져 가는 모습을 보여 주는 사람이다.) 이와 같이 「참회록」은 행동을 이야기하고 있는데, 같은 주제는 「한난계」에도 나와 있다. 다만 이 시에서 주목에 값하는 것은 「참회록」의 개인적인 것으로 파악된 기쁨의 행동이 여기에서 역사와 연결되어 있다는 점 때문이다. 여기서 윤동주는 자신을 '한난계'에 비유하면서 자신이 "분수 같은 냉침을 억지로 삼키기에 정력을 낭비"하기도 하지만, 자신의 이상은 "해바라기 만발한 팔월 교정"이며 "피 끓을 그날"이라고 말한다. 그러고 나서 따뜻한 계절의 충동의 시킴에 따라 자기가 자연을 헤매었던 사실에 언급하고, 이것은 바로 역사의 참다운 행로와 일치하는 것이라고 말한다. 다시 말하여, 우리의 생리는 따뜻한 계절에 반응하여 우리로 하여금 산야(山野)를 헤매게 하지만, 역사도 같은 충동에 의하여 움직이는 것이다.

나는 또 내가 모르는 사이에 ―
나는 아마도 진실한 세기의 계절을 따라 ―

하늘만 보이는 울타리 안을 뛰쳐,

역사 같은 포지션을 지켜야 봅니다.

이렇게 하여 윤동주에 있어서 짓눌린 삶에 대한 반발, 식물의 더하고 모자랄 것 없는 삶의 향수(享受), 기쁨의 삶에 대한 지향은 다시 한 번 정치적인 행동과 만나게 된다.

그러나 1940년대의 한국이나 일본에서 그가 할 수 있는 정치적인 행동이 무엇이었을까는 가늠하기 어렵다. 그가 1940년대의 숨 막히는 상황을 일본에서 단신 대결하여 무엇을 얻을 수 있었을까? 어쨌든 그가 별로서 우러른 것은, 그 자신의 말에 의하면, 추억과 사랑과 쓸쓸함과 동경과 시와 어머니 그리고 어린 때의 여자 친구들과 "비둘기, 강아지, 토끼, 노새, 노루, 프랑시스 짬, 라이너 마리아 릴케"였고 그의 동생의 말에 의하면 그의 장서의 저자에는 앙드레 지드, 도스토옙스키, 발레리, 키르케고르가 포함되어 있었다. 그가 원했던 것은 주로 자아의 미적(美的)·실존적(實存的)·윤리적(倫理的) 완성이었다. 이것은 새로 눈뜬 한국의 자아의 절실한 소망이기도 했다. 그러나 시대는 너무나 가혹했다. 「종시(終始)」에서 비유적으로 말했듯이, 그가 어둠 속에서 눈을 떴을 때 앞에는 예로부터의 성벽이 있었다. 하늘이 보이기는 했지만 성벽은 그를 밀어내고 있었다. 한 가닥 희망은 이 성벽이 끊어진 곳을 찾는 것이었다. 그러나 그 끊어진 곳에는 '총독부(總督府), 도청(道廳), 무슨 참고관(參考館), 신문사, 소방조(消防組), 무슨 주식회사, 부청(府廳), 양복점, 고물상' 등이 있었다. 그가 당황한 것도 무리는 아니었다. 그는 새로운 행동의 결심을 다지고 있었으나, 가혹한 시대는 자아의 탐구자에게 비장한 수난자의 지위밖에 허용하지 않았다. 그러나 그의 시는 그에게 어느 정도의 내적인 공간을 마련해 주었다. 그러나 주어진 상황, 짧은 생애에서 내면의 완성도 기대하기는 어려운 것이었다. 이 어려움은 그의 시에 깃들어 있는 어떤 미완성감과 침묵으로 남을 수밖에 없었다. 괴테는 「아름다운 영혼의 고백」에서 다음과 같이 말하고 있다.

거룩하고 다사롭고 커다란 감정을 바깥세상의 사물들과 따로 떨어져서 가꾸면, 그러한 감정은 우리를 텅 비게 하고 우리 삶의 뿌리를 뒤엎어 버린다.

또 이어서 그는 말하고 있다.

사람의 본질은 활동하는 데 있고 쉬어야 하는 것이 불가피한 경우 그동안에 바깥세상의 사물에 대한 분명한 인식을 얻도록 노력해야 한다. 그래서 이 인식은 그다음의 활동을 쉽게 해 주게 된다.

당대의 대부분의 사람에 그랬듯이 윤동주에게도 안과 밖의 자연스러운 교섭은 허용되지 아니하였다. 그러니만치 그의 삶은 미완성인 채로 끝날 수밖에 없었다. 그러나 그는 당대의 기교파 시인이나 미쳐 돌아간 친일(親日) 곡예사(曲藝師)들에 비하여 누구보다도 삶의 깊이에 이르려 했고 또 이 안으로의 깊이가 밖으로의 높이와 넓이를 필요로 하는 것을 의식하고 있었다. 또 의식이 적극적인 행동으로 전환되어야 한다는 것도 생각하였다. 그러나 그는 거기에 성공하지는 못했던 것 같다. 이러한 요소들이 그의 삶을 비극적인 것이게 했고 또 영광스러운 것이 되게 하였다.

(1976년)

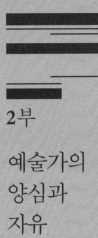

2부

예술가의
양심과
자유

민족 주체성의 의미

안수길의 『북간도』

　안수길(安壽吉) 씨의 『북간도(北間島)』는 북간도를 중심한 만주 지방에 있어서의 1870년대로부터 1945년까지의 한국 이민의 연대기(年代記)이다. 북간도 이민(移民)이 이루어진 원인부터가, 이 소설의 서두에 설명되어 있듯이, 조선과 청국(淸國) 간의 정치 관계 속에서 발생하지만, 이 소설에 그려져 있는 북간도의 이야기는 철저하게 정치적이고 여기서 정치는, 청일(淸日)을 양극(兩極)으로 하고 그 틈바귀에 조선이 끼어드는 동북아(東北亞)의 국제 정치를 말한다. 『북간도』는 이 국제 정치의 역학 관계에서 생기는 기복이 북간도라는 변경 지방(邊境地方)에 미치게 되는 영향을 역사상의 중요한 사건들을 지표로 하여 연대기적으로 기록하고 있다.

　19세기 후반으로부터 해방까지라면, 근세 한국(近世韓國)의 역사에서 가장 어지러운 격동기였으며 민족의 수난기였다. 이 기간의 역사를 소설로 옮겨 본다는 것은 그 기도(企圖)에 있어서 벌써 의의 있는 일이다. 그러나 사건의 연차적(年次的)인 기록이 역사가 되지 않듯이 역사의 각색이 소설이 되지 않는 것임은 말할 것도 없다. 앞에서 『북간도』가 연대기라고 했는데, 사실 얼른 보아 이 소설은 뚜렷한 내적인 주제의 변증법을 가지고 있지 않다는 인상을 주기 쉽다. 그러나 이 작품에 역사에 대한 일정한 관점이나 소설로서의 주제가 없는 것이 아니다. 따라서 우선 이 작품에 일관되어 있는 변증법을 간추려 보는 것이 이 작품을 비판적으로 읽는 첫 작업(作業)이 될 것이다.

민족적 주체성(主體性)의 문제는 이 작품이 이야기하고 캐어 보려는 중심적인 문제가 되어 있다. 우리는 근자의 민족적 주체성에 관한 논의를 많이 들어 왔다. 『북간도』는 이 논의에 대한 한 기여(寄與)로 생각될 수도 있겠다. 아마 이 주체성의 논의에서 그 살아 있는 의미를 ─ 그것이 비록 그 이념(理念)이 의미하는바 전폭을 포괄하는 것이 아니라 할지라도 ─ 이 소설만큼 설득력 있게 이야기하고 있는 경우도 찾아보기 어렵지 않을까 한다. 『북간도』에 있어서 민족적 주체성은 처음에 제 것을 지키고자 하는 인간 본연의 충동 ─ 비교적 원시적인 자아(自我)의 위엄성(威嚴性)에 대한 주장으로 생각되어지고 소설이 앞으로 나아감에 따라 점점 강력하게, 이것은 하나의 필수 불가결한 삶의 조건으로 파악된다.

주제(主題)의 전개는 4대(代)에 걸친 한 북간도 이민 가족의 역사를 통하여 행해진다. 당초에 이민의 계기는 단순한 생존권의 주장으로 마련된다. 그렇지 않아도 척박하기 짝이 없는 함경도 오지(奧地)에 큰 흉년이 든다. 조선과 청국 사대(事大) 관계에 입각한 계약에 의하여 월강(越江)이 금지되어 있는 두만강 건너편에는 개간되지 않은 비옥한 토지가 유휴 상태(遊休狀態)로 버려져 있다. 제1대(第一代) 주인공 이한복을 필두로 하여 함경도의 아사(餓死) 직전의 농민들은 죽음을 무릅쓰고 두만강을 넘어 북간도 농사를 시작한다. 이러한 농민들의 모험은 얼마 후에 조선 정부의 뒷받침을 받게 된다. 그러나 조선 이민과 정부에 의한 생존권의 주장은 국제 정치의 권력 진공(權力眞空)을 틈탄 일시적인 현상에 지나지 않는다. 얼마 안 있어

보다 강력한 국권(國權)에 뒷받침된 청국의 이민들이 들어와서, 조선 이민의 자주적인 생존권을 위협하게 된다. 이 소설에 있어서 이 위협은 우선 조선인으로 하여금 흑복 변발(黑服辮髮)하고 입적 귀화(入籍歸化)케 하려는 청국 정부의 압력으로 나타난다. 물론 이것은 단순히 생활 양식에 관한 문제가 아니다. 청국은 입적 귀화하지 않는 조선인에게는 토지 소유권을 인정치 않는다고 말한다.

우리는 여기에서 외국 세력의 강압에 대하여 조선인이 보이는 두 가지 반응 양식을 본다. 하나는 저항이고, 다른 하나는 적응이다. 북간도 비봉촌(飛鳳村)의 이민 중 이한복을 중심한 일부 촌민은 조선인의 상투를 끝까지 유지하며 청국의 명령에 항거한다. 이에 대하여, 장치덕을 중심한 다른 일부의 촌민은 변발을 기피하되 마찰을 피하는 방법으로 스스로 제 머리를 미리 깎아 버리는 조치를 취한다. 어느 쪽이 더 적절한 반응의 방식인지 이에 대한 의논은 — 작자(作者)가 어느 쪽에 동정적인지는 분명하지만 — 적어도 소설의 구체에 있어서는 분명한 판단이 내려지지 않는다. 그러나 저항의 현실적 귀결이 무엇인가는, 조금 억지스럽기는 하지만, 상징적으로 이야기되어 있다. 이한복은, 손자 창윤이 청국인에게 끌려가 억지 변발을 하고 돌아온 것을 보고 그 변발을 가위로 자르다가 졸도 운명(殞命)하고 만다.

조선인의 독자적인 생존권에 대한 첫 도전은 그렇게 감당키 어려운 것이 아니었는지 모른다. 그러면서도 이 첫 갈등은 앞으로 올 보다 큰 갈등의 기본적인 양식을 예시해 준다. 첫 갈등은 이한복의 손자 창윤이 청국인 지주의 농장에서 감자를 캐내 오다가 붙잡히는 단순한 사건으로 나타나지만(사실 이 삽화는 앞으로 올 큰 갈등과 비극의 의미를 지탱하기에는 너무나 가냘프고 사소한 것이다.) 그다음의 중요한 갈등의 계기가 되는 사건은 조금 더 심각한 것이다.

그것은 사람 좋은 순박한 농부 김 서방이 청국인들에게 얻어맞고 다시 청국 관헌에 붙들려 갔다가 이유 없이 시체로 돌아온 사건이다. 조선인 주민들은 한 사람의 무고한 생명이 이유 없이 없어진 데 대하여 책임을 규명해 보려고 나서지만 헛된 노력이 되어 버리고 만다. 또 다른 한쪽으로 머리를 미리 깎아 변발을 피하였던 장치덕의 적응은 이러한 사건을 계기로 보다 적극적인 적응으로 변화한다. 비봉촌의 주민들은 대표를 뽑아 청국에 귀화 청국인이 되게 하고 이 귀화인을 거중으로 하여 토지도 소유하고 관헌과의 거래에도 편의를 도모한다. 그러나 귀화한 청국인들, 최삼봉과 노덕심은 동포를 위하여 희생한다는 본래의 목적에서 벗어나 진짜 청국 지주(地主)의 주구(走狗)로 변모되어 간다. 김 서방 사건의 해결에 있어서도 조선인 주민의 분노를 둔화시키는 이상 다른 아무 일도 하지 못한다.

동양 삼국(東洋三國)의 세력 관계에 변화가 일어남에 따라, 한국 이민의 주체적인 생활권에 대한 도전은 청국에서보다는 일본 측으로부터 오게 된다. 한국 본토를 손아귀에 넣은 일본의 만주(滿洲) 진출은 만주의 한국 주민들에 의하여 불분명한 의미를 가지고 있는 것으로 받아들여진다.

이주민들은 한쪽으로 일본의, 본토에 있어서의 자주권 침해에 반발을 느끼고 있으나 다른 한편으로 청국 관헌의 부당한 박해에 대체할 수 있는 새로운 세력으로 일본에 은근한 기대를 걸어 보기도 한다. 앞에서 든 김 서방 사건에서 비봉촌의 주민들은 일본 영사관의 힘을 빌려 정의(正義)를 얻을 수 있지 않을까 하는 의논을 하게 된다. 그러나 정세(情勢)의 변화와 아울러 촌민들의 일본에 대한 의심과 반발은 이러한 의논을 뭉개어 버린다.

일본에 대한 의심은 옳았던 것으로 판명된다. 일단은 일본 영사관이 재만 한국인(在滿韓國人)을 보호하는 듯하지만, 실상 한국인은 일본인에게, 만주 침략(侵略)에 이용될 수 있는, 그러나 그들 자신의 이익을 위해서라면 언제나 희생될 수 있는, 장기짝에 지나지 않는다. 일본 세력과의 알력은 『북간도』 하권(下卷) 4부와 5부에서 주로 다루어져 있는데 이 부분에서 작자는 대개 역사적인 사건들의 설명과 소설화로써 허구(虛構)에 의한 예증(例證)을 대신하고 있다. 1919년의 만세 사건(萬歲事件), 용정(龍井) 조선은행(朝鮮銀行) 15만 원 사건, 마적(馬賊) 장강호(張江好)의 훈춘성 습격(琿春城襲擊), 독립군(獨立軍)의 청산리(靑山里) 봉오리(鳳梧里) 대첩(大捷), 그 후의 일본에 의한 양민 대학살(良民大虐殺) 등의 대사건들이 간결하면서도 실감 있게 재생되어 일본의 보호하에서 한국인의 생명과 권리가 제대로 보존될 수 없음을 증언한다. 소설의 주인공들은 이러한 대사건들의 그림자가 던지는 불안 속에서 혹은 제삼자로 혹은 단역(端役)을 맡는 참고자(參考者)로서 묘사된다. 여기에서 대사건과 주인공들의 생활과의 교호 작용(交互作用)은 능숙한 솜씨로 편집 정리되어 있다.

국제적 세력 투쟁(勢力鬪爭)의 착잡한 사건들을 통해서 윤곽을 잡아 가는 것은 어떠한 희생을 통해서라도 한국인은 한국인으로서의 주체성을 확립하는 것만이 유일한 살 길이라는 깨우침이다. 앞에서 우리는 김 서방 피살 사건을 들어, 중국의 법 아래서 한국인의 생명은 무책임 속에 방기된다는 사실을 언급했다. 이때 비봉의 주민들은 일본의 힘을 빌릴 연구를 했다. 일본의 힘은 한국인의 생존권을 보장할 수 있는가? 일본의 정의가 믿을 수 없는 것이라는 것은 앞에 든 대사건들에서 충분히 증거된다. 그러나 이것은 일본 식민 정책의 커다란 움직임 속에서 일어나는 일들이었다. 좀 더 사사로운 평면(平面)에서 일본은 어떻게 행동하는가? 이 소설의 테마의 논리를 이해하는 데 도움이 되는 것은 대사건들의 틈바귀에 끼어 있는 최창락(崔昌洛) 피살 사건과 김춘택(金春澤) 피살 사건일 것이다. 앞의 것은 학교에서 돌아오는 순진한 학생을 중국인 경찰이 심심풀이라도 하려는 듯 발포 살해한 사건이고, 뒤의 것은 이두구(二頭溝) 예수촌에서 일경(日警)이 조선인 농민을 별 까닭 없이 총살한 사건이다. 독자의 마음에서 두 사건은 곧 상권(上卷)의 김 서방 사건에 연결된다. 최창락 사건에서 범인이 중국인이기 때문에 김 서방의 경우에서와는 달리, 이주민들은 일본의 힘을 빌려 어느 정도의 정의를 얻어 낼 수 있다. 그러나 일경이 당사자가 된 사건에서 정의의 억제는 김 서방 사건에서보다 한층 더 철저한 것이 된다. 한국인은 한국인의 주체적인 법질서(法秩序)를 갖지 않는 한 최소한도의 안전도 보장받을 수 없는 것이다. 김 서방 사건의 사후 처리를 논의하면서, 한 촌민(村民)은 "우리가 무슨 심이 있능가, 심이 없응이까 싫은 놈의 심이래두 믿자는 기지."라고 말하면서 일본 세력에 의지하는 것이 불가피하다고 말한다. 이러한 주장에 대하여 3대(代)째의 주인공 창윤은 말한다.

내 생각으루는 통감부의 심으 비는 거 찬성두 앙이 하구 반대두 앙이 하네. 우리가 우리 심으루 뻐텨 나가야 되는데, 만약 더 큰 문제가 일어나 통감부에서 자진해 온다문 그때는 모르지마는, 손발으 뻗어 버리구 앉아서 통감부야 살려다구 해서야 말이 되겠능가?

자치(自治)의 이상은 이 소설의 목가(牧歌)적인 핵심이 되어 있다. 조선 사람의 자치의 가능성은 몇 번의 계기에서 비쳐진다. 북간도 개척의 초기에 있어서, 중국 세력과 일본 세력이 평형을 이룬 세력 진공의 한 시기에, 그리고 최창락 사건 이후 일본의 거짓 약속에 의해서 자치의 꿈이 암시된다. 개인적인 평면에서도 비봉촌의 사람들이 원하는 것은 자치이다. 창윤이의 어릴 때 친구 최동규는 비봉촌을 떠나 새로운 마을로 이주하고 새로운 동리에 관해서 다음과 같이 느낀다.

동규는 비로소 살 만한 곳에 안착했다고 흐뭇했다. 더욱 좋은 것은 동네가 한 마음 한 뜻인 점이었다. 그 마음 그 생각이 오직 조선 사람이라고 주장하고 깨닫게 하는 한 가지 일에 뭉쳐 있었다.

그러면 주체적인 질서를 획득하는 것을 방해하는 것은 무엇인가? 그것은 외부 세력의 침입이다. 그리고 그것은 앞에 인용한 비봉촌민의 말에서 시사되어 있듯이 힘의 결여에 말미암은 것이다. 힘의 주제는 여러 군데에서 반복되어 있다. 이 소설의 제1부는 '군대 아닌 군대' 사포대(私砲隊)의 조직과 성장에 희망을 거는 것으로 끝난다. 그리고 사포대가 흐지부지 와해된 후에도 사포대에 대한 아쉬움은 되풀이하여 이야기된다.

하권에 들어서 독립운동의 무장화(武裝化)는 소설의 중심부를 차지한다. 주인공 4대(代)의 역사를 훑어보아도 모든 움직임은 실력(實力)에 의한 저항(抵抗)을 향하여 나아가고 있다. 처음에 우리는 제1대(第一代) 주인공 장손의 흑복 변발에 대한 저항을 본다. 그다음 창윤은 청국인 지주의 비각(碑閣)에 불을 지르고 도망친다. 정수의 대(代)에 이르러 저항의 의지는, 비단 정수 개인에 있어서뿐만이 아니라 조선인 전체에 있어서 도도하게 흐르는 강물이 된다. 제5부 「보리 팰 무렵의 개가(凱歌)」에 나오는 각처 독립군들의 상황에 관한 간단한 통계만도 이 도도한 흐름의 크기를 실감케 한다. 정수는 독립군에 가담하여 기관총 사수(射手)가 된다.

그러나 『북간도』는 무력 항쟁에서 보는 바와 같은 강력한 민족 주체성의 주장으로 끝나지 않는다. 일본의 강력한 토벌 작전과 강압 정책에 의하여 독립군은 궤멸(潰滅)하고 모든 형태의 독립운동은 침체 상태에 빠지게 된다. 마지막 주인공 정수는 일본 경찰에 자수한다. 정수는 5년의 징역 생활 후 석방된다. 그리고 다시 소극적인 대로 독립운동에 관계하다가 해방을 맞이할 때까지 복역(服役)을 하게 된다. 그렇기는 하나 자수 이후 정수의 기백은 전과 같지 않고 소설의 전체적인 흐름에 있어서도 작자가 처음부터 발전시켜 오던 주체성의 주장은 매우 움츠러드는 느낌을 준다. 한국 독립운동사에서 최악의 침체기에 해당되는 이 무렵의 사정으로 보아 소설이 갑작스럽게 움츠러든 분위기에서 끝나게 되는 것은 불가피한 것이었는지도 모른다. 그러나 역시 소설의 테마의 전개에 있어서 정수의 자수와 마지막의 소극적인 분위기는 현명한 사건 설정이 아닌 것 같다.

작자로서 미리 계산된 의도가 있었다고는 할 수 있다. 이 소설은 한쪽으로 민족 주체 의식의 조직화(組織化) 과정을 그리면서 다른 한편으로는 적응의 길을 부정해 왔다. 장치덕의 삭발, 최삼봉과 노덕심의 귀화 입적, 이러한 일들이 한국인의 생존권을 확보하는 데 별 도움을 주지 못했다는 것에 대해서는 앞에서 말하였다. 한걸음 나아가 수많은 한국인을 총에 맞아 죽게 한 1919년 3월의 만세 사건에서 일경의 수족 노릇을 했던 조선인 경찰관 이기형(李基亨)은 결국 일본 경찰에 의해서 처치되고 만다. 장강호의 훈춘성 습격에 일본의 책략에 앞장섰던 조선인 '건달'은 누구의 손엔지 모르게 피살된다. 정수는 아버지의 친구 현도의 권유로 자수한다. 현도는 장치덕의 후손으로 적응의 길을 택하여 장사에 성공하고 용정의 유지가 되었다. 그는 그와 친분이 두터운 일인(日人) 경시(警視) 말송(末松)으로부터 선처(善處)하겠다는 언질(言質)을 받고 정수를 자수케 한다. 그러나 정수가 자수한 후 말송은 그의 약속을 헌신짝처럼 버릴 뿐만 아니라 나아가 정수와 같은 위험인물을 구하려는 것은 현도의 신상에 좋지 않다고 위협한다. 다시 한 번 적응이 한국인의 생명이나 신변을 보장하는 길이 아니라는 것이 예증된 셈이다. 끔찍스러운 것을 보는 데 지쳤다는 약혼자 영애의 자수 권유를 들으면서 정수가 생각하는 것은 "봉오굴 전투에서 사살한 조선 순사의 모습이었다. 눈을 채 감지 못하고 쓰러져 숨진 얼굴, 호주머니 속에서 나온 수첩 속의 사진, 귀엽게 생긴 애기……." 이것이 적응의 길을 택한 조선인의 최후인 것이다. 정수가 출옥 후 다시 독립운동에 돌아가는 것은 아마 적응의 불가(不可)함을 깨달은 때문일 것이다. 그러나 전체적으로 볼 때, 정수의 자수는 불필요한 삽화인 것 같다. 비록 그것이 적응의 길을 부정키 위한 것이었을망정 주체성의 쟁취(爭取)만이 어떠한 희생에도 불구하고 유일한 삶의 길임을 거의 증명한 소설의 최후 단계에서, 주인공이 돌연 별 저항 없이 적응의 길을 택한다는 것은 지금까지 전개되어 온 소설의 테제를 부정해 버리는 결과를 낳는다. 『북간도』의 장점이 심리적 갈등의 형상화에 있지 않다는 것은 말할 필요도 없이 분명하지만, 적어도 자수 전후에 있어서 정수는 너무도 쉽게 적응의 길로 설득되어 버린다. 그리고 그때의 약화(弱化)된 주제적인 명제(命題)는 다시 그 힘을 회복하지 못하고 만다.

그러나 부분적으로 기복이 있으면서도 『북간도』의 테마는 설득력 있게 독자에게 전달된다. 우리는 애국심의 관점에서 민족(民族)의 자주(自主)와 주체성이 이야기되어 오는 것을 들어 왔다.(『북간도』 제1부에서 이한복의 저항은 이 한계를 넘어서지 못한다.) 이러한 주장은 옳은 말씀일 수밖에 없는 것이나, 이러한 말씀 앞에서 우리가 반드시 시원하게 승복만 할 수 없는 것도 솔직한 심정이다. 『북간도』의 주장은 상투적인 주장을 거꾸로 올라간다. 그것은 생존과 평화의 조건으로서의 주체적인 질서가 불가결한 것임을 이야기하고, 그럼으로써 애국 운동의 필요가 일어나는 것임을 말한다. 사실 구체적인 현실로부터 따져 올라가는 이러한 논법이 도착하게 되는 명제는 별로 어려울 것이 없는 명제지만 문학에 있어서 또 정치에 있어서 공소(空疏)한 민족주의 내지 민족주의적인 감정이 유행하는 오늘날인 만큼 이것은 한번 재확인될 필요가 있는 명제이다.

『북간도』는 우리에게 할 이야기를 가지고 있다. 그러나 그렇다고 해서 그것이 완전히 만족할 만한 작품인 것은 아니다. 우리는 우선 『북간도』의 인물이 극히 희미한 정도로밖에 그려져 있지 않다든가 그 스타일이 기껏 해야 특징 없이 담담하다든가를 지적해 볼 수 있다. 『북간도』의 세계가, 독자적인 현실성을 갖기에는, 현실의 소도구(小道具)에 너무나 빈약하다는 것도 말할 수 있다.

그러나 보다 중요한 것은 이 작품이 전체적으로 매우 낮은 예술적 압력 밖에 갖지 못했다는 점이다. 이 소설의 주제가 중요한 것이고 납득할 만한 것이라고는 하지만, 그것은 독자의 마음에 뚜렷하고 강력한 인상을 새겨 놓지 못한다. 이것은 물론 기술적인 미비(未備)가 쌓이게 되어 생겨나는 결과일 수도 있으나(예술 작품에 있어서 리얼리티를 탐색하고 구성하는 것은 곧 기술(技術)이다.) 보다 근본적으로 그것은 이 소설에서 갈등의 주동 세력에 대한 이해가 올바르게 되어 있지 않기 때문이거나 또는 작자가 이 세력들과 정면으로 대결하기를 회피하고 있기 때문이다. 이러한 이해나 대결의 실패는 『북간도』의 상권과 하권의 후반에서 특히 두드러진다. 앞에서 우리는 이미 처음의 감자밭 사건이 다가올 역사적 충돌을 조짐하는 사건으로는 너무 사소한 것임을 지적하였다. 더 단호하게 말하면 이 감자밭 사건 같은 것은 순전히 조작이라고 할 수밖에 없다. 조작이라는 것은 이 사건이 실제 있었느냐 있을 수 있느냐 하는 점을 따져 말해서 그렇다는 것이 아니라 이러한 사건이 전혀 당시의 역사적인 현실에 대표적인 사건이 될 수 없다는 것이다. 실제에 있어서 이때의 이주민들의 문제가 현실성을 갖는 것이 되게 하려면 작자는 청국인 지주 동복산가(董福山家)의 이주로 인하여 일어나는 경제적인 알력의 극적인 형상화를 추구했어야 할 것이다. 핵심적인 문제가 충분히 이야기된 다음이었더라면 감자밭의 삽화는 가벼운 상징성을 띨 수 있었을는지도 모른다.

도대체 정도의 차이가 있기는 하나 안수길 씨는 사이비 상징주의 수법을 짚고서 핵심적인 갈등을 정면으로 극화하는 고역(苦役)을 피하려는 경향이 있다. 언제나 그것이 갈등의 대표적인 예로 들어지는 것은 아니나, 중요한 갈등을 극화해야 할 경우이면 으레껏 자자분한 상징의 소도구가 사용되게 마련이다. 함경도 농민의 기근에 관계되어서는 감자 세 알, 최삼봉과 노덕심의 귀화에 관계해서는 소년 창윤과 소년 동규의 싸움, 그리고 그 결과로서 창윤의 다리 절골, 귀화인들의 변모와 청국 지주의 세력 증대에 관련해서는 누각 건립과 방화(放火), 조청일국(朝淸日國)의 세력 관계 변화에 관계해서는 청일 양국 경찰에게 쫓기는 한국인 피의자(被疑者) 등등, 이러한 조작적인 수법이 하권에 가서 현저하게 줄어지는 것은 사실이지만 여전히 이런 증표들이 과거와 현재를 연결하는 편리한 메모장으로 사용된다.

앞에서 우리는 이 작품에서 핵심적인 문제가 상징의 비스듬한 초점에서 파악됐음을 지적하였거니와 여기에 밀접히 관계된 사항으로 이 소설에서 어떠한 갈등도 첨예화되지 않음을 지적할 수 있다. 이 작품에서는 모든 것이 관대하게 처리되어 있어서, 작자의 관대 속에 갈등은 저절로 해소되어 버린다. 모든 등장인물은, 가령 최삼봉과 노덕심도, 만세 사건의 하수인인 조선인 순사 이기형도, 적응주의자 장현도도 용서된다. 아마 이 소설에서 거의 유일한 악인은 일인 경시(警視) 말송(末松) 정도일 것이다. 말송도 사실은 용서받을 수 있는 이유를 가지고 있다. 그는 '국가적 이유(raisons d'etat)'에 의하여 행동하고 있는 것이다.

이것은 한국인의 주체적 질서에 대한 요구나 청국의 자기주장이나 일본의 제국주의나 근본적으로 동질적인 것으로 간주되는 한 불가피한 노릇이다. 이 책에서도 취급되어 있는 만보산(萬寶山) 사건에 당하여 인천(仁川) 등의 반중국인(反中國人) 선동(煽動)을 보면 각 민족의 민족주의는 같은 종류의 것이라 할 수 있을는지 모른다. 한국인의 자주권에 대한 요구와 일본의 제국주의가 이질적이며 차원을 달리하는 것으로 생각될 때 비로소 두 세력의 갈등은 날카로운 대조로서 나타날 수 있다. 이것이 가능하기 위해서는 이 두 세력은(그 갈등에서 생기는 결과만이 아니라) 윤리적인 차원에서 저울질되지 않으면 안 된다. 안수길 씨가 『북간도』에서 실제로 모든 것을 용서하고 있다고 말할 수는 없지만, 단지 여기서 우리가 지적하고 싶은 것은 이 소설의 상황이 내포하고 있는 갈등의 가능성이 충분히 예각적(銳角的)

으로 제시되지 못했다는 것이고, 그것은 갈등을 일으키고 있는 세력에 대한 깊이 있는 성찰이 부족하기 때문이라는 것이다. 그리고 윤리적·철학적 차원의 결여는 이 소설의 보편적인 가치를 현저하게 떨어뜨린다.(어떤 사람들은 이 책의 관용성은, 삼류 작품의 흑백이 분명한 도식적인 인물 구성에 비추어 볼 때, 이 소설의 격(格)을 높이고 있다고 할는지 모른다. 일리 있는 말이다. 그러나 우리는 이해하고 용서하는 일과 판단하는 일은 별개의 것이라는 것을 상기해야 한다. 사랑은 모든 심판의 기준을 철폐하지 않는다.)

이 작품에 있어서의 갈등의 둔화는 등장인물들의 수동성에도 관계된다. 이한복에서 정수에 이르는 주인공들이 저항적인 인물이기는 하지만 그들의 저항은 결코 적극적인 것이 되는 법이 없다. 가장 적극적인 인물 이정수의 적응과 약화는 앞에서 길게 논한 바와 같다. 작자가 어떤 특정한 유형의 인물들을 등장시킬 의무가 있다는 것이 아니다. 작중 인물(作中人物)이 강한 의지의 주장으로서 덥쳐 오는 세력에 맞서지 않을 때 심각한 갈등이 일어날 수 없다는 것은 소설 기술의 문제이다. 그리고 갈등에 의하여 조성되는 계기 없이는 어떠한 세력도 — 그것이 현실의 역사적 세력이든지 아니면 극(劇) 속의 역사적 세력이든지 — 그 본질적인 양상을 드러내지 않는다. 그럼으로써 역사 소설에 있어서 또는 어떤 소설에 있어서 평범한 주인공도 다소간에 서사시(敍事詩)나 비극의 영웅(英雄)이 갖는 프라이드(hubris)의 순간을 갖게 마련인 것이다. 수동적인 인물의 문제는 비단 이 작품에서뿐만 아니라 한국 문학 일반에 있어서 문제될 수 있는 것이다. 앞에서도 말한 바와 같이 적극적인 인물은 소설이나 극에 있어서 갈등을 첨예화하는 필수적인 전략이며, 갈등을 통해서만 우리는 주어진 상황의 이해에 달할 수 있다. 뿐만 아니라 적극적 인물의 주된 특징인 의지력(意志力)은 등장인물의 성격을 구성하는 제1차적인 요소를 이룬다. 극적 성격의 차이는 무엇보다도 의지력의 차이에서 오는 것이다. 앞에서 우리는 『북간도』

의 등장인물들이 희미하게밖에 그려져 있지 못하다고 말했는데 이것은 이들 인물의, 한결 같은 수동성과 표리일체를 이루는 것이라 할 수 있다. 『북간도』의 가장 큰 결점이라 할 수 있는 것의 하나는 여기에 참으로 감동적인 인간 드라마가 없다는 것인데, 이것도 다분히 역사(歷史)를 스스로의 것으로 살 수 있는 적극적인 인물이 없다는 데에 기인한다고 말할 수 있다.

우리는 이제 몇 가지 문제점을 들어 우리의 불만을 이야기하였다. 그러나 이러한 험담은 보다 완벽한 소설을 기대하는 우리의 희망적인 선의(善意)를 나타낸 것에 불과하다. 이러한 희망이 우리로 하여금 『북간도』에 있어서의 안수길 씨의 업적을 인정하는 데 인색하게 해서는 안 되겠다. 오늘날 우리 문학이 처해 있는 단계에서 『북간도』는 하나의 중요 업적임에 틀림없다. 이것은 중요한 기록(記錄)이며 중요한 증언(證言)이다. 그리고 이 기록과 증언은 진지하고 심각한 노력 속에 이루어진 것이다.

(1968년)

신동엽의 「금강」에 대하여

한국 문학에서도, 역사 소설이 으레 있을 수 있는 소설의 한 양태가 된 것은 이미 오래전 일이다. 최근에는 역사 소설이 있어야 하는 방식에 대해서도 진지한 고찰이 행해진 바 있다. 국사(國史)는 근래에 점점 한국에 있어서의 학문에 대한 관심의 중심을 차지하게 되는 듯하다. 어느 분야에서나 역사적 관심은 눈에 띄는 경향의 하나다. 이제 우리는 신동엽(申東曄) 씨의 「금강」[1]에서 시에 도입된 역사의 예를 보게 되었다. 전에 역사적 소재를 다룬 시가 없었던 것은 아니다. 가령 조지훈 씨는 한국적인 풍물들을 사용하여 고전적 생활 방식에 대한 향수를 이야기하였고, 서정주 씨는 그의 근업(近業)에서 신라의 정신적 의미를 표현해 보려 했다. 그러나 양씨(兩氏)가 시도한 것은, 말하자면 역사를 그 본질적 동태 속에 다룬 것이 아니었다. 역사는 장식이거나 비유적인 의미를 갖는 신화(神話)였다. 이에 비하여 신동엽 씨의 「금강」은 살아 움직이는 역사의 사실을 취급한다. 신 씨는 그

1 신동엽, 「금강」, 『현대한국신작전집(現代韓國新作全集)』 5 (을유문화사, 1967).

의 시를 통하여 일정한 사실(史實)의 상상적인 이해를 꾀하고 다시 과거의
이해를 통하여 현재에 대한 이해를 심화하려 한다.

「금강」은 동학란을 소재로 하는 이야기 시(narrative poem)이긴 하나, 이
야기의 전개만을 주안(主眼)으로 하지는 않는다. 이 시의 시점(時點)은 현
재이며, 근본적으로 과거는, 현재의 의식이 그 처해 있는 상황을 이해하는
데 원근법을 제공해 주는 역할을 한다. 따라서 이 시의 역사적 사건은 한번
에 이야기되지 않는다. 그것은 작자 자신이 상황을 인지하는 데, 또 그것에
대한 그의 감정을 표현하는 데 필요한 만큼만 이야기되어 있다. 그러니까
이 시는 제목에 그 장르를 밝혀 서사시란 한정사(限定詞)를 붙이고 있지만
(설사 서사시를 'epic'의 번역이 아니라 'epic'과 'narrative poem' 양쪽을 포괄할 수 있
는 용어라고 하더라도), 이 시는 차라리 한 편의 서정시(抒情詩)라 할 수 있다.

우리는 이 시의 끝 부분에 나오는 「후화(後話) 1」의 삽화를 심리적 출발
로 삼을 수 있다. 이것은 그 자체로 하나의 독립된 시를 이루는 부분인데,
작자는 이 시에서 밤 열한시 반 종로 5가 네거리에서 고구마를 등에 메고
가는 길 잃은 한 시골 소년을 만난다.

등에 짊어진
푸대자루 속에선
먼 길 여행한 고구마
고구마끼리 얼굴을 맞부비며
비에 젖고,

노동으로 지친
내 가슴에서 도시락 보자기가
비에 젖고 있었다.

시인은 이런 단순하고 억제된 묘사를 통해서 소년과 자신의 공동 운명을 확인한다. 그러나 그는 무심코 지나치려 한다. 그러다가 다시 발길을 돌려 그는 소년을 찾아간다. 그러나 "노동자의 홍수 속에 묻혀 그 소년은 보이지 않았다."

작자가 이 길 잃은 소년을 두고 느끼는 것은 연민(憐憫)인데, 연민은 이 「금강」의 열쇠가 되는 감정이 된다. 연민은 연민으로 그치지 않는다. 그것은 곧 분노로 이어지는데, 이 시의 감정을 강렬하게 하는 것은 다분히 이 두 감정에서 온다. 우리는 지금까지 연민의 시를 더러 보아 왔다. 또 더러는 분노의 시를 보아 왔다. 그러나 시에 있어서 이 두 감정의 연결은 비교적 보기 어려운 것이었다. 이 시에서 분노는 연민이 힘없는 체념이나 감상으로 떨어지는 것을 방지해 주고 분노는 연민이라는 개인적 감정에 의하여 공허하지 않은 것이 된다. 시인은 이 시에서, 연민을 느끼는 데 주저앉아 버리지 않고 연민의 근원을 생각하고 연민의 상황을 만들어 내는 사회의 불의(不義)에 대하여 맹렬한 분노를 폭발시킨다.

동학의 이야기는 오늘날 작자가 느끼는 연민과 분노의 뜨거운 열 속에서 직관적으로 파악된다. 그는 동학의 이야기에서 오늘날의 상황에 대응하는 과거를 발견한 것이다. 오늘날의 불의와 고통은 어쩌면 어제의 그것과 그리 흡사한가. "무엇이 달라졌는가." 시인은 이렇게 외친다. 그러고는 동학란이라는 분노의 날을 가져오게 했던 사회적·심리적 사정의 불가피한 연쇄를 오늘의 경험에 비추어 상상적으로 재구성해 본다. "시인(詩人)은 미움의 난간을 끼고/ 조심 조심/ 열두 굽이" 분노의 감정이 가리키는 바에 따라 1862년 진주 민요 이후의 양반 계급 토색질의 대표적인 예들을 별다른 수식 없이 적어 나간다.

세금, 이불채 부엌새간 초가집

다 팔아도 감당할 수 없는
세미(稅米), 군포(軍布)
마을 사람들은 지리산 속 들어가
화전민(火田民) 됐지.

관리들은 버릇처럼 또
도망간 사람들 몫까지
이징(里徵), 족징(族徵)했다.
총칼 앞세운 진주 병사(晉州兵使)
백낙췌(白樂萃)
……
정부는 병사를 잡아
더 좋은 기름 고을 벼슬을 주고.

「금강」의 또 다른 부분에서 작자는 이조(李朝)의 전 관료(全官僚) 조직을 흡혈 조직으로 확인하고 그 조직의 맨 꼭대기에 외세(外勢)를 본다. 그러나 시인의 관심은 자꾸 현재로 되돌아온다. 그것은 그의 연민과 분노를 표현하는 서정시가 되기도 하고 과거와 현재의 직접적인 대비가 되기도 하고 단순한 기술에 스며드는 관점의 효과적인 병치가 되기도 한다. 이조의 어두운 사회를 말한 다음에면 대개 시는 곧장 현재로 옮겨 온다.

오늘,
얼마나 달라졌는가.

변한 것은 무엇인가

사대문(四大門) 안팎, 머리 조아리며
늘어섰던 한옥(韓屋) 대신
그 자리 헐리고 지금은
십이 층 이십 층의 빌딩
서 있다는 것.
……
옷맵시가, 갓에서 넥타이로
변모했다는 것밖에.

무엇이 달라졌는가.
지금도 우물터
피기름 샘솟는
중앙 도시(都市)는 살찌고
농촌은 누우렇게 시들어 가고 있다.

과거와 현재의 상호 조명은 기술상의 편의처럼 스며들기도 한다.

오늘, 우리들 책 끼고
출근 버스 기다리는 독립문(獨立門) 근처
상전국(上典國) 사신(使臣)의 숙소 모화관(慕華館)이 있었다.
지금으로 말하면
무슨 호텔, 아니면 대사관(大使館).

여기에서 기술의 중심이 되어 있는 것은 가운데 모화관이다.(이 구절의
앞부분은 이조(李朝)의 착취 조직과 사대주의(事大主義)를 이야기하고 있다.) 그러니

까, 처음 두 줄은 개인적인 사정을 군더더기로 붙인 것, 마지막 두 줄은 너무 친절한 설명으로 보일 수도 있다. 그러나 이 구절에서 오히려 설명을 받고 있는 것은 과거가 아니라 현재이다. 과거에 모화관이 있었다면 오늘날에는 대사관이 있다. 이것은 단순한 기술보다 작자가 전하고자 하는 이야기인 것이다.

이 시에서 현재의 부분은 대개 오늘날의 사회상을 다룬 부분과 시인의 감정을 초시간적인 서정(抒情)으로 노래한 부분으로 나누어 볼 수 있다. 또 이 서정 부분은 연민을 다루고 있는 부분과 불의에 비뚤어지지 아니한 목가적(牧歌的) 이상을 노래한 부분으로 나눌 수 있다. 연민은 시인이 불의에 대하여 갖는 분노와 표리를 이룬다.

굶주려 본 사람은 알리라.
하루 이틀도 아니고
한 해 두 해도 아니고
철들면서부터
그 지루한
삼(三)십 년, 오(五)십 년을
굶주려 본 사람은 알리라.
굶주린 아들 딸애들의
그, 흰 죽사발 같은
눈동자를,
죄지은 사람처럼
기껏 속으로나 눈물 흘리며
바라본 적이 있은
사람은 알리라.

뼈를,

깎아 먹일 수 있다면

천 개의 뼈라도 깎아 먹여 주고 싶은,

그 아픔을 맛본 사람은 알리라.

이미 끝낸 사람은

행복한 사람이어라,

이미 죽은 사람은

행복한 사람이어라.

이렇게 시인은 연민과 분노의 절정에서 차라리 죽음이 행복하다고 말한다. 이러한 부분에서의 연민이라고도 분노라고도 할 수 없는 시인의 감정은 처절하기까지하지만 단순한 감상이 되지는 않는다. 작자의 연민은 반드시 소극적인 감정이랄 수만은 없다. 이것은 구극적으로 중생(衆生) 일체(一切)에 대한 불교적인 자비와 하나가 된다.

살아 있음의

불쌍함이여,

숨쉬고 있음의

불쌍함이며, 살아 있음의 불쌍함이여.

주인공 신(申)하늬가 부정(不貞)의 여인과 그 남자까지도 용서하는 것도 이러한 자비에서이며 동학 지도자들이 신음하는 민중을 구하려는 것도 자비에서이다. 연민의 충동은 한쪽으로 불의(不義)의 제거를 위한 노력으로, 다른 한쪽으로 인간 본연의 모습을 회복케 하려는 복원 작용(復元作用)으로 이어진다고 할 수 있는데, 이 시에서 흐려지지 아니한 인간 본연의 모습은 하늘의 맑음으로써 상징된다. 이러한 하늘은 1960년 4월, 1919년 3월, 1894년에 잠깐씩 빛난다. 오늘의 하늘은 구름에 가려 흐려 있지만 완전히 없어진 것은 아니다. 그것은 우리의 가슴에 있고 또 우리의 기억 속에 있다. 「금강」은 분노와 저항(抵抗)의 시이지만 그 핵심에는 긍정적인 밝은 신념을 가지고 있다. 제3장의 서정시는 이 신념을 아름답게 표현하고 있다.

> 어느 해
> 여름 금강(錦江) 변을 소요하다
> 나는 하늘을 봤다.
>
> 빛나는 눈동자,
> 너의 눈은
> 밤 깊은 얼굴 앞에
> 빛나고 있었다.
>
> 그 빛나는 눈을
> 나는 아직
> 잊을 수가 없다.

이 '빛나는 눈'은 '검은 바람'과 '파도'와 '폭풍'과 '어둠'에도 불구하고 없어지지 않는다. 그리하여 그것은,

> 세상에 항거(抗拒)함이 없이,
> 오히려 세상이

너의 위엄(威嚴) 앞에 항거하려 하도록

할 수 있는 의젓한 힘을 감추어 가진다. 이 하늘의 이상은 최수운(崔水雲)의 인내천(人乃天)의 이상(理想)에서 보다 도덕적인 형태를 취한다.

사람은 한울님이니라
노비도 농삿군도 천민도
사람은 한울님이니라.

하늘이 맑아 있는 상태는 삼국 시대(三國時代)의 짜여 있는 공동체 속에서 정치적인 이상으로서의 표현을 얻는다. 삼국의 사회는 이 시인이 다른 연관에서 사용하고 있는 말을 빌려 '태양(太陽)과 추수(秋收)와 연애(戀愛)와 노동(勞動)'의 이상이 구현된 사회로 파악된다. 거기에는 축제(祝祭)의 기쁨이 있고 이웃 간의 신뢰와 사랑이 있다. 또한 거기에는

지주(地主)도 없었고
관리(官吏)도, 은행주(銀行主)도,
특권층도 없었다.

반도(半島)는,
평등한 노동(勞動)과 평등한 분배(分配),
능력에 따라 일하고
필요에 따라 분배(分配),
그 위에 백성(百姓)들의
축제(祝祭)가 자라났다.

동학의 이야기는 시인이 오늘의 현실에 직면하여 느끼는 감정을 표현해 주는 '객관상응물(客觀相應物)'이란 취지의 말을 위해서 한 바 있지만, 그렇다고 해서 역사적 사실이 단순히 '이용'만 되어 있다는 것은 아니다. 오늘에 대한 시인의 격렬한 감정 속으로 역사의 사실이 녹아들어 올 때 역사의 사실 그 자체도 새로운 해석을 얻게 된다. 「금강」은 우리에게 이러한 해석을 준다.

이것은, 작자가 이 시에 등장시키고 있는 동학의 지도자들의 경우에도 해당된다. 최제우(崔濟愚)나 전봉준(全琫準)은, 오늘날 작자의 지배적인 감정, 연민과 분노를 통해서 이해되어 있다. 작자는 이들을 움직이는 지배적인 감정도 연민과 분노였다고 생각한다. 이러한 동기가 실제 역사적으로 타당한 것인가 아닌가는 문제될 수 있을 것이다. 그러나 「금강」에 있어서의 심리적인 유추(類推)는(물론 상당한 믿음이 가는 사실(史實)에 뒷받침되어) 우리에게 표준적인 교과서에서 얻을 수 없는 내면적인 사적(史的) 이해를 준다. 최수운의 인내천의 이상은 핍박받는 민중에 대한 연민에서 출발한 평등과 자유의 이상으로 해석된다. 그가 노비(奴婢)를 해방하여 며느리와 양녀로 삼았다는 일화나 해월(海月)이 어느 동학 신도의 집에 들렀다가 베 짜는 그 집 며느리를 불러내 한 밥상에서 밥을 먹자고 한 이야기, 아이를 어른보다 열등한 것으로 대우하는 것을 나무랐다는 이야기들도 연민과 고통의 정황 속에 놓여 이해되어진다.

그러나 이러한 역사 시(歷史詩)의 등장인물 구성과 관련하여, 수운이나 해월이라는 역사적 인물에 대하여 갖는 우리의 이해가 어떤 성질의 것인가를 생각해 볼 필요가 있다. 「금강」의 중요 등장인물 전봉준의 예를 들어 우리의 생각을 정리해 보자. 전봉준은 수운, 해월의 경우에서나 마찬가지로, 연민의 인(人)으로 이해되어 있다. 이 시에서(다른 인물의 경우에도 그렇지만), 연민의 사람으로서의 전봉준의 가장 중요한 표현은 물론 동학란이다.

그러나 그의 연민은 사사로운 면에서도 강조되어 있다. 가령 13장의, 아내의 죽음에 임한 그의 모습을 그린 구절은 그의 부드러운 마음씨와 깊은 슬픔을 우리에게 잘 전달해 준다. 그러나 거사(擧事) 직전의 그의 처자를 보내면서 하는 말 가운데,

> 석이 놈, 곶감을 좋아하는데
> 너무 먹어서
> 배탈이랑 나지 않게

운운하는 구절에 보이는 그의 연민은 비속한 것이 되고 만다. 비속하다는 것은, 지나친 표현에서보다 침묵에서 속되지 않게 감정은 웅변적이라는 뜻에서만이 아니다. 또는 위의 구절이 전봉준이라는 역사적 인물을 너무 친근하고 가까운 사람이 되게 하기 때문만도 아니다.(역사의 인물의 인간적인 면은 지나치게 클로즈업될 수 있다.) 작자가 이 시를 통하여 얻으려고 애쓰고 있는 것은, 역사적 상황에 대한 어떤 이해이다. 이 이해가 비록 상상적인 것이긴 하나 여기에서 상상은 사실의 핵심에 이르는 수단은 아니다. 이 시에서 상상은 거의 연민과 분노의 감정으로 대체될 수 있는데 앞의 이야기를 고쳐 말해 본다면, 이 시에서 일관하여 사적(史的) 진실의 속 안으로 뻗는 촉각이 되었던 연민의 감정은, '곶감'의 구절에서 값싼 극적 효과를 위한 소도구로 전락해 버린다. 그러니까 「금강」과 같은 시에서 현실감 있는 허구(虛構)를 구성하려는 것은 도대체 초점이 빗나간 일이 된다. '곶감' 구절에 풍기는 허구의 냄새는 바로 그 비속성을 설명해 준다. 결국 우리가 수운이나 해월을 이해한다고 할 때, 그것은 소설의 인물처럼 그의 '인간적인' 전체 모습을 아는 것은 아니다. 우리는 단지 하나의 커다란 역사적 사건과 관련된 부분에서만 그들을 아는 것이다.

이런 의미에서, 「금강」의 명목상의 주인공 신하늬는 이 작품의 가장 커다란 결점이 된다. 신하늬가 실재(實在) 인물이었는지 허구의 인물인지는 알 수 없으나 어느 쪽이든 작품의 관점에서 그것은 별로 문제되지 않는다. 어쨌든 신하늬를 도입한 작자의 의도는 짐작할 만하다. 주된 의도는, 큰 역사의 흐름을 기술함에 있어서 허구적 조작을 보다 자유롭게 허용하는 역사의 단역을 등장시켜 살아진, 경험된 삶의 구체성을 얻어 보자는 것일 것이다. 이것은 소설의 경우 그럴듯한 형상화의 전략일 수 있으나 시의 경우 반드시 그렇게만은 되지 않는다. 시의 긴축 경제 속에서 어느 시대의 '살아진 경험'의 과정을 재생해 본다는 것은 대체로 불가능한 일이다. 설사 이것이 가능하다 하더라도 이 시의 경우, 허구에 의존하는 재구성은 시의 전체적인 예술 의도에 ─ 작자가 의식했든 안 했든 ─ 맞아 들어가지 않는다. 이 시는 현재의 역사적 진실의 해석에 있는데, 가공적인 단역 인물의 소설적인 구성은 이 해석에서 진실성을 감소시킨다.

이런 시에서 허구가 허용된다면 그것은 과거의 탐구를 위한 상상적인 재구성이라는 테두리 안에서이다. 그러니까 신하늬의 일생의 멜로드라마적 플롯이나 그가 겪는 사랑과 연민의 내밀한 경험은 작자의 역사(歷史)에 대한 진지한 성찰 가운데 불협화음이 된다. 신하늬가 편리한 몇 가지 이유는 있다. 작자는 시의 끝 쪽에 가서 신하늬의 아들을 태어나게 하여 희망이 죽지 않음을 시사한다. 그러나 이것은 넉넉히 다른 방식으로 처리될 수 있었을 것이다. 작자가 가지고 있는 개인적 감정의 중하(重荷)를 짊어져 줄 인물이 필요했을는지도 모른다. 그러나 작자는 어색한 느낌을 줌이 없이 자신이 직접 시 속에 등장하여 군데군데에서 서정적인 주석을 달고 있다. 어쩌면 신하늬를 중심한 모든 혼란은 작자가 이 시를 서사시라는 관점에서 생각하고 있었다는 데에서 오는 것이라 할 수 있는지 모른다. 그러나 앞에서도 말한 바와 같이 이 시는 서사시로는 생각될 수 없는 것이다. 문제는 서정적(抒

情的)인 장시(長時)의 주인공인 작자와 이야기 시의 주인공인 신하늬가 서로 엇갈리는 '관점(point of view)'을 드러내는 데 있다고 할 수도 있다. 작품의 성질상 신하늬의 허구적인 '관점'은 없어졌어야 했을 것이다.

신하늬가 어색하다는 것은 우리가 추상적인 접근을 하지 않더라도 몇 가지 구체적인 예로써 쉽게 감지할 수 있다. 가령 최제우나 전봉준의 일화의 간략한 재구성에 비해서 신하늬의 개인적인 드라마와 감정적 애환(哀歡)을 자상하게 취급한 부분은 조금 싸구려로 들린다. 짤막한 예를 들어 동학인 김개남(金開男)에 대한 다음과 같은 짤막한 일화적(逸話的)인 기술 —

남원(南原) 사람 김개남(金開男)
그는 이미 열세 살 때
세미(稅米) 받으러 와
늙은 아버지께 행패하는
관속 두 사람
한 아름에 몰아
수채구멍 쑤셔 박은 일로
곤장 백 대 맞은, 그리고서도 웃으며 일어났다는
팔(八) 척 장사(壯士).

— 이런 추상화된 그러나 깨끗한 구절에, 하늬의 출생을 다룬 제8장, 사랑하는 여자의 배신을 다룬 제9장, 새로운 연사(戀事)의 기쁨을 다룬 제10장을 비교해 볼 수도 있다. 이 시의 기조 감정(基調感情)인 연민과 분노도 그것의 탐구(探求)의 수단으로 있는 한 효과적이지만, 극적(劇的) 구성의 수단이 되면 바소스(bathos)로 떨어질 수 있다.

이 시의 인물들에 대하여 우리는 조금 길게 이야기한 감이 있으나, 다시 시의 줄거리를 갈라내는 일로 돌아가 보자. 연민이 아는 민중의 고통, 분노가 보는 사회의 혼란과 불의, 그리고 하늘의 맑은 이상 —「금강」은 이 세 가지 요소를 능숙하게 엮어 가면서 동학란을 향하여 나아간다. 우리는 시인과 더불어 차차 이 연민, 이 고통, 이 분노, 이 불의, 이 그리움에서 동학이라는 분노의 날이 오는 것은 너무나 당연하다고 느낀다. 마침내 전봉준을 대장(大將)으로 한 동학군이 모이고 핍박받던 민중들은 일어난다. 이 시는 전봉준의 통문(通文)을 번역 전재하고 있다. 주목할 것은 이것이 오늘날의 상황에도 적용되게끔 변형되었다는 것이다. 이것은 「금강」 전체에도 해당되는 말이지만, 이 통문이 살아나는 것은 그것이 오늘의 시대상(時代相)에도 그대로 들어맞아서 역사적 문서의 뒤에서 절규하는 시인의 육성이 울려 나오기 때문이다.

중앙의 벼슬아치나 지방의 벼슬아치에 이르기까지
민족의 위태는 생각지 않고 내 몸, 내 집을
살찌게 할 계략에만 눈이 어두워
벼슬 뽑는 길은 축재(蓄財)하는 길로 되고
과학(科學) 보는 마당은 물물거래(物物去來)하는 시장(市場)이 되며
허다한 세금(稅金)은 국고에 들어가지 않고
도리어 개인 금고에 충당되며,
사치와 음란(淫亂)이 두려운 줄을 모르니
팔도(八道)는 고기밥이 되고 만인은 도탄에 빠졌다.
……

한때 동학군이 내세우는 주장은 그대로 관철될 듯하다.

모든 토지는 농민에게 평등 분배한다.

횡포한 부호(富豪), 지주, 불량한 유림(儒林)들
양반(兩班) 족속을 엄징한다.

칠반(七班) 상놈 제도를 뜯어고치고
노비(奴婢)의 호적 문서를 불살라 버리며
백성은 패랭이 꼭 쓰지 않아도 무방하다.

과부의 개가(改嫁)를 허락한다.

무명 잡세(雜稅)를 일체 거두지 못하며
……

그러나 조정(朝廷)은 외국 군대를 청하여 들이고 동학군은 새로운 싸움
에 나가지 않으면 안 된다. 일본군을 맞아 나아가는 동학군을 이야기하는
구절들에서 작자의 시구(詩句)는 감격과 흥분으로 팽팽해진다.

조국(祖國)의 해방이여
백성의 해방이여

농민의,
노동하는 사람들의 하늘과 땅이여
오, 벌거벗고 싶은 감격이여
오, 위대한 반란(反亂)이여.

꿀과 젖이 흐르는 땅,
꽃과 과일이 만발하는 강산이여.

눈빛과 웃음이
어우러지는 땅.

배불리 먹고 살 수 있는 나라여.
아버지와 아들이
사랑할 수 있는 세상이여,

싸움터로 나아가는 진군(進軍)의 구절 또한 흥분과 열로 숨 가쁘다.

꽃도, 나무도,
돌도, 강물도,
......

감발과 감발
짚신과 짚신
꿰진 무릎과 무릎,

돌,
몽둥이,
삽,
호미,
쇠스랑,

......

시 진행(進行)의 콘텍스트 안에서 이런 단순한 매거(枚擧)는 박력 있는
시구가 된다. 이렇게 빠른 템포로 진군의 모습을 그리다가 시구는 급한 부
름의 나팔 소리가 된다.

일어나라.
조국의 모든 아들딸들이여.
......
두렛군이여
조국이여
너를 부른다, 두렛군이여
녹두알이여, 너를 부른다.

땅도 강물도
깃 털고 중천(中天) 높이 솟아라
너를 부른다.
......

동학 혁명은 실패하고 만다. 그러나 작자는 혁명의 의지가 살아 있음을,
하늘의 이상이 살아 있음을 외친다.

씻어 내면 또
모여들 올 텐데.
......

이틀도 못 가
검은 찌꺼기들은
또 모여들어 올 텐데.

그러나 작자는 말한다. 씻어 내는 일만이 우리가 할 수 있는 일이라고.

그러나, 내일
새 거품 모여 올지라도
우선, 오늘
할 일은

씻어 내는 일.

작자는 현재로 돌아와 씻어 내는 일의 계속이 바로 1960년 4월의 혁명이었다고 말한다. 그리고 반복 순환 가운데도 역사는 조금씩 진전하는 것이라는 자기 위안의 다짐으로 「금강」은 끝난다.

신동엽 씨의 「금강」은 최근에 출간된 시들 가운데 단연코 가장 중요한 시적 업적의 하나가 될 것이다. 그것은 우리의 현실에 대하여 질문하여 마지않은 뜨거운 관심으로 역사를 용해시키고 우리로 하여금 과거와 현재를 하나의 연속적인 역사적 현실로서 이해하게 한다. 이 시로 하여 우리의 시의식(詩意識)은 하나의 새로운 차원을 얻는다. 흠이 없는 것은 아니다. 우리는 앞에서 신하늬라는 주인공이 어색한 존재일 수밖에 없다는 이야기를 하였다. 세부에 있어서 다듬어질 여지가 있는 시구나 구성을 찾아낼 수도 있다.(그것도 상당수를.) 또는 무엇보다도 이 시의 역사적 사고가 얕고 단순화된 것이라는 것을 지적할 수도 있다. 또 이 시의 감정이 강렬한 것이긴 하나 복합성을 지니고 있지 않음을 말할 수도 있다. 그러나 이런 모든 결점, 그중에서도 역사나 감정의 단순화에도 불구하고 우리에게 전해져 오는 이 시의 진실은 우리의 마음을 감동케 할 충분한 힘을 가지고 있다.

(1968년)

구부러짐의 형이상학

서정주의 「떠돌이의 시」

시의 세계는 어떤 것인가? 동양에서 그것은 흔히 산과 구름과 달과 꽃과 ── 이런 것들로 이루어지고 또 우리의 마음과 언어를 다정다감하게 하여 이러한 것들에 열려 있게 함으로써 도달할 수 있는 세계였다. 이것은 여느 세계에 비하여 볼 때 하나의 빼어난 세계였다. 물론 사람들의 생활이 실제 산과 구름, 달과 꽃에 가까이 있던 시대에, 시의 세계가 반드시 여느 세계에서 동떨어져 있는 특수한 세계로만 존재한 것은 아니었다고 믿고 싶지만, 그것은 여느 세계에서는 적이 빼어나 있는 세계였을 것이다. 이것은 오늘날 우리가 읽을 수 있는 옛날의 시들이 대개 나날의 삶의 너저분함을 배제하고 있다는 데에서도 미루어 알 수 있는 것이다. 여기에서 한발 더 나아가 오늘날에 와서 전통적 시의 세계는 특수한 것임을 넘어서서, 억지로 꾸며 짓는 세계처럼 보이기까지 한다.

그 세계가 참으로 우리가 바라고 또 편안하게 있을 수 있는 세계냐 아니냐는 사람에 따라서 의견을 달리할 수 있겠지만, 우리의 시가 미당(未堂) 선생의 손에 이르러 새로운 경지에 이르렀다는 점에 대해서는 대체로 이의가 없을 것으로 생각한다. 미당 선생의 시는 틀림없이 앞에서 이야기한 전통적인 의미에서의 시의 빼어난 세계에 자리해 있지만 또 동시에 여느 세계에도 내려와 있는 것이다. 이렇게 말하는 것은 미당 선생의 시가 당대의 어떤 시인의 시에 비해서도 전통적인 다정다감한 정조(情調)의 세계를 이야기하고 있으면서 그러한 정조를 불러일으키는 물건들은, 어떤 빼어난 시적인 세계가 아니라 우리의 너저분한 여느 세계 속에 아무렇게나 놓여 있는 것들이라는 뜻에서이다. 미당 선생의 세계를 구체적으로 알아볼 수 있기도 전에 아마 많은 독자를 사로잡는 것은 선생의 시의 언어라고 할 수 있는데, 이 언어의 특징은 바로 거기에서 시적인 것과 일상적인 것이 혼연일체를 이룬다는 데에 있다. 미당 선생의 언어처럼 시적인 언어도 드문 것이지만 그는 시적 언어를 찾아서 별스러운 시적인 세계로 비약해 가지 않는다. 그의 손에서는 우리 일상생활의 무엇이든지 그대로 시가 되어 버린다. 매체(媒體)를 손끝에 익히고 익혀 완전히 자신의 일부를 만들어 버린 장인(匠人)의 솜씨를 우리는 여기서 본다고 할 수 있는데, 물론 이것은 그의 우리 현실에 대한 깊은 관심에도 연결되어 있는 일이다. 하여튼 가장 비근(卑近)한 것의 시화(詩化), 사는 대로의 삶의 시화는 미당 선생의 시의 특징을 이루었다고 하겠지만, 이것은 『질마재 신화(神話)』를 전후한 최근의 발전에서 특히 두드러진 것이 되었다. 미당 선생의 시에는 우리의 기거동작(起居動作)에서부터 세간살이까지 우리의 일상적인 것들이 두루 들어가 있다. 우선 미당 선생의 세계를 꾸미고 있는 비품들을 살펴보건대, 거기에는 산이나 구름이나 물과 같은 세계의 어느 곳에서나 시인들이 가까이 사귀었던 것들이 있고, 동양의 시인들이 길들여 온 난초나 국화나 소나무 같은 것들이 있고, 미당 선생 자신의 시도 거기에 많이 기여하여 우리 시에서 특히 시적인 물건들로 생각되게 된 물건들로, 이조(李朝)의 백자(白磁)라든지, 처녀의 댕기라든지 또 문방사우(文房四友) 같은 전통적인 우아한 삶에 관련된 것들이 있고 또는 조금 더 토속적인 시취에 맞는 것들로서, 고추라든지 박꽃이라든지 하는 것들도 있지만, 새로 편입된 우리 일상의 물건들로는 매화틀, 놋요강, 건건이, 진도(珍島) 간장, 뺀디기, 또는 좀 더 기발한 것으로는 골머리, 종기, 배앓이 같은 것들도 있다. 또 상하 귀천 없이 무소부지(無所不至)로 넘나드는 그의 언어는 "상(上)쌍것"이라든지 "거시기"와 같은 토속적인 일상어, "간사ㄹ 떤다"든지 "할망구가 열대여섯 명 들어앉았다"든지의 민속적인 지혜를 담은 말을 포함한다.

그러나 미당 선생의 다양한 물건과 언어는 기발한 효과를 위하여 또는 시적인 장식을 위하여 쓰이는 것은 아니다. 그는 이러한 것들을 일용(日用)하는 생활을 그려 내면서 거기에서 시를 발견해 낸다. 그의 시는 어디까지나 사람의 사는 모습의 실상에 대한 탐색이며, 독자는 선생의 시를 통해서 새로운 시의 세계에 들어가는 것이 아니라 우리의 생활이 곧 시적인 것임을 알고 또 그것의 의미를 새로이 깨닫는 것이다. 다시 말하여 미당 선생의 시의 효과는 특정한 시적 소도구나 시에 의해서가 아니라 이러한 것들이 자연스럽게 그 일부를 이루는 우리의 삶에 대한 시적인 탐구에 의하여 얻어지는 것이다. 이 점이 아마 그와 그 추종자나 아류를 갈라놓고 있는 중요한 차이일 것이다. 이렇게 말하는 것은 실제 미당 선생의 시를 이야기하려면 그 외적인 특징이 아니라, 외적인 특징들이 들추어내는 전체적인 시적 상황, 또 그것의 삶의 현실과의 대응을 살펴야 한다는 말이 된다.

이러한 전체적인 관련은 미당 선생의 시의 어느 것에서나 살펴볼 수 있는 것이지만, 우선 그 빼어난 예의 하나로서 「우중유제(雨中有題)」를 들어 보자.

신라의 어느 사내 진땀 흘리며

계집과 수풀에서 그 짓 하고 있다가
떠러지는 홍시에 마음이 쏠려
또그르르 그만 그리로 굴러가 버리듯
나도 이젠 고로초롬만 살았으면 싶어라.

쏘내기 속 청솔 방울
약으로 보고 있다가
어쩌면 고로초롬은 될 법도 해라.

이 시에서 우선 주의할 수 있는 것은 일상 언어의 눌변을 그대로 옮겨
온 "그 짓"이라든가 "또그르르 그만 그리로 굴러가 버리듯"이라든가, (이
것은 사투리의 시적 효과를 살리려는 노력으로 하여 조금 비일상적(非日常的)인) "고
로초롬만" 같은 말들 또 일상적 현실을 직설적으로 반영하고 있는, "진땀"
이나 "계집"과 같은 언어지만, 물론 더욱 기발하면서도 실감나는 것은, 이
시 전체의 비유적 상황이다.

신라의 어느 사내 진땀 흘리며
계집과 수풀에서 그 짓 하고 있다가

에서 볼 수 있는 금기(禁忌) 사항의 대담한 제시 ── 그것도 미화(美化)하는
것도 아니며 비속화(卑俗化)하는 것도 아닌 인간의 성행위(性行爲)의 동물
적 실상의 있는 그대로의 ── 그리고 이어서

떠러지는 홍시에 마음이 쏠려
또그르르 그만 그리로 굴러가 버리듯

에서의 엉뚱한 이미지의 도입, 이 도입이 가능하게 해 주는 우스개 효과 — 이러한 것들은 미당 선생 특유의 것이다. 물론 이러한 효과의 근본적인 가치는 그것이 우리로 하여금 일생의 일면을 새로운 각도에서 깨닫게 한다는 데 있다. 사람이 하는 일 가운데, 마음과 몸을 가장 열중하게 하는 일 중의 하나가 성행위라고 할 수 있겠는데, 이러한 성행위의 열중도 다른 모든 것을 잊고 자기에 몰두하는 데에서 가능해지는 것이지 조금만 이질적인 관점에서 본다면, 그 몰두의 환상은 곧 깨어지고 오히려 몰두 그것이 우습게 보일 수도 있다는 사실 — 이것을 「우중유제」는 이야기하고 있는 것이다. 시의 나머지 부분이 계속 발전시켜 이야기하고 있듯이, 이것은 비단 성행위에만 해당되는 이야기는 아니다. 아무리 심각해 뵈는 인간의 경영도, 우리가 거기에 열중되어 있는 한에만 전부인 듯이 보이지 그것이 곧 전면 진실이 되지는 못하는 경우가 많은 것이다. 즉 우리가 흔히 갖는 전면 진실의 환상은 극히 조그맣고 엉뚱한 이질적인 요소에 의해서도 금방 깨어져 버릴 수 있다. 그런 다음에는 전면 진실의 환상은 오히려 우습게 보이는 것이 된다. 이것은 인간의 경영에 해당되는 것일 뿐만 아니라 인생 그것에도 해당된다. 그때그때의 인생의 열중에서 보면 그것은 절대적인 것으로 느껴지지만, 조금만 달리 보면 사람은 삶의 열중으로부터 또는 삶 그것으로부터, 굴러떨어지는 홍시 따라가듯 빠져나갈 수도 있는 것이다. 대개 이와 같은 몰입(沒入)과 초연(超然)의 논리의 예증이 「우중유제」의 주제라고 할 수 있는데 이런 주제와의 관련에서 비로소 이 시에 쓰인 언어, 가령 '사내', '진땀', '계집', '그 짓'과 같은 말이 갖고 있는 약간, 경멸적인 거리감도 정당화된다.

「우중유제」의 의미는 이러한 분석으로 소진(消盡)되지 아니한다. 여기에서 우리는 훨씬 더 복잡한 의미의 함축들을 찾아낼 수 있다. 이 시의 기본이 되는 비유적 상황인 성행위는 단순히 몰입과 초연의 관계에 대한 일반적인 명제의 한 사례에 불과한 것이 아니다. 성(性)은 삶의 바로 한복판에 자리 잡은 생명 작용이다. 앞에서 우리는 떨어져 굴러가는 홍시의 비유가 성(性)에 대조되는 사건처럼 이야기하였다. 그러나 이것은 반드시 대조적인 것이라고만은 할 수 없는 것이다. 홍시가 식물의 생식 작용의 마지막 열매라는 것을 우리는 상기하여야 한다. 생물체의 생식 행위는 홍시의 경우에 분명한 것처럼, 비록 그것이 개체의 타는 듯한 열중(熱中)으로 표현되지만, 결국은 종족 보존(種族保存)의 숨은 계획의 개체적 표현에 불과하다. 인간의 성 충동 내지 생명 충동은 어떤 개체의 관점에서는 절대적 실존의 원리이지만, 이것은 종족적 생명의 연면한 이음 가운데에서 하나의 짤막한 삽화에 불과한 것이다. 그렇다면 성(性)의 열중 또는 삶의 몰입으로부터 깨어난다는 것은 단순히 거기에서 벗어난다는 것이 아니라 보다 넓은 의미에서 삶의 과정을 완성하는 일이기도 하다. 그러니까 산다는 것은 하나의 미몽(迷夢)이며 이 미몽에서 깨어남으로써 사람은 진실에 이르며 또 그렇게 하여 삶이 완성된다는 생각 — 이런 생각이 「우중유제」에 들어 있는 것이다. 그러나 이것은 형이상학적 허무주의에로 나아가지 않는다. 허무주의(虛無主義)는 이미 우리가 삶의 미몽에서 깨어날 때, 무(無)로 들어가는 것이 아니라 보다 큰 생명 활동에 들어간다는 생각 속에 부정되어 있다고도 할 수 있다.

하여튼, 삶의 미몽이라고 하더라도 모든 미몽이 같은 것은 아니다. 이것은 「우중유제」의 역사에 대한 언급에서도 알 수 있다. 즉 우리는 이 시에서 기본적인 상황이 신라 시대로 설정되고, 이것이 다시 오늘날의 상황에 대조되었음에 주목하여야 한다. 이 시의 첫 부분에서는 신라의 사내가 진땀을 흘리며 성행위를 하다가 홍시를 보고 있는데 둘째 부분에서 시인은 소나기가 쏟아지는 가운데에 청솔 방울을 보고 있는 것으로 되어 있다. 사람 사는 일은 진땀을 흘린다거나 소나기를 맞는다거나, 궂은 것이 없을 수 없고 힘이 안 들을 수가 없는 일이란 점에서, 또 이것이 보다 큰 생식과 결실의 리듬 속에 일어난다는 점에서 근본적으로 같은 일이라고 할 수도 있지만, 다른 한편으로는 스스로 좋아서 진땀을 흘리는 일과 소나기를 맞는 일, 홍시와 같은 풍요한 열매를 보는 것과 불리한 여건에서 버틸 수 있는 소나무의 강인성을 상징하는 그러면서 별 쓸모없는 솔방울을 처다보는 것과는 전혀 다른 것이다. 그러니까 소나무의 강인성과 그 단단한 결실에의 의지로 대표되는 오늘날의 삶에서 삶의 교훈이 주로 행복과 보람으로보다는 '약'으로서 주어지는 것은 당연하다.

앞에서 시도한 「우중유제」의 분석은 조금 지나친 느낌이 들는지 모른다. 그러나 그것이 앞에서 말한바, 미당 선생의 시의 특징을 대표적으로 드러내 주고 있다는 것만은 확실하다. 미당 선생의 시는 우리를 다정다감한 시의 세계로 이끌어 간다. 그러면서 그는 그러한 세계가 다른 곳에 있는 것이 아니라 우리가 텁텁하게 또는 고결하게 영위하고 있는 삶 한가운데 있음을 보여 주는 것이다.

그러면, 보다 구체적으로 이 시적이면서도 세속적인 세계는 어떠한 곳인가? 미당 선생의 시 한 편 한 편이 우리에게 주는 감동을 바르게 이해하기 위해서 우리는 이 세계의 전체적인 윤곽에 대하여 잠시 생각해 볼 필요가 있다.

최근에 올수록 한 가지 분명해지고 있는 사실은 미당 선생의 시가 다른 어떤 현대 시인의 시보다도 토속적 세계에 깊이 뿌리를 내리고 있다는 것이다. 간단히 말하면 샤머니즘의 세계라고 할 수 있는데, 유교나 불교와 같은 고급문화의 전통이 아니라 샤머니즘과 같은 원시적인 세계를 착반하고 또 그것은 정신적 지주로 삼은 최초의 주요한 시인이 미당 선생이라고 해도 좋다. 얼른 생각하여 샤머니즘이라고 하면 전근대적인 미신과 불분명과 정서의 뭉치가 뭉클거리는 미개명의 상태를 가리키는 것 같기도 하지만, 우리는 그것이 그것 나름으로의 인간적 진실을 가지고 있을 뿐만 아니라, 모든 한국 사람의 마음에서 가장 근본적인 역사적 기층을 이루고 있는 부분으로서 도저히 가볍게 무시될 수 없는 것이라는 점을 생각하여야 한다. 미당 선생의 근작 『질마재 신화』는 제목이 말하는 대로 하나의 신화 —— 샤머니즘적 신화의 투영(投影)이지만, 그것이 또 농촌적 심리의 있는 그대로의 모습의 일면을 보여 주고 있음을 우리는 부인할 수 없다. 또 그는 「신라초(新羅抄)」 등에서도 같은 세계에 대한 탐색을 시도한 바 있지만, 『삼국유사(三國遺事)』와 같은 사료(史料)의 창조적인 해석에서 얻어진 이러한 탐색은 깊은 시적인 역사성을 가지고 있는 것이다.

　미당 선생의 세계가 참으로 엄밀한 의미의 샤머니즘의 세계냐 아니냐 하는 것을 따져 보는 것은 부질없는 일이겠으나, 그가 사람의 원시적인 자연 속에서 누렸던 삶에 대한 어떤 종류의 이미지와 심리를 암시하는 데 성공하고 있는 것은 사실이다.(그리고 앞에서 말했듯이 이것은 오늘날까지도 한국적 삶의 기층(基層)을 구성하고 있다.) 미당 선생에게 가장 중요한 것은 인간이 자연(自然)의 일부를 이루고 있으며, 이 자연은 (그 법칙성(法則性)을 통하여서가 아니라 심정적(心情的)인 유대를 통하여서) 인간의 삶과 동질적인 것이라는 사실이다. 이러한 사실은 '상대(上代)'에 가장 분명하였지만, 우리 역사에 있어서 계속적으로 전승되어 온 지혜였다.

　미당 선생이 그리는 자연 속의 인간의 삶에 대한 원초적(原初的)인 이미지는 가령,《동아일보(東亞日報)》쉰 돌의 「송시(頌詩)」에 단적으로 환기되어 있다.

　백두산(白頭山) 천지(天池) 위
　새 포장 여는 신시(神市)의 하늘에

참 오랜만의 단군 할아버님 웃음소리 들린다.

그 가장자리 우거진 박달나무 수풀,

거기 앉았다 일어서는 곰과 범들의 얼굴에서도

정말 참 오랜만의 웃음소리 들린다.

이 시의 단군 할아버지, 박달나무, 곰, 범 등은 단군 신화를 통해서 누구나 잘 알고 있는 것들이지만 이 시에서의 이런 것들에 대한 언급이 단순히 의례적(儀禮的)인 것은 아니다. 이것은 다른 시들과의 관련에서 보면 더욱 분명하다. 가령,「북녘 곰, 남녘 곰」은 다시 한 번 단군 신화의 토템의 동물을 등장시키고 있는데, 여기서 곰은 단군 시대뿐만 아니라 모든 시대에 걸쳐서 자연 속의 삶의 유구(悠久)함을 상징하는 것으로 생각될 수 있다.

북녘 곰이 발바닥 핥다 돌이 되거던……

남녘 곰이 발바닥 핥다 돌이 되거던……

그 두 돌 다 바닷물에 가라앉았거던……

가라앉아 이 얘기 시작하거던……

이 얘기가 다 끝나서 말이 없거던……

말이 없어 굴딱지나 달라붙거던……

바다 말라 그 두 돌이 또 나오거던……

인간의 지혜는 이러한 시에서 이야기된 바와 같은 자연의 유구한 리듬을 인간의 것으로 지녀 갖는 것이다. 우리 역사는 미당 선생의 생각으로는 이러한 지혜를 잘 보존해 왔던 것이다.

「한국 종(鐘)소리」는 이러한 삶의 역사적이고 예술적인 구현을 잘 표현하고 있다.

종(鐘)소리는

오월(五月)에 수만 마리 새끼들을

팔(八)월에 다 데불고

왼바다를 일렁이는 에미고래의 힘

그게 무서 칭얼대는 해안(海岸)의 짐승

포뢰(蒲牢)의 울음이라 한 것은

아직도 단수(段數) 유치한 중국인(中國人)들의 귀요.

이 고래 이 포뢰가 한국에 와서 살라면

우선 한 천년(千年)쯤은 잘 흙 속에 생매장(生埋藏)되야 하요.

그래 그때가 되어 캐내서 울려 보면

아직도 살기는 살아 있지만

언제 그렇게는 둔갑했는지

한 송이 새로 피는 꽃만 보여요.

미당 선생의 시에 있어서 인간의 삶과 역사의 근본적인 조건으로서의
자연이 중요하다고 해도 그의 시를 보다 한국의 원시적 심상(心像)에 근접
하게 하는 것은 자연과 인간의 내적 연관 관계에 대한 의식이다. 여기서 연
관 관계라는 것은, 위에서도 말한 대로, 자연과 인간이 다 같이 자연법칙의
지배하에 있다거나 초월적인 차원에서 하나의 진실을 이룬다는 뜻에서가
아니라, 보다 직접적으로 사람의 희로애락이 곧 자연 속에서도 그대로 반
영된다는 의미에서의 연관 관계이다. 사람의 소망, 특히 성적인 욕구가 그
대로 자연 세력이라는 생각은 미당 선생의 시의 어디에나 배어 있는 것 같
다. 앞에서 인간은 완전히 자연적 생명력의 표현이기 때문에, 이 생명력의
긴 리듬은 사람보다는 곰과 같은 동물에 의하여 더욱 잘 표현되는 것을 보

았지만, 뒤집어 보면 자연 자체도 인간의 욕망과 동질적인 힘에 의하여 움직인다고 할 수 있다. 물론 이것은 자연이 인간의 욕망에 의하여 움직인다는 것보다는 자연과 인간이 모두 자연의 생식력 속에 있다는 생각으로 볼 수도 있는 것이다.

미당 선생의 이러한 범욕주의(汎欲主義)는 가령 『나의 문학적(文學的) 자서전(自敍傳)』에서 간결하게 설명되어 있다. 이 감동적인 인간 기록에 부산 피난 중 "신열(身熱)과 감정(感情)의 열(熱)"에 떠서 영도(影島)의 산보길에 올랐다가 겪었던 감정을 기술하고 있는 대목이 있다. 그는 산보길에서 산에 얼려 있는 구름이 "그 밉상인 것을 그렇게까지 가까이하는지 여전히 알 길이 없었으나" 그 광경을 며칠 잇달아 보는 사이에 문득 그 뜻을 짐작하게 된다.

그것은 우리 한 쌍의 남녀(男女)가 서로 뺨을 마주 비비고 머리털을 매만지고 하는 바로 그것과 같은 것으로서, 이 짓거리는 아마 몇십 만년(萬年)도 더 계속되어 왔으리라는 것이다. 이미 모든 땅 위의 더러운 싸움의 찌꺼기들을 맑힐 대로 맑히어 올라서, 인제는 오직 한 빛 옥색(玉色)의 터전을 영원히 흐를 뿐인 ─ 저 한정 없는 그리움의 몸짓과 같은 것들은 저 산(山)이 젊었을 때부터도 한결같이 저렇게만 어루만지고 있었으리라는 것이다.

그러자 바로 그날 밤, 그 산이 낭랑한 창(唱)으로 노래하는 소리를 들었다. 천(千)길 바닷물 속에나 가라앉은 듯한 명명한 어둠 속에서 그 산이 노래하는 것을 분명히 들었다. 삼경(三更)이나 되었을까. 그것은 마치 시집와서 스무 살쯤 되는 신부(新婦)가 처음으로 목청이 열려서 혼자 나직이 불러 보는 노래와도 흡사하였다. 그러한 노래에서 먼 처녀(處女) 시절에 본 꽃밭들이 보이기도 하고, 그런 냄새가 나기도 하는 것이다. ─ 그런 꽃들, 아니 그 뿌리까지를 불러일으키려는 듯한 나직하고도 깊은 음성으로 산은 노래를 불렀다.

안 잊는다는 것이 이렇게 오래도 있을 수 있을까. 금의홍상(錦衣紅裳)으로 시집온 채 한 삼십 년쯤을 혼자 고스란히 수절(守節)한 신부의 이야기는 이 나라에도 더러 있긴 하다. 하나, 산이 처음 와서 그 자리에 놓인 것은 그게 그 언젯적 일인가.

수백(數百) 왕조(王朝)의 몰락(沒落)을 겪고도 오히려 늙지 않는 저 물같이 맑은 소리 ─ 저런 소리는 정말로 산마다 아직도 오히려 살아 있는 것일까.

인용이 길어졌지만, 이 구절에 들어 있는 여러 주제들 ─ 욕정 또는 그리움의 표현으로서의 자연, 그것의 인간의 욕정과의 일치, 사회의 외면적인 영고성쇠에도 불구하고 오히려 유구한 욕정의 끈질김 ─ 이러한 주제들은 미당 선생의 자연관의 핵심을 이루는 것으로서 그의 시들은 이러한 주제들에 대한 변주적인 주석이라고 볼 수도 있다.

가령 「겨울의 정(情)」은 사람과 자연의 정이 서로 조응(照應)하고 있는 관계에 있음을 이야기하고 있다. 이 시에 의하여, "눈 속에 무친 대추씨", "하늘을 날으는 기러기", "영창 안의 난초", "바닷물" 등은 모두 하나의 그리움 속에 얽혀 있다. 「소나무 속엔」은 자연이 농군이나 학생의 인간고(人間苦)를 그 "솨, 솨" 하는 소리 속에 표현한다는 것을 이야기한다. 「당산(堂山)나무 밑 여자(女子)들」은 사람의 정욕은 근본적 생명 충동의 어쩔 수 없는 실현이라는 점에서 당산나무의 무성함과 똑같은 것이라고 말한다.

자연과 인간이 다 같이 어떤 근본적인 충동, 그리움의 표현이라고 한다면, 인간과 인간 또 인간의 역사 자체도 이러한 충동에 의하여 하나로 묶이는 것이라는 생각은 당연히 따라 나온다고 할 수 있다.

「깜정 수우각제(水牛角製)의 긴 비녀」는 사람이 역사적인 현실을 실감하게 되는 것도, 말하자면 모든 인간의 범욕적(汎慾的)인 충동에 참여함으로써라는 기발한 생각을 표현하고 있다. 다시 말하여, 깜정 수우각제의 비

녀와 같은 옛날의 유품(遺品)의 의의는 거기에 묻어난 성적 연상(聯想)으로
하여 일어나고 격세적(隔世的) 참여(參與)를 통하여 역사적인 공간이 이어
진다는 것이다.

이 「깜정 수우각제의 긴 비녀」에 있어서의 역사적인 공간은 개인적 연
상으로만 묶여지는 것이지만, 실제에 있어서 보다 공적(公的)인 의미에서
사람의 일을 한 세대에서 다른 세대로 잇고 있는 것도 그리움의 충동 또는
성적 충동의 연속을 통해서이다. 아름다운 소곡(小曲) 「뻐꾹새 울음」에서
뻐꾹새의 울음이 나타내고 있는 것은 시대적 변화에도 불구하고 연면하게
계속되는 자연의 정적(情的) 충동이다.

> 뻐꾹새 울음소리
> 그대 어깨를 어루만져 내려서
> 그대 버선코를 돌아오고 있을 때……
> 열 번 스무 번을 돌아오고 있을 때……
>
> 그대 옛 결혼(結婚) 날의 황금 가락지
> 지금은 전당포에 잡히어 있는
> 기억 속 가락지의 금빛 선(線)을 돌아서
> 돌아서 돌아서 울려오고 있을 때……
>
> 네 갈림길에 선 검으야한 소나무가지
> 중노릇 가는 그대 어린 것이 길을 가르치는
> 소나무가지를 썻어 비껴가고 있을 때……

「산(山)수유꽃」은 보다 더 분명하게 산수유꽃을 피게 하는 것과 같은 자

연의 세력이 "간사ㄹ 떨어서" 역사적 변화가 일어나게 됨을 이야기하고
있다.

> 병풍 속에 그린 닭이
> 울기 시작하여서……
> 산(山)수유꽃
> 섬돌에서 피기 시작하여서
> 쥐뿔에서
> 상아(象牙)에서
> 놋요강에서
> 대한민국(大韓民國) 소실(小室) 댁
>
> 김치 냄새 나는
> 건건이 손톱에서
> 금빛 초승달로
> 금시 눈을 떠서
> 간사(奸邪)ㄹ 떨면서……

　　그리움의 충동이 유구하고 그것이 역사의 근본적인 동력이 된다고 하
더라도 일체의 인간사 또는 역사적 사건이 다 같이 자연의 리듬을 제대로
나타내고 있는 것은 아니다. 「우중유제」에서 우리는 신라 시대와 오늘의
시대가 비교되는 것을 보았지만 욕정(欲情)의 자연스러운 충동으로서의
역사 이해는 그러한 충동에서 멀어진 시대에 대한 한 비판적인 기준을 제
공해 준다고 하겠는데, 미당 선생의 생각에 내려올수록 비판의 대상이 되
어야 할 것이 많은 시대가 된다. 「우중유제」에서도 그렇지만, 「뻐꾹새 울

음」에서도 우리는 뻐꾹새의 울음이 열 번 스무 번 되풀이되는 사이에 "옛 결혼(結婚) 날의 황금 가락지"가 "지금은 전당포에 잡히어 있는/ 기억 속 가락지"로 바뀌어졌음에 주의할 수 있다.「산수유꽃」에서도 역사적으로 바뀌는 시대의 대표적 상징들이 "병풍 속에 그린 닭이/ 울기 시작하여서" 부터 또 "섬돌에 핀" 기적의 꽃에서 시작하여 "대한민국 소실 댁/ 김치 냄새 나는/ 건건이 손톱"으로 내림세가 되어 감을 볼 수 있다.

그러나 생명 충동이 쇠퇴한 시대에 대한 미당 선생의 강렬한 반감을 그가 직접적으로 현대 역사와 사회에 언급한 시들에 가장 잘 나타난다.「바위와 난초(蘭草)꽃」은 범욕적(汎欲的) 세계관에서 현대사를 비판하고 있는 하나의 예가 될 수 있다.

바위가 저렇게 몇 천년씩을
침묵으로만 웅크리고 앉아 있으니
난초는 답답해서 꽃피는 거라.
답답해서라기보다도
이도령(李道令)을 골랐던 춘향(春香)이같이
그리루 시집이라도 가고파 꽃피는 거다.
역사 표면(歷史表面)의 시장(市場) 같은 행위(行爲)들
귀시끄런 언어(言語)들의 공해(公害)에서 멀리 멀리
고요하고 영원한 침묵 속의 강(江)을 흘러
바위는 그 깊이를 시늉해 앉았지만
난초는 아무래도 그대로 못 있고
'야' 한마디 내뱉는 거라.
속으로 말해 나즉히 내뱉는 거라

이 시가 자연의 충동을 반드시 행복한 것으로 파악하는 것은 아니지만 그래도 그것은 긴 자연의 리듬 속에 실현되게 마련인 것이라고 이해하는 데 대하여, 현대 사회의 상황은 이러한 자연의 근원적인 자기실현의 과정에서는 동떨어진 피상적인 혼란이라고 해석하고 있는 것이다.

근원적인 자연의 충동에서 떨어져 있는 사회의 움직임이 깊은 의미를 갖지 못한다는 생각은 보다 직접적으로 정치적인 시들에 표현되어 있다. 가령 『떠돌이의 시』에는 남북 분단의 상황에 언급한 시들이 몇 편 있는데, 여기에서도 정치 상황에 대한 파악과 비판은 정(情)과 자연(自然)의 관점에서 행해져 있다. 이러한 시들의 상황 판단은 대체로 상투적인 틀을 벗어나지 못하고 있는 것이어서 반드시 성공적이라고 할 수는 없지만, 일단은 있을 수 있는 판단임에 틀림이 없다. 그러나 같은 관점에서 8·15해방을 이야기한 「백(白)도라지 눈 하나」는 그 나름으로 참신하고 그럴싸한 해석을 담고 있다고 해야 할 것이다. 미당 선생의 관점에서는 8·15해방의 참다운 의의는 어떤 외적인 사건보다는 내적인 의미에 있어서 자연의 세력이 깨어나는 계기가 되었던 데에 있다. 이 세력은 승냥이와 같은 부정적인 힘, 사자의 보다 긍정적인 힘도 포함하는 것인데 이러한 자연적 정열은 그 후의 역사 과정에서 왜소화되고 소멸해 버렸다고 하겠지만, 그래도 역시 해방이 가져온 것은 백도라지쯤으로 상징되는 연약한 대로 평화롭고 근원적인 자연의 개안(開眼)이라는 것이다. 미당 선생의 이러한 해석은 아마 어떤 단순화된 정치 논설보다도 해방을 그 근원적인 의미에서 파악하고 있는 것이라고 해야 할 텐데, 이런 종류의 통찰은 이미 『떠돌이의 시』 이전의 시들에서도 볼 수 있고, 또 이 시집의 다른 시들에서도 볼 수 있다. 그중에도 오늘날의 정치적·사회적 상황에 언급한 「새해의 기원(祈願): 1976년을 맞이하여」, 「뻔디기」, 「슬픈 여우」, 「격포우중(格浦雨中)」, 「절벽(絶壁)의 소나무 그루터기」 등에서의 직관적 현실 비판을 사뭇 날카로운 것이다.

미당 선생의 삶에 대한 근본적인 자세가 자연에 대한 관계에서 결정되고 자연에 대한 존중이 그의 가장 깊은 신념이며, 앞에서 살펴본 몇 편의 시에서 또 단적으로, 『떠돌이의 시』 가운데 가장 아름다운 소곡(小曲)인 「산사(山査) 꽃」에서 절제된 서글픔으로 노래하고 있듯이, 자연이 망각되어 간다는 것이 현대사의 비극이라고 그는 말하지만, 그렇다고 해서 그의 자연관이 단순한 낙관주의의 표현이 아니라는 점은 일단 지적할 필요가 있다. 그에게 자연은 모든 고통과 갈등을 해소시켜 주고 초자연적인 평화를 약속해 주는 곳이 아니다. 앞에서 언급한 시들에 이미 나와 있듯이 자연의 과정도, 인간 생존의 경우와 마찬가지로, 풀릴 길 없는 그리움의 과정이다. 자연이 그리움의 과정이나 욕망이라고 하는 것은 그것이 무엇인가 부족한 상태에 있다는 것을 뜻하고 또 이 부족을 메꾸려는 몸부림으로서의 자연의 과정은 괴로움의 과정이라는 것을 뜻한다. 이렇게 자연을 단순히 평화와 위로의 출처로 생각하지 않고 욕망의 과정으로 본다는 점에서 미당 선생의 자연관은 동양의 고급문화의 자연관과 다르고 그만치 한국의 토속적인 자연 이해에 가까운 것이다. 그러나 미당 선생의 자연은 다른 면에서 인간에게 위로의 근원이 된다고 할 수는 있다. 미당 선생의 자연은 인간의 혼돈에 대하여 멀리 있는 평화의 이미지로 생각될 경우보다 오히려 인간 자신의 충동과 함께 있음으로써, 인간의 괴로움과 기쁨에 유구함의 테두리를 정해 준다고 할 수 있는 것이다. 어떻게 보면 자연 자체가 반드시 쉽게 실현되는 것이 아닌 욕망이라고 할 때, 인간은 그 자신의 실현되지 아니한 욕망의 불행한 운명을 쉽게 받아들일 수 있다.

사실 인간과 자연의 일치는 이루어지는 욕망보다 이루어지지 않은 욕망을 통해서이다. 앞에서 언급한 『나의 문학적 자서전』의 산과 구름의 관계도 이루어지기보다는 이루어지지 아니한 욕망을 나타내고 있다. 「겨울의 정(情)」에서도 자연의 여러 가지 물건들과 인간의 감정상의 유대가 궁핌의 계절인 겨울에 이루어지는 것이라는 점에 주목할 필요가 있다. 「소나무 속엔」에서도 자연이 표현해 주는 소리도 인간고(人間苦)의 소리와 일치하는 것이다. 「바위와 난초꽃」에서 난초는 바위의 침묵이 답답하여 꽃을 피우는 것으로 되어 있다. 또 곰이라든가 또는 고래라든가 하는 것은 자연의 생명력을 나타내는 것이기도 하면서 다른 한편으로는 오랜 기다림과 인고의 상징이 되는 것들이다.

그러면 자연의 충동에 일치한다는 것은 삶의 욕망의 실현 과정으로, 그 실현에서 오는 보람과 행복의 향수로 파악한다는 것을 뜻하기도 하지만 보다 두드러지게는 욕망의 숙명적인 좌절로서 파악한다는 의미라고도 생각된다. 그러나 좌절의 수락이 무슨 위로가 되겠는가? 그러나 욕망으로서의 자연은 앞에서도 말한 바와 같이 적어도 자연을 인간이 움직이는 것과 동질적인 힘의 표현으로 파악할 수 있게 한다. 인간이 기뻐하고 슬퍼한다면, 자연 또한 기뻐하고 슬퍼할 수 있는 것이라는 생각은 인간의 고독을 덜어 준다. "역사 표면의 시장 같은 행위들"의 잘못은 세계를 주정적(主情的)이 아닌 관점, 따라서 비인간적일 수밖에 없는 관점에서 파악하고 그러한 파악에 근거한 실천을 강요한다는 데 있다. 그러니만치 주정적인 자아 이해는 옹호되어야 한다는 관점이 성립할 수 있다. 또 이 관점에서 자연이 욕망이라고 한다면, 그 속에서 실현되어야 할 인간의 욕망도 결코 완전히 좌절로만 끝날 수는 없는 것이다. 문제는 실현의 형태와 기간이다. 욕망이 욕망의 세계에서 작용하는 방식은 일종의 '동정적(同情的)인 마술(魔術)(sympathetic magic)'을 통하여서이다. 이 마술은 우리의 욕망을 알맞게 조정함으로써, 말하자면 원격 작용(遠隔作用)을 통하여 욕망의 대상에 호의적인 변화를 불러일으키고자 한다. 이것은 욕정(欲情)의 경험에서 잘 알 수 있는 것이다. 사람들은 그의 욕정이 당장에는 좌절에 부딪치더라도 오래 참고 기다리면서 점차적으로 욕정의 상대방의 마음 가운데에 욕정적 반응을 꾀어 낼 수 있는 방도가 있음을 알고 있다. 미당 선생의 인간의 욕망에 대한 이해는 이러한 본능적 지혜에 유사한 것이다.

　물론 이 세계에서 모든 욕망이 있는 그대로 달성되는 것은 아니다. 그러나 인간의 리비도(libido)가 여러 가지로 변형, 보상(補償), 승화(昇華)될 수 있는 것이라는 점을 생각할 때 인간의 욕망은 이런 변화된 형태로일망정, 구극적으로는 이루어지는 것이라고 말할 수 있다. 「당산(堂山)나무 밑 여자(女子)들」은 사람의 억압된 정욕은 언젠가는 실현되게 마련이라는 것을 이야기하고 있는 시라고 할 수 있다. 『질마재 신화』에 나오는 여러 하층민들의 이야기들은 사회적으로 심리적으로 억압된 상태에 있는 사람들의 소망도 언제 어떻게 해선가 누를 수 없는 불길처럼 실현되기 마련이라는 우화(寓話)를 많이 담고 있지만, 아마 미당 선생의 시에서 억압될 수 없는 인간 욕망의 구극적 실현을 대표적으로 나타내는 존재는 무당일 것이다. 미당 선생의 시에는 초기부터 욕망의 힘에 눌려 고통하고, 그 고통을 통하여 그 욕망을 실현할 수 있는 자유를 얻게 되는 사람들이 등장해 왔는데, 무당은 그러한 종류의 사람의 전형이라 할 수 있다. 그는 사회의 무의식 속에 억압된 요소들을 자신의 운명으로 짊어지고 고통하며 그 너무나 처절한 고통을 통하여 사회적 금기(禁忌)를 마음대로 초월할 수 있는 특권을 부여받게 되는 사람이다. 『질마재 신화』에는 무당에 대한 직접적인 언급도 있지만, 그것이 전체적인 분위기에 있어서 매우 '무당적'인 것으로 느껴지는 것은 당연하다. 이것은 『떠돌이의 시』에서도 마찬가지다. 물론 여기서도 무당에 대한 직접적인 언급이 있다. 「단골 암무당의 밥과 얼굴」이 그것이다. 이 시의 암무당의 손과 얼굴은 "질마재 마을에선 제일 희고 부들부들"한 것이었는데, 그것은 그녀가 "골머리 배앓이 종기 태기 등, 허기진 귀신한테" 먹이는 쌀로써 밥을 지어 먹기 때문이라는 것이다. 즉 다시 말하여 암무당이 암컷으로의 성질을 강하게 띠게 되는 것은 그녀가 자신이 속한 공동체의 금기적인 사항들을 짊어지고 있기 때문이다. 금지된 무의식의 충동에 가까이함으로써 그녀에게 보다 자유로운 성적인 성취가 가능하여지는 것이다.

욕망의 변형된 형태를 통한 달성은 고통을 통한 구원이라는 주제로도 나타난다. 어떻게 보면 고통은 커다란 욕망이 꺾일 때에 발생하는 것이라고 할 수 있는데, 이때의 고통을 통해서 무당과 같은 존재는 무의식에 눌렸던 충동을 이룰 수 있는 권리를 얻지만 이 무당의 권리는 동시에 다른 사람들의 무의식 속의 억압과 고통을 꿰뚫어 살필 수 있는 지혜를 얻음으로써 발생한다. 무당은 이런 의미에서 어두운 무의식적 충동의 대표자이면서, 근본적으로 같은 충동으로 움직이는 세계의 진상을 꿰뚫어 보는 현자(賢者)라고 하겠는데, 「난초잎을 보며」에 의하면 미당 선생은 이러한 무당이 갖는 이중(二重)의 기능을 한국 역사 전체에서도 발견한다.

그늘과 고요를 더 오래 겪은 난초잎은
훨씬 더 짙게 푸른빛을 낸다.
선비가 먹을 갈아 그리고 싶게 되었으니
영원(永遠)도 이젠 아마 호적(戶籍)에 넣을 것이다.

가난과 괴로움을 가장 많이 겪은 우리 동포(同胞)들은
가장 깊은 마음의 수심(水深)을 가졌다.
하늘이라야만 와서 건널 만큼 되었으니
하늘이 몸 담는 것을 잘 보게 될 것이다.

난초잎과 우리 어버이들의 마음을 함께 보고 있으면
인류(人類)의 오억삼천이백년(五億三千二百年)쯤을

우리는 우리의 하루로 하고 싶은 생각이 든다.

우리도 한 개자(芥子)씨는 개자씨겠지만
이 세상 온갖 개자씨들의 배움을 요약(要約)해 지닌
더없이 매운 개자씨이고자 한다.

이 시에 그려진 난초의 상(像)이나 수난(受難)의 민족상은 고통의 경험, 고통의 운명의 유구함이 사람과 민족을 깊게 한다는 것을 말한다. 여기의 깊음의 감정이 인간의 욕망에 대한 변증법에 관련되어 있음을 말할 것도 없다. 앞에서 말했듯이, 욕망 없는 고통은 생각할 수 없는 것이다. 그리고 이 시의 마지막 연에서 이야기되어 있는바, '매운 개자씨'는 모든 고통에도 불구하고 스스로의 소망의 진실을 굳게 믿고 지키는 마음의 상징이다. 미당 선생의 세계에 있어서 욕망의 형이상학은 이와 같이 구극적으로 욕망이 이루어지지 않더라도 그 자체로서 스스로의 보람이 된다는 결론에까지 이르게 된다. 앞서 인용했던 『나의 문학적 자서전』에서의 삼십 년을 기다리는 신부의 모습(이것은 『질마재 신화』에도 나온다.)도 욕망, 그리움 또는 기다림 자체를 긍정하는 이미지라 할 수 있다. 「바위와 난초꽃」에서도 난초가 피는 것은 스스로의 그리움 때문이었다.

세상의 본질이 욕망이나 그리움이고 욕망은 어떤 형태로든지, 고통에 의한 변용을 통하거나 욕망 자체의 창조적인 자기 승화를 통하여서든지 달성되게 마련이라고 하더라도 우리는 다시 한 번 미당 선생의 세계가 행복한 세계라기보다는 불행한 세계라는 것을 생각하여야 한다. 그의 그리움의 형이상학이 얼마나 믿을 수 있는 것이든지 간에, 그의 시를 전체적으로 조감해 볼 때 — 특히 그의 자전적인 기록이 드러내 주는 커다란 고통의 체험과 관련해서 그의 시를 읽어 볼 때 ─ 우리는 미당 선생의 시가 담고 있는 체험적인 진실의 무게를 깊이 느끼지 않을 수 없다. 본질적으로 우리 마음의 소망이 자연과 인간 세계의 근본적인 힘과 같은 것이라는 생각은, 감당하기에 너무나 커다란 고통의 세계에서 시인이 갖는 위안의 필요에서 나온 믿음이라고 생각된다. 1950년대의 미당 선생의 시 가운데 가장 긍정적이고 유머러스하기까지 한 시, 「내리는 눈발 속에서는」은 그의 자전적 서술에 따르면 가장 고통스러운 시기에 쓰인 것이 되는데, 이 시에서 내리는 눈을 보고 시인이, "괜, 찮, 타……괜, 찮, 타"라고 하는 커다란 긍정의 교훈을 발견했던 것은 그때 그가 그만큼 안심을 절대로 필요로 하는 절망의 상태에 있었기 때문이라고 할 것이다. 이와 같은 심리의 작용과 반작용은 욕망의 미학 전체에도 해당시킬 수 있다. 『떠돌이의 시』에서의 「고향 난초(故鄕蘭草)」와 같은 시는 절실한 개인적 체험의 평면에서 생의 불안감과 안도의 필요성을 표현하고 있다.

내 고향 아버님 산소(山所) 옆에서 캐어 온 난초에는
내 장래를 반도 안심 못하고 숨 거두신 아버님의
반도 채 못 감긴 두 눈이 들어 있다.
내 이 난초 보며 으시시한 이 황혼을
반도 안심 못하는 자식들 앞일 생각타가
또 반도 눈 안 감기게 멀룩 멀룩 눈감으면
내 자식들도 이 난초에서 그런 나를 볼 것인가.

아니, 내 못 보았고, 또 못 볼 것이지만
이 난초에는 그런 내 할아버지와 증조할아버지의 눈,
또 내 아들들과 손자 증손자들의 눈도

그렇게 들어 있는 것이고, 들어 있을 것인가.

『떠돌이의 시』의 서시(序詩)가 되는 「시론(詩論)」, 또 다른 한 편의 서시격인 「정말」에서는 이러한 생존에 대한 불행 의식이 이 세계에 대한 형이상학적인 일반 명제에까지 밀어 올려져 있다.

> 정말 하기는 거북하니까
> 우리 모다 어느 바다 속에나 갔다가
> 던져 버려 둡시다.
> 이것은
> 영아 유기범(嬰兒遺棄犯)의 엄마 팔에 안긴
> 애기와는 달라서
> 썩 많은 나이값을 하노라고
> 소리 한마디도 지르지는 안을 겝니다.
> 그렇지만 언제 어느 아이들이
> 무슨 됫박들을 들고 와서
> 이 많은 바닷물을 다 품어 내서
> 이걸 다시 건지지요?
> 건져서 가지지요?

이 시가 말하고 있는 것은 이 세상에서는 진실이 불가능하다는 것이다. 물론 그것이 영 없어지는 것은 아니라는 미묘한 진실의 변증법도 이야기되어 있는 것도 사실이다. 이러한 있으면서 없고, 없으면서 있는 진실의 존재는 「낮잠」과 같은 시에서는 불교적인 색채를 띠고 다시 이야기되어 있다.

그러나 「고향 난초」에 비슷하게 우리 마음에 보다 직접적인 감흥을 일으키는 것은 보다 현실적으로 개인의 사회적 생존의 불안과 절망을 읊은 시들이다. 「절벽의 소나무 그루터기」도 절실한 느낌의 시이지만 「뻔디기」는 이 절실한 느낌이 단연코 공적인 차원에 이르고 또 단순히 안으로 접어드는 체념이나 슬픔이 아니라 분노의 감정에까지 이른다는 점에서 이색적이고 뛰어난 작품이다.

예술의 손발에 못을 박고 박히우듯이
그렇게라도 산다면야 오죽이나 좋으리요?
그렇지만 여기선 그 못도 그만 빼자는 것이야.
그러고는 반창고나 쬐끔씩 그 자리에 부치고
뻔디기 니야까나 끌어 달라는 것이야.
'뻐억, 뻐억, 뻔디기, 한 봉지에 십 원, 십 원,
비 오는 날 뻔디기는 더욱에나 맛 좋습네.'
그것이나 겨우 끌어 달라는 것이야.
그것도 우리한테뿐이라면 또 모르겠지만
국민학교 육 학년짜리 손자 놈들에게까지 이어서
끌고 끌고 또 끌고 가 달라는 것이야.
우선적으로, 열심히 열심히 제에길!

비장한 저항의 자세까지도 불가능하게 하고 오로지 가장 값싼 단백질을 얻어먹으라고 하는 삶의 상황에 대한 공분(公憤)을 이만큼 강력하고 실감 있게 표현한 시도 드물다 하겠는데, 이런 시에서 미당 선생의 숙명 의식은 사회의식에 가까이 간다.

아무런 위안의 계획 없이 삶에 맞닥뜨릴 때, 우리의 삶이 이와 같이 긴박한 것이라면 우리는 여기에 대하여 어떠한 삶의 자세를 취하는 것이 마땅한가? 「뻔디기」는 모질고 강한 자세를 시사한다. 그러나 미당 선생이 가장 강하게 나올 때, 마땅히 취해야 하는 자세는 저항이라는 정치적인 자세보다는 굳굳하게 자신의 염결성(廉潔性)을 지키는 선비적인 자세이다. 이것은 이미 앞에서 든 「난초잎을 보며」에도 시사되어 있지만, 「격포우중(格浦雨中)」에는 보다 더 길게 이야기되어 있다. 미당 선생이 우리의 상황을 상징하기 위하여 즐겨 쓰는 상징은 비 오는 때이다. 그러나 비가 온다는 불리한 여건에도 불구하고 우리는 "쏘내기 오는 바다에/ 한줄 굵직한 수묵(水墨) 글씨의 시(詩)줄"처럼 있어야 한다. 비 오는 바다에 쓴 수묵(水墨)의 글씨, 이것이 곧 씻겨져 버릴 부질없는 물건일는지는 모르지만, 사람은 그의 의지 하나만으로도 이런 부질없는 짓을 반복하여야 한다.

그러나 다시 한 번, 미당 선생이 이렇게 소극적인 의미에서의 강렬한 자세를 권하는 것도 매우 드문 일이다. 앞에서도 보았듯이, 이보다 미당 선생의 본질적인 삶의 이해에 깊이 관련되어 있는 것은 참고 기다리는 유연한 자세이다. 「정말」에서도 매우 암시적으로 이 세상의 진실은 불가능한 것이면서도 또 달리 보면 없어지지 않고 존재하는 것이라는 것을 말하고 있는 점에 언급했지만 욕망의 미학에서 욕망을 이룰 수 있는 방법은 어디까지나 간접적이고 완곡한 것이다. 미당 선생의 완곡의 실천 철학으로는 「곡(曲)」에서 말한 대로 "곧장 가자 하면 갈 수 없는 벼랑길도/ 굽어서 돌아가기면 갈 수 있는 이치"인 것이다. 이러한 일반적인 이치는 개인 생활이나 사회적·정치적 상황에서나 다 해당되는 것으로서, 정치 문제와 자연 관찰을 유머러스하면서도 심각한 회화체에 담고 있는 「한란(寒蘭)을 보며」는 전통적으로 선비의 삶을 상징해 오던 난초의 교훈도 그 구부러진 잎이 이야기해 주는바 구부러짐의 도리라고 말한다. 우울한 '음시월(陰十月)'의 추위 속에서 더러 사람들은 우리가 당면한 정치적 난경을 타개하는 방법으로 성급하게 평양행(平壤行)을 하기도 하지만, 우리는 난초처럼 구부러져 돌아와 고향에서 참고 견디어야 한다. 미당 선생은 이렇게 말한다.

그러나 주목하여야 할 것은 완곡의 철학이 반드시 당위적인 요구가 아니라 삶의 부조리 속에서 살아가는 현실주의의 방편이라는 점이다. 이만치 미당 선생의 점진주의에는 인생고(人生苦)에 대한 절실한 느낌이 들어 있다고 해야 할 것이다. 앞에 든 「곡」의 전문을 다시 인용해 보면,

> 곧장 가자 하면 갈 수 없는 벼랑길도
> 굽어서 돌아가기면 갈 수 있는 이치를
> 겨울 굽은 난초 앞에서 새삼스럽게 배우는 날
> 무력(無力)이여 무력이여 안으로 굽기만 하는
> 내 왼갖 무력이여
> 하기는 이 이무기 힘도 대견키사 하여라

가 되는데, 여기서 굽은 길을 배우게 되는 까닭은 나의 무력감(無力感)에 있다. 그러나 굽은 길을 배운 연후 우리는 무력에서 나온 굽은 길의 역설적인 힘을 깨닫게 되는 것이다. 굽은 힘의 이치가 이야기되어 있는 다른 시들에서도 이것은 마찬가지다. 「거시기의 노래」는 여러 가지 사회적·자연적 조건의 불리함에도 불구하고 참을성을 가지고 끠스럽게 최후의 승리를 거두는 억압된 하층민의 이야기를 다루고 있다. 「어느 늙은 수부(水夫)의 고백(告白)」도 직접적인 힘의 방법이 아니라 간접적인 유도(誘導)의 방법으로 강력한 자연의 힘을 이겨 내는 수부의 슬기를 말하고 있다. 이 수부는

> 바다를 못 당할 강적(强敵)으로만 느끼고

살살살살 간사스레 항행(航行)하는 자(者)들,

바다를 부자(富者)집 곡간으로만 여기어

좀도적 배포로만 기웃거리고 다니는 자(者)들,

또 별을 어깨에 다섯쯤이나 달고도

해신(海神)에 도전(挑戰)이나 일삼는 만용장군(蠻勇將軍)

등과는 다르게 스스로의 약함을 미리 깨닫고 약한 자의 꾀로서 바다의 힘을 얻어 내는 것이다. 그는 만파식적(萬波息笛)을 불어 바다를 잠재우고 또

바다의 신(神)의 일족(一族) 가운데서도

그 주인(主人)이나 마누라를 직접 서뿔리 느물거리지 않고

간접으로 그 딸의 로맨틱한 마음을 사려

연거푸 내 마음속 피리를 불고,

그때 나는 내 마음속 더 으슥한 데 감춘

한 개의 순금(純金) 반지를 그녀 손가락에 끼우는 데 성공하는……

것이다. 그리하여 그는 이러한 간접적인 정(情)의 다스림으로 그가 얻고자 하는 것을 "바다에서 뺏거나 훔친 것이 아니라／늘 항상 은근히 얻으며" 산다.

완곡의 철학에 대한 직접적인 언급은 없지만, 이것이 약한 자의 살아남는 방법, 다시 말하여 일종의 이존책(以存策)이라는 것을 가장 잘 나타내고 있는 시 중의 하나는 「복(福) 받을 처녀(處女)」이다.

활 등 굽은 험한 산(山) 콧배기를

산(山)골의 급류(急流) 맵씨 있게 감돌아 나리듯

난세(難世)를 사는 처녀(處女)들 복(福)이 있나니.

　추석(秋夕) 달 밝은 밤도 더없이 슬기로워서
　어느 골목 건달의 손에도 그 머리의 댕기 잡히지 않고
　재치 있게 피할 줄 아는 처녀들은 복이 있나니.

　밖에 나서서는 남(南)녘의 대수풀 사운거리듯
　방(房)에 들어선 난죽(蘭竹)만 양 점잖게 앉는
　치운 겨울의 처녀 더 복이 있나니.

　이 시에서 시인의 모든 관심은 험한 산 콧배기나 달밤의 건달이나 사람을 방에만 갇혀 있게 하는 추운 겨울날이나 — 이러한 외적인 조건에 있지 않고 이러한 조건 속에서 다치지 않고 곱게 살아남을 수 있는 연약한 처녀에게 향해 있다. 시인이 이야기하고자 하는 것은 운명적 조건의 정의나 부정의가 아니라 어떠한 운명 속에서든지 재주껏 살아남는 처녀의 현실적 재간이다.
　더러는 기이해 뵐 수도 있는 신화와 미신에도 불구하고 미당 선생의 시의 밑에 놓여 있는 것은 「복 받을 처녀」의 현실주의다. 그리고 이 현실주의의 관점에서 볼 때 그의 굽음의 실천 철학, 욕망의 형이상학도 그 나름의 현실을 가지고 있는 것이라는 것을 우리는 알 수 있다. 그리고 이 현실은 단순히 미당 선생 일인의 개인적인 체험에서 우러나오는 현실은 아니다. 그것은 좁게는 그가 살아온 시대의 현실이며, 넓게는 그 자신 그 탐색을 게을리하지 않은 한국인이 역사적 체험의 현실이다. 즉 그의 시의 핵심에 있는 욕망의 미학은 전통적·심미적 경험의 기초로써 자주 이야기되어 온 한(恨)의 미학(美學)의 변주이고, 굽음의 이존책은 절대 권력의 세계에서 눌리운 자들이 살아남을 수 있기 위하여 가져야 했던 현실주의였다. 한의 세계에서 세상은 욕망의 관점에서 파악된다. 그러나 제한된 물리적·사회적 테두리에 눌리어 있는 욕망은 이루어지기보다는 좌절되는 수가 많기 때문에, 욕망의 장(場)으로서의 세계는 다른 말로 표현하여 좌절된 욕망의 공간, 곧 한의 공간이 된다. 그리하여 한은 세계의 형이상학적 원리, 따라서 인간에게는 피할 수 없는 숙명으로 나타난다. 숙명으로서의 한은 우리로 하여금 세상을 보다 쉽게 받아들이게 한다. 다른 한편으로는 한이 세계를 주정적(主情的)으로 파악하는 데서 일어나는 감정인 한, 좌절된 욕망으로서의 한도 그렇게 냉혹한 것으로 생각되지 않는다. 욕망을 통하여 이루어진 세계와 인간과의 은밀한 유대는 한이 해소될 수 있는 가능성을 완전히 배제해 버리지 않는다. 그리고 제도적으로도 절대적인 신분 사회는 단순히 차가운 사물의 논리에 의해서가 아니라 정적(情的)인 관계에 얽혀 있는 사회인 까닭에 그 제도적인 경직성에도 불구하고 어떤 형태론가 우리 욕망의 실현을 허용해 주는 구석을 놓아두고 있었다 할 수 있다. 이런 제도적인 경직성과 인간적 관계가 서로 얼크러져 있는 사회에서, 우리는 욕망을 완전히 버리지 않아도 되었다고 할 수 있다. 이러한 설명이 한의 체험을 완전히 해명해 준다고 할 수 없으나, 그것을 이 비슷한 간단한 도식으로 생각해 보는 것은 전혀 무익한 것은 아닐 것이다. 그리고 이러한 도식적 설명이 완전히 틀린 것이 아니라면, 미당 선생의 시는 이 한의 세계에서 자라 나오고 이 세계에 현대적인 표현을 주었다고 하겠다. 그리고 이 한의 세계 또는 욕망의 세계의 과학적 현실성이 어떤 것이든지 간에 그것이 우리의 체험의 현실성을 나타내고 있는 것임은 틀림이 없다.

단지 우리가 보충적으로 말할 것이 있다면, 1970년대 후반에 들어선 우리는 이존(以存)의 방책만을 유일한 인간의 현실로 받아들일 수 없는 상태에 이른 것이 아닌가 하는 점이다. 이제는 이존보다 구부러진 자세로 참고 견디지 않아도 될 상태를 생각할 수 있는 그런 마음의 근본적인 현실을 가져야 할 단계에 와 있는지 모를 일이다. 지금껏 우리와 우리 민족의 개인적 역사적 체험을 가장 깊이 있게 이야기해 온 미당 선생이 오늘날의 현실과 보다 나을 수 있는 미래의 현실에 대해서도 우리에게 그 시적인 예지를 보여 주길 우리는 희망한다.

(1976년)

작은 것들의 세계

피천득론

우리의 눈은 생활의 관심에 따라 넓게도 보고 좁게도 본다. 서울 거리는 세계에서도 으뜸가게 번잡한 곳이지만 그 번잡함은 지상 여섯 자 내외에서의 일이고, 웬만한 지붕 위에만 올라도 우리는 거리 위에 서려 있는 고요에 놀라게 된다. 우리의 관점을 좀 더 높이 우주 공간의 한 점에서 지구를 내려다보는 사람의 그것에 옮겨 놓으면, 지구의 번잡한 삶은 완전히 적막속으로 사라지고 지구 그것도 하나의 죽은 별처럼 보일 것이다. 우주 관측자의 눈에 인간이라는 생물체가 의식된다고 하더라도 그것은 어떤 철학적인 순간이나 천문학적인 순간에 잠깐 명멸하는 생각일 뿐, 대체적으로 지구는 죽은 별과 다름없을 것이다. 이러한 원근법의 문제는 시간에도 해당된다. 여름의 하루살이가 가을을 모른다는 것은 그래도 칠십을 산다는 사람이 뽐내어 하는 소리이지만, 사람도 지질학의 거대한 시간으로 재어 볼때, 순간 속에 생겼다 사라지는 부유(蜉蝣)의 존재에 불과하다. 물에 뜬 연잎 위를 오고가는 개미를 보면, 그 개미에게는 연잎이 운동장만치는 크고 든든한 느낌을 줄 것이라는 생각이 든다. 그러나 해마다 홍해 바다의 폭이

5센티미터씩 넓어져 가고 있다는 사실을 생각하면, 지질학의 연대로 보건 대, 아시아 대륙이 개미의 연잎과 별로 다르지 않게 생각될 수도 있다.

우리의 눈을 조금 더 가까운 데로 옮겨 가면, 거기엔 세계가 있고 문명 의 역사가 있고 또 조국의 강산이 있고 그 위에서 영위되는 민족의 삶이 있 다. 역사와 사회는 우리의 나날의 삶을 에워싸고 있는 또 하나의 삶의 큰 테두리이다. 이 테두리는 좀 더 비근한 것이기는 하지만 이것도 사람들의 의식 밖으로 쉽게 벗어져 나갈 수 있는 것이기 때문에 삶의 바른 균형을 생 각하는 우리의 교사들은 이 테두리의 중요성을 자주 강조한다.

우리가 별을 생각하고 화강암의 역사를 생각하는 것은 그렇게 하는 것 이 우리에게 지적 만족감을 주고 심미적 쾌감을 주기 때문만은 아니다. 그 것은 우리의 삶에 바른 지표를 주고 보일 듯 안 보일 듯 우리의 삶을 형성 하는 생물학적 하부 구조와 생태 환경이 된다. 역사와 사회의 우리 삶에 대 한 영향은 현대 한국사의 격동기를 살아온 우리에게는 새삼스럽게 말할 필요도 없는 것이다.

그러나 별을 쳐다보고 땅 위를 걸어가던 탈레스가 도랑에 빠졌다는 것 은 유명한 이야기이지만, 허허한 공간의 펼쳐짐과 몇백만 년의 지질학적 시간만을 생각하면서 산다든지 사회와 역사의 차원만을 유일한 현실로 받 아들이면서 산다는 데에는 무엇인가 허황스럽고 비인간적인 것이 있다고 생각될 수도 있다. 삶의 큰 테두리들이 아무리 주요한 현실의 조건이 된다 고 하더라도 역시 그 현실성은 궁극적으로 우리와 우리 이웃과 우리 후손 의 구체적인 삶을 통하여 발생한다. 그리고 이 구체적인 삶은 따지고 보면 오늘 이곳에 영위되는 나날의 삶이다. 바른 원근법으로 볼 때, 우리의 삶을 이루는 여러 세력 가운데 어느 하나만을 특히 중요하다고 말할 수는 없다. 그리고 이러한 세력은 서로 따로 존재하고 있는 것도 아니다. 삶의 참모습 을 포착하고자 하는 노력은 자연과 역사와 나날의 삶을 하나의 의식 속에

꿰어 가지려는 노력이다. 문학의 기능도 우리의 눈을 적당한 인간적인 높이에 유지하고 이러한 전체 의식을 갈고닦는 데에서 찾아진다고 할 수 있다. 시대가 험하면 험할수록 우리의 의식은 한곳으로 치우치고 우리의 눈은 사람다운 높이를 유지하지 못하기 쉽다. 우리는 먼 것만을 보다가 오늘과 이곳을 잊어버리고 또는 내 코앞만을 보다가 먼 것의 위협과 아름다움을 잊어버린다. 작은 것에 대한 집착은 우리의 삶 자체를 좁히고 우리로 하여금 많은 것에 둔감하게 하며 모르는 사이에 우리를 커다란 세력의 노리개가 되게 한다. 그러나 작은 것만을 보는 폐단은 오히려 자명하다 할 것이고 멀고 큰 것 일변도의 추구는 우리로 하여금 공연스레 허황스런 자만심에 들뜨게 하고 멀고 큰 것의 이름으로 엄청난 일을 벌이게 하는가 하면, 우리를 스스로의 무력감에 사로잡힌 허깨비 인생을 살게 하기도 한다. 이런 때, 작은 것에의 사랑은 그것대로의 폐단을 낳으면서도 우리를 미치지 않고 살게 하는 유일한 지주(支柱)가 된다. 아무리 사람이 스스로의 운명을 만드는 존재라고 하더라도 개인적인 삶의 테두리에서 보면 정말 아무것도 할 수 없는 상황이 있고, 그런 상황에서 삶의 작은 것들은 우리에게 삶을 견디게 하는 유일한 것이 된다. 한 그릇의 따뜻한 국과 따뜻한 털장화에 대한 관심이 없었다면, 이반 데니소비치는 강제 수용소의 혹독함을 견디어 내지 못하였을 것이다.

금아 선생(琴兒先生)의 수필의 세계는 나날의 세계이다. 그것은 나날의 삶에서 우리가 겪는 작은 일들, 그중에도 아름다운 작은 일들로 이루어진다. 이것들은 감각적인 기쁨을 주는 작은 일들 — "고무창 댄 구두를 신고 아스팔트 위를 걷는" 느낌이라든가 손에 만져지는 "보드랍고 고운 화롯불 재"와 같은 것일 수도 있고, 또는 잘못 걸려 온 전화에 들려오는 "미안합니다." 하는 젊은 여성의 목소리가 우리 마음속에 불러일으키는 젊음의 파문일 수도 있고 또는 우리의 평범한 생활 가운데 문득 비쳐 오는 보다 넓고 큰 세계의 "반사적 광영"일 수도 있다.

무릇 모든 아름다움은 우리 자신의 삶의 자세에 대응하는 것이다. 금아 선생의 아름다운 것들은 결코 협소한 세계는 아니면서, 선생만의 독자적인 세계를 이룬다. 「나의 사랑하는 생활」에 든 많은 것들은 깨끗하고 부드럽고 조촐한 느낌에 대응하는 것들이다. 이것들은 하나의 조그맣게 조화를 이루고 있는 세계의 이미지들이다. 거기에서 요란하고 퇴영적인 아름다움은 배제된다. 그 나름으로의 건강은 이 세계의 특징이다. 이 점은 금아 선생 자신이 의식하고 있는 것으로서 「신춘(新春)」에서 노년(老年)의 기호에 대하여 말한 것은 사실상 선생의 세계 전체에 해당되는 것이다. 즉 선생은 바이올린 소리보다는 피아노 소리, 병든 장미보다는 싱싱한 야생 백합, 신비스러운 모나리자보다는 맨발로 징검다리를 건너가는 시골 처녀, "11월 어느 토요일 오후는 황혼이 되어 가고 있었다."라는 소설의 배경보다는, "그들은 이른 아침, 봐이올렛빛 또는 분홍빛 새벽 속에서 만났다. 여기에서는 일찍이, 그렇게 일찍이 일어나야 되었기 때문이었다."라는 시간적 배경을 좋아하시는 것이다. 선생은 세상의 모든 것이 그 나름으로서의 값과 몫을 지니고 있는 것으로서 노년은 노년대로 가을이나 겨울은 또 그러한 계절대로 아름다움을 지니고 있음을 인정하는 너그러움을 잊지 않지만, 아무래도 선생의 찬미의 노래는 젊음과 봄을 기리는 것이다.

그러나 금아 선생의 세계가 깨끗하고 맑은 세계라고 해서 그것이 반드시 도려내고 단순화하는 작용으로 이루어지는 세계는 아니다. 선생이 인생의 어둡고 뒤틀린 것들을 별로 말하지 않는 것은 긍정에의 동경이 너무 강한 때문이지 그러한 것들을 모르기 때문이 아니다. 그러한 것들은 늘 아름다움의 주변에 서려 있는 것으로 파악되면서 아름다움을 더욱 빛내는 배경이 될 뿐이다. 선생의 아름다움에 대한 감각에는 그 아름다움이 덧없는 것이며 끊임없는 소멸의 위험에 있음을 아쉬워하는 마음이 깃들어 있다. 우리는 금아 선생에게 기쁨을 드리는 것이 새로 나온 나뭇잎이라든가 갈대에 부는 바람이라든가 문득 들은 한 가락의 음악이라든가 어떤 여성의 지나가는 미소라든가 가냘프고 스러지는 것들임에 주의한다. 그리고 대부분 이러한 것들은 현재의 것으로보다는 추억의 조각들로 이야기된다. 가냘픈 것들의 추억은 금아 선생의 아름다운 것에 늘 애수가 어리게 한다. 이 애수는 어떤 때는 비창감(悲愴感)으로 심화되기도 한다. 선생이 신록에 관한 글에서 갑자기 젊은 시절의 외로운 여행을 회상하여,

득료애정통고(得了愛情痛苦)
실료애정통고(失了愛情痛苦)

젊어서 죽은 중국 시인의 이 글귀를 모래 위에 써 놓고, 나는 죽지 않고 돌아왔다

라고 할 때, 우리는 신록의 싱싱한 생명이 죽음으로 하여 더욱 찬란해지는 것을 아는 선생의 비극적 인식의 일단을 느낀다.

또 금아 선생의 세계가 아름다운 작은 것으로 이루어진다고 할 때, 그것은 인생의 참값이 그러한 것들 속에만 있다는 편협한 주장을 두고 말하는 것이 아니다. 거기에 전제되어 있는 것은 평범한 사람에게 주어진 대로의 삶이 근본적으로 제약 속에 있는 삶이며 그럼에도 불구하고 이 제약 속에서일망정 평범한 삶도 그 나름으로 보람 있는 삶이어야 한다는 의식이다. 자유라든가 민족이라든가 하는 이상을 위하여 자기를 희생하는 위대한 삶을 우리는 우러러볼 수 있다. 그러나 얼마나 많은 사람들에게 이러한 위대함이 허용되는가. 선생 자신의 말씀대로 "누구나 큰 것만을 위하여 살 수

는 없다. 인생은 오히려 작은 것들이 모여 이루어지는 것이다." 다시 말하여 평범한 사람이 운명의 제약에서 배울 수 있는 것은 운명에 대한 사랑이다. 확대해서 보면, 모든 인간의 운명은 제한된 것이며 그러니만치 운명에 대한 사랑은 모든 사람의 운명이라고 할 수도 있다. 그래서 "우리가 제한된 생리적 수명을 가지고 오래 살고 부유하게 사는 방법은 아름다운 인연을 많이 맺으며 나날이 작고 착한 일을 하고, 때로 살아온 과거를 다시 사는 데 있다."고 말할 수도 있는 것이다.

그러나 우리의 삶을 제약하는 것이 운명적인 것이 아니라고 말하는 사람도 있을 것이다. 사실 선생이 살아온 시대를 생각할 때, 선생의 세계가 오로지 맑고 깨끗하고 정돈되어 있는 것임에 놀랄 수도 있지만, 그것은 반드시 시대의 각박함을 까마득하게 잊고 있는 데에서 이루어지는 허상(虛像)의 세계는 아니다. 시대와 사회가 삶의 조건이 험한 때, 삶의 아름다움과 마음의 부드러움을 지키는 것은 어려운 일이 된다. 그러니만치 새장에 갇힌 종달새도 "푸른 숲, 파란 하늘, 여름 보리를 기억하고" 있으며, 그가 꿈꿀 때면, 그 배경은 새장이 아니라 언제나 넓은 들판임을 알아야 하며, 사막의 나무에도 "눈이 부시도록 찬란한 꽃이 송이송이 피어"날 수 있음을 믿어야 하는 것이다. 금아 선생의 아름답고 작은 세계는 시대의 험악함에서도 망해 가는 피난처가 아니라 너무나 험한 시대를 살아감에 절실히 요구되는, 강한 긍정에의 의지의 표현 또는 적어도 그 표현의 한 방식이라할 수 있다.

그리고 이 긍정은 부정만치 어려운 것이다. 작은 것을 생각한다는 것은 오늘의 시대가 제공하는 모든 거창하고 거짓된 유혹을 물리치고 사람이 본래 타고난 신선한 감각을 그대로 유지하는 노력을 엄격히 함을 뜻한다. 작은 것으로 이루어지는 조촐한 생활은 실로 삶의 원초적 진실에 충실하고 현대의 모든 가상(假象)을 꿰뚫어 보는 어쩌면 영웅적일 수도 있는 노력을 요구한다. 도연명(陶淵明)처럼 삶의 근본으로 돌아가는 일도 큰 이상을 위하여 자기를 버리는 일 다음으로 어려운 것이다.

금아 선생의 아름다움이 어린 시절에 뿌리내리고 있다는 점에서 그것이 약간은 퇴행적인 것이라 할 사람이 있을는지 모른다. 그러나 선생에게 어린 시절은 퇴행의 피난처라기보다는 워즈워스에게 그러했던 것처럼 하나의 이상이 된다. 아름답고 다정한 것들로 이루어진 조그마한 추억의 세계는 인간 행복의 원형을 보여 준다.

이 세계의 중요성은 무엇보다도 그것이 사랑의 공간이라는 데 있다. 어린 조카가 도지사 되기를 축원하던 '외삼촌 할아버지', 색종이를 주면서 눈물을 씻어 주던 유치원 선생님, 가난한 시골 한약방 주인 ── 이런 사람들이 이 조그만 사랑의 세계의 주민들이지만, 물론 으뜸가는 주인공은 선생의 어머님이시다. 그 사랑은 잃어버린 줄 알았던 아들을 뛰는 가슴과 떠는 팔로 껴안은 어머니의 애절한 아낌으로 나타나기도 하지만, 또 어머니는 보다 넓은 연상과 교훈적 깨우침 속에 회상되어지기도 한다. 이 회상에서 어머니는 직접적인 아낌의 근접함보다도 아들도 모르게 마련되는 아낌과 허용의 공간으로 생각된다. 금아 선생은 엄마가 숨바꼭질을 하며 짐짓 못 찾는 것처럼 하시던 일, 구슬치기를 하고 나서 땄던 구슬을 전부 내주시던 일, 글방을 도망 나온 아들을 때리시고 나중에 남모르게 눈물을 흘리시던 일을 회상한다. 어머니는 이와 같이 멀리서 아들의 유희와 욕망과 성장의 공간을 마련해 주셨던 것이다.

선생에게 어머니의 사랑이 특히 애절했던 것은 어머니가 남편을 여읜 젊은 과부로서 상실의 아픈 경험을 겪은 분이었고 선생 자신 이러한 어머니를 일찍 여의지 아니할 수 없었기 때문이었을 것이다. 어머니의 모습은 그러므로 더욱 단순히 아늑하고 따스한 것이 아니라 상실의 고통 속에 아늑하고 따스한 것을 지킨 그러한 사랑의 모습으로 생각된다. 그 생활이 "모시같이 섬세하고 깔끔하고 옥양목같이 깨끗하고 차가왔던" 어머니, "남에게 거짓말한 일 없고, 거만하거나 비겁하거나 몰인정한 적이 없었던" 어머니 — 여읨의 아픔과 추억을 통하여 더욱 맑게, 더욱 애절하게 순화되는 어머니의 모습은 외부의 혼란에서 선생을 지켜 주는 내면의 그리움이 된다. 어머니의 이미지로 집약되는 어린 시절의 영향은 반드시 직접적인 형태로가 아니더라도 금아 선생의 글의 도처에서 찾아볼 수 있다. 가령, 사물이나 사람에 대한 우리의 관계가 원칙적으로 무상적(無償的) 증여(贈與)의 것이어야 마땅하다는 선생이 암암리에 가지신 생각에서도 그러한 영향을 찾아볼 수 있다. 「선물」에서 선생은 선물의 본질은 주고받음의 기쁨에 있고 그 현금적인 값어치에 있는 것이 아니기 때문에 비싸게 값 매길 수 있는 것은 선물로 적당할 수 없다는 말씀을 하시지만, 대사물(對事物) 관계의 무상성(無償性)은 선생이 기뻐하는 모든 것에 나타난다. 즉 선생이 기뻐하는 아름다움은 언제나 조그마한 것으로서 현금으로 따져 결코 값비싼 것일 수 없는 것이며, 또 위압이나 뽐냄의 의도를 숨겨 가질 수 없는 것이라는 것, 나아가 그것이 아이들의 장난감처럼 현실의 이해득실과는 관계가 없는 물건이기 쉽다는 것 — 이러한 데에서 잘 드러나는 것이다. 더러 금아 선생이 세전(世傳)의 가구 같은 것을 예찬하는 경우가 있어도, 그것은 그러한 가구가 비싼 소유물이 되거나 위압의 상징이 되기 때문이 아니라 사람의 지상(地上)의 삶을 조금 더 유구한 것이 되게 하는 것이기 때문이다.

　대체로는 주고 더러는 받으며 결코 빼앗지 않는 관계는 사물에서와 마찬가지로 사람에 대해서도 이야기될 수 있다. 금아 선생의 사람에 대한 가장 깊은 사랑은 따님에 대한 것이다. 이것은 선생의 글에도 나오는 것이지만, 선생을 개인적으로 아는 사람들 사이에서도 오래전부터 유명한 이야기이다. 선생의 어머님의 사랑이 그러했듯이, 선생의 따님에 대한 사랑은 한 사랑하는 사람을 위한 행복과 평화의 공간을 마련하고자 하는 노력이다. 시 「새털 같은 머리털을 적시며」에 선생의 따님에 대한 사랑은 가장 인상 깊게 그려져 있는데, 그것은 숨 막히는 감정의 근접으로가 아니라 멀리서 일상적 동작을 지켜보는, 즉 따님의 세수하고 학교에 가고 물을 떠먹고 문을 열고 산수 숙제를 하고 잠이 드는 것을 지켜보는 자세로서 나타날 뿐이다. 이 시에서 이 지켜봄의 기능은 어떤 적극적인 것이라기보다는 일상적이고, 흔한 한 소녀의 동작을 기억할 만한 것이 되게 하고 또 귀한 것이 되게 하는 일일 뿐이다. 아버지로서의 금아 선생의 사랑은 아마 「기다림」에서 이야기된바 학교 유리창 너머로 따님을 바라보는, 단순한 지켜봄으로 다시 한 번 요약해 볼 수 있다. 이 지켜봄은 물리적으로는 아무 일도 안 하는 듯하면서 학교의 공간 전체를 사랑의 공간으로 바꾸고 이 공간 속에서 따님으로 하여금 신뢰와 자유를 익힐 수 있게 하는 것이다.

이러한 사랑의 공간화를 가능케 하는 지킴의 거리는, 금아 선생이 보는 사람의 바른 관계가 억눌림 없는 자유롭고 허용하는 관계이기 때문에 유지되는 것이다. 사람과 사람의 관계는 주는 관계이며 그 주는 것에 대한 유일한 갚음은 고마움일 수밖에 없다고 보는 까닭에 선생은 잘못 걸려 온 전화의 젊은 목소리에 고마움을 느끼며, 보다 적극적으로는 남녀 관계에서의 억지와 억누름을 싫어하여, "무력으로 오스트리아 공주 마리아 루이사를 아내로 삼은 나폴레옹도 멋없는 속물"이라고 규정하고 부부 관계가 완전히 동등한 것이어야 한다고 말씀한다. 금아 선생은 이러한 인간관계의 자유로운 주고받음을 따님에 한정하거나 또는 남녀 관계만에 한정해서 말씀하는 것이 아니다. 따님을 위한 생각이나 남녀 관계의 이상은 선생이 생각하는 보다 보편적인 인간관계의 특별한 경우에 불과하다. 선생은 「멋」에서 어느 강원도 산골에서 보신 풍경을 다음과 같이 묘사하고 있다.

키가 크고 늘씬한 젊은 여인이 물동이를 이고 바른손으로 물동이 전면에서 흐르는 물을 휘뿌리면서 걸어오고 있었다. 그때 또하나의 젊은 여인이 저편 지름길로부터 나오더니 또아리를 머리에 얹으며 물동이를 받아 이려 하였다. 물동이를 인 먼저 여인은 마중 나온 여인의 머리에 놓인 또아리를 얼른 집어던지고 다시 손으로 동이에 흐르는 물을 쓸며 뒤도 아니 돌아보고 지름길로 걸어 들어갔다. 마중 나왔던 여자는 웃으면서 또아리를 집어들고 뒤를 따랐다.

이러한 소유도 수탈도 뽐냄도 없는 사랑의 관계, 이것이 너무도 흔하지 않을 수밖에 없음이 삶의 고통을 이룬다면, 금아 선생이 말씀하듯, 이러한 관계가 인생을 살 만한 것이 되게 하는 것임은 분명하다.

우리는 위에서 금아 선생의 주제들을 몇 가닥으로 헤아려 보았거니와, 이런 헤아림은 선생의 글을 딱딱한 논설인 양 다루는 흠이 있다. 그런데 선생의 글이 딱딱한 것과는 정반대의 것임은 새삼스럽게 말할 것도 없다. 선생의 글은 모질고 모난 논설과는 전혀 다르게 평이하고 일상적인 일들을 곱고 간결한 우리말로 도란도란 이야기한다. 그것은 따지고 묻고 설득하려는 것이 아니라 다만 우리로 하여금 삶에 있어서의 아름다움의 기미와 기쁨의 계기를 더불어 느끼게 하려 한다. 선생의 글은 과연 산호나 진주와 같은 미문(美文)이다. 그리고 우리가 알아야 할 것은 이러한 미문(美文)이 겉치레의 곱살스러움을 좇는 결과 다듬어지는 것이 아니라는 점이다. 다 알다시피 다른 사람을 부리고자 하는 언어는 딱딱해지고 추상화되고 일반적이 되고 교훈적이 된다. 금아 선생의 글이 이러한 딱딱한 요소를 최소한도로밖에 가지고 있지 않은 것은 선생의 인생 태도에 관계되어 있는 것이다.

금아 선생의 문장이나 태도는 수필의 본래적인 정신에 부합하는 것이라고 볼 수도 있다. 수필은 평범한 사람의 평범스러움을 존중하는 데에 성립하는 문학 장르이다. 대개 그것은 일상적인 신변사를 웅변도 아니고 논설도 아닌, 평범하고 주고받는 이야기로서 말하고 이 이야기의 주고받음을 통해서 사람이 아무 영문 모르고 탁류에 밀려가듯 사는 존재가 아니라 전후좌우를 살펴가면서 사는 존재라는 것을 드러내 주려고 한다. 이 드러냄의 장소는 외로운 인간의 명상이나 철학적인 사고보다는 이야기를 주고받는 대화의 장이다. 영국에 수필이 번창하기 시작할 무렵에 다방이 생기고 신문이 생기고 하던 것도 우연한 일이 아니다. 수필은 사람과 사람이 서로서로를 알아보고 의사를 소통할 수 있다는 것을 전제로 하여 성립한다. 우리 시대는 서로 알음이 있는 사람들이 모여 담소하는 것으로서 문제의 매듭을 풀어 나갈 수 있는 시대가 아니다. 설사 우리가 친한 벗들과 담소하는 느낌으로 수필을 쓰더라도 그것이 참으로 문제를 해결해 주고 상황을 밝히며 사람의 사람됨을 확인해 주는 경우는 드물고, 보다 흔히는 지저분한 신변잡사에 관한 요설이나 억지로 만들어 낸 정서의 자기만족으로 전락해 버리기 쉽다. 그러니만치 오늘날 수필 예술은 어느 때보다도 그 참모습에 이르기가 어렵다고 하겠다. 금아 선생의 수필이 현대 수필의 번설성(煩屑性)을 벗어나 삶의 한 국면을 밝혀 주고 있는 것은 참으로 희귀한 일이라고 하여야 할 것이다.

금아 선생의 글이 우리 삶의 착잡한 모습의 전모를 들추어내 주는 것은 아니라 할는지 모르나(더러는 그것이 너무 소박한 것인 때도 있으나), 그것은 우리 마음 깊이 자리 잡고 있는 목가적(牧歌的) 이상을 상기시켜 준다. 그 목가는 우리 모든 사람이 생각할 수 있는 온화한 행복의 모습을 띠고 있다. 선생은 이 온화한 행복이 멀리 있는 것이 아니라 우리의 나날에 있다고 말씀하신다. 그것을 위해서 우리는 사물과 사람들을 우리의 사랑과 고마움 속에 살게 하여야 한다. 이 사랑은 잃어버린 사랑과 얻어진 사랑, 우리의 추억과 현재의 기쁨이 엇갈리는 마음의 공간에서 성장한다. 바깥세상은 너무나 혹독하고 그것은 우리의 행복을 거의 허용하지 않을 것처럼 보일는지 모른다. 또 많은 사람들에게 바깥세상을 이해하고 이 세상을 바르게 하는 일이 주요한 일이라고 생각될는지도 모른다. 그러나 우리의 세상은 안에다 가꾸는 꿈의 공간에서 비롯한다. 이것을 버릴 때, 우리가 만드는 새로운 세상은 또다시 황량한 것이 될 수밖에 없을 것이다.

(1976년)

예술가의 양심과 자유

김수영론

    김수영(金洙暎)이 작고한 지 8년이 되었다. 그가 살아 있었더라면 그는 지금도 우리와 더불어 같은 시대를 살고, 같은 문제를 생각했을 동시대의 시인이었을 것이다. 그러나 그의 죽음은 그를 역사의 일부가 되게 한다. 물론 이것은 그가 이미 과거에 속하는 인물이 되었다는 뜻에서만은 아니다. 김수영이 역사의 일부가 되는 것은 그의 죽음 또는 그의 시인으로서, 산문가(散文家)로서의 업적에 의한 것이기도 하지만, 이에 못지않게 적어도 우리의 어제를 생각하며 오늘을 이해하려는 노력에 그의 생애가 하나의 전형을 이루고, 또 그것을 통하여 우리 시대와 우리 시대에 있어서의 예술가의 의미를 밝혀 주기 때문이다. 김현(金炫) 씨는 김수영 시선(詩選) 『거대한 뿌리』의 해설 머리에서 "김수영의 시적 주제는 자유(自由)"라고 선언한 바있지만, 우리는 우리 시대에 있어서 자유의 이념이 예술가의 삶에 어떻게 관계되며 또 그것이 우리 개개의 삶에 어떠한 의미를 갖는가를 김수영의 생애와 저작에서 읽을 수 있는 것이다. 자유는 말할 것도 없이 정치적인 이념이지만, 김수영은 그것이 삶의 근본적인 있음에서 우러나오는 것이며,

예술적 충동이 삶의 근본적인 진실에서 뗄 수 없는 한, 예술가는 그 양심과 생애와 저작을 통하여 자유를 요구하지 않을 수 없다고 말한다.

『퓨리턴의 초상(肖像)』에 실린 「마리서사(茉莉書舍)」에서 김수영은 그의 친구이면서 또 그가 '가장 경멸한 사람의 한 사람'이었던 박인환(朴寅煥)을 회고하면서 박인환에게 예술의 참뜻을 가르쳐 주었던 박일영(朴一英)의 이야기를 하고 있다. 박일영은 예술, 특히 전위 예술을 깊이 이해하고 즐기는 사람이었으면서, 그의 이해를 명리(名利)의 밑천으로 이용할 것을 거부하고 끝끝내 무명의 간판장이로서의 생애에 안주(安住)할 수 있었던 예술의 도사(道士)와 같은 존재였다. 김수영에게는 이러한 "성인(聖人)에 가까운 진정한 아웃사이더"야말로 예술가의 원형적인 모습을 보여 주고 있는 사람이었다. 이 예술의 도사가 박인환 또는 김수영에게 가르쳤던 것은 '예술가의 양심과 세상의 허위'에 관한 교훈이었다. 그 교훈은 예술가에게 무엇보다도 귀중한 것이 그의 양심이고 그것은 어쩔 수 없이 세상의 허위에 대하여 맞서게 되고 예술가는 이 맞섬의 외로움에서 양심의 순결을 지켜 나가야 된다는 것이었을 것이다. 김수영에게 박인환이 경멸의 대상이 된 것은 그가 이러한 예술가의 운명에 대한 교훈을 제대로 깨우치지 못했기 때문이었다. 박일영의 교훈이 옳은 것이든지 아니든지, 김수영 자신의 경우, 그는 일생 내내 박일영의 태도에 구현된 어떤 결백하고 엄격한 이상에 의하여 스스로의 생애를 저울질하려고 한 것은 틀림이 없다.

예술가의 양심이란 무엇인가? '예술가의 양심과 세상의 허위'라는 공식에 요약된 예술적 이상이, 속물의 세계로부터의 소외를 유일한 자랑으로 삼았던 서양의 보헤미아 예술가들의 고정 관념에 이어져 있다는 추측은 있을 수 있는 일이다. 이들 보헤미아 예술가들의 의도적 또는 무의도적 소외는 속물의 세계에 대한 비난으로 작용할 수밖에 없는 것이지만, 다른 한편으로는 소외의 덕성으로 굳힌 그들의 예술가적 양심이 하나의 거짓

'포우즈'가 되고 자기 위안의 수단이 될 가능성이 있는 것도 사실이다. 김수영에게도 이러한 면이 전혀 없는 것은 아니다. 「구름의 파수병」에서

    일반 두 간과 마루 한 간과 부엌과 애처로운 처를 거느리고
    외양만이라도 남과 같이 살아간다는 것이 이다지도 쑥스러울 수 있을까

라고 하면서 자신의 평범한 생활을 이야기하고, 이어

    시를 배반하고 사는 마음이여
    자기의 나체(裸體)를 더듬어 보고
    살펴볼 수 없는 시인처럼
    비참한 사람이 또 어디 있을까

하고 시인의 고독을 그리워할 때, 또는 「바뀌어진 지평선(地平線)」에서 비록 이 시의 전체적인 뜻은 「구름의 파수병」에서와는 달리 시가 낮은 현실, 일상의 지평으로 내려와야 한다는 것이지만, 여전히

    뮤즈여
    용서하라
    생활을 하여 나가기 위하여는
    요만한 경박성(輕薄性)이 필요(必要)하단다

라고 말하며 생활이 그로 하여금 허위의 세상 속으로 섞여 들어가지 않을 수 없게 함을 변명할 때, 우리는 그의 변명의 어조에서 세기말의 심미주의자(審美主義者)가 보여 주었던 고고(孤高)의 '포우즈'를 엿볼 수 있다.

그러나 김수영이 처음에 어떠한 시인적 자만심을 가졌든지 간에 그의 마지막 예술가적 양심이 사치스러운 '포우즈'가 아니었던 것은 틀림이 없다. 그가 '예술가의 양심'이라고 부른 것은 오히려 예술가의 태도나 이념으로 굳어지기 이전의 어떤 고집 같은 데에서 그 원형을 볼 수 있다. 김수영에게서 발견되는 이 고집의 결정(結晶)은 단순한 자기주장, 아집(我執)에 불과할 수도 있지만 무엇인가 엄격하고 진실된 것을 향한 고행자적(苦行者的) 감각으로 많은 다른 예술가에서도 발견되는 것이다. 예술 창작의 고통스러운 모색 가운데에서 쾌재를 부르게 하고 작품의 최종적인 형태에 동의하게 하는 것, 또는 어떤 사건이나 상황에 거의 본능적으로 동의하게 하는 것, 또는 이 모든 것을 거부하게 하는 것, 이러한 것이 전부 '예술가의 양심'이라고 불리는 것의 한 속성이 아닌지 모른다. 하여튼 김수영의 고집은 사실에 철(徹)하고자 하는 노력 또는 그의 감정과 표현을 사실에 정확히 맞게 하고자 하는 노력에서 나오는 것이었던 것처럼 보인다. 방금 말하였듯이 「바뀌어진 지평선」에서 김수영이 말하고자 하였던 것은 시가 현실로 돌아와야 한다는 것, 또 한걸음 나아가 "타락(墮落)한 오늘을 위하여서는/ 내가 '오늘'보다 더 깊이 떨어져야 할 것"이라는 것이었다.

이런 점에서 가령, 「시여, 침을 뱉어라」에 실린 일기에 기록된 몇 가지 삽화는 그의 생애를 통하여 줄곧 나타나는 한 행동 내지 감정 양식의 한 조짐으로서 매우 흥미 있게 생각된다. 1954년 11월 25일자의 일기를 보면, 이런 대목이 있다. 그는 그날 취직 알선에 관계되는 사람을 다방에서 만나게 된다. 다방에서 이 사람을 기다리다가 그는 들어오는 사람을 맞아 차를 권한다. 그러면서 그는 이것이 "내가 약한 징조가 아닌가 하고 자문하여" 보았다는 것이다. 또 11월 27일자의 일기에서도 우리는 이와 비슷한 자기성찰을 발견한다. 그것은 어머니와의 대화로서 기록되어 있다.

"내달부터 신문사 일을 보게 되었읍니다."

구두끈을 매면서 나는 어머니한테 이렇게 이야기할 수 밖에 없었다. 이것은 밤낮 나의 약한 성격이 시키는 일로서, 언제나 상대편에 지고 들어가는 치욕의 언사라는 것을 의식하고 있기 때문에 그렇게 기분 좋은 감을 주지 않는 것이었다마는 내가 이렇게 하는 말에 어머니는 "무엇으로 들어가니?" 하고 선뜻 물어본다. 이러한 물어봄도 필요없는 일이거니 느끼면서, 나의 증오감은 이중으로 되고, 그래도 여전히 대답을 한다.

"번역두 하구, 머어 별것 다아 하지요, 내가 못하는 일이 있나요!"

참패의 극치. 인제는 완전히 나 자신을 버리고 들어가는 것이라 알면서 어머니의 다음 말이 나올 것을 기다린다…….

위에서 본 바와 같은 삽화에서 김수영이 드러내고 있는 혐오의 감정은 몇 가지 원인에서 오는 것으로 추측해 볼 수 있다. 말할 것도 없이 그에게는 구직(求職) 그 자체가 싫은 것이었을 것이다. 머리를 굽히고 들어가는 것도 못마땅한 것이었겠지만 보다 근본적으로는 "번역두 하구, 머어 별것다 하는 일", 그가 가지고 있던 시인의 사명에 대한 높은 인식에 비추어 볼때 자기 평가 절하를 요구하는 소외 노동일 수밖에 없는 일을 구하여 나선다는 것이 탐탁할 수가 없었을 것이다. 다시 말하여, 그의 시인의 입장에 대한 비현실적으로 높은 인식은 그를 직장의 세계로부터 소외시켰다고 할 수도 있고, 또는 그의 시인으로서의 의식은 ─ 그것이 비현실적으로 높든지 안 높든지 간에 ─ 직장의 세계의 소외 현실을 보게 했다고 할 수 있다. 그런데 위의 삽화들에서 사실 더 이해하기 힘든 것은 그의 친구나 어머니에 대한 감정이다. 그는 차를 권한다든지 또는 어머니에게 취직의 사실을 알린다든지 하는 일에 대하여 이상한 혐오감을 나타내고 있는 것이다. 이것은 아마 추측건대, 감정의 정확성을 기하려는 노력에서 나오는 것이 아닌가 한다. 친구나 어머니에게 위로가 되는 말을 마땅치 않아 하는 것은 사실에 어긋나는 감정의 소비를 피하려는 때문일 것이다. 친구와 어머니에 대한 겉치레의 말을 한다는 것은 그가 소외의 직업에 대하여 가지고 있는 관계를 왜곡하는 것이다.

이러한 감정의 절약은 부자연스러운 것으로 보인다. 그러나 김수영에게 관습적인 감정으로부터 스스로를 해방시키는 것은 가장 중요한 일 중의 하나였던 것으로 생각된다. 우리는 1965년과 1966년의 「잔인의 초(抄)」와 「엔카운터지(誌)」에서도 그가 평범한 생활의 호의(好意)의 감정에서 스스로를 해방하는 실험을 계속하고 있는 것을 보게 된다. 「잔인의 초」에서는 「시작(詩作) 노우트」에서 설명하듯이 국민학교 6학년짜리 이웃집 아이에게 상냥한 인사말을 안 하는 실험을 하고 「엔카운터지」에서는 당연히 잡지를 빌려 줄 것으로 기대하고 있는 사람에게 잡지 대여를 거부하는 연습을 하는 이야기를 적고 있다.

이러한 괴기한 실험들은 김수영 자신에게 자아의 의지를 단련하는 한 방법이었을 것이다.(물론 의식(意識)의 면에서 확인할 수 있는 의도 외에 다른 심부 심리적(深部心理的)인 의미가 있을 수 있을 것이다.) 그러나 이것은 단순히 개인적인 의미만을 갖는 것은 아니다. 어떻게 보면 사실과 감정의 바른 대응 관계에 대한 관심은 시가 문화의 역학에 기여하는 기본적인 추축(樞軸)이라고 할 수 있다. 문화의 건전성은 사실의 세계와 감정의 세계와의 정합(整合) 관계의 유지에 의존한다.(헤겔은 기독교를 논하면서 기독교의 근본 문제의 하나를 그것이 생활의 실상에서 떨어진 도덕적 감정은 인위적으로 처방함으로써 위선을 불러들이고 행동인으로서의 전 인격적(全人格的) 인간의 자기 분열을 가져오게 하는 데 있다고 지적한 바 있다.) 김수영에 있어서 시인의 양심은 사실과 감정의 정합을 기하는, 말하자면 데카르트의 비판적 회의의 기능을 수행한다고 할 수 있다. 이때 시인의 양심의 근거가 되는 것은 무엇인가? 일단은 데카르트가 스스로의 명증성(明證性)을 믿을 수밖에 없었듯이 시인도 스스로의 양심의 명증성을 하나의 구극적인 요청으로 설정할 수밖에 없는 것인지 모른다. 어떤 사람은 양심의 자기기만성을 우려하는 수도 있겠지만, 김수영에 있어서 예술가적 양심이 어떤 적극적인 원리, 따라서 어떤 초월적인 독단의 원리, 따라서 폭력적인 원리가 아니라 주로 소크라테스의 다이몬이나 마찬가지로 금지(禁止)의 원리, 부정의 원리라는 점은 이런 우려를 감소시켜 줄 수 있다. 그는 어떤 원리를 부과하려는 것이 아니라 정당화되지 않는 질서에 봉사하기를 거부하려는 것이다. 이러한 거부 없이는 예술가의 자아는 말살되어, 그가 「말」에서 밝히고 있듯이,

> 돈을 벌고 싸우고 오늘부터의 할 일을 하지만
> 내 생명은 이미 맡기어진 생명
> 나의 질서(秩序)는 죽음의 질서
> 온 세상이 죽음의 가치(價値)로 변해 버렸다

라고 설명될 수밖에 없는 상태가 된다. 그리고 위에서도 말했듯이 시인의 이러한 개인적인 양심은 중요한 문화적 기능을 갖는 것이다.

　김수영에 있어서 양심의 절대적인 명증성은 그로 하여금 모든 관습적인 감정을 배격하게 한다. 우리는 위에서 그가 어머니와 친구에 대한 관습적 감정을 거부하는 것을 보았다. 관습적 감정은 소외와 인간의 평가 절하의 수락을 강요한다. 왜냐하면 많은 경우 사회는 우리의 심리적인 약점을 통하여 그 속박의 손을 뻗치기 때문이다. 「하……그림자가 없다」에서 그가 이야기하듯이 적(敵)은 많은 경우 그림자도 없고 늠름하지도 않고, 또 「적」에서 이야기하듯이 그것은 "정체(正體) 없는 놈"으로 "더운 날"의 "해면(海綿)"과 같고 "나의 양심(良心)과 독기(毒氣)를 빨아먹는 문어발" 같은

것이다. 김수영으로는 이러한 적 가운데, 그의 어머니, 친구 아니면 어머니나 친구에 대한 감정도 포함되는 것이었다. 그는 나이가 들어 감에 따라 여기에 그의 아내와 자식들과 일도 포함시켰다. 그리하여 그는 "나는 자본주의(資本主義)보다도 처(妻)와 출판업자(出版業者)가 더욱 싫다."(「시작 노우트」)라고도 하고, 또는 "나는 마비되어 있는 것이 아닌가. 이 극장에, 이 거리에, 저 자동차에, 저 텔리비젼에, 이 내 아내에, 이 내 아들놈에, 이 안락에, 이 무사에, 이 타협에, 이 체념에 마비되어 있는 것이 아닌가. 마비되어 있지 않다는 자신에 마비되어 있는 것이 아닌가."(「삼동유감(三冬有感)」) 하고 자신에 가까이 있는 일체의 것, 또 자신에 대하여 회의의 눈길을 돌렸다.

김수영이 감정의 명증성을 다른 사람이나 사물과의 관계에서만 요구한 것이 아니라 무엇보다도 자기 인식에 있어서도 그것을 요구한 것은 위의 예들에서 분명히 알 수가 있다. 그는 사실 다른 사람이나 사물에 대한 스스로의 감정을 의심하면서 스스로를 의심했다. 또 이것이 병적인 자의식의 소산만은 아니었다.(사실 김수영의 자의식, 자기 착반은 이상(李箱)의 그것에 통하는 바가 있다.) 우리 자신의 감정 자체도 응고하여 「적」의 이용물이 될 수 있는 것이다.("또 나는 흥분하고 말았다. 흥분도 상품이 되는 경우가 있다. 이것도 사기다." ─ 그는 「반시론(反詩論)」에서 이렇게 쓴 바 있다.) 감정의 자기기만을 벗어나는 데 가장 중요한 것 중의 하나는 따라서 자신의 감정적 결백성 또는 이러한 결백성에 대한 요구가 사실에 있어서의 결백을 보장하지 않는다는 사실을 아는 것이다. 많은 사람들은 스스로의 세상의 거짓에 대한 인식이 그로 하여금 그 허위의 질서에서 벗어나게 한다는 착각을 갖는다. 아니면 적어도 감상(感傷)과 자기 연민을 통하여 스스로에 대하여 변명을 마련한다. 김수영의 경우에도 그의 1950년대의 시에서 많은 자기 연민의 예를 발견하지만(가령 「달나라의 장난」, 「방 안에서 익어 가는 설움」) 이것은 1960년대의 시에 와서는 극복되어 있다. 아마 김수영의 후기 시의 가장 큰 특징은 너무나 명증하게 사실적이기 때문에 시를 난해하게 하는 냉철한 자기 이해, 냉철한 사회 이해이다.「도적」에서 그는 그의 집에 침입해 온 도적에 못지않게 그의 아내가 도적이라는 것, 또 한술 더 떠서 도적 마음을 일으키는 자신도 도적이라는 것을 아무런 감정적 얼크러짐 없이 그리고 있다.「식모」의 난해함은 그 가차 없는 리얼리즘에서 오는 것일 것이다.

　　　그녀는 도벽(盜癖)이 발견되었을 때 완성된다.
　　　그녀뿐이 아니라
　　　나뿐이 아니라 천역(賤役)에 찌들린
　　　나뿐만이 아니라
　　　여편네뿐이 아니라 안달을 부리는
　　　여편네뿐만이 아니라
　　　우리들의 새끼들까지도
　　　아무것도 모르는 우리들의 새끼들까지도

　　　그녀가 온 지 두 달 만에 우리들은 처음으로 완성되었다.
　　　처음으로 처음으로

　이 시에 들어 있는 것은 사회와 인간에 대한 일정한 결정론적 인식이다. 주어진 여건 속에서 모든 사람은 주어진 상투적 역할에 맞아 들어갈 뿐이다. 식모와 주인의 불평등 관계 속에서 식모는 도벽을 갖게 마련이며, 주인은 비록 김수영만치 진보적이며 평등적인 사회관을 갖는 사람일지라도 이 식모를 도벽 가진 식모로서만 대하게 된다. 이것은 또 사회의 천역을 맡은 김수영 자신에게도 그대로 해당되는 인간관계의 유형(類型)인 것이다. 김수영은 이러한 냉혹한 인식에서 도착적인 쾌감을 느낀 듯하다. 이것은 그 자신에 대한 것이라기보다는 한국의 문화 전통에 대한 것이지만 「거대한 뿌리」의 놀라운 리얼리즘을 가능하게 하는 것도 이러한 냉철한 자기 성찰의 눈일 것이다. 이 시의 핵심이 되어 있는 것은 그가 직시하는 "더러운 전통(傳統)", "더러운 역사(歷史)"이면서 또 있는 그대로의 그것은 아무런 감정적인 진통제 없이 받아들이는 행위이다. 그의 시 가운데 가장 단정한 시의 하나인 「의자가 많아서 걸린다」에서 의자와 테이블과 미제 자기(美製磁器) 스탠드와 피아노와 "노리다께" 반상 세트와 이런 것들로 점점 부르주아의 안락을 확보해 가는 그의 집의 '형식화(形式化)·격식화(格式化)'에 비판적이고 자조적인 성찰을 시도하면서 동시에 그의 집의 '난삽(難澁)한 집'으로의 변모를 기꺼이 기꺼이 이루어지는 것이라고 말하는 것도 그의 결연한 정직에서 나오는 것이다.

앞서도 본 바와 같이, 김수영이 기하고자 했던 감정의 엄격성은 그 구극적인 의미를 감정의 뒤에 감추어진 사실의 세계를 바르게 파악하고 또 나아가 그것을 바로잡는 데에서 얻는다. 김수영이 감정의 연화(軟化)를 경계한 것은 그것이 사태 자체의 이해를 왜곡시키기 때문이었다. 그가 감정의 정밀성을 통하여 문제 삼은 것은 근본적으로는 그의 비판적 양심에 비추어 정당화하지 않는 일체의 문화적·사회적 우상(偶像)이었다. 그러나 이렇게 말하는 것은 그가 그의 감정까지 포함하여 모든 것을 새로이 문제 삼고자 했기 때문이지만, 사실 김수영이 어떤 사실들을 보다 구체적으로 검토의 대상으로 했는지는 분명치 않다. 아마 시대는 김수영에게 사회적인 여러 우상들을 근본적으로 검토할 자유를 허용하지 아니하였을 것이다. 그것보다 먼저 김수영에게는 모두 우상을 새로이 검토할 수 있는 권리와 자유 자체를 획득하는 것이 우선적인 과제로 생각되었을 것이다. 아니면 어떠한 사회적인 목적에서보다 그가 생각하는바 예술적 양심의 절대성에 비추어 그는 거기에 제약을 가하는 어떤 외부적인 권위도 인정할 수 없었던 까닭에 그에게 자유는 하나의 철학적인 필연으로서 요구되는 것이었는지도 모른다. 하여튼 그의 산문들은 아마 우리 근대의 산문 가운데서, 하나의 빌려 온 이상으로서가 아니라 자신의 삶의 내면의 깊이에서 나오는 절실한 요구로서 자유를 이야기한 가장 웅변적인 문헌이 된다고 할 것이다. 그에게 자유에 대한 요청은 추호도 타협할 수 없는 절대성을 띠는 것이었다. 특히 예술에 있어서 그러했다. 그는 「창작 자유(創作自由)의 조건(條件)」에서 예술 자유의 문제를 말하면서,

> 시를 쓰는 사람, 문학을 하는 사람의 처지로서는 '이만하면'이란 말은 있을 수 없다. 적어도 언론 자유에 있어서는 '이만하면'이란 중간사는 도저히 있을 수 없다. 그들에게는 언론 자유가 있느냐 없느냐의 둘 중의 하나가 있을 뿐, '이만하면 언론 자유가 있다고' 본다는 것은 쉽게 말하면 그 자신이 시인도 문학자도 아니라는 말밖에 안 된다.

라고 선언한다. 또 「지식인(知識人)의 사회 참여(社會參與)」에서도 "문화와 예술의 자유의 원칙을 인정한다면 학문이나 작품의 독립성은 여하한 권력의 심판에도 굴할 수 없고 굴해서는 안 되는 것"이라고 말한다. 물론 예술의 이러한 절대적인 자유의 요구가 현실에 있어서 또 정치의 제약 속에서 구체화되기 어려운 것이라는 사실을 그가 모르는 것은 아니었다. 그가 "시인이 사랑하는 것은 '불가능(不可能)'"(「시(詩)의 뉴프론티어」)이라고 말한 것은 이러한 사정을 생각했기 때문이었을 것이다. 그럼에도 그에게 예술가로서의 의무의 하나는 이 불가능의 자유를 끊임없이 추구하는 것이었다. 시인은 모든 금기를 깨뜨리려 하고 또 금기에 대하여 은근한 인력을 느낀다.

김수영에게 우리 사회에서 가장 분명한 금기 중의 하나는 남북 분단의 문제였다. 그가 이러한 금기 사항이 존재한다는 것 자체에 얼마나 강박적

인 저항감을 느꼈는지는 그의 여러 암시적인 행동이나 발언에 나타난다. 그는 4·19 이후에는 술에 취하여 파출소에 가서 자기가 공산주의자라고 들이대어야 할 필요를 느꼈고 "글을 쓸 때면 무슨 38선같이 선이 눈앞을 알찐"거림을 느끼고 "이 선을 넘어서야만 순결을 이행할 것 같은 강박 관념"을 가졌고 또 이것을 못 하는 한 "무슨 소리를 해도 반토막 소리밖에는 못하고 있다는 강박 관념"(「히프레스 문학론(文學論)」)을 느꼈다. 이러한 강박 관념에 어느 정도의 정치적 의미를 인정하여야 할지는 알 수 없는 노릇이나, 아마 그가 "모든 시인이란 선천적인 혁명가"(「시(詩)의 뉴프론티어」)라고 하고 또 "모든 전위 문학(前衛文學)은 불온(不穩)하다. 그리고 모든 살아 있는 문화(文化)는 불온(不穩)한 것이다."(「실험적(實驗的)인 문화(文化)와 정치적(政治的) 자유(自由)」)라고 말할 때처럼, 그의 금기 철폐(禁忌撤廢)의 주장은 정치적 테제보다는 철학적 당위의 진술이었는지도 모른다. 그리고 그의 금기에 대하여 느끼는 매력은 예술가의 도착 취미, 또는 에드거 앨런 포가 '도착의 도깨비(The imp of perversity)'라고 부른 요인의 작용에서 일어나는 것인지도 모른다. 그러나 그렇다고 해서 이것이 현실에 관계되지 않는다는 것은 아니다. 예술가의 기능은 바로 이러한 도착을 통하여 현실의 숨은 진실을 꿰뚫어 보는 데 있다고 할 수도 있다. 다만 우리가 지적할 수 있는 것은 철학적, 형이상학적 요구로서의 자유가 현실에 대하여 갖는 관계는 직접적이라기보다는 변증법적이며, 이 변증법적 과정이 최후의 화해(和解)에 이르지 않는 한 예술가는 정치의 무자비 속에 고통할 수밖에 없다는 점이다.

　김수영이 그의 끈질긴 관심에도 불구하고 현실적으로 자유를 얻기 어려웠고, 또 이것을 그의 시의 내용으로 구체화시키지 못하였다고 하더라도 적어도 그의 시의 이론(理論)과 실천(實踐)에 있어서는 어느 정도의 자유를 획득한 것으로 볼 수 있다. 그의 시의 이론도 예술가의 양심의 결백성에 대한 신념에서 나온다. 그는 시에 있어서도 무엇보다 거짓을 미워했다. 그중에도 특히 미워했던 것은 감정이나 태도의 거짓 꾸밈이었다. 그의 월평이나 시평에서 가장 빈번히 공격이 되는 것은 안으로의 진실을 그대로 노출시키는 것이 아닌, 일체의 가식적인 '포우즈'였다. 몇 번의 논쟁으로 발전한 전봉건평(全鳳健評)에서 그가 공격한 것은 사기성(詐欺性)을 띤 '포우즈'라고 생각되는 점이었다. 박인환을 경멸한 것도 그가 시의 외적인 장식만을 알았지 정직성을 배우지 못했다는 이유에서였다. "그(인환)는 그에게서(박일영에게서) 시를 얻지 않고 코스춤만 얻었다."(「마리서사(茉莉書舍)」)라고 했다. 이것은 박인환의 '목마(木馬)', '숙녀(淑女)', '원정(園丁)', '베고니아', '아뽈롱' 같은 시어들에서도 드러나는 것이었다.

그러나 김수영은 사실상 이러한 외면상의 거짓만을 경멸한 것이 아니었다. 그의 시적 정직을 향한 치열하고 금욕적인 충동은 훨씬 더 근본적인 것이었다. 그에게는 일체의 정립된 언어, 고정된 언어는 부정직한 것이었다. 그러나 시는 또 대부분의 예술은 어떤 태도, 어조, 감정, 스타일 등의 선택적 구성으로 성립한다고 할 수 있다. 이것은 불가피하게 삶의 전면성(全面性)과 유동성(流動性)으로부터의 추상을 요구하고, 따라서 경험적 정직성의 포기를 요구한다. 김수영은 예술이 불가피하게 가지고 있는 이러한 형식화(形式化), 곧 그의 관점으로 자기기만성을 깨뜨리고자 했던 것 같다. 그는 쥘 쉬페르비엘을 논하는 자리에서 쉬페르비엘이 자기의 소재를 말하면, 관객적인 입장에서 시각적으로 전개시키는 것을 탓하고, 이것은 그의 연극성(演劇性)에 돌리면서 이로 인하여 그가 속된 시인이 되는 것이라는 취지의 말을 하고 있다. 정직한 시는 그의 생각으로는 "죽어 가는 자기를 바라볼 수 있는 자기가 아니라 죽어 가는 자 — 그 죽음의 실천"(「새로움의 모색(摸索)」)을 목표로 하는 것이어야 했다. 또는 그는 미국의 시인 비어렉을 이야기하면서도 비슷한 흠을 찾고 더 나아가 연극과 아울러 구상(具象)을 위한 시적 조작까지도 일종의 거짓에 속한다고 하고 그가 원하는 시는 추상의 정직성 내지 단도직입성을 추구하는 시라는 뜻의 말을 하고 있다. 또 「잔인의 초(抄)」를 설명하는 「시작(詩作) 노우트」에서는 논리적·사실적 구성의 노력까지도 허위에 떨어진다고 다음과 같이 말하고 있다. 그는 이 시를 쓸 때에,

> ……'생명'과 '죽어라'를 대치(對峙)시키려는 내심(內心)이 있었다. 이 작품의 리얼리슴의 빽본을 삼으려는 음흉한 내심이 있었다. 내가 싫은 것이 이것이다. 이 공리성이 싫다. 그런데 풋내기 평론가들과 나의 적(敵)들은, 사실은 나를 보고 이 공리성이 모자란다고 탓하고 있는 것이다.

그는 이와 같이 연극적 전략, 구상성, 사실과 논리의 구성적 전개, 이러한 것 일체를 거부하고자 한다. 그렇다면 그가 지향하는 시는 어떤 것인가? 그에게 시는 새로움이며 자유였다. 다시 말하여, 그것은 "새로운 언어의 작용을 통하여 자유(自由)를 행사"하는 것이어야 한다.(「생활 현실(生活現實)과 시(詩)」) 그렇게 하기 위하여 시인은 모든 기존 사실과 고정 관념에서 벗어나야 한다. "기정사실은 그의 적이다. 기정사실의 정리도 그의 적이다."(「시인(詩人)의 정신(精神)은 미지(未知)」) 그러니까 그의 정신은 늘 미지(未知)의 것에의 도약(跳躍)이다. 그러나 이 미지에의 도약은 밖에 있는 기존의 것만이 아니라 시인 자신, 시인 자신의 언어를 끊임없이 넘어섬으로써 가능하다. 또는 그래도 불가능하다. "시인은 밤낮 달아나고 있어야" 하는 것이지만, 그의 운명은 그 자신과 자신의 진실을 배반하는 것이다.("시인은 영원한 배반자다. 촌초(寸抄)의 배반자다. 그 자신을 배반하고, 그 자신을 배반한 그 자신을 배반하고, 그 자신을 배반한 그 자신을 배반한 그 자신을 배반하고……." ─「시인의 정신은 미지」) 이렇게 밖으로 안으로 모든 기존의 사실로부터 도망가고자

하는 시의 언어 ── 이것이 김수영의 시의 언어의 한 이상이었다. 그는 구극적으로는 시를 하나의 움직임, 하나의 행동, 언어 행위 자체만으로 "언어와 나 사이에는 한 치의 틈사리도 없는"(「시작 노우트」) 순수한 현장성, 순수한 에네르기아(energia)로 만들고자 했다.

이렇게 이야기하면 김수영이 목표하였던 것은 자동 기술(自動記述)을 겨냥한 초현실주의(超現實主義), 사물의 직접적인 현장성을 강조하는 즉물주의(卽物主義), 창작 행위 자체에 창조의 방향을 전적으로 위임하는 어떤 종류의 행동주의 예술이었던 것처럼 보인다. 그러나 아마 김수영이 원하였던 것은 시작 행위 속에 의식을 포기하는 것이 아니라 그 속에서 완전한 의식에 이르고자 했던 점에서 피상적으로 이해된 이런 유파(流波)와 다르다고 할 수 있다. 결국 그의 행동으로서의 시의 언어의 이상은 완전히 정직한 언어에 이르고자 하는 그의 예술가적 양심과 별개의 것이 아니었다. 그의 자유로운 언어는 사실이나 감정에 있어서 완전히 정직한 언어이고 그러한 언어는 비판적인 언어였다. 이 비판은 자기비판을 포함하여 언어 행위 자체가 가지고 있는 허위성에 대한 끊임없는 경계를 요구하는 것이다. 따라서 이러한 언어는 언어 행위 한가운데에 스스로의 행위를 살피고 있기 때문에 스스로에 밀착되어 있으며 빠른 속도로 스스로를 앞지르려는 언어가 된다. 말하자면 비판적 각성이 언어의 자기 몰입과 속도를 만들어내는 것이다. 이러한 비판적이면서 자기 몰입적인 시 창작 과정은 그의 시작 노트 특히 「잔인의 초」에 관한 노트에 잘 나타나 있다. 이 노트에서 우리가 분명하게 알 수 있는 것은 그의 몇 겹으로 꼬이는 자기반성적 시작 과정(詩作過程)이 시작 과정 가운데 자신의 전 상황(全狀況)에 대한 완전한 의식을 포착하려는 데에서 온다는 것이다.

앞에서도 말한 바와 같이 이러한 전면적 언어는 경험과 의식의 일정한 관점에서의 절단과 전개로 생각될 수 있는 시 자체를 부정하는 결과를 가져온다. 이것은 김수영 자신도 알고 있었다. 그는 제대로 시를 쓰려면 시를 쓴다는 의식을 버려야 하며, 시를 싫어하고 또 시에 절망하여야 한다고 말하였다.(「시작 노우트」) 또 그는 그가 시에서 목표하는 것은 침묵이며(「시작 노우트」) 또는 "모든 시의 미학(美學)은 무의미(無意味)"(「변한 것과 변하지 않은 것」)라고도 말했다. 이러한 시론이 어떤 의미를 갖든지 간에 독자의 입장에서 볼 때, 김수영의 시에서 발견되는 기묘한 진술(陳述)의 불완전감 또는 난해성이 이러한 반시론(反詩論)에 관계되어 있는 것은 틀림이 없다. 그러나 다른 한편으로 김수영 시의 독특한 결연하고 단단한 효과도 여기에 기인한다고 할 수 있다. 대부분의 우리 시가, 그것이 서정시든 정치 시든 그 시적 효과를 감정의 고양(高揚) 또는 감정 이입(感情移入)을 통하여 얻는 것이 사실이라면 김수영의 시가 보여 주는 것은 반드시 의미나 논리로 해소되는 것이 아닌 어떤 의식(意識)의 명증성(明證性)이다. 그것은 우리를 평상적인 의미나 감정에서 떼어 놓는 조작을 통해서 새로운 의식의 모험을 요구하는, 말하자면 브레히트의 소외 효과(Verfremdungseffekte) 같은 것을 낳는다.

우리는 여기에서 참여 시인으로서 김수영의 입장을 생각해 볼 필요가 있다. 왜냐하면 지금까지 살펴본 김수영의 시 이론으로는 그는 정치적인 입장에 대하여서 대척적(對蹠的)인 자리에 서 있는 전위 예술주의자로 보일 수 있기 때문이다. 말할 것도 없이 김수영은 가장 날카로운 정치적 감각을 가졌던 시인 중의 하나이다. 다만 그의 경우에 우리가 보는 것은 예술에 있어서의 전위 의식과 정치의식이 마주치는 점이다. 김수영은 이 접합점에 성립하는 의식을 다음과 같이 역설적으로 요약하였다. 즉 "시는 문화를 염두에 두지 않고, 민족을 염두에 두지 않고, 인류를 염두에 두지 않는다. 그러면서도 그것은 문화와 민족과 인류에 공헌하고 평화에 공헌한다."(「시여, 침을 뱉어라.」) 이 발언의 첫 부분은 그의 시 과정(詩過程)에 대한 이해에서 저절로 유도되어 나온다. 시가, 그의 말대로 전적으로 새롭고 자유로운 것이며, 어떠한 기존의 것에도 매일 수 없는 것이라면, 그것은 이미 설정된 문화적 정치 이념에 매일 수 없는 것이다. 그렇다면, 앞의 발언의 후반부에서 이야기되듯이 시가 어떻게 근본적으로 목적적(目的的)이고 공리적(公利的)으로 이해될 수밖에 없는 민족의 문화적·정치적 발전에 기여할 수 있는가? 김수영에 있어서 예술의 자립성과 정치의 공리성의 문제는 유추(類推)에 의하여서 해결되었던 것으로 생각된다. 앞에서 본 바와 같이 시는 자유이며 행동이다. 그는 이것이 저절로 정치에 있어서의 자유와 행동에의 요구로 넘쳐 나는 것으로 생각하였던 것 같다. 그가 시를 구극적으로 행동이라고 이야기할 때, 우리는 종종 그것이 시작 과정을 이야기하는 것인지, 아니면 정치적 행동주의를 이야기하는 것인지 알기 어려울 때가 많다. 가령 「시작 노우트」에서 다음과 같은 구절을 보자.

시, 아아 행동에의 계시(啓示). 문갑을 닫을 때 뚜껑이 들어맞는 딸각 소리가 그대가 만드는 시 속에 들렸다면 그 작품은 급제한 것이라는 의미의 말을 나는 어느 해외 사화집(海外詞華集)에서 읽은 일이 있는데, 나의 딸각 소리는 역시 행동에의 계시다. 들어맞지 않던 행동의 열쇠가 열릴 때 나의 시는 완료되고 나의 시가 끝나는 순간은 행동의 계시를 완료한 순간이다. 이와 같은 나의 전진(前進)은 세계사(世界史)의 전진과 보조(步調)를 같이한다. 내가 움직일 때 세계는 같이 움직인다. 이 얼마나 큰 영광이며 희열(喜悅) 이상의 광희(狂喜)이냐!

그러면 이러한 관점에서, 시＝행동＝역사, 이러한 병치는 완전한 일치 관계를 말하는가? 또는 비유적 관계를 말하는가? 예술과 정치의 관계에 대한 김수영의 견해를 생각할 때, 적어도 예술 경험의 구극적 진리가 자유로운 행동 또는 행동적 자유라면 그러한 진리 속에 있는 예술가가 같은 진리의 실현을 정치에서도 요구하리라는 것은 짐작할 수 있다. 또는 보다 직접적으로 우리는 김수영의 견해로는 시나 정치는 다 같이 동일한 생명 충동의 표현으로서 생존의 완전한 현존적 실현, 곧 에네르기아를 향한 움직임이었다고 말할 수도 있다.

이렇게 원천적인 동일을 상정한다면, 우리는 구태여 정치적인 시가 정치 이념에 매인 형태를 취할 것을 생각할 필요가 없다. 시가 나타내는 방식은 곧 그대로 정치의 움직임과 같은 것이다. 김수영이 조금 더 "투박한 민족주의자(民族主義者)"(「변한 것과 변하지 않은 것」)에 대하여 예술의 독립성을 옹호하고 나선 것은 이러한 생각에 근거한 것이다. 그에게는, 그의 구분을 빌려, "언어의 서술"이나 마찬가지로 "언어의 작용"이 중요했다.(「생활현실과 시」) 어쩌면 언어 작용이 더 중요했을지도 모른다. 왜냐하면, 그의 시론으로는, 이 작용 속에서 전면적인 의식이 이루어지고 또 그의 행동적인 구현이 이루어지기 때문이다.

시의 행동과 정치 행동이 일치한다는 역설은 다시 말하여, 결국 시에 철저한 것이 정치에 철저하다는 말이 되는데, 이러한 생각은 그로 하여금 시의 소재의 선택에 있어서도 어떤 독자적인 견해를 갖게 했던 것으로 보인다. 즉 논리적으로 볼 때 각자의 시적 활동이 곧 사회적 활동이고 사회적 활동이 곧 시적 활동이라면, 작자의 현실은 곧 사회의 현실일 수 있는 것이다. 따라서 김수영은 작가가 정직하게 자기의 삶을 이야기하는 데 대하여 관대하였다. 물론 그가 대중의 편에서 대중의 현실을 이야기하는 작가의 도덕적 우위를 인정하지 않은 것은 아니었다. 다만 그는 그것을 안으로부터, 말하자면 자기의 현실에 충실하는 것이 곧 대중적 현실이 될 수 있는 입장에서 이야기할 수 있어야 한다고 생각하였다. 즉 작가는 "바라보는……군중"이 아니라 "작가의 안에 살고 있는 군중"을 이야기하여야 한다. 이것은 다만 감정적 일치를 이야기하는 것이 아니다. 이러한 일치는 김수영이 요구하는 전면 진실의 태도, '포우즈' 거부의 기준에 어긋나는 것이다. 그러면 "작가 안에 살고 있는 군중"을 이야기한다는 것은 무엇을 말하는가? 아마 김수영이 생각하였던 것은 시인이 민중적 정치의식을 완전히 내면화해서 그것이 대상적인 의식이기를 그친 상태였다고 할 수 있다. 그러나 이러한 명제는 쉽게 설명할 수 없는 과제이고 우리는 다만 김수영의 의도를 그 자신의 예(例)에서 추측할 도리밖에 없다. 가령 「반시론」에는 농사일을 이야기하는 대목이 있는데, 그는 여기에서 그가 농업 노동의 기쁨과 의미를 잘 알 수 있는 것은 그가 소시민적 지식인이기 때문에 또 소시민의 지식인으로 그것을 성(性)이 주는 쾌락과의 관계에서 볼 수 있기 때문이라고 말하고 있다. 가령 보다 적절한 예를 들어 노동자는 '노동자적'이려고 애쓸 필요가 없다. 그가 그의 삶에 충실하게 사는 경우 무엇을 하든지 그는 이미 노동자적이다. 하여튼 그는, "실험적인 문학은 필연적으로는 완전한 세계의 구현(具現)을 목표로 하는 진보의 편에 서지 않을 수 없게 된"(「실험적인 문학과 정치적 자유」)다는 것을 신념으로 삼으면서 동시에 누구에게나 그 자신에 정직하고 그 자신을 부끄럽게 생각하지 말도록 요구했다고 할 것이다.

　다시 한 번 김수영의 참여 이론(參與理論)의 근본으로 돌아가서 참으로 예술과 정치는 비유적인 관계라는 매우 가냘프고 간접적인 관계에 서 있는가? 여기서 아마 문제 삼아야 할 것은 비유라는 말보다도 비유는 가냘프고 간접적이라는 선입견일 것이다. 구극적으로 따져 볼 때 비유 관계야말로 참으로 강력한 관계라고 볼 수도 있다. 사람과 사람, 한 송이의 꽃과 또 한 송이의 꽃, 하나의 현상과 다른 현상 — 이것들이 서로 비유 관계에 있게 되는 것은 이 모든 것이 하나의 창조력의 표현이 될 때이다. 모든 주체적인 관계는 비유적이다. 나는 주체적인 자유 속에 있으면서 이 자유를 내 이웃이 가지고 있음도 알고 있다. 우리는 결국 같은 창조적인 진화 가운데 있어서 서로의 유사성(類似性)을 인정하는 것이다. 역사의 움직임도 이와 같은 데가 있다고 할 수 있다. 역사가 하나의 창조적인 모체가 되어 발전하는 것이라면 그것은 사회 안의 서로 다른 인간, 다른 사건과 현상 사이에 비슷한 충동에 의한 움직임들을 만들어 낼 것이다. 여기서 비슷한 것은 반드시 내용이라기보다는 내용을 나타나게 하는 창조적 충동의 형식이다. 시와 정치 사이의 끊임없는 비유, 일치의 관계를 설정하고자 했던 김수영의 노력은 이렇게 볼 때, 반드시 하나의 시적 환상에 불과했던 것이라고 할 수 없다. 참으로 시인의 큰 통찰력의 하나는 역사와 자연 속의 발전적 충동과 개개인 내부에 움직이는 충동을 하나의 움직임으로서 꿰뚫어 보는 데에서 나타난다. 그러나 시인의 또 다른 통찰의 하나는 이러한 일치의 가능성은 현실에 있어서 끊임없이 좌절에 부딪친다는 것이다. 김수영 자신 이것을 모르는 것이 아니었다. 「민악기(民樂記)」에서 그는 말하고 있다.

　　힘의 마력, 그것은 행동의 마력이다. 시의 마력, 즉 말의 매력도 원은 행동의 마력이다. 그러나 그것은 원리상(原理上)의 문제이고 속세에 있어서는 말과 행동은 완전히 대극적(對極的)인 것이다.

　　속세에 있어서, 또는 부자유로운 사회에 있어서, 시와 정치의 일치는 그야말로 가냘프고 간접적이고 허망한 비유에 떨어진다. 그리고 그 비유는 시인의 머릿속에 존재할 뿐이다. 그리고 시가 이야기하는 사물과 사물, 사람과 사람, 실재와 현상의 일치도 다만 비유로서 존재할 뿐 사실적인 관계의 에너지를 얻지 못한다.

　　이러한 반성은 우리로 하여금 다시 김수영에 있어서 예술가적 양심의 의의를 생각하게 한다. 예술가의 양심은 막연한 고집, 어떤 자아(自我)의 동일성(同一性)에 대한 필요, 기성 질서를 있는 대로 받아들이기를 거부하는 본능적 결단으로 시작된다. 그리고 그것은 외부 세계와 내면의 세계에 대한 매우 준열한 비판과 의도적으로 강화된 소외 또 새로운 질서를 위한 행동에의 의지로 구체적인 내용을 얻는다. 이러한 양심의 과정은 매우 험난한 과정이다. 그러니만치 그것은 시인에게 더욱 중요한 것이다. 그것만이 소외된 세계에서 조화된 세계에로, 분열의 세계에서 일치의 세계에로 나가는 길이기 때문이다. 그러나 양심의 소리가 귀에 거슬리게 쨍쨍하고 편협한 것이 되기 쉬움은 우리가 다 아는 바이다. 이 양심의 편협성은 김수영의 예술 세계의 협소성, 그의 예술의 빈곤으로도 나타난다. 그러나 좁아진 세계가 이것에 대항하는 좁고 드높은 목소리의 절대적인 요구를 낳는 것은 어쩔 수 없는 일일 것이다. 김수영은 그의 예술의 절대적인 자유에서, 보다 구체적이고 현실적인 자유의 요구를 끌어내었다. 그는 작가의 임무를 다음과 같이 규정했다. 즉 "우리들의 언어가 인간의 정당한 목적을 향해서 전진하는 것을 중단했을 때 우리들에게 경고를 하는 것이 작가의 임무"라고. 또 그는 그의 작가의 양심의 절대적인 자유의 경험으로부터 인간 자유의 보다 구체적인 테두리를 다음과 같이 정의했다. "사랑의 마음에서 나온 자유는 여하한 행동도 방종이라고 볼 수 없지만 사랑이 아닌 자유는 방종입니다." 또 이어서 경고하기를 "사랑을 갖지 않은 사람들의 자유가, 사랑을 가진 사람들의 자유를 방종이라고 탓하고 있습니다." 이것보다도 분명하게 그 안에서 자유의 의미가 결정되어야 할 테두리를 밝힌 말을 나는 달리 찾을 수 없다고 생각한다. 김수영은 이러한 발언에서 '예술가의 양심'을 넘어서 인간의 양심을, 예술가의 자유를 넘어서 인간의 자유를 이야기했다. 여기에서 양심과 세계의 비유가 세상의 구체적인 사물 속에 매개될 수 있는 계기가 시작되는 것을 우리는 본다.

(1976년)

남북조南北朝 시대의 예술가의 초상

최인훈의『소설가 구보씨의 일일』

『소설가(小說家) 구보씨(丘甫氏)의 일일(一日)』의 이야기는 제목과는 달리 소설가 구보씨의 하루의 행상기(行狀記)가 아니다. 소설의 제1장을 넘긴 후 곧 분명해지듯이 그것은 하루가 아니라, 여러 날, 또 끝까지 보고 나면 1년 내지 3년 이상에 걸친 세월 동안의 구보씨의 생활에 관한 것이다. 그렇다면 소설의 제목은 잘못된 것일까? 연재소설로서 쓰인 소설이 그럴 수 있듯이 이 경우에도 처음 시작과 이야기의 중간에 작자의 의도가 바뀌어 제목과 내용 사이에 괴리가 생겼다고 볼 수도 있다. 그러나 또 달리 보면 소설의 내용은 형식적인 의미에서는 아닐망정, 실질적인 의미에서 제목을 정당화해 주는 것으로 취할 수 있을 것 같다. 즉 제목의 하루는 시계의 하루가 아니라 1년을 하루같이 3년을 하루같이 비슷한 삶을 산다는 뜻에서의 하루를 의미한다고 생각될 수 있다는 말이다.

구보씨의 생활은 그 좁은 일상성(日常性)으로 특징지어진다. 대개의 일상생활이라는 것은 이러나저러나 좁을 수밖에 없는 것이지만 구보씨의 경우 가족도 없고 (하숙이 집이라면 집일까) 집도 없고 또 그렇다고 일용할 양식을 크게 걱정할 필요도 없는 그의 형편으로 하여 일상생활의 범용한 번사 (煩事)도 없는 까닭에 더욱 좁고 단순한 것이 된다. 그의 생활은 소설가로 서 필요한 사회적 연관을 유지하는 일, 즉 작품 발표, 신인 작품의 심사, 출 판 기획의 자문, 동료 문인의 출판 기념회, 이러한 것들과 관계하여 편집장 을 만나고 동료 작가들과 만나고 그러다가 더러 옛 친구를 찾아보거나 고 궁의 동물원이나 전람회를 찾는 일, 이 정도의 테두리에 한정된다. 일상생 활의 정비 유지에 필요한 작업의 한정성과 안정은 대개의 일상생활이 그 렇듯이 구보씨의 생활도 하나의 끊임없는 되풀이가 되게 한다. 이러한 되 풀이의 성격은 소설의 작고 큰 구조에서도 드러난다. 소설의 많은 장(章)에 서 대체로 이야기는 구보씨가 아침에 일어나는 것으로 시작하여 밤에 잠 자리에 드는 것으로 끝난다. 또 전체적으로 볼 때 이러한 나날의 되풀이 외 에 소설의 구조 자체가, 적어도 소설의 앞뒤 부분에서, 반복적인 것에 우리 는 주목할 수 있다.

소설의 처음은 구보씨가 동향(同鄕) 출신의 소설가 이홍철 씨와 함께 신 인 작품 심사를 하는 이야기로 시작하는데 끝 부분에 가서도 구보씨는 동 향 출신의 소설가 김홍철 씨와 작품 심사를 하고 있는 것으로 되어 있다. 전후의 에피소드에서 작품 심사를 병아리 감별사의 일에 비교한다거나 구 보씨가 동향 출신의 작가와 식사를 같이한다는 것까지 비슷하다. 또 소설 의 처음과 끝에서 구보씨는 동물원을 찾아가서 우리에 갇힌 동물과 사람 의 경우를 비교해 보고 또 처음에는 샤갈, 나중에서 이중섭(李仲燮)의 그림 을 보기 위하여 전람회에 간다. 그리고 소설의 머리 부분에서 구보씨의 우 울한 번설세사(煩屑世事) 가운데의 편력은 법신 스님과의 정담(情談)에서 얻는 평화와 일단 대조되는데, 소설의 마지막은 다시 옛 절터의 맑음과 고 요를 꿈속에 찾아가는 삽화로 끝난다. 그리고 이렇게 강조되어 있는 이 소 설이 반복적 구조는 이 소설이 끝난 다음에도 구보씨는 비슷한 하루와 비숫한 삶의 주제 속에 살고 있으리라는 인상을 남긴다.(연대로 보아 이 소설의 사건들은 1969년의 동짓달부터 1972년의 5월까지 사이의 일로 되어 있으나 소설의 여러 삽화는 겨울에서 봄 여름 가을 다시 겨울을 거쳐 초여름까지에 벌어지는 일들처럼 배열되어 있다.《월간 중앙(月刊中央)》에 연재되었을 때의 제목「갈대의 사계(四季)」가 뜻하는 바와 같이, 이 소설은 1년 남짓한 기간의 생활을 예시(例示)하는 것과 같은 구조를 가지고 있다. 이러한 계절적인 구조도 이 소설의 기본 양식인 순환성을 뒷받침해 준다.) 이와 같이 『소설가 구보씨의 일일』은 그 주제와 구조에 있어서 삶이 근본적으로 하루의 되풀이 속에 있다는 이해에 입각해 있다. 이 소설의 제목도 이러한 사실을 나타내는 것으로 볼 수 있는 것이다.

물론 구보씨에게 중요한 것, 또 이 소설의 근본적인 지향(志向)에 있어서 중요한 것은 번설한 일상적인 일들의 되풀이가 아니다. 중요한 것은 구보씨의 관념들이고, 또 이러한 관념들로 이루어지는 구보씨의 소설이다. 구보씨의 관념들은 재치 있고 세련되어 있으며, 크고 작은 것들을 망라한다. 일상의 면에서의 좁고 메마른 세계가 그렇게 풍부하고 섬세한 관념의 생활을 가능케 할 수도 있다는 것은 놀랄 만하다. 그러나 우리는 구극적으로 구보씨의 관념들도 실제 생활의 좁고 따분한 테두리를 넘어서지 못한다고 할 수밖에 없다. 그의 관념들을 그 섬세함에도 불구하고 일상적인 되풀이의 한 요인이 될 뿐이다. 이것은 일상생활의 한정성으로 하여 그렇게 되는 것이다. 따지고 보면 일상적인 현실과 관념은 깊은 상호 연관성을 가지고 있는 것이다. 우리의 생각에 질김과 힘을 주는 것은 현실과의 관계일 뿐이다. 이 후자가 없을 때, 생각은 그 맥락과 심각성을 오래 유지하지 못하고 곧 단편적이고 유희적인 것이 된다. 이것은 구보씨의 경우에도 해당된다. 그런데 여기서처럼 일상적 삶이 어느 때에나 문자 그대로의 되풀이만을 의미하는 것은 아니다. 어느 사람의 경우나 그것은 어느 정도 한정되어 있기 마련이지만 경우에 따라 그것은 사회 전체의 동력학에 깊이 연결되어 있을 수도 있고 그렇지 못한 경우도 있다.(가령 강력한 정치 지도자와 한 무명 시민의 생활은 표면상으로는 크게 다르지 않을 수도 있으나 그들의 일상생활의 사회 전체에 일으키는 메아리에 있어서는 크게 다른 것이다.) 문제는 사회적인 지위에 연결되어 있다. 구보씨의 생각이 정치하고 그 자체로는 깊이 있는 것이라 하더라도 그것은 현실과 겯고 틀며 돌아가는 강력한 생각이 되지 못한다는 것인데 이것은 구보씨의 사회 안에서의 위치에 관계되어 있는 일로 생각된다. 구보씨가 어느 정도의 성공을 거둔 작가임에는 틀림이 없다. 그는 문단의 중견으로서 신인 작품의 심사 위원도 되고 출판사의 출판 기획에 자문역을 맡기도 한다. 그러나 그의 문단 내의 지위는 비록 구보씨 자신이 그와 같이 스스로의 자리를 이해하고 있는지도 모르지만 사회적 지위하고 일치되는 것이 아니다. 그가 중견의 작가라고 하여도 그러한 그의 위치는 그에게 여유 있는 삶을 확보해 주지 않고 다만 영세 수공업자의 끊임없는 잔일의 생활만을 가능케 한다는 데에서 그의 사회적 위치는 단적으로 나타난다.(한 사회가 그 사회적 잉여를 어떻게 배분하느냐 하는 것은 그 사회의 신분 질서를 가장 확실하게 반영한다고 일단 볼 수 있다.)

아마 구보씨와 같은 헌신적인 작가에게 우울한 사항이 되는 것은 물질적인 의미에서 그의 위치가 사회의 주변에 머물러 있다는 것보다도 문화적인 의미에서 그렇다는 사실일 것이다. 가공의 인물 구보씨의 경우가 아니더라도, 작가의 보람이 한 사회의 정신생활, 따라서 구극적으로는 모든 사회 과정의 핵심에 관계되는 지혜를 제공하는 데 있다고 한다면 한국 사회를 움직이는 실제적인 지혜는 거의 작가의 작업과 관계없는 곳에서 이루어진다 할 수 있으므로, 한국의 작가가 그의 문화적·사회적 주변성(周邊性)에 절망한다는 것은 충분히 이해할 수 있는 것이다. 구보씨에게 그의 관념이 구극적으로 공허하고 그의 소설이 본격적인 실감을 주는 것이 못 되는 것은 그의 자리가 사회 역학(社會力學)의 주변에 있기 때문이다. 그러니까 작가의 사회 역학 속에서의 무력함은 단순히 행동적·실천적 무력함이 아니라 인식(認識)에 있어서의 무력함에 근본 원인이 되는 것이다. 이 인식 상의 무력함은 구보씨도 잘 알고 있는 것이다.

이렇게 구보씨의 삶이 일상적 반복이라고 해서, 정작 큰 사건들이 이 소설에 전혀 이야기되어 있지 않은 것은 아니다. 다만, 그것들은 구보씨의 세계의 저 너머에서 일어나고 있는 것으로 이야기되어 있다. 그것도 아주 먼 국제 정세의 차원에서 일어나고 있는 것이다. 닉슨이 돌연 북경(北京)을 방문하여 동서 냉전(東西冷戰)에 해빙(解氷)의 기운을 가져온다거나 남북 적십자 회담이 열려서 꿈에라도 금기(禁忌) 사항이었던 남북 대화가 돌연히 이루어질 것 같은 기운이 돈다거나 하는 일이 그러한 사건들이다. 구보씨에게 이러한 사건들이 갖는 의미의 하나는 그로 인하여 그의 무력감이 커진다는 것이다. 구보씨가 깨닫는 것은, 보통 사람은 자기의 삶의 구극적인 테두리를 정하는 역사적인 사건에 참여할 수도 없으며 또 그것을 제대로 이해할 수도 없다는 사실이다. 정작 역사의 실력자들은 '집단 미신이나 집단 최면' 같은 것으로 보통 사람을 속이면서 "자기들만은 잇속과 사실에 따라 처신" 한다는 것 ── 이것이 역사의 비밀인 것이다.(제5장) 역사의 큰 미신들이 하루아침에 무너지는 것을 구보씨는 일본의 천황, 이승만, 스탈린 등의 우상이 쓰러지는 데에서 보았고, 닉슨의 북경 방문과 남북 적십자 회담에서 보았다. 여기에서 보통 사람은 역사의 객체, 꼭두각시에 불과하다.

구보씨가 냉전 체제의 변화에 특히 당혹감을 갖는 것은, 최인훈(崔仁勳) 씨가 『광장(廣場)』에서 이야기한 바와 같이, 한국의 상황을 기본적으로 결정하고 있는 것이 냉전 세력이라고 보기 때문이다. 그런데도 여기에 대하여 한국 사람은 속수무책의 상태일 수밖에 없는 것이다. 이러한 사정은 한국인 구보씨에게만이 아니라 작가 구보씨에게 매우 고통스러운 것이다. 이것은 역사의 세력에 대한 작가의 관계가, 앞에서 말한 대로 작가의 작업에 중대한 관계를 가지고 있기 때문이다. 구보씨의 소설 이론에 의하면 작가의 임무는 사회 현실의 진실을 드러내는 것, 그 자신의 자조적인 표현을 빌려 "환경을 정확히 계산해 내는 무당"(제1장) 노릇을 하는 것, 또는 "신수(身數) 점과 국수(國數) 점을 잘 어울리게 간을 맞추는 비빔밥"(제2장)을 비벼 내는 일이다. 또는

> 소설이라면 알다시피 세상살이 이야기 한 꼭지를 지어내서 세상 이치를 밝혀내고 인물마다 시시비비를 가리는 일이다. 그러니 인물 몇을 이리저리 몰면서 신파 연극을 꾸미는 것은 우선 나중 일이고 그놈의 세상 이치와 시비 곡직이란 것만은 환히 꿰뚫어 보아야 몰고 다니든 타고 다니든 할 것인……
>
> (제12장)

것이다. 이러한 것은 서양의 소설사를 보아도 알 수 있는 일이다. 가령 발자크와 같은 작가의 작품이 사회의 드라마를 환히 그려 낼 수 있었던 것은 사회 현실을 주물러 가는 '대형(大型)급'(제9장) 인물을 다룰 수 있었기 때문인 것이나 20세기에 가까이 올수록 서양 소설은 왜소한 인간, 지엽적인 변사에 빠져들어 감으로써 사회의 큰 움직임을 설명할 수 없게 된 것이다. 구보씨가 놓여 있는 한국의 현실은 바로 세상 이치와 대형급 인물에서 가장 멀리 떨어져 있는 것이다. 이렇게 말하면 문학이 사회의 진실을 이야기한다고 할 때 그것은 국제적인 세력에 의해서보다는 국내적인 세력에 의하여 이루어지는 진실, 또 설령 국제 세력에 근본 원인이 있다고 하더라도 그것은 국내 세력의 중개에 의하여 국내화되지 않으면 현실에 작용할 수 없는 까닭에 결국은 국내 세력에 의하여 이루어지는 진실을 가리키는 것이 아니냐고 반문할 수도 있으나, 하여튼 구보씨의 주장은 국제 정세가 한국 사회의 자생적인 동력학을 완전히 파괴해 버리고 말았다는 것이다.

그러면 한국의 리얼리즘을 이야기하는 사람들은 무엇을 말하고 있는 것인가? 구보씨는 이 소설의 한 곳에서 그러한 사람들은 "정치권력이 자기 민족 안에서 이루어지는 것을 못 보고 자랐기 때문에 나면서부터 정치 음치들인" 사람들이라고 잘라 말하고 있지만, 대체로는 그가 이 정도로 단호한 태도를 가지고 있다고 말할 수는 없다. 사실 구보씨가 리얼리즘주의자나 참여론자들을 강하게 의식하고 있다는 것은 이 소설의 모든 면에서 나타나고 또 이렇게 의식하고 있다는 것은 그 자신 이들의 주장을 한마디로 물리쳐 버릴 수 없는 것임을 알고 있기 때문일 것이다. 앞에서 본 구보씨의 소설 이론도 이미 문학이 사회의 진실을 밝혀야 한다는 점을 주장하는 면에서는 리얼리즘의 이론에 동조하고 있다는 말이 된다. 또 동시에 리얼리즘 논자(論者)들이 전제로 삼고 있는 정치적인 이상도 구보씨가 가지고 있는 정치 이상에서 크게 다르지 않다고 할 수 있다. 구보씨가 진보적인 정치 이상을 가지고 있는 것은 틀림없다. 그가 생각하고 있는 것은 적어도 사회 민주주의적인 복지 국가의 이상일 것이다.(그는 인생은 근본적으로 '제비뽑기'이고 잘살고 못사는 것은 운수 소관이지만, 이 "제비뽑기에서 사기를 없애는 것, 불행의 제비에 대한 위험률을 평등하게 하는 것", 제비를 잘못 뽑은 사람은 "좋은 제비를 뽑은 사람들이 먹이고, 입히고, 가르칠 것", 그래도 떨어지는 사람들은 "또 먹이고 입히고 가르칠 것"이라고 그 정치적 신념을 토로하고 있다.(제2장)) 이런 신념 이외에도, 도시 환경이나 정치적 부패에 대하여 내리고 있는 판단은 그가 정치의식이 강한 민주주의자이며 인도주의자라는 것을 증거해 준다. 그러나 그의 정치적 관심에도 불구하고 그가 보통의 현실 참여론자와 같은 입장에서 있는 것은 아니다. 무엇보다도 그가 다른 참여론자와 다른 점은 정치와 역사의 과정에 대한 구체적인 이해의 면에서이다. 그의 정치적 관심과 이상은 사회의 구조에 대한 일정한 견해에 입각해 있지 않고, 따라서 그는 그의 정치적 이상의 실현을 사회 구조 안의 갈등과 모순의 과정에서 찾으려고 하지 않는다. 민중주의(民衆主義)가 이러한 과정 속에서 발생하는 하나의 세력에 역사의 전진적(前進的)인 기능을 인정하고 그 전진 세력의 핵심으로 민중을 옹호하는 입장이라고 한다면, 구보씨의 눈으로는, 타락한 사회에 있어서 그 어떤 부분도 그 타락으로부터 자유로울 수는 없는 까닭에 이러한 민중주의는 독단과 교조주의(敎條主義)로밖에 성립될 수 없는 것이다. 그러나 이러한 타락한 사회에서도 갈등과 부패의 부분성을 초월할 수 있는 입장이 있는데, 그것은 예술가의 '시심(詩心)'이다. 사회의 타락 가운데에서 '시심(詩心)의 높이'만이 '가늠대'가 되고, 여기에 입각해서 예술가는 "어느 당파를 지지할 것이냐 하는 입장을 버리고 가장 높은 시심의 영역에서 추(醜)한 것은 무차별 사격"하여야 하며 "우군(友軍)의 행동 한계선이라고 해서 사격을 연신(延伸)하지 말고 시심이 허락할 수 없는 지대(地帶)에는 융단 폭격을 가(加)하여 이기심(利己心)에 대한 살상 지역(殺傷地域)을 조형(造型)"해야 한다.(제1장) 무엇이 시심에게 이러한 보편성(普遍性)의 고지(高地)를 차지할 수 있게 하는가? 이에 대한 설명은 시심의 신비성(神秘性)에서 찾을 도리밖에 없다. 구보씨는 "명월(明月)이나 오동나무에는 발정(發情)하는 시심이 인사(人事)의 정사(正邪)에는 발정하지 말아야 한다는 것은 원리(原理)의 일관성(一貫性)에 모순된다고"(제1장) 하고, 또 조금 더 경험적으로 말하여 예술가는 또는 예술가와 같은 입장에 있는 과학자도 ── "예술이라는, 과학이라는, 신(神)대를 잡으면 본의 아니게 정말을 실토하게 된다."라는 것이다.(제6장)

이렇게 보면, 구보씨는 정치 현실에 대한 깊은 관심을 가지고 있다는 점에서 정치의식을 가진 작가라 할 수 있으나 이 관심을 정치 현실에 대한 구체적인 개입에까지 발전시키지 않고 있는 한, 그는 철저한 정치적인 작가가 아니다. 이것은 단순히 그의 관심과 정력의 한계에 관계되는 일이 아니다. 말하자면 그의 정치적 입장 자체가 정치에 의한 정치의 극복을 부정하는 것이다. 그에게 정치의 극복은 예술 내지 문화에서 온다. 사실 그의 정치적 우울에도 불구하고 적어도 이론적으로는 구보씨의 근본 관심은 예술이나 문화에 있다. 또 구보씨의 예술관은 앞에서 본 바와 같이 직접적으로 정치적 비판의 기능을 다하는 데에서 그 본령을 찾는 것도 아니다. 그에게 예술의 가치는 그 자체의 즐거움과 행복에 있다. 역사와 정치에서 소외되어 있으면서 또 그것과 밀접한 관계를 가지고 장기적으로는 그 속에서 정당화되는 예술을 창조한 대표적인 예술가로서, 단테는 구보씨의 마음에 하나의 전형이 되지만 다른 한편으로 그가 더욱 가깝게 느끼는 예술가는 험난한 시대에도 시대의 험난함에 휩쓸리지 않고 행복과 향수의 공간을 만들어 낸 예술가 샤갈이나 이중섭과 같은 사람이다.(한편으로 단테 그리고 다른 한편으로 샤갈과 이중섭은 반드시 서로 대조되는 예술가라기보다는 단테가 언어의 예술가인 데 대하여 샤갈과 이중섭이 화가였다는 데 차이가 있다고 할 수 있다. 그러나 구보씨가 샤갈과 이중섭에 더욱 친화감(親和感)을 느끼는 것은 사실이다.) 이 화가들의 예술은 현실에 대하여 직접적인 관계를 갖지 아니한다. 샤갈의 그림에 있어서, "그림 속의 물건들은 현실의 기호가 아니라 감정의 기호들이다."(제7장) 이중섭이 만들어 내는 공간도 "둔중한 모사(模寫)의 공간을 이미 벗어난 자유로운 꿈의 색깔과 꿈의 발자국이다."(제13장) 그리고 이러한 예술의 존재 이유나 원인을 설명하려고 할 때, "그것을 설명하는 것은 그것"(제7장)이라고 할 수밖에 없다.

그렇다고 해서 이러한 예술에 인간적인 의미가 없는 것은 아니다. 구보씨가 강조하는 것은 샤갈의 경우에는 이중섭의 경우에나 그들의 예술이 평화와 사랑을 노래했다는 점이다. 그리고 그들이 화폭에 담은 이러한 행복의 정서는 그대로 현대 문명의 삭막함에 대한 날카로운 비평이 된다고 구보씨는 말한다. 구보씨의 경우에도 그의 정치의식은 사회의 현실이 그의 정치적 목표나 정의감을 거슬리기보다는 평화와 사랑, 이러한 그의 행복의 감각을 만족시켜 주지 못하기 때문에 날카로워지는 것이다.

그러니까 그의 사회가 당면한 문제는 정치적이라기보다는 문화적인 것이다. 사회의 문화적 혼란은 첫째는 외래문화의 침입에 의하여 야기된다고 할 수 있다. 구보씨가 서양 영화를 상영하는 영화관 앞을 지나며, 그 앞의 "외국인 배우의 얼굴과 그 밑에서 와글거리는 노오란 몽고족의 대조가 조계(租界)라든지 '정청(政廳)', '치외법권(治外法權)', '원주민(原住民)' 이런 분위기를 전"한다고 느끼고 서울이 "그 이국 도시" 홍콩을 닮아 가는 것을 유감스럽게 느끼며, 또 한국의 여자들이 "모두 아리안계 여자의 모조품으로 보이게 하려고 피눈물 흘린 성과를 얼굴이라고 들고 다"니는 것에 주목하는 것 등은 그가 외래문화의 범람을 우려를 가지고 대한다는 증거이다.(제5장) 그러나 구보씨가 외래문화 자체에 대하여 반대하는 것은 아니다. 그 자신 샤갈에 취하고 단테와 발자크를 이야기하지만, 이론적으로도 그는 오늘날은 "민족이나 국민의 예술에서 호모사피엔스의 예술로 옮아 가는 과도기"(제5장)이고 따라서 구보씨 자신의 예술도 이런 인류적 예술을 지향하지 않을 수 없다고 말한다. 그럼에도 불구하고 구보씨가 대체로 외래문화의 영향 아래 우리의 전통이 파괴된 것을 시대의 혼란의 가장 큰 병인(病因)으로 생각하는 것은 틀림없다. 이질적인 문화의 교차는 하나의 조화된 삶의 양식을 파괴한다. 이 조화는 평화와 사랑, 그리고 행복의 조화이고, 예술이나 문화가 가능하게 해 주는 것도 바로 이러한 조화인 것이다. 그리하여 『소설가 구보씨의 일일』에서 가장 빈번히 되풀이되어 나오는 긍정적인 가치는 한국 전통의 어떤 조촐하고 조화된 삶의 행복을 시사해 주는 것들이다. 이것은 그의 하숙집의 고풍한 가옥 형태일 수도 있고(소설의 처음에 구보씨의 숙소는 침대가 있는 아파트로 되어 있으나 나중에 이것은 한옥으로 바뀌어 있다.) 하숙집 아주머니의 동양적인 여성 취미일 수도 있고 또는 이 아주머니와 실랑이를 하다가 노래로서 그 억울함을 하소하는 광주리 장수

일 수도 있다. 그러나 구보씨가 가장 아쉽게 생각하는 것은 불교적인 '버림'으로 하여 가능해지는 평화와 사랑의 세계이다. 이러한 과거의 조화된 문화의 흔적과 관련하여 구보씨의 마음을 괴롭히는 것은 단순히 외래문화가 아니라 외래문화가 작용하여 일어난 문화의 파괴, 삶의 황폐화, 사람과 사람을 인정으로 묶어 놓는 공동체 의식의 상실이다. 그리하여 구보씨는 고궁(古宮)이나 옛날의 유물이나 문화 유적들이 제대로 보존되지 못하는 것을 사회의 야만 상태의 증상으로 보고 옛 인정이 사라지는 것을 쓸쓸하게 생각한다. 그리하여 문화를 상실한 그 자신을 마음의 '벌거숭이'라고 생각하고, 무엇보다도 자신과 또 모든 동시대의 사람들을 행복한 삶의 터, 공동체를 상실한 피난민으로 본다. 이 소설에서 구보씨의 고향이 이북이란 점이 되풀이되어 이야기되어 있는 것은 그의 문화적·사회적 기아(棄兒)로서의 처지를 강조하기 위한 것이다.

우리가 구보씨의 예술관을 어떤 것으로 보든지 그에게 있어서 예술과 현실은 떼어 놓을 수 없는 관계에 있다. 그러나 그가 이해하는 행복한 공간의 창조로서의 예술은 구극적으로는 사회 과정에 적극적으로 개입할 현실적 근거를 찾지 못한다. 완전한 행복으로서의 예술은 완전한 불행으로서의 현실에 대하여 완전한 절단 상태에 있을 수밖에 없다. 완전한 보편성으로서의 예술가의 자유는 완전한 타락의 세계에서 적극적인 계기를 찾지 못하는 것이다. 행복한 예술은 예술가의 사회로부터의 소외를 가속화한다. 구보씨는 어떤 누구보다도 그가 살고 있는 사회의 심미적, 사회적 비인간화(非人間化)에 민감하고 또 거기에 대하여 가장 철저히 비판적인 자세를 견지하지만 "처음의 처음부터 시작해서 그릇됨을 뿌리에서 밝혀야 한다."(제4장) "구보씨가 택한 길은…… '글 속에서' 팔을 걷어붙여 보자는 길이었다."(제5장) "끊임없이 우상을 부수는 것, 그것만이 구원이다."(제6장) 그에게 현실에 돌아갈 길은 없다. 그에게 결국 현실의 움직임은 이해와 개입을 초월하는 어떤 것이다. 그의 서글픔에 크게 배어 있는 것은 "무엇 때문에 이 고생인가. 모른다. 아무도 모른다."라는 낭패감이다.(제3장) 사는데 있어서의 문제는 구보씨의 생각으로는,

세상은 시시한 것이고, 그것은 우리와 상관없이 정해진 일이며 피차에 답답한 일을 서로 헤아리면서 사는 수밖에 없다는 것이었다.

그리고 그는 이어서 말한다.

갈팡질팡하다가 징이 울리고 마는 삶이라는 무대. 이 알 수 없는 정글. 구보씨는 이 어두운 밑바닥의 사실로부터 생각의 성을 쌓는 수밖에 없었다. 모든 설계와 약속, 희망과 꿈은 이 사실을 바꾸지 못한다.(제14장)

삶은 그 속 움직임을 알 수 없는 어떤 것이며 거기서 사람이 할 수 있는 것은 별로 없다는 인식 —— 이것이 이 글의 처음에 이야기하였듯이 구극적으로 구보씨의 좁고 반복적인 인생을 테두리 짓는 것이다.(이것이 또한 구보씨의 삶을 그리는 이 소설 자체를 지속적인 사건이 없는 삽화의 모음이 되게 한다.) 여기에서 유일한 위안은 예술과 예술적인 조화를 가지고 있었던 전통적인 삶의 방식, 그리고 무엇보다도 종교에서 온다. 종교야말로 고통과 무력과 우수(憂愁)의 되풀이, 그 윤회(輪回)에서 사람을 해방해 줄 수 있는 구극적인 진실이 아니겠는가? 이렇게 하여 『소설가 구보씨의 일일』에서 가장 긍정적인 가치를 나타내며, 되풀이되는 일상에서 클라이맥스를 이루는 것은 법신 스님과의 해후이고 또 마지막에서의 옛 절터에 대한 명상(또는 환상)이다. 구보씨의 마지막 지주(支柱)로서의 종교에의 귀의심은 특히 마지막 장에 아름답게 표현되어 있다. 그러나 이 뛰어난 산문에 표현된 구보씨의

마음이 반드시 초월적 세계, 적멸의 세계, 다시 말해서 이 세상을 넘어서는 신비 체험을 이야기하는 것이 아니라는 점은 이야기되어야 할 것이다. 그가 이야기하고 있는 것은 사람과 사람, 사람과 짐승, 사람과 자연이 평화와 사랑 속에 묶일 수 있는 한 방법이다. 세상의 모든 것은 불성(佛性) 속에서 하나이며 이것을 인식할 때 사랑의 깨우침을 가질 수 있고 오늘날의 타락한 물질세계의 잔인성을 벗어날 수 있는 것이다. 구보씨의 종교에의 귀의가 저세상으로의 해탈이 아니라 사랑을 통한 이 세상의 재확인이기 때문에 아마 그의 옛 절터 방문은 현실에서 이루어지는 것이 아니라 꿈속에서 이루어지는 것일 것이다.

『소설가 구보씨의 일일』은 우리 시대의 험난함 속을 사는 한 양심적인 예술가의 초상을 보여 준다. 또 그의 초상화는 우리 시대의 전형적인 지식인의 초상화이기도 하다. 구보씨의 말대로 지난 25년은 "한국 사람들이 겪은 가장 나쁜 경우"(제11장)라고 할 만한 면을 가지고 있는 세월이었다. 이것이 나쁜 경우였다면 그것의 일부 원인은 경우의 나쁨에 대하여 구보씨와 같은 양심 있는 인간이 그것에 작용을 가하고 또는 최소한도 그것을 이해하고 하는 일이 극히 어려운 상황이었다는 데에 있다. 이 어려움은 이 소설에서 구보씨의 생활의 일상적인 반복성과 그의 환경의 삭막함에서 나타난다. 이것은 앞에서도 말한 바와 같이 소설 자체의 단편성에 그대로 반영된다. 이 소설에 부족한 구조적 상상력도 여기에 관련되는 것이다. 보람 있는 삶이 불가능한 시대에 본격적인 장편을 쓴다는 것은 불가능한 것은 아니라도 지난한 과제가 된다. 그러나 이 소설이 건축술의 면에서 조금 모자란 바가 있다고 하더라도 그것이 작가의 관념을 다루는 능력의 부족에 기인한다고 할 수는 없을 것이다. 내 생각으로는 우리 소설은 『소설가 구보씨의 일일』에 이르러서 비로소, 상투적인 틀이나 경험적 탐색을 기피하는 수단이 아니라, 본격적으로 살아 움직이는 의식 작용의 정밀한 반사경이 되는 관념을 얻었다고 할 수 있을 것 같다. T. S. 엘리엇은 헨리 제임스를 두고 관념에 의해서 범(犯)해질 수 없게 섬세한 지성을 가진 작가라고 말한 일이 있지만,『소설가 구보씨의 일일』에 있어서 관념 작용의 움직임은 이런 경우에 가까이 간다. 하여튼 이 소설은 관념으로 이루어진 소설이지만 여기에 재미없고 일고(一考)의 가치도 없게 상투적인 생각들은 거의 없다고 해도 과언이 아니다. 이 소설에서 최인훈 씨의 스타일은 극히 다양하고 유연하다. 다만 우리는 이러한 독창적인 생각과 유연한 스타일이 좀 더 진지하게 전체 현실의 착반에 사용되었더라면 하고 바랄 수는 있을 것이다. 그렇긴 하나『소설가 구보씨의 일일』이 주목할 만한 성숙성에 도달한 업적임에는 틀림이 없다.

(1976년)

사물의 꿈

정현종의 시

1

철학자들은 끊임없이 확실한 출발점을 찾는다. 데카르트는 그의 사유 작용(思惟作用)에서 그러한 점을 찾았다. 그러나 다른 철학자들에게는 사람이 죽는다는 사실이 그러한 출발점이 된다. 한 문화(文化) 전체가 죽음에 대한 일정한 이해에 기초해 있을 수도 있다. 정현종(鄭玄宗) 씨의 시를 우리가 제대로 이해하든 이해하지 못하든 그의 시의 틀림없는 인상의 하나는 그것이 매우 철학적이라는 것인데 그의 시 세계에서 뚜렷한 시발점이 되어 있는 것은 죽음이라는 사실이다.

죽음이란 무엇인가? 죽어 보기 전에는 그 사실적인 내용을 알 수 없을 듯하지만 그것에 대하여 생각한 사람들이 없는 것은 아니다. 그러나 그것은 주로 종교적인 사람들이 한 것이고 대개 철학적인 사람들이 죽음을 생각하는 것은 그것이 우리 모두가 살고 있다고 믿고 있는 삶에 대하여 갖는 관계를 생각하는 것이다. 죽음의 의미는 이렇게 볼 때 우리의 삶에 움직일 수 없는 한계를 부여하는 데 있다고 할 수 있다. 이 한계는 삶의 근본 조건을 여실하게 드러내 준다. 죽음은 한편으로 우리의 삶이 우리가 도저히 어떻게 할 수 없는 불가항력의 조건, 즉 우리에게 대하여 절대적으로 타자(他者)인 것 가운데 던져져 있는 것이라는 것을 말하여 주고 또 다른 한편으로는 이러한 조건이 절대적이며 절대적인 만치 삶은 완전히 우리에게만 주어진 것, 절대적인 자발성의 영역이라는 것을 이야기하여 준다. 이것은 기분적으로 보면, 죽음의 한계는 우리의 삶으로 하여금 죽음의 어둠 속에 명멸(明滅)하는 찰나의 환몽(幻夢)처럼 허무한 것이 되게 하고, 또는 삶으로 하여금 죽음의 어둠에 대조되는 보다 뚜렷하고 아릿하게 날카로운 것으로 보이게 하기도 한다.

정현종 씨의 시의 근본적인 동력(動力)을 공급하고 있는 것도 이러한 죽음과 삶의 양면적인 긴장 관계이다. 그는 1955년의 「사물의 정다움」에서 이미,

의식(意識)의 맨 끝은 항상
죽음이었네

라고 선언하고 또 이어서,

구름나라와 은하수(銀河水) 사이의
우리의 어린이들을
꿈의 병신(病身)들을 잃어버리며
캄캄함의 혼란(混亂) 또는
괴로움 사이로 인생(人生)은 새 버리고
헛되고 헛됨의 그다음에서

우리는 화환(花環)과 알코올을
가을바람을 나누며 헤어졌네

하고, "헛되고 헛됨"과 "바람"에 민감한 '전도서(傳道書)'의 필자처럼 생
(生)의 허무감을 노래한다. 그러나 다른 한편으로 앞의 구절에서도 죽음의
허무는 "구름나라", "화환(花環)", "알코올"과 같은 덧없으면서도 아름다
울 수도 있는 것들을 완전히 부정하지는 못할 뿐만 아니라 나아가 이러한
것들을 돋보이게 하는 배경으로도 작용하여, 다음에 계속에서 시인은,

허나 구원(救援)은 또 항상
가장 가볍고
순간(瞬間) 가장 빠르게 왔으므로……

라고 노래하게 된다. 「주검에게」에서 생과 사는 단순한 대조가 아니라 보
다 긴장된 얽힘의 관계로서 생각된다. 이 시의 관점에서는 삶을 몰아가는
동력(動力), 그것이 곧 죽음인 것이다. '주검'은 다음과 같이 이야기된다.

흉벽(胸壁)에 한없이 끈적거리며
불붙는 너는
달려 달려라고 소리치며
무서운 성실(誠實)을 탄주(彈奏)한다

또는 「한밤의 랩소디」에서는 죽음은 생의 가장 강력한 표현의 하나인 성
(性)과 일치한 것으로 생각되기도 한다.

죽음이 성(性)이 되어 리듬을 회복하고

불탄 리듬의 재로서 거듭

머리를 씻는 그대

오오 유쾌(愉快)한 시간(時間)의 병(病).

2

　"오오 유쾌한 시간의 병". 죽음이라는 사실은 허무주의나 비관주의를 정현종 씨의 시의 기저음(基底音)이 되게 한다. 비록 삶이 아름답고 긍정적인 것이라 하더라도 그것은 매우 애처로울 수밖에 없는 아름다움이요, 긍정이다. 그러나 허무주의적 긍정에도 여러 가지 진폭(振幅)과 뉘앙스가 있다. 생의 허무적인 기저는 생의 우발성에 대한 경이가 되기도 하고 인간의 자발적 의지의 확인이 되기도 하고, 또는 강렬한 삶에로 향하는 욕구의 동기가 되기도 한다. 「무지개 나라의 물방울」은 삶의 우발적인 허무성을 무지개에 비교하고 있지만 오히려 강하게 표현되어 있는 것은 긍정적인 경이감이다.

낮은 데로 떨어질 운명(運命)을 잊어버리기를

마치 우리가 마침내

가장 낮은 어둔 땅으로

떨어질 일을 잊어버리며 있듯이

자기(自己)의 색채(色彩)에 취해 물방울들은

연애(戀愛)와 무모(無謀)에 취해

알코올에, 피의 속도(速度)에

어리석음과 시간(時間)에 취해 물방울들은 떠 있는 것인가.

「공중(空中) 놀이」에서 인간의 삶을 허공에 노는 바람에 비교한 것도
「무지개 나라의 물방울」에서와 비슷한 착상으로서, 시인은 여기서도 "비
애(悲哀) 때문에 모이는 바람"을 보며 생의 허무감을 확인하면서 또 동시
에 "참 엄청나게 놀고 있구나." 하는 현상계(現象界)의 경이에 대한 찬탄을
금치 못한다. 그러나 이러한 찬탄은 단순히 수동적인 구경에 그치지 아니
한다. 이것은 정현종의 근년(近年)의 시에서 더 강조되어 가는 것인데, 우
발성은 인간의 삶의 의지의 자발성(自發性)에 대한 적극적인 확인으로 옮
겨 가기도 한다. 「흐르는 방(房)」은 이 자발성을 조금 유머러스하게 다음과
같이 표현한다.

> 길을 일으키기 위해 길을
> 달리면서 얻은
> 땀 중의 소금은 음식(飮食)에 치면서
> 정든 길과 안개에 입맞추며 간다.

여기에서 사람이 산다는 것은 순환적인 자기 생성(自己生成)으로 생각
되어 있다. 사람은 길을 만들기 위해 달려가나 달리는 행위는 이내 길 위에
놓여 있는 행위이다. 달리는 사람은 스스로의 땀에서 나온 소금으로 그 활
력의 원천을 삼는다. 삶의 움직임은 이렇게 자족적인 것이다.

그러나 삶의 이러한 무상적(無償的)인 움직임의 보다 적절한 상징은 무
도(舞蹈)이다. 인생은 허무 속에 던져져 있다는 이외에는 아무런 근거도 없
이 돌아가는 움직임이라는 뜻에서 "한없이 매여 도는 느닷없는 원무(圓
舞)"(「주검에게」)이며, 그 자체 외에도 다른 어떤 초월적인 근거가 있을 수

없다는 뜻에서 "······극치(極致)의 웃음 속에 다시 지금은 좋은 일이 더 있을"(「화음(和音)」) 수 없는 발레이다. 여기서 가장 좋은 삶의 방법이란 따라서 춤을 열심히 추는 것이다. 「독무(獨舞)」에서 말해지듯이 인생의 시간은

> 지금은 율동(律動)의 방법만을 생각하는 때,
> 생각은 없고 움직임이 온통
> 춤의 풍미(風味)에 몰입(沒入)하는
> 영혼(靈魂)은 밝은 한 색채(色彩)이며 대공(大空)일 때!

인 것이다.

3

"생각은 없고 움직임이 온통". 발레리는 그의 대화편(對話篇) 『영혼과 춤』에서 춤의 의미를 논하면서 생각과 춤과 도취(ivresse) 사이의 특정한 관계를 설명하고 있다. 명증한 사고 속에서 삶은 어쩔 수 없는 권태로서 나타난다. 결국 권태야말로 삶의 구극적인 진실인 것이다. 그러면 삶의 권태, 사물의 진상대로 보는 데서 오는 권태 "순수한 염오증, 치명적인 명증성, 가차 없는 정결성의 엄청난 상태"를 벗어날 방법은 무엇인가? 그것은 우리로 하여금 진실에 대하여 환각(幻覺)의 위안을 가질 수 있게 해 주는 도취이다. 그리고 춤은 도취 중에도 가장 뛰어난 도취인 것이다. 정현종에 있어서도 춤의 의미는 우리로 하여금 생존의 중압을 벗어나게 하는 도취와 몰입을 가능하게 해 주는 데 있다. 그러나 앞에서도 본 바와 같이 춤은 순수한 움직임이다. 그러나 우리의 삶에 있어서 움직임은 얼마나 가능한

가? 움직임이 없는 때에 생각은 다시 돌아온다. 어떻게 할 것인가? 춤이 아닌 다른 도취의 상태를 추구할 수도 있다. 사실 무도(舞蹈)의 동적인 발랄함에 대하여 보다 정적인 망각과 도취는 정현종의 다른 하나의 전형적(典型的)인 삶의 자세가 된다. 「무지개 나라의 물방울」에서도 무지개나 사람이나 다 같이 취한 상태에 있다. 「화음(和音)」에서 발레의 의미는 "살이 뿜고 있는 빛의 갑옷의/ 그대의 서늘한 승전(勝戰) 속으로/ 망명(亡命)하고 싶은" 황홀경에 있다. 「센티멘탈 자아니」에서 삶은 "유정(有情)한 바람/ 일종의 취기(醉氣)……"로 파악된다. 우리는 그의 시집에 「술 노래」가 두 개 있음에 주목할 수 있다. 「기억제(記憶祭) 1」에서도 인생은 도취로서 파악되어 있다.

> 쓰레기는 가장 낮은 데서 취(醉)해 있고
> 별들은 천공(天空)에서 취해 있으며
> 그대는 중간(中間)의 다리 위에서
> 어쩔 줄을 모르고 있음을

우리는 알게 된다. 즉 우주만상(宇宙萬象)은 도취 속에 존재하는 것인바, 사람도 마찬가지, 다만 사람은 그 도취의 자세에서도 주어진 대로 안주(安住)할 수는 없는 것일 뿐.

4

삶의 의미가 도취에서만 발견된다면, 도취 이외의 순간들은 전혀 무의미한 것으로 생각될 수밖에 없다. 쾌락의 추구는 불가피하게 권태를 발견하게 되고 권태는 불가피하게 다시 쾌락을 찾아 나선다. 그러나 우리의 일상생활에서 도취의 순간은 얼마나 되는가? 따라서 정현종이 일상의 권태에 민감한 것은 당연하다. 「데스크에게」는 이 권태를 단순히 심각하게가 아니라 재치 있게 묘사하고 있다.

> 그러면 날개를 기다릴까.
> 내 일터의 목계단(木階段)이
> 올라가지는 않고
> 빨리빨리 올라가지는 않고
> 내려가고만 있는데
> 차(茶) 한잔에 머리 두고
> 불명(不明) 때문에 제가 성이 나 있는데.

「밝은 잠」은 — 난해한 대로 — 도취의 상징인 '잠'이 "반복(反復)은 즐거우냐고 묻는 시간의 목소리에 차(茶)를 따르는 소리 등(等)으로 응답(應答)하여" "울고 있음"을 말한다.

이렇게 사람의 삶이 좌절일 수밖에 없는 것은 정현종의 시의 여러 곳에서 시사되어 있듯이 우리들이 살고 있는 시대가 시대이니 만치 불가피한 것이지만 또 그것은 더 근원적인 인간 조건에도 관계된다. 우리가 도취를 추구한다면 그것은 삶이 도취 없이는 살 수 없는 낯선 것이며 두려운 것이기 때문이다. 그래서 우리는 정현종의 시에서 무(無)와 부재(不在)의 세계와 도취를 향한 의욕만을 가지고 있는 인간의 모습을 발견한다. 그래서 「기억제(記憶祭) 2」를 보면 시인은 그의 열광에의 의지에도 불구하고 시간 속에 일어나는 것들에 대하여 부재의 상태에 있는 것이다. 시간의 사건들은 빈객(賓客)이다. 시인은 틀림없이 이들을 열렬히 기다리고 있다. 그러나 그들이 왔을 때 시인은 집에 있지 아니하다. 따라서 "밤새도록 지붕 위에 올라가/ 떨며 앉아 있음/ 뜨겁게 뜨겁게 떨며 앉아 있었음"이 있을 뿐이다. 이와 같은 생각은 「외출(外出)」에서도 반복되어 있다. 거기에서도 시인은 온갖 욕망과 의식에 의하여 시달리면서도 "고향(故鄕)에서 멀리" "바깥을 걷고" 있는 것이다.

5

다시 한 번, 도취는 생의 의미를 이룬다. 그러나 도취 없는 순간은 어떻게 할 것인가? 그것은 죽음의 순간인가? 다시 생각해 보면 도취 없는 평범한 순간도 죽음의 허무에 비하여 보면 한없이 기적적인 것이라 해야 하지 않을까? 우리의 삶의 자발성을 정말로 경이로서 대한다면 생의 모든 순간은 긍정되지 않을 수 없다. 그리하여 우리는 정현종의 시에서 도취를 향한 움직임에 대하여 도취 없는 것을 향한 움직임을 보게 된다. 「여름과 겨울의 노래」에서 시인은 사람의 일상이 끊임없는 좌절임을 인정하고 있다.

왜 신의(新衣)를 입고 나간 날의
검은 비 있지
나의 신의(新衣)와 하늘의
검은 비가 헤어지고 있는 걸
알고 있지

이렇게 설득조로 시작한 시는 생의 근원이 영원한 타자(他者)인 침묵에 있으며 삶의 우발적인 은혜로서만 주어지는 것임을 말한다. 다시 말하면 죽음만이 절대적인 진실인 것이다. 그러나 사는 사람에게는 오직 삶이 있을 뿐, 시인은 죽음의 허무에 대하여 생을 긍정하여 외친다.

죽은 자는 그들의 장례(葬禮)마저
가르치지 않는다는 그대의
믿음, 행동의 흥분이여!

따라서 삶은 좋든 나쁘든 어떤 형태로든지 긍정되고 계속되어야 한다.

굴뚝 연기(煙氣)의 검댕이로도 저희는 다시
저희들의 얼굴을 치장(治粧)할 수가 있읍니다.
하늘의 별로도 저희는
저희들의 길을 알 수 있읍니다
겨울엔 늦잠 끝의 아침을 보고
여름엔 여름의 옷을 입겠읍니다.
큰 바람도 겹치는 지금은
오래 살고 싶을 내장(內藏)을 내리면서
힘센 사냥꾼 오리온좌(座)에 쓰러져 저희들로 하여금
밤참을 먹도록 해 주세요.
한때는 겨울이 세상을 지배(支配)하고
다시 여름이 세상을 지배해도
뜨거운 밤참을 차리이는
날개로 된 식탁(食卓)의 다리들을
거대(巨大)한 망치로 두들기게 해 주세요.
일을 하는 목수(木手)의 자유(自由) 속에

여름과 겨울 사이로 달리이는
푸른 손의 열가락을
기쁨의 한가운데로 밀어 넣게 해 주세요.

저희들의 승리(勝利)가 비록
거리에서 별을 바라보는 일일지라도.

여름이면 여름, 겨울이면 겨울대로 살아야 하는 삶의 「완전한 하루」에 서는 보다 일상적인 일들에 대한 긍정으로 나타난다. 그래서 "큰 건물의 입으로부터 한 아이가 뛰어나오는" 것, "가방을 든 여자가 걸어"가는 것, "아이스크림 하나로 기분 좋아진 사람 걸어가는" 것까지도 시인의 감격 의 원인이 된다. 삶의 조건은 그 자체로서 또 시대의 상황으로 하여 불리하 지만, 비록 우리 삶의 장소가 "껌정 매연이 발목을 걸고 코를 꿰는 거리/ 딱 딱한 물, 딱딱한 공기 마시는 거리/ 슬픔이 없는 슬픔의 거리"일망정 삶은 긍정되어야 한다. 그리고 어쩌면 삶이 불만족스러운 것은 우리가 그만치 삶의 가능성을 잠재적인 형태로라도 가지고 있음으로서다. 정현종은 이 것을, 그가 늘 잊지 않는 유머의 감각을 발휘하여 다음과 같이 표현하고 있 다.

사랑이 크면 외로움이고 말고
그러지, 차(茶)나 한잔 하고 가지

6

"사랑이 크면 외로움이고 말고". 외롭다는 것은 사랑이 그만치 크다는 말이고 사랑이 크다는 것은 그만치 외롭다는 말이다. 또 나아가서 크게 사랑한다는 것은 외로움을 사랑한다는 말이기도 하다. 이런 역설적인 관계는 정현종의 생에 대한 철학적 지도(地圖)에서 한 정점을 이룬다. 이것은 우리가 앞에서 살펴본 허무와 도취의 철학으로부터 불가피하게 이르게 되는 한 종착점이라고 할 수도 있다. 다시 되풀이하여 보면 삶은 근본적으로 죽음과 무(無)의 심연(深淵)에 던져져 있는 것이다. 삶에는 그것을 받들어 주는 어떠한 초월적인 근거도 없다. 그 의의는 오로지 삶의 자발적인 의욕으로 발생하므로 삶에의 의지는 존재의 강도에 정비례한다. 따라서 이러한 의지의 가장 높은 표현으로서의 무도(舞蹈)는 생존의 최고 형태가 된다. 또는 적어도 자기 몰입, 자기도취의 여러 형태가 생존의 방식이 된다. 그러나 도취의 삶은 삶의 대부분을 부정하는 것이 된다. 삶이 우리의 의지에 의해서만 스스로의 근거를 마련한다면 우리는 삶의 전체를 의욕하여야 하며 이것은 도취 없는 삶까지도 포함하여야 한다. 또는 역설적으로 말하여 우리는 어느 때나 삶의 전체를 의욕하고 있다고 할 수도 있다. 왜냐하면 도취 없는 삶, 권태로운 삶이란 것도 우리가 도취를 추구함으로써 그렇게 나타나는 것이고 그렇게 본다면 그러한 삶도 우리의 의지 속에 존재하는 것이기 때문이다. 우리가 생의 현실에서 외로이 소외된 채로 있다면 그것은 우리의 생존, 나아가서 모든 사물이 그러한 소외를 극복하고자 하는 의지, 즉 사랑 속에 있기 때문이다. 따라서 "사랑이 크면 외로움이 되고 말고".

정현종 씨의 근년의 노력은 주로 이러한 인간 의지의 역설적인 내용을 확인하는 데 경주되었다고 할 수 있다. 물론 이것은 단순히 있는 그대로의 세계를 긍정하려는 것보다 매우 복잡한 의미에 있어서 생의 현실이 인간

의지의 자발성 속에 있음을 확인하고 주어진 현실보다도 더 창조적인 세계가 가능하다는 것을 보여 주기 위한 것이다. 이런 의미에서 정현종의 본래의 출발점, 즉 생의 자발성에 대한 통찰은 그대로 남아 있는 것이다. 그러나 삶이 우리의 의지와 일치한다 하더라도 우리의 의지를 벗어나는 듯한 객관적인 세계에 대해서도 그렇게 말할 수 있을까? 여기에 대하여 그렇다고 대답하려면, 우리는 인간의 정의(情意)와 세계의 있음에 대하여 매우 특이한 이해를 가져야 한다. 지난 10여 년 동안의 정현종의 발전은 여기에 대한 이해의 진전이다.

7

이 진전은 도취에의 의지에서 사물에의 의지에로의 변용이라고 할 수 있다. 도취에서 또 사물의 생성에서 우리의 의지는 일단 외부 세계와 일치한다. 정현종의 철학은 이렇게 말한다.

도취 속에서 인간의 욕정은 세계를 포용하고 이와 조화를 이룬다. 정현종의 시에 나타나는 많은 혼융(混融)의 이미지들은 욕정(欲情) 속에 용해되는 세계를 보여 준다. 「교감(交感)」에 있어서의,

> 젖은 안개의 혀와
> 가등(街燈)의 하염 없는 혀가
> 서로의 가장 작은 소리까지도
> 빨아들이고 있는
> 눈물겨운 욕정의 친화(親和)

는 그 대표적인 예가 될 것이다. 이외에도 안개와 밤의 이미지 또는 '스민다', '흐른다' 하는 말들은 모두 이러한 혼용의 상태를 가리키는 것들이다.

　이것들은 말하자면 우리의 의식 속에 외계의 사물들이 해소되는 경우이다. 그러나 보다 적극적으로 외계가 우리의 의식이나 욕망 속에 탄생한다는 욕망의 존재론(存在論)은 정현종 철학의 다른 내용을 이룬다. 「공중 놀이」에서, 이미 존재는 바람처럼 홀연한 것이지만, 이것은 인간의 정신을 통하여 뚜렷하고 날카로운 것으로 정립(定立)된다는 명제는 시사되어 있다.

　　　하늘 아득한 바람의 신장(身長)!
　　　바람의 가락은 부드럽고 맹렬(猛烈)하고
　　　바람은 저희들끼리
　　　거리에서나 하늘에서나 아무데서나
　　　딩굴며 뒤집히다가
　　　틀림없는 우리의 잠처럼 오는
　　　계절(季節)의 문전(門前)에서부터 또는 찌른다
　　　정신(精神)의 어디, 깊은 데로
　　　찌르며 꽂혀 오는 바람

　이와 같은 생각은 「바람 병(病)」에서 더욱 분명하게 표현되어 있다. 여기서도 존재는 바람에 비유되어 있는데, 이것은 인간의 정의(情意)를 통해서 자기실현을 이룩하는 것으로 생각되어 있다.

　　　저 밖의 바람은
　　　심장(心臟)에서 더욱 커져
　　　살들이 매어 달려 어둡게 하는

뼈와 뼈 사이로 불고

그리 낱낱이 바람에 밟히는 몸은 혹은
손가락에 리듬의 금환(金環)을 끼이며
머나먼 별에게 춤추어 보이기도 하네.

「꽃피는 애인들을 위한 노래」에서도 시인은 모든 것이 욕망 속에 있는
상태를 이야기한다.

겨드랑이와 제 허리에서 떠오르며
킬킬대는 만월(滿月)을 보세요
나와 있는 손가락 하나인들
욕망의 흐름 아닌 것이 없구요

같은 생각은 「붉은 달」에서 시인으로 하여금 붉은 달이 사람의 메아리로
서 중천(中天)에 걸려 있음을 보게 한다. 자연은 인간의 욕망의 소산인 것
이다. 또 이런 생각은 「물의 꿈」에서는 사물의 현존을 뒷받침하고 있는 것
이 인간의 성욕(性慾)이라는 대담한 주장으로 나타나기도 한다.

나는 나의 성기(性器)를 흐르는 물에 박는다. 물을 뒤집혀 흐르는 배를 내
보이며 자기의 물의 양(量)을 증가시킨다.

앞에서도 이미 시사한 바 있지만 여기에서 사물이 내 욕망의 대상으로
있다고 하더라도 여기에서의 욕망이 앞에서의 도취와 해소의 용매(溶媒)
로서의 욕망의 경우와는 다른 것임에 주의하여야 한다. 간단한 의미의 도

취에 있어서 사물은 우리의 욕망의 소모 대상이 된다. 그러나 여기에서 욕망은 사물을 생산해 내는 것이다. 이러한 욕망은 매우 특이한 것으로서 역설적으로 말하여 금욕적인 욕망이라고나 할 그런 것이다. 하이데거는 『침정(沈靜, Gelassenheit)』이라는 책에서 "우리는 뜻함을 버릴 것을 뜻하는 뜻함의 버림"으로써 참다운 사유(思惟)에 이른다고 말하고, 이러한 사유의 뜻함에서 사물이 사물로서 드러남을 이야기한 바 있는데, 정현종의 욕망도 이에 비슷한 바가 있다. 가령 구극적으로 그것은 그가 가장 최근의 시에서 이야기하듯이 "마음을 버리지 않으면 차지 않는 이 마음" "마음을 버리지 않으면", 즉 스스로를 버리는 마음을 말하는 것이다. 물론 정현종의 욕망이 이러한 마음처럼 완전히 제독(除毒)된 의식이라고 하는 것은 조금 지나치게 단순화하여 말하는 것이다. 그것은 하이데거와 또는 선불교(禪佛敎)의 경우처럼(사실 정현종의 무집착(無執着)의 집착(執着)은 선적(禪的)인 것이다.) 종교적인 것이 아니라 훨씬 차안적(此岸的)인 것이다. 그의 욕망은 이 세상의 삶을 긍정하려는 의욕과 일치한다. 단지 이 욕망은 있는 것을 있는 대로 있게 하기 위하여 스스로의 고독을 받아들이려는 역설적인 욕구도 포함하는 것이다. 다시 말하여 그것은 스스로의 부재를 뜻하는 역설적인 의지이다.

그러나 주의할 것은 이러한 자기 소멸의 의지가 단순한 객관성에의 의지를 뜻하는 것이 아니라는 것이다. 그것이 객관성과 일치하는 것이라면 아마 과학자가 이러한 의지를 가장 잘 대표하고 있는 것일 것이다. 그러나 정현종의 생각에, 시인이야말로 진정한 의미에 있어서 사물을 사물로서 있게 하는 존재에의 의지를 대표한다. 시인의 객관성은 (과학자의 인간의 주관적인 개입을 배제하려는 노력에서처럼) 사물이 인간과 관계없이 저대로 존재한다는 것을 확인하려는 데서가 아니라 사물이 인간과 더불어 탄생하는 것을 보여 주려고 하는 노력에서 얻어지는 것이다. 어느 화가는 "사물이 탄생하는 것은 내 육체 속에서"라고 말한 일이 있지만 시인이 드러내려는 것도 바로 이러한 존재론적인 진실이다. 이러한 시도에 있어서 시인은 스스로의 의지를 끊임없이 단련하여야 한다. 그러나 이것은 단순히 인간적 정의(情意)를 배제함으로써 가능한 것이 아니다. 오히려 그것을 더욱 강조할 필요가 있을 수도 있는 것이다. 이러한 점은 정현종의 예술가의 기능에 대한 시 가령 「배우(俳優)에게」나 「시인(詩人)」 등에 잘 나타나 있다.

> 행동을 버릴 것. 지니지 말고
> 말을 버릴 것
> 버렸다는 생각이 들겠지만 버렸다고 생각했을 때
> 다시 버리고 자기의 것이라고 생각했을 때
> 자기를 버리고 그리고
> 박수 소리를 버리고
> 웃음을 버리는 웃음
> 표정을 버리는 표정
> 슬픔의 주인은 슬픔, 기쁨의 주인은 기쁨
> 행동의 주인 말의 주인은 각각 그것들 자신이도록 하고……

정현종의 배우를 위한 충고는 이러하지만, 시인에 대한 진술은 이것을 조금 더 분명하게 되풀이하고 있다.

> 사물(事物)을 캄캄한 죽음으로부터 건져 내면서
> 거듭 죽고
> 즐거울 때까지 즐거워하고
> 슬플 때까지 슬퍼하고
> 무모(無謀)하기도 하여라

모든 즐거움을 완성하려 하고
모든 슬픔을 완성하려 하고……

시인은 이렇게 사물로 하여금 사물이게 하고 또 동시에 인간의 의지와 감정으로 하여금 그것 스스로이게 한다.

이것은 결국 인간의 정의(情意)와 사물은 하나이기 때문이다.「소리의 심연(深淵)」에서 정현종은 시인이 듣는 소리는 곧 사물 자신이 필요로 하는 소리와 등가(等價)의 것이라고 말한다.

나는 소리의 껍질을 벗긴다
그러나 오래 걸리지 않는다
사랑이 깊은 귀를 아는 소리는
도둑처럼 그 귀를 떼어 가서
소리 자신의 귀를 급히 만든다
소리 자신의 목소리에 귀를 붙인다
내 떨리는 전신을 그의 귀로 삼는 소리를
모든 소리에 핵(核) 속에 들어 있는 죽음
모든 소리는 소리 자신의 귀를 그리워한다.

사람과 사람의 관계에서도 마찬가지다. 우리는 사람을 사랑하고 이해하고자 한다. 그러나 그러한 과정은 우리의 사랑과 이해 속에 절대적으로 따로 있는 타자로서의 애인을 탄생하게 하는 것이다. 이러한 관계는 "그 여자의 울음은 내 귀를 지나서도 변함없이 울음의 왕국(王國)에 있다."에 재미있게 표현되어 있다.

나는 그 여자가 혼자
있을 때도 울지 말았으면 좋겠다
나는 내가 혼자 있을 때 그 여자의
울음을 생각하지 말았으면 좋겠다
그 여자의 울음은 끝까지
자기의 것이고 자기의 왕국임을 나는
알고 있다
나는 그러나 그 여자의 울음을 듣는
내 귀를 사랑한다.

시인은 '그 여자'의 내면 생활에 말려들기를 원하지 않는다. 또 그것은 사물의 성질상 당연한 것이다. 그러나 시인은 그러한 절대 고립 속의 소리를 듣는 것이다. 그것도 어쩌면 자기의 유아론적(唯我論的)인 왜곡을 수반하는 것인지도 모른다는 생각을 가지고.

사랑으로 대표되는 인간의 정의(情意)와 사물과 또 인간의 정의와 정의는 이렇게 일치한다. 정현종의 시집의 제목 『사물(事物)의 꿈』이 의미하는 것도 이러한 일치(一致)의 상태이다. 구극적으로 사람의 꿈은 곧 사물의 꿈인 것이다. 「거울」이라는 시가 말하듯이 우리는 사람의 "모든 감각 속에 숨어 있는 거울이 어디서 왔는지"는 모르지만, 사물을 서로서로를 비치며 하나로 있다.

8

그러나 우리는 다시 한 번 우리가 사물의 진실과 하나로 있다고 할 때 그것이 객관적인 사물을 말하는 것이 아님을 상기하여야 한다. 오히려 정현종이 이야기하려는 것은 우리가 욕망하는 것이 바로 진실이라는 것이다. 그러니까 과학적인 입장에서 본다면 그의 세계는 오히려 오류와 허위의 세계처럼 보일 수도 있다. 정현종 자신도 이것을 알기 때문에 그는 「그대는 법인가」에서, 다음과 같이 사물의 사물스러움에 대한 탐구와 허위와 일치함을 말한다.

> 그대의 육체가 사막 위에 떠 있는 거대한 밤이 되고
> 모래가 되고
> 모래의 살에 부는 바람이 될 때까지
> 자기의 거짓을 사랑하는 법을 연습해야지
> 자기의 거짓이 안 보일 때까지,

라고 또는 이와 반대로 「K네 부부(夫婦)의 저녁 산보」에서는 사랑의 과정이란 허위를 통하여 진실에 이르는 것이라고 말하기도 한다. 즉 끊임없이 사랑을 완성하고자 하는 부부는 '옷 벗듯이 꿈도 벗'게 마련인 것이다.

　허위, 즉 진실이라는 니체(Nietzsche)적인 주장은 인간의 의지가 곧 존재의 의지라는 것을 가장 극단적으로 표현한 것이다. 그러나 이것이 퇴폐적인 허무주의라고 볼 수는 없다. 니체 또한 '수동적인 니힐리즘'을 '능동적인 니힐리즘'과 구분하여 말한 바 있지만, 정현종이 이야기하고자 하는 것은 궁극적으로 존재의 창조성인 것이다. 존재는 늘 무(無)로부터 창조적으로 나타난다. 존재의 바탕이 무인 만치 그것은 일종의 환영에 비교할 수 있는 것이다. 말하자면 늘 무의 그림자에 비추어 있는 존재가 별로 현실의 질감(質感)을 얻지 못한다고나 할까? 그러나 우리들이 아는 현실 또는 현상에 대하여 다른 실재가 있는 것은 아니다. 우리에게 주어진 현상은 유일한 실재이

다. 인간은 무 가운데 명멸하는 현상을 창조적으로 산다. 이러한 인간의 실존(實存)에 대한 탁월한 시적 표현을 우리는 「집」에서 발견할 수 있다.

떠남도 허락하고
돌아감도 허락한다

정현종은 존재로 파악될 수도 있고 무로 파악될 수도 있는 인간의 삶의 터전의 가능성을 이렇게 표현한다. 그것은 떠날 수도 있고 돌아갈 수도 있는 우리의 자유 의지(自由意志)에 기초한 곳이다. 그러나 우리가 자유로운 것은 그렇게 허락되었기 때문이다.

떠나는 길과 끝나는 길이
만나서
모든 도중(途中)의 하늘에
별을 빛나게 하고
흘러가는 모든 것들을
한번의 폭포(瀑布)로 노래하게 한다.

사람이 사는 것은 존재와 무의 바탕에서, 끊임없이 떠나고 또 그것으로 돌아가는 데서 이루어진다. 그 사이의 창조적인 초월은 하늘이 되고 별이 되고 흘러가는 시간이 되고 무엇보다 폭포처럼 힘찬 노래가 된다.

그러나 본래의 바탕을 떠나거나 거기에 돌아가거나 사람은 허용되는 테두리 안에 있다. 사람이 진실의 바탕을 떠나는 것 같아도 그것은 진실과 하나인 것이다.

한 마리의 잃어버린 양(羊)은
목동(牧童)이여 찾아 헤매는 그대 마음인데

이렇게 잃어진 것과 잃음을 찾는 마음은 일체(一體)이다. 그러나

부는 바람과 흐르는 시내가
자비(慈悲)와 쓸쓸함으로 온다 한들
어떤 편안한 잠이
그대의 소유(所有)와 상실(喪失)을 덮어 줄까
어떤 길이 마침내
죽음에게 길을 열어 줄까.

사람이 설사 자연과 일치한다고 하여도 그것은 "자비(慈悲)와 쓸쓸함"
으로 표현된 인간으로서의 거리를 통하여서이다. 그리고 사람은 존재의
"소유와 상실" 사이에 방황하며 그것과의 합치를 희구하지만, 또 희구하
여야 하지만 이를 가능하게 할 어떠한 잠도 도취도 없는 것이다. 결국 이것
은 '죽음'에서만 가능할 것이기 때문에

안정(安定)은 제 마음을 버리고
강물에 비치는 고향
때때로 무의식(無意識)으로 우는 아마
깨어서도 짖는다.

구극적인 '안정(安定)', 존재에로의 돌아감은 우리로 하여금 존재에서
멀어지게 하는 의식을 벗어나 "강물에 비치는" 듯 투명한 상태에 이를 때

얻어질 수 있으나 이것은 이를 수 없는 이상, 그것은 무의식으로서 투명한 상태가 아니며 오로지 명징(明澄)하면서 명징하지 못한 의식이 고통으로서 그리는 대상이 될 뿐이다.

9

정현종은 사람이 죽음의 그림자와 본질로부터의 이탈(離脫)을 피할 수 없으면서 스스로가 살 수 있는 집을 스스로 창조한다는 것을 확인함으로써 그의 철학적 구도(構圖)를 일단 끝내는 것으로 볼 수 있다. 앞의 해설에서 밝히려고 한 대로 그의 인간 존재에 대한 철학적, 시적 탐구는 드물게 심각하고 철저한 것이다. 그것은 한마디로 말하면 주로 인간의 욕망의 인식론에 관계된다고 해도 좋다.

그러나 어떤 독자들은 이런 인식론적 탐구에 약간의 거리감을 느끼지 않을 수 없을 것이다. 대부분의 우리는 인식하기 전에 살고 있다는 것을 중요시하며 누구보다도 시인은 우리의 이러한 관점에 동조하는 사람이기를 기대한다. 그러나 우리는 정현종을 위하여 말할 수 있다. 그의 욕망의 인식론은 결국 사랑의 정치학을 가능케 하는 것이라고, 그의 인식론적 탐구는 사람이 사는 삶이 살 만한 것이며, 살 만한 것이어야 한다고 말하기 위한 것이라고, 또 이것은 단순히 모든 사물을 철학적 근거하에서만 받아들일 수 있는 어떤 특정한 개인의 삶만을 위하는 것이 아니란 것도 우리는 말할 수 있다. 다시 말하여 그의 사랑이 가능하게 하는 마지막 한계가 곧 삶의 한계라는 생각은 곧 우리가 사는 시대에 대한 척도가 되는 것이다.

정현종이 우리의 일상이 답답한 것이라고, 도취와 기쁨 없는 것이라고 말할 때도 그것은 우리의 시대와 사회에 대한 고발이 된다. 또는 내면의 세

계로 우리를 초대하며

> 갈 데가 없는 기쁨, 갈 데가 없는 슬픔이
> 저의 방에 와서 놀고 있다
> 자기의 방은 무덤처럼 불편하고 길처럼 편안하다.
>
> 「자기(自己)의 방(房)」

라고 할 때도 이것은 기쁨도 슬픔도 없는 바깥세상에 대한 고발이 된다. 그러나 이것이 비교적 부차적(副次的)인 효과라고 한다면, 우리는 정현종이 최근에 올수록 그의 욕망과 사랑의 철학이 우리 시대 전부에 대하여 갖는 의미를 스스로 강하게 의식하고 있음에 주의하여야 한다. 가령 앞에서 사물과 감정을 있는 대로 있게 해야 한다는 주장을 내포하고 있는 「시인」을 인용하였지만 그 마지막 행(行)은 시인의 사명(使命)을 시대에 연결시켜 다음과 같이 말하고 있다. 시인은 시대의 소리에 자갈을 물리는 강도(强盜)를 쫓아 밤새도록 달리고 있는 자라고, 또는 「사랑 사설(辭說) 하나」에서 "사물을 가장 잘 아는 법이 방법적 사랑이라"고 말하고, 우리는 그때의 여하에 불구하고 사물과 인간을 사랑하여야 한다고 말할 때, 또 이어 「노시인(老詩人)들, 그리고 뮤즈인 어머니의 말씀」에서 "사람들과 같이 어떻게 하면 잘 살 수 있을까." 하고 생각하는 것이 시의 원동력이라고 말할 때, 우리는 정현종의 욕망의 인식론이 어떻게 사랑의 정치학으로 연결되는가를 본다.

사실 정현종의 시에서 가장 값나가는 것은 이러한 부분이라고 할 수 있다. 이것은 우리가 시인이 스스로의 문제만이 아니라, 우리 개개인의 문제에도 언어적 표현과 예지를 부여하기를 기대하기 때문이다. 그러나 이것은 또한 순전한 시의 기법상으로도 그렇다. 이렇게 말하는 것은 그의 초기의 도취의 시의 언어에 비하여 최근의 그의 언어가 한결 높은 경도(硬度)의

조소성(彫塑性)을 얻고 있기 때문이다. 가령 「독무(獨舞)」의 정확하나 산만한 음악의,

    사막에서도 불 곁에서도
    늘 가장 건장(健壯)한 바람을, 한끝은
    쓸쓸해 하는 내 귀는 생각하겠지

와 「나는 별아저씨」의,

    나는 별아저씨
    별아 나를 삼촌이라고 불러 다오
    별아 나는 너의 삼촌
    나는 별아저씨

의 단순성, 또는 더욱 최근의 「불쌍하도다」에서의

    시를 썼으면
    그걸 그냥 땅에 묻어 두거나
    하늘에 묻어 둘 일이거늘
    부랴부랴 발표라고 하고 있으니
    불쌍하도다 나여
    숨어도 가난한 옷자락 보이도다

의 수수께끼 같은 간경(簡勁)함을 비교해 볼 것이다. 하여튼 내용으로나 기교로나 정현종의 철학이 최근에 내면으로부터 인간의 공공 광장(公共廣場)

으로 나온 것은 크게 다행한 일이다.

　그러면 그의 철학적인 탐구는 왜 필요했던가. 1950년대의 유산이 있다면 그것은 허무 의식과 실존주의라고 할 수 있다. 우리가 아무리 이것을 멀리하고 싶어도 그것을 그냥 버릴 수는 없는 것이다. 추상적인 파기(破棄)는 폭력을 초래한다. 그것은 엄정한 사유와 공적인 토의에 의하여 구체적으로 극복되어야 한다. 뿐만 아니라 허무(虛無)의 시대도 그것대로 우리의 유산을 보태 주는 바가 있다. 허무의 의식은 우리로 하여금 시원(始原)으로 돌아가게 한다. 그리고 시작으로부터의 인간적 진실의 확인은 우리를 자의(恣意)로운 출발, 따라서 폭력으로 부과될 수밖에 없는 출발로부터 우리를 해방하여 준다. 정현종의 죽음과 허무와의 대결이 필요하였던 것도 이러한 논리에서 찾을 수 있다. 그러나 그것은 극복되어야 할 것이었다. 최근의 정현종은 이러한 극복의 과정을 완성한 것처럼 보인다. 우리는 앞으로 그가 보다 직설적으로 우리가 당면하고 있는 삶의 전모에 대하여 이야기하여 줄 것으로 기대하여도 좋을 것이다.

　독일의 실존 정신 분석학자 루트비히 빈스방거(Ludwig Binswanger)는 『꿈과 실존』이란 글에서 일찍이 삶의 다양한 모습을 조화시켜 하나의 정치적, 실존적, 신화적 공동체를 이루었던 희랍의 예를 들어, 이상적인 상태에서 우리의 꿈과 세계에 대한 이성적인 이해, 개인적인 실존과 사회적인 역사는 일치할 수 있는 것이라고 말하고 있다. 정현종이 지금까지의 시적 탐구에서 도달한 점은 꿈과 사물이 근본적으로 하나라는 매우 중요한, 중요하면서도 오늘날의 현실에서 상실되어 버린 인식이다. 상실되었다는 것은 꿈이 개인의 내면으로, 사물이 사회와 과학의 관료 조직 속으로 도망해 들어갔다는 말인데, 정현종 자신 이러한 사실을 모르는 것이 아니다. 그러나 그가 지금까지는 꿈과 사물에 대하여 보다 많이 이야기하고 꿈의 담당자와 사물의 담당자에 관하여서는 비교적 드물게밖에 이야기하지 않았던 것도 사실이다. 우리는 앞으로 그가 보다 구체적으로 실존과 역사의 관계에 대하여 탐구해 줄 것을 기대하는 것이다.

(1976년)

3부

비평과
현실

감성과 비평

김종길의 『시론』

『시론(詩論)』의 「의미(意味)」란 장(章)에 인용되어 있는 매클리시(MacLeish)의 시구를 빌리면 시는 의미(意味)할 것이 아니라 있어야 한다. 시에 있어서 의미보다 존재가 근원적인 심미(審美) 요건이 된다는 것은 일단은 수긍할 수 있는 명제이다. 시는 여느 물건과 마찬가지로 어떤 독자적(獨自的)인 물성(物性, thinginess)을 가지고 존재한다. 다른 물건의 경우에서처럼 유용성(有用性)의 배려가 직접적으로 개입되지 아니함으로써 시의 그저 '있는' 상태는 보다 두드러져 보인다. 그리하여 시적 객관성에 대하여 우리는 용도(用途)보다는 있는 그대로의 모습에 관심을 갖는 비교적 순수한 태도를 유지한다. 이에 따라 우리에게 필요한 것은 시가 거기에 봉사할 수 있는 외부적인 콘텍스트와 목적에 대한 의식이 아니라 감수성(感受性)이다.

김종길(金宗吉) 씨는 시가 자족적(自足的)인 존재물(存在物)이라는 근본적인 전제를 가지고 있으며 그러한 전제를 정당화해 주는 세련된 감수성과 정확한 감식안(鑑識眼)을 가지고 있다. 감수성과 감식력은 시 한 편 한편을 구체적으로 감식 평가하는 데 있어서 가장 효과적으로 작용한다. 마치 숙련된 고미술(古美術) 전문가처럼 조용히 시적 대상을 어루만지는 시적 감식력은 대상물의 형상(形相)과 흠집의 있고 없음을 즉각적으로 가려낼 수 있다. 김종길 씨의 감식력은 씨(氏)로 하여금 그때그때 생산되는 시작품의 됨됨이를 가려내는 것으로 되어 있는 월평(月評)에 있어서 우리가 가질 수 있는 가장 우수한 평자(評者)의 한 사람이게 한다. 씨(氏)가 언급할 대상으로 선정하는 시인이나 시는 이것을 증거해 준다. 그러나 무엇보다도 직접적인 증거가 되는 것은 씨(氏)의 실제 비평에 인용되는 시구들이다. 씨(氏)의 인용 구절에 백 퍼센트 찬성할 수 있는 것은 아니라 하더라도 이만큼 우리를 실망시키지 않고 시구를 인용할 수 있는 능력은 우리 주변에서는 드문 것이고 또한 값진 것이다.

고미술 전문가의 조작(操作)은 정확하지만 언표(言表)할 수 없는 직접성을 가지고 있다. 사실 존재의 세계의 절대성 앞에서 개념적 입언(立言)이란 어디까지나 일정한 거리의 저쪽에 있는 것이며, 따라서 제이차적(第二次的)인 것이다. 그러나 비평은 그것이 아무리 부적절한 것이라 할지라도 이러한 입언으로 이루어진다. 그러니까 형식주의(formalism) 극단에서도 비평의 주요한 작업은 비평의 어휘를 정립해 나가는 작업이다.

김종길 씨의 감식력은 대개 정확하게 움직이지만 거기에 불가피하게 따르게 마련인 비평의 어휘는 충분히 만족스러운 것이 아니다. 그것은 비교적 넓은 폭을 가지고 있지만 많은 경우 불철저하게 사고된 것으로서 주어진 콘텍스트 안에서 의미를 전달하지 못한다. "우리 시에서 넌센스를 시험함으로써 그것에 신맛이나 떫은맛을 주려는 종래의 시의 단맛을 제거해 보려는 노력"이라는 저자의 설명에도 불구하고 알기 어려운 방언(方言)이라고 생각되는 말로 '소피스티케이션'이라는 말이 있다. 김춘수(金春洙) 씨의 「무제(無題)」를 설명하면서 "'소피스티케이션'을 통한 순수(純粹)의 변형(變形)을 꾀한 것을 씨(氏)에게 바라고 싶다."라든가, 같은 시인의 「겨울 밤의 꿈」을 말하면서 "'소피스티케이션'이라고 하기에는 너무나 확실한 새로운 구문(構文)을 갖추고 있다."라고 한 것 등은 분명한 의미를 전달해 주지 않는다. 또는 민재식(閔在植) 씨의 「코르네리아 베자브라디사 양(孃)」의 한 구절을 인용하여 설명하는 "재식(在植)의 위트나 아이러니는 그 현실성(現實性)과 형태적(形態的)인 센스로 하여 엘리엇의 그것보다도 날카로운 느낌을 줄 때가 있다."라는 문장에서 '형태적 센스'가 어떻게 작용하는지는 구체적으로 알 도리가 없다.

우리는 이외에 사실의 판단과 논리에서도 불철저한 사고의 흐트러진 실마리를 본다. 저자는 주로 '대가(大家)의 풍격(風格)'이란 말로 청마 시(詩)의 우수성을 설명한다. 대가의 풍격이란 말이 한 번도 구체적으로 설명되지 아니하고 단지 간접적으로 그 풍격이란 "애련(愛憐)을 치욕으로 여기는 비정(非情)의 태도에 연유하는 것이다."라는 주장을 들을 때 우리는 당황하지 않을 수 없다. 또 같은 청마론(靑馬論)에서 "그의 시가 그 초기에서 오늘날까지 30여 년 동안 별다른 시적 변모를 보이지 않고 한결같은 관점(觀點)과 어조(語調)를 지속해 오고 있는 듯한 느낌을 주는 것은 그것이 바로 그의 인생과 직결되어 있기 때문이다."라는 문장을 대할 때 우리는 인생과 또는 그의 인생과 직결된다는 것과 한결같은 시 사이에 별다른 상관 관계를 발견하지 못하고 어리둥절하게 된다. 여기에서 몇 가지 예를 든 것은 말의 꼬투리를 잡자는 것이 아니다. 여기의 예는 대체로 그 유형에 따라 아무렇게나 눈에 띄는 대로 들어 본 것인데, 우리는 『시론』 전반에서 빈번히 불철저하게 사고된 비평 어휘와 사실(事實) 판단과 불연속(不連續)의 논리를 발견하게 된다. 복잡한 의미와 뉘앙스를 지닌 문장을 구사할 수 있는 김종길 씨로서는 매우 유감된 일이라 아니할 수 없다.

고미술 전문가의 비유를 다시 한 번 끌어들이는 것이 허락된다면 하나의 조그마한 자기(磁器)의 파편에 열중하는 고미술품 감식가의 태도는 상식적인 사람의 눈에 평형을 잃은 것처럼 보이기 쉽다. 시에 있어서 감식가적 역량의 확실함은 그것대로 폐해(弊害)를 가져올 수 있다. 우리는 이러한 폐(弊)로서 필연적인 것과 우연적인 것 두 가지를 지적할 수 있다. 첫째, 감식가적인 태도와 결부되기 쉬운, 시를 자족적인 존재로 보는 관점은 필연적으로 시를 현실의 복잡한 상호 연관 속에 파악할 수 있게 하는 퍼스펙티브를 갖지 못한다. 둘째, 필연적인 것은 아니지만 시 한 편 한 편에 대한 감식가적인 집착은 어떠한 시인에 대한 전체적 평가 — 비록 형식주의의 테두리 안에서일망정 — 를 어려운 것이게 한다.(『시론』에서 유일(唯一)한 포괄적인 평가인 유치환론(柳致環論)이 사상의 소개에 그쳤음에 주목할 일이다.)

김종길 씨가 한 편의 시를 너무 그 자체만으로 심지어는 어떤 구절만으로 생각하려는 경향을 띠는 것은 그의 입장으로 볼 때 납득이 갈 만한 일인지 모른다. 가령 씨(氏)는 박목월의 시의 삼(三)행을 놓고 "이 마지막 삼행(三行) 같은 건 시로서 다다를 수 있는 가장 높은 데"라는, 또 "한 소절(小節)의 해안선(海岸線)"이라는 한 구절을 놓고 "우리 현대 시에 있어서 가장 높은 순간을 엿보이게 하는 것"이라고 최고의 찬사를 보낸다. 이것이 단순히 수사상(修辭上)의 과장이라면 별 문제될 것이 없지만 어떠한 시구의 단편(斷片)에 대한 지나친 의존은 시인의 업적에 대한 평가 자체를 영향한다. 민재식 씨는 김종길 씨가 『시론』에서 가장 빈번히 또 호감을 가지고 언급하는 시인이다. 그리고 틀림없이 민재식 씨는 가장 주목할 만한 시인 중의 하나이다. 그러나 평문(評文)을 읽고 나서 — 이 저서에서 가장 세련된 감수성과 통찰력이 드러나 있다는 평문이 되지 않을까 하는데 — 시인의 작품으로 다시 돌아가 볼 때, 평문의 주장과 인용 구절이 주는 인상과는 약간 다르게 민재식 씨의 시가 늘 고른 수준만을 유지하지 않고 있음을 우리는 발견하게 된다. 시를 너무 좁혀서 보는 태도는 씨(氏)의 월평의 도처에서 나타난다. 가령 씨(氏)는 월간지에 발표된 한 편의 시를 평하면서 "씨(氏)로서는 답보(踏步)라고 해야 할 것이다." "씨(氏)의 시인으로서의 장래를 위하여 염려스러운 느낌을 갖게 한다." 등의 판단을 내린다. 시인의 위대함이나 한 편 시의 구극적인 의미가 업적의 전체 아니면 적어도 거머쥘 수 있는 분량의 작품에 의하여 평가 결정되는 것이라면, 이러한 미시적(微視的) 태도는 생각해야 할 문제이다. 의식적이든 무의식적이든 김종길 씨가 서 있는 비평의 입장에 따르는 위험 외에 두 가지 이유를 고려할 수 있기는 하다.

『시론』에 실린 실제 비평의 상당 부분이 월평이었기 때문에 어쩔 수 없이 시 한 편 한 편에 대하여 재단적(裁斷的) 발언을 하지 않을 수 없었을는지도 모른다. 이보다 중요한, 참으로 근원적인 난점은 우리 현대 시가 상대적으로 보아 "우리 현대 문화 중에서 가장 국제적 수준에 가까운 것에 속하는 것"이라는 주장에도 불구하고, 우리가 높은 수준의 시를 지속적으로 산출해 낸 시인을 별로 많이 가져 보지 못했다는 데 있을 것이다. 이것은 한국 비평이 부딪치는 보편적이고 기본적인 장애이다.

『시론』에서 발견하는 불철저하게 행해진 사고는 전체적으로 비평적 추리의 호흡이 짧다는 것과 표리를 이루는 흠집이다. 우리가 『시론』에서 어떤 비평적 통찰을 접하게 된다면 그것은 대부분 단편적인 성격을 가지고 있는 것들이다. 비평이 단순히 그때그때의 재단(裁斷)과 처방(處方)을 넘어서서 지속적인 기능을 발휘하고 미래로 향하는 근거를 마련하려면 그것이 감식 행위에 그쳐서는 안 되며 보다 큰 통일은 언제나 그 자체로서 바람직한 일이라는 말만은 아니다. 우리의 감수성이 믿을 수 있는 것이기 위해서는 무정형(無定形)하고 유동적(流動的)인 것은 지속적인 구조와 일관성 있는 언어 속에 파악되어야 한다.

『시론』에 시의 이론이 없는 것은 아니다. 제1부는 뒤의 실제 비평에 어떠한 이론적 뒷받침을 주도록 의도된 것 같다. 그러나 우리는 이 이론의 부분이 이 책 가운데서 가장 약한 부분이라고 말하지 않을 수 없다. 실제 비평의 부분에서 세련되고 교양 있는 감수성을 대하게 된다면, 제1부에서 우리가 느끼는 것은 교양과 세련이 어설픈 상태에 있는 스노비즘이다. 스노비즘은 어떤 종류의 성질을 신성시(神聖視)하면서도 그것의 경험이나 사실에 있어서의 근거를 진정으로는 인식하지 못하는 태도이다. 제1부의 시론에서 주축적인 개념 ─ 차라리 단어가 되어 있는 것은 '현대(現代)' 또는 '현대성(現代性)'이라는 것이다. "현대의 시는 '현대 시(現代詩)'라야 시사적(詩史的)인 의의를 갖는다.", "현대 시의 의미는 현대성의 개별적인 추구 내지는 시적 전개에 달려 있다.", "시를 현대적으로 생각하는 데는 이러한 허망(虛妄)의 '베일(시인을 기술가(技術家) 이상의 것으로 생각하는 일)'을 걷어 치우는 것이 중요하고도 손쉬운 출발이 되는 것이다. 시의 현대성 따위는 염두에도 없는 소박하고 행복한 시인의 작품" 등의 발언에서 보는 바와 같이 단순히 기술을 위한 용어가 아니라 하나의 가치에까지 치켜올려져 있다. 그러나 여기에 대한 뚜렷한 내용적인 규정을 우리는 별로 찾아볼 수 없다. 현대 시가 기술적 제작의 소산이라는 것, 의미하기보다는 존재하는 객관물이라는 것 등 부분적인 설명이 있지만 이러한 설명은 어째서 어떻게 시가 현대적이어야 하고 현대적으로 있는가에 대한 우리의 진정한 이해에는 거의 도움을 주지 않는다. 이러한 주장들은 사실과의 투쟁에서 얻어진 비평적 통찰이 아니라 독자에게 내던져진 독단이다. 독단이 의지하고 있는 것은 에피그램적(的)인 스타일이 주는 그릇된 단호함과 서구 시의 이론이다. 이러한 사정은 "일차원적(一次元的)인 의미에 있어서 말라르메나 발레리의 본격적(本格的)인 '포에지 퓌르(순수시(純粹詩))'에는 의미를 찾지 않는 것이 예의(禮儀)가 되어 있으며"라든가 "시인은 타고나는 것이지 만들 수는 없다는 말은 현대 시의 논리로는 미신(迷信)에 속하게 된다."와 같은 어투에서도 드러난다.

빌려 온 사고는 감수성이 직접적으로 사실에 작용하는 것까지도 방해하는 것 같다. 실제 비평의 부분에서 늘 정확한 테이스트를 드러내 주는 인용도 제1부에서는 반드시 정곡을 얻은 것이 아니게 된다. 시의 소재가 아름다울 필요가 없다는 예로 서정주 씨의 「문둥이」가 들어져 있지만 적어도 이 시에서 취급된 바에 따르면 「문둥이」는 아름다운 것이 되어 있다. 나중에 「실험 의식(實驗意識)과 작품 의식(作品意識)」에서 김춘수 씨의 시구 "또는/ 전사자(戰死者)의 새하얀 이마에 앉는/ 한 마리 나비처럼"을 "습작기(習作期)에 흔히 보이는 포우즈나 미려 취미(美麗趣味)를 드러내고 있는 진술(陳述)"이라고 참으로 당연하게 평한 말은 「문둥이」에도 어느 정도 해당되는 것이 아닐까? 김종길 씨는 저급한 시의 일례라는 함축을 가지고 롱펠로의 「인생 찬가」의 일절(一節)을 인용하고 있지만 이것이 어째서 타기(唾棄)의 대상이 되어야 하는지 모르겠다. 특히 바로 선행(先行)한 에세이에서 호감을 가지고 「문둥이」에 언급한 것을 상기할 때 그렇다. 우리는 거기서 인용례(引用例)를 일일이 따지려는 것이 아니다. 빌려 온 사고에 입각한 판단이 사실을 바르게 저울질하기 어려움을 지적하려 할 뿐이다.

『시론』의 에세이들 가운데 제1부의 에세이들이 연대적으로 가장 먼저 쓰인 것이라는 것에 주목할 필요가 있다. 제1부의 스노비즘은 뒤에 가서 많이 자취를 감추었고 일반론은 보다 착실한 사실과의 싸움에서 생겨난 것이다. 앞에서 우리는 '현대' 내지 '현대성'이라는 말의 사용을 언급하였는데, 공정하게 말하여 시가 왜 현대적이어야 하는가에 대한 본질적인 설명이 전혀 없었던 것은 아니다. 예술 인습(因襲)이 변한다든가, 시인은 자기의 시간적·공간적 위치에 대한 의식을 가지고 있어야 한다든가 하는 말이 있었다. 그러나 이런 명제들은 마땅히 가졌어야 할 비중을 갖지도 않았고 사실의 필연적인 귀납에서 오는 설득력을 갖지도 않았다. 제4부에서도 비슷한 문제가 다루어져 있는데 이것은 보다 믿을 만한 현실적 콘텍스트를 가지고 나타나 있다. 제4부에서 김종길 씨는 한국 시(詩)의 현황에 대하여 종합적인 진단을 내리면서 시가 현대적인 것이 되려고 하는 노력을 실험이란 말로 표현하고 실험의 구체적인 양상을 기술하고 있다. 그리고 실험이 행해지고 행해져야 하는 것에 대한 본질적인 설명으로 "예술의 소재에는 시대가 나아감에 따라 달라지는 부분이 생기게 되고 그 달라지는 부분의 것을 시로 만들자면 자연히 시의 매재(媒才)가 되는 언어(言語)의 새로운 조절과 적용이 따르게 되리라는" 견해를 엘리엇을 통하여 밝히고 있는데, 이것은 당연한 것으로 들린다.

그러나 여기에서도 우리에게 남는 것은 직접적인 기술 이상의, 그때그때의 계기를 넘어서는 지속적인 통찰에 대한 아쉬움이다. 첫째, 우리는 시의 바람직한 존재 방식과 관련하여 실험을 어떻게 생각하여야 할지를 알지 못한다. 실험의 옳은 방향이 무엇인지에 대해서는 짐작해 볼 길이 없다. 둘째로 예술의 소재에 시대가 나아감에 따라 달라지는 부분이 생긴다면 그 소재가 우리의 현실에서 어떻게 달라졌는가에 대하여 언급하는 것은 핵심적인 문제에 대하여 말하는 것이었을 것이다. 물론 이것은 협의의 시 비평의 범위를 넘어서는 것일는지도 모른다. 그리고 김종길 씨는 협의의 시 비평을 고수하려는 입장에 서 있다. 씨(氏)의 관점에서 시의 울타리를 넘어서는 것은 불필요한 일이다. 어느 한 비평가로 하여금 그 자신 이외의 것이 되라고 요구하는 것은 어리석은 일이고 일시에 모든 것의 해명을 바라는 것은 치졸한 성급함이다.

그러나 이러한 어리석음과 성급함은 우리가 처해 있는 상황의 어려움의 한 증표가 된다고 할 수 있다. 오늘날 시인이나 독자가 필요로 하는 것은 시의 구체(具體)에 대한 감정(鑑定)과 똑같이 또는 그것보다 오히려 더 절실히 다른 것들과의 관계에 있어서 시의 위치를 정립하는 일이다. 지금처럼 시가 자기만족적이고 폐쇄적인 체계 속에 안주하기 어렵고 변호를 필요로 하는 때도 없을 것이다. 문화의 분야는 분업적인 자기 위치의 고수에서 오히려 건강을 유지할 수 있다는 반대 명제의 타당성도 인정할 수는 있지만.

『시론』을 그것이 목적으로 한 바의 테두리 안에서 볼 때 그것은 우리의 주변에서는 드물게 보는 세련되고 교양 있는 감수성을 보여 주고 있다. 그러나 역시 같은 테두리 안에서도 그 세련과 교양의 내용은 충분히 끈질긴 비평적 추리를 통하여 밝혀지고 맥락지어지지 못하였다고 말할 수밖에 없다.

(1966년)

염결성廉潔性의 시학

김종길의『진실과 언어』론

1950년대 이후 한국의 문학 비평에 영미의 신비평이 어떠한 영향을 미쳤는가, 또 그 영향이 무시할 수 없는 크기의 것이었다면, 거기에 김종길 씨와 같은 비평가의 활동이 어떻게 작용하였는가 하는 문제는 간단히 밝혀낼 수 있는 일이 아닐 것이다. 그러나 김종길 씨가 신비평보다 넓은 의미에서의 영미 비평의 분석적이고 경험주의적 전통을 도입하고 이를 실천적으로 예증해 온 것은 사실이다.

이 전통은 수사(修辭)와 경험의 결합에 대한 세심하고 정확한 주의에 의하여 특징지어진다고 말할 수 있다. 그것은 말의 쓰임에 세심한 주의를 기울이면서 그것을 단순히 수사 형식의 체계에 의해서가 아니라 경험의 반사 굴절로서 파악하려고 노력한다. 이러한 노력은 한편으로 면밀한 분석과 깐깐한 논리를 요구하지만 다른 한편으로 그것보다 착실하게 문학적인 경험 —— 또는 문학적 경험의 전통에 대한 개방적 수용성을 요구하는 것이기 때문에 그것은 어떤 사고 작용보다는 오히려 하나의 중후한 감수성의 모습을 띤다. 그 이상은 경험에 대한 개방성과 논리에 대한 감각을 감수성으로 정착시킴으로써 그것을 믿음직스러우면서 살아 움직이고, 살아 움직이면서 희떠워지지 않는 통일 원리로서 수립하겠다는 것이다.

김종길 씨의 비평은 이러한 이상의 관점에서 파악될 수 있을 것이다. 최근의 『진실과 언어』는 다시 한 번 그의 비평의 이러한 흐름을 느끼게 해 준다. 다만 우리는 여기에서 씨(氏)의 비평적 성찰이 어느 때보다도 빌려 온 교양이 아니라 자연스러운 비평적 감상이 되었음을 확실하게 느끼게 된다. 이러한 감성은 꼭 집어서 이야기할 수 있는 커다란 명제로서가 아니라 어디라 할 것 없이 두루 느껴지는 것으로서 그의 정연한 논조, 균형 잡힌 문장, 조탁된 언어 같은 데에 나타난다. 사실 김종길 씨는 비평가로서는 드물게 보이는 스타일리스트인 것이다. 그의 보다 정확한 감성은 또 비평의 예증으로 인용되는 시의 선택이나 그 분석적인 감식에서 나타난다. 또 그것은, 가령 이 책의 제2부 「시의 언어」 안에 묶여 있는 여러 시론에서 가장 분명하게 볼 수 있는 바와 같은, 너무 빠르지도 않는 논설의 정연한 구조에서도 볼 수 있다.

단단한 논리, 중후한 감성, 바른 균형, 이런 것들은 아마 이제는 으레껏 김종길 씨의 글에서 예상하는 것이 되었을 것이다. 그리고 그것이 영미의 문학 전통에 어떤 방식으론가 관계되어 있다는 것도 그가 단순히 영문학 교수라는 사실보다 위에서 간단히 적출해 보려고 한 내적인 친화력을 통해서 쉽게 수긍이 가는 사실일 것이다.

그런데 — 이것도 돌연한 일은 아니지만 — 이번의 『진실과 언어』에서 뚜렷하게 드러나는 것은 김종길 씨의 비평이 의지하고 있는 영문학 이외의 배경이다. 즉 그의 비평은 서양에 못지않게 한국의 전통에 굳게 뿌리를 박고 있는 것이다. 이것은 어떤 특정한 시관(詩觀)의 전통이라기보다는 전체적인 정신의 전통이라 하겠는데 간단히 표현하여 '선비'의 전통이 바로 그것이다. 이렇게 김종길 씨의 비평의 동양적 근원을 지적한다고 해서 거기에 어떤 균열이 있다는 것은 아니다. 사실 그의 비평에서 영국적인 것은 한국적인 것과 하나가 되어 있다. 김종길 씨는 우리가 시를 대할 때 마땅히 가져야 하는 요건의 하나로서 '염결성'을 들고 있지만, 이 염결성의 이념이 상정하는 지적·도덕적 정직과 절제는 바로 영국 비평의 한 유형에 있어서의 어떤 가치에 그대로 통하는 것이다. 영국의 경험주의는 사실에 대한 존중을 강조하지만, 사실 존중은 염결성과 마찬가지로 균형과 절제와 같은 윤리적 훈련을 전제로 하여 가능한 것이다. 결국 선비의 이념이나 영국 비평의 어떤 이상이 가지고 있는 것은 인간의 지적, 심적, 실천적 능력이 하나의 고삽(苦澁)한 감성으로 통일될 것을 요구하는 문화적인 품성에 대한 신념이다. 이렇게 말하는 것은 이 글의 서두에서 잠깐 비쳤던 김종길 씨의 신비평과의 관련에 대해서도 어느 정도의 해명을 시도하는 셈이 되는데, 즉 김종길 씨가 신비평적인 요소를 가지고 있는 것이 사실이라 하더라도 그것은 수사적 분석에 주력하는 미국의 신비평보다는 T. S. 엘리엇에서 매슈 아널드(Matthew Arnold)로 소급하는 문화 비평에 오히려 근사한 것이라는 말이다. 이러한 문학 비평의 전통에서 시는 언어의 구조물이면서 동시에 문화 기능의 담당자로 이해된다. 여기서 말하는 문화는 외부적으로 습득된 교양을 말하기보다는 사회 전체에 일관되는 삶의 방식, 또는 보다 좁게, 그러한 방식이 내포하는 인간 품성의 전전의 가능성의 총화를 말하는 것으로 생각될 수 있다. 이렇게 볼 때 문화는 결국 자신의 삶에 대한 통일적 이해 또 그러한 이해의 실천적 구현과 불가분의 것이라고 하겠는데, 이러한 문화의 이해가 엘리엇이나 매슈 아널드의 것이라 하더라도 그것은 한국의 우리에게는 우리가 돌아갈 곳은 우리의 문화라는 것을 인식하게 한다. 영문학의 전통을 익힌 김종길 씨의 '선비' 문화에의 복귀는 이러한 논리에서 매우 자연스러운 일이라고 해야 할 것이다.

영문학의 영향이나 또는 한국의 전통적 삶에 대한 자각, 어느 쪽이 더 중요한 작용을 했던 간에 앞에서 살펴본 바와 같은 김종길 씨의 비평에 있어서의 문학적 전제는 『진실과 언어』의 시관(詩觀)에도 나타난다. 책의 제목에 벌써 암시되어 있는 바와 같이 김종길 씨는 시가 진실을 표현한다는 면을 중요시한다. 이것은 그의 제1 시론집에 보이는 시의 의미보다는 객체성을 중요시하던 태도로부터는 적지 않게 상거해 있는 것이다. 이제 넓은 문화 비평의 테두리에서 그에게 시는 문화 체험을 표현하고 그 일부를 이루는 것으로 생각된다.

시가 진실을 표현하는 것이라 할 때, 그 진실이 어떤 종류의 것이냐 또는 어떠한 사람의 진실이냐 하는 문제를 따지고 들게 할 수도 있고 다른 한편으로는 시를 진실에 붙잡아 매놓는 것은 시의 창작물로서의 측면, 즉 그 예술 작품으로서의 가치를 무시하는 것이 아니냐는 의심을 가지게 할 수도 있다. 앞의 물음은 문학이 진실을 표현하는 것은 사실이되, 그 진실은 유독 집단의 진실이어야 마땅하다는 참여 문학론의 입장에서 나올 수 있는 것인데, 김종길 씨는 여기에 대하여 우선 시의 진실은 시인의 체험적 진실임을 강조한다. 그로서는 "시적 진실과 시인의 진실은 어느 모로든지 밀접히 관련되어 있는 것"이며, 가령 한국의 현대 시인들 가운데 만해(萬海), 육사(陸史), 동주(東柱)와 같은 시인들이 중요한 시인들이 되는 것은 이들이 시의 진실과 시인의 진실 사이의 괴리가 없는 시인들이었기 때문인 것이다. 그러나 김종길 씨는 다른 한편으로 시인의 개인적 진실이 민족적 진실과 구극적으로 하나가 되는 것이라고도 주장한다. 그리하여 그는 「주체성의 발견」에서 다음과 같이 말하고 있다.

우리는 시란 주로 진실한 개인적 경험의 결정이며 우리에게는 이 시대의 한국인으로서의 자각과 성실이 있어야 함을 잊지 말아야 할 것이다. 그리하여 우리는 이 시대의 한국인의 기쁨과 슬픔과 고뇌와 영광을 생생한 체험을 통하여 뜨겁게 또는 격조 높이 노래함으로써 독자들의 공감을 얻고 그들에 대해 호소력을 가져야 한다.

시 진실론에 대하여 그것이 시의 예술적 성질을 등한히 하는 것이라는 의문을 참여론보다는 순수론에서 나올 수 있는 것이라고 하겠는데, 여기에 대해서도 김종길 씨는 어느 쪽에도 치우치지 않는 답변을 시도하여 최상의 시에 있어서 진실과 형식이 하나가 됨을 주장한다. 그러나 이 경우에 있어서 이 일치는 조금 더 애매한 설명의 과정을 필요로 하고 이 과정은 급기야는 시 진실론 또는 단순한 모사론(模寫論)이나 일치론이 아님을 보여준다. 시인은 한쪽으로 자신의 심적인 상태를 '소극적'으로 언어 속에 재생하려 하지만 다른 한편으로는 "시의 언어의 이상적인 양태에 접근하려는 언어 조작"을 보다 적극적으로 수행하게 된다. 이것이 무엇을 뜻하는 것이든 간에 시적 과정의 이 양면성은 시의 진실을 현실과 완전히 같은 것일 수는 없게 한다.

시에 있어서의 진실은 현실에 있어서의 그것과 엄밀한 뜻으로는 완전히 부합되는 것이 아니며 또 부합되어서도 안 될 것이다. 왜냐하면, 그것들 사이의 완전한 부합은 일종의 진실에 불과할 것이기 때문이다. 그러나 시는 다른 예술에 있어서와 마찬가지로 어느 뜻으로든 현실의 모상이요, 그 자체가 또 하나의 현실이요, 또 하나의 세계이다. 그러므로 그것은 어느 모로든지 현실과 대응하고 현실의 논리 내지는 보다 더 완전한 현실의 논리 위에 전개된다.

다시 말하면 시는 현실을 모상하면서 오히려 현실보다 더 현실적인 것이 된다는 것인데, 이렇게 보다 더 현실적인 현실이 만들어지는 과정에서 시의 형식이 배태되는 것이라 할 수 있다. 이것은 매우 흥미로운 관찰이지만, 앞에 인용한 것과 같은 말에도 불구하고 이러한 고찰은 『진실과 언어』에서 충분히 추구되어 있지 않다. 그러나 김종길 씨에게 시의 내용과 형식은 구극적으로는 하나이며, 또 개인적 진실과 집단적 현실은 아니라는 것은 사실이다. 그러니까 한마디로 말하여,

시인이 이 시대를 성실하게 살고 있다면 그의 생활 체험은 오늘날의 대중의 그것과 공통될 것이며, 그에게 거기서 인식하는 진실이 제대로 시적으로 언어화된다면 그것은 대부분의 경우 그들에게 감동적으로 제시되게 마련이며, 거기에는 진정한 공감과 호소력이 따르게 마련이다.

한 사람의 진실과 만인의 진실, 내용과 형식, 이러한 서로 적대 관계 내지 긴장 관계 속에 있는 것들이 시 작품 속에서 하나로 녹아들어 가야 한다는 것은 당연한 시의 이념이다. 그러긴 하나 이러한 이념이 어느 때, 어느 시인, 어떤 작품에나 그대로 구현된다고 말할 수는 없는 것이므로 우리는 그것이 어떠한 상황, 어떠한 조건하에서 도달될 수 있는 것인가를 물어보지 않을 수 없다. 『진실과 언어』에 이러한 물음에 대한 답변은 작품과 시인에 대한 언급을 통하여 암시되어 있기는 하나 그것이 의식적으로 추구되어 있지는 않다. 어쩌면 시적 과정의 일체성을 강조할 필요에 밀려 그 일체성의 조건에 대한 고찰은 등한시되었다고 볼 수도 있다. 한국의 오늘날의 상황과 문학을 생각하는 사람이면 누구나가 그렇듯이 우리는 『진실과 언어』의 김종길 씨가 참여 대 순수의 갈등을 강하게 의식하고 있었음을 알 수 있지만 그가 시적 진실의 복합성 내지 일체성을 강조하는 것은 논쟁의 왜곡과 단순화를 피하려는 노력에 관계되어 있는 것으로 생각된다. 다시 한 번 말하여 김종길 씨의 주장은 시에 있어서 개인과 사회, 내용과 형식은

일체이며 따라서 잘된 시는 참여와 순수의 대차적인 입장을 초월한다는 것이다. "순수든 참여든 의미 있는 경우에는 시로서 인정하고 평가할 수 있는 점에서 이 대립의 지양은 가능하다."고 그는 말하는 것이다. 그러나 역시 이것이 타당한 주장임에도 불구하고 이것은 너무 추상적이고 좋은 것이 좋다는 입장으로 들릴 수도 있을 것이다. 그리고 앞에서도 말했듯이, 우리의 물음이 향하는 것은 시적인 일체성이 가능하여지는 조건이다. 이 질문에 관련하여 볼 때, 어떤 사람들은 시인이 어느 시대 어떤 경우에 있어서나 단지 시의 예술성만에 의지하여 시의 보편적 진실에 이를 수 있다고 생각하는 것이고 다른 어떤 사람들은 이 진실은 보편적 인간의 성립을 허용하는 사회적 조건하에서만 획득될 수 있는 것이고 그러한 조건의 구현을 위하여서는 보편적 진실의 표현을 향한 완전히는 성공할 수 없는 부단한 노력과 또 이와 더불어 역점의 배분과 전략의 고려를 피할 수 없는 것이라고 생각하는 것이다.

김종길 씨의 경우, 함축적으로나마, 시가 바른 상태에 있게 하는 조건은 어떤 것인가? 물론 시인이 한쪽으로 스스로의 체험과 민족 체험을 거머쥐고 다른 한쪽으로 언어의 질서를 익히는 것이 바른 시를 쓰는 기본 조건이고, 또 독자의 입장에서도 이러한 조건을 만족시키는 시가 좋은 시라고 할 수 있다. 그러나 주관적인 의도의 관점에서 볼 때, 이러한 시도는 누구나 하는 것이라고 할 수 있는 것이므로, 보다 구체적인 지침은 없는 것일까? 김종길 씨의 경우 이러한 지침으로서 요체가 되는 것이 '염결성'이 아닌가 생각한다. 시인은 염결성을 갖춤으로써 좋은 시를 쓸 수가 있는 것이다. 즉 시의 조건은 염결성이라는 감수성이다.

그러면 염결성이란 무엇인가? 그것은 양식이나 지성과도 일치시켜서 생각되어 있는데, 대체로 일정한 객관성을 유지할 수 있게 하는 감각 같은 것으로 생각된다. 염결성과 관련하여 김종길 씨가 말하고 있는 다음과 같은 계고(戒告)는 염결성의 내용을 보다 분명히 짐작할 수 있게 한다. 씨(氏)는 오늘날의 열악한 시의 범람을 염결성의 부족에 돌리면서 말하고 있다.

시인에게 비평적 지성이 부족하다거나 지나치게 자기중심적인 데가 있다거나 또 야심과 허영 같은 불순한 동기가 있는 경우에 그는 무의미한 작품이라도 발표하고 싶은 것입니다. 그와 비슷하게 비평가와 신문이나 잡지의 시란 담당자도 그러한 지성이 모자라거나 정실에 흐른다거나 어떤 불순한 동기에서 범용한 시인과 작품을 추켜세우거나 그러한 시인과 작품에 우선적으로 발표할 기회를 제공할 수가 있읍니다.

이러한 김종길 씨의 계고가 옳다고 할 때, 어떻게 하여 비평적 지성은 얻어지며 자기중심주의와 정실주의는 초월될 수 있는가. 다른 말로 말하여, 염결성의 기준은 어떤 것인가? 단순히 양식 또는 양심에 호소해 보는 수도 있겠으나 많은 경우 밖에서 보기는 비지성적이고 자기중심적이고 정실주의적인 행위도 본인으로는 그 나름의 빛에 따라서 행동한 것으로 믿을 수도 있고 양식이나 양심도 사람마다 달리 이해될 수 있는 것이다. 물론 일정한 보편성을 띤 지성의 기준이나 양심이 전혀 없다고 말할 수는 없는 일이겠으나, 그것이 암묵 속에 가리켜질 수는 있어도 여러 가지로 이야기될 수는 없는 것이라고 말하는 것은 답답한 노릇일 것이다. 양심이라고 할 수 있는 보편적 인간성이 존재하는 것이 사실이라 하더라도 그 양심의 내용을 시대적으로 변화 발전하는 한껏 많은 연관 관계 속에서 끊임없이 들추어내는 것이 문화의 자의식 작용의 본령이고 또 이러한 자의식이 하나의 선천적 감수성으로 구현될 때, 문화 그것의 활력이 유지되는 것이다. 그리고 의문시될 수 없는 듯한 양식(良識)이나 양심(良心)은 언제 어디서나 명명백백한 것이라기보다는 한 문화의 특수한 표현으로 성립하는 것이다.

즉 그것은 한 문화가 가능하게 하는 종합적이고 대표적인 감수성의, 특히 도덕적 표현으로서 생각될 수 있는 것이다. 이렇게 볼 때 그것은 시에 관련된다. 앞에서 우리는 김종길 씨의 시적 이상이 개인과 사회, 내용과 형식의 일체화에 있다고 말하였지만, 이러한 조화가 가능한 것은 시인이 문화의 대표적인 가능성을 스스로의 것으로 삼음으로써 저절로 이루어질 수도 있는 것이라 할 수 있다. 양심이나 염결성은 이렇게 보다 적극적으로 이해된 문화적 품성에 대하여 도덕적 한정의 원리, 소극적인 계고의 원리가 되는 것이다.

이렇게 생각해 볼 때 염결성은 조화된 문화의 원리의 보다 부정적인 측면이라고 하겠는데, 어떻게 보면 이것이 반드시 포괄적인 문화의 원리, 또는 시의 원리가 될 수는 없지만(우리는 문화나 시의 참다운 가치가 한정이나 금지가 아니라 신장과 관용에 있다고 생각한다.) 이것을 시대와의 관련에서 볼 때 불가피한 것이었다고 할 수는 있다. 우리의 시대에서 염결성이 문제되고 또 그보다 넓은 문화적 배경을 이루는 '선비'의 전통이 문제된다면 그것은 인간적 품성의 조화된 표현이나 새로운 신장과의 관련에서가 아니라 이미 획득된 품성의 방어와의 관련에서일 수밖에 없었던 것이다. 이러한 방어는 이미 인용한 구절에서 보았던 것처럼 작게는 시 작품에 대한 우리의 태도에 있어서의 자기 절제를 의미할 수도 있지만 크게는 전 사회 정세에 대한 윤리성의 수호를 의미할 수도 있다. 『진실과 언어』에서 특히 문제되는 시인들이 방어적인 의미에서의 선비의 전통을 대표하고 있는 것은 이런 각도에서 이해할 수 있는 것이다.

『진실과 언어』의 제3부 「한국 현대 시인론(韓國現代詩人論)」이 길게 논하고 있는 시인으로는 이육사, 유치환, 김현승(金顯承), 조지훈, 박목월 씨가 있고 또 조금 짧게 논평된 시인으로는 마종기(馬鍾基), 황동규(黃東奎), 김영태(金榮泰), 정현종 씨 등이 있지만 아무래도 역점이 주어져 있는 것은 앞에

든 원로 시인들이다. 이들 원로 시인의 특징은『시론』에서 현대 시의 중요 요소로 인정됐던 현대성이라든가, 실험이라든가, 방법적인 모색이라든가 하는 것과도 먼, 주로 인생에 대한 도덕적 모색에 주력한 따라서 그만치 자연스럽고 이미 있는 전통 속에 서 있는 시인들이라는 것이다. 그중에도 김종길 씨의 호감은 전통적 도덕의 자세가 강한 시인, 육사, 청마, 조지훈 등에 가 있는 것으로 짐작된다. 우리 현대 문학사상 가장 강인한 저항의 의지와 행동을 보여 주었던 육사의 근본을 이루었던 것은 김종길 씨에 의하면 "유교적 내지 선비적 전통 가운데서 형성된 초강(楚剛)과 풍류"였다. 청마의 경우는 김종길 씨에게 개인적으로 가까웠던 또 하나의 전형적 시인이라고 하겠는데, 그는 본질적으로 "매우 엄격한 자기 수련(自己修鍊), 다시 말하면 우리의 선인(先人)들이 극기(克己)라고 일컫는 절제"를 지닌 사람이었고 이러한 내적인 윤리는 그에게 있어서 다른 한편으로는 혼탁한 시대에 대한 철저한 거부의 자세와 표리를 이루었다. 그의 시의 소위 '이념'이라는 것은 "그 자신 개인적 정직 내지 염결성이 혼탁한 현실에 직면했을 때 자연 발생적으로 취하는 반응의 방식 내지 방향"이었다. 김종길 씨와 개인적인 친분이 두터웠던 또 한 분의 시인 조지훈은 "착하면서도 명민 활달하고 진실하면서도 날카롭고 강인한 인간, 곱고 푸른 기개를 지닌 시인 그리고 시보다도 인생 또는 인간을 우위(優位)에 두는 시인"이었다. 그리고 조지훈으로 하여금 시와 인간에 있어서 동시에 전인적인 완성을 이룩하게 한 것은 그의 "서구적인 교양과 감수성을 겸한 동양 내지 한국의 '선비'의 전통을 이어받은 재기와 용기"였으며, 무엇보다도 선비의 집안에 태어나 어렸을 때부터 익혔던 "한국 지사(志士)의 추상 같은 기풍과 풍격"이었다. 요약컨대, 김종길 씨의 보는 바로는 이 세 시인이 나누어 가지고 있는 것은 한국의 전통에서 자라 나온 시인이라는 점인데 그중에도 이들은 높은 정도의 염결성을 가지고 있어서 혼탁한 세상에서 고결함을 지킬 수 있었을 뿐만 아니라 세상에 대하여 대담하고 강인한 저항의 자세를 지킬 수 있었던 것이다.

선비의 염결성으로 시대를 사는 것은 쉬운 일이 아니었다. 그것은 극단적으로는 죽음과의 대결이라는 치열한 양상을 띨 수도 있었다. 염결성은 시대의 혼탁에 부딪쳐 옥쇄(玉碎)할 수 있는 각오를 필요로 하는 덕성이었다. 뿐만 아니라 보다 적극적으로 염결성의 선비들은 옥쇄를 통하여 윤리적 이상을 재확인하고 나아가 삶의 보람까지도 새로이 할 수 있었다. 그리고 김종길 씨는 염결성의 치열함을 비극적인 차원에까지 올려서 생각한다. 그에 의하면 "팔십을 살고도 가을을 경험하지 못한 속배(俗輩)들" 틈에 끼기를 거부하고 "금강석과 같이 굳은 기백으로" 살았던 육사는 "비극적인 순간에도 스스로를 극화할 수 있는 정신의 가장 강인하고도 높은 경지를 시 가운데서 실현할 수 있었던 것"이다. 청마의 경우 그의 시에 무수히 반복되는 냉엄한 의지와 허무와의 대결은 죽음과의 비극적인 대결의 축소판이라고 할 수 있다. 선비적인 자세가 내포하는 비극성에 대한 김종길 씨의 생각은 "한국 시(詩)에 있어서의 비극적 황홀"에서 보다 길고 분명한 형태로 발전되어 있다. 이 글에서 씨(氏)는 선비의 염결성을 비극적 한계에까지 밀고 간 시적 영웅으로 육사 외에 황매천(黃梅泉)과 윤동주를 추가하고 있는데 그중에도 황매천의 경우는 가장 대표적일 것이다. 그는 "타협을 모르는…… 선비의 도의 관념"의 날카로움을 자결로서 표현하였던 것이다. 이 책에 인용되어 있는 그의 시구 "휘휘풍촉조창천(輝輝風燭照蒼天)"은 과연 선비의 사는 방식에 깃들어 있는 처참한 것만은 아닌 광휘(光輝)를 잘 나타내 준다고 할 수 있다. 바람 앞의 촛불이 세상을 비추면 얼마나 비출까마는 오히려 그로 인하여 하늘까지 밝다는 역설은 우리에게 그런 광휘의 일단을 느끼게 하는 것이다.

문학적 인식에서, 특히 김종길 씨가 지적하다시피 현실과 허구가 거의 구분할 수 없이 가깝게 마련인 서정시의 인식에 있어서 인식의 수단은 시인의 품성이다. 이 품성의 폭은 시적 가능성의 폭에 비례한다. 그런데 여기서 유의해야 할 것은 이 품성이 시인의 개인적인 생애의 관점에서만은 이야기될 수 없다는 것이다. 시인 개인의 품성은 한 문화의 규범에 대하여 일정한 편차를 유지하는 변형에 불과하다. 그의 품성은 문화 속에서 형성되며 또 시인이 스스로의 개체적 완성을 추구하는 일은 규범적 품성의 보편성에 도달하면서도 동시에 여기에 창조적 변용을 시도하는 일이다. 어떻든 한 시대의 품성과 시인의 품성이 함수 관계에 있음으로써 시대의 문화적 품성은 시의 폭을 결정한다. 다시 말하여 한 시대의 문화가 허용하는 인간의 품성적 발전의 범위 안에서 그 시대의 시의 위대성은 저울질할 수 있는 것이다. 시인은 그 위대성을 떠나서 시인의 개인적인 위대성을 이룩할 수 없다. 앞에서 본 대표적인 한국 시인은 유교적 전통이 가능하게 하고 또 허용하는 문화적 감수성의 담당자로서 그 시작 활동을 전개하였다. 이들 시인은 '선비'의 전통이 가능케 하는 규범적인 꿋꿋한 초강(楚剛)이나 절제나 극기나 곱고 푸른 기개를 실존적으로 구체화하고 거기에 시적인 표현을 부여하였다.(여기서 길게 설명할 수는 없지만 어떠한 규범적인 진실도 참으로 진실이 되는 것은 실존적으로 구체화된 언어를 통하여서라는 명제를 여기서 생각해 볼 수 있다.)

그러나 위에서도 말한 바와 같이 그들이 표현한 규범적인 가치가 소극적이고 부정적인 것이었음을 우리는 간과해서는 안 된다. 그것은 신장보다는 한정, 발전보다는 방어의 원리였다. 이 점은 시대와의 관련에서 이해되어야 한다. 그들이 보여 준 것은 말하자면 시대의 불의와 부패에 대한 반대 심상이었다. 또 그러니만치 그 시대 속에 인간적 진실이 겪는 고난의 중요한 표현일 수 있었다. 그러나 시대와의 관련을 떠나서도 유교의 원리가 반드시 삶의 적극적인 확충의 윤리가 아닌 것도 우리는 생각하여야 한다.(김종길 씨가 유치환론, 이육사론, 조지훈론에서 이들이 삶의 향수적(享受的) 가능성(可能性)에 대해서 극히 개방적인 사람들이었음을 지적하고 있는 것은 사실이다.) 막스 베버(Max Weber)는 유교를 논하며 그것이 인간의 정열을 통제함으로써 개인적·사회적 평정을 이룩하려고 한 합리주의라고 말한 일이 있지만 비록 이러한 통제가 인간성의 균형을 목표로 한 것이지, 그 억압을 계획한 것은 아니라 하더라도 유교가 억압적인 면을 가지고 있고 또 많은 사람들에 의하여 그렇게 느껴졌던 것은 사실이다. 이광수 이후의 신문학에 있어서의 반유교 투쟁의 격렬함은 이러한 사실을 증명해 주고 있는 것이다. 초강과 절제가 억압과 같은 성질의 것일 수는 없다 하더라도 인간의 행복과 향상의 이상이 단지 초강의 이상에 만족할 수는 없을 것이라는 것을 우리는 생각하지 않을 수 없는 것이다.

이렇게 말하는 것은 우리 세대의 대표적 감수성이 이제는 행복한 충족의 감수성이어야 마땅하다는 것은 아니다. 아직도 초강(楚剛)의 자세가 시대적 자세라고 할 수밖에 없지만 그 초강은 적어도 스스로를 초월할 수 있는 초강이어야 하는 것이 아닌가 모르겠다. 참다운 도덕은 도덕을 폐기할 수 있어야 한다. 유교의 윤리는 그러한 가능성을 배제하는 것처럼 보인다. 거기에서 느끼는 어떤 경직성은 단순히 불행한 시대의 경직성만은 아닌 것이다. 어떻게 보면 인의(仁義)를 가장 중시하는 유교의 세계에서 불의는 영원한 것이다. 선비의 저항은 도덕적 가치에 실천적 충실을 기하려는 데서 온다. 그는 그의 도덕관념으로서 세상 — 여기에는 천자(天子)까지도 포함한 권력가가 있다. — 에 맞서려고 한다. 그러나 유교의 가르침의 다른 일면은 권력의 정통에 대한 절대적 복종 또는 충성을 요구한다. 그리고 이 두 번째의 요구는 (어떤 학자는 이 충성의 개념이 본래 유가(儒家)의 것이 아니고 법가(法家)와의 타협에서 접목되어진 것이라고 말하지만) 구극적으로 도덕관념의 우위에 서기 마련이다. 따라서 유교적 저항은 새로운 질서의 창조, 그 창조를 통한 세상과의 화해로 나아가기보다는 은둔이나 자폭으로 나아가게 된다. 이러한 갈등은 황매천의 자결과 같은 비극적인 경우에서도 보지만, 작게는 많은 유학자(儒學者)의 생애가 드러내 주는 사환(仕宦)과 낙향(落鄕) 또는 유배의 리듬에서도 보는 것이다. 이러한 유교적 저항의 애매성은 유교의 개인적인 윤리에도 기초해 있지만 또 다른 한편으로는 선비의 신분에서 불가피하게 발생하는 것이라 할 수 있다. 선비가 그의 절의(節義)로서 세상에 맞선다는 것은 인간의 도덕적 판단의 자율성을 인정하는 것이지만 이러한 인정은 절대적이고 보편적인 것에까지 밀어 올려질 수 없다. 그렇게 하는 것은 바로 그의 선비로서의 신분이 기초해 있는 사회의 계층 질서를 위태롭게 하는 것이다. 여기서 우리가 추구하여 생각할 수 있는 것은 유교적 도덕관념의 추상성도 위에 말한 유교 이념의 논리적·사회적 제약에 관련되어 있을지 모른다는 사실이다.

여기서 유교적·논리적·현실적 얼크러짐을 다 논의할 수는 없는 일이겠다. 위에서 언급한 것은 간단하게나마 무엇인가 선비의 이념에서 느껴지는 경직성을 이해해 보려는 초보적인 노력에 불과하다. 사실 유교 유산의 문제는 한국 현대 정신사의 가장 중요한 문제로서 가볍게 다룰 수 없는 것이다. 다만 확실한 것은 인간이 그의 정열에 어떠한 제한을 받아들이는 것이 불가피하다 하더라도 그것은 시대와의 함수 관계에서 일어난 하한(下限)의 논리로서일 뿐, 인간의 구극적인 추구는 윤리를 넘어서는 행복의 달성이며 또 시의 이상도 구극적으로는 이러한 삶의 순진한 표현이기 때문에 유교적 감수성이 그대로 삶의 상한적 표현이 될 수는 없을 것이라는 것이다.

그러나 그것의 한국 문화와 시에 대한 기여는 분명한 것이다. 어떻게 보면 한국 현대 시에서의 가장 중요한 업적들은 한국의 대표적 전통을 크게 벗어나지 않은 한도에서만 이루어졌다고 말할 수 있다. 또 정치 사회 면에서도 유교적 가치가 중요한 가치를 차지하였던 것은 의병 운동 이후의 독립 투쟁에서 유교적 배경을 가졌던 이들의 활약을 보아도 알 수 있다. 또 이것은 보수적인 의미에서만이 아니다. 새 사회에로 옮겨 가는 데 있어서도 우리가 유교 문화의 중개를 통할 수 있었더라면 오늘날 우리가 겪고 있는 물질과 영혼의 고통과 낭비는 적이 줄어졌을지도 모를 일이다. 문학에 있어서도 이러한 가능성은 가령 염상섭의『삼대』나, 이기영의『봄』이나 조금 더 가깝게는 김정한(金廷漢)의『수라도(修羅道)』에 암시되어 있다. 김종길 씨가 이야기하는 조지훈 가(家)의 내력을 보면 그의 조부 때부터 벌써 시대의 새로운 사조에 대하여 개방적이었음을 알 수 있다. 이러한 개방성의 행동적인 예는 물론 이육사에서 보다 잘 볼 수 있다. 그것이 어떤 종류의 문화든지 문화는 그 속에서 이루어지는 일을 덜 야만적이게 한다. 단지 물질적 장식과 자기만족의 퇴적이 아니라 참으로 살아 있는 문화는 그 자체대로 한계를 지닌 채 우리로 하여금 삶의 전체적인 질을 평가할 수 있게 하고 그러한 만큼 또 우리를 좁은 자아의 울에서 벗어나 보편의 가능성을 엿볼 수 있게 한다. 또 그러한 만큼 문화의 변화는 문화의 단절보다 바람직한 것이다. 유교가 그 나름으로 가지고 있던 바, 사람으로서의 위엄을 지키면서 주어진 삶을 향유할 수 있게 하는 방법을 잃지 않은 채 보다 발전적인 역사에로 옮겨 갈 수도 있었을 가능성 ─ 이것은 많은 사람에게 하나의 향수로 남을 것이다.

　김종길 씨의『진실과 언어』는 우리에게 많은 통찰을 제공하고 또 문제를 제기해 주지만 무엇보다도 위에서 간단히 논의해 본바, 유교 전통의 문화적 가치와 그것과 시와의 관계에 대하여 우리를 깨우쳐 주는 바 크다는 점에서 매우 주요한 비평적 기여가 될 것이다. 그는 이런 전통의 가치를 시인론과 시론을 통해서 이야기하고 있을 뿐만 아니라 그 자신의 서양의 문물에 개방적이면서도 한결같게 지니고 있는 선비적인 풍모에 의해서 그것이 소홀히 할 수 없는 우리 정신문화의 일부임을 깨닫게 해 주고 있는 것이다.

(1976년)

사고와 현실

김윤식의 『한국 근대 문예비평사 연구』와 『근대 한국 문학 연구』

1

책은 왜 읽는가? 외부적인 사정은 여러 가지 있겠지만, 책 읽는다는 일 그 자체만 떼어 놓고 볼 때, 그 목적은 두 가지로 생각할 수 있다. 우선 우리 는 책이 우리의 현실을 조금 더 알 만한 것이 되게 해 주기를 기대한다. 책 을 읽는 데에서 오는 다른 기쁨은 현실과는 전혀 무관(無關)한 것처럼 보이 는 본질(本質, essence)의 세계에 접하는 데에 있다. 다시 말하여 우리는 책 속에서 현실을 인지하고 또 에센스의 세계를 규지(窺知)하는 것이다. 이렇 게 두 가지를 나누어 말하였지만, 사실상 그것들이 서로 분리되어 있는 것 은 아니다. 책에서 보는 현실이란 즉자적(卽自的)인 상태로 있는 두루뭉수 리가 아니다. 그것은 처음과 끝이 있고 그럴싸한 가닥과 갈래가 있는 일정 한 방향으로 나아가는 현실이다. 책에서 느끼는 기쁨은 바로 현실이 벽과 같이 막혀 있는 것이 아니라 우리의 뜻에 대응하는 어떤 것이라는 것을 확 인하는 데서 오는 것이다. 그렇지만 보통은 현실의 대응성(對應性)이 완전한 것이 아님은 말할 것도 없다. 오직 에센스의 세계에서만 우리의 뜻과 세계의 필연은 완전한 조화를 이룬다. 그리하여 오히려 이 조화의 세계는 우리의 개별적인 뜻을 초월하여 따로 있는 하나의 이상 세계를 이루고 있다고까지 느낀다.

현실이란 무엇인가? 한없이 복잡할 수도 있는 논의를 피하여 우리가 살고 있는 시공(時空)의 동심원(同心圓)적인 확산(擴散)이라고 한정하여 보자. 이것을 책의 평가에다 적용해 볼 때, 우리는 옛날의 책일수록 에센스에 의하여, 또 요즘의 책일수록 현실에 의하여 판단하게 된다는 것이 될 것이다. 에센스란 무엇인가? 클로드 레비스트로스(Claude Lévi-Strauss)는 마음은 대상을 모방하나 마음이 마음만으로 있을 때에는 그 스스로를 대상으로 모방한다고 말한 일이 있다. 우리는 일단 마음이 마음을 모방할 때 일어나는 것이 곧 에센스라고 정의할 수도 있을 것이다. 그런데 그것은 구조(構造)라고 부르든, 에센스라고 부르든, 마음이 마음을 모방하는 데 우리가 관심을 갖는다면, 그것은 결국 대상이 마음을 모방하기 때문일 것이다. 이렇게 말하는 것은 무슨 관념론(觀念論)을 말하자는 것도 아니고 또 사실 구조철학(構造哲學)의 내재적 플라톤주의에 동의하자는 것이 아니라 우리가 살고 생각하는 세계(Lebenswelt)에 있어서 사물은 늘 마음의 가능성으로서 나타난다는 것을 지적하려는 것이다. 어쩌면 이것은 다른 쪽에서 이야기해 오는 것이 더 선명할는지 모르겠는데, 삶의 세계에 있어서 사물은 늘 초월적 가능성을 향하여 스스로를 넘어선다. 이렇게 말하는 경우 사물 자체의 초월적인 가능성이 곧 에센스이다. 우리가 과거에 쓰인 책에서 기쁨을 느낀다면, 그것은 순전한 이데아적인 세계가 아니라 거기에 투영되어 있는 바 초월적 가능성으로서의 세계를 보기 때문이다. 이 가능성은 두 가지로 나누어질 수 있다. 그 하나는 옛날의 관점에서의 가능성이며, 다른 하나는 우리 현실의 관점에서의 가능성이다. 소위 고전적 저술은 이미 죽은 가능성으로서의 에센스의 세계를 보여 주면서, 또 동시에 오늘날의 가능성으로 열릴 수 있는 세계를 보여 준다.

2

지금까지 이야기한 것은 책을 읽는 데 대한 성찰(省察)이지만, 그것은 사고와 현실의 상관관계에 대하여 일반화해서 해당시킬 수 있는 것이다. 무반성(無反省) 상태의 현실은 사고를 통해서 반성으로 바뀌고 또 반성은 무반성적인 것에로 돌아간다. 이러한 상관관계는 사고의 자기 운동(自己 運動)이나 현실의 자기 운동 어느 쪽으로도 파악될 수 있다. 어쨌든 이러한 사고와 현실의 자기 운동을 통해서 사고는 현실을 조명하고 또 현실 속에 작용하는 행동이 된다.

그러면 사고는 늘 현실과 합일의 상태에 있는가? 우리의 사고가 오류 (誤謬)투성이라는 것은 그 관계가 고르지 못하다는 단적인 증언이 된다. 아무리 그것이 현실의 움직임과 일치하는 것이라 하더라도 현실의 가능성이 열려 있는 만큼, 다시 말하면 사고의 가능성이 발생하는 근거 바로 그것으로 하여 오류는 발생하게 마련이다. 이 오류는 본래 사고의 불철저에서 발생할 수도 있으며 또 역사적 현실의 추이(推移)로 발생할 수도 있다. 그러나 이러한 오류는 적어도 현실의 일부의 스스로의 모습이며 또 변화하는 역사 속에서 다시 새로운 가능성으로 재생될 수도 있는 것이다. 어떤 경우, 진리로서 재생될 수 있는 오류는 진리나 마찬가지의 폭발력을 갖기 때문에 오류라기보다는 이단(異端)이라는 이름의 위험 사상이 된다. 그러나 흔히는 역사의 진전(進展)에 의하여 부정(否定)된 사고의 소산은 진실도 아니고, 오류도 아닌 중간 지대를 형성하게 되고, 우리가 우리의 생각인 양 간직하고 말하고 교육하고 쓰는 의견(意見)들은 이러한 중간 지대에 서식(棲息)하는 것들일 경우가 많다. 이런 생각의 특징은 그것이 이래도 저래도 좋다는 데에 있다. 김윤식 씨의 두 근저(近著)를 읽고 얻은 인상으로는 신문학 이후에 행해진 비평적 사고의 대부분이 거의 이래도 저래도 좋은 의견의 세계에 속한다는 것이다.

이것은 물론 비평가 자신들의 잘못만은 아니다. 실제 우리가 뛰어난 비평적 천재(天才)를 못 가졌다는 것도 사실이지만 우리의 역사가 무반성적이고 맹목적인 세력으로 외부로부터 작용했다는 데에도 비평적 사고의 빈약의 원인이 있는 것이다. 이러한 역사적 여건 아래서 모든 사고는 결국 의견 이상의 것을 낳지 못한다.

의견의 취약성(脆弱性)은, 그것이 비록 현실에 대한 설명이 되더라도 부분적인 설명밖에 되지 않는다는 데 있다. 그것은 한 입언(立言)을 부정할 수 있는 여러 요인들을 알지 못한다. 따라서 그 생명력이란 극히 순간적인 것이다. 그러나 어떠한 의견도 그것이 아무리 엉터리 없는 것이라 할지라도 그냥은 발생하지 않는다. 관점의 깊이에 따라서는 존재하는 모든 것은 이성적(理性的)인 것이다.

이렇게 보면 의견이란 것도 어떠한 상황이 던지는 도전이나 의문에 대한 현실의 논리(論理) 안에서의 답변이라고 할 수 있다. 적어도 여기에 개인적인 동기는 말할 수 있지 않을까? 물론 그것도 단순히 개인적인 것만은 아니다. 많은 문학이 문학을 하고 싶다는 소박한 동기에서 쓰인 것이라고 할 때, 그 밑바닥에는 문학가가 사회에서 차지하고 있는 위치에 대한 어떠한 이해가 있다고 할 수 있다. 어느 사회나 그 사회의 상징적 세계의 정비사(整備士)에 대하여 응분의 보상을 하는 것이겠지만, 이 보상은 전통적인 한국에 있어서 과거 제도나 신분 제도와의 결합으로 하여 유달리 비대(肥大)한 것이었다. 이러한 사정이 의견을 산출(産出)해야 한다는 압력으로 작용한 것은 쉽게 생각할 수 있다. 물론 이러한 관점에서만 저작 활동을 본다는 것은 경솔한 일일 것이다. 단지 여기서 말하고자 하는 것은 내가 여기서 의견이라고 부른 것도 그것이 대개 부분적인 것이거나 오도(誤導)된 것이라 하더라도, 상황에 대한 하나의 반응으로 볼 수 있다는 점이다. 그렇다 하더라도 의견과 상황의 관계를 밝히는 데는 심부 해석(深部解釋)의 기술이 필요하다. 프로이트나 마르크스의 손에서 일견 별 뜻이 없는 성싶은 꿈의 단편(斷片)이나 사회 행위가 한 개인이나 사회 체제의 전체 상황에 대한 중요한 열쇠가 되는 ── 이러한 것은 심부 해석의 가장 뛰어난 예가 될 것이다. 다시 확대해서 말하면 어떠한 해석 작업에서나 전체만이 부분에 대하여 의미 발생(意味發生)의 모체가 된다.

한 역사적인 사건 ── 비평도 역사적 사건이다. ── 을 싸고 있는 전체를 한 시대의 역사적 상황이라 할 때, 이것을 어떻게 회복할 수 있는가? 사실(事實)의 확인(確認)과 집성(集成)이 그 기본적인 작업임은 말할 것도 없다. 그러나 사실이란 것도 한없는 것이고 또 사실만으로 어떤 상황을 구성할 수 있다는 것도 의심스러운 일이다. 사실이 문제되는 것은 그것이 사람이 어떻게든가 반응하기를 요구하고 있는 형태 ── 게슈탈트 ── 로서 나타나기 때문이다. 이렇게 볼 때, 한 시대의 상황은 가능성 또는 불가능의 관점에서 파악된 사실들의 총체라고 해석될 수 있을 것이다. 그러니까 다시 말하여 역사적 이해는 단순한 사실의 집성이나 또 따로따로 있는 사고 작용(思考作用)과 사실(事實)을 병치하는 것으로 얻어지지 않는다. 한 시대의 역사적 상황을 파악한다는 것은, 앞에서 설명한 바의 의미에 있어서 사물의 움직임 가운데 가능하여지는 사고의 핵심에 이르는 것이다.

이것은 사상사(思想史)나 문학의 역사일 경우 특히 그렇다. 사상사에 있어서 시대적 상황의 파악은 사실을 직접적으로 취급하는 역사에 있어서보다는 용이한 일인 것처럼 생각될 수도 있다. 왜냐하면 당시대(當時代)에 대한 사고는 이미 사료(史料) 가운데 들어 있다고 볼 수 있기 때문이다. 이것은 반성(反省)된 반성을 취급하는 비평사의 경우에도 마찬가지다. 그러나 역사적 이해의 난이(難易)가 앞에서 말한 것과 전혀 반대라는 것은 우리가 잘 아는 바다. 단순히 일어난 일이 아니라, 사고와 현실이 어떻게 하여 가능성 속에서 통일되는가를 저울질함으로써 비로소 진정한 역사적 이해가 이루어지는 것이라 하더라도, 이미 과거가 되어 버린 사실의 경우 참다운 가능성이란 오직 실제로 일어났던 일뿐이었다고 할 수 있다. 물론 어떤 현실의 움직임이 가지고 있는 가능성이란 그렇게 좁은 울 안에만 들어가는 것은 아니다. 사람의 역사적인 행동이 중요한 의미를 갖는 소이(所以)는 바로 현실이 배태(胚胎)하는 바 가능성이 다원적일 수 있다는 데 있다. 그러나 이미 일어난 일이 가장 큰 가능성이었다는 사실은 또 틀림이 없는 것이다. 그러니까, 사실을 다루는 역사는 일어난 일만을 추구하는 것에 일단의 만족을 얻을 수 있다.(무엇이 일어났는가를 확인하는 일 자체가 문제적인 것은 물론이지만 이 점은 여기에서 접어 두기로 한다.) 그러나 사상사는 역사적 상황과 사고와의 관계를 동시에 파악하는 작업을 기피할 수 없다. 그것의 핵심은 사고와 현실(또는 현실의 움직임으로서의 가능성)의 접합점(接合點)의 궤적(軌跡)을 추출해 내는 일이다. 이것은 훨씬 더 복잡한 조작을 요구한다. 물론 사고의 궤적만을 추구하는 역사가 있을 수 없다는 것은 아니다. 특히 사료가 하나의 자족적인 반성의 체계를 이루고 있을 때 그렇다. 그것은 마음의 성장에 대한 진실을 밝혀 준다. 그러나 앞에서 이야기하였듯이 에센스의 세계가 흥미로운 것은 결국 사물의 투영이 거기에 있기 때문이다. 그리고 이러나저러나 사고가 현실에 완전히 일치한다는 것은 역사가 끝에 이른다는 것을 의미하기 때문에, 사고와 현실이 어떻게 통일되는가 하는 것은 사상사의 핵심 문제로 남는다.

3

20세기 전반에 있어서 우리의 상황을 재구성한다는 것은 일단은 쉬운 일이라고 볼 수 있다. 쉽다는 것은 놓치려야 놓칠 수 없는 외적인 조건이 그것은 결정해 주고 있다는 말이다. 즉 일본의 식민지라는 사실은, 말할 것도 없이 시대의 대표적인 모순으로서 거의 모든 사실을 조직화(組織化)해 준다. 가령 식민지(植民地)라는 결정론(決定論) 앞에서 어떠한 자유로운 토론도 '거짓 의식(意識)'이 되어 버린다. 어떤 시대에 있어서나 '의식의 역사'는 다분히 '거짓 의식'의 역사이기 쉬우나 일제하의 한국 사상사(韓國思想史)는 저절로 '거짓 의식'의 역사로 규정될 가능성을 갖는다. 한용운은 "민적(民籍) 없는 자는 인권(人權)이 없다. 인권이 없는 너에게 무슨 정조(貞操)냐."라고 썼지만 우리는 식민지 인간에게 무슨 순수며 무슨 휴머니즘이며 무슨 지성이냐고 말할 수 있을 것이다. 이것은 사회의 전체적 상황에 대하여 민감하려고 애썼던 프로 문학가들의 경우에 있어서도 마찬가지다. 민족 해방의 전략이 없는 사회주의 투쟁은 공소(空疏)한 추상론(抽象論)에 불과한 것이기 때문이다. 이것은 역사에 대하여 깊이 있는 통찰을 한 서인식(徐寅植), 박치우(朴致祐), 신남철(申南澈) 등 역사 철학자의 경우에도 마찬가지다. 김윤식 씨가 이들을 일본의 군국주의 철학(軍國主義哲學)에 연결시키는 맥락을 나는 분명히 이해할 수 없지만 하여튼 씨(氏)가 지적하는 대로 "민족, 국가, 전체, 개체 따위의 개념이 이들 식민지 역사 철학(歷史哲學)에서는 하등의 구체성 없는 개념의 유희"에 불과했다고 할 수는 있을 것이다. 그리고 의식적이든 무의식적이든 이들이 파시즘의 진로에 있어서의 한 단계처럼 보일 수 있다는 해석도 가능하다.

그렇다면 김윤식 씨가 『한국 근대 문예비평사 연구(韓國近代文藝批評史研究)』의 서문에서 들고 있는 "일제 시대(日帝時代)의 일체의 합법적 문화

행위(文化行爲)는 노예화(奴隷化)에 귀착하게 된다."는 단재(丹齋)의 명제(命題)는 수긍되는 것이다. 그렇긴 하나(김윤식 씨는 이러한 명제가 우리 문학사 연구에 어떠한 의미를 갖는가를 충분히 설명해 주는 것 같지는 않지만), 단재의 명제가 추상적인 입장에서의 전면 부정(全面否定)만으로만 해석될 수는 없을 것이다. 오늘날 우리 사회에 팽배한 윤리주의(倫理主義)의 대부분이 그러하듯이 전면 부정은 후대의 우리의 기분을 만족시켜 주기는 하겠지만 사실의 해명에는 별 도움을 주지 못한다. 어떻게 보면 노예의 역사는 늘 존재하게 마련이고 그 역사적 과정을 정확히 이해하는 것은 가장 중요한 일 중의 하나이다. 뿐만 아니라 일제하에서 이루어진 사고가 일체 거짓일 수는 없다.

아무리 시대가 어두워도 새로운 역사가 배태되는 곳은 그 어둠의 뱃속 이외의 다른 어떤 곳일 수도 없다. 그리고 아무리 사회의 표면에서만 명멸하는 현상(現象)들일지라도 그것은 이 씨앗에 관계된다. 가령 비평사에 있어서 백철(白鐵) 씨의 휴머니즘도 그것이 식민지적 상황에서 이야기되는 것이기 때문에 하나의 '나쁜 믿음(mauvaise foi)'이 되지만, 그것이 현재가 아니라 미래의 인간을 위한 준비였더라면 다시 해석될 수 있는 여지가 생길 수 있는 것이었을 것이다. 결국 모든 해방의 노력이란 인간의 가능성에 대한 탐구가 아니고 무엇이겠는가? 이것은 표면의 문화 활동(文化活動)에 관한 이야기지만, 표면 아래 있는 문화의 씨는 어디서 찾을 것인가?

4

간단히 말하여 문화 활동의 목표는 일단 문화 창조이다. 여기에 경계해야 할 것은 문화란 것이 예술이나 학문과 같은 문화의 상층부(上層部)만을 뜻하는 것이 아니라는 것이다. 차라리 그것은 인류학에서 말하는바 "어떤 인간 집단(人間集團)의 삶의 방식의 총체, 개체가 그의 소속 집단에서 습득하는 사회적 유산 일체"(클라이드 클럭혼)를 의미한다고 생각되어야 한다. 이렇게 볼 때, 문화의 총체(總體)에 있어서 의식적인 요소보다는 오히려 무의식 상태로 존재하는 생활 방식 일체가 더 중요한 부분이 된다고 하겠다. 다시 말하여 문화는 반성으로부터 무반성적인 것에까지의 폭넓은 스펙트럼을 형성하는데, 문학은 이 스펙트럼에서 반성의 위쪽에 속하며 무반성적인 것은 반영(反影)하고 동시에 그것에 작용을 가하는 것으로 생각될 수 있다. 그러니까 어떻게 보면 문학은 문화 창조의 전위(前衛)라기보다는 창조된 문화의 후위적(後衛的)인 표현인 경우가 많다고 할 것이다. 물론 문학이 전혀 수동적인 위치에 있다고 하는 것은 과장된 말이겠지만, 한 가지 말해질 수 있는 것은 문학이 문화 창조에 기여하려면 무반성적인 것의 진실에 입각해야 한다는 것이다. 민족 문화의 원핵(原核)은 이 무반성인 것에 있다. 1920년대 말의 '대중화론(大衆化論)'도 이러한 의미에서 생각되어질 수 있는 것이다.(단지 이 대중화가 무반성적인 것의 진실을 반성을 통하여 정립하는 작업으로 생각되지 않고 반성된 것의 희석화(稀釋化) 정도로 해석된다면, 그것은 대중화의 근거 자체를 몰각하는 일이 될 것이다.)

　무반성적인 것은 반성을 집요하게 거부한다. 이러한 저항은 모든 의식 작용에 대하여 커다란 십자가(十字架)가 된다. 그러나 이것은 달리 보면 그 구원(救援)이라고도 말하지 않으면 안 된다. 사상 통제(思想統制)와 같은 외부적인 악조건하에서도 문화의 핵심이 어느 정도의 자율성을 유지하는 것은 이러한 저항에 힘입은 바 큰 것이라 하겠다. 물론 이 자율성을 지나치게 강조할 수는 없다. 무반성은 결국 물질에로 침하(沈下)하며, 물질에 대한 직접적인 작용은 무반성적인 문화를 변형시킨다. 그러니까 인간의 물질적인 환경에 대한 인위적인 조정법(調整法)이라고 할 수 있는 정치는 문화 과정에 절대적인 요인이 된다.

20세기 초반의 정치 여건은, 다시 말하여 일제의 식민지 통치였다. 따라서 이 사실을 고려하지 않은 어떤 문화적인 작업도 '나쁜 믿음'이 된다. 그러나 정치는 약식(略式)의 방법에 불과하다. 뿐만 아니라 식민지 통치의 질곡(桎梏)은, 그것이 생활 방식의 자율적인 총체로서의 문화의 필요와 아무런 내적인 상관관계가 없이 행해진다는 데에 있다. 그러므로 정치와 문화가 괴리되어 있는 때일수록 문화는 찌푸려진 모습 그대로 더욱 중요한 것이라 할 수 있다. 나아가 정치의 불연속선(不連續線) 아래에서 문화 활동은 미래를 위한 유일한 준비가 되기도 한다. 임화(林和)가 일제하에 있어서의 최후의 거점으로 문학사를 생각한 것도 이러한 생각에서가 아닐까. 물론 그가 생각한 것은 피상적인 문학 활동의 기복(起伏)이 아니었다. 그가(김윤식 씨의 해설대로) 문학사의 중심 과제를 사회적 토대의 석명(釋名)과 시대적 양식(樣式)의 확인에 두고 "이 양상(樣相)을 꿰뚫고 흐르는 에스프리"를 포착하려고 한 것은 민족 생활의 원핵(原核)으로서의 문화에 이르고자 한 것으로 생각되는 것이다.

5

이렇게 말하면서 한 가지 주의해야 할 것은 민족 문화(民族文化)의 회복이 단순한 '조선주의(朝鮮主義)'를 의미할 수는 없다는 것이다. 앞에서 문화 활동은 문화 가치(文化價値)를 창조한다고 했지만, 가치란 인간 생활의 기본적인 사실의 저 너머에 따로 있는 것이 아니다. 가치가 재창조되어야 한다는 것은 삶에 필수적인 어떤 것이 결여되어 있다는 사실에서 발생하는 당위(當爲)이다. 그러니까 다시 말하여, 가치의 창조, 차라리 재창조는 그것은 통하여 살 만하지 못한 민족의 삶이 다시 살 만한 것이 된다는 전제하에 요구되는 것이다. 이렇게 볼 때, 현상(現狀)의 비판적인 검토를 거부하는 복고주의(復古主義)는 오히려 반문화주의(反文化主義)에 떨어지는 것이다. 이것은 결국 과거나 전통이 하나의 가치가 되는 것도 사실이나 또 동시에 초월되어야 할 사실이라는 것을 알아야 한다는 말이다.

앞에서 나는 민족이나 역사란 말을 썼지만, 민족이나 역사에 대해서도 우리는 똑같은 말을 할 수 있다. 이러한 말들은 요즘 마술적인 용어로서 튀어나오는 까닭에 우리는 새삼스럽게 그 내용을 잘 생각할 필요가 있다. 우리가 알아야 할 것은 전통문화의 경우나 마찬가지로, 민족이나 역사도 무엇보다도 여건 내지 조건이지 이상(理想)이 아니라는 점이다. 이것들은 인간 생존(人間生存)의 사실적 구속성(拘束性, facticité)을 이루는 요건의 일부이다. 다시 말하여 이것들은 인간의 보편적 가능성의 실현을 억제한다. 그러니까 민족이나 역사가 중요하다면 그것은 사실적 구속을 고려하지 않는 어떠한 계획이나 사고도 허무맹랑한 공상이나 거짓에 떨어져 버리기 때문이다. 세계사의 현 단계에 있어서 우리가 생각할 수 있는 어떠한 보편적인 가치도 민족이라는 인간 집단(人間集團), 그것과 다른 집단 간의 상호 작용, 또 그러한 상호 작용이 집단 내의 세력 균형에 끼치는 영향들이 얽어져서 이루는 역사를 무시하고 실현될 수는 없는 것이다. 그러나 그것은 어디까지나 수단이지 목적은 아닌 것이다. 그러나 인간 생존의 거의 모두가 자유에 대한 구속으로 작용하는 것이라 할 수 있다. 그러면서도 사람은 그의 생존 이외의 어떤 것도 사랑하지 않는다. 즉 사실의 구속성은 곧 가치도 된다는 말이다. 이런 의미에서 민족이나 역사도 가치가 된다. 그러나 참다운 의미에 있어서 그것들은 자유(自由)를 구속하는 사실성이면서 또 동시에 가능성이기 때문에 중요한 것이다.

지난 수십 년간의 한국 문학사에 있어서 가장 중요한 사항 중의 하나는 말할 것도 없이 외래문화(外來文化)의 문제이다. 이것도 위에 말한 관점에서 생각하여질 수 있다. 한국 신문학이 명치(明治)·대정 문학(大正文學) 또는 보다 확대하여 구미 문학(歐美文學)의 이민사(移民史)라고 처리될 수 있다는 것은 수긍할 만한 일이지만, 이것이 갖는 의미가 무엇인가 하는 문제는 간단히 생각되어 버릴 수는 없는 것이다. 우리가 적어도 문화의 창조를 외면하지 않는 한, 외래문화는 단순히 국수주의적인 입장에서 배척될 수도 없는 일이며, 또 문호를 개방한다고 해서 바른 수입(輸入) 태도를 쉽게 판단할 수 있는 것도 아니다.

대체로 한 문화란 통일적인 양식(樣式)을 유지한다. 그리고 이 통일은 다분히 보수적인 단일 체제(單一體制)로 굳어져 버리기 쉽다. 이 경직성은 한 사회의 지배적인 또는 지배의 이데올로기에서 가장 강력히 나타난다. 그러므로 한 사회가 다른 방향으로 발전하려고 할 때 전통적인 문화(文化)는 강력한 브레이크로 작용한다. 그런데 한 사회가 여러 가지 원인으로 하여 자체 갱신(更新)을 필요로 하는 상태에 있을 때, 거기에는 새로운 문화와 새로운 사회의 이론을 필요로 한다.(실천 없는 이론이 공허한 것이라면 이론 없는 실천은 더욱 생각할 수 없기 때문이다.)

그러나 앞에서 말한 것과 같은 문화의 단일화(單一化) 경향으로 하여, 자체 갱신의 이론은 대개 밖으로부터 온다. 문화가 독창적인 창조보다는 전파(傳播)에 의하여 만들어진다는 것은 인류학이나 고고학이 말하여 주는 초보적인 사실이다.(이것은 인간 사고(思考)의 비독창성을 말하는 것이기보다는 얼마나 그것이 사실적(事實的) 구속성(拘束性)에 깊이 뿌리를 내리고 있는 것인가를 말하여 준다.) 고고학과 인류학의 문화 전파라면 간단한 도구, 농작물 따위를 생각하기 쉽지만 이것은 여러 형태의 크고 작은 사회 제도에도 해당되는 것이다.

어떤 문화가 개혁을 필요로 할 때, 그것은 같은 문화에 있어서의 대체 전통의 발굴에 기대거나 외래 전통에 기대게 된다. 그러나 앞에서도 말했듯이 문화란 강한 단일화(單一化) 충돌을 가진 것이므로, 외래 전통이 보다 쉽게 하나의 예로서 작용할 것은 분명하다. 사회 개혁의 중요 동력(動力)으로 외국 문화가 작용한 예는 세계 역사상 너무나 많기 때문에 프랑스, 일본, 중국 등——우리는 오히려 외국 문화의 영향 없이 이루어진 사회 개혁이 있는가를 의심할 만하다. 이러한 고찰은 저절로 외래문화에 대하여 있을 수 있는 태도가 무엇인가를 밝혀 준다. 이러한 관점에서 보면 외래문화의 가치는 그것이 사회와 문화의 자기 갱신(自己更新)을 위하여 얼마만큼의 가능성을 가질 수 있는가에 의하여 재어질 수 있다고 할 수 있다는 말이다.

　이것은 한편으로는 외래문화를 어떻게 바르게 이해하느냐, 다른 한편으로는 이것을 어떻게 자국 문화(自國文化)에 관계시키느냐의 양면에서 부연될 수 있다. 외래문화를 바르게 이해한다는 것이 반드시 어떤 특정 사항들에 대한 정확한 사전적(辭典的) 지식을 가리키는 것이 아님은 자명하다. 이 점에 대한 불투명한 성찰(省察)은 우리 문학사에 있어서 적어도 내가 보기에는 쓸데없는 논쟁(論爭)과 명사론(名辭論)의 원인이 되었던 것 같다. 가령 염상섭이 서구의 자연주의를 얼마나 잘 알았느냐, 김억(金億)이 상징주의를 정말로 알았느냐 등의 문제라든가, 도대체 자연주의(自然主義), 퇴폐주의 등의 이름 자체가 이런 것들의 예가 될 것이다. 한 문화에서 다른 문화에로 도구가 전파될 때 그 도구는 단순한 물건이 아니라 하나의 유기적인 의미 체계에서 일정한 의미 단위를 이루고 있던 단편이다. 의식 문화(意識文化)의 경우 더욱 그러할 것임은 말할 것도 없다. 외래문화를 바르게 이해한다는 것은——특히 문화 전체의 자기 갱신이 문제될 때——어떤 문화 현상이라도 그것을 '삶의 방식의 전체'에 기초해 있는 단편(斷片)으로 파악함으로써 가능하다. 백과사전적인 지식이 도움이 될 수는 있지만 그것이 어떤 문화 양식의 역사적인 발전의 근본 동력(動力)에 대한 직관적인 이해를 넘어설 수는 없다. 이것은 문화가 앞에서 말한 것처럼 의식적인 요소 이상의 것이란 것과도 관계되는 것이다. 그러니까, 고도의 문자 문화(文字文化)뿐 아니라 감수성(感受性)과 통찰력을 가진 눈으로 보아진 원시 사회도 훌륭한 모범으로 작용할 수 있는 것이다. 다시 말하여 현학(衒學)과 외래문화에 대한 바른 이해와는 일치하는 것이 아니다. 이것은 영향을 받는 측의 사회의 관점에서 볼 때 특히 그렇다. 자체 갱신을 필요로 하는 문화에 있어서 문제되어 있는 것은 사는 방식 전체이다. 따라서 중요한 것은, 사는 방식의 있을 수 있는 다른 가능성에 대한 시사이다. 그러니까 다시 말하여 문화 전체에 대한 직관(直觀)이 오히려 중요한 것이다. 종국적으로 이 이해는 말할 것도 없이 우리 사회 자체의 필요성에 의하여 테두리지어진다.

그러나 이 필요성을 재는 일이란 지극히 어려운 일이다. 어떻게 하여 사회의 내부에 흐르고 있는 역사의 어두운 씨를 포착하고 문화의 상부 구조(上部構造)의 죽은 부분을 알아낼 것인가? 앞에서 우리는 외래문화가 하나의 삶의 방식으로 파악되어야 하고, 또 이것은 우리가 모색하는 삶의 가능성에 의해서 제한되어야 한다고 했지만, 실제 이 두 개의 국면(局面)이 하나의 과정이란 데서 하나의 방법론적 시사를 얻을 수는 있다. 우리 전통의 가능성은 다른 가능성과의 대비에 의하여서만 보다 쉽게 확인될 수 있다. 다시 말하여 외래문화는 우리의 문화의 가능성을 모색하는 도구가 된다. 생각건대 한국 문화사에 들어왔던 외래 사상의 불모성(不毛性)은 그것이 단순한 현학적(衒學的)인 과시(誇示)로 사용되는 경우가 있었다는 외에 분석과 모색의 도구로보다는 처방(處方)의 공식으로 사용되는 경우가 많았다는 데에 연유하는 것인지 모르겠다.(여기서 분석의 도구가 되었어야 한다는 것은 오랫동안 일제하의 비평계를 지배해 온 듯한, 비평과 창작 어느 쪽이 지도적인 입장에 서야 하는가 하는 공허한 논쟁과는 직접적인 관계가 없는 이야기다. 어떤 의미에서는 현재의 가능성을 분석하는 데서 출발하지 않는 지도(指導)가 무슨 소용이 있겠는가?)

이렇게 볼 때, 우리의 비평적 사고(思考)가 시대적인 제약으로 하여 정치·사회·경제를 포함한 문화의 총체(總體)를 대상으로 하지는 못했을망정 적어도 이러한 총체의 그늘 아래 있는 민족 문화의 속 안 깊이를 파헤치지 못했다는 의미에서라면, 우리의 문학이나 비평이 "명치(明治) 대정문학의 이식사(移植史)"에 불과하다는 것은 불행한 일이라 하겠다. 물론 책임이 반드시 비평이나 문학에 있는 것만은 아니다. 되풀이하여 사고는 진공 속에서 움직이지 아니한다. 그것은 현실의 자기 운동의 일부로서만 기능을 발휘한다. 그것은 현실에서 나와 현실로 돌아간다. 정치가 우리 머리 위 저 멀리에서 제 마음대로 움직일 때, 사고가 돌아갈 현실이 어디에 있는가? 사고는 조만간 공전(空轉)하거나 정지(停止)할 위험에 부딪치게 된다.

6

그러나 어떠한 전제적(專制的)인 정치 상황에서도 현실은 완전히 응결해 버린 것일 수는 없다. 문제는 얼마만큼의 깊이에서 사고와 물질의 접합점을 적출(摘出)하느냐에 있다.

일제 치하에서 한국 문화가 추구해 온 사고를 생각해 본다면 그것은 어떤 것일까? 한 피상적인 가설(假說)을 생각해 볼 수 있다. 출발점으로 시사적(示唆的)인 것은 김윤식 씨가 『근대 한국 문학 연구』에서 "한국 시의 여성적(女性的) 편향(偏向)"이라고 명명(命名)한 현상이다. 한국 현대 시가 그 내용이나 형식에 있어서 계속적으로 드러내 온 '여성적인 편향'은 무엇을 의미하는가? 김윤식 씨가 지적하는 대로 전기(傳記), 한(恨)의 전통, 신화적(神話的) 원형(原型) 등의 원인이 있을 것임은 분명하다. 그러나 여기에 추가하여, 그것은 한국의 정통 문화에 있어서의 에로스의 위치에 대하여 무언가 이야기하여 주고 있는 것이 아닐까? 유교의 세계에서 지하(地下)의 생명만을 허락받은 성적(性的) 충동이 시에서 모든 것을 에로스의 눈으로 성화(性化)하려고 하는 '여성적 편향'으로 두드러지게 나타난 것인지도 모를 일이다. 안서(岸曙)의 여성적인 시어(詩語)가 한국 시에 결정적인 영향의 근원이었다면, 그것은 시조(時調)나 최남선의 남성적인 언어에 비하여 한국어 자체의 내적인 요구에 부응하는 것이었기 때문이었을 것이다. 이것은 오늘날에 있어서도 마찬가지다. 우리 시는 아직까지도 여성적인 언어에 대한 욕구 속에 살고 있는 것이다.

에로스적 충동은 다른 현상들에 연결된다. 그것이 한국 문학에 두드러지게 나타난 것은 오랫동안 무시되어 왔던 육체가 인간 생존의 당연한 일부로서 회복되기를 요구한 것이라 할 수 있다. 정지용과 같은 시인에 의한 감각의 실험이 큰 영향을 끼친 것도 이러한 욕구에 연관된 것이라 할 수 있다. 그런데 감각은 육체가 스스로를 확인하는 방법이면서 또 다른 한편으로 육체가 세계로 나아가는 창문이라 할 수 있다. 사실 육체의 상실은 그것에 그치는 것이 아니라 세계의 상실을 의미한다. 육체로서 파악되지 아니한 세계는 공허한 추상(抽象)으로 떨어져 버리기 때문이다. 시는 존재라는 박용철(朴龍喆) 등의 순수시론(純粹詩論)이나 존재론적(存在論的) 비평도 여기에 관련시켜 볼 수 있다. 그것은 세계를 망실(亡失)케 한 추상화 작용에 대한 반대 명제로 성립하는 것이다. 존재론적 시론이 밝히려는 세계는 감각과 시가 새로이 창조하는 세계인 것이다.

이것은 보다 확대해 볼 수 있다. 여성적인 것, 육체의 언어, 감각 또는 존재로서의 시 등 — 일련의 현상들이 표현하고 있는 것은 육체에 자리한 지향적(志向的)인 존재로서의 인간이 체험으로써 우리 자신의 일부가 될 수 있는 세계를 회복하려는 노력이었다고 볼 수 있기 때문이다. 이것은 매우 조잡한 가설(假說)이지만 한국 문화가 체험의 가능성으로서의 세계를 추구했다는 것은 사실이 아닐까? 결국 이것은 모든 문화에서 그렇듯이 문화의 충동이 에로스에서 온다는 일반론에 불과한 것이지만 한국 문학도 여러 악조건(惡條件) 속에서도 인간의 전인적(全人的)인 가능성의 실현을 위하여 노력하였다는 말이 되기도 할 것이다.

에로스의 요구가 인간 현실의 깊은 진실에서 나오는 것이라 하더라도 그것이 얼마나 구체적인 가능성이냐 하는 것은 별개의 문제이다. 사실 어려운 문제는 원천적인 충동보다는 그것과 현실 조건과의 관계에 있는 것이다. 그리고 이 조건을 총괄적으로 검토하는 역할을 한 것은 시보다는 차라리 사회나 문화에 대한 비평적 사고다. 이러한 비평적 사고가 과거에 전혀 없었던 것은 아니지만 그것이 얼마나 한국 사회와 문화의 구체적인 사실과 가능성에 투철했었던가는 의문이다. 뿐만 아니라 설사 그러한 철저한 문화 이론이 있었다 하더라도 오늘날에 있어서 그것은 하나의 모범에 불과할 뿐 우리 자신의 사고를 대신하지 못하는 것임은 말할 것도 없다.

7

김윤식 씨의 두 저서 『근대 한국 문학 연구』와 『한국 근대 문예비평사 연구』는 이러한 사고를 진행시킬 근거가 될 자료를 정리해 준다. 이 책들은 특히 후자는 일제 치하에 있어서의 문학 사상에 관한 기초 자료를 놀라운 부지런함으로 수집·정리하고 있다. 적어도 자료가 보다 널리 사용할 수 있는 것이 될 때까지는 이 책들은 이번 세기에 있어서 한국 문학 사상을 연구하는 데 빼놓을 수 없는 지침이 될 것이다. 이 책들의 참고 서목과 분류법은 문학 사상 연구와 비교 문학적 연구에 좋은 출발점이 될 것이다.

그러나 이것은 다시 한 번 출발점이다. 나는 현실과 관계없는 빗나간 사고의 소산을 의견이라고 부른 바 있지만 이 의견은 사고 자체의 결함에서 생길 뿐만 아니라 역사 과정의 추이(推移)에서 발생한다. 그러한 추이의 하나는 사고의 소산이 후대에 의하여 제대로 계승되지 않는 일이다.(결국 사고(思考)는 사회의 여러 성원들 사이에 반향(反響)되고 계승됨으로써 현실의 일부가 된다.) 유감스럽게도 이들 책에 대표되어 있는 제 비평가의 견해들은 대부분 이래도 저래도 좋은 의견들처럼 들린다. 이것은 그것들이 본래 그랬었기 때문일 수도 있고 또 받아들이는 측의 미비(未備)로 그럴 수도 있다. 사실 이 책들의 필자는 부단히 전대(前代)의 비평을 정리하고 거기에 비평을 가하고 있지만 그러한 비판이 얼마나 단순한 의견의 경지를 넘어서는지는 모를 일이다. 얼른 받는 인상으로는 재단적(裁斷的) 의견들의 속출(續出)은 오히려 실증적 기록의 훌륭한 기념비였을 이 책들의 커다란 흠집이 되는 것 같다.(물론 앞에서 말했듯이 실증적인 사료의 집성만으로써 역사가 성립하느냐 하는 것도 문제이긴 하나.) 지금은 의견의 시대이다. 바른 사고가 부재(不在)하는 곳에 의견은 사고를 대신한다.

(1973년)

문화·현실·이성

유종호의 『문학과 현실』

1

영국 시인 존 던(John Donne)의 해학적인 단시(短詩)에 사람이 하기 어려운 일들을 나열하고 있는 것이 있는데, 그는 이 시에서 떨어지는 별똥 잡기, 여자 정절 지키기 등과 아울러 외국 갔다 온 사람 입 다물기도 어려운 일 중에 어려운 일로 들고 있다. 조금 기발한 지적이지만 외국 다녀온 친구를 가진 사람은 물론 외국에 다녀온 사람 자신도 이 지적에 동의를 표하지 않을 수 없는 경험을 가진 일이 많을 것이다. 대개 사람의 입을 다물게 하는 일이 어려운 것임은 권력자를 포함하여 많은 사람이 잘 알고 있는 사실이다. 이것은 사람이 제 잘난 맛에 사는 동물이기 때문이기도 하겠지만, 사실이나 진리(眞理) 자체가 말하여지지 않고는 못 견디는 강박성을 가진 때문이라고 말할 수도 있다. 진리가 종국적으로 진리가 되는 것은 공동의 진리가 됨으로써인 것이다. 외국 여행에서 돌아온 사람을 우리는 조금 관대하게, 자기 홀로 떠맡은 진리의 십자가를 메고 괴로워하는 사람의 한 종류로 볼 수도 있다. 짧은 외국 여행에서 돌아온 사람의 말을 어디까지 진실한 것으로 받아들일 것인가 하는 것은 물론 별개의 문제이다. 흔히 이들의 말은 우리로 하여금 사회와 문화에 대한 상식적인 지식 일반에 대하여 심각한 인식론적 회의를 가지게 한다.

나는 얼마 전에 미국학(美國學) 관계의 일로 일본에 다녀온 일이 있다. 내가 일본 여행에서 받은 인상도 매우 의심스러운 값어치밖에 갖지 못하는 것이나, 그것은 적어도 나 자신에게도 어떤 암유적(暗喩的)인 의미를 갖는 것이었다.

잠깐의 일본 체류 중에 인상 깊었던 것은(많은 관광객이 이야기했듯이) 교토(京都) 방문이었다. 우선 산업 문명의 모든 열병과 비대증(肥大症)과 속도에 휩싸여 있는 도쿄로부터 빠져나오는 사람에게 교토는 보다 여유 있는 생활의 속도와 사람의 힘에 맞가운 크기로서 안도의 숨을 쉬게 하는 곳이다. 이것은 교토의 구시가의 부분에서 특히 그렇다. 구시가의 길은 보행자를 압도하는 아스팔트의 사막이 아니라 사람이 걸어 다니고 가게에 들르고 하는 데 알맞은 정도의 크기와 계획을 느끼게 하고, 주로 눈에 띄는 집들도 그 딱딱한 콘크리트에 벽돌로 사람을 밀어내는 듯한 새로 일어서는 계급의 성곽들이 아니라 꺼멓게 풍화(風化)한 나무와 회벽을 많이 사용한 조그마한 규모의 것들이었다. 이런 집들 사이에 담장이 있다면 그것은 보통 꽃이나 나무의 생울타리로서 도적을 방지하는 방책보다는 개인적인 정밀(靜謐)의 영역을 표지하고자 하는 인간의 원시적 충동의 표현이라는 인상을 주었다. 아이들이 짝을 지어 학교에 가기도 하고 자전거를 타고 놀기도 하는 길거리는 전체적으로 사람이 한곳에 오래 살며 길들이는 사이에 너무 모나지 않게 너무 어지럽지 않게 가꾸어진 곳이라는 느낌을 주었다. 교토는 고적의 도시로 알려져 있거니와 호감은 주는 것은 고적들이(특별히 유명한 곳은 다르겠지만) 일상생활의 구역과 따로 저만큼 떨어져 있는 것이 아니라 아이들의 공부와 놀이, 어른의 일과 여가의 일상 속에 섞여 있다는 사실이었다.

무슨 판단을 내리기에는 너무 짧은 동안의 마지막 시간을 나는 일본인들이 하이델베르크에서 배워 왔음 직한 '철학의 길'이라는 곳을 산보하면서 보냈다. 한쪽으로 여염집들을 끼고 수목이 무성한 언덕 밑을 둘러 낸 자갈길은 명소라고도 할 수 없는 소박한 산보로였다. 그러나 노변에는 심심치 않게 푯말이나 비석들이 있어 역사를 느끼게 하고, 길에 가꾼 꽃과 '철학의 길을 아름답게 하는 회(會)'라는 표지는 현재의 손길을 말하여 주었다. 아침 일찍이어서인지 길에는 별로 사람이 보이지 않았다. 어느 중년의 남자가 들꽃 한 송이를 들고 언덕을 내려오고, 할머니 한 사람이 집 앞의 울타리를 매만지고 있을 뿐.

이런 조용하고 예스러운 공기로 하여서인지 같이 산보길에 나섰던 나의 미국인 친구는 나에게 물었다. 내가 지키는 어떤 개인적인 의식(儀式)이 있는가 하고. 분재(盆栽)의 취미를 가졌다든지 또는 다도(茶道)를 익힌다든지 하느냐는 질문이었다. 이런 질문은 그의 마음속에 오래 맴돌고 있던 것으로서 나에게보다는 차라리 스스로에게 던져 보는 것이었을 것이다.

몇 년 만에 만난 우리는 그 전날 숙소에서 피차의 삶에 대하여 가지고 있는 방향 감각을 맞추어 보았었다. 이것은 불가피하게 우리의 개인적인 삶과 세상 형편과의 관계를 아울러 저울질하게 했다. 나의 친구의 생애에는 두 가지 강한 인력이 작용하고 있었다. 그는 젊어서부터 동양 예술과 동양적인 삶의 양식에 크게 끌렸었다. 서양 문명의 열띤 회오리 속에 자라난 그로서 동양은 조용하고 조촐하면서 보다 보람 있는 삶의 한 방식을 나타내고 있는 것처럼 보였을 것이다. 그러나 그가 동양에 관계되는 논문을 쓰고 대학교수 생활을 시작한 것은 흑인 민권 운동(黑人民權運動)에 참가하여 유치장 생활을 한 것과 거의 같은 때였다. 동양의 평화에 대한 동경은 그로 하여금 사회적 평화에 무관심할 수 없게 하고 사회적 평화는 사회 정의 없이는 불가능하다는 것을 깨닫게 했을 것이다. 사회 제도의 부정의 첫 경험 이후, 비록 직접 정치 운동에 참가할 기회는 적었지만 정치는 그의 관심을 떠나지 않은 성싶었다. 그러나 동시에 동양 예술이 약속해 주는 듯한 소박한 초월의 세계 또한 늘 그의 관심 속에 있었다. 이것이 지난 몇 년 동안 그로 하여금 교토 같은 도시를 몇 차례 찾아오게 한 것이었을 것이다.

나는 '개인 의식(個人儀式)'에 대한 그의 질문에, 그러한 의식을 가져 보았으면 하고 생각하는 때는 더러 있었지만, 실제 그것을 가져 보지는 못하였다고 하였다. 그는 나의 답변을 보충하여 설명한다기보다는 스스로의 질문에 스스로 답하듯 정치 의식과 개인 의식과는 병행하기 어렵다는 말을 했다.

물론 그도 잘 알다시피 늘 그랬던 것만은 아니었다. 연전(年前)에 다른 한 친구는, 어려운 때일수록 잘 끓여진 한 잔의 차, 잘 연주된 한 편의 음악이 중요하다는 이야기를 써 보내왔다. 동양에서는 예로부터 차라든가 서도(書道)라든가 명상이라든가 하는 것이 난세에 사는 그리고 또 어차피 불완전하게 마련인 세계 속에 어느 정도의 안정을 얻는 한 방법이었다. 물론 이것은 단순한 도락으로라기보다는 주로 선(禪)과 자연 숭배에 기초한 문학의 한 부분으로서 그 문화가 가지고 있는 어떤 정신 내용을 환기해 주는 상징 의식(象徵儀式)의 역할을 하였다. 하여튼 문화의 뒷받침 속에서 차 한 잔은 세상의 혼란에 맞설 수 있는 무게와 깊이를 가질 수 있었다. 차와 같은 것이 보다 넓은 문화의 일부를 이루었다면, 부분은 또한 문화의 전체 속에 커다란 메아리를 일으켰다. 가령, 오카쿠라 가쿠조(岡倉覺三)의 『차(茶)와 서(書)』에 의하면 다도(茶道)는 16세기 이후의 일본의 건축 양식, 실내 장치, 도자기, 직물, 그림, 칠기 등에 넓은 영향을 끼쳤고 일본 사람들의 정신생활에도 없을 수 없는 한 부분을 이루었다. 관광객이 보는 교토의 인상도 사실은 차와 선불교(禪佛敎)의 일본식 정원과 — 이러한 조촐한 초월의 기술을 포함했던 옛 문화의 한 단편인 것이다.

동양 전통에 있어서 예술은 일본의 차(茶)와 비슷한 것이었다. 그것은 하나의 도락이면서 정신의 기술이었다. 그러면서도 그것은 주로 엄숙하게 굳어 있는 도학자(道學者)의 얼굴을 가진 것이라기보다는 일상생활과 문화 일반의 자연스러운 일부를 이루었다. 그것은 크게 떠들어지는 것보다는 조용히 이야기되고 이야기되기보다는 단지 생각될 뿐이었고 생각되기보다는 담담한 삶으로서 살아지는 것이었다. 그리하여 예술은 참으로 단순히 생활의 문채(文彩)가 되고 생활의 문채이면서 천지 자연(天地自然)의 영묘함을 드러내어 주는 것이라고 생각될 수 있는 것이었다.

이렇게 정의되는 예술에서 중요한 것은 그것이 근본적으로 같은 정신에 의하여 충동되어지는 문화의 일부를 이룬다는 것이다. 그런 때 차 한 잔이 그럴 수 있는 것과 같이 시 한 줄, 그림 한 폭, 한 가락의 노래가 문화와 시대의 한 표현이 되고 그 전 무게를 지탱하는 것이 될 수도 있다. 이때 예술은 정해진 테두리 안에서 그 창조적 기능을 수행한다. 그것은 우리가 감식력(鑑識力)을 세련시켜 세계에 대한 우리의 관계를 깊이 하고 또 나아가 감식력의 심화를 통하여 새로운 세계를 연다. 이렇게 하여 깊어지고 새로 열리는 세계는 사회의 모든 성원에게 독자적인 보람과 행복의 영역을 확보하여 줌으로써 최선의 상태에서도 불가피하게 마련인 인간 상호 간의 투쟁을 평화롭게 하는 데 기여한다.

물론 문화의 조화 작용에 대한 이러한 생각은 다분히 허상(虛像)과 허위 의식을 포함하고 있을 것이다. 이것은 관광객이 교토에서 얻는 인상이 군국주의와 산업 사회의 여러 모순 속에 표류해 온 일본에 대한 허위 의식이 되는 것과 같다. 그러나 긍정 의식으로서의 예술이 늘 허상의 인식인 것은 아니다. 예술의 허위화(虛僞化)는 전체와 부분의 관계에서 일어난다. 간단히 말하면 그것이 한 사회의 전체성을 표현할 때 그것은 그만 진실이며 그것이 부분으로 후퇴하면 할수록 거짓이라고 할 수 있다. 이 전체성은 단순히 양적인 총체를 의미하는 것이 아니라 동력학적으로 파악된 역사적 발전의 전부이다. 한 시대의 진실된 예술은 다음의 역사 단계에서 거짓의 예술이 되기도 한다. 달리 말하면 한 문화 의식은 한 사회의 전체성을 나타내되, 동시에 역사의 창조적 추진력의 일부를 이루며 변모해 갈 때 그 진실성을 유지한다고 할 수 있다.

2

우리 문학도 전통적으로 하나의 정신 기술로서 파악될 수 있는 것이었다. 정신 기술 또는 생활적 표현 면에 있어서 고등(高等)한 고락으로서의 문학은, 그것이 전통 사회의 퇴영적 보수성에 어떻게 결부되어 있었던지 간에 그것대로 사회 전체의 핵심적인 진실을 표현하고 그것 나름의 타당성을 가진 것이었다. 그러나 지난 세기말(世紀末) 이래 우리가 겪은 급격한 사회 변화는 그렇게 파악된 문학 행위를 하나의 환상 및 환상적 자위 행위가 되게 하였다. 한밤의 달을 읊고 있던 과거의 시인은 달이 지고 대낮이 되어 버린 것도 모르고 달을 노래하고 있는 사람처럼 된 것이다. 새로운 세월과 더불어 문학에 주어진 최대의 과업은 이러한 과거의 환상에서 깨어 현실 그것의 동력학에 눈을 돌리고 거기에서 새로운 조화 또는 조화의 준비를 탐구하는 것이었다. 이것이 어렵고 불쾌하고 많은 불협화음(不協和音)을 일으키는 것임은 어쩔 수 없는 일이다. 이 어려움은 신문학(新文學)이 시작한 이래 지금껏 새로운 각성의 필요성이 줄곧 이야기되지 않으면 안 되었다는 데서도 알 수 있는 일이다. 6·25 이후도 이것은 계속 이야기되어 왔는데, 이중에도 유종호 씨는 가장 일관성 있게 또 줄기차게 이를 이야기해 온 평론가의 한 사람이다. 그는 이미 『비순수(非純粹)의 선언(宣言)』에서도 이러한 입장을 천명한 바 있지만, 이번의 『문학과 현실』에서 이를 보다조리 있고 설득력 있게 이야기하고 있음을 우리는 확인할 수 있다.

그의 주제는 문학의 현실에의 복귀이다. 그것은 작가적 관심의 우리 사회에로의 집중을 말하고 그것도 정태적인 의미에서가 아니라 진보하는 역사의 관점을 지니고 현실로 복귀하는 것이기 때문에 불가피하게 사회 현실의 비판을 주장하고 또 역사의 진보는 모든 사람의 자유와 평등을 의미하기 때문에 민중적 현실에의 동화(同化)를 요구하는 것이다.

이러한 요구의 당위성은 지식인의 위치에 대한 일반적인 고찰이나 서양 문학에 있어서의 원형적인 문제를 생각해 볼 때 쉽게 드러난다. 그러나작가와 현실과의 관계는 현대 한국 문학사를 돌이켜 볼 때 보다 선명하게규명된다. 유종호 씨의 입장에서 판단해 볼 때, 한국 현대 문학의 원로들은따라야 할 모범으로보다는 계고(戒告)적인 존재로서 우리에게 어떤 교훈을 준다. 가령 이광수의 '지도자적 복음주의'는 작가의 올바른 현실에 대한 태도와는 분명하게 구분되어야 한다. 이광수가 민족의 현실에 관심을가졌던 것은 사실이나 그의 '선량 의식'은 필연적으로 민중과의 어떤 거리 의식을 가져왔고, 다른 한편으로 행동이 없는 '정신주의(精神主義)'의 유약함을 낳았다. 이효석과 같은 경우에 있어서는 오히려 선량 의식 ─ 또는그 다른 형태의 표현이라고 할 수 있는 사명감의 결여로 하여 소외 감정의미학 '창백한 초속주의(超俗主義)'를 낳았다고 유종호 씨는 지적한다. 더 극단적인 현실 유리(遊離)는 이상(李箱)에서 볼 수 있다. 그의 모더니즘은 근본적으로 자국 문화에 대한 모멸과 서양에 대한 열등의식의 소산인, 서양을 따라붙어야겠다는 초려감(焦慮感), '추적 망상(追跡妄想)'의 표현에 불과하다. 이것이 그의 정신 귀족으로서의 자세의 근본을 이룬다. 유종호 씨는 이렇게 진단한다.

'추적 망상'으로 인한 현실 이탈은 유종호 씨 자신 그렇게 분명하게 말하고 있지 않지만, 이광수나 이효석에 있어서도 작용했을 것이고 사실 현대 한국 문학사의 대부분의 작가가 어떤 형태로든지 대결하지 않으면 안되었던 문제라고 할 수 있다. 유종호 씨는『문학과 현실』의 평문(評文) 여러 곳에서 이 문제를 다루고 있는데 이것은 당연한 일이다. 그의 서양 일변도 지식인에 대한 강한 반감은 그가 많은 유보(留保)를 두면서도 동감을 가지고 인용하고 있는 김성한(金聲翰) 씨의 지식인상(像)에 잘 요약되어 있다. 이런 지식인은, "갈수록 멀어져 가는 이역, 그 이역과 고향 땅 사이에 성을 쌓고 도랑을 파고 이방인으로 행세하며 고토(故土)의 원시에 침을 뱉는 일당이었다. 침을 뱉으면서 이를 침노하여 자행하는 파렴치한들의 앞잡이……."라는 것이다. 작가가 이러한 유형에 속한다는 것은 가장 타기할 노릇이다.

그러나 그렇다고 해서 유종호 씨가 맹목적인 국수주의를 옹호하는 것은 아니다. 그는 분명하게, 또 암시적으로 민족 옹호론(民族擁護論) 뒤에 숨어 있는 보수주의, 반(反)지성주의를 경고하고 있다. 사실 그가 항의하고 있는 것은 무비판적인 서양 취미 또는 그 변형으로 서양의 역사를 송두리째 삼켜 넘기고 서양 것 가운데도 요새 것일수록 좋다는 '직선적(直線的) 진화론(進化論)'이다. 이에 대하여 우리가 마땅히 받아들여야 하는 것은 계몽사상가(啓蒙思想家)들의 비판 정신이며 그 계승자라고 볼 수 있는 비판적 현실주의의 입장에 서 있는 서구의 작가들이다.

이러한 서양의 지적(知的) 전통에 대한 선택적 접근은, 유종호 씨가 옹호하는 바른 현실 복귀의 방법에 연결되어 있다. 앞에서도 언급한 바와 같이 그는 작가가 현실에 복귀하는 것은 가장 중요한 일이지만, 이것이 지나친 현실 밀착이 되어서는 아니된다고 생각하고 있다. 이러한 입장은『문학과 현실』의 가장 긴 작가론(作家論)인 염상섭에 관한 글에서 잘 밝혀져 있다. 『만세전』, 『삼대』 등이 그 밀도 높은 현실성으로 하여, 뛰어난 작품으로 평가될 수 있는 데 대하여 현실감의 묘사에 있어서 오히려 보다 능숙한 솜씨를 보여 주는 후기의 작품들이 그렇게 평가될 수 없는 것은 이런 차이로 인한 것이다. 전기의 작품들은 뛰어난 현실 묘사 이외에 강한 비판 의식 또는 적어도 분노를 담고 있지만 후기의 작품들에서 현실 감각은 현실 영합 아니면 허무주의적인 체념과 구분할 수 없는 것이 되어 버린다. 이런 차이는 어디에서 오는가? 전기의 분노는 '어두운 오늘을 극복하려는 내일에의 비원(悲願)'에서 나오며 만년의 '현실 추구주의'는 오늘도 내일도 없는 닫혀진 세계를 불가변의 세계로 받아들이는 데서 온다고 유종호 씨는 말한다.

　이러한 염상섭 비판의 전제가 되어 있는 것은 근대 서양 역사의 소산인 진보의 개념이다. 여기에서 사회는 정태적인 것이 아니라 동적인 과정 속에 있는 것으로서 역사의 흐름 속에서 파악된다. 이 역사의 마땅한 진전은 자유 평등의 확대를 가져오는 것이다. 이것은 주로 이성적 질서의 사회 전반에로의 확대에서 오는 실용적 결과이다. 따라서 역사의 바른 진전에 있어서 이성의 옹호자로서의 지식인의 현실 비판은 가장 중요한 역할의 하나를 맡는다.

　어떻게 보면 유종호 씨의 비판적 현실주의의 문제는 지식인의 문제로 환원된다. 『문학과 현실』에서 가장 많이 논의되어 있는 것이 지식인의 문제인 것은 이런 각도에서 이해될 수 있다. 지식인의 근본 임무는 역사의 수레바퀴를 바른 방향으로 나아가게 하는 데 있어서 이상과 현실의 거리를 끊임없이 측정해 내는 데 있다. 그러나 이러한 그의 위치가 선량 의식을 불러일으켜서는 안 된다. 그는 늘 민중적인 것에 스스로를 일치시켜야 한다. 그러나 오늘날의 현실에서 지식인은 오히려 여러 '비력(非力)'의 증상에 빠질 위험성이 더 크다. 허무주의, 비행동적 순응주의와 같은 것은 극복되어야 한다. 선량 의식과 '비력'의 자각 증상 사이쯤에 위치하고 있는 것이 현행 질서에 봉사하고 있는 지식의 기능공(技能工)들이다. 이들은 지식인의 병폐를 가장 잘 드러내고 있는 자들로 가장 피해야 할 자세를 대표하고 있는 자들이라고 판단되어야 한다.

3

다시 말하면 지식인의 임무는 '이성적인 사회'의 실현에 있으며 이것은 가장 끈질긴 현실과의 투쟁을 필요로 한다. 이것은 『문학과 현실』에서 잠시도 잊히지 않고 있는 테제이다. 앞에서 본 바와 같이 이것은 여러 가지 측면에서 논의되고 강조되어 있다. 이 강조는 어떤 독자에게는 지나치게 강박적이고 지나치게 추상적이라는 인상을 줄는지 모른다. 이것은 유종호 씨의 개인적인 편향(偏向)으로 인한 것일는지 모르지만, 다른 한편으로는 시대적 상황의 긴급성이 부과하는 불가피한 편향이라고 할 수도 있다.

앞에서 말하였지만 이상적으로 볼 때 문화는 — 나아가서 정치까지도 — 억세게 주장된 말보다는 창조적인 생활로서 존재하는 것이 바람직하다고 할 수 있다. 문화의 이상적 모습이 우리가 사는 세계와 우리 존재와의 조화에 있다면 주제화되고 대상적으로 파악된다는 것은 이미 '그저 있음'의 조화가 깨뜨려졌음을 말한다. 되풀이되고 도덕적인 의무가 되고 투쟁의 슬로건이 되는 언어가 자연스러운 조화감을 깨뜨리는 것은 어쩔 수 없는 일이다.

문화는 현실의 창조적 변형의 소산이다. 그 근본은 현실 자체가 가지고 있는 창조적 이성에 있으나 이 이성은 인간의 창조적 과정을 통해서 사회생활의 전면에 확대 적용된다. 이것은 거친 투쟁과 화해(和解)의 과정을 동시적으로 포함한다. 문화의 근본 공약으로서의 이성은 우리에게 안식처를 제공해 주면서 동시에 하나의 필연적인 계약으로 작용한다. 문화의 창조는 한편으로 문화의 근본적인 이성을 정립하는 일을 하면서 다른 한편으로는 그 세련과 장식을 통해서 문화의 이성을 부드러운 것으로 변형시킨다. 이러한 양면 작업이 붕괴한 곳에 새로운 문화의 작업은 전체적인 이성을 정립하는 방향으로 갈 수밖에 없다. 이것은 현실과 문화의 창조적 접합점에로의 복귀로써 가능하다. 이때 문화와 현실의 이성이 거친 강박성, 전투성을 띠는 것은 불가피하다.

그러면 유종호 씨의 입장의 추상성은 어떻게 이해될 수 있는가? 이것은 한국의 실정에 있어서의 현실에의 복귀가 복잡한 매개를 통해서만 이루어질 수 있다는 데에 기인한다고 할 수 있다. 문화의 새 이성은 현실에서 온다. 이때 현실은 사회 내부에서 태동하고 있는 새로운 역사의 이상이다. 이렇게 보면, 새로운 이성의 확인은 비교적(적어도 이론적으로) 용이할 것처럼 보인다. 그러나 그렇지 않은 것이 실상인 것이다. 이성은 현실의 모순 속에 배태되는 잠재력으로서, 바로 그 모순으로 인하여 역사의 동력이 되지 못하고 있는 새로운 힘이라고 정의할 수 있다. 그러나 세계사의 테두리 속에서 이성은 늘 이러한 잠재력 또는 내재하는 힘으로만 생각될 수 없다. 민족사가 얽혀져 이루는 세계사의 시스템 속에서 한 사회의 발전은 스스로의 발전에 맡겨지지 않고 전면적으로 부정될 수 있다. 우리는 앞에서 유종호 씨의 역사적 이상이 서구의 계몽사상에 연유하는 것임에 언급하였다. 이것은 유종호 씨의 경우에 한하는 것은 아니지만, 이러한 서구의 이상과의 관련은 우리에게 한국의 역사가 한국의 역사만으로는 지양될 수 없지 않을까 하는 의구심을 갖게 한다. 염상섭의 현실 감각의 심화가 정체적인 '현실 추구주의'에 귀착했다는 것은 무엇을 의미하는가? 한국 현실의 추구가 현실 속에 익사하는 결과를 가져왔다는 것은 염상섭의 개인적 선택과 아

울러 당대의 사회의 한 진상을 이야기해 주는 것이 아닐까? 달리 말하면
염상섭이 필요로 했던 것은 바로 유종호 씨가 그를 비판하는 데 사용한 진
보(進步)의 이념이었다고 말할 수 있다. 현실을 이해하고 분석하는 데 현실
의 밖에서 오는 이념을 적용하고 또 이를 필요로 한다는 것은 우리의 지적
작업을 추상적인 것이 되게 할 수밖에 없다.(지식인의 문제가 핵심적인 문제가
되는 것도 이러한 역사적 사실과 이러한 이해(理解)의 구도(構圖) 속에서이다.)

앞에 비친 어쩔 수 없는 사정 외에『문학과 현실』의 주장이 추상적인 것
은 이 책의 접근법과도 관계있는 것으로 보인다. 조금 단순화하여 말하면
『문학과 현실』은 문제를 주로 도덕적 선택의 문제로서 제기한다. 가령 어
떠한 작가가 '초속주의자'가 된다든지 '고고(孤高)한 이방인'이 된다든지
하는 것이 도덕적 결단에 의존하는 선택 가능성의 어떤 문제로 생각되어
져 있다는 말이다. 그러나 사실 웬만한 지식인에게도 '비교적 매이지 않는
입장'에 서서 도덕적·지적 선택을 한다는 것은 어려운 일이다. 결국 '매이
지 않는 진리'는 우리 생존의 왜곡을 — 우리의 생각은 생존의 왜곡에서
나온다. — 초월하려는 부단한 노력에 의하여서만 수렴되는 것이라 할 수
있다. 어떻게 보면 한 사람이 '초속주의자'가 되는 것은 그의 지적인 선택
에 의하여서보다 그 생존의 논리에 의하여서이다. 우리가 탐구해야 할 것
은 어떤 생각이나 입장이 얼마나 바른 선택인가 하는 추상적인 문제와 아
울러 우리의 선택의 개인적인 실존과의 연관 관계이다.

사실 유종호 씨가 의도한 것은 이러한 구체적인 삶의 논리에 대한 탐구
가 아니고 분명한 문학적 사고의 지표 제시였다고 말할 수 있지만, 또 한편
으로 그의 주장의 추상성은 한국의 지적 전통에서 저절로 우러나온 것으
로 보아질 수도 있다. 이 전통은 일의 근본적인 해결책으로서 어떤 도덕적
인 결정, 그중에도 지적 엘리트의 영웅적인 선택을 중요시했다. 지식인이
나 작가의 경우 그들의 생존이 다분히 의식적인 선택에 의하여 결정되고

그것이 다른 사람에게 중요한 범례가 된다는 것은 사실이다. 그러나 보다 중요한 것은 의식적 선택의 한정 조건이 되는 생존의 논리이다. 그러나 최근 세계사가 민족적 생존의 내재적 동력의 무자비한 파괴로 특징지어진다고 할 때, 생존의 논리의 탐구가 매우 어려운 일이 되는 것임을 말할 필요도 없다.

그래도 역시 우리 사회의 내부에 어떤 내재적인 이성의 역사가 없었다고 말할 수는 없다. 한국인들이 계몽사상의 이념에 공명해 왔다는 사실만도 추상적인 차원에 있어서의 지적인 동의로만은 해석될 수 없는 일이다. 그것은 내적인 요구와 외적인 영향의 일치로 보아져야 할 것이다. 그러긴 하나 대체로 한국 역사의 현실 자체에 있어서의 내재적 이성의 탐구는 진정한 '귀환(歸還)'을 위한 우리의 노력에 있어서 보다 어려운 과제로 남아 있다고 할 수밖에 없다.

유종호 씨는 『문학과 현실』에서 바른 역사적 이성이 무엇인가를 확인해 준다. 또 이 이성의 관점에서 우리 문학과 현실을 어떻게 보아야 할 것인가를 이야기해 준다. 이제 우리의 삶이 (지식인으로서의 생각 또는 태도가 아니라) 어떻게 이러한 이성을 드러내고 또 벗어나며 또 우리 대부분이 그 속에 잠겨 있는 개체적 삶의 어둠으로부터 어떻게 이성의 밝음으로 나아갈 수 있는가를 탐구하는 일은 우리 모두의 남은 과제가 되겠다. 여기에는 추상적인 이성에 현실을 비추어 보는 작업보다는 현실에 내재하는 자기 초월(自己超越)의 원리, 즉 역사적 이성에 대한 모색이 긴요할 것으로 생각된다.

(1975년)

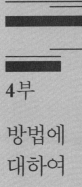

4부

방법에
대하여

주체의 형식으로서의 문학

작품 해석의 전제에 대한 한 성찰

생각을 시작하기 전에 이미 존재하고 살고 있는 것이 사람이라고 할 때 사람의 의식 활동은 적어도 발생적인 관점에서는 하나의 사후 추적 행위(事後追跡行爲)라고 할 수 있다. 그것은 이미 앞서 가고 있는 삶을 새로운 통일성 속에 거둬들이고자 한다. 물론 이것이 삶 자체에 대하여 전혀 별개의 활동을 이루는 것은 아니다. 삶 그 자체는 이미 자기 동일성(自己同一性) 속에 있으며 그 안에는 이미 의식 활동이 개입되어 있다. 따로 떼어서 의식이라고 부르는 활동은 이미 있는 의식 작용에 대한 2차적인 반성이 된다. 그러나 그것은 다시 말하여 삶 자체의 자기 회복 운동(自己回復運動)에 불과하다. 이 운동도 삶 그것의 자발적인 운동의 일부를 이루는 한, 의식 작용도 그 사후적(事後的)인 성격을 넘어서서 삶의 전진 운동의 일부가 된다. 이렇게 의식과 삶의 관계는 간단히 이야기할 수는 없는 것이다. 그러나 여기서 내가 의도하는 바는 이러한 관계를 따져 보자는 것이 아니라 우선 간단히 말하여 의식이 삶에 대하여 갖는 부현상적(副現象的)인 관계를 가끔 상기할 필요가 있다는 것을 지적하고자 하는 것뿐이다. 이런 상기의 필요성은 비평 활동에서도 이야기될 수 있으며 또 비평의 어떤 특정한 문제를 생각할 때도 이야기될 수 있다. 가령 문학 작품의 해석의 방법을 생각하고자 할 때, 우리는 어디에서 출발하여 마땅한가? 그것이 유일한 방법일 수는 없는 것이겠으나, 의식 작용이 사후 추적의 성질을 갖는다고 볼 때 우리가 시작할 수 있는 곳의 하나는 독서 현상 그것이다. 모든 문학 해석의 기도는 일단 독서에서 출발한다. 그것은 독서 속에서 이미 일어난 것을 보다 분명하게 밝히는 작업으로 생각될 수 있다.

우리가 책을 읽을 때 어떤 일이 일어나는가? 이것은 간단히 답하여질 수 있는 물음 같으면서 사실 생각해 보면, 쉽게 답하여질 수 있는 것이 아니다. 여기에는 어떻게 하여 우리의 개체적(個體的)인 의식과 삶이 예술 매체 또는 상징 체계를 통하여 사회적이고 역사적인 연속체 속으로 매개되는가 하는 거창한 문제가 관계되어 있는 것이다. 다시 말하여 이것을 밝히는 작업은 의식·예술 매체·언어 그리고 사회와 역사에 대한 이해를 요구하며 또 이것들의 상호 함축 속에서 짜이는 삶 전체에 대한 어떤 총체적인 반성을 필요로 한다. 그렇긴 하나 독서는 문제를 생각해 내는 데 있어서 하나의 거점을 제공해 준다. 이 글이 의도하는 것은 이 거점의 표면상의 단순성에 의지하여 독서의 문제를 생각해 보고 그렇게 함으로써 문학 해석이 가질 수 있는 문제의 테두리를 짐작해 보려는 것이다.

독서의 문제는 일단 전달의 문제이다. 전달 행위에 있어서 중요한 실제적인 고려는 전달 내용의 진실성 여부이다. 그러나 우리가 문제 삼는 진실성은 여러 가지 종류 또 여러 가지 정도의 것이다. 과학적인 진술에서 사실의 진실성은 가장 중요시된다. 물론 여기서도 어떤 진술의 진위(眞僞)만이 문제인 것은 아니다. 진실이 중요하다고 해도 모든 진실이 중요한 것은 아니다. 가장 간단히 생각해 본 사실의 세계에서도 인간적 관심이 정하는 가치의 척도는 중요하다. 그러나 구분의 편의상 사실의 진술에서 중요한 것은 그 진위의 문제라고 말할 수 있다. 그리고 이 진위를 가리는 방법은 진술과 사실의 대조를 통한 검증이다.

문학적 진술의 경우는 어떠한가? 문학적 진술은 사실의 진술에 대조되고 여기에서 진리의 문제는 일어나지 않는다는 견해도 있으나 반드시 그렇다고 말할 수만은 없다. 문학적 진술도 받아들여지기도 하고 안 받아들여지기도 한다. 사실의 진술에서와 같은 의미에서는 아니지만 문학적 진술의 경우에 있어서도 어떤 종류의 진리 시험이 행해진다고 해야 할 것이다. 이때의 진리 시험의 원리가 되는 것은 무엇인가? 여기에 사실적 진술에서와 같은 진리 시험이 포함될 수 있다는 것은 쉽게 인정된다. 문학이 인간 행위의 한 가지가 되는 한, 문학적 진술도 삶의 밑바탕인 사실의 세계에 관여될 수밖에 없다. 그러나 문학이 사실의 세계에 대하여 관심을 갖는다면, 그것은 그것 자체로서보다 그것의 인간과의 관련이라는 면에서이다. 인간적 관련 속에서 파악된 사실의 수용을 체험이라고 부른다면, 문학적 진술에 있어서의 핵심적 사실은 체험이고 그 진실성 여부의 검증도 체험을 시금석(試金石)으로 하여 행해진다고 하겠다. 다시 말하여, 우리가 어떤 문학적 진술 내지 작품을 읽고 그것을 그럴싸하다고 받아들이는 것은 체험에 비추어서이다.

이것은 자명한 것이 아니다. 독서에 관여되어 있는 것은 두 가지 체험이다. 즉 독자는 자기의 체험에 비추어 작품의 체험을 그럴싸한 것이라고 판단한다. 그러나 문학 작품의 가치는 독자 자신의 체험을 재확인해 주는 데보다, 새로운 체험을 전달하는 데 있고 또 엄밀한 의미에 있어서 독자의 체험을 재확인해 주는 작품은 있을 수 없다. 그렇다면 조금 까다롭게 말하여 문학적 진술의 진리성을 저울질하는 독자는 결국 그것을 대조시켜 볼 아무런 체험도 가지고 있지 않다고 말할 수도 있는 것이다.

그러나 여기서 문제되어 있는 것이 체험이라는 데에 우리는 다시 한 번

주의하여야 한다. 문학의 세계도 대부분 우리가 잘 아는 물건이나 사실로 구성되어 있다. 가령 소설의 인물은 알아볼 수 있는 사람으로서 알아볼 수 있는 옷을 입고 알아 볼 수 있는 물건을 사용하며 알아볼 수 있는 사건에 관여하고 있다. 우리가 쉽게 알 수 없는 것들이 없는 것은 아니다. 외국 소설을 읽을 때 우리는 곧 새로운 물건·관습·제도에 부딪치게 된다. 이러한 사실들의 상당 부분은 문학적 서술이 다른 사실적 정보와 공유하고 있는 것이다. 그러나 이것은 궁극적으로는 사전의 도움으로 해결될 수 있는 것이다. 소설이 제시하고자 하는 것은 이러한 단편적(斷片的) 사상(事象)들이 아니라 이러한 사상(事象)들이 어울려 이루는 어떤 통일된 전체이다. 또 외국의 소설을 읽을 때 알 수 있는 것처럼 이 전체는 어떤 세부적 사실을 알고 모르는 것에 크게 관계되지 아니한다. 뿐만 아니라 이 전체로 하여 부분적인 사실이 밝혀지고 또 이미 알았던 사실도 새로운 양상을 드러낸다. 그러나 문학 작품의 전체성은 바로 사실의 경우에서와는 다르게 직접적으로 주고받고 대조할 수 있다는 의미에 있어서의 전달을 어렵게 한다. 문학 작품에도 사실의 세계에 연속되는 사상(事象)이 있으나, 이 사상(事象)들의 전체는 개개의 작품에 특유한 것이다. 특유성이 전달되기 어렵다는 것은 말할 것도 없다.

그러면 단편적인 사실에 전체성을 부여하는 것은 무엇인가? 나는 이것이 바로 체험의 원리라고 말하고 싶다. 체험은 위에서 말했듯이 인간적 관련 속에서 파악된 사실의 수용이다. 그런데 단편적인 사상(事象)을 종합화한다는 것은 하나의 관점을 상정한다. 또 이것은 손쉽게 생각하여 인간의 눈길과의 유추(類推)를 암시해 준다. 그러니까 사물의 종합화는 일단 인간적 관점에서의 종합화를 의미하고, 이것이 바로 체험을 구성하는 것이라 할 수 있다. 그런데 보다 구체적으로 볼 때, 인간적 관점에서의 종합화는 개개의 인간의 관점에서의 종합화다. 개개의 인간이 개개의 인간으로 있는 한 이 종합화는 각 개인에 특유한 것으로서 전달하기 어려운 것이 된다.

그러나 여기에서 말하는 문학적 전달의 어려움이란 논의의 전개를 위하여 강조했던 것이고, 실제에 있어서 문학적 전달이 끊임없이 이루어지고 있음은 새삼스럽게 말할 필요도 없다. 그러면 다시 한 번 그것은 어떻게 하여 가능한 것인가? 사실의 교환과 그 대조가 반드시 중요한 것이 아니라면, 체험의 전달은 인간적 관점의 동일성을 통해서 가능하다고 할 수밖에 없다. 우리는 쉽게 다른 사람의 관점에서 사물을 바라볼 수 있다. 문학적 전달이 이러한 관점의 동정적(同情的)인 교환을 필요로 한다는 것은 딜타이 이후의 미학자들이 이미 '이해(理解)'라든가 '감정 이입(感情移入)'이라는 말로 설명한 바 있다. 관점의 일치로부터 어떤 체험을 이해한다는 것은 인간에게 드러나는 사물을 객체적(客體的)으로 파악한다는 것이 아니라 그 사물을 자신의 입장에서 재구성하는 주체의 입장에서 파악한다는 것이다. 여기서 전제되어 있는 것은 인간이 시작하고 만들어 내고 변형하는 존재라는 것이다. 인간이 서로 같은 특질을 가지고 있는 것은 이런 면에 있어서 다시 말하여 인간의 동질성은 이해의 조건을 이룬다. 그러나 이것은 또 그것 자체가 인간 상호 간의 개방성을 포함하는 것이 아니면 안 된다. 즉 인간의 본래적인 사회성 또한 주체적 이해의 조건이 된다. 그리고 이러한 인간의 동질성과 사회성은 단지 생물학적인 특질이 될 수는 없고 보다 구체적으로 여러 가지 형태의 사회적·역사적 주체성의 동일함에 의하여 매개된다.

인간의 주체적인 일치를 말함에 있어서 한 가지 주의할 것은 이것이 엇비슷한 일치, 상사적(相似的)인 일치에 그칠 수밖에 없다는 것이다. 다른 사람의 체험을 완전히 이해한다는 것은 생각하기 어려운 일이다. 문학의 이해에 있어서도 완전한 이해는 오로지 이상으로만 존재할 뿐이다. 우리의 이해는 그러한 입장에서는 그럴 수 있겠다는 개연적(蓋然的)인 것일 수밖에 없고 여기에서 편차(偏差)는 불가피하다. 다른 시공간상의 위치를 차지하고 있는 인간들의 입장을 완전히 합동에 이르게 하는 것은 위상적(位相的)으로 어려운 일이다. 그러나 보다 큰 어려움은 인간 존재의 역사성에 기인한다. 이것은 인간이 시간적인 지속 속에 있다는 의미에서만이 아니라 보다 적극적으로 실존주의자들이 말하듯이 스스로를 던져 의지하고 계획하고 실천하는 투기성(投企性)이 인간의 본질을 이룬다는 의미에서이다. 개체는 그의 투기의 지속을 통하여 개체로서의 깊이를 얻는다. 이 깊이는 다른 역사적 궤적 속에 있는 사람에게는 유추적으로 접근될 수 있을 뿐이다.

다시 말하여 이해의 유추성은 인간과 인간 사이에 존재하는 불가피한 간격에서 온다. 그러나 역설적인 것은 이 유추적 간격이 궁극적으로는 보다 깊은 동질성에 기초해 있다는 것이다. 인간의 동질성이 어디까지나 주체적이라는 것을 우리는 다시 기억하여야 한다. 주체적이란 것은 바로 인간이 창조적으로 사는 존재라는 의미이고 각자의 창조성은 서로의 편차를 무릅쓰지 않을 수 없다. 이것은 모든 유기체 간에 성립하는 관계이다. 가령 하나의 동물과 다른 또 하나의 동물, 하나의 꽃과 다른 또 하나의 꽃, 또는 하나의 동물과 하나의 꽃 사이의 관계는 유추 내지 상사(相似)의 관계이다. 시인들의 눈으로 볼 때는 우주 만상(宇宙萬象)이 하나의 비유적인 상사 관계 속에 있다. 이러한 관계는 모든 그 자체로 완전한 개체 사이에 성립하는 관계이다. 다시 말하여 여기서는 차이와 동일함이 동시에 관여되어 있다. 동일성은 근본적인 동력의 동일성이다. 이 동력의 개체적인 표현은 이 개체들의 창조적 성업과 더불어 다양한 방향의 발전으로 나타난다. 개체적인 차이는 여기에서 온다. 그렇긴 하나 우리는 다시 한 번 이 차이가 전체적인 동일성의 테두리 안에 있다는 것을 잊지 말아야 한다. 또 한 가지 더 주의해야 할 것은 이 동일성의 테두리가 일방적인 필연성의 테두리가 아니라는 것이다. 경험적으로 볼 때 개체적 차이를 규정하는 전체적 동일성은 그것대로 개체적 차이에 의하여 규정된다. 또는 나아가서 개체적 차이를 통해서만 전체가 실현된다고 말할 수 있다. 이러한 상보(相補) 관계를 인간에 적용해 본다면 인간은 한편으로 개체적인 차이에도 불구하고 같은 생물학적인 엘랑(élan, 충동)과 진화론적 벡터(vector)에 지배되고 구체적으로는 집단적인 역사의 전개 속에 있다. 그러면서 다른 한편으로 개체의 궤적으로 떠나서 이러한 전체적인 자발성은 실현될 수가 없는 것이다.

　이러한 관계는 곧 우리의 이해 과정에서도 작용한다. 앞에서 말한 바와 같이 인간 간의 이해는 주체적 관점의 교환에서 이루어지나 이것이 가능한 것은 우리가 보다 커다란 생명 충동 또는 역사적 실현(實現) 속에 있기 때문이다. 즉 주체와 주체의 일치는 이 양자를 포함하는 말하자면 초월적 주체의 매개를 통하여 가능하다. 그러나 다른 한편으로 개개의 주체의 총화(總和)는 곧 초월적 주체의 구체적인 모습이다. 이렇게 본다면 나의 주제에 대하여 상사 관계에 있는 내 이웃의 주체는 초월적 주체의 실현에 불가결한 것이다. 그는 그 초월적인 가능성을 현실화하는 한 부분이다. 내가 어떤 체험을 두고 그럴싸하다고 말할 때 우리는 단순히 그 체험을 가진 사람의 입장에 서면 그럴 수 있다는 것을 인정하는 것이 아니다. 나는 그 사람의 체험이 내 체험일 수도 있다는 것을 인정한다. 다시 말하여 그것은 나의 가능성의 일부이며 또 모든 인간의 가능성의 일부로서 판단된다. 또 어떤 체험은 곧 내 체험 속에 편입될 수도 있다. 그리하여 새로운 가능성을 얻을 수도 있는 것이다.(하나의 역사적 사건은 그 이후의 사태의 발전에 따라 새로운 의미를 띨 수 있다. 이와 비슷하게 하나의 작품의 의미도 고정된 것이 아니고 다른 역사적인 상황에 던져짐으로써 새로운 의미, 새로운 해석을 얻는다.) 각각의 체험이 갖는 가능성의 폭은 총체적으로 하나의 초월적인 한계를 구성한다고 볼 수 있다. 이것은 끊임없이 변하는 한계이다. 개인의 행동은 자발적으로 일어나며 이 한계를 변형시킨다. 그러면서 동시에 스스로가 거기에 기여하는 초월적인 전체성에 의하여 한정된다. 그러니까 우리가 어떤 체험의 개연성을 판단하는 경우 우리는 인간 행동의 자유를 인정하면서 그 자유를 주체적으로 이해하고 또 동시에 그 자유가 어떤 보편적인 필연성 속에 있다고 느끼는 것이다. 우리가 한 체험을 이해할 때 우리는 그것이 독자적이고 따라서 자유로운 것이라는 것을 인정하면서 동시에 초월적으로 주어지는 개연성의 테두리 안에 있다는 것을 인정한다. 이러한 테두리가 있음으로써 비로소 어떤 체험이나 문자 그대로 받아들이지 않게 되고 또 전형성의 관점에서 한 체험에 대하여 가치 판단을 내리게 된다. 사실 문학의 주요한 기능은 단순히 개인적인 체험의 전달이라기보다는 체험의 가능성에 대한 탐구이고, 나아가 나와 내 이웃의 구체적인 체험과 다른 역사적인 체험을 통하여 투사(投射)되는 초월적 가능성의 한계를 확인하는 일이다. 이러한 한계에 대한 의식은 잠재적인 형태로는 이미 우리의 독서 속에 들어 있다고 볼 수 있고, 또 그렇지 않은 경우도 (외국 문학의 경우는 극단적인 예가 되겠다.) 개체적인 체험과 역사에 있어서의 집단적인 체험을 표현하고 있는 문학, 문화 현상, 제도에 대한 주체적인 이해를 통하여 끊임없이 변화하는 초월적 주체의 가능성과 한계를 우리는 독서의 궁극적인 지평(地平)으로 구성할 수 있다.

우리는 앞에서 독서에서 출발하여 문학 해석의 전제 조건들을 검토하였다. 그러면 문학 작품의 해석 자체는 어떠한가? 여기에 대한 자세한 고찰은 별도의 지면(紙面)을 필요로 할 것이다. 그러나 위에서 이야기한바 문학의 해석의 전제 조건에 대한 고찰을 조금 더 분명히 하는 의미에서 여기서도 가장 주요한 것으로 보이는 점만을 간단히 살펴보는 것이 좋겠다. 문학 해석의 방법은 해석의 가능성에서 저절로 나온다. 요약하여 말하면 문학 작품의 해석은 주체적인 이해가 성립함으로써 가능해진다. 그런데 주체적인 이해는 우리 삶 자체가 주체적인 것임으로 하여 요구되고 또 성립한다. 문학 해석을 가능케 하는 전제 조건은 바로 문학 해석의 내용이다. 문학 자체가 이미 삶에 대한 해석이라는 의미에서뿐만 아니라 삶 자체가 그러한 조건들 속에 성립하기 때문이다.(문학 작품은 삶 그 자체의 구조를 분명히 하려는 노력이고 비평은 또 이 구조의 구조를 밝히려고 한다. 비평의 비평도 가능하다고 보면 이러한 반성적 노력은 한없는 회귀 곡선이 된다고 하겠다. 또는 역으로 삶 그 자체가 이미 해석적이고 반성적인 것이라고 말할 수도 있다.) 그러나 문학 작품의 해석은 해석 자체에 대한 고찰보다 삶의 과정에 가까울 수밖에 없다. 후자의 경우 우리는 주로 해석을 가능하게 하는 필수·충분 조건을 생각하였다고 할 수 있지만, 전자의 경우 우리의 관심은 삶의 과정 자체를 향하고 거기에 여러 조건이 있다면 이 조건들이 어떻게 삶의 과정 속에 짜여 들어가는가 하는 데에 향한다.

문학 해석의 핵심에 있는 사실은 인간이 주체적인 존재라는 것이다. 앞에서도 말했듯이 사람은 시작하고 만들고 변형하며 스스로를 끊임없이 외부화하는 주체적인 존재이다. 그것은 다시 말하여 실천의 노력이 인간 존재를 특징짓는다는 말이다. 문학은 인간의 실천적 주체의 형태를 실현하고 또 파악하려는 노력의 하나이다.

사람이 하나의 주체라고 할 때 그는 하나의 절대적인 시작으로서 그의 자유는 외부 세계에서 거침없는 자기실현으로 나타난다. 적어도 일단은 이런 이상형(理想型)을 생각해 볼 수 있다. 이런 자기실현의 특징은 의지의 지속성과 행동의 통일성이다. 완전히 자유로운 의지로 행해진 행동의 소산이 아닌 것은 아무것도 없다. 이런 세계에 맞는 문학적 표현을 생각해 보면 그것은 '누가 무엇을 했다'는 형태를 취한다고 할 수 있다. 아니면 오히려 이런 세계에 있어서 자아의식조차도 일어날 수 없는 것이기 때문에, 모든 것은 스스로를 즐기는 자족적인 상태에 있고 우리 자아도 아무런 저어감(齟齬感) 없이 세계에 안주하는 순진 속에 있다고 하는 것이 옳을는지 모른다. 그러나 역시 나의 실천적 의지는 자유롭게 달성되는 상태이므로 이 무의식적인 향수(享受)의 세계 또한 내 주체적 의지의 전체성 속에 있다고 말할 수도 있는 일일 것이다. 그러나 주체적인 의지의 자유로운 실현은 추상적인 세계에서만 가능하다. 인간 의지가 외부화되기 위해서는 이미 거기에 맞서는 세계가 요구된다. 사실상 우리의 실천의 의지는 불가피하게 그에 맞서는 세계에 부딪쳐야 하며 또 이것은 피동적으로 있는 단순한 질료(質料)가 아니라 그것 나름으로 인간의 의지를 한정하고 저항하는 반대 의지로 작용하는 것이다. 그러므로 실천의 의지는 대부분 자유로운 창조보다는 주어진 가능성 속에서의 선택과 결단이라는 형식을 취하게 된다.(물론 '순진한 의지'의 세계에 대한 갈구와 그것을 향한 실천적 노력이 그치는 것은 아니다.) 극단적인 경우 우리의 선택과 결단은 주어진 상황이 던지는 문제에 대한 답변에 한정되기도 한다. 그러나 어느 때에 있어서나 세계의 저항이 인간의 실천 의지를 완전히 부정해 버린다고 말할 수는 없다. 어떤 것이 문제가 된다고 할 때 그것은 주어진 상황이 우리에게 부딪쳐 오는 모습을 말하는 것이기도 하지만 다른 한편으로 이것은 주체적인 관점에서 주어진 상황을 들어 올리는 방법을 말하기도 한다. 사실 문제는 어느 쪽에서 발생하는 것인지 알기 어려운 것이다. 문제는 세계 자체에 나타나는 어떤 자기 분열이라고 볼 수 있고 인간의 자유는 이 균열(龜裂)에 서식한다고 할 수 있을는지 모른다. 인간의 주체적 실천 의지 자체가 궁극적으로는 세계의 테두리 안에 있는 것이라는 점을 생각할 때 이러한 해석은 보다 타당한 것처럼 보인다. 그리고 인간 자유의 참모습은 세계를 문제로서 대할 수 있다는 데에서 드러난다고 할 수 있는 것이다.

앞에서 말한 바와 같이 많은 경우 이와 같이 의지적인 선택과 상황 자체의 전개는 갈라놓고 보기 어렵다. 이러한 변증법이 특징적으로 나타나는 경우로 '주제적인 발전'을 생각해 볼 수 있다. 음악에 있어서 하나의 테마는 대개 반복되어 나타난다. 이것이 가장 두드러진 경우는 변주의 기교이다. 어느 경우에 있어서나 테마는 반복되어 나타남으로써 끊임없이 새로운 의미를 띠게 되고, 또 하나의 전체적인 구조를 가지게 된다. 소설이나 우리의 생애에 있어서도 이러한 주제적 반복을 찾아볼 수 있다. 어떤 사상의 반복적인 등장은 사물 자체의 전개 과정의 일부를 이루면서 동시에 우리와 사물의 교섭 과정을 드러내 준다. 하나의 사상은 문제적인 것으로 들어 올려지고 그것이 반복되는 사이에 어떤 전체적인 의미 속에 통합되어지는 것이다. 이 의미는 있는 그대로의 사물의 것도 아니며 우리가 억지로 부여하는 것도 아니다. 사물의 주제적인 전개는 보다 방법적인 관점에서 보여질 때 스타일이라 부를 수 있다. 스타일은 사물 자체의 지속의 원리이면서 또 인간이 사물을 되풀이하여 문제로서 들어 올리고 거기에 대하여 선택을 행한 역사적인 자취이다. 인간의 실천은 세계의 주제적인 파악 또는 스타일을 통한 통일로 볼 수도 있다.

이렇게 인간의 실천적 주체성은 세계를 문제의 연속선에 따라서 파악하는 형태만으로라도 스스로를 실현한다. 사람은 문제를 통하여 세계를 주체적인 실천의 장으로 파악한다. 다른 한편으로 이것이 가능한 것은 세계 자체가 문제적인 것이기 때문이다. 달리 말하여 인간의 주체적 실천은 인간 의지의 자유로운 표현으로서만이 아니라 또는 오히려 그것보다는 인간의 자유와 세계의 물질성과의 변증법적 교섭의 전체로서 이루어진다는 것이다. 이 전체는 반드시 나의 의지에 의하여 마음대로 움직여질 수 있는 것은 아니면서 또 반드시 나의 의지에 대하여 완전히 불투명한 것도 아니다. 이것은 말하자면 어떤 초월적인 주체성을 그 대응 관계의 짝으로 요구하는 것처럼 보인다.

이러한 애매한 관계, 즉 완전히 투명한 것도 아닌, 또 무거움만의 것도 아닌 관계의 가장 좋은 예는 사회와 역사의 세계이다. 사람이 움직이고 행동할 때 말할 것도 없이 그의 세계의 가장 중요한 요소를 이루는 것은 다른 사람이다. 우리 스스로의 자유로운 선택도 우리에게 다시 되돌아올 때는 필연의 모습을 띨 수 있지만, 다른 사람과의 관계에 있어서는 보다 분명하게 나의 자유로운 선택은 다른 사람에 대하여 필연적인 구속으로 작용하고 또 다른 사람의 자유는 나의 구속으로 작용하는 수가 많다. 물론 선택의 상호 모순만이 인간관계를 지배하는 것은 아니다. 서로의 선택이 서로의 자유를 보강해 주는 경우는 얼마든지 있다. 또 비록 우리가 의식적으로 그렇게 하지 않는다 하더라도 우리의 인간적인 공동성은 우리를 한 가지 선택 속에 끌어들이게 마련이다. 또 이 공동의 선택은 이미 선택된 것에 기초해 있다. 의식적이든 무의식적이든 이러한 선택들은 하나의 연쇄적인 구조를 가지며 이것을 역사라고 부르는 것이다. 이런 인간적 역사적 선택에서 따로 떨어져 이루어지는 개인적인 선택은 좌절에 이르게 마련이다. 그러나 개인적 선택의 지나친 방황을 염려할 필요는 없다. 개인의 문제 자체가 개인적인 욕구에 의해서 생기는 것이라기보다는 역사와 사회가 형성하는 문제의 지평 속에 성립한다. 우리가 진정한 집단적인 선택을 발견하여 거기에 일치할 수도 있고 그렇지 못할 수도 있으나, 효과적인 주체적인 실천은 개체적인 의지와 집단 의지가 구분할 수 없이 융화되는 어떤 지점에서 이루어지는 것이라고 말해야 할 것이다. 이때에 이런 지점에 위치하여 있는 것으로서 어떤 역사적인 주체성을 상정할 수도 있을 것이다. 이것은 앞에서 이야기한 초월적 주체성과 별개의 것이 아니다. 어떤 인간의 실천도 역사의 장을 벗어날 수 없고, 또 어떤 역사적인 실천도 세계의 물질성에 내재하는 본래적인 지향(志向)을 떠날 수는 없는 것이다.

우리는 지금까지 인간 주체성의 실천 형태의 몇 가지 특징을 살펴보았다. 처음에 인간의 실천은 의지의 자유로운 자기실현으로 파악하였다. 그러나 이것은 보다 복잡한 요인으로 이루어지고 또 이 요인은 인간의 실천적 자유를 보다 제약하는 것이라는 것을 인정하지 않을 수 없었다. 처음에 어떠한 현상의 전체를 떠받들고 있는 것은 자유로운 인간 의지였다. 그러나 현실의 세계에 있어서 이 전체성은 그것 이외의 것을 포함한다. 그러나 전체란 언제나 통일과 지속의 원리로서 주체를 요구한다. 커다란 전체성은 개체적인 의지와 반드시 별개의 것은 아니다. 또 그것은 그를 초월하는 어떤 선험적 원리도 아니다. 그것은 인간이 세계 속에 살며 또 다른 인간과 같이 있다는 데에서 일어나는 어떤 주체성이며 개체적 의지도 거기에 의식하기 이전에 이미 참여하고 있고 또 의식적으로 참여할 수 있는 주체성이다. 그것은 어떤 철학자들의 용어를 빌려 '구체적 전체성'이라는 말로서 가장 잘 설명될 수 있다. 카렐 코지크(Karel Kosík)에 의하면, 이 전체성 안에서 "부분은 서로서로 또 전체와 안으로 연결되고 맺어져 있다. 부분은 추상적으로 부분 위에 덮어씌워질 수 없다. 전체는 부분의 상호 작용에서 창조된다." 또 "전체는 이미 만들어져 있는 모두로서 거기에 부분의 속성이나 관계와 내용이 채워져 있는 것이 아니다. 전체 그것이 구체화 속에 나타난다. 구체화는 다만 내용의 창조가 아니고 전체의 창조도 뜻한다." 문학 작품은 이러한 구체적 전체성을 체험으로써 이해케 하려 한다. 그리하여 비록 '순진한' 의지의 주체적인 실현이 아닐망정 인간이 주체적으로 있으며 스스로의 세계의 창조에 참여하고 있다는 것을 우리에게 깨우쳐 주려고 한다. 물론 이것에 늘 성공하는 것은 아니다. 어떤 때 우리의 삶과 역사와 세계에서 '구체적 전체성'은 감추어져 버리고 만다. 그러나 문학 작품의 기적이며 저주는 이러한 전체성의 결여를 가지고도 하나의 전체성을 구축할 수 있다는 데 있다. 결국 하나의 작품에서 모든 것은 작가의 의지에 의하여 지탱되어 있을 수 있기 때문이다.(물론 뛰어난 작품일수록 작가의 의지는 스스로 드러나는 세계의 숨은 원리로서만 존재한다.) 문학의 해석도 그 반성을 통해서 작가와 마찬가지로 구체적 전체성에의 모험에 참여한다. 그리하여 인간의 참된 자유가 실천적으로 어떻게 구현될 수 있는가를 탐구한다.

(1975년)

문학적 송신

시적 전달의 양식

1

글을 쓰며 읽는다는 것은 무엇인가? 최근에 출간된 신동집(申瞳集) 씨의 시집 『송신(送信)』의 표제 시를 인용하여 출발점을 삼아 보자.

바람은 한로(寒露)의
음절(音節)을 밟고 지나간다.
귀뚜리는 나를 보아도
이젠 두려워하지 않는다.
차운 돌에 수염을 착 붙이고
멀리 무슨 신호(信號)를 보내고 있다.

어디선가 받아 읽는 가을의 사람은
일손을 놓고

한동안을 멍하니 잠기고 있다.
귀뚜리의 송신(送信)도 이내 끝나면
하늘을 알 수 없는
청자(靑瓷)의 심연(深淵)이다.

　이 시에서 귀뚜리의 신호는 물론 시인 자신의 송신에 비교되는 것이겠는데, 시인은 무슨 내용의 신호를 누구에게 보내는 것일까? 우리는 일단 이 시의 송신은 내용이 없는 것이라고 할 수밖에 없다. 그러나 이 시가 아무것도 전달하는 것이 없다고 말하는 것은 맞지 않는 이야기일 것이다. 우리는 이 시에 어떤 공간이 있음을 느낀다. 이 공간은 비어 있다고만은 할 수가 없다. 신동집 씨의 시가 보여 주는 공간은 우리 시인들이 늘 노래해 온 우리나라의 가을의 공간이다. 그것은 비어 있는 것이면서 어떠한 신비를 전달해 준다. 이 신비감은 그 공간이 비어 있으면서 어떠한 의미에로의 형성을 암시해 주고 있는 것이란 데에서 온다. 위의 시에 있어서도 가을의 공간은 이미 어떤 의미의 가능성에로 형성되어 가고 있다.
　"바람은 한로(寒露)의/ 음절(音節)을 밟고 지나간다." 바람이 이루는 음절이 무엇인지를 우리는 알지 못하지만 그것이 어떠한 음절 비슷한 것을 이룰 수 있음을 안다. 옛 사람이 그 음절을 하나의 표현으로 잡아 본 것이 한로라는 절후의 이름이다. "귀뚜리는 나를 보아도/ 이젠 두려워하지 않는다." 가을은 비어 있는 것이면서도 시인과 귀뚜리를 하나의 공존(共存) 속에 묶고 있으며 이 공존의 공간에서 시인은 귀뚜리 또한 어떤 확연히 잡을 수 없는 신호를 보내고 있는 것처럼 느낀다. 이렇게 바람이나 귀뚜리가 파문을 일으키고 있는 공간의 다른 쪽에 수신자(受信者)가 있어서 그는 일상적인 작업과 일상적인 의식 과정을 중단하고 귀뚜리의 송신에 참여한다. 그러나 귀뚜리의 신호는 역시 내용 없는 것이고, 그것이 전달해 주는 것은 비록 청자(靑瓷)에 비교되기는 하였지만, 건너뛸 수 없는 공간, 하늘의 심연(深淵)이다.

「송신」이 이야기하는 것은 하나의 침묵의 공간이다. 동양의 시인들은 이에 비슷한 여백(餘白)의 공간을 전달하는 데 능했고 우리의 시인들은 가을 속에서 이 여백을 많이 느껴 왔다. 이 「송신」이 뛰어난 점은 여백의 공간을 참으로 침묵의 공간으로 전달하고 흔히 그렇게 하기 쉽듯이 부질없는 감상(感傷)으로 메꾸어 버리지 않는다는 데 있다.

어떤 의미에 있어서 모든 시의 본질적인 전달은 침묵의 전달이며, 비어 있는 공간의 제시이다. 「송신」은 우리들의 의사 전달의 밑에 깔려 있는 공간을 특히 확대하여 보여 주고 있는 좋은 보기이지만, 어떤 시, 어떠한 말의 사용에도 이러한 공간은 어느 만치 들어 있는 것이라고 할 수 있다. "친구를 만났다."고 할 때, 여기의 주어(主語)와 술어(述語)를 잇고 있는 것은 무엇인가? 또는 더 나아가 우리가 사용하는 음절(音節) 하나하나를 이어 주고 있는 것은 무엇인가? 한 소리가 한 마디의 말로 움직이고 한 말이 다른 말로 움직이는 것을 가능케 하는 근본 바탕을 이루는 것도 「송신」에서 제시되는 바와 같은 어떤 공간이 아닐까?

2

"코끼리는 전염성이 강하다." 이러한 진술(陳述)이 있다고 하자. 이러한 말은, 그 이해할 수 없다는 불합리(不合理)로 하여 우리의 마음을 억압한다. 마음은 이 억압에서 헤어나려고 몸부림하게 된다. 그리하여 마음은 윤활하게 움직이는 세계에 우뚝 솟은 이 이질물(異質物)의 용해 작용에 착수하게 된다. 그러나 이해의 평면(平面)을 조금만 조정해 보면, 이러한 말도 별로 어렵지 않게 해석된다. 우선 "코끼리는 전염성이 강하다."라는 말은 어떤 코끼리가 전염병에 들었다는 사실을 말하는 것이라고 간단히 해석할 수 있다. 그러나 이것은 바른 해석이라고 하기는 어렵다. 사실 이렇게 해석된 내용을 전달하려면 앞의 문장은 이 코끼리 또는 저 코끼리는 전염성이 강하다 정도로라도 문장을 고쳤어야 마땅한 것이기 때문이다. 문장을 개조하지 않고 주어진 대로 해석하는 방식을 생각해야 할 것이다.

우리는 "결핵은 전염성이 강하다."라고 말한다. 이것은 생활 조건이 성립하는 곳이 있으면 결핵균은 곧 번식하여 간다는 말이다. 그리고 여기에는 인간의 입장에서 별로 반가워할 수 없는 사실이라는 판단이 이 말에 포함되어 있다. 전염성이란 말은 습관상 병균에 한정하여 쓰고 있지만 조금만 넓혀 생각한다면 코끼리가 전염성이 있는 것으로 말하지 말라는 법도 없을 것이다. 코끼리도 생활 조건만 알맞게 성립한다면 무섭게 번식할 수도 있을 것이고 그 번식이 다른 생물체에 위협으로서 느껴질 수도 있을 것이다. 이렇게 보면 사람만치 전염성이 강한 것도 없을 것이다. 요즘 자주 듣는바 '인구 폭발(人口爆發)'이란 말은 이 점을 다른 관점에서 표현한 말이지만 사람도 하나의 생물(生物)이며 다른 생물체에 피해를 주어 가면서 퍼져 가는 것이라고 본다면, '인간 전염(人間傳染)'이란 말이 더 적절한 표현이라고 할는지도 모른다.

이렇게 하여 우리는 일단 "코끼리는 전염성이 강하다."라는 문장을 알 만한 것으로 옮겨 놓았다. 코끼리와 전염성 사이의 단층적인 공간이 이제 연속적인 것으로 바뀐 것이다. 이것은 본래의 문장에 없던 연계 관계를 우리 스스로 구축함으로써 가능하여진 것이다. 대개 시인의 기술(技術) 가운데 하나가, 연계 관계를 빼어 버리는 일인데, 이러한 생략법(省略法)의 취지는 어디에 있는 것일까? 어떠한 의미 전달에 있어서도 마음을 경유하지 않고 이루어지는 전달이란 생각할 수 없는 일이지만 대개의 언어 현상에 있어서 전달은 너무도 빠른 속도로, 또 너무나 쉽게 이루어지기 때문에 우리는 마음의 어떤 작용이 개입한다는 기초적인 사실을 잊어버릴 수도 있다. 아마 시인의 생략법이 우리에게 일깨워 주는 것은 이러한 원초적(原初的)인 사실일 것이다. 즉 우리는 코끼리와 전염성 사이를 잇는 사이에 의식의 넓은 공간을 접하게 된다. 해석의 과정을 통해서 마음이 의미 발생의 창조적 근원임을 우리는 깨닫게 되는 것이다. 그러니까, "코끼리는 전염성이 강하다."는 말로써 시인이 전달하고자 하는 것은 단순한 의미 내용이 아니라 의미 발생의 과정 자체이며, 그 과정을 통하여 마음의 경이(驚異)를 표현하고자 하는 것이다. 물론 이것도 그리 쉽게 의식되는 것은 아니므로, 앞에서 본 「송신」과 같은 시의 확대 부연이 필요한 것인지 모른다. 하여튼 마음의 경이는 시작 경험(詩作經驗)의 중심적인 내용을 이룬다는 것은 일단 주장할 수 있는 말일 것이다.

의미가 창조된다고 말할 때, 물론 이것은 무(無)로부터 유(有)의 창조를 말하는 것은 아니다. 독자의 경우 코끼리의 전염성을 발견하는 것은 시인의 의미를 재창조하는 것에 불과하다. 시인 쪽에서 볼 때, 이것은 보다 더 엄밀하게 순전한 창조 행위로서 이루어진 것이라 할 수 있다. 창작 과정의 괴로움은 그것이 무(無) 앞에서의 실존적인 불안감임을 말하여 준다. 그렇다고 하더라도 사람에게 순수한 창조란 생각하기 어려운 것이다. 위에서 코끼리와 전염성을 연결할 때에 우리가 한 일이란 세균의 번식에 관한 관찰을 유추(類推)를 통하여 고등 동물에 확대한 것에 불과하다. 이것은 시인의 입장에서 볼 때도 마찬가지다. 즉 대부분의 경우 새로운 의미 관계의 창조는 과거의 문화적 업적에 기초한 확대 재생산이란 의미에서의 창조이다. 전염성의 개념이 없는 곳에서 우리가 시도한 해석은 불가능한 것이었을 것이다.

해석 과정을 다시 검토해 보자. "코끼리는 전염성이 강하다."라는 문장의 분석에서 일어난 것은 코끼리라는 특정 사례를 생물체(生物體)의 생태(生態)라는 보다 보편적인 개념 체계(概念體系)에 귀속시킨 일일까? 여기서 해석 과정의 구조를 명확하게 밝혀낼 수는 없지만, 하여튼 그러한 일차적(一次的)인 개념 작용보다는 복잡한 것이 관여되었으리라는 것은 짐작할 수 있다. 정확한 말은 아니지만 여기에서 일어난 것은 개념과 개념의, 또는 개념과 그 상위 체계(上位體系)와의 상호 작용이라기보다는, 체계와 체계 간의 상호 작용이 아닌가 한다. 말하자면, 세균을 대할 때의 사고 체계와 코끼리를 대할 때의 사고 체계가 서로 연결되어 재조정되는 것이다. 당초에 "코끼리는 전염성이 강하다."라는 것과 같은 말이 곧 납득이 안 되는 것도 거기에 있는 두 개의 생각이 서로 다른 체계에 속하기 때문일 것이다.

우리가 코끼리와 같은 것을 일상생활의 세계 속에서 생각할 때 어떠한 체계가 동원되는지 그 복합성을 다 가려낼 수가 없겠지만, 편의상 단순화해서 이야기해 보자. 코끼리와 전염성이 서로 합칠 때에, 여기에 두 개의 체계를 생각할 수 있다. 세균이란 우리의 마음에서 위험스러운 또는 적어도 심각한 사실의 세계에 속하는 것이요, 온대에 사는 우리로서 코끼리는 동물원에서나 보는 것이므로 유희의 세계에 속하는 것으로 생각된다고 할 수 있다. 이렇게 보면, 일단 코끼리와 전염성의 연결에는 사실의 체계와 유희의 체계가 관여한다고 하겠다. 나는 여기에서 이 이상 부질없는 분석을 계속하지는 않겠다. 결국 내가 말하고자 하는 것은, 우리의 마음이 다층적(多層的)인 평면으로 이루어져 있으며, 우리들의 사고는 대개의 경우 하나의 평면 위로 미끄러져 가는 것으로 이야기될 수 있다는 것이다.(이러한 평면 또는 구역의 구성 및 상호 작용에 대한 연구는 아직도 미개발 상태에 있는 일상생활의 현상학(現象學)의 과제가 될 것이다.) 그러나 한 걸음 더 나아가 내가 지적하려는 것은 마음의 다층적인 구조가 아니라 한 층에서 다른 층 또는 한 평면에서 다른 평면으로 건너갈 때 느낄 수 있는 의식 작용 자체이다. 마음은 부단히 층을 구성하면서도 또 그것을 초월하여 있다. 그리하여 이 마음은 끊임없이 의미의 구역을 설정하여 개척해 나가는 주체로서 작용한다. 그 업적의 총체가 한 사회가 가지고 있는 상징 세계를 이룬다고 하겠다.

이 마음의 영역은 의미에 한정되어 있다고 할 수 있겠는가? 간단한 인지 작용에도 의식의 관여가 없을 수 없다고 볼 때, 실로 마음의 활동의 범위는 존재의 공간 자체와 일치하는 것일 것이다. 존재의 공간과 마음의 공간의 일치가 곧 위에서 본 바와 같이, 의미 관계를 설정하는 근본 가정인 것이다. 앞에서 나는 시적 진술로서의 "코끼리는 전염성이 강하다."라는 말을 과학적 진술로서 환원하였다. 이것은 맞는 일이었을까? 사실 우리들의 해석의 정당성을 증명할 만한 아무런 근거도 없는 것이다. 다른 해석을 들고 나왔을 때, 그것을 반박할 도리는 없는 것이다. 이러한 사정은 한 행이 아니라, 시 한 편이 주어지고 또한 시인의 전 작품이 주어졌을 때, 많이 달라질 수 있을 것이다.(이것은 의식 작용의 구역화 없이는 전달이 이루어지지 않는다는 내재적인 의식 규칙으로 정립될 수 있다.) 그러나 이것이 근본적인 차이를 가져오는 것은 아니라는 생각이 든다. 아까도 말한 바와 같이 생략법이란 시 기술의 중요한 부분을 이루는 것인데, 시인이 단순히 정확한 개념적인 의미 전달을 목적으로 한다면, 오해의 위험성을 무릅써 가며 생략법이라는 군더더기 잔재주를 이용하지는 않을 것이다. 사실 대부분의 시가 산문보다는 짧다는 사실 자체가 이미 시라는 것이 개념적인 의미 전달을 목표로 하는 것이 아니라는 증거일 것이다. 앞에서 우리는 "코끼리는 전염성이 강하다."라는 말뜻을 풀어 보았지만, 중요한 것은 이 풀이의 맞고 틀린 것보다 풀이가 이루어지는 사실 자체이다. 이것은 앞에서 말한 바와 같다. 그런데 여기에서 추가하여 말하고자 하는 것은 이 풀이의 과정 이전도 중요하다는 것이다.

'코끼리'와 '전염성'은 첫인상에 전혀 단절된 공간을 이루고 있는 것처럼 보인다. 그리하여 우리의 마음은 이 공간을 메꾸는 운동을 시작하였다. 그러나 마음이 풀이를 하기 전에 마음은 공간의 양쪽을 동시에 파악할 수 있었기 때문에 그사이에 의미의 공간을 설치할 수 있었던 것이 아닐까? 다시 말하여 마음은 이미 존재의 공간과 일치함으로써 비로소 존재의 공간은 인식의 공간으로 전형(轉形)될 수 있었다는 말이다. 이렇게 볼 때, "코끼리는 전염성이 강하다."라는 말은 의미를 제시하기 전에 이미 하나의 공존(共存)의 장(場)으로서 존재의 공간을 제시해 준다. 결국 "코끼리는 전염성이 강하다."라는 말은 "코끼리는 전염성이 강하다."라는 말 이외의 아무 다른 것도 의미하는 것이 아니다.

3

지금까지의 이야기는 몽매주의(蒙昧主義)의 선전처럼 들린다. 그것은 다분히 내 설명이 불분명한 때문이기도 하지만, 문제 또한 엄청난 주제에 속하는 것으로서 이런 짧막한 글에서 간단히 규명될 수 없는 성질의 것이기 때문이다. 그러나 문학을 쓰고 읽을 때 무엇이 일어나는가 하는 문제에 대한 일정한 가설 없이는 문학을 논할 수 없는 일이므로, 그러한 과정을 따져 본다는 것은 피할 수 없는 일이다.

문학은 전달이다. 그러나 그것을 단순히 객관적인 정보의 전달이라고 생각하는 것은 문학의 본래의 존재 방식에 대한 근본적인 오해에서 비롯한다. 문학에 있어서 보다 근원적인 전달은 객관적인 정보 자체보다 그러한 정보를 구성하는 마음의 과정이다. 극단적인 경우, 그것은 아무런 내용도 없는 마음의 공간의 전달일 수도 있다. 가령(이것은 문학 이외의 이야기이지만) 춤과 같은 것에서 우리는 이러한 순수한 전달을 본다. 춤에 있어서 한 사람이 어떠한 몸짓을 하면 다른 사람이 이에 따라 몸짓을 한다. 우리는 그 몸짓에 단순히 인간이 하나의 육체로서 일정한 공간을 창조하며 산다는 이외에 구체적인 내용을 부여할 수 없다. 무용의 몸짓이 구체적인 기호로 변할 때 그 근본적인 창조의 기쁨은 사라져 버리고 만다. 우리는 얼굴의 표정을 우스꽝스럽게 찡그렸다 폈다 함으로써, 한없이 긴 시간을 어린아이와 이야기할 수 있다. 의미 없는 표정이 상대방에 의해서 반복될 때, 그것은 하나의 의미로 전성(轉成)되는 것이다. 그렇다고 이러한 몸짓에 의미 전달의 영역을 한정시킨다면 그것은 한없이 단조롭고 답답한 세계를 이루게 될 것이다. 단지 여기에서 말하고자 하는 것은 이러한 원시적인 의미의 일면이 문학의 전달 속에 있다는 것이다. 그러한 면이 상실된 문화적 전달은 생기 없는 것이 된다는 것이다.

그러나 다시 한 번 생각할 때, 우리가 몸짓이나 표정으로써 전달을 이룩한다는 일이 그렇게 간단한 일일까? 그것은 어떻게 하여 가능한 것일까? 비록 각각 다른 몸뚱이에 한정되어 있음으로 하여 서로 따로 있는 것과 같은 우리 마음이 결국은 하나의 세계를 공유하고 있다는 사실 없이 어떻게 마음과 마음의 교감이 성립할 수 있는가. 우리 각자가 스스로의 세계를 구축하고 그 속에 누에처럼 도사리고 앉아 있다고 하더라도 우리는 모두 조금씩 다르게일망정 공동의 세계를 바라보고 있으며 또 공동의 세계를 구축하고 있는 것이다.

우리가 단순한 표정으로써 내용 없는 전달을 이룩하는 경우도 우리는 이 공동의 세계 속에 있다는 사실을 확인하고 있는 것이다. 다시 말하면, 이럴 때의 의미 전달도 세계라는 큰 바탕에 근거한 의미 전달인 것이다. 이것은 어떠한 문학적인 전달에 있어서도 기본적인 사항이다. 그렇다고 이 공동의 세계란 것이 따로 주어져 있다고 생각할 수는 없다. 그것은 수시로 의미 전달의 과정에서 스스로 구축되는 것이다. 우리가 의식하든 의식하지 않든 그것은 가장 원초적인 의미에서의 마음의 범위에 일치한다. 그러나 다시 한 번 이러한 교감에서 구성되는 세계는 나 홀로만이 구성하는 세계는 아니다. 그것은 모든 사람들의 공동의 세계인 것이다. 그러니까 나의 세계와 공동의 세계와 교감이 이루어지는 구체적인 매체로서의 어떤 사물이나 사건이 동시에 관여하여 비로소 교감은 성립한다.

우리가 소설을 읽을 때 일어나는 일은 어떤 것인가? 그것은 근본적으로 몸짓이나 표정을 통한 교감과 다를 것이 없다. 내가 소설에서 얻는 것은 어떤 주인공의 이력서인가? 소설의 재미란 어떤 특정한 인물에 대한 객관적인 정보를 얻는 데서 오는 것이 아니다. 소설에 있어서 전달은 소설의 주인공이 그의 관점에서 살아가는 세계가 다시 우리의 관점 속에서 구축됨으로써 이루어진다. 더 나아가 작가의 주관과 일치한다. 그렇게 하여 우리는 하나의 공동의 세계가 이루어지는 것을 확인하게 된다. 여기에서 전달되는 것은 주관과 주관, 마음과 마음이다.

여기에서 마음이란 것은 어떤 객관적인 실체를 말하지 아니한다. 그것은 무엇보다도 활동이다. 따라서 우리는 연극을 문학적 전달의 근본 방식이라고 말할 수 있다. 케네스 버크(Kenneth Burke)가 시를 상징 행동이라고 말한 것도 이러한 뜻으로 해석될 수 있다. 문학적 전달에 있어서 우리는 객관적 정보를 전달해 받는 것이 아니라, 그러한 정보를 하나의 주체적인 행동자의 입장에서 재연(再演)해 보는 것이다.

결국 이런 모든 사례들은 우리들의 마음의 존재 방식에 대하여 한 가지 가설을 설정하게 한다. 문학적 전달은 ── 사실상 사람과 사람 사이의 모든 전달은 하나의 주체적인 마음과 또 하나의 주체적인 마음의 일치에서 성립한다. 이것은 주관 객관의 대립을 상정하는 인식론의 입장에서는 설명될 수 없는 일이다. 그것은 우리가 어떤 것을 알기 위해서는 그것을 인식의 대상으로 삼아야 한다고 말하지 않는가? 과학적인 관점에서 보면 주관과 주관의 직접적인 교감은 설명하기 어려운 것인지 모르겠다. 그러나 이러한 마술적인 교감은 문학적 전달의 기본이 된다. 이것이 가능하여지는 것은 아마 우리가 다 같이 개인적인 의식의 소유자이면서, 또 초개인적인 의식에 의하여 소유되어 있기 때문이라고 할 수 있을는지 모르겠다. 이것은 구태여 어떤 형이상학적 '초월적 주체성'을 상정하자는 것이 아니다. 여기에는 한 사회가 역사적으로 갖게 되는바 존재의 전개 방식을 상정하는 것으로 족하다. 우리가 어릴 때부터 듣고 보며 배우며 자라는 일체의 것이 결국 우리 개인적 의식의 인식 방식을 움직이게 되는 것은 상식적으로 생각할 수 있는 일이다. 우리는 이러한 사회적 초월 자아를 통해서 다른 자아와 연결된다. 문학적 전달에서 마음의 공간이 전달된다고 할 때 결국 그것은 이러한 의미에 있어서의 초월적인 자아의 공간이라고 할 수 있을는지 모른다. 시인이 하는 일 가운데 하나는 이러한 공동의 공간을 확인하고 또 확대해 가는 일이다. 이러한 공간은 부단히 은폐되고 또 좁아지기 때문이다.

이렇게 볼 때, 시적 또는 문학적 전달은 기성품적(旣成品的)인 관념의 기계적인 전달일 수도 있으며, 또 그렇다고 하여 객체화(客體化)하여 어떤 특정 사물의 속성이나 감상(感傷)으로 존재하는 여백의 기분일 수도 없다. 시가 전달하는 것은 우리들의 생활 한복판에 있는 바, 더러는 찌그러지고 더러는 활달한 우리들의 마음, 우리 사회의 마음인 것이다. 그것은 다시 말하면 한 사회가 지닌 가장 넓은 의미에서의 이성(理性)과 같다. 시인은 이 이성 속에서 쓴다. 기욤 아폴리네르(Guillaume Apollinaire)가

내 이성(理性)의 들녘 푸른 가파름에
홀로 비껴 선 석양의 너도밤나무……

라고 할 때 그것은 시에 솟아 있는 나무가 외부 공간에 있으면서도 또 내면

에 있으며, 우리들의 내면을 연결해 주는 이성의 장(場)에 있음을 말한 것일 것이다.

(1973년)

세계와 문학의 세계

아름다움은 어떤 한 가지 일을 말한다기보다는 여러 가지 것이 어울려 있는 상태를 말한다. 에머슨(Ralph Waldo Emerson)은 시 「낱과 모두(Each and All)」에서 아름답다는 것의 이러한 본질을 이야기하고 있다.

들에 선 붉은옷의 광대는
언덕 위의 너를 생각지 않는다.
윗 들녘에 우는 암소는
너의 귀를 위해 울지 않는다.
알프스 험한 고개 넘는 나폴레옹
교회의 종소리 그를 위해 울지 않건만
울려오는 종소리 기쁘게 듣는다.
너는 너의 삶이 이웃 사람에게
어떤 교훈이 되는지 알지 못한다.
낱낱의 것은 모두를 필요로 한다.

따로 이어 아름답고 좋은 것은 없다.

동틀 무렵 참새 한 마리 오리나무 위에

하늘나라 새인 듯 곱게 울기에

저녁 무렵 그 새, 둥우리채 잡아 왔다.

새 노래는 같건만 내 마음은 기쁘지 않다.

강과 하늘을 가져오지 않았기 때문에.

새는 내 귀에, 강과 하늘은 내 눈에,

함께 어울려 노래했던 것을

조개 하나 강가에 놓여 있어

밀려드는 물결 비췻빛 조개에 진주를 매었다.

조개를 집어 든 나에게 바다의 포효는

그 다행한 구조를 신호했다.

해초와 물거품 씻어 낸 바다의 이 보석,

집으로 가져왔더니 이제 그것은

초라하고 흉하고 어지러운 물건,

아름다움 바닷가에 두고 온 듯

태양과 모래와 사나운 포효의 바닷가에……

　에머슨에 의하면 아름다움은 어떤 사물의 내재적인 성질이 아니라 사물 간의 일정한 관계에서 발생하는 사건이다. 그렇다면 어떠한 개체와 환경과의 관계는 순전히 우연적인 것인가? 얼른 생각할 때 이것은 순전히 우발적인 것이고 우리 인간이 갖는 제멋대로의 느낌에 의하여 결정되는 것처럼 보인다. 그러나 우리의 느낌이란 무엇인가? 의식은 그것 자체로 있는 것이 아니라, 반드시 어떤 사물'의' 의식으로만 있다는 점은 종종 지적되는 사실이지만, 우리의 느낌도 대체로 어떤 사물에 '대한' 느낌으로서 존재하는 것이라고 할 수 있다. 극단적으로 말하면 제멋대로의 느낌이란 존재하지 않는 것이다. 느낌은 사람이 세계에 대하여 있는 한 방식이다. 우리가 아름다움을 느낀다면 그것은 한편으로 세계 자체가 그러한 느낌을 가능하게 하는 사건의 연관 관계를 가지고 있으며, 다른 한편으로, 이러한 연관 관계의 인지 내지 구성에 우리의 느낌이 참여하고 있기 때문이다. 심미적인 관점에서 볼 때, 가장 그럴싸한 형이상학은 세계가 서로 거울처럼 마주 비치면서 변화하고 있는 사건들과 사건으로 이루어졌다는 견해이다. 이러한 비침의 관계가 하나의 감정으로서 드러난다고 생각될 수 있다.

우리의 느낌이 사물의 실상에 대응한다고 하여도 그것은 단순히 수동적인 기록 작용일 수는 없다. 화가가 어떤 색깔의 결합을 찾을 때, 시인이 꼭 맞는 시구를 발견할 때, 거기에는 긴장감 또 고양감이 있다. 더 적절하게 말하여 이 긴장감이 예술가로 하여금 색채나 언어의 꼭 맞는 결합을 신호해 준다. 말하자면 주관의 작용과 세계의 사건이 외적으로가 아니라 내적으로 맞아 들어가는 것이다. 이런 뜻에서 다음과 같은 풍경 묘사는 앞에서 인용한 에머슨의 사례보다 더 실감 있는 묘사라고 하겠다.

1832년 10월 16일 나는 오늘 아침 로마의 자니쿨레 언덕, 몬토리오의 생 피에트로에 갔다. 태양이 찬란한 날이었다. 가벼운 씨로코의 바람이 알바노의 산 위로 흰 조각구름을 떠가게 했다. 감미로운 열기(熱氣)가 공기를 채우고 있었다. 나는 살아 있다는 것이 행복했다. 40리 저쪽에 있는 프라스카티와 카스텔 곤돌프를 똑똑히 알아볼 수 있었다. 그리고 도미니캥 드 쥐디트의 아름다운 벽화가 있는 알도브란디의 별장……

언덕 위에서 밝은 시계(視界)는 지평선을 향하여 열린다. 때는 아침 ─ 아침의 한 순간은 트이는 지평의 풍경 속에서 로마의 역사적인 과거에로 연결된다. 그리하여 언덕 위에 멈추어 선 삶의 한 순간은 공간과 시간의 한복판에 편안히 깃들어 있는 듯하다. 이러한 평화를 강조해 주듯 공기는 감미로운 열기로서 전 공간에 하나의 체온을 부여한다. 또 마치 전 풍경 속에 흐르는 숨결인 양 바람이 가볍게 분다. 여기에서 언덕 위의 조망자는 참으로 "살아 있다는 것이 행복했다."라고 말할 수 있다.

앞에 본 풍경 묘사가 스탕달의 자서전 『앙리 브륄라르의 생애』의 서두라는 것을 생각하면 이 행복의 의미는 더욱 깊어진다. 이 서두는 한 생애를 돌이켜 보는 작업 전체에 행복의 조화감을 부여한다. 또는 거꾸로 아직 분명해지지 아니한 회고의 계획은 생 피에트로의 아침에 조화를 부여한다고 말할 수도 있다.

행복을 통하여 우리는 세계에 거주한다. 어느 때에나 사람이 세계 안에 있음은 사실이나 삶의 걱정과 혼란 속에서 세계로부터의 소외는 우리의 평상적인 기분이 된다. 잔걱정은 삶의 전경(前景)을 차지하고 세계는 무관심의 잿빛 속에 상실된다. 그러나 행복을 통해서, 우리의 삶이 농부가 들과 골짜기의 한복판에 있듯이, 언제나 세계의 말없는 둘러쌈 속에 있음을 새삼스럽게 깨닫게 된다. 또는 우리의 삶이 그것을 둘러싸고 있는 세계 안에 있음을 문득 깨달을 때 우리는 까닭 없는 행복감을 가지게 된다. 이렇게 볼 때 행복감은 아름다움의 경험과 크게 다르지 않는 것으로 생각된다. 적어도 아름다움은 행복의 약속으로 생각될 수 있다.

하여튼 아름다움을 행복으로써 파악하는 것은 에머슨의 시에서처럼 주로 시각적인 또는 공간적인 병치로써 이를 해석하려는 것보다 우리 경험의 실상에 가까운 것 같다. 행복은 위에서도 말했듯이 적어도 우리 주관적인 작용의 항진(亢進)과 사물의 합치(合致)를 직접적으로 신호해 준다.

이것은 일단 대응의 관계로 볼 수 있으나 우리의 내적 작용과 외적 사건은 하나의 과정의 두 면에 불과하다고 하는 것이 타당할는지 모른다.

지각(知覺) 과정이 단순한 수동적인 과정이 아니고 적극적인 구성 작용이라는 것은 심리학자들이 강조하고 있는 사실이다. 플라톤이 『티마이오스』에서, 우리가 사물을 볼 때 사람의 몸을 덮는 엷은 열기가 눈에서 빠져나가서 부드럽고 진한 빛의 흐름을 이룬다고 말한 것은 그렇게 틀린 관찰이 아니다. 아름다움의 지각은 이런 정상적인 지각 작용의 고양에 불과하다.

그러나 아름다움은 단순히 지각에 있어서의 사람과 사물의 공시적 작용 이상의 것으로 생각될 수 있다. 하이데거는 예술 작품의 아름다움, 하이데거가 즐겨 쓰는 말을 써서 예술 작품의 진실은 인간 존재가 세계에 관계되는 근본 방식에서 정당화된다고 말한다. 비록 우리가 그의 어려운 철학적인 사고를 깊이 쫓아가지 않더라도 그가 『예술 작품의 기원』에서 반 고흐의 그림을 예로 들면서 우리의 삶의 전체가 어떻게 미적(美的) 대상의 인식에 관계되는가를 설명하고 있는 부분은 누구나 쉽게 수긍할 수 있는 부분일 것이다. 하이데거는 반 고흐가 그린 구두의 의미를 다음과 같이 설명하고 있다.

낡은 구두의 안쪽이 어둡게 열려 있는 데에서 노동하는 사람의 고단함이 내다보이고 있다. 뻣뻣한 구두의 무거움에는, 거친 바람이 부는 들판, 편편하게 뻗은 이랑을 오래도록 거닌 걸음의 끈질김이 있다. 가죽에는 흙의 축축함과 비옥함이 배어 있다. 구두창 밑으로는 땅거미 내릴 무렵의 들길의 외로움이 지난다. 구두에는 땅의 고요한 부름, 익어 가는 곡식의 조용한 선물과 겨울 들판의 적막함 속에 있는 알 수 없는 거부가 흔들리고 있다. 이 물건에는 양식의 확실성에 대한 불안과 궁핍을 또 한 번 이겨 낸 데 대한 말없는 기쁨과 아기의 태어남에 앞서서의 근심과 어디에나 있는 죽음의 위협에 대한 두려움이 흐르고 있다. 이 물건은 땅의 것이면서 농촌 아낙네의 세계 속에 간직되어 있다.

우리가 별 생각 없이 신는 구두 또는 순전히 도구적인 물건으로 취해지는 구두에 비해 반 고흐의 그림 속의 구두는 한결 분명하게 구두의 여러 연관을 드러내 준다. 이 연관은 단순히 기분이나 일시적인 행복감 또는 지각의 구성 작용에 있어서 보다 적극적인 의미에 있어서 인간의 미적 자각과 세계와의 교섭 관계를 드러내 준다. 가장 긴밀한 주고받음의 관계는, 한마디로 말하여, 작업의 관계이다. 이 작업은 한쪽으로 인간과 자연 또는 하이데거나 땅이라고 부르는 것과는 근본적인 교섭이며 또 다른 한쪽으로는 이 근본적 교섭의 사회와 문화 속에서의 재구성이다. 다시 말하여 이것은 사람의 자연에 대한 관계이며, 또 역사적인 생존 방식이다. 미적인 대상은 한 사물의 인간의 대자연(對自然), 대역사적(對歷史的) 존재 방식을 보여 준다. 물론 이 존재 방식은 우발적인 것이 아니다. 한쪽으로 그것은 하이데거가 다른 저서들에서 이야기하듯이 사람이 세계 내(世界內)의 존재라는데서 불가피해지는 것이다. 또 인간 존재가 모든 존재에 기본이 되는 것인 한, 사람이 세계 내의 존재라는 사실은 세계 자체를 한정한다. 그러니까 반 고흐의 구두에 보이는 바와 같은 사람과 세계의 상호 삼투는 단순히 경험적인 사건이라기보다는 존재론적인 조건인 것이다.

이렇게 심미적 인식은 사물의 구극적인 지평에의 회귀를 요구하지만 언제나 이러한 구극적인 회귀가 아니더라도 미적 감정의 근본에는 이와 비슷한 세계 인식이 놓여 있다고 해야 할 것이다. 우리가 익히 알듯이 비유는 주요한 시적 기술의 하나이다. 비유는 하나의 사상(事象)과 다른 사상을 묶어 놓는다. 이것은 일종의 자의적(恣意的)인 놀이 같지만, 두 개의 이미지나 관념이 묶일 수 있는 구극적인 근거는 오로지 "사물의 쌍둥이 같은 성질"(미셸 푸코)에 있다. 시적인 결합은 사람이 새로운 사물의 조합을 만들어내고 새로운 도구를 고안해 내는 작업 속에서 증명된다. 물론 비유의 가치는 어떠한 특정한 사물과 사물의 연계 관계에 있다기보다 그러한 연계를 통하여 세계의 전체적인 모습이 드러난다는 데 있다. 이 세계는 세속적인 평면에서 문화를 가르치기도 한다.

18세기 영시의 어떤 구절이 우리에게 갖는 매력의 하나는 그것이 18세기 영국의 전아(典雅)하고 인위적인 문화의 한 스타일을 암시해 주는 데 있다. 이조 시대의 시조(時調)들은 이미저리와 관찰의 구조로 볼 때 우리의 시적 기대에 미급한 경우가 많다. 그러나 한 시기에 쓰인 시들을 한 묶음으로 볼 때 그것은 한 문화, 한 가지 생활의 양식을 드러내 준다. 교과서에 너무 자주 선택되어 오히려 손해를 보는 「동창이 밝았느냐 노고지리 우지진다」와 같은 시조도 그 상투성에도 불구하고 이조 중엽의 의식적으로 선택된 한 전원적인 삶의 방식을 상기시켜 줌으로써 그 시적인 힘을 유지한다고 할 수 있다.

이것은 한 시대의 시가 한 편의 시를 어떻게 보완해 줄 수 있는가 하는 데 관계되지만 흔히 한 편의 시, 또 한 사람의 시인은 그가 얼마나 한 시대, 한 문화, 한 세계를 비추는가에 의하여 평가된다고 하겠다. 우리가 '프로스트의 세계'와 '서정주의 시 세계'를 이야기하는 것은 우연한 일이 아니다. 소설의 경우 '디킨스의 세계' 또는 '제임스 조이스의 세계'를 이야기할 때 이 세계는 시의 경우에 있어서보다 문화적·사회적 현실성이 강한 세계를 뜻한다. 영문학에서 작가를 대작가(大作家, Major writer)라거나 소작가(小作家, Minor writer)로 구분하는 경우가 있지만, 이 구분은 작가의 작품이 하나의 세계를 이루느냐 못 이루느냐에 관계되는 것이라고 말할 수 있었다.

예술이 그리는 세계는 어떤 곳인가? 앞에서 이미 말했듯이 그것이 우리가 이미 역사적으로 살고 있는 문화와 사회인 것은 사실이지만 그것이 전부라고 말할 수는 없다. 이것은 예술의 본래적인 충동에서 볼 때 쉽게 이해할 수 있는 것이다. 반 고흐의 구두를 신은 촌부(村婦)는 본래 땅에 속하는 것인 것을, 세계에 간직한다는 것을 우리는 하이데거의 고흐 해설에서 보았다. 같은 글에서 그는 예술이 땅과 세계의 투쟁에서 일어난다는 말을 하고 있거니와 그것은 사람이 살기에 반드시 쾌적한 곳일 수 없는 지구를 사람이 거주할 수 있는 곳으로 변형시키려는 충동에서 생겨나는 것이 예술이라는 뜻으로 생각할 수 있다.

하여튼 일단 예술의 충동은 삶의 터를 근본적으로 자기가 살 만한 곳으로 확인하고자 하는 충동이라고 말할 수 있다. 다시 말하여 사람은 세계에서 스스로의 모습을 확인하고자 한다. 따라서 예술이 그리는 세계는 대부분 사람의 근본적인 욕구가 실현될 수 있는 곳으로서의 세계이다. 여기에는 저절로 질서와 행복이 중요한 모티프가 된다. 이러한 세계는 우리에게 고향처럼 익숙하고 편한 곳으로 생각된다. 시인이 이상향을 꿈꿀 때면 그는 세월에 닦여 윤나는 가구들이 있고 모든 것이 사람을 닮고 '부드러운 우리의 타고난 말'이 수런대는 그런 고장을 생각한다. 그곳에서 오래된 가구처럼 사물의 일체가 우리에게 익숙한 것이라면 우리가 생각하는 사람도 가장 친숙한 친구이며 애인이 된다.

예술 작품의 형식적 요건 가운데 가장 두드러진 것의 하나가 통일성이라고 할 수 있는데, 익숙한 세계의 원리도 이 통일성이다. 어디를 돌아보아도 근본적으로 같은 세계에 있다는 느낌을 보장해 주는 것이 통일성의 한 역할이다. 그러나 그것이 기계적인 획일성이 아님은 분명하다. 우리가 추구하는 통일성은 삶의 장으로서의 세계의 통일성이다. 그것은 살 만한 삶을 가능하게 해 주는 한에 있어서만 의미 있는 것이 된다. 그렇다면 우리는 세계의 통일성을 생각하면서 삶의 통일성을 생각하지 않을 수 없다. 대부분의 사람에게 삶의 통일성은 개인적인 삶의 통일성이다. 하나의 예술가가 그의 작품에 또는 그것들이 이루는 세계에 통일성을 주는 것은 그의 삶의 스타일에 의하여서이다. 이 스타일이 있는 삶을 개성적 삶이라고 부른다면, 예술 작품은 개성적 삶을 통하여 매개되는 사물의 데포르마시옹

(déformation)이라고 정의할 수 있다. 이 데포르마시옹의 특이한 방법은 그의 세계의 통일 원리가 된다.

그러나 세계의 참뜻은 그것이 개체적인 삶을 넘어서는 공동의 장이라는 데 있다. 분명한 것은 여러 사람의 개성적 사람이 우리의 세계를 하나로 통일시켜 주는 원리가 되는 것이 아니라 그것을 조각내고 지리멸렬한 것이 되게 하는 분열의 원리로서 작용한다는 것이다. 세계가 사람과의 관계에서 성립한다고 할 때, 여기에 작용하는 개성적인 삶은 우리들 각각의 삶을 포함하면서 동시에 이를 초월할 수 있는 어떤 삶의 형태이다.

우리는 모두 극히 독특한 개인적인 삶을 살고 있는 것 같지만 사실에 있어서 우리는 시대가 허용하는 가능성의 테두리 안에서만 우리의 삶을 살고 있다. 말하자면 우리의 개체적 삶은 시대가 가지고 있는 테마에 대한 변주에 불과하다. 그렇다면 시대가 가지고 있는 개체적인 삶의 가능성의 테두리에 대응하는 하나의 이상적인 삶을 생각할 수 있을 것이다. 그러면 세계의 주체적인 극(極)으로 작용하는 개성은 이 이상적인 삶이 된다. 이때의 이상적인 삶을 철학적으로는 공동 주체성이라고 불러도 좋다. 문학 비평에서 소설의 주요 과제의 하나로서 전형적(典型的)인 인물의 창조를 이야기할 때 이 창조 또한 세계의 공동 주체성에 대한 탐구에 일치한다고 볼 수 있다.

예술가의 개성의 문제도 이런 각도에서 보아야 한다. 앞에서도 말한 바와 같이 우리는 예술가에게서 강한 개성적 삶을 기대한다. 그러나 우리는 다른 한편으로 개성의 괴팍성을 매개로 하여 하나의 세계를 구성하는 사람은 대개 작은 의미에 있어서의 예술가에 불과하다는 것을 알고 있다. 위대한 예술가는 포용성 있는 개성에 의하여 특징지어진다.

앞에서 말한 개성이 개인적인 것이든 보다 보편적인 것이든 우리는 그것이 어떤 정해진 물건처럼 있는 것이 아니라 삶의 과정임을 다시 상기할 필요가 있다. 한 시대나 사회의 전형적인 삶을 이야기할 때, 그것은 단순히 주어진 삶의 총화를 나타내는 것이 아니며, 오히려 그것은 삶의 가능성으로서 과거로부터 퇴적되어 온 인간형의 총화를 넘어가는 것이다. 소설의 전형적인 인물이 대개 혁명적인 인물이며 또 비극적인 인물이 되는 것은 당연하다. 어떠한 현실도 그 가능성을 그대로 허용하지는 않는다.

이러한 동적인 이해는 전형적 삶의 객체적인 극으로서의 세계의 경우에도 적용해야 한다. 세계는 생성 변화하는 과정으로 생각되어야 한다. 그것은 주체의 삶의 과정과 불가분의 것이다. 사람이 세계 내의 존재라면 세계 또한 사람 없이는 생각할 수 없는 것이다. 그리고 사람이 곧 그의 삶의 실현 이외의 아무것도 아니라면 세계도 스스로를 실현해 가는 어떤 것이다. 세계의 통일성은 총계가 아니라 전개 과정의 동일성, 창조력의 지속성이다. 우리가 익숙한 세계를 이야기하였을 때 우리는 이루어진 문화 세계를 말하였다. 그러나 전통적인 문화는 부단히 펼쳐지는 세계의 지평에서 그 일부가 될 뿐이다. 그것은 새로운 세계의 전개 속에서 파괴되어야 할 운명에 놓일 때도 있다. 문학은 익숙한 세계를 비친다. 그러나 진정한 의미에서 그 익숙한 세계는 사람의 끊임없이 움직이는 삶의 전개와 동시에 전개되는 세계이다. 여기에서 익숙하다는 것은 인간과 세계의 창조적 전개의 유구함을 말하고 그 창조 활동의 끊임없는 행복을 말한다.

(1976년)

말과 현실

국어 순화 운동에 대한 몇 가지 생각

　최근 주로 외국어·외래어 추방을 중심으로 하여 펼쳐지는 국어 순화 운동은 대체로 많은 사람들의 호응을 받고 있는 것으로 짐작된다. 다만 여기에 꺼림칙한 느낌이 있을 수 있다면 관권(官權)이 개입된다는 인상 때문일 것이다. 그것은 대개의 강압적 방법에 의존하는 정책이 그렇듯이 관권 위주는 좁은 이론과 좁은 대중적 기반에도 불구하고 어떤 자의적인 결정을 강요할 수 있다는 우려에서 나오는 것일 것이다. 이러한 걱정과 불만이 있다고 하나 국어 순화 운동의 당위성을 인정하는 데에 의견의 일치가 성립하는 것은 극히 당연하다. 물론 이것이 당연한 것이라고는 하지만, 외국어를 일체의 공용어(公用語)로 강제하고 그것을 당연시했던 조선조(朝鮮朝)까지의 역사를 보면, 당연하다는 것도 역사와 더불어 바뀐다는 것을 생각해 볼 수는 있겠다.

　국어 순화 운동의 당위성에 대한 대체적인 의견의 일치가 뜻하는 것은 무엇일까? 가장 간단히 말하여 국어 순화 운동은 근래 한국 사회의 곳곳에 강화되어 온 민족주의적 경향의 한 표현이라고 할 수 있다. 정치적으로 경제적으로 외부 세력으로부터 벗어나야겠다는 깨우침이 ─ 이 깨우침도 하나로 말할 수 없이 복잡하고 서로 모순된 양상을 띠는 것이지만 ─ 언어에 있어서도 외래의 언어에 대항하여 민족 고유의 언어를 되찾고 확실히 해야겠다는 운동으로 나타나는 것일 것이다. 그것이 정치적인 것이든 언어의 면에서이든 민족주의적 충동은 이해할 만한 것이고, 또 지금까지의 외세 지배의 과거에 비추어 필연적이고 필요한 반작용임에 틀림없다.

그러나 맹목적인 민족주의가 우리의 정치적 사고의 최후의 근거가 될 수 없듯이 언어에 있어서도 맹목적 민족주의가 언어 생활에 대한 고찰의 유일한 초석일 수는 없다. 이렇게 말하는 것은 민족주의 그것이 자체로서 좋다 나쁘다는 것을 말하는 것이 아니다. 그것은 좋을 수도 있고 나쁠 수도 있다. 다만 좋은 민족주의는 토론과 생각을 중단케 하는 것이 아니라 막혔던 토론과 생각을 터놓는 것이라야 한다. 사람이 하는 어떤 일이나 그것의 의도가 아무리 좋은 것이라도 그 인간적 의미에 대한 근본적이고 끊임없는 반성 없이는 당초의 의도와 다른 것이 되어 버릴 수가 있는 것이다. 국어 순화 운동도 그 자체로서도 중요한 의미를 갖는 것이겠으나 그것이 여러 방면의 여러 사람의 생각을 터놓는 역할을 할 수 있다면 더욱 다행한 일일 것이다.

우리의 대중적인 상상력은 갓을 쓰고 자전거를 타거나 양복을 차려입고 고무신을 신는 것을 웃음거리로 생각한다. 국어의 문맥에 끼어드는 외래어 또는 외국어에 대하여 갖는 우리의 느낌도 이 경우와 비슷하다. 우리는 문화적인 표현의 부조화(不調和)에 민감하다. 문화적 위화감은 단순히 관습적인 사고의 관성에서 나오는 것일 수도 있다. 양복에 갓과 고무신 차림이 우스운 것으로 생각되는 데 대하여 두루마기에 서양식 중절모자 차림이 정상적으로 생각되는 사실을 보면, 이런 일에 관습이 크게 작용하는 것임을 알 수 있다. 그러나 다르게는 문화적 위화감은 우리가 삶에 대해서 갖는 본능적인 이해에 뿌리박고 있는 것으로도 생각된다. 문화의 본질은 세계를 조화된 일체로 파악하고 그렇게 개조하려는 욕구에 있다고 할 수 있는데, 이것이 근본적으로 문화적인 위화감의 밑에 놓여 있는 것일 것이다. 이것은 언어의 문제에 있어서 특히 그렇다.

어떠한 낱말도 그 자체로서 하나의 고정된 의미를 갖고 있지는 않다. 낱말의 모양이나 뜻은 그것이 속해 있는 언어의 구조 속에서 다른 말들과 대조 또는 유사(類似) 관계를 통하여 결정된다. 한 개의 또는 몇 개의 낱말을 외국어에서 빌려 올 수 없다는 것은 아니나, 그것이 자국어와 같을 수는 없다. 한마디의 낱말 뒤에는 말 전체에 퍼지는 소리와 의미의 울림이 깃들어 있다. 밖으로부터 빌려 온 말은 오랜 세월의 순치(馴致)를 통하지 않고는 이러한 울림을 얻을 수 없다. 이러한 울림이 없다고 해서 의미 전달이 불가능해지는 것은 아니라고 하겠지만, 낱말과 낱말의 수평적인 관계와 또 역사적인 관련이 절단되어 버린 언어가 보여 주는 세계가 극히 빈약한 것이 될 수밖에 없다는 것을 말할 수 있는 것이다.

외래어의 무분별한 사용에서 일어나는 것은 이러한 언어 세계, 아울러 세계 자체의 빈곤화이다. 어떤 때 우리 자신의 말로도 넉넉하게 표현할 수 있는 것을 인용구로 빌려 말할 경우가 있는데, 이것은 인용구가 우리의 표현, 또 세계 인식에 줄 수 있는 깊이 있는 울림을 원하기 때문이다. 우리가 하는 말은 이상적인 상태에서 늘 역사의 깊이에서 우러나오는 말이다. 즉 우리가 쓰는 말은 늘 다른 사람이 썼던 말이고 그럼으로써 우리의 말과 인식은 풍부하고 섬세한 것이 되는 것이다. 외국어를 빌려 쓰는 심리도 사실 이러한 면을 가지고 있다. 광고 같은 데에서 외국어를 빌려 쓸 때 광고가 노리는 효과는 외국어가 갖는 생활 풍속상의 연상 작용이다. 그러나 이것은 참으로 깊은 의미의 연상과 울림과는 별개의 것인 데다 대부분의 국어 사용자에게는 닫혀져 있는 연상의 차원에 속한다. 국어 내에서 쓰이는 외국어의 효과는 낭패감이나 소외감이라는 것이 대부분의 국어 사용자의 인상일 것이다.

그러나 중요한 것은 빌려 온 말이 다른 말과 일체를 이루지 못하는 데에서 저절로 의미의 울림을 갖지 못하고 그에 따라 우리의 언어, 나아가 지각(知覺)까지도 빈곤화된다는 것보다도 우리말을 우리가 바른 상태에 지니지 못하는 경우 의미 창조의 능력을 상실한다는 사실이다. 사물과 언어의 의미는 외부로부터 주어지는 것이 아니라 우리 스스로에 의하여 창조되는 것이다. 우리가 모국어를 배운다고 하는 경우도 그것은 단순히 모국어의 낱말 하나하나를 외는 것이 아니라 모국어가 가지고 있는 창조적 기능을 자기 것으로 내면화하는 것이다. 또 이러한 창조력의 흡수는 어떤 낱말에 대한 부분적인 관계에 의하여서가 아니라 그 낱말을 포함하는 언어 전체에 대한 관계에 의하여 이루어진다. 창조력의 전체성으로 하여 빌려 온 말은 빌리는 말의 체계 속에 쉽게 흡수되기 어렵다.

프랑스의 현상학자 메를로퐁티의 저서에는 독창적이고 주목할 만한 언어에 대한 통찰이 많이 발견되는데, 그의 언어 철학에서 가장 중요한 명제는 어떠한 기호는 반드시 다른 기호와의 연관 관계 속에서만 의미를 갖는다는 소쉬르(Ferdinand de Saussure)의 생각이었다. 기호는 그 자체로는 아무 의미를 갖지 않고 다만 그 자체와 다른 기호 사이에 존재하는 의미상의 편차만을 표시한다. 다시 말하여 의미는 언어 전체에 내재할 뿐 그 언어를 구성하는 기호 하나하나에 부착되지는 않는다. 따라서 새로 말을 배우고 의미를 배우는 일은 새로운 말을 추가하여 가는 과정이 아니라 그 나름으로 이미 완성되어 있는 기능의 내면에서 진행되는 세분화, 분절화의 과정이다. 달리 말하면 언어의 습득은 낱말 하나하나의 암기의 계속에서가 아니라 낱말과 낱말의 대칭·반대·평형 관계를 식별할 수 있는 능력의 습득으로 얻어진다. 그렇다면 언어의 의미는 기호 자체에서 나오는 것도 아니고, 기호와 사물의 일대일 대응 관계에서 나오는 것도 아니고, 근원적으로는 기호와 기호를 식별하는 능력에 의존하여 생성된다고 말할 수 있다. 기호와 사물이 종합하여 분석하는 창조적 언어 능력에 의하여 매개될 때에 비로소 의미가 배태되고 또 나아가 의미로서 파악되는 세계가 배태되는 것이다.

물론 여기에서의 창조적 능력은, 앞에서도 비쳤듯이, 개인적인 능력만이 아니라 한 언어 공동체의 공동 능력을 포함하는 것이다. 말하자면 한 개인의 언어 능력은 그 자신의 것이면서 동시에 한 언어 속에 퇴적되어 있는 수많은 언어 능력의 역사적 기억을 일깨워 스스로의 것으로 함으로써 비로소 현실 언어의 복잡한 언어를 이어받고 생성해 내는 능력이 된다.

하여튼 여기에서 중요한 것은 언어의 의미가 그 근본에 있어서는 늘 창조적인 능력에 의하여 생성된다는 사실이다. 두꺼운 역사적 퇴적층에 쌓여 있는 이 능력을 참으로 창조적으로 또는 재창조적으로 사용할 수 있는 것은 드문 문학적 천재의 경우이다. 그러나 사람은 그의 동정(同情)과 이해의 능력을 통해서 다른 사람의 창조와 재창조를 자기의 것으로 흡수할 수 있다. 말하자면 동정적 참여를 통한 창조가 가능한 것이다. 어떠한 경우에 있어서나 이 창조적 능력을 직접적으로 또는 대리적으로 보유하는 것이 중요하다.

세계가 열리고 사회가 이루어지는 것은 언어를 통하여서이다. 사람은 말에 의하여 식별되는 세계를 말을 통하여 사람의 살 수 있는 환경으로 구성하며, 말을 통하여 스스로와 다른 사람을 사회화한다. 그러니까 언어를 마음대로 부린다는 것은 세계와 사회를 마음대로 부린다는 뜻일 수 있는 것이다. 또 언어를 부린다는 것은 언어의 의미를 마음대로 부린다는 것인데, 이것은 주어진 의미를 주체적으로 해석하고 또 새로운 의미를 만들어 내는 자유를 갖는다는 것이다. 이것은 다시 말해 세계가 사람에 의하여 소유되는 것은 의미를 통하여서이고 이 의미는 언어를 통하여 창조되는 것이다. 따라서 언어의 의미의 소유를 위한 투쟁은 세계의 소유를 위한 투쟁이고 세계를 자기만이 전횡(專橫)할 수 있는 곳으로 생각하는 사람들이 있는 한 이 투쟁은 쉽게 성공하기 어렵다. 언어의 창조적 자유를 얻는 것은 인간 자신이 자유롭게 되는 것과 병행한다. 이렇게 생각해 볼 때, 국어 순화 운동의 참뜻은 외래어 내지 외국어의 추방만으로 완성되는 것이 아닐 것이다. 그것이 보다 심각한 것이 되려면 언어를 창조적으로 사용하는 것이 갖는 바 가장 넓은 뜻에 관계되는 것이 되어야 할 것이다. 그렇지 않다면 축구에서 어떤 행동을 '코너킥'이라고 하든 '구석차기'라고 하든 근본적인 질(質)의 차이는 없다고 볼 수도 있을 것이다. 차이가 없다는 것을 은근히 느끼고 있는 까닭에 많은 사람들에게 구석차기와 코너킥의 문제는 일시적인 말거리에 불과한 것인지도 모른다. 또 국어 순화 운동에 의견의 일치가 쉽게 성립한다는 것 자체가 그것이 하나의 지엽적인 문제에 불과할 수 있는 것이기 때문이라고 할 수도 있다. 그런 반면 국어 순화의 의미를 확대시켜 생각하는 것은 너무 거창하게 보는 것인지도 모른다. 그렇긴 하나 맹목적으로 우리 것은 좋다는 비이성적인 아집(我執) 이상의 것으로 국어 순화 운동을 지양하려면 이것은 불가피한 일이다. 이렇게 국어 순화의 의미를 확대시켜 볼 때 그것은 외국어의 문제를 넘어서고 나아가 언어의 문제를 넘어서는 것이다. 앞에서 우리는 언어의 창조성을 통하여 세계가 소유된다는 말을 했지만, 거꾸로 세계의 창조적인 소유 없이 언어의 창조적인 소유가 불가능하다고 할 수도 있다. 언어와 세계는 그것을 스스로의 창조력 속에 소유하고자 하는 인간의 노력에 있어서 변증법적인 교호(交互) 관계에 있다. 따라서 언어와 세계의 자유화는 그것에 대한 인간의 관계를 바르게 놓고자 하는 모든 치유(治癒)의 기술을 통하여 접근될 수 있다.

시는 이러한 치유의 기술의 하나이다. 정신 분석도 그 기술의 하나일 수 있다. 근래에 프로이트가 창안한 정신 분석의 목적은 단순히 정신의 병을 고치려는 것이 아니라 환자로 하여금 자유롭고 창조적인 언어 기능을 회복하게 하려는 것이라는 학자도 있거니와(가령 프랑스 자크 라캉(Jacques Lacan) 박사와 같은 사람의 새로운 통찰의 하나는 이런 것으로 생각된다.) 정신 건강과 언어 능력 사이에 큰 관계가 있는 것은 사실일 것이다. 이렇게 말하고 보면 결국 모든 문화 과학이 언어의 바른 사용에 관계되는 것이다. 그러나 무엇보다도 중요한 것은 정치의 기술이다. 미국에서 흑인의 사회적·정치적 지위는 늘 문젯거리였다. 흑인의 지위를 바르게 하려는 노력에는 언어의 문제도 따랐다. 가령 흑인은 원래 ‘니그로’라고 불리고 조금 더 경멸을 표하는 말로는 ‘니거’라고 불렸다. 그러나 실체가 경멸의 대상이 되면 말도 경멸의 대상이 된다. 그리하여 ‘니그로’라는 말은 좋지 못한 말이 되고 이를 기피하게 되어 흑인은 다시 ‘컬러드 피플(유색인(有色人))’이라고 불렸다. 그러나 이것도 인상이 나쁘게 되어 최근에는 ‘블랙’이라는 말이 흑인을 호칭하는 바른 이름이 되었다. 이 말에 이르러 비로소 흑인의 이름은 인간적인 지위를 얻기 시작한 것 같다. 그러나 이것이 언어에 힘입은 것이 아님은 말할 것도 없다. ‘니그로’라는 말도 ‘블랙’이라는 말이나 마찬가지로 ‘검다’는 색을 나타낸다는 점에서는 똑같은 말이다. 흑인이 스스로의 운명을 소유할 수 있을 때까지 그들의 이름이 완전한 의미에서의 인간의 이름으로 정립될 수는 없었던 것이다. 또한 비슷한 예로 최근 우리 사회에 있어서 상업에 종사하는 사람들의 호칭을 생각해 볼 수도 있다. 장사치, 장사꾼, 상인, 사업가에서 경제인에까지 상업인의 이름은 사회적 지위의 변화에 병행한 좋은 예가 된다. 임금을 받고 가사에 종사하는 사람의 지위는 우리나라에 있어서 예나 지금이나 크게 향상되었다고 할 수 없으나 적어도 ‘식모’에서 ‘가정부’에로의 이행은 가사 조력자(家事助力者)가 봉건적인 개인 관계에서 풀려나 노동 시장의 임금 노동자로 바뀌어 가고 있다는 한 증표가 된다. 언어의 정화와 사회 정치의 관계가 넓고 깊은 것임은 새삼스럽게 말할 필요도 없다. 이것은 지면을 달리하여 보다 진지하게 고찰되어야 할 문제이다. 그러나 이 고찰은 이론적으로나 실제에 있어서나 그렇게 쉽게 이루어질 수는 없을는지 모른다. 우리는 세종(世宗)이 한글을 반포할 때 그 취지가 백성의 뜻을 펴게 하는 데 있었다는 것을 생각할 필요가 있다. 그러나 한글 반포 이후의 한글의 운명과 한국 민중의 운명을 돌이켜 보면 이 백성의 뜻을 펴는 것이 쉬운 것이 아니란 것도 우리는 아울러 기억하게 된다.

여기서 언어와 다른 분야와의 관계를 깊이와 넓이를 다하여 생각해 볼 수는 없는 일이지만, 그러한 관련을 간단하게 상기해 보는 것만도 의미 있는 일이다. 그것은 우리가 국어 순화의 원리를 생각하려 할 때 우리의 생각의 길잡이가 된다. 국어를 순화한다고 할 때 그것은 맹목적으로 외래의 것을 버리고 본래의 말을 취한다는 생각으로 이루어질 수는 없다. 참으로 의미 있는 일은 인간 생활의 구체(具體)에 비추어 의미 있는 일이어야 한다. 그리고 대부분의 경우 근본적인 반성을 통하여 자기비판을 촉진할 수 있는 원리를 갖지 못한 어떠한 일도 끝까지 발전적인 계획으로 남아 있을 수 없다. 우리가 국어 순화의 잠재적인 의미와 관련을 생각할 때, 그것은 우리에게 순화 과정 자체를 평가할 수 있는 기준을 준다. 즉 국어 순화의 근본적인 의미는 그것이 사람의 삶을 보다 자유롭고 창조적인 것이게 하느냐 안 하느냐에 의하여 평가될 수 있는 것이다.

국어 순화 운동은 대개 유럽어와 일본어의 추방, 그리고 한문어(漢文語)의 제한을 그 주된 내용으로 하고 있다. 이것은 원칙적으로 바른 것인데, 그것은 앞에서 누누이 생각해 본 바와 같은 이유에서 그렇다. 그러나 이 이유를 생각해 본다면 모든 토속어가 외래어에 비하여 발전적인 말일 수는 없다. 가령 한자어를 대신하여 고운 우리말을 쓴다고 하여 나타나는 인위적인 아어화(雅語化) 경향은 그렇게 바람직하다고 할 수 없는 경향으로 보인다. 물론 이것 자체로는 국어 순화 노력의 상당 부분이 그렇듯이 이러나저러나 지엽적인 문제에 불과하고 또 문학사에 고운 말로 문학을 하고 말을 정화하겠다는 노력이 으레껏 실패로 끝났다는 것을 생각할 때, 새삼스럽게 문제 삼을 것도 없을는지 모른다. 그러나 국어 순화 운동의 근본 개념은 곧 문학적 스타일의 근본 개념에 통하는 까닭에 한번쯤 생각해 볼 수는 있는 문제일 것이다.

언어 발달의 바른 방향이 우리의 경험의 영역을 넓히고 경험을 언어적으로 소유하게 되는 데에 있는 것이라고 하면, 고운 말만의 사용은 우리의 경험과 표현의 범위를 좁히는 것이 된다. 물론 고운 말로 되지 않은 것이 경험에서 완전히 배제되는 것은 아니지만, 그것이 떳떳하지 못한 지하(地下)의 생명을 가질 수밖에 없는 것이 된다는 것은 분명하다. 뿐만 아니라 대개의 아어(雅語) 운동들이 그렇듯이, 고운 말 운동은 사회 속에 성장해 가는 기묘한 안일주의(安逸主義)에도 통하는 것으로 생각된다. 그리고 안일주의는 다분히 사회적인 모순들과 결탁되어 있는 것처럼 보인다.

예를 들어 어떤 직업에 종사한다는 말의 아어적인 대응어로 '몸담고 있다.'는 말을 듣는다. 이 말에서 이중의 소외(疏外)를 발견한다면 지나친 일일까? '직업을 가지고 있다', '직업에 종사한다', '직장에 나간다' 등 이러한 말들은 직업에 종사하는 사람이 직업에 대하여 우위에 있거나, 대등한 관계에 있거나 또는 적어도 분명하게 구분된 입장에 있는 느낌을 전달함으로써 그가 그의 주체적인 인격을 상실하지 않고 있다는 뜻을 함축하고 있다. 그러나 '직업에 몸을 담고' 있을 때, 우리는 완전히 그 직업에 싸여 있고 그 직업에 의하여 규정되어 있다. 그러니까 이런 표현이 말하는 나와 나의 몸을 구분하고 나라는 것을 몸이라는 객체로 파악하는 것은 당연하다. 그리고 이 몸을 담고 있다는 표현이 자기 직업에 의하여 자기의 전체를 규정하여도 좋다고 느끼는, 즉 자신의 객체화에 은근한 자랑을 느끼는 사람들에 의하여 잘 쓰이는 것도 이해할 만하다.

요즘 신문에 자주 등장하는 '밝히다'라는 말을 보자. 이것은 제대로 쓰면 가장 밝은 말일 수도 있지만, 가령 "역사는 이러한 지식인을 용서하지 않을 것이라고 밝혔다."와 같은 문맥에서 쓰일 때, 이 말은 오늘 우리의 시대가 강요된 도그마의 시대라는 것을 상기시켜 준다. '밝히다'는 말은 본래 사실의 어둠 또는 감추었던 의도를 밝힌다는 뜻에서 쓰이지, 추측의 대상이 되는 사실을 밝히는 데는 쓰일 수 없다는 말이다. 또는 요즘 신문이나 담화를 보면, 우리는 도처에서 '얼'이라든가 '슬기'라는 말에 부딪친다. 이것도 그 자체로 좋다고도 나쁘다고도 할 수 없는 것이지만, 이것이 막연한 외경감(畏敬感)이나 신비감을 불러일으켜 사물에 대한 정확한 이해와 사고를 열어 주는 것이 아니라 그것을 막아 버리는 역할을 할 때, 그것은 오늘날 우리 주변에 이루어지는 많은 신비화 과정의 일부를 맡고 있다는 인상을 주지 않을 수 없다.

또는 토박이 우리말 스타일의 광고문을 들어 보자.

××는 더욱더 좋은 멋과 품질로써 여러분께 봉사하겠읍니다.

술을 드시기 전에 ××을 마셔 두는 것도 당신의 건강을 위한 좋은 방법입니다.

생명은 존귀한 것, 그러기에 더욱 인간 존중의 사명이 요청되고 언제나 그곳에는 당신의 생명을 존중하는 ××회사의 굳은 신념이 살아 넘치고 있읍니다.

이러한 광고문들이 분명히 국어 순화 운동의 일환으로써 쓰여진 것이라고는 할 수 없겠으나, 이것이 전체적으로 국어 순화 운동 내부의 아어화 경향과 함께 어떤 큰 흐름의 영향하에 나오는 글들임은 틀림이 없을 것이다. 하여튼 이러한 광고문들의 특징은 상냥하고 은근하다는 데 있겠는데, 이런 광고문들에 의하면 우리는 친절하고 상냥한 봉사와 배려와 착한 마음씨와 신념에 둘러싸여 살고 있다고 해야 할 것이다. 상품 광고란 것이 상품을 팔려는 것이요, 우리의 안녕과 복지에 대한 간곡한 관심을 표하려는 것이 아님은 말할 것도 없는 것이기 때문에(물론 봉사의 뜻이 전혀 없는 것은 아니겠지만, 이것은 이차적이고 삼차적인 고려에 불과하다.) 이러한 광고의 진지함을 믿을 사람은 별로 없을 것이고, 이왕에 말을 할 바에야 부드럽게 하는 것이 좋다고 할는지도 모른다. 그러나 우리가 일상적으로 반진반위(半眞半僞)의 명명한 상태 속에서 자신과 남을 속이며 사는 것을 이런 작은 거짓 언어의 타락이 쌓이고 쌓여서 생기는 결과인지 모른다. 대체로 낯모르는 사람의 까닭 없는 친절은 의심하는 것이 어지러운 세상에 사는 첫째 지혜이기 때문에 자고로 말을 귀하게 아는 사람들은 친절이라든지 은근이라든지 이런 지엽적인 감정을 '물씬' 풍기기보다는 사실만을 이야기하려 했던 것이다. 까닭 없이 은근한 광고문에 비교하면 "위산과다(胃酸過多)에는 ××을!" 하는 광고문은 그 고경(古勁)함이 건강한 시처럼 단단한 느낌을 준다.

대체로 순수한 우리말을 추려 쓰자는 노력에도 소외와 독단과 허위가 있을 수 있음을 말했거니와 여기에 관련하여 이러한 사회적인 고려를 빼놓더라도 순수한 우리말을 사용하려는 노력이 부딪치게 되는 어쩌면 본질적인 난점에 대하여 한 가지 더 언급할 필요가 있을 듯하다.

이미 우리말이 구체어에 풍부하고 추상어에 빈약하다는 것은 널리 지적된 바 있다. 우리말의 이러한 특징은 쓰기에 따라서는 강점도 될 수 있고 약점도 될 수 있다. 일반적으로 말하여 훌륭한 언어라는 것은 될 수 있는 대로 경험의 구체를 정확히 표현할 수 있는 말이다. 그러나 경험의 구체를 표현하는 일은 단순히 감각어를 많이 씀으로써 가능한 것은 아니다. 사물의 구체는 말과 부딪치고 이어지는 문맥 안에서 표현되는 것이지 한마디의 말에 담겨질 수 없다.(우유 색깔이 희다는 것은 '희다', '새하얗다' 등으로 표현할 수도 있지만, 보다 인상적인 것은 폴 클로델(Paul Claudel)의 "우유의 흰빛은 검은 색을 안에 받쳐 가지고 있다."라는 시적 직관이다.)

감각 경험의 표현의 경우나 마찬가지로 감정도 대개 한마디의 단어에 담겨 있는 것은 그것 자체로는 일반화되고 거의 상투화된 감정이기 쉽다. 이것이 진정한 감정으로 살아나는 것은 이야기된 상황의 감정적 긴장을 통하여서이다. 그러나 여기서 말하고자 하는 것은 문학 표현상의 문제가 아니라, 무비판적으로 고운 우리말을 쓰게 된 결과 일어나는 감각과 감정의 타락 현상이다. 가령 우리는 신문에서 종종 어떠한 사건의 현장감을 살리려고 노력하는 소설화된 기사를 본다. 여기에는 등장인물들의 구체적인 동작과 감정을 묘사하려는 의도에서 나오는 말들이 많이 쓰인다. 몇 개의 예를 들어 본다.

××는 고향으로 돌아갈 수도 없는 몸이라며 울먹였다.

××양은 이제 봉사의 생활에 보람을 느낀다며 활짝 웃었다.

이번에 ××메달을 탄 ××군의 어머니는 "아버지가 살아계셨더라면." 하고 말끝을 흐렸다.

이러한 묘사들은 여기의 등장인물들이 한결같이 감정의 자동인형이라는 인상을 준다. 이들의 상투적인 희로애락의 계기에는 자동적으로 울고 웃고 정해진 동작을 하는 것으로 묘사되어 있다. 이것은 단순히 묘사의 졸렬함에 기인하는 것이라 할 수도 있다. 그러나 이러한 묘사의 누적이 우리의 미적 감각의 손상을 가져올 뿐만 아니라, 이미 우리 사회에 팽배해 있는 강요된 감정의 상투화를 조장한다고 생각하는 것은 기우만은 아닐 것이다.(열악한 문학의 폐단 중의 하나가 바로 이런 것이다.) 우리 사회에서 전통적인 윤리가 더러 억압적이고 위선적인 것이었다는 인상을 주는 것은 그것이 감정의 상투화를 강요하는 윤리 체제였다는 사실 때문이다. 그러나 오늘날에도 교육의 상당 부분은 주로 감정의 상투화 훈련에 집중되어 있다고 할 수 있다. 이에 대하여 바른 윤리라는 것은 삶의 필연적 사실을 보여 줌으로써 바람직한 행동의 선택을 유도하는 것이며, 바른 도덕 교육은 이러한 선택을 위하여 사실을 검토할 수 있는 능력을 함양하는 것일 것이다. 여기에 감정은 저절로 따르게 마련이다.

이러한 관찰이 맞는 것이라면, 상투적인 감정을 조장하는 소위 구체어는 별로 환영할 만한 것이라고 할 수 없을 것이다. 이것은 앞에서 예를 든 것과 같은 말에만 해당되는 것이 아니다. 나의 인상으로는 소위 순수한 우리말의 경우 극히 조심하지 않으면 이러한 감정에 있어서 또는 나아가서 생각에 있어서의 상투화를 조장할 위험을 가지고 있는 것으로 생각된다. 이것은 물론 우리말 자체의 잘못이 아니라 우리말이 성장해 온 특수한 역사로 인하여 그러한 것일 것이다. 그러나 이러한 위험은 많은 데에서 찾을 수 있다. 가령 한글학회에서 나오는《한글 새소식》의 최근호에 보면, 주시경 선생의 한글 강습소 졸업 기념 사진이 실려 있는데, 그 사진의 설명은 이것이 '배달 말글 모듬'의 '둘째 보람'을 기념하는 것이라는 것을 표하고 있다. 여기서 '둘째 보람'은 2회 졸업(二回卒業)이라는 말인데, '졸업'에 비교하여 '보람'은 거기에 일정한 감정적인 해석을 담고 있는 말이다. 주시경 선생의 입장에서 한글 강습소의 졸업생을 낸다는 것은 대체로 보람을 느낄 수 있는 일이었겠지만, 다른 사람에게 또는 주시경 선생 자신에게도 졸업은 보람이라는 말로만은 요약될 수 없는 감정으로 해석될 수도 있었을 것이다. 앞서 들었던 '얼'이라든가 '슬기'라든가 하는 말도 그것이 사실의 제시에 입각한 동의의 호소가 아니라 무조건적인 외경감을 강요한다는 점에서 여기에 포함하여 말할 수 있는 것일 것이다. 그런데 구태여 순수한 우리말이 아니더라도 모든 가치에 관계되는 말, 이데올로기적인 말들은 이러한 성질을 띤다고 할 수 있다. 이러한 종류의 말도 쓰기에 따라서는 훌륭한 말일 수도 있지만, 그런 경우 그것은 극히 조심스럽게 쓰여야 할 것이다. 말이 바르게 있는 상태에서는 그것은 늘 사실의 세계를 이야기하는 것이고, 그 이외의 것은 사실과의 관계에서 이차적으로 일어나는 것을 위대한 스타일리스트들은 보여 주고 있다. 일반적으로도 언어와 세계에 대한 건강한 태도는 이러한 스타일리스트의 태도에서 크게 다를 수는 없다.

말을 타락시키는 큰 책임의 일부는 잡다한 요설에 불과한 의견에 있다. 앞에서 내가 지금까지 이야기한 것들도 이러한 요설에 불과한 것인지 모른다. 지리멸렬한 시대에 있어서, 한 사람의 지혜는 다른 사람의 어리석음이요, 한 사람의 공명정대는 다른 사람의 편협이기 쉽다. 따라서 지혜와 공명함에 대하여 가장 굳은 신념을 가지고 말한다 하더라도 우리의 말은 늘 하나의 모험이다. 우리가 하는 말이 맞으면 다행이요, 안 맞으면 그만일 수는 없는 것이다. 맞으면 말의 건강에 기여하는 것이고, 안 맞으면 우리의 의도에 관계없이 말의 타락을 조장하는 것이다. 그러나 우리가 자신이 없는 것도 무리는 아니다. 구체적으로 무엇이 건강한 언어인가, 또는 한발 더 나아가 위대한 언어인가 하는 것은 사회적으로 결정된다. 그리고 사회의 위대성은 그 사회가 인간의 위대성을 어떻게 이해하느냐에 의하여 정해진다. "스타일은 사람이다."라는 뷔퐁(Georges-Louis Buffon)의 진부한 말은 역시 진리이다. 한 나라의 말은 곧 사회가 추구하는 인간 이념에 대응한다고 말할 수 있다. 우리의 언어에 있어서의 혼란은 우리 사회가 추구하는 인간상이 무엇인지 불분명한 상태에 있다는 것에 관련되어 있다. 또 설령 이것이 분명하더라도 어떤 종류의 문제에 있어서는 합의를 추구하는 것보다 각자의 취미를 존중하는 것이 옳은 일일 수도 있다.

의견의 불일치가 불가피하다고 하더라도 한 가지 사실에는 대개 동의할 수 있지 않을까 한다. 즉 언어의 참다운 기능은 곱상스러움을 나타내는 데보다는 진실의 전달에 있다는 것이다. 이 진실은 우리 사회에 사는 인간의 현재와 미래에 대한 전면적인 경험에 걸치는 진실이어야 한다. 말은 일상적인 인간이 그 삶을 영위함에 있어서 자유롭고 스스럼없이 의사를 교환할 수 있게 하고, 공장에서 일하는 노동자들이 기계를 쓰면서 하는 협동 작업을 용이하게 하는 것이어야 한다. 또 그것은 사람의 운명을 높고 위엄 있는 차원에서 이해하고 세계에 대한 인식을 심화하는 것을 용이하게 하는 것이어야 한다. 그것은 과학과 기계를 만들어 내고 그 의미를 소유할 수 있게 하는 것이어야 한다. 그러한 말은 거칠고 부드럽고 넓고 섬세하며 무엇보다도 진실된 말, 또는 진실에로 나아가는 말일 것이다. 이것은 오랜 문화적, 사회적 과정을 통해서 완성되는 하나의 위대한 스타일로서만 실현될 수 있다. 우리의 언어가 아직도 적지 않은 혼란 상태에 있다면, 우리말을 주된 언어 수단으로 사용하기 시작한 지가 백 년이 안 된다는 것을 생각할 필요가 있다. 우리말이 아직도 닦여질 여지가 많은 언어일 수밖에 없는 것은 당연하다. 우리말이 앞으로 보다 넓고 깊이 있는 것이 되려면, 거기에는 많은 방면에서의 노력이 필요할 것이다. 우리말과 글을 되찾아야겠다는 각오는, 그것이 우리 모두에게 언어의 창조적 근원이 가까이 있어야 하겠다는 뜻에서 반드시 있어야 할 조건의 하나일 것이다.

(1976년)

나와 우리

문학과 사회에 대한 한 고찰

모든 사람의 모든 사람에 대한 싸움

토머스 홉스(Thomas Hobbes)가, 있을 수 있는 삶의 한 형태로서 자연의 상태란 것을 상정하고 그것을 모든 사람에 대한 모든 사람의 싸움으로 설명한 것은 유명한 일이다. 그는, 이 자연의 상태에서는 문화의 기예(技藝)가 위축되고 사람들의 마음은 "끊임없는 공포감, 비명횡사(非命橫死)의 가능성"에 떨고, 삶은 "외롭고 초라하고 야비하고 짐승스러우며 짧은 것"이 된다고 말하였다. 이 자연의 상태는 정치 이론의 전개에 필요했던 한 가설이지만, 연구가들이 이미 지적한 바 있듯이, 초기 자본주의 사회의 살벌한 모습을 유형화(類型化)하여 묘사한 것으로 볼 수도 있는 것인데, 하여튼 그것이 17세기 영국 사회의 혼란상을 적잖이 반영하고 있는 모형(模型)인 것은 틀림이 없다. 홉스의 만인전쟁(萬人戰爭)이 당대 영국 사회의 현실에 어떻게 맞아 들어간 것이었든지 간에 오늘날 우리가 한국 사회에서 경험하고 있는 현실은 홉스가 그린 만인전쟁의 양상을 띠고 있다고 말해서 지나친 것이 아닐 것이다. 이것은 사회에 넘치는 불신에서, 날로 늘어 가는 살인 강도 등의 사회 폭력에서, 또 갖가지 형태의 금전과 정치의 폭력에서 끊임없이 확인되는 것이다. 이 만인전쟁의 본질은 사람과 사람의 관계가 이용하고 이용당하는 관계로서만 성립한다는 데 있다. 모든 사람은 나에 대하여 내 의지 작용(意志作用)의 대상이 되는 객체로서만 의미를 갖는다. 내 마음에 거슬리는 물건을 걷어치우듯 사람을 해치워 버리는 살인(殺人)은 오히려 우리 생활의 당연하고 필수적인 조건으로도 볼 수 있다. 이 조건은 신문 보도에 나오는 '흉악범(凶惡犯)'의 경우에만 해당되는 것이 아니라 우리의 일상생활, 내면 작용, 공권력(公權力)의 구성, 그 어디에나 해당되는 것이다.

대부분의 우리는 만인전쟁의 혼란 속에서 어떻게 살아남을 것인가를 궁리하는 데 골몰하고 있는 셈이지만, 다른 한편으로 만인전쟁의 근본적인 해결책이 있어야겠다는 것을 늘 막연하나마 느끼고 있다. 우리 사회에서 행해지고 이야기되는 많은 것은 직간접으로 이러한 해결책의 모색에 관계된다. 홉스는 만인전쟁의 종식을 위하여서는 절대 군주제(絶對君主制)가 필요하다고 생각하였거니와 우리 사회에서도 이와 비슷한 생각은 쉽게 발견될 수 있다.(여러 가지 위장에도 불구하고 이러한 종류의 해결책이 지배적인 견해인지도 모른다.) 또는 힘에 의한 질서에 대조적으로 도덕적 질서의 수립(종종 '가치관'이라고 불리는 것들의), '정립(定立)'이 주창되기도 한다. 즉 어떤 논자들은 오늘날의 혼란의 원인을 전통적 도덕관념의 타락에서 찾으면서 전통적 도덕 질서에 대한 향수를 기르고, 또 다른 어떤 사람들은 전통적 가치의 불가피한 몰락을 인정하면서 한국 전래의 인정주의(人情主義)에다 서구적인 인본주의(人本主義)를 연결하여 일반적인 인간 회복을 호소한다. 이러한 시무(時務)와 세풍(世風)의 광정(匡正)을 위한 호소들은 아무리 혼란한 시대에 있어서도 사람이 사람다운 삶을 찾으려는 노력을 그치지 않는다는 고무적인 증거라고 볼 수 있다.

갖가지로 이야기되는 방안이 얼마나 믿을 수 있는 것이고 또 얼마나 효과적인 것이냐 하는 것은 물론 별개의 문제다. 오늘날과 같이 사람이 사람을 믿을 수 있는 근본이 철저하게 흔들려 버린 시대에 있어서, 웬만한 평화책은 평화 공세의 수단으로 보이기 십상이기 때문에, 선의(善意)의 평화안은 오히려 전쟁을 악화시키는 역할을 하기도 한다. 사회적인 투쟁을 종식시키려고 하는 평화안은 말하자면 무장 해제의 명령이거나 상호 무장 해제의 약속을 호소하는 것일 터인데, 다른 사람은 무장을 풀게 하고 은밀히 나만의 무장을 준비하는 것처럼 편리한 것도 없다는 것은 누구나 알고 있는 것이다. 그러니까 종종 사태를 호도(糊塗)해 버릴 수도 있는 추상적인 언어의 도덕적 평화의 호소보다는 투쟁의 격화를 통한 힘에 의한 평화의 달성이 오히려 현실적이라는 입장도 성립하게 된다.

개인과 사회

만인전쟁은 의지와 의지의 상충에서 온다. 이것은 계급 의지와 계급 의지의 상충일 수도 있고 개인 의지와 개인 의지의 상충일 수도 있다. 어떤 종류의 의지가 구체적으로 어떻게 작용하느냐 하는 것은 여러 가지로 생각되어질 수 있지만, 일단은 국부적으로 또는 전체적으로 개별 의지의 통제가 만인전쟁의 종식에 필요 불가의 것이라고 생각될 수 있다. 의지 대신에 강조되어야 할 것은 사회 전체의 필요이다. 사회의 전체성은 개별, 그것이 사회 성원 하나하나의 참여에 의하여 인정되는 것이 아닐 때 그것은 외부적인 강제력으로서 나타날 수밖에 없다. 물론 문제는 남는다. 사회적인 평화는 결국 사회 성원 간의 화해에 기초할 수밖에 없고 개인의 동의 없는 질서의 강제는 표면적인 평화에도 불구하고 만인전쟁의 연장에 불과한 것이기 때문이다.

사회의 전체성의 필요와 그것에 대하여 원심적으로 작용하는 개인적인 추구의 갈등은 사회생활의 여러 국면에 나타나지만 문학에 있어서도 강하게 나타난다. 소설과 서정시로 대표되는 서구의 현대 문학은 그 안에 개인적인 관점과 전체성의 요구 사이에 일어나는 긴장을 간직하고 발달해 왔다.[1] 이것은 우리 현대 문학에 있어서도 대개 비슷한 사정이었다. 그러나 시대의 혼란이 심해짐에 따라 전체와 개인 간의 긴장은 급기야 보다 대치적인 갈등으로 바뀌고 나아가서는 서로서로의 갈등의 관계까지도 끊어져 버린 뿔뿔이의 상태로 들어갔다. 그리하여 현대 문학은 극단적인 소외의 상황만을 취급하는 데 이르렀다. 그러나 또 한편으로는 이러한 흐름에 대한 비판으로서 문학이 그 전체성에의 관계를 되찾아야 한다는 주장도 끊임없이 계속되어 왔다. 우리 현대 문학에 있어서 끊임없이 논의되어 왔던 순수 문학이냐 참여 문학이냐 하는 문제도 결국은 문학이 개인적인 것을 주축으로 해야 하느냐, 아니면 사회 전체의 진실을 주축으로 해야 하느냐 하는 논쟁인 것이다. 문학에 있어서 개인과 전체의 문제는 사회에 있어서의 같은 문제에 직접적으로 연결되어 있고 또 후자의 경우나 마찬가지로 쉽게 답할 수 없는 성질의 문제이다. 우리 시대의 혼란이 개인과 개인의 투쟁에서 오고—비록 그것이 집단의 운명 속에 나타난다고 하더라도 적어도 얼핏 알아볼 수 있는 표면에 있어서는—문학도 구극적으로는 사회와 개인의 행복에 기여해야 하는 한, 개인 취미의 추구로서의 문학이 공격의 대상이 된다는 것은 이해할 만한 일이다. 또 중요한 것은 집단적 질서, 또

---

[1] 이 문제는 근대 서구 문학론에서 일반적으로 이야기되는 것이지만, 다음 책들을 참고해 볼 수 있다. 죄르지 루카치, 『소설의 이론』, 뤼시앵 골드만, 『소설 사회학을 위하여(*Pour une sociologie du roman*)』(청하, 1982).

는 적어도 집단적 질서에로 나갈 수 있는 전략이라는 것도 수긍할 수 있는 일이다. 그러나 개인의 혼란에서 전체의 평화에로 나아가는 길은 쉽지 않다. 위로부터 강제되는 전체성이 하나의 폭력이며 진정한 평화가 아니란 것은 앞에서 말한 바와 같다.

이것은 문학에 있어서 특히 분명하게 드러난다. 예술은 자유로운 여건 속에서만 가능하며, 이것은 사람의 마음의 움직임이 불가사의한 자유를 가진 것이기 때문이라고 잘라 말할 수 있는 것은 아니지만, 우리는 일단 예술이 적어도 그 직접적인 창작(創作)의 과정에 있어서 개인적인 재능의 예측할 수 없는 움직임에 많이 의존한다는 사실을 인정하지 않을 수 없다. 그리고 창작 과정의 개인성(個人性)에 관련하여 예술이 어느 정도까지는 무엇보다도 개성의 표현이며 또 여기에서 확대하여 예술가의 관심이 주로 개인의 운명, 적어도 개인적인 삶의 형태에 향한다는 것도 사실이라 아니할 수 없다. 다시 말하여 창작 과정, 그리고 자기의 삶과 또는 개체로서의 타자(他者)의 삶에 대한 관심, 이 세 가지가 다 일직선적으로 연결되어 있다는 것은 아니지만, 예술은 다분히 개인적인 진실에 관여된다고 볼 수 있는 것이다. 그렇기 때문에 예술 내지 문학으로 하여금 개인적인 자유를 버리고 전체의 필연에 봉사하라고 말하는 것은 예술 그것을 버리라고 말하는 것처럼 들린다. 개인과 개인의 투쟁에서 생기는 만인전쟁을 종식시키고 사람의 삶을 "초라하고 야비하고 짐승스러우며 짧은" 상태로부터 해방시키는 일이 우리에게 주어진 가장 중요한 일이라면, 예술이 보여 주는 이러한 요구에 대한 저항을 어떻게 할 것인가? 그러나 예술의 개인주의적인 저항은 우리를 당황하게만 하는 것은 아니다. 앞에서도 말한 바와 같이 강제된 전체성(全體性)이 진정한 평화가 아닌 한, 그것은 우리에게 해결되지 않은 채 남아 있는 문제를 상기하게 한다. 우리가 구해야 할 것은 개인을 누르고 전체를 내세우는 것도 아니고 그 반대도 아니며, 하나에서 다른 하나로 나아갈 수 있는 길인 것이다.

자아의 구조

우리는 일단 개인으로부터 출발할 수밖에 없다. 예술과 사회의 현실이 이를 불가피하게 한다. 사회의 혼란은 사회의 전체성이 상실된 데서 온다. 이런 때, 사회 성원의 개개인에게 유일한 진실은 그에게 절실한 개인적인 체험일 수밖에 없다. 이런 마당에 추상적이며 일반적인 언어로 제시된 전체성은 실감 있게 받아들여지기 어렵다. 예술이 유일하게 의미 있는 진실로서 구체적인 체험을 내세우며 여러 가지 형태의 추상적인 개념의 허구성을 드러내는 일에 전념한다고 해도 별수 없는 일이다. 아니면 오히려 그것은 당연한 일이다. 왜냐하면, 예술 특히 문학의 한 기능은 한 사회가 추상적인 가치 개념으로 고착시키는 그 사회의 전체성을 구체적인 개인적 실존과의 함수 관계에서 검토하는 일이라 생각되기 때문이다. 그러나 이렇게 말하는 것이 그 반대의 움직임을 포기하여야 한다는 것은 아니다. 문학이 아무리 개인적인 체험의 구체(具體)에 스스로를 한정시키고 그것의 충실한 기록에 멈추어 있다고 하더라도 그것은 이미 그러한 한정을 뛰어넘는 것이다. 문학에 있어서의 개인적인 체험은 개인적인 체험이면서 또 많은 동시대인의 체험이다. 놀라운 것은 아무리 소외되고 고립된 사람의 문학이라 할지라도 공감(共感)을 불러일으킬 수 있다는 사실이다. 문학이 우리에게 일깨워 주는 교훈은 사람이 개인으로 있으면서 또 보다 큰 전체 속에 있다는 것이다. 우리는 이러한 평범한 사실이 드러내 주는 가능성에 주의하여야 한다. 똑같은 경우는 아니지만, 데카르트 같은 사람이 발견한 것도 이러한 가능성의 한 면모라 할 수 있다. 서양의 중세적 세계가 붕괴하고 스콜라 철학의 잔광(殘光)이 어지러운 사변 체계(思辨體系)의 그림자를 만들어 내고 있을 때, 데카르트는 그의 내면으로 들어갈 수밖에 없었다. 거기에서 그가 발견한 것은 하나의 자아(自我, ego)였다. 그러나 동시에 그는 이것이 자기 개인의 나라기보다는 가장 보편적인 이성의 근본임을 발견하였던 것이다.

우리의 개인적인 존재의 핵심을 이루는 '나'의 의식 또는 자아란 무엇인가? 윌리엄 제임스가 그의 『심리학(心理學)의 원리(原理)』에서 경험적인 관점에서 파악한 자아(自我, self)를 설명하면서 든 예를 빌려, 자아란 "내 신체, 정신 능력, 의지, 집, 처자(妻子), 내가 가지고 있는 토지, 말(馬), 요트, 은행, 예금 통장", 이 모든 것을 포함한 "내 것이라고 부를 수 있는 일체"라고 말해 버릴 수만은 없다. 경험주의적인 자아 파악은 그것을 주로 외부로부터 파악한 것인데, 그렇게 볼 때 우리의 자아는 일정한 시공(時空)을 점하고 있는 몸뚱이와 그것의 사물에의 확산으로 생각될 수 있다. 그러나 우리가 몸뚱이인 것은 틀림이 없지만 그것은 단순히 물건의 덩어리로서의 몸뚱이는 아니다. 그것이 소유 관계의 주체가 될 수 있다는 점에서 벌써 물건 이상의 것이라는 것은 자명하다. 몸뚱이라 하더라도 그 몸뚱이는 매우 독특한 방식으로 세계를 향하여 열려 있는 몸뚱이다. 참으로 보다 중요한 인간적 운명의 요인은 몸의 무게에서 온다고 할 수 있지만, 이 기발한 인간의 몸뚱이의 특징을 이루는 것은 그것이 세계에로 열려 있다는 사실이다. 이러한 몸뚱이에 기초한 자아는 이 열려 있음의 한 방식이라고 말할 수 있다. 다시 말하면, 자아의 독특한 존재 방식은 세상에의 열림에 있어서의 일정한 관점으로 정의될 수 있는 것이다. 그것은 세계의 일정한 원근법적인 열림 속에 있는 하나의 기하학적 점(點)과 같은 것이다. 이렇게만 보아도 우리의 자아를 폐쇄적인 단자(單子)로 정의할 수 없다는 것은 분명하지만 한 걸음 더 나아가 자아를 한 점에 비유한다면, 그것은 고정된 점이 아니라 움직이는 점에 비유되어야 한다는 것에 주의하여야 한다. 즉 이 점은 어느 정도까지는 자유롭게 선정될 수 있다는 것이다. 데카르트는 사물의 형식적인 관련을 분명히 볼 수 있는 직관 능력의 작용, 즉 이성적 사유에 그의 자아를 일치시켰다. 이것이 "나는 생각한다, 고로 나는 존재한다."의 한 가지 의미이다. 우리는 "내 신체, 정신 능력, 의지……" 또는 현대인의 상당수가 그러하듯이 '나의 예금 통장'에 나를 일치시킬 수 있다. 사람이 일정한 '역할(role)'을 담당하고 또 이 역할을 바꿀 수 있는 것도 우리가 자아의 중심점을 이동할 수 있다는 것에 관계되는 것일 것이다. 물론 이러한 모든 관점의 선택을 가능하게 하는 근본 —— 관점을 선택하고 그 선택 속으로 스스로를 던지는 근본적인 자아를 생각할 수는 있다. 이것은 단지 스스로를 던질수 있는 능력, 내용 없는 가능성이라고만 정의할 수는 없을 것이다. 그것은 분명 생물학적 조건과 그것의 역사적 변형에 의하여 제한되는 것이다. 그러나 어떤 한도 안에서 자아를 원근법 속에 있는 움직이는 점이라고 보는 기하학적인 비유는 타당성이 있는 것이다.

우리가 일정한 장(場)으로 구성되는 세계의 여기저기에 자아를 던질 수 있다는 것은 어떠한 사회적인 의미를 갖는가? 여기에 답하는 한 방법으로 앞에서 끌어들였던 원근법의 비유를 다시 생각해 보자. 하나의 고정된 관점에서 시계(視界)를 조직화할 때 원근법은 성립된다. 물론 이 고정된 관점이란 있을 수 있는 넓은 관점의 폭 가운데서 선택된 것일 뿐만 아니라 어떤 특정한 개인의 관점과 일치하는 것이 아니다. 종종 가상적으로 선택된 점에 따라서 시계가 배열될 수 있다. 이것은 화가의 관점과 —— 그러니까 원근법을 사용한 그림을 본다고 할 때 —— 다를 수도 있고, 특히 그림을 보는 사람의 관점과 일치할 수는 없다. 그러나 우리는 대부분의 경우 그림의 관점을 우리의 관점처럼 받아들이고 그림의 의미를 해석하는 데 별 어려움을 느끼지 아니한다. 이것은 우리가 점유하고 있는 공간 이외의 자리에 우리를 놓을 수 있는 정신 능력으로 하여 가능한 것이다. 그런데 이러한 능력에 대한 보다 좋은 예는 원근법이 반드시 한 관점에서 구성된 시계(視界)라고만 정의될 수 없다는 사실이다. 그림에 있어서 원근법은 3차원의 공간을 2차원의 캔버스에 옮겨 놓을 수 있게 해 준다. 그러나 원근법이 전제하고 있는, 한 관점에서 본 세계가 정말 2차원이라고 할 때, 우리는 어떻게 하여 거기에서 3차원의 풍경을 읽어 내는가? 3차원을 읽으려면 우리는 관점을 옮겨 두 개 이상의 관점을 종합화할 수 있어야 한다. 따라서 2차원적인 원근법이 3차원의 인상을 준다는 것은 그것이 하나 이상의 관점을 포함하고 있다는 말이 된다. 그러니까 원근법은 하나의 관점을 가지고 있되, 그 관점에는 여러 다른 관점들이 귀신처럼 서려 있다고 말하지 않을 수 없다. 여러 관점의 종합화 —— 이것이 사실 우리의 일상적인 시각 작용인 것이다. 이러한 사실에 대한 깨달음이 세잔(Paul Cézanne) 이후의 서양화에서 많은 화가로 하여, 기계적(機械的)인 원근법을 포기하게 한 것인지도 모른다.

우리가 늘 상식적으로 이해하는 내가 '나'의 입장에만 서 있는 것이 아니라는 사실을 단순한 시각 현상에서도 발견할 수 있다는 예로서 원근법의 의미를 간단히 분석해 보았다. 그러나 더 놀라운 것은 3차원적인 지각(知覺)이 어쩌면 타자와의 밀접한 연관성 속에서 일어나는지도 모른다는 것이다. 우리 자신의 관점에 늘 서려 있는 도깨비와 같은 관점들은 무엇인가? 사람의 공간 경험에 대하여 현상학적 분석을 시도한 프랑스의 철학자 피에르 카우프만(Pierre Kaufmann)은 어떤 물건이 물건으로서 지각되는 "감각적 의미의 장(場)"은 타자(他者)와의 "공존(共存)의 장(場)"이라고 말한다. 한 대상물의 입체적인 파악은 '예상 지각(豫想知覺)'을 필요로 한다. 어찌 보면 평면으로 생각될 수 있는 시각적 인상(印象)은 이 '예상 지각'에 의하여 여러 가변적(可變的)인 국면으로 변용되며 이 국면들이 통일됨으로써 하나의 대상물의 지각이 성립되는 것이다. 다시 말하면 대상물이란 여러 관점에서 본 원근법의 종합인데, 카우프만에 의하면 이 원근법은 사실 우리가 내면화하는 '타자(他者)'의 관점이다. 따라서 타자는 늘 "의미의 공동 수립자"가 된다.[2]

우리의 시각 작용이 카우프만이 말하는 바와 같은 요인들로 이루어진다고 하더라도 이런 요인들이 일일이 그런 것으로 의식된다고 할 수 없음은 물론이다. 또 그러니만큼 카우프만의 분석이 꼭 맞는 것인지 아닌지 적어도 여기에서 소개한 정도를 가지고는 검증하기 어려울 것이다. 그러나 단순히 무엇을 본다는 것과 같은 사실, 그러니까 인간 활동의 가장 원초적인 것에까지 타자와의 관계가 끼어들어 있다는 것은 발생적인 설명을 통해서 조금 더 그럴싸해질 수 있다. 그러한 설명에 있어서 이 '타자'는 우리가 사물을 볼 때 현실적으로 같이 있는 '공존자(共存者)'라기보다는 자아의 발생과 성장 과정에서 대칭적으로 발전해 나오는 '일반화된 타자(the generalized other)'를 의미하는 것이라 할 수 있다. '일반화된 타자'는 조지 허버트 미드 (George Herbert Mead)로부터 빌려 온 것이지만[3] 우리가 지금껏 주로 사용해 온 원근법의 비유에 관련하여, 발생적으로 우리의 자아 활동이 타자의 존재에 결부되어 있는가의 보기는 메를로퐁티로부터 더 쉽게 끌어올 수 있다. 콜레주 드 프랑스의 아동 심리학 교수로서 그가 행한 강의 초안, 「어린이에 있어서의 다른 사람과의 관계」[4]에서, 그는 유아(幼兒)의 지적 성장에 관한 여러 실험적 연구를 종합하여 거기에 철학적인 분석을 가하고 있는데, 여기서 말하고자 하는 것은 어린이의 자아의 성장, 타자와의 관계 그리고 현

---

2 Pierre Kaufmann, *L'expérience émotionnelle de l'espace*(Paris, 1967), p. 40 이하 참조.

3 George Herbert Mead, *George Herbert Mead on Social Psychology*, ed. by A. Strauss(Chicago, 1964), p. 226 이하 참조.

4 *Les realtions avec autrui chez l'enfants*의 영역판인 *The Primacy of Perception*("The Child's Relation with Others")(Evanston, Illinois, 1955)에 의존하였다.

실 지각에 관한 그의 관찰이다. 메를로퐁티에 의하면 어린이에 있어서의 자아의 발달은 성장의 시간적 단계에서 비교적 나중에 속하며 처음에는 자타(自他)를 구분하지 않는 혼돈의 상태가 있을 뿐이라고 한다. 여기로부터 시작한 어린이가 자아의식을 얻는 데에 가장 중요한 계기가 되는 것은 자기의 몸뚱이에 대한 시각적 경험이다. 이 경험의 가장 전형적인 것은 거울의 경험이다. 어린이가 거울에 비친 영상을 보고 그것을 자기의 모습이라고 인지(認知)할 수 있게 되는 데까지에는 상당히 복잡한 심리적 발전이 있어야 한다. 따지고 보면 거울에 비친 자신의 모습은 어른에게도 풀기 어려운 난제(難題)가 될 만한 것이다. 어떻게 하여 한 개의 물체가 동시에 한곳에 있으며 또 두 곳에 있다고 지각할 수 있는가? 어떻게 하여 두 시각적 인상이 같으면서 같지 않을 수 있는가? 어떻게 하여 밖으로 보이는 것이 안으로 느끼는 것과 일치할 수 있는가? 우리가 거울의 모습을 쉽게 받아들인다는 것은 이러한 문제들에 답한다는 것이다. 메를로퐁티의 견해에 의하면 어린이가 거울의 영상을 자기의 모습으로 받아들이게 되는 것은 자기 자신에 대하여 타자의 관점을 취할 수 있음으로써이다. 즉 어린아이는 본능적으로 거울에 비친 모습이 다른 사람의 눈에 비치는 자기의 모습이라는 것을 알게 될 때에야 비로소 그것이 자기라는 것을 안다는 것이다. 물론 어린이가 이것을 어떤 지적인 분석 내지 통일 작용을 통하여 아는 것은 아니다. 이러한 앎이 가능해지는 것은 보다 직접적인 '다른 사람들과의 공존의 통일 작용(a synthesis of coexistence with others)'을 통하여서이다. 어린이 본래의 지각 작용에 있어서 '나'와 '남'은 하나의 연속체, 하나의 동일 체계를 이룬다. 이것은 나와 다른 사람이 거의 자동적으로 대응적으로 의도(意圖)하고 행동하는 행동의 체계이다. 거울의 경험을 통하여 이 체계의 대응적인 양극이 '나'와 '남'으로서 보다 뚜렷해지는 것이다. 이 과정이 자아의식의 시작이며 '지능'의 시작이다. 왜냐하면 지능이란 관점 여하에 따라서 '내'가 '너'일 수 있고 또 '네'가

'나'일 수 있다는 관점의 다변적인 보완성에 대한 인식 능력이라 할 수 있기 때문이다. 앞에서 길게 말한 원근법도 여기에서 시작된다. 왜냐하면 거울의 경험은 바로 일정한 관점으로부터 사물의 관찰이 가능하다는 깨달음의 시작이기 때문이다.

'나'와 '남'의 상보 관계, 그것이 표현하고 있는 바 우리 생존의 기본적인 도식(圖式)으로서의 '평형 상태'는 어린이에 있어서 가장 원형적으로 나타나지만, 성인의 경우에 있어서도 결코 잊어버릴 수는 없는 것이다. 그것은 언제나 우리의 현실 지각 및 삶의 근본 바탕이 되고 또 사랑과 같은 경험에서는 그대로 어린 시절의 강도로써 재생되기도 한다.

우리는 지금까지 약간 미시적인 분석을 행했지만, 사실 이런 분석을 통해서 말하고자 한 자아와 타자의 상호 의존 관계는 상식적인 눈이나 사회학적 관찰에서도 자명한 것이다. 앞에서 언급했던 조지 허버트 미드는 특히 자아의 사회적인 형성을 강조한 사회 철학자이다. '사회화(社會化, socialization)'라는, 많은 사회학 문헌에서 핵심적인 개념이 되어 있는 말이 인정하고 있는 것도 이러한 상호 의존 관계이다. 하여튼 사람의 개인적인, 사회적인 삶에 있어서 사회의 내면화 내지 주체화 또는 개인적인 것의 외면화 내지 객체화는 부단히 진행되는 교환 작용일 수밖에 없는 것이다. 단지 앞에서 시도한 바와 같은 미시적인 검토의 이점은 개인과 사회의 관계가 그 발생적인 형태의 '나'와 '남'의 관계에 있어서 단순히 끊임없는 상호 작용의 상태라기보다는 서로를 갈라놓을 수 없는 삼투 상태에 있다는 것을 보여 준다는 데 있다고 할 것이다.

자아, 전체, 문학

앞에서 누누이 이야기한 나와 남의 공존은 만인전쟁의 종식과 사회적 전체성의 회복에 어떻게 관계될 수 있는가? 사람과 사람의 진정한 화해를 위한 노력에 있어서 전체성의 회복은 밖으로부터의 강제에 의하여서가 아니라 본래의 나와 남 사이에 있는바 실존적 결속을 통한 안으로부터의 호소에 의한 것이라야 한다. ── 이것이 앞에 내놓은 질문에 대한 답변일 수 있다. 현실에 있어서 이것이 늘 가능한 것은 아니겠지만 적어도 본질적으로 파악된 문학의 할 일도 이렇게 정의될 수 있을 것이다. 문학은 삶의 공통적 근거를 통하여 이루어지는 '나'와 다른 '나'와의 교감이다. 그것은 이 공동 근거에 입각하여 우리의 이 근거에의 복귀를 호소하고 또 우리가 현재의 있음 그대로 이미 거기에 서 있음을 상기시킨다.

그러나 이러한 교감이 쉽게 이루어지는 것은 아니다. 그것이 공동 근거의 기초 위에서 가능한 것이라면 그러한 근거의 부재가 곧 만인전쟁 시대의 특징이다. 앞에서 나는 인간의 본래부터의 공존 관계가 결코 완전히 잊히지는 않는다고 말하였지만, 그것은 매우 특이한 형태의 기억에 의하여서이다. 다시 말하여 나와 남의 관계는 언제나 "남과 세계와 함께 산, 모든 관계로 이루어진 전 연속체(連續體)"를 이루고 이 '연속체'는 우리의 생존에 거의 자동적으로 개입하지만, 또 그러는 만큼 그것의 우발적인 변형에도 관계되어 쉽게 퇴영적이거나 타락된 상태에 떨어질 수도 있는 것이다.[5] 그러니까 인간관계의 '연속체'는 마이너스적인 상태로도 계속되는 것이다. 어떤 경우에 있어서 타자적(他者的) 관계는 그것의 부재 속에 은폐되어지면서 지속된다는 말이다. 가령 어떤 사람이 가장 엄격한 무관심과 고

---

5 Ibid., pp. 140~141 참조.

립의 상태에 있다고 하더라도 발생적으로 우리의 지각의 구조 자체가 타자를 포함하는 '혼합적 사회성'에 의하여 결정되었다면, 무관심과 고립은 관심과 공존에 대하여 대립적인 태도 정립으로 해석될 수밖에 없는 것이다. 앞에서 언급한 바 있는 카우프만의 저서, 『공간의 감정 체험(L'expérience émotionnelle de l'espace)』은 우리의 지각에 있어서 타자의 차원이 무너질 때 불가피하게 일어나는 병적(病的)인 상태를 많이 예로서 들고 있거니와 초연(超然)의 자세 자체가 타자적 차원의 뒷받침으로만 가능하다 할 수 있다. 그러나 대체로 우리의 다른 사람에 대한 관계는 무관심의 관계라기보다는 보다 적극적인 의미에 있어서 부정적인 것이다. 만인전쟁이 바로 그러한 것이지만, 이 상태에 있어서의 인간관계는 상전(上典)과 하인(下人), 착취자와 피착취자, 정복자와 피정복자의 불균형한 관계로 나타나게 마련이다. 또는 오히려 더 부정적인 것은 표면적인 공존(共存)의 유대 속에 숨어 있는 위장된 불균형 관계이다. 윤리 관계 속에 숨어 있는 비윤리(非倫理)가 소설가의 주된 폭로 대상이 되어 온 것은 우리가 잘 아는 바다. 이러한 상태에서 앞에서 말한바, 나와 남을 포함하는 본래적인 관계의 연속체에 호소한다는 것은 극히 아리송한 노릇일 수밖에 없다. 물론 시인은 — 주체적인 호소를 통하여 사람과 사람의 화해를 도모하고자 하는 사람을 시인으로 대표시켜 보자. — 발생적으로 인간에 내재하게 되는 '평형 상태'를 잘 알고 있는 사람으로 생각될 수 있는 까닭에 그는 이를 부단히 상기시키고 그것의 왜곡을 비판할 수 있다. 그러나 이것이 어떤 정해진 윤리 규범을 이야기하는 것과 같은 일일 수는 없다. 적어도 이론적으로 직접적으로 주어진 경험의 밖으로부터 어떤 전체성(全體性)의 규범을 끌어들인다는 가능성을 배제할 때 어떻게 할 수 있을 것인가를 우리는 지금 이야기하고 있는 것이다. 사실 시인 또는 평화의 건설자가 다른 사람이 알지 못하는 진리에 특별히 통할 수 있는 권리를 부여받고 있는 것은 아니다. 그에게도 주어진 현실은 왜곡된 공존의 관계일 뿐이다. 그는 여기에서부터 시작할 수밖에 없다. 이때에 중요한 것은 왜곡된 공존의 관계도 공존 관계의 한 모습, 한 가능성이라는 사실이다. 타락의 가능성도 가능성의 하나이다.[6] 이것을 가능성으로 파악하는 것은 벌써 주어진 현실의 고정성을 초월하기 시작하는 것이다. 가능성이 가능성으로 성립하는 것은 그것이 여러 가지의 가변적인 선택지(選擇肢) 사이에 있음으로서이다. 타락한 가능성은 타락하지 아니한 가능성으로 연결되는 것이다. 이를 달리 표현하면 시인은 경험의 입장을 벗어날 수 없으나 역설적으로 경험을 가능성의 지평 속에 파악함으로써 경험 그 자체가 지닌 미래에로의 초월성을 보여 줄 수 있을 것이다.

주체와 객체의 변증법

이것을 알기 위하여, 우리는 매우 미묘한 주체와 객체의 변증법적 변형 생성 과정을 살펴볼 필요가 있다. 시가 구하는 전체성은 무엇인가? 그것이 원초적인 '우리'라는 것은 이미 앞에서 말하였다. 또 이 전체성 속에서 '나'와 '다른 사람'이 똑같이 중요하다는 것도 말하였다. 그러나 우리가 다시 생각하여야 할 것은 원초적인 '우리'라는 것이 하나의 움직임의 체계라는 점이다. 나와 다른 사람은 서로 대응하는 동작의 주체로서 하나의 체계를 이룬다. 나의 관점에서 이야기하여 보면 다른 사람은 나의 의도에 대하여 열리는 움직임의 장에 또 다른 의도로써 등장한다. 나와 다른 사람은 이 움직임의 장에서 공존적(共存的)으로 얽히는 것이다. 이러한 이야기는 결국

---

6 하이데거는 존재로부터의 이탈을 극복하는 방법은 존재의 부재(不在)가 곧 존재의 한 양상이라는 것을 깨닫는 것이라고 말한 바 있다. Martin Heidegger, *Zur Seinfrage*(Frankfurt, 1955) 참조.

나는 행동의 주체로서 존재하고 나의 주체성은 '우리'의 주체적인 움직임 속의 변증법적인 한 테제가 된다는 것을 말하기 위한 것이다. 그러니까 원초적인 사회성을 회복한다는 것은 그 주체성을 회복한다는 말이다. 부정적인 공존 관계는 그 객체적인 성격에 의하여 특징지어진다. 그것은 나에게 '우리'로서 나타나는 것이 아니라 제도(制度)라든지 법칙(法則)이라든지 이러한 외부적인 제약으로 나타난다. 여기에는 개인의 선택을 외부적으로 한정하는 집단의 여러 범주도 포함된다. 시인은 이러한 객체적인 범주의 작용을 조심스럽게 보여 주어야 한다.

그러나 이것이 주체의 입장에서의 객체적인 제약의 부정이라는 단순한 대비의 형식을 취할 수는 없다. 주체와 객체란 간단히 정의될 수 있는 것이 아니다. 그것은 서로 교환·대치될 수 있다. 앞에서 우리는 자아가 스스로를 어떤 관점에 던질 수 있는 능력에 대하여 특징지어진다는 점을 지적하였다. 이것은 자아가 자아외(自我外)의 것을 내면화(introject)하여 그 일부로 삼을 수 있다는 것을 말한다. 즉 객체는 자아의 내면화에 따라서 곧 주체의 일부가 되는 것이다. 이렇다는 것은 우리가 단순히 이상적인 자아 내지 '우리'를 상정하고 여기에 대치되는 일체의 것을 저항·극복의 대상으로 삼을 수 없다는 것을 단적으로 말하여 준다. 문학이 객체화된 일체의 것을 비판의 대상으로 한다는 것은 가장 단순한 주장이다. 이에 못지않게 중요한 것은 주체성 자체를 해방하는 일이다.

이것은 일직선적이 아닌 변증법적인 방식으로 진행되는 것으로 말할 수 있다. 주어진 경험에서 출발한다고 할 때, 우리에게는 개인적인 체험이 있을 뿐이다.(일단 이렇게 상정해 보자.) 물론 그 사람의 진실은 이것으로 끝나지 않는다. 무엇보다도 그의 세계는 외부적인 조건, 특히 사회학적으로 논의될 수 있는 집단의 범주에 의하여 한정된다. 그러나 이것은 우리의 직접적인 생활의 차원에서는 그렇게 분명한 것은 아니다. 가령 우리는 한민족(韓民族)이라는 집단에 속하고 민족적인 운명에 크게 영향되지만 우리 생활의 일상에 있어서 추상적인 범주는 주제적인 내용으로 등장하지 않는다.(민족의 일원으로서 자고 먹고 이야기하는 경우란 이례적인 경우라고 하여야 한다.) 이것은 다른 집단의 경우에도 마찬가지다. 어떤 사람이 노동자 계급에 속한다는 것은 그 사람의 생애에 있어서 가장 중요한 한정 요인이라 하겠지만 이것은 다른 계급과의 계급적인 접촉이 문제되는 경우 이외에는 주제화된 생활 내용이 되지 아니한다. 이것은 마치 기차를 타고 나서 그 안에서 일상적인 일을 영위할 수도 있는 것에 비슷하다. 아마 보다 쉬운 비유는 우리 모두가 사실은 현기증 나게 움직이고 있는 지구라는 기차를 타고 있으면서 그 사실을 별로 의식이나 생활의 주제로 삼지 않는다는 사실일 것이다. 이러한 사례들은 우리의 삶의 조건이 되는 외부적인 범주들이 우리 생활의 구체에는 대부분의 경우 막연한 지평(地平)으로만 삼투한다는 것을 이야기하여 준다. 따라서 우리에게 외부적인 조건에 관계없이 나의 개인적인 삶만이 절대적인 절실감을 가질 수가 있고, 또 생활의 범위를 제한함에 따라서는 우리는 자기의 삶을 주인으로서 살아가고 있다고 느낄 수있는 것이다. 문학은 이런 개인적인 삶의 진실에 철저할 수밖에 없다. 이것만이 주어진 것이며, 또 이것으로써 우리는 사람이 어떠한 조건에서도 관점의 조정으로 자기의 독자적인 삶을 살 수 있다는 깨달음을 가질 수 있는 것이다. 그러나 좁은 범위 안에서 눈을 안으로 돌렸을 때 가능해지는 자기 삶의 주체적인 소유는 결국 가장 깊은 의미에 있어서 객체적으로 소유됐다는 깨달음에 이름으로써 완성된다. 삶의 주체적인 소유를 위한 노력은 결국 그것을 테두리지어 주는 한계에 이르고야 마는 것이다. 자기의 삶의 영역을 널리 살펴보게 됨에 따라 사람은 그것의 가장자리에 멀리 펼쳐지는 지평을 의식하게 된다. 그런데 가장 엄청난 깨달음은 이 지평이 단순한 한계가 아니라 한계 내에서 일어나는 일체의 것을 결정하고 있다는 사

실이다. 전기가 켜 있는 방에 들어갔을 때 우리는 전기의 존재를 별로 의식
하지 않고 방 안의 물건들을 볼 수 있다. 그러나 방 안의 물건을 가시적(可
視的)인 풍경으로 만들고 있는 것은 전기 조명이다. 우리는 전체를 테두리
짓고 있는 것을 대상화해서 보는 것이 아니라 우리 주체적인 관점의 일부
로서 내면화해 버린다. 영화나 연극을 보면서 그 안에서 벌어지는 드라마
에 빨려 들어갈 수 있는 것도 우리가 영화나 연극의 테두리를 주체로써 흡
수하여 영화 제작자나 연극 작가와 우리와를 쉽게 일치시킬 수 있기 때문
이다. 이와 비슷하게 우리는 우리의 전체적인 상황을 우리 자신의 주체적
인 전개의 근본으로 전환한다. 사르트르가 부르주아는 넥타이를 고를 때
도 부르주아로서 고른다고 말할 때 그것은 부르주아가 반드시 자기의 계
급적 위치를 주체적인 의식으로 계산하면서 행동한다는 말은 아닐 것이
다. 이런 경우에 객체적인 조건은 우리의 주체의 몸뚱이를 신이 들듯이 차
지하게 된다. 그리하여 우리는 어떤 때는 부르주아로 어떤 때는 사업가로
행동하는 것이 아니라, 늘 부르주아이고 늘 사업가이다. 객체의 내면화에
의한 주체에로의 전성(轉成)이야말로 가장 극복하기 어려운 운명이다. 그
러나 이 운명의 자각은 이미 살풀이의 시작이다. 우리는 이 운명의 자각을
통하여 지금까지의 주체적인 입장, 무의식 속에 흡수되어 우리를 조건 지
어 주던 것을 대상적으로 파악할 수 있게 된 것이다. 이것은 삶의 모든 것
으로부터의 소외(疎外)를 초래할 수 있다. 그러나 다른 한편으로 소외는 새
로운 변화에로의 전기(轉機)를 지니고 있다. 주체를 사로잡았던 객체는 그
대로 하나의 변할 수 없는 운명으로 좌절만을 불러일으킬 수도 있지만, 그
것은 역사적으로 발생한 '우리' 관계의 응고(凝固)로서 파악됨으로써 새로
운 역사적인 형성(形成)의 가능성을 암시해 줄 수도 있는 것이다.

이 엄밀하고 복잡한 깨우침의 과정에서 확인되는 것은, 다시 말하여 주
체성이다. 처음에 이것은 개인이 주체적으로 삶을 영위할 수 있는 능력으

로 생각되지만, 이 주체는 왜곡된 것으로 나타난다. 그러나 왜곡될 수 있다는 것 자체가 벌써 인간이 주어진 세계에 주체적으로 자기를 투사할 수 있다는 가능성을 예증해 준다. 다른 한편으로는 이러한 주체성이 객체적인 조종하에 있는 것으로 파악됨으로써 진정한 주체성은 '나'의 전체에의 참여에 의하여 이루어진다는 사실이 깨달아지게 된다. 이 전체는 사회적으로는 '우리'의 회복이다. 이 '우리'는 역사적인 실천을 늘 새롭게 하는 데서 보장된다. 이렇게 하여 개인의 사회적인 조건은 그 경직성(硬直性)을 풀게 된다. 그러나 구극적으로 우리의 주체적인 자각은 세계 그 자체가 주체성의 대응물이라는 데까지 도달할 수 있다. 이때의 주체성도 단순히 의식 수준에 있어서의 의지와 일치시킬 수는 없다. 참다운 주체란 우리의 의식이나 의지의 대상이 되기 전에 이미 우리를 조건 지어 주는 근거이다. 이런 의미에서 그것은 우리의 의식적인 의도를 초월하고 우리의 존재 그것과 더불어 열리는 것이다. 이렇게 볼 때, 구극적인 주체성은 우리의 존재와 세계의 존재 그것을 가능하게 해 주는 근본 바탕에 일치한다. 이렇게 말하고 보면 주체성은 약간 신비주의적이거나 아니면 몽매주의적인 요인을 내포하는 개념인 것 같다. 이것은 어느 정도 사실일 것이고 또 불가피하다. 결국 생을 가능하게 하는 가장 큰 바탕 또는 지평은 불가사의한 것일 수밖에 없지 않은가?

그러나 주체성에는 또 여러 가지 차원이 있을 수 있으며 또 문학적 인식에서 특권적인 위치를 차지하는 차원이 있다고 할 수 있다. 이것은 개인적 실존의 차원이다. 결국 우리가 뛰어난 언어에서 확인하는 것은 구체적인 육체와 구체적인 생활 속에 있는 개성(個性)의 자취이다. 우리의 개체적인 생존은 세계로의 열림에 있어서 가장 중요한 매체인 것이다. 어떻게 보면 예술 작품이 보여 주는 것은 세계에 질서를 주는 원리로서의 인간의 개성적 존재의 가능성이라고 할 수 있다. 가령 우리가 추사(秋史)의 글씨에서 찬탄하는 것은 무엇인가? 자자구구(字字句句)에 삼투되어 있는 그의 독특한 존재 방식이다. 그것은 한 작가의 스타일이다. 종종 우리는 스타일의 성취를 예술가적 수련(修鍊)의 종착점이라고 본다. 이것은 개인적인 왜곡이 가장 적은 것처럼 생각되는 사실주의적(寫實主義的)인 예술 작품에서도 그렇다. 가령 우리가 17세기 화란 화가(和蘭畵家)의 사실적인 그림을 볼 때, 감탄을 보내는 것은 그 박진성(迫眞性) 때문일까? 사실 그림이 나타내고 있는 17세기 화란의 중산 계급의 내실(內室)을 본 사람은 별로 없을 것이다. 물론 우리는 사실적인 그림에서 현실 세계가 나타나는 어떤 전형적인 특징을 인정하고 거기에 우리의 동의를 부여하지만 동시에 우리는 그러한 세계를 꾸며 낼 수 있는 예술가의 기량(技倆)에 감탄하는 것이다. 그러니까 우리는 우리가 가장 잘 아는 현실을 재구성한 작품도 —중복적인 재구성이란 점에서는 불필요한 행위로 생각될 수도 있지만— 즐길 수 있는 것이다.

스타일이 개성의 표현이라고 할 때, 개성은 어떤 고정적인 실체로서의 개성을 의미하는 것은 아니다. 개성적인 스타일은 세계에 열려 있는 한 인간의 존재 방식이다. 이것은 그 사람에게 유니크한 것이면서 또 세계와의 교섭 없이는 성립되지 아니한다. 또 이 개체적 스타일이 독자적인 것이 아니라는 것은 아무리 개인적인 스타일이라 하더라도 위대한 예술가의 스타일은 한 시대의 스타일에 합류된다는 사실에서 쉽게 알 수 있다.

한 사람이 어떻게 주체적인 창조자로 행동하며 또 동시에 세계와 공존하는가 하는 것은 예술가의 매체와의 투쟁에서 가장 잘 예증될 수 있다. 우리가 글을 쓴다는 것은 무엇을 의미하는가? 우리는 하나의 소리, 하나의 단어를 세계로 던진다. 이것은 하나의 무상적(無償的)인 행위이면서 또 원칙적으로 개입되어 있는 세계의 응답에 대한 예기 속에 행해진다. 이 응답에 의하여 우리의 소리와 말은 의미를 획득한다. 다시 말하여 하나의 단어를 썼을 때, 우리는 그것으로 스스로를 표현하면서 동시에 언어 조직 속에 메아리를 불러일으킨다. 이 메아리를 우리 것으로 함으로써 나의 단어는 문장이 된다. 완성된 문장은 나의 표현이 되었다가 다시 언어와 사물의 로고스에로 되돌려지면서 다음의 문장을 낳는다. 이러한 교호 작용 속에서 하나의 의미의 몸뚱이는 구성되어 간다. 그러나 우리가 귀 기울여 듣는 메아리는 당대의 유행적인 수사가 아니다. 우리의 자아와 언어의 로고스는 보다 깊은 곳에서 마주친다. 그것은 내가 창조적인 주체로 살고 또 언어 자체가 그 역사적인 창조성을 숨겨 가지고 있는 그런 곳이다. 나의 언어는 타자의 언어와의 교호 작용을 통한 자기 점검이다. 시적 언어에서 언어는 가장 개성적이면서 또 세계 그것의 요구에 화답하는 것이다. 세계의 신선함은 감각의 신선함이라고 말한 시인이 있지만(감각은 육체를 가진 우리 개개인을 떠나서 생각할 수 없다.), 언어의 신선함은 세계의 신선함이기 때문이다. 닳아빠진 것이 아닌 신선한 언어를 통해 시인은 스스로를 새로이 하고 세계를 새로이 한다. 이것은 세계의 주체적인 과정을 되살리는 것이다. 삶을 제한하는 외부적 조건이 개인의 주체적인 작용을 통해서 역사적인 실천의 연속적인 과정 속에 재투입될 수 있듯이 언어도 가장 개인적인 주체화(主體化)로부터 시작하여 살아 움직이는 것으로 변화될 수 있다.

　여기서 우리는 개인과 초개인적인 과정의 교호 작용이 매체를 통하여 이루어지는 예로서 언어를 들었지만, 언어의 창조적 기능을 회복하는 것은 하나의 예 이상의 의미를 갖는다. 언어는 인간 생존에 가장 깊이 연관되어 있는 어떤 것이다. 우리는 고고학(考古學) 입문서에서 최초로 지구상에 그 유적을 남긴 원시인들이 지구라는 낯선 세계에 그 삶의 터를 마련하는 데 가지고 있었던 것이 돌멩이의 연장과 불과 언어라는 것을 읽을 때 우리가 사용하는 언어의 역사적인 또는 진화론적인 깊이에 적이 감동하지 않을 수 없다. 언어는 거울이다. 문학이 '모방'이라는 오랜 문학사상의 이론은 여기에도 해당된다. 우리는 언어를 통하여 자기 스스로의 모습을 살펴볼 수 있다.

이 모습이란 거울이 우리에게 비추어 주는 모습이나 마찬가지로 세계의 움직임이 드러내 주는 하나의 공존의 체계의 일부를 이루는 모습인 것이다. 우리는 언어를 통해서 동시대인과 역사와 자연이 전개되는 연속적인 과정 속에 들어간다. 언어는 이러한 집단적이고 전체적인 범주 속에 우리를 정립해 주지만 또 우리로 하여금 하나의 개체적인 실존을 유지하면서 우리를 둘러싼 전체성에 작용할 수 있게 한다. 나아가 어떤 의미에서는 이 전체성이 객체적인 억압의 카테고리로부터 목적적이고 주체적인 과정으로 바뀌는 것은 가장 깊은 의미에 있어서의 창조적 주체성의 획득을 추구하는 개인을 통하여서이다. 개인의 언어는 전체의 주체화를 매개한다.

약속과 현양(顯揚)의 공간으로서의 사회

물론 언어의 매개 작용만으로 개인과 개인, 개인과 사회의 평화가 확보되는 것은 아니다. 사람의 존재는 근본적으로 그 행위적인 면으로 정의된다. 태초에 말씀이 있었다고 말할 수 있다면 그와 똑같이 태초에 행위가 있었다고 말하는 것도 옳은 말이다. 우리는 앞에서 이미 나와 다른 사람은 그보다 더 원초적인 것인 공존적인 움직임의 구조로부터 발달 형성된다는 것을 지적하였다. 언어가 우리 스스로를 공존의 공간을 향하여 던지는 행위라는 것도 말하였다. 시각(視覺)을 필두로 한 우리의 오관(五官)도 우리에게 원근의 공간을 열어 준다. 그러나 이러한 오관이 가능하게 하는 세계보다 더 넓고 복잡한 사회적 공간을 열어 주는 것이 언어이다. 그러나 오관과 언어가 여는 공간이라는 넓이 그 자체가 이미 우리의 동작 가능성을 예상하는 것이다. 그러니까 우리의 오관과 언어는 동작 내지 행위의 필요성과 공시적으로 일어난다. 반대로 동작과 행위는 존재의 공간을 변형시키고 또 언어와 감각을 재조정한다. 어떻게 보면 이 후자의 경우가 더 타당한 설명일 수도 있다. 결국 사람이란 세계에 거주할 수 있는 어떤 능력이며, 세계는 이 능력을 단연코 한정하는 것이기 때문이다. 이미 만들어져 있는 세계는 인간의 행위를 통하여 만들어질 수 있거나 적어도 내 것으로 내면화될 수 있을 때에 진정으로 주체적인 인간의 거주 능력에 대응하게 된다. 그러나 이때 만든다는 것은 이미 만들어진 세계가 역사적으로 우리를 선행한 사람들에 의하여 이루어졌듯이 여러 사람과 더불어 만드는 것이다. 이것은 인간의 공동 작업을 요구한다. 이것을 불러 우리는 보통 정치적인 행위라고 하지만, 세계에 사람이 사람으로 살 수 있는 공간을 마련하는 행위의 일체를 정치적인 행위라고 불러도 좋다. 순전한 정치 행위도 그것이 나와 남을 공동체적인 과정 속으로 해방하는 행위인 한, 언어나 예술이 여는 공간과 분리될 수 없는 것이다. 이렇게 다각적으로 확보되는 공동 공간 속에서 개인과 개인의 만인전쟁과 개인과 사회 간의 억압적인 관계는 끝나고 인간의 생존은 평화롭고 행복한 것이 될 것이다. 그때에 개인과 개인, 그리고 개인과 사회 간의 긴장은(사실 어느 때에 있어서나 이루어지는 것은 완전한 평정화보다는 긴장을 내포하는 공존의 변증법이라고 하는 것이 마땅할 것이다.) 생존 투쟁의 필연성으로 악화되지 않고, 사람과 사람이 서로 서로의 필연을 나누어 갖는 약속의 부하(負荷)로 바뀌게 될 것이다. 이 약속은 부하라기보다는 오히려 즐거움이다. 이것은 우리를 제약하기보다는 오히려 우리를 해방시켜 준다. 왜냐하면 이것을 통하여 생존의 무게는 오히려 가벼워지기 때문이다. 뿐만 아니라 다른 사람을 통한 내 생존의 확인, 나를 통한 다른 사람의 생존의 확인, 또 이 두 반사 행위(反射行爲)의 보다 섬세한 변형 ── 이것은 늘 삶의 가장 큰 보람으로 생각되어 왔다. 모든 시인이 언제나 노래했던 사랑이라는 것이 바로 그것인 것이다. 사회는 마땅히 사랑의 공간으로 성립해야 한다. 우리는 거기에서 생존의 필연을 사람 사이

의 약속으로서 바꾸어 놓을 수 있다. 또 우리는 그 약속을 기쁨으로 전성한
다. 더 나아가 이것은 단순한 운명의 연대감에서 발생하는 기쁨에 그치는
것이 아니다. 보다 적극적으로 사람이 그의 개성을 발달시키고 그의 자질
을 개발하는 것은 사회와의 관련 속에서이다. 뿐만 아니라 발달된 개인의
자질이 그것으로서 확인되는 것도 사회의 인정을 통해서이다. 이것은 단
순히 무엇을 보여 주고 거기에 대하여 갈채를 받는다는 뜻에서가 아니다.
앞에서도 말한 바와 같이 타인의 눈이 없이는 우리는 삶을 제대로 파악할
수 없는 것이다. 물론 그 눈은 '우리'의 공존적인 과정 속에 있는 눈이라야
한다. 그렇지 않을 경우 그것은 우리의 주체성을 빼앗아 갈 뿐이다.[7] 다른
한편으로 개인의 개성적인 발달이 단순히 개인적인 것이 아님은 말할 필
요도 없다. 그것은 커다란 사회적 의의를 지닌다. 개인의 창조적인 실험은
사회 전체의 중요한 가능성을 대표한다. 인간의 본질이 무엇이냐는 물음
은 철학이 늘 물어 온 것이지만, 간단히 말하면, 모든 역사적으로 가능했
고 가능해질 개인적 실존의 모험의 형이상학적 총화가 인간의 본질이라
고 말할 수 있다. 이런 의미에서 모든 개인은 중요한 형이상학적 가능성
의 담당자이다. 이상적인 사회는 이것을 최대한으로 현양(顯揚)할 수 있
는 공간으로서 성립한다.[8]

(1975년)

---

7 사르트르가 분석하고 있는, 타인의 눈이 우리의 주체적인 생존에 대하여 갖는 효과는 근본적으
로 공동체적 연대가 깨어진 곳에서의 현상이라 할 수 있다. 『존재(存在)와 무(無)』 제2부, 제1장,
제4절, 「눈길」 참조.

8 여러 가지 약점에도 불구하고 한나 아렌트(Hannah Arendt)는 공동체적 공간으로서의 정치의
장(場)에 대하여 가장 독창적이고 심오한 해석을 가한 정치 철학자 중의 한 사람이다. 이 공간
이 사람과 사람의 약속으로 성립하고(또 용서를 통하여 이 약속은 해제될 수 있다.) 그것이 근
본에 있어서 '뛰어남(excellence)'을 자랑함으로써 개체적인 실존에 공존적인 보강(補强)을 얻
을 수 있게 하는 '보임의 공간'이라는 생각은 아렌트의 저서에 도처에 보인다. Hannah Arendt,
"Action", Chapter V of *The Human Condition*(New York, 1958); *Between Past and Future*(New
York, 1968) 참조.

물음에 대하여

방법에 대한 시론試論

1

현행의 학교 교육을 거쳐 나가려면, 수많은 시험을 통하여야 한다. 말할 것도 없이 시험은 문제로 이루어지고 시험을 친다는 것은 주어진 문제를 보고 문제가 요구하는 답을 찾아내는 작업을 말한다. 이 작업에서 문제와 답을 꿰어 맞추는 속도가 빠르면 빠를수록 시험 성적은 좋아진다. 시험 준비는 문제를 인지(認知)하고 맞는 대답을 선택하는 속도를 빨리하는 훈련에 집중한다. 그리하여 우수한 학생의 경우, 그의 문답 반응은 거의 조건 반사가 된다. 그 과장된 예가 소위 텔레비전 퀴즈에서 보게 되는 바 초를 다투는 속사포식 문답이다. 이것은 학교의 객관적 테스트에서도 그대로 나타나고 또 비록 형식은 다를망정 정해진 테두리의 안에서만 답변을 허락하는 주관식 시험에서도 나타난다. 어떻게 보면 소위 주관식 시험이라는 데서 문답의 조건 반사적 성격은 더 잘 나타난다고 할 수 있다. 여기에서는 인지의 자동 작용만이 아니라 기억의 자동 작용도 요구되기 때문이다.

시험 문제의 자동 작용은 당연한 것이라 할 수 있다. 시험 문제는 교과서의 연습 문제나 마찬가지로 연습을 위한 문제이지 참다운 의미에서의 문제가 아니기 때문이다. 여기에서 참으로 문제적인 것은 아무것도 없고 우리가 만들어 내는 답도 결코 새로운 발견은 아닌 것이다. 그러나 이러한 사실은 너무도 자주 잊히고 만다. 우리가 교과서에서, 시험에서 또 일반적으로 학교에서 대하는 문제가 연습 문제에 불과하다는 것을 안다면, 우리는 이러한 연습 문제를 풀어 감과 동시에 세상에 참으로 문제적인 문제가 있으며 참으로 찾아야 할 해답이 있다는 것을 잊지 않을 것이다. 그러나 학교 교육에서 주고받아지는 문답은 우리를 참다운 문제와 해답의 영역으로 안내해 가는 대신 마치 모든 문제는 다 물어졌으며 모든 답은 다 주어졌다는 착각을 갖게 만든다. 그리하여 그것은 우리에게 독자적으로 질문하고 해답을 찾는 능력을 길러 주는 것이 아니라 그러한 능력을 마비시키는 역할을 하기도 한다. 세상의 모든 문제는 이미 만들어져 있는 문제와 답의 테두리 속에서 풀어지지 아니한다. 그렇다고 한다면, 그러한 세상은 아무런 새로운 것도 없는 정지되어 있는 곳일 것이다. 또 크게 보아 정체 상태에 있는 세상에서도 개개의 사상(事象) 전부가 공식화된 교리 문답 속에 종합될 수는 없다. 뿐만 아니라 사람의 삶의 한 특징이 주체적인 실천에 있다고 할 때, 정해진 문답의 세계는 개인의 주체적인 실천을 봉쇄함으로써 완전한 소외의 세계일 수밖에 없다. 그러니만치 아무리 경직화된 체제에서도 교육은 단순히 교리 문답의 습득이 아니라 새로운 물음을 묻고 새로운 답을 찾는 능력을 기르는 작업을 빠뜨리지는 못했던 것이다.

2

우리가 주어진 시험 문제에 대하여 답을 찾을 때, 그것은 어디에서 찾아지는가? 주어진 또는 주어질 것으로 예상되는 문제에 답을 마련하기 위하여 우리는 책이나 사전을 뒤지기도 하고 (조금 드물게는) 실제적인 경험과 관찰을 시도하기도 한다. 그러나 대부분의 경우 시험 문제의 답은 책을 읽고 교사의 가르침을 듣는 데서 얻어진다. 그러나 다른 한편으로 답은 문제에서 온다. 답이 답으로서 성립하게 하는 것은 문제의 제기에서 비롯하기 때문이다. 그러면 문제는 어디에서 오는가? 물론 그것도 책과 교사에게서 나온다. 다만 문제는 보다 철저하게 책과 교사로부터 온다는 점이 다르다면 다르다고 할 것이다. 우리의 답이 문제에 의하여 한정되는 것이라고 해도 답안을 작성하는 것은 우리 자신이며, 작성의 방법에 어느 정도의 선택의 폭이 허용되는 것이 보통인데, 문제를 우리 자신이 작성하는 경우는 매우 드물다. 우리들 자신이 교사가 되어 문제를 작성한다고 하더라도 우리는 기술적인 의미에 있어서의 교사일 뿐, 대부분의 경우 우리는 우리의 교사의 문제, 적어도 문제의 틀을 답습하는 데 불과하다. 또 우리의 교사는 따지고 보면 우리의 교사의 교사일 것이고 또 그 위에는 우리의 교사의 교사의 교사가 있을 것이다. 그러면 우리에게 문제를 만들어 주는 최종적인 교사는 누구인가?

여기에 답하기 전에 우리는 보다 추상적으로 문제의 발단이 어디에 있는가를 생각해 보는 것이 좋다. 그러기 위해서, 우리는 다만 일상적으로 부딪치는 경우를 상기하기만 하면 된다. 즉 문제는 문제적인 상황에서 발생한다. 사람은 바깥세상과의 끊임없는 교호 작용 속에 살고, 이렇게 사람과의 관계에서 규정된 바깥세상은 사람이 처해 있는 상황을 이룬다. 이 상황이 사람의 기획과의 관계에서 불확정적이 되는 상황을 그것과의 관련에서 확정한 것으로 바꾸려고 할 때 문제가 발생한다. 이런 뜻에서, 문제의 해결은 기도하는 노력, 즉 연구는 존 듀이(John Dewey)가 연구(inquiry)를 규정해서 말한 것을 빌려, "불확정적인 상황을 확정적인 것으로 바꿀 수 있도록 거기에 관계되는 구성 요소를 분명히 하여 본래의 상황을 통일된 단일체로 옮겨 놓는 일"이라고 말할 수 있다.[1] 듀이는 상황의 발생과 변화가 문제의 발단이라는 예로 극장에서 불이 발생하는 경우를 들고 있다. 경보가 울리면 극장 안은 하나의 문제적인 상황이 된다. 그때부터 우리의 탐색은 시작된다. 문제는 어떻게 하여 안전하게 그곳을 빠져나가는 것이냐 하는 것이다. 이것을 위해서 우선 비상구가 있으리라는 사실을 확인하고 관찰을 통하여 이 출구를 찾아내야 한다. 물론 군중의 성향이나 행동 등도 고려해야 한다. 이러한 사실들은 모두 '사건에 관여되는 사실', '문제의 조건'들을 이루는 것이다. 문제를 해결하는 것은 이러한 조건들을 하나의 확정된 '관념'으로 통합하고 이것을 실제 상황에 작용하는 것이다. 물론 듀이의 예는 너무나 자명한 것이지만, 이러한 초보적인 사실도 우리는 가끔 상기할 필요가 있다. 이러한 상황 내의 문제 발생은 물론 다른 경우에도 해당된다. 말할 것도 없이 여러 가지 경제 문제, 금융 재정 정책이라든가, 고용 문제라든가, 소득 분배의 문제라든지 하는 것은 그때그때의 개인적이며 또 사회적인 경제 상황에서 의미를 갖게 되는 문제다. 그러나 아마 대부분의 학문, 특히 자연 과학의 문제는 얼핏 생각할 수 있는 현실의 상황에서보다는 학문 연구에 필요한 일정한 조작 과정에서 이루어지는 상황에서 발생한다. 가령 우리는 현대 화학의 발전에 있어서 기본적인 발견인, 프리스틀리(Joseph Priestley)와 라부아지에(Antoine Lavoisier)의 산소의 발견을 생각

---

1 John Dewey, "The Pattern of Inquiry", *On Experience, Nature and Freedom*(Indianapolis, 1960), p. 116.

해 볼 수 있다. 그때까지 물질의 연소는 물질에 함유되어 있어 플로지스톤 (phlogiston)이라는 물질의 소모 작용으로 생각되었으나 그들은 물질이 연소될 때 물질의 질량이 줄어드는 것이 아니라 오히려 불어난다는 새로운 실험적 상황에 부딪쳐 연소 작용에서 일어나는 것은 산소가 첨가되는 현상, 즉 산화 작용이라는 생각에 이르게 된 것이다.[2]

3

문제가 근본적으로 상황에서 발생한다는 것을 상기하는 것은 중요하다. 많은 기계적인 연습 문제에 상실되어 있는 것은 이 상황에 대한 의식이다. 따라서 주어진 문제가 보다 적극적으로 우리의 관심 대상이 되게 하려면 이 상황 의식을 높여야 한다. 그러면 상황이란 무엇인가? 앞에서 우리는 이것을 유기체와 환경과의 일정한 교호 관계에서 생기는 것이라고 정의한 바 있지만, 다시 한 번 그 구조를 좀 더 자세히 살펴보기로 하자. 앞에서 말한 대로 문제가 상황에서 생겨난다고 한다면, 상황은 또 순환 논법의 혐의가 있지만 문제에 의하여 정의된다고 할 수 있다. 상황이라고 하면 비유적으로 말하여 일정한 공간적인 넓이를 생각할 수 있는데, 이것은 문제에 의하여 구성되는 공간이다. 다시 말하여, 그것은 한 문제에 관계되는 사항들의 총체이다. 그러나 이 총체는 일정하게 한정된 것이 아니다. 어떠한 문제의 관여되는 사항의 수는 한없이 확대될 수 있기 때문이다. 그리하여

---

2 cf. J. D. Bernal, *Science in History*, vol. II(Penguin Books, 1969), pp. 619~624. 토머스 쿤(Thomas S. Kuhn)은 그의 과학사에 대한 주목할 만한 저서, *The Structure of Scientific Revolutions*(Chicago, 1970)에서 과학 발전의 유형을 잘 보여 주고 있는 예로써 수시로 산소의 발견에 언급하고 있다. 본고(本稿)의 산소 발견에 대한 이야기는 실상보다는 매우 단순화한 것이지만, 크게는 틀리지 않는 것으로 생각한다.

한 문제의 상황 또는 다른 말로 콘텍스트는 우리가 세계에 대하여 가지고 있는 모든 이해를 포함할 수도 있다. 앞에서 말한 바 상황 의식을 높인다는 것은 문제의 콘텍스트에 대한 의식을 높인다는 것이고, 이것은 또 적어도 이상적으로 총체적인 세계 이해와의 관련 속에서 문제를 파악한다는 것이다. 그러므로 학교의 테두리에서 행해지는 문답의 연습은 어떤 특정한 문답, 그것을 익힘과 동시에 그 문답의 테두리를 이루고 있는 상황, 또는 학문 전체가 대표하고 있는 세계에 이르고자 하는 노력을 나타내는 것이라고 말할 수 있다.

　그러나 이렇게 말하는 것은 반드시 산술적인 총화라는 의미에서 모든 것을 모조리 배워야 한다는 뜻은 아니다. 이것은 보통 사람에게는 감히 생각할 수 없는 과제이다. 상황 내지 콘텍스트는 동심원처럼 문제를 둘러싸고 있어서 동심원의 하나만을 문제의 상황으로 파악하는 것은 얼마든지 가능하다. 그리고 또 생각하여야 할 것은, 어쩌면 이 동심원의 어느 하나도 반드시 엄격하게 부분적인 것이라고 말할 수 없다는 점이다. 그리고 어느 상황도 기계적으로 분석되어지는 구성 분자의 총계로서만 생각되어질 수는 없는 일이다. 구성 요소나 범위는 관점에 따라서 달라진다. 문제의 테두리를 이루는 상황은, 듀이에 의하면, 분명한 생각으로보다는 막연한 느낌으로 주어지는 질(質, quality)의 의식으로 나타난다.[3] 질의 총체라는 것은 어떤 것인가? 아마 이 점은 비유를 달리하여 생각하여야 할지도 모른다. 문제에 있어서 부분과 전체는 상호 삼투의 관계에 있다고 말해 볼 수 있다. 또는 문제와 그것을 둘러싸고 있는 상황의 관계는 사물과 그 사물을 싸고 있는 지평의 관계로 볼 수도 있다. 게슈탈트 심리학자들이 지적하듯이 우리의 지각 작용의 기본 법칙의 하나는 어떠한 대상이든지 그것의 배경과

---

3 cf. Dewey, "Qualitative Thought", Ibid., pp. 176~198.

의 관계에서만 지각된다는 것이다. 이 배경의 최종적인 것은 물론 세계 전체이다.

문제 의식에 있어서 부분과 전체의 관계가 어떤 것이든지 간에, 일단 강조할 필요가 있는 것은 전체의 중요성이다. 문제의 상황을 이루는 전체야말로 문제의 타당성과 문제 해결의 방향을 규정한다. 이것을 마음에 분명히 해 두는 것은 중요하다. 전체적인 상황이 잘못 판단되었을 때 우리가 그점을 의식하지 않고 추구하는 부분적인 문제는 전혀 무의미한 것일 수가 있는 것이다.

그러나 이렇게 말하기는 쉬워도 전체를 분명하게 의식하기는 용이하지 않다. 이것은 방 안에 들어가 한참 지난 다음에는 조명을 의식하기 어려운 것과 같다. 달리 말하여 이것은 "어떤 그릇이 그 그릇 속에 들어갈 수 없는 것에 비유할 수 있고 또는 이것은 말의 테두리가 되는 것(a universe of discourse)이 그 테두리 안에서 말의 한 명사(名辭)로 나타날 수 없는 것과 같다."[4]라고 말할 수도 있다. 토머스 쿤은 『과학 혁명의 구조』에서 과학의 밑바탕이 되는 것은 세계에 대한 틀림없고 일사불란한 설명의 체계가 아니라 '패러다임(paradigm)'이라고 말하고 있다. 문제 해결의 가능성을 암시하는 모형으로서의 패러다임은 과학적 진술들을 하나로 묶어 주고 자연 현상에 대한 일단의 설명을 허용하지만, 다른 한편으로 사태의 진전에 따라서 수정되기도 하고 더 많은 경우는 완전히 새로운 패러다임으로 대치되기도 한다. 그러나 과학적 연구가 있는 그대로의 사실에 투명하게 대응하는 것이 아니라 말하자면 직관적으로 주어진 패러다임으로부터의 연역이라는 것, 따라서 과학적으로 설명된 세계가, 있는 그대로의 세계의 전부가 아니라 있을 수 있는 세계의 하나에 불과하다는 것은, 패러다임의 변화가

---

4 Dewey, op. cit., p. 181.

일어난 후의 관점에서 행해지는 가장 엄격한 반성에 의하여 드러나고 보통 그것은 의식되지 아니하기 십상이다. 그럼에도 패러다임은 우리가 제기하는 문제를 선택한다. 또는 그것은 더 나아가서 어떠한 물음은 물을 수도 없는 것이 되게 한다.[5]

　문제를 한정하는 것이면서도 쉽게 반성의 대상이 되지 못하는 전체적인 테두리는 자연 과학의 경우에서보다 인문 과학이나 사회 과학의 질문에서 훨씬 중요하다. 여기에서는 자연 과학의 경우와는 전혀 달리 잡다한 패러다임이 받아들여져 있다. 그러니만치 그러한 테두리를 테두리로서 알아보는 것은 쉬운 일이라고 할 수도 있는데, 실제에 있어서는 그것이 훨씬 어려운 경우가 허다하다. 그것은 어떠한 패러다임을 받아들이는 것이 이해관계에 직접적으로 결부되어 있음으로써 어떤 특정한 패러다임이 강압적인 이데올로기로서 강요되기 때문이다. 이것이 반드시 오늘날의 사회 과학이나 인문 과학의 중요한 패러다임이라고 할 수는 없지만, 어떤 상황에 대한 전체적인 전제(前提)가 구체적인 문제에 어떻게 적용되는가 하는 예는 다음과 같은 일상적 문제 제기 방식에서도 볼 수 있다. 어떤 사람이 자신의 수입에 관한 문제를 이야기할 때, 그 문제의 제기가 '임금(賃金)이 낮다'는 형태로 표현되는 것과 '나의 현재의 수입은 아내가 앓아누워 있는 까닭도 있고 하여 현재의 지출을 감당하기에 충분치 않다'는 형태로 표현되는 것과는 전혀 다른 것이다. 전자의 경우는 한마디로 말하여 노동자라든가 임금이라든가 하는 용어로 일반화될 수 있는 사회 구조를 전제로 하고 또 거기에 대한 판단을 포함하며 후자는 그것보다는 개인적인 수입의 수지 균형, 그 균형의 차질에서 오는 어떤 특정한 개인의 역경 — 이러한

5　서로 다른 과학적 패러다임이 문제의 가능성을 제한하는 예는 앞에 든 쿤의 저서 여기저기, 특히 12장에 잘 나와 있다.

것들을 상황 판단의 테두리로서 사용하고 있다. 이렇게 테두리가 다른 만치, 문제 해결을 위한 동의가 어렵고 또 어떤 한쪽의 테두리를 받아들여야 한다는 사회적, 정치적, 문화적 압력이 작용할 것은 쉽게 생각할 수 있는 일이다.[6]

이러한 전체와 부분의 삼투 작용은 우리 생활의 도처에 잠복해 있다. 이것이 뜻하는 바는, 문제는 상황 속에서 파악되어야 하되, 그 상황 자체도 문제로서 검토되어야 하며, 그렇게 하기 위해서는 우리는 우리의 문제를 전체성에 이를 때까지 밀고 나가야 한다는 것이다. 그때에야 우리는 비로소 제대로 파악된 상황 속에서 문제를 제기하고 또 풀어 볼 수 있다. 그러나 이것은 지극히 어려운 일이다. 우리가 서 있는 자리 바로 그것에 대한 객관적인 반성은, 앞에서도 말했듯이, 어떤 그릇을 도로 그 그릇에다 담는 일만치 불가능한 것은 아니더라도 적어도 그에 비슷하게는 어려운 일이고, 뿐만 아니라 그러한 반성을 허용하지 않으려는 외적인 압력은 대개 견디기 어려운 것이기 쉽다. 또 일반 교육 과정에서 그러한 근본적인 반성을 일깨워 준다는 것은 매우 힘든 일일 것이다. 그러나 우리는 대개 교육의 테두리에서의 문답의 목표를 다음과 같이 일반화해 볼 수는 있다. 즉 그것은 당대 과학 내지 학문의 패러다임에의 입문을 도와주며 이 패러다임 안에서 학생으로 하여금 통제되어 있으면서도 자유로운 물음을 발하고, 그것에 답할 수 있는 능력을 가지게 하며 마지막으로는 이 패러다임의 패러다임을 깨닫게 하여 그것을 넘어설 수 있는 기틀까지도 준비해 주는 데 있다고 할 수 있는 것이다.

---

6 여기의 예는 허버트 마르쿠제가 공업 기술 사회에 있어서의 언어 조작을 분석하는 과정에서 들고 있는 예의 하나이다. Herbert Marcuse, *One-Dimensional Man*(Boston, 1964), pp. 108~113.

4

　지금까지 이야기한 것은 한마디로 교리 문답의 경직성을 해소하려면 문제를 그것이 생겨 나오는 상황에 관계시켜야 한다는 것이었다. 그러나 이것만으로 우리의 교사가 내놓는 문제에 대하여 느끼는 거리감 또 그렇게 외부적으로 주어진 문제를 기계적으로 받아들일 때 일어나는 소외(疎外)를 극복할 수 있을까? 앞서 우리는 상황이란 말을 여러 번 사용하였다. 이것은 존 듀이의 비교적 메마른 철학적 논고에서 빌려 온 것이지만, 사실 우리는 이 말을 다른 연관에서 더 자주 들어 왔다. 즉 그것은 "우리는 언제나 상황 속에 있다."라고 말하고 그의 일련의 저서들을 '상황(Situations)'이라고 부른 실존 철학자 사르트르의 어휘로서 익히 알려져 온 것이다. 그것은 사르트르가 생각하는바 인간의 주체적인 자유와 세계의 관성(慣性)과의 위태로운 균형을 잘 나타내고 있는 말이다. 주체적인 존재로서의 인간은 사실의 세계에 거주하고 그로 인하여 제약되지만 다른 한편으로는 이 사실의 세계를 받아들이고 이 받아들임에 근거하여 행동할 수 있다. 이때 인간의 자유에 대한 제약이면서 동시에 주체적인 행동의 마당을 이루는 환경은 나의 상황이 된다. 상황의 중압은 무시할 수 없는 것이고 또 그 무게만치 인간의 자유에 대하여 제약 조건이 되지만, 그것은 동시에 인간의 선택에 의하여 초월될 수 있는 한에 있어서만 상황으로 성립한다. 인간의 주체성의 표현으로서의 자유로운 실천이 제약에 부딪치는 데서 발생하는 자기 일탈(自己逸脫)이 소외라고 할 때, 사람은 그의 상황에서 적어도 그 본연적인 가능성이라는 관점에서는 늘 자유로운 주체성에 있다고 할 수 있다. 비록 자유가 주어진 것에 대한 부정적인 선택으로만 표현된다 하더라도, 상황은 이 자유의 관점에서 파악된 세계를 말하는 것이기 때문이다. 앞에서 말한 문제의 상황도 이와 같은 의미에서 주체적인 실천의 대상으로서의 상황을 말하는 것으로 생각될 수 있다. 다만 우리는 상황의 주체적인 내용을 분명히 하지 않았을 뿐이다.

그러면 주체와의 관련에서 다시 한 번 문제가 무엇인가를 생각해 보자. 첫째 우리가 다시 생각해야 할 것은 문제가 물음이라는 사실이다. 다시 말하면 물음으로서의 문제는 묻는 사람을 떠나서 일어날 수 없다. 물론 묻는 사람이 물음을 묻는 것은 물어볼 만한 일이 일어나기 때문이다. 즉 앞에서 말한 바와 같이 문제는 상황에서 일어난다는 말인데, 이것과 묻는 사람의 물음이라는 면을 강조하는 것과는 똑같은 말일 수는 없다. 전자는 문제가 우리가 거기에 대처해야 할 사정에서 일어나는 것임을 말하는 데 비하여 후자는 우리 스스로가 우리 자신의 문제를 만들어 내고 조직화하는 것을 강조한다.(문제 해결의 노력은, 사람의 삶이 계속적으로 수행해야 할 작업으로 남아 있는 한, 문제를 물음으로 바꾸려는 노력으로 생각될 수 있다.) 다시 말하여, 물음으로서의 문제는 사람의 주체적인 상황 판단과 주체적인 실천의 결단에서 온다. 교리 문답식으로 주어지는 문제도 본래는 그것이 제기될 만한 상황에서 제기된 것일는지 알 수 없으나 그것이 우리들 자신의 주체적인 관심에서 나오는 물음이 되지 않는 한, 거기에 대하여 우리는 냉담하고 외면적인 관계를 가질 수밖에 없다. 이것은 달리 말하면, 주어진 문제의 상황이 우리의 상황, 나의 상황이 아니라는 것을 뜻한다.

그러면 나의 '상황'과 나의 '문제'는 어떤 것인가? 앞에서 인용한 사르트르의 말대로 우리는 늘 상황 속에 있다. 이 상황은 대개는 일상생활이라는 말로 집약될 수 있는 것이기 쉽다. 그리고 이 일상적인 삶은 늘 우리에게 그때그때의 필요에서 일어나는 문제를 던져 준다. 그중에도 대부분의 사람의 삶은 끊임없이 던져지는 문제 ─ 무엇을 어떻게 하여 먹고살 것인가에 대한 끊임없는 대답의 시도라고 볼 수 있다. 보다 좁은 평면에서도 우리는 그때그때의 문제에 응답하며 살아간다. 아침에 일어나서 살아가는 문제, 일터에서 일어나는 사업상이나 대인 관계의 문제, 우리는 이런 문제에 대처하여야 한다. 또는 사랑과 같은 격렬한 정연에 휩쓸리는 일이 있기도 하지만 장기적으로 볼 때, 이것도 일상적 삶의 테두리에 정착하는 문제로 옮겨지고 만다. 일상생활의 테두리가 우리에게 주어진 상황의 테두리라고 인정한다 하더라도 거기에서 발생하는 문제들이 참으로 우리가 우리 상황에 대하여 제기하고자 하는 물음들일까? 일상생활의 문제들이 쉴 사이 없이 일어나며 우리의 날을 채우고 우리의 머리를 채우고 급기야는 우리로 하여금 신경환자가 되게 하기도 하는 것만을 보아도 일상적으로 부딪치는 문제가 참으로 우리의 주체적인 선택에서 나오는 물음이라고 보기는 어렵다. 일상의 문제들이 추상적인 학과목의 문제들보다는 우리를 몰두시킬지는 모르지만, 그 몰두의 원인은 문제 자체에 있다기보다는 그것이 생활의 절박한 문제라는 데 있을 뿐이다. 어쩌면 이 몰두의 절박성 또는 강박성은 오히려 우리의 소외를 심화해 주는 데 불과하다고 할 수도 있는 것이다.

여기에 대하여 우리는 완전한 주체적 자유에 입각한 행동과 그에 따르는 물음을 생각해 볼 수 있으나, 이것이 변덕스러운 충동의 연속일 수는 없겠다. 주체는 다른 말로 표현하여 자기 동일성을 뜻하고 의지와 기획의 일관성 없이 동일성은 유지되지 아니한다. 또 행동은 진공 속에서의 유희를 뜻하는 것이 아니라 세계와의 실천적인 교섭을 뜻한다. 따라서 우리의 행동은 다시 한 번 말하여 상황 속에의 행동이다. 다만 우리는 이 상황을 보다 주체적으로 구성하고 보다 주체적인 입장에서 변조하도록 노력할 뿐이다. 이것이 어떻게 가능한가 하는 것이 중요한 과제이다.

또 앞에서 말했듯이 나의 주체성도 사실 주어져 있는 대로의 나의 충동, 나의 의지, 나의 기획으로 표현되지 아니한다는 것도 참작하여야 한다. 나의 진정한 주체성은 회복되어야 할 어떤 것이다. 그러니까 상황을 주체적으로 구성 변조한다는 것은 동시에 가장 엄격한 자기반성을 통하여서든 다른 방법을 통하여서든 나의 주체를 재구성, 개조한다는 것을 뜻하기도 한다. 이것은 달리 말하여, 나의 상황은 단순히 내 주체적 의지의 실현 대상으로만 있는 것이 아니라 나의 주체의 내용을 결정하는 작용을 한다는 것을 뜻한다. 내 상황이 주체적으로 구성되는 그때에 나의 주체성도 그 본래의 자유를 회복한다. 이때에 나의 문제도 진정한 의미에서의 주체적인 물음이 된다.

지금까지의 이야기는 내 주체성을 결정하는 상황을 주체적으로 파악하고 구성함으로써 주체가 회복된다는 것이었다. 그러나 이와는 반대로 나의 주체성이 상황 전체에 의하여 결정된다고 한다면, 이 상황 전체의 핵심은 곧 내 주체의 참모습이라고 할 수도 있다. 이렇게 볼 때 주체성의 회복은 끊임없이 상황의 주체성을 나의 것으로 내면화하는 과정이라고 할 수 있다. 다만 이 상황은 움직이지 않는 물질의 세계가 아니라 끊임없이 창조 변화하는 우리 자신의 창조성과 근본적으로 다르지 않는 힘으로 생각될 수 있어야 한다. 최상의 상태에서 그것은 함께 창조(mitmachen)하는 힘이어야 한다. 이 창조의 힘은 크게는 창조적 진화의 충동이라 할 수도 있으나 보다 작게는 내 동료 인간의 주체적 창조력이다. 이렇게 하여 내 상황은 과거 인간의 역사적 실천의 소산이면서 동시대 인간의 실천적 노력을 나타낸다. 물론 나도 여기에 내적인 공감과 참여의 관계에 있다고 할 수 있다. 다시 이러한 상황의 창조적 주체를 역사적 연속성의 관점에서 이야기하면 그것은 역사의 주체라 부를 수도 있고 또는 보다 넓은 발전적 이념의 관점에서 이야기하면 보편성의 주체라고 부를 수도 있다. 우리의 주체성을 깊이 하는 일은 끊임없이 이 역사적 주체성 내지 보편적 주체성으로 심화해 가는 과정이라 해야 할 것이다. 우리가 나의 입장에서 물음을 묻는다는 것은 다만 직접적으로 주어진 나의 상황에서 물음을 발한다는 것일 수도 있지만, 또 우리 자신의 주체 속에 열려 있는 역사와 보편성의 상황에서 물음을 발하는 것이기도 하다. 사실 이상적인 상태에서 이 두 가지 물음의 방식은 하나가 되는 것이다.

5

　그러나 이러한 개인적 주체성과 역사와 보편적 인간의 자유롭고 거침없는 주체성의 교환은 현실에 쉽게 이루어질 수 없다. 이것은 다만 이론상의 조작으로만 이루어질 수는 없고 현실에 있어서의 전체와 개체의 구체적인 관계에 의하여 결정된다. 많은 경우 역사는 맹목적인 세력으로 우리들 개개의 의지에 대립한다. 또는 그것은 어떤 부분적인 이익이나 권력의 관계에 의하여 지배된다. 그런 상황에서 보통 사람의 입장에서 우리의 생활과 사고의 조건들은 근본적으로 우리와 같은 공동 창조의 힘이 아니라 자유로이 뻗는 인간적 실현을 막는 벽으로만 느껴진다. 또 그러한 벽은 우리가 자유로운 물음으로 그것을 넘어서는 것을 허락하지 아니한다. 여기에서 학문은 교리 문답이 되고 사회 제도와 마찬가지로 의식(儀式) 내지 요식 행위(要式行爲)가 된다. 여기에서 최고의 지혜는 경직한 사회 질서, 따라서 인간 이성의 창조가 아니라 어찌할 수 없는 운명으로 보이는 질서에 봉사하는 기술이 된다. 또 우리가 배우는 개념들은 우리의 상황을 밝혀 주고 상황의 개조와 더불어 변하는 유연한 도구가 아니라 억지로 씹어야 하는 먹을 수 없는 음식 같은 것이 되고 우리의 배움의 과정은 계속적인 자기 소외 작용이 된다.

　이러한 상태가 구체적으로 어떻게 극복될 수 있는지는 여기서 논할 수 없다. 우리가 다시 말할 수 있는 것은, 교육은 우리로 하여금 우리 스스로의 창조적 주체성을 확인하게 하고 그것을 역사와 인간의 보편적 주체성에까지 심화하는 것이어야 한다는 이상이다. 이것은 단지 우리의 상황에서 분리된 이념의 확인만으로는 도달될 수 없다. 우리는 나의 삶과 역사와 사회가 사람이 만드는 것이라는 '인간의 이니셔티브'를 깨우칠 수 있어야 한다. 그리고 이 이니셔티브를 사용하는 인간은 영원히 고정된 속성을 구비한 불변의 인간이 아니라 역사의 구체적인 힘과 가능성으로 스스로를 실현하는 인간이다. 그러니만치 이 실현의 상황에 대한 반성적 자기 이해 없이는 인간은 스스로의 보편성을 알지 못하는 것이다. 그렇긴 하나 불리한 현실의 제약 속에서도 사람은 그때그때 스스로의 보편적 가능성에 대한 예감을 갖는다. 여기에 비추어 우리는 소외 속에 있는 자아와 현실의 문제를 분석·비판할 수 있어야 한다. 그리고 여기에 추가하여야 할 것은 분석은 늘 우리의 선 자리를 결정하는 부분과 전체를 향하는 것이라야 한다는 점이다. 전체적인 테두리가 어떻게 부분을 결정하는가는 이미 앞에서 언급한 바 있다.

교육을 이러한 각도에서만 이야기하는 것은 그것을 거의 전적으로 도덕적 자기 수련의 과정으로 —물론 이 과정은 사회와 역사에 대하여 책임을 질 수 있는 인간의 형성을 포함한다.— 파악하는 것이 된다. 이것은 자아의식의 개발과 사회적 행동 규범의 탐구에 관계되는 학문 분야에는 해당될 수 있는 이야기일는지 모르지만, 자연 과학과 같은 경우는 어떻게 생각하여야 하는가? 여기서 자연 과학의 인간적인 의미를 자세히 따질 수는 없다. 이 문제에 대한 가장 깊이 있는 연구의 하나인 위르겐 하버마스(Jürgen Habermas)의 『인식과 관심(Erkenntnis und Interesse)』을 참조하는 것이 좋을 것이다. 하버마스는 이 책에서 적어도 나에게는 가장 설득력 있게, 얼핏 보기에 인간의 관심과 이해관계의 왜곡을 넘어서는 것 같은 학문적 연구가 그 관심과 이해에 깊이 연결되어 있으며, 이 점에 대한 반성적 고찰을 게을리하는 객관주의 또는 실증주의가 비인간적 사회 질서의 수립과 유지에 관계하는가를 보여 주고 있다. 그러나 이렇다는 것은 학문적 연구에 사사로운 실천적 정열의 왜곡을 용납하여야 한다는 것이 아니라 그것을 엄격한 자기반성을 통해서 의식해야 한다는 것이고 또 그렇게 함으로써 보다 보편적인 이상에 가까이 갈 수 있다는 것이다. 그러나 구극적으로 보편의 이상이 인간의 보편적 가능성을 실현하려는 관심에 묶이지 않을 수 없는 것은 인정하여야 한다. 학문이 받아들이지 않을 수 없고 또 마땅히 받아들여야 할 지식을 구성하는 관심은 세 가지로 나누어 이야기할 수 있다. 자연 과학에 있어서 지식을 뒷받침하는 관심은 "객관화된 사물에 기술적인 통제를 가하려는 관심"이며, 인문 과학에서 그것은 "행동 지향적일 수 있는 상호 이해의 공동 주체성(Intersubjectiviät)의 유지와 확대에 대한 관심"이며, 사회 행동의 과학에서 그것은 "해방의 인식에 대한 관심"이다 이러한 관심 가운데에서 아마 제일 중요한 것은 해방의 관심일 것이다. 결국 모든 것은 사람의 살 만하고 좋은 삶에 대한 추구에 귀착되기 때문이다. 이것은 가장 엄격하고 쉬지 않는 인간 해방의 역사적 진전에 대한 반성을 요구한다.[7]

6

학문의 여러 분야에 있어서의 학문적 탐구와 인간 해방의 이상의 관계를 밝히는 일은 가장 엄격하고 정치(精緻)한 성찰을 필요로 한다. 그러기 위해서 우리는 전 학문적 노작과 현실적 상황의 밑바탕에 잠겨 있는 철학적 전제에 대하여 의미 있는 질문을 던질 수 있어야 하며, 그때그때의 역사

---

7 Jürgen Habermas, *Erkenntnis und Interesse* (Frankfurt am Main, 1968), 특히 제3장 참조.

의 단계에 있어서 인간적 실천의 원리로서의 주체성의 공간을 확보할 수 있는 현실적 예지를 가져야 한다. 이 엄청난 일은 누구나 일거에 이룩할 수는 없으면서 또 누구나 조금씩은 여기에 참여할 수 있다.

그 한 방법이 물음이다. 우리는 어떤 일의 복잡한 인과 관계에 대하여 생각하고 묻고 답할 수는 없을는지는 모른다. 그러나 우리는 언제나 그것의 인간적인 '의미'를 물어볼 수 있다. 최소한도의 인간적인 의미는 우리 자신의 삶과의 관계에서 쉽게 이해될 수 있다. "도대체 그래서 어쨌다는 것인가?" 우리가 우리의 구체적인 삶에 관계되지 아니한 모든 문제, 모든 세뇌 노력에 대하여 던져 보는 이런 질문은 결국 가장 높은 의미에 있어서의 '인간 해방의 관심'에서 나오는 질문과 본질적으로 같은 것이다. 앞에서 우리는 문제의 전체적인 상황을 언급했지만 구극적인 의미에서의 전체는 양적인 총화가 아니라 목적(telos)이다. 목적이 우리의 상황의 테두리를 정한다. 이 목적은 인간 자체, 인간의 역사적인, 또 나아가 진화적인 운명 이외의 다른 아무것도 아니다. 그리고 우리들 모두는 바로 이 운명의 일부의 실천자인 것이다.

모든 진정한 의미에서의 질문은 우리를 당황하게 한다. 그것은 부정과 허무의 위험을 가져온다. 그것은 주어진 세계를 괄호 속에 넣고 그것의 부정 가능을 생각한다. 뿐만 아니라 물음을 묻는 사람은 허공에 서 있는 것이 아니다. 그의 자기 자신의 서 있는 자리에 대한 물음은 그 자신마저도 허무 속으로 떨어지게 할 수 있다. 우리가 존재의 모든 것을 회의의 대상으로 할 때 드러나는 무의 경험을 하이데거는 여러 곳에서 이야기한 바 있다.[8] 그가 무의 경험을 언급한 것은 단순히 인간 실존의 근본적 불안을 말하기 위한 것은 아니었다. 존재가 무의 바탕에서 나온다는 것은 존재로 하여금 얼

---

8 특히 그의 논문 "Was ist die Metaphysik?"을 참고할 것.

마나 경이로운 창조이며 선물이 되게 하는 것인가? ──그가 이야기하려고 한 것은 이런 점이었다. 이와 마찬가지로 우리는 사회와 역사의 마당에서도 물음과 물음이 열어 놓는 허무의 차원을 깨달음으로써 비로소 사회와 역사를 굳어 있는 틀이 아니라, 인간의 자유로운 창조의 소산으로서 다시 돌이킬 수 있는 것이다. 인간의 삶을 둘러싸고 있는 어둠에 비추어 볼 때, 비로소 우리는 우리의 삶이 경이로운 창조이며 사회와 역사가 율법이 아니라 사랑과 용서의 계약에 불과한 것이라는 것을 알게 된다.

(1976년)

실천적 관심과 이상적 언어

하버마스의 비판 이론

설립 초기부터 프랑크푸르트 사회 연구소 소속의 학자들이 가지고 있던 강점의 하나는 그 다방면적인 박학(博學)이었다고 할 수 있는데(이것은 단순한 호사벽보다는 사회 현상의 부분적 절단이 허위 인식에 관계된다는 방법론적인 요구에서 나온 것이라고 보아야 할 것이다.), 다방면성은 위르겐 하버마스의 경우도 큰 특징이 되는 것이다. 그의 저작들은 철학, 사회학, 정치학, 언어 심리학 등 학문의 여러 전문 분야를 완전히 넘어서는 종합적인 고찰의 성격을 띠고, 그의 사고는 그 배경으로서 구라파의 철학적·사상적 전통의 깊이 ── 특히 헤겔 및 마르크스 이후의 구라파 사상의 주류를 가지고 있으면서 다른 한쪽으로는 보다 실증적이고 경험주의적인 현대 사회학의 방법론과 업적을 의식하고 있다. 이러한 하버마스의 포괄성은 게오르게 리히트하임(George Lichtheim)으로 하여금 그를 헤겔에 비교하게 하였거니와 하여튼 그의 이러한 면모는 그의 추상적이고 난삽한 언어와 합세하여 그의 업적의 평가를 극히 어렵게 한다.

그러나 그의 생각의 폭과 의의를 짐작해 보는 데 어느 정도의 가닥을 잡아 볼 수 없는 것은 아니다. 한 가지 편리한 가닥은, 그것이 비록 그의 복잡다기(複雜多岐)한 발언을 요약한다고 할 수는 없으나, 그의 생각의 핵심이 이론과 실천의 관계의 고찰에 있다고 보는 것이다. 그가 이론 또는 실천의 뜻을 어떻게 쓰고 있는가를 가려내기는 물론 쉬운 일이 아니다. 우선 지적할 수 있는 것은 이러한 문제에 대한 하버마스의 관심이 다른 프랑크푸르트의 학자들의 관심에 연결되어 있는 것이라는 점이다.

프랑크푸르트 학자들이 그들의 종합적인 연구의 대상으로 삼은 것은 현대 선진 자본주의 사회의 현상이었고 그들은 이것을 비판적으로 분석해 냄으로써 할 수 있다면 새로운 사회에로의 진로를 밝혀 보고자 했다. 이들의 분석에 배경이 되어 있는 비판적 사회 이해의 전통은 어떤 해설가에 의하면, 아우구스티누스까지 소급할 수 있다고도 하나 그 현대적 기원은 마르크스에서 찾을 수밖에 없다. 이들이 마르크스의 자본주의 비판에 크게 의존하고 있는 것은 사실이나 물론 그것은 그들 나름대로의 새로운 해석을 통하여서이다. 주지하다시피 마르크스의 자본주의 분석은 주로 경제 관계의 분석에 집중되어 있었다. 그러나 프랑크푸르트의 여러 학자들의 서구 사회의 분석은 마르크스에서와는 달리 그 사회의 문학적인 내용 내지 이데올로기적인 조작 과정을 향한 것이다. 이러한 방향 설정은 한쪽으로는 제도적 응고화 대신에 인간의 역사적·실천적 차원의 회복을 강조한 마르크스의 일면을 재해석함으로써도 가능하여진 것이지만, 다른 한쪽으로는 마르크스의 위기 이론을 현실적 논리로서 액면 그대로는 수긍할 수 없게 만든 자본주의 사회의 발달에 대한 이들 나름의 비판적 이해를 통하여 이루어진 것이다. 자본주의적 발달의 이데올로기에서 핵심을 이루는 것은 사회와 경제의 과정에서의 어떤 합리적인 원리에 대한 신념이다. 따라서 자본주의 사회의 역사적 발전에 대한 쉬운 이해 방법의 하나는 합리성 또는 이성의 원리의 의미를 캐어 보는 것이다. 자본주의 발달의 초기로부터 경제와 사회뿐만 아니라 삶의 모든 면에서의 합리성의 성장은 사회의 생산력을 크게 증대시켰을 뿐만 아니라 여러 가지 면에서 서구인을 보다 넓은 삶의 가능성에로 해방해 주었다. 그러나 동시에 그것이 다른 한편으로 불행과 위축과 비인간화를 가져왔다는 것도 널리 지적된 바 있다. 그리고 합리화 과정이 가져온 부정적인 효과는 반작용으로 '생의 철학'을 비롯한 많은 낭만주의적인 비합리성의 태도를 낳기도 하였다. 프랑크푸르트 학파의 사회 분석에서 합리성 또는 이성에 대한 비판적인 검토가 중요한 위치를 차지하는 것은 이러한 사정에 의한 것이다. 대체로 이들의 이성 비판은 두 가지 면으로 진행된다. 한편으로 그들의 작업은 '생의 철학'이라든가 '실존주의'라든가 하는 비합리의 철학에 대하여 이성의 권위를 옹호하며, 다른 한편으로는 자본주의 사회에 있어서의 변질되고 왜곡된 이성의 여러 형태를 들추어내어 이를 비판하는 이중 작업이 되는 것이다.

이들의 생각으로는 현대 서구에서의 이성의 왜곡은 사회와 경제 관계의 실제에서도 나타나지만 사회 과학에 있어서의 여러 가지의 실증주의적 합리성에서도 드러난다. 여기에서 이성은 개별적인 사실들 속에 나타나는 일반적이고 추상적인 개념으로 생각되는데, 이것은 일단은 사실 존중의 과학적인 태도를 나타내는 것 같으면서 실제 있어서는 사실들의 역사적인 구성을 포함하는 전체적인 과정에 대한 선험적 반성을 등한시함으로써 현상을 초역사적인 실재로서 긍정하는 것이 된다는 것이다. 그리하여 이성은 알게 모르게 당대의 특수한 이해관계가 설정하는 목적에 봉사하는 '도구적' 이성이 되어 이성 스스로의 이념인 보편성을 상실하게 되고 아울러 이러한 보편성의 이념에 결부되어 있던 인간의 보편적인 해방과는 별 관계가 없이 오히려 그것을 억제하는 탄압의 수단이 된다는 것이다. 이러한 과학주의적 이성에 대한 비판은 호르크하이머(Max Horkheimer), 아도르노(Theodor Adorno) 또는 마르쿠제(Herbert Marcuse)의 저술 도처에 나타나는 것이지만, 그중에도 마르쿠제의 『이성과 혁명』은 이러한 문제를 가장 길게 다루고 있는 책으로 들어질 수 있을 것이다. 그리고 이러한 보다 나이 많은 프랑크푸르트의 대가들에 이어 가장 주목할 만한 이론상의 전개를 보여 준 하버마스의 업적도, 앞에서 말했듯이, 이러한 전반적인 이성 비판의 관점에서 이해될 수 있다.

과학주의적 이성이 이성의 참다운 모습이 아니라고 할 때, 그러면 이성의 참다운 모습은 어떤 것인가? 이러한 물음에 대하여 부정적인 답을 주기는 보다 쉬운 일이다. 프랑크푸르트의 철학자들은 이성을 주어진 사실을 초월하는 하나의 초월의 원리로서 이해한다. 그것은 끊임없이 현실 속에 있으면서 현실을 넘어서는 부정의 원리로서 작용한다. 이렇게 볼 때 이성의 기능은 무엇보다도 비판적인 것이다. 그러나 이성의 부정적 비판적 기능이 지향하는 것은 무엇인가? 이성의 보다 적극적인 내용에 대한 질문은 조금 더 답변하기 어려운 것이다. 프랑크푸르트의 철학자들 사이에 여기에 대한 철학적인 고찰이 없는 것은 아니지만, 여기에서 우리는 하나의 당위로서 이성이 지향하는 것 또는 마땅히 지향해야 하는 것은 인간의 전면적인 해방이라고 말하는 것으로 만족할 수밖에 없다.

그러나 비판 이론은 어디까지나 현실 비판의 이론이면서도 주관주의적인 현실 초월을 거부하는 입장을 고수하려는 까닭에 현실과 논리를 무시하는 당위의 설정은 만족할 만한 답변일 수는 없다. 해방의 내용과 원리까지도 역사 현실 속에서 구성되는 것으로 파악되지 않는 한, 주관주의적 또는 이상주의적 자의성(恣意性)은 피할 수 없는 것이 되고 비판적 이성은 '도구적 이성'이나 마찬가지로 편협한 이해관계에 좌우되는 독단론으로 떨어질 수가 있는 것이다. 하여튼 비판적 이성의 철학적인 근거는 대개 그 관념론적인 요소를 제거한 헤겔의 전체성으로서의 이성의 변증법에서 찾아진다고 할 수 있겠는데, 다른 면에 있어서 과학주의적 이성이 절단해 버린 인간의 비합리적 차원을 회복하는 일에 대한 여러 가지 관심은 이성에 보다 바른 내용을 주려는 노력의 하나로 볼 수 있다. 즉 다른 마르크시스트와 다르게 프랑크푸르트의 철학자들이 보여 준 정신 분석에 대한 관심과 같은 것은 이런 면을 가지고 있는 것으로 볼 수 있는 것이다. 에리히 프롬 (Erich Fromm)의 경우는 그 극단적인 예이고, 사회 비판과 정신 분석을 가장 성공적으로 결합한 경우는 마르쿠제의 『에로스와 문명』이다. 하버마스의 이성 비판은 이성에 실천적인 차원을 돌이키려는 노력으로 나타난다. 과학에 작용하는 '기술적인 이성'을 부정하자는 것은 아니지만 그는 학문의 구극적인 근거는 '실천적인 관심'에 있으며, 다시 '해방에의 관심'에 의하여 규명되어야 한다고 말한다.

이렇게 말하는 것은 다시 한 번 이성의 보편 이념을 스스로 제한하는 것이라는 비난을 받을지도 모른다. 그러나 이것은 두 가지 관점에서 반박될 수 있다. 학문의 인식론에 대하여 최근에 이루어진 가장 중요한 기여라고 해야 할 '인식과 관심'에서 하버마스는 모든 지식에서 인간적인 관심은, 비록 그것이 학문 자체의 테두리 밖에 있을지라도, 학문의 대상과 방향에 대하여 선험적 구성의 바탕이 되며 과학주의적 이성이 이러한 삶의 세계의 관심에서 초연할 수 있다고 하는 것은 자기 이해의 부족에 기인하는 것이라는 것을 역설하고 있다. 소위 '가치 중립적'인 사회 과학 또는 인간 과학은 스스로의 입각지를 모르고 있는 데에서 스스로의 객관 타당성을 믿게 되고 구극적으로는 반성의 저쪽에 있는 억압의 지평에 의하여 통제당하게 되는 것이다.

학문적 추구가 관심의 구성 작용을 벗어날 수 없는 것이라면(하버마스는 다른 곳에서 이성적이라는 것은 이성적일 수 있는 용기에 연결되었다고 말한다.) 그것이 해방의 실천을 스스로의 기본 가정으로 삼는 것은 당연한 선택인 것으로 볼 수 있을 것이다. 그러나 실천적 선택이 실존적 선택과 같은 주관적인 결단이 아님은 말할 것도 없다. 그것은 주로 사회의 생산 능력의 증대에 연결되어 조성되는 객관적 여건을 주체적인 자각을 통하여 인간의 자기 생성으로서의 역사로 옮기는 행동이다.

그러나 여기에서 주의할 것은 이것이 어디까지나 객관적인 과정과 함께 주체적인 인식을 그 중요한 계기로 한다는 점이다. 이런 면에서 하버마스는 통속적 마르크시즘의 객관주의와 입장을 달리하여 마르크스에서도 발견되는 경제 결정론적 경향을 비판적으로 본다. 그에게 객관적 여건과 아울러 이론적 반성은 사회 변화에 똑같이 중요한 변수가 된다. 그런 의미에서 바른 이론은 실천의 한 요인, 나아가서 실천 그 자체이기까지 한 것이다. 하버마스는 자기 자신의 비판 이론의 의의도 이러한 테두리에서 이해한다.

실천의 한 계기로서의 이론 ── 이것을 이야기할 때, 우리는 이론의 실천적 의미를 두 가지 평면에서 생각할 수 있다. 이론적 작업은 역사의 각 단계에서 사회적 발전이 이룩한 자유의 가능성에 비추어 정치적, 사회적, 경제적 제도의 비판적 검토를 시도하는 것이다. 그러나 여기의 이론적 작업은 단순히 서재나 연구소에서 외롭게 진행되는 작업일 수는 없다. 첫째 이 작업의 의의는 해방의 관심에 의하여 지배되고 실천에로의 번역을 궁극적인 목표로 하는 것이므로 일종의 설득의 기술이란 면을 가질 수밖에 없다. 그리고 실천을 위한 비판 작업에 있어서 문제인 것은 단순히 객관적 여건만이 아니고 사회에 있어서의 일반적 의식의 상태이다. 그것이 얼마나 준비된 상태에 있느냐 하는 문제는 이론적 작업을 단순한 실증적 조작일 수 없게 한다.

이렇게 하여 하버마스는 사실상 모든 실천과 이론의 구극적 권위로서 자유로운 언어의 공간을 내세우게 된다. 즉 그는 모든 이론과 실천의 구극적인 이념을 '이상적 언어 상황'에 집약한다. 여기에서 '이상적 언어 상황'

이란 어떤 상황에 참여하는 모든 사람이 지배, 피지배 관계로부터 해방되어 자유로이 대화를 교환할 수 있는 상황을 말한다. 이러한 상황은 물론 관념적으로만 실천될 수 있는 것이 아니고 사회 현실의 자유화와 더불어 투쟁적으로 실현될 수 있는 것이지만, 다른 한편으로서는 우리의 일상적인 의견 교환과 과학적 학문 활동에 있어서도 일종의 한계 개념으로 전제되어 있는 것이기도 한 것이다. 그런데 여기에서 주의해야 할 것은 모든 사람이 동등하게 참여할 수 있는 언어 공간의 확보는 단지 정치적인 당위라는 뜻을 갖는 데 그치는 것이 아니라 진리의 문제에까지도 중요한 의미를 갖는다는 점이다. 왜냐하면 이 공간에서만 모든 '규범 타당성에 대한 이론적 해결'이 이루어질 수 있기 때문이다.

하버마스도 그 중요성에 주목한 바 있는 미국의 철학자 찰스 퍼스(Charles Peirce)는 과학적 합리성의 구극적 근거를 방법론적 전제를 공유하는 과학자들의 역사적 공동체에서 찾았지만 하버마스는 모든 규범 생성의 원리로서의 이성의 근거를 공동체의 자유로운 언어 공간에서 찾은 것이다. 이러한 공간은, 그에게는 당위로서의 요구이기도 하지만, 또 '후기 자본주의에 있어서의 정당성의 문제'에서 분석하고 있듯이, 모든 전통적이고 권위주의적인 규범이 해체되어 버린 후기 자본주의 사회가 향하여 가지 않을 수 없는 혁명적 종착역이기도 한 것이다.

하버마스의 자유로운 언어에 대한 이론에 언급하면서 우리는 그 자신의 언어 이론이 단순히 이론적 관심에서만 연유한 것이 아니라 민주적 휴머니즘에 대한 깊은 신념에 입각한 정치적·사회적 존재로서의 인간에 대한 날카로운 통찰에서 나온 것임에 다시 한 번 주목하게 된다. 그가 이론을 이야기하고 실천을 말할 때 그것은 주관적인 것 또는 단순히 객관적인 것을 배경으로 하는 것이 아니라 인간 존재의 간주관적(間主觀的, intersubjective) 구조에 뿌리내리고 있는 이론과 실천을 말한다. 그에게는 사실 주관적인 것과 객관적인 것은 같은 것이며 적어도 인간의 실천적 생존의 면에서 볼 때는 둘 다 참다운 객관성과는 인연이 먼 것이다.

하이데거도 여러 곳에서(특히 '사물의 문제'에서) 과학적인 이론이 드러내주는 세계가 주관적인 세계라고 지적하고, 과학은 사람이 사물 속에 집어넣었던 주관을 법칙으로서 되찾는 과정이라고 말한 바 있지만 하버마스가 과학에 대하여 이 정도로 불신을 가지고 있다고 할 수는 없을망정 적어도 그가 인간 과학에 관계되는 한은 인간 사회에 법칙적 필연성을 수립하려고 하는 노력은 주관적이고 자의적인 것이며, 결국은 억압의 의지에 봉사하는 것이 되기 쉽다고 생각한다고 말할 수는 있다. 그의 저서『이론과 실천』에서 이야기하고자 하는 것의 하나는 이러한 점이다.

그가 홉스나 마키아벨리의 통치 기술의 정치 이론이나 토머스 모어의 유토피아의 사회 질서의 공학(工學)을 다 같이 고전적 정치 이상의 타락으로 보는 것은 이러한 정치 사상들이 인간의 행동적 상호 작용보다는 사회 안정을 위한 법칙적, 이론적 모델을 제시하려고 하였기 때문이다. 이러한 비판은 오늘날의 많은 행태론적인 사회 이론에도 해당될 것이다. 또 하버마스가 앞에 든 저서와 또 다른 곳에서 마르크스의 노동 일변도의 사회 이론을 비판하는 것도 그것이 다수가 이루는 사회 공간 내에서의 행위자로서의 인간을 중요시하지 않기 때문이다. 여기에 대하여 하버마스는 역사의 동력으로서 노동과 주체적 인간의 상호 작용, 이 두 개의 독립적인 변수를 인정한 예나 시절의 헤겔에서 역사에 대한 바른 해석을 발견하는 것이다.

법칙적인 관심이 목표로 하는 것은 '통제'이고 사회 질서의 법칙은 인간이 다수로서 존재한다는 사실에 본질적으로 관계되지 아니한다. 법칙에 따른 통제는 한 사람의 사변 작용과 폭력적 의지로서도 가능할 수 있는 종류의 조작이다. 여기에 대하여 행동은 인간과 사물에 대한 통제를 뜻하는 것이 아니라 사회적 공간에서 여러 주체적인 인간들이 상호 작용 속에 들어가는 것을 말한다.

이 점에 있어서 하버마스에 중요한 영향을 끼친 것으로 보이는 한나 아렌트에 의하면, 공적 공간에서의 인간의 행동과 언어는 그것 자체로서 사람의 사람됨을 보여 주는 인간 본질의 표현으로서의 의미를 가지며 그것 자체로서 사람으로서 가질 수 있는 가장 큰 행복의 하나, 즉 '공적 행복'을 가져다주는 것이다. 하버마스도 이러한 견해에 어느 정도는 동의하는 것이 아닌가 한다. 다만 이러한 행동과 언어의 공동 광장을 확보하기까지에는 여러 '이론적 — 기술적', '이론적 — 실천적' 해명과 무엇보다도 사회 개혁을 위한 실천이 있어야 한다고 생각하는 점에서 하버마스는 아렌트와 같은 정치 철학자가 아니라 어디까지나 비판 이론가로 남아 있다고 해야 할 것이다.

(1976년)

김우창

1936년 전라남도 함평 출생. 서울대학교 문리과대학 정치학과에 입학해 영문학과로 전과했다. 미국 오하이오 웨슬리언대학교를 거쳐 코넬대학교에서 영문학 석사 학위를, 하버드대학교에서 미국 문명사 박사 학위를 취득했다. 서울대학교 영문학과 전임강사, 고려대학교 영문학과 교수와 이화여자대학교 학술원 석좌교수를 지냈으며 《세계의 문학》 편집위원, 《비평》 발행인이었다. 현재 고려대학교 명예교수, 대한민국예술원 회원으로 있다.

저서로 『궁핍한 시대의 시인』(1977), 『지상의 척도』(1981), 『심미적 이성의 탐구』(1992), 『풍경과 마음』(2002), 『자유와 인간적인 삶』(2007), 『정의와 정의의 조건』(2008), 『깊은 마음의 생태학』(2014) 등이 있으며, 역서 『가을에 부쳐』(1976), 『미메시스』(공역, 1987), 『나, 후안 데 파레하』(2008) 등과 대담집 『세 개의 동그라미』(2008) 등이 있다. 서울문화예술평론상, 팔봉비평문학상, 대산문학상, 금호학술상, 고려대학술상, 한국백상출판문화상 저작상, 인촌상, 경암학술상을 수상했고, 2003년 녹조근정훈장을 받았다.

김우창 전집 I

궁핍한 시대의 시인 : 현대 문학과 사회에 관한 에세이

1판 1쇄 펴냄 1977년 4월 15일
2판 1쇄 펴냄 2015년 12월 14일
2판 3쇄 펴냄 2024년 10월 2일

지은이 김우창
발행인 박근섭·박상준
펴낸곳 (주)민음사

출판등록 1966. 5. 19. 제16-490호
주소   서울시 강남구 도산대로 1길 62(신사동)
          강남출판문화센터 5층 (우편번호 06027)
대표전화 02-515-2000 | 팩시밀리 02-515-2007
홈페이지 www.minumsa.com

ⓒ김우창, 1977, 2015. Printed in Seoul, Korea

ISBN 978-89-374-5541-4 (04800)
ISBN 978-89-374-5540-7 (세트)